Steffen Kopetzky

Grand Tour

oder die Nacht der Großen Complication

Roman

ROWOHLT TASCHENBUCH VERLAG

Die Originalausgabe erschien zuerst 2002 im Verlag Eichborn AG, Frankfurt am Main.

2. Auflage September 2023
Neuausgabe
Veröffentlicht im Rowohlt Taschenbuch Verlag, Hamburg, September 2023

Lektorat Wolfgang Hörner
Covergestaltung Anzinger und Rasp, München
Coverabbildung Frank Baquet/plainpicture
Innen- und Kartengestaltung Daniel Sauthoff
Satz Guyot Text bei Pinkuin Satz und Datentechnik, Berlin
Druck und Bindung GGP Media GmbH, Pößneck
ISBN 978-3-499-00928-0

Die Rowohlt Verlage haben sich zu einer nachhaltigen Buchproduktion verpflichtet. Gemeinsam mit unseren Partnern und Lieferanten setzen wir uns für eine klimaneutrale Buchproduktion ein, die den Erwerb von Klimazertifikaten zur Kompensation des CO_2-Ausstoßes einschließt.
www.klimaneutralerverlag.de

FSC
www.fsc.org
MIX
Papier | Fördert gute Waldnutzung
FSC® C014496

Für Rosi und Walter,
meine Eltern

Dieses Buch beruht auf eigenen Erfahrungen und Erlebnissen, ist aber in allen Punkten der Handlung – was Figuren und Geschehnisse betrifft, insbesondere auch die wirtschaftlichen und verkehrspolitischen – frei erfunden. Ähnlichkeiten mit Personen oder Vorgängen in Vergangenheit, Gegenwart oder Zukunft wären allenfalls zufällig. Insbesondere möchte der Autor seine geschätzten Leser dringend davor warnen, sich an den im Buch beschriebenen Abfahrts- und Ankunftszeiten und sonstigen Fahrplanangaben zu orientieren.
Außer man hat viel Zeit und Lust auf Überraschungen.

S. K.

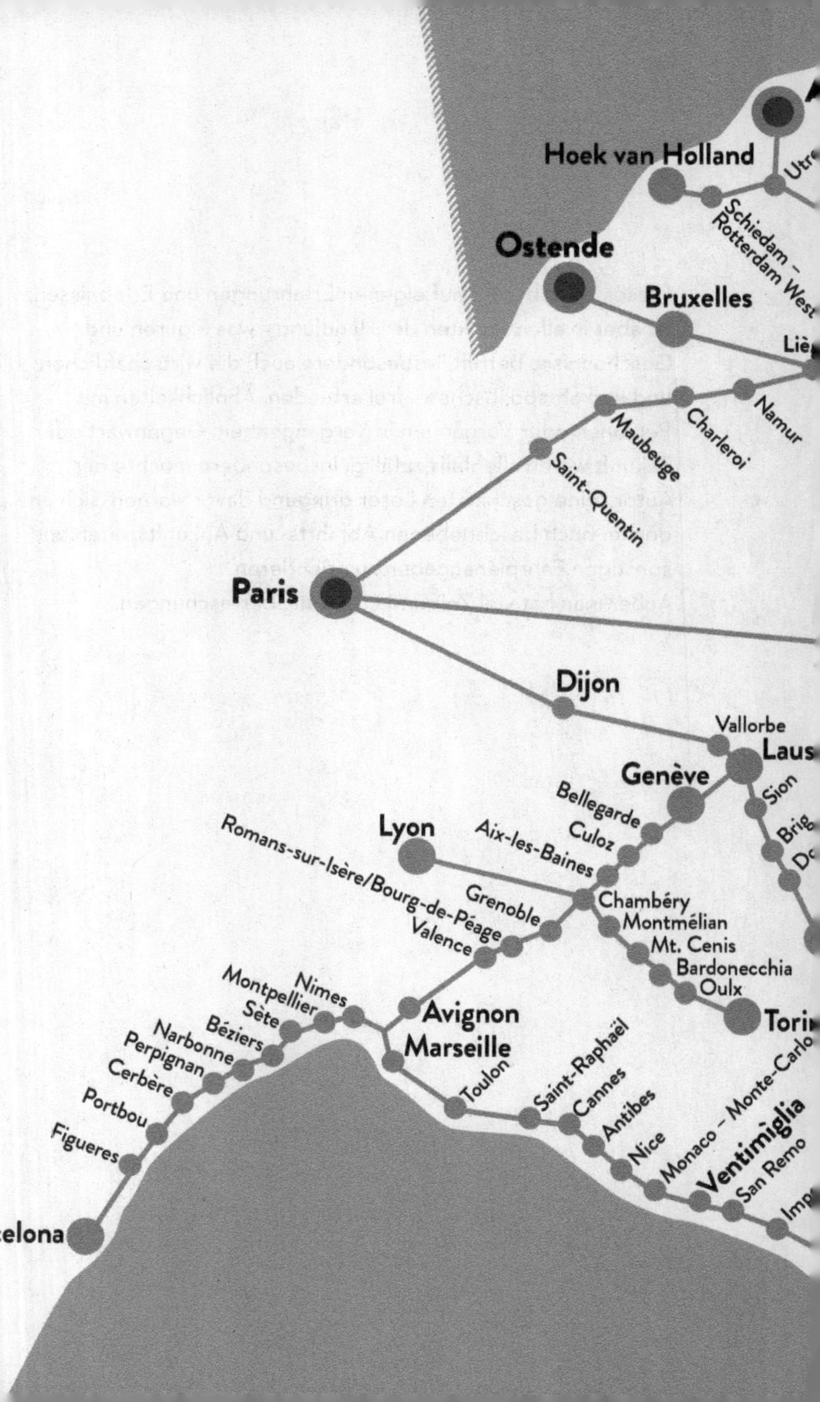
Hoek van Holland
Schiedam – Rotterdam West
Ostende
Bruxelles
Namur
Charleroi
Maubeuge
Saint-Quentin
Paris
Dijon
Vallorbe
Genève
Sion
Bellegarde
Culoz
Aix-les-Baines
Lyon
Romans-sur-Isère/Bourg-de-Péage
Grenoble
Valence
Chambéry
Montmélian
Mt. Cenis
Bardonecchia
Oulx
Avignon
Marseille
Nimes
Montpellier
Sète
Béziers
Narbonne
Perpignan
Cerbère
Portbou
Figueres
Barcelona
Toulon
Saint-Raphaël
Cannes
Antibes
Nice
Monaco – Monte-Carlo
Ventimiglia
San Remo

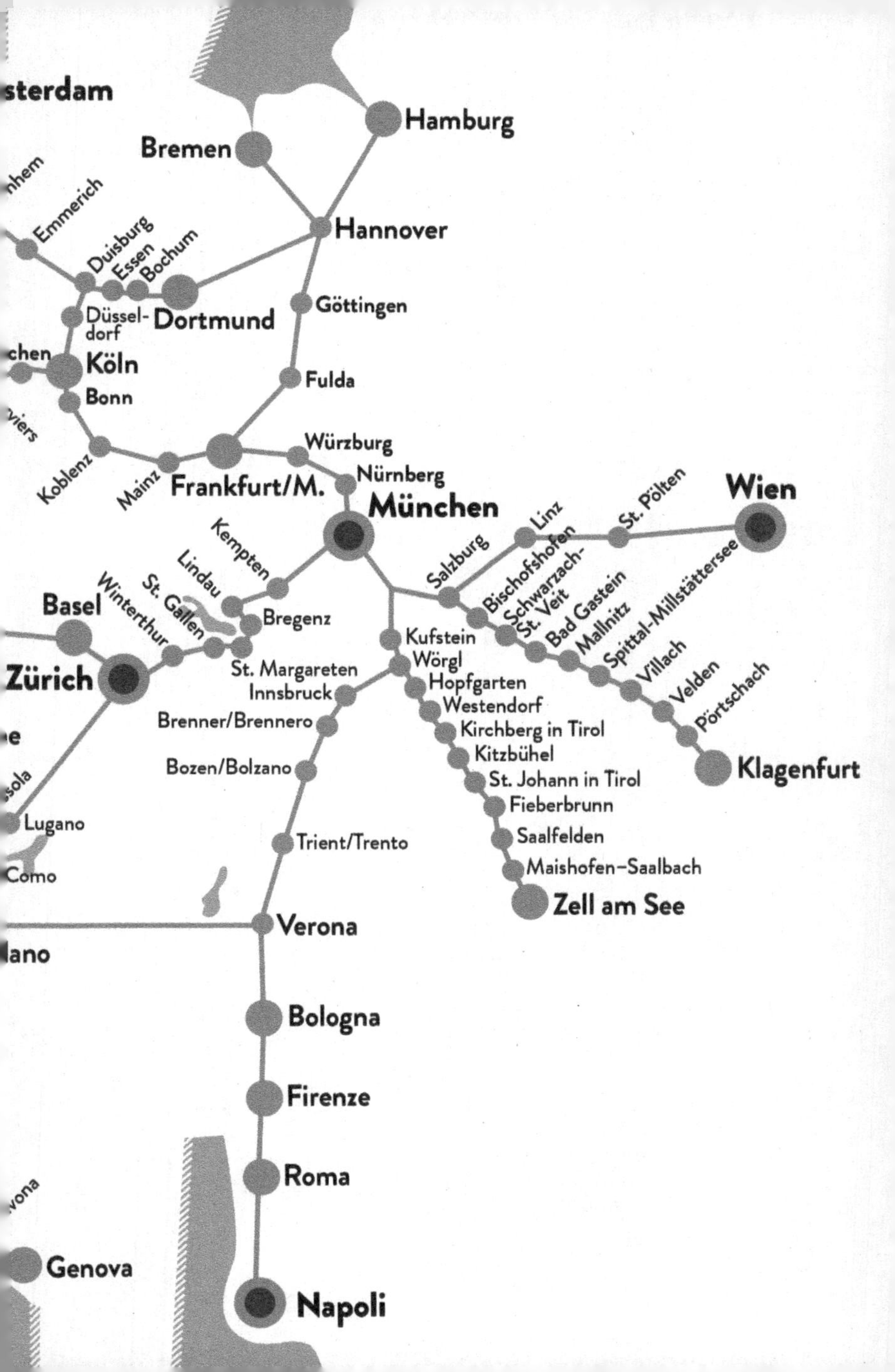

sterdam
Hamburg
Bremen
hem
Emmerich
Hannover
Duisburg
Essen
Bochum
Göttingen
Düssel-
dorf
Dortmund
chen
Köln
Bonn
Fulda
viers
Würzburg
Koblenz
Mainz
Frankfurt/M.
Nürnberg
München
Wien
Kempten
Linz
St. Pölten
Lindau
Salzburg
Bischofshofen
Schwarzach-
St. Veit
Bad Gastein
Mallnitz
Spittal-Millstättersee
Villach
Velden
Pörtschach
Klagenfurt
Basel
Winterthur
St. Gallen
Bregenz
St. Margareten
Kufstein
Wörgl
Hopfgarten
Westendorf
Kirchberg in Tirol
Kitzbühel
St. Johann in Tirol
Fieberbrunn
Saalfelden
Maishofen–Saalbach
Zell am See
Zürich
Innsbruck
Brenner/Brennero
Bozen/Bolzano
Trient/Trento
sola
Lugano
Como
Verona
lano
Bologna
Firenze
Roma
vona
Genova
Napoli

PROLOG

Zarter Flugschatten

Wir betreten die Bahnhöfe: fast immer in der Stadtmitte gelegen, an ihren Vorderseiten kolossal den großen Boulevards geöffnet, Einfallstore in eine Welt aus Fahrplänen und Destinationen. Wir betreten die Bahnhöfe, an irgendeinem Ort, stehen vor der Pariser *Gare de l'Est*, unser Blick wandert über die Front, wir erheben uns, passieren die hundert Jahre alten Figurinen des Verkehrs und des modernen Fortschritts, setzen uns kurz auf einen der Vorsprünge, von deren Höhe aus die scheinbar chaotische Bewegung des Kommens und Gehens der Reisenden eine Ordnung erhält, eine Logik des Austauschs und des freien Fließens, die, je höher wir steigen, desto geschmeidiger und natürlicher erscheint, wie auch die Stränge der Schienen, die undurchschaubar und wahllos wirken, solange man sich auf gleicher Höhe mit ihnen befindet. Doch jetzt, in diesem Augenblick, da wir den Bahnhof *Milano Centrale* endgültig überblicken und die klassische Anordnung seiner kolossalen Treppenhäuser begriffen haben, wenden wir uns wieder nach Norden und ermessen bewundernd den Strauß von Richtungen und Verzweigungen, der sich uns darbietet. Es ist ganz egal, welchem der Schienenstränge wir folgen: Sie führen fort, verzweigen sich immer weiter und weiter, bis sie in der selbstbewusst aufragenden Südostseite des *Genfer* Hauptbahnhofs enden, in der theatralischen Kulisse des Bahnhofs von *Straßburg*, in *Genuas* orientalischer Phantasmagorie mit ihrer kleinen, spitzen Kuppel und den in die Felsen gebauten Bahnsteigen, die lang gestreckten, kühlen Höhlen gleichen. Wir umschweben das zierliche, in den Stadtverkehr gesenkte Portal des Hauptbahnhofs *Kopenhagen*, *Helsinkis* schweigende

Wächter, die riesigen Granitfiguren, die gewaltige leuchtende Kugeln in die nordische Nacht hineinhalten, spüren die Hektik von *Santa Maria Novella* in Florenz oder die atemberaubende Weitläufigkeit von *Wien-West*, um schließlich auf den Gedanken zu kommen, uns irgendwo im Inneren der Bahnhöfe niederzulassen und den Flug zu unterbrechen. Dort allerdings, auf den Stahlträgern, den Säulen und den gegen alle Schwere in lichten Bögen geschwungenen eisernen Balustraden, wimmelt es von spitzen Stacheln und von hinterhältigen Drähten, die uns Stromschläge versetzen. Man duldet uns nicht, man vertreibt uns, kaum dass wir uns irgendwo niedergelassen haben. Also durchqueren wir ruhelos die Hallen, fliegen zwischen den Ausgängen hin und her, sammeln uns auf den Vorplätzen, schwärmen auf, und manchmal lassen wir uns in die ruhigen Winkel voller Zigarettenstummel und Abfall treiben, in denen wir plötzlich alleine sind und für uns. Eine Einzelne. Eine unter vielen. Da ist sie.

Wie sollen wir sie nennen? Es gibt so viele ihrer Art, aber da wir beschlossen haben, dieser einen zu folgen, müssen wir ihr einen Namen geben: Sagen wir *Leoni*? Nein, aber ein ‹L› sollte es schon sein, das ‹L› hat den richtigen Anhauch von Leichtigkeit, leicht muss er sein, der Name, und auffliegend. Um aber neben der flügelnden Leichtigkeit auch das Lichte ihrer Existenz zu treffen, müssen wir noch weitersuchen, das Licht muss aufscheinen in ihrem Namen, denn wenn die Sonne am Nachmittag plötzlich schräg über die Vorplätze und die Hallen fällt, beginnt ihre eigentliche Zeit, und während man ihr nachblickt, denkt man sehnsüchtig daran, dass bald wieder Sommer sein wird ...

Wir wollen sie *Lucia* nennen, das ist ein guter Name. Lucia wurde, sieben Monate vor ihrer gerade erfolgten Taufe, auf einer von sieben Bolzen zusammengehaltenen Querstrebe aus soliden Stahlträgern geboren, zwischen zwei der spitzen Drahtstifte, die eigentlich zur Abwehr angebracht waren und auf denen es sich ihre Mutter geschickt und vorsichtig bequem gemacht hatte, um Lucia zu gebären.

Unserem Blick zeigt sich Lucia im südlichen Teil des Münchener Hauptbahnhofs, nahe der großen Treppe zum Untergrund. Unschlüssig, was sie eigentlich will, ist sie der Zudringlichkeit eines großen, allerdings schon etwas alten Liebhabers ausgesetzt, dem ein Teil seines linken Fußes fehlt, weshalb er bei gewissen zärtlichen Drehungen immer auf den Schnabel fällt. Lucia ist nicht interessiert. Nach einer Weile besinnt er sich und schließt sich einem kleinen Schwarm an, der die nächtliche Bayerstraße Richtung Süden überfliegt. Lucia bleibt und geht äugend über das Pflaster. Es gibt da interessante Lichter: Imbisse!

An einem davon steht ein groß gewachsener Mann, vielleicht Ende fünfzig. Ein leichtes Doppelkinn und überhaupt eine gewisse Schwammigkeit des Gesichts können den athletischen Eindruck, den er vermittelt, zwar trüben, aber nicht ganz zunichtemachen. Die braun gebrannte Glatze und eine ungesunde, auf Alkohol zurückzuführende Röte der Wangen verstärken diesen doppeldeutigen Eindruck, etwas Zwiespältiges, das sich auch in seiner weiteren Erscheinung fortsetzt: Er trägt einen edlen Trenchcoat von *Burberrys*, wundervolle dunkelbraune Schuhe, deren Leder mit dem Leder seines Gürtels korrespondiert, so, wie der Farbton seiner Strümpfe die Farbe seiner Krawatte wiederaufnimmt. In seiner Linken ein weißes Batisttaschentuch mit dem in zartem Blau gestickten Monogramm *FvR* und einer kleinen, fünfzackigen Krone darüber. Mit diesem Taschentuch wischt er sich größere Mengen eines Gemischs von Ketchup und Mayonnaise von seinen Mundwinkeln: Er isst, sichtlich heißhungrig, eine ‹doppelte› Currywurst rot-weiß. Dazu nimmt er große, hastige Schlucke aus einer Flasche *Augustiner Edelstoff*. Von der Semmel fallen Brösel auf seinen Trenchcoat und auf das Pflaster vor seinen Füßen. Während er sich die Brösel von seinem Mantel klopft, blickt er auf die goldene Uhr an seinem Handgelenk, nimmt sein Gepäck auf und geht zügig auf ein in der Nähe wartendes Taxi zu.

Durch des Mannes ruckartige Bewegungen verunsichert, nähert sich Lucia sehr zögerlich den Krümeln und entfernt sich wieder von ihnen, aber jetzt – jetzt hat sie einen beachtlichen Brocken erwischt, wendet sich sofort ab, und als der Trenchcoat des Mannes einen bedrohlichen Schwenk macht, fliegt sie auf in die Halle des Hauptbahnhofs. Lucia passiert das Portal in seinem oberen Drittel, wendet sich nach links den Gleisen und Bahnsteigen zu, überfliegt die Gleise 11 bis 15, um dann neuerlich eine Linkskurve zu beschreiben, deren Bogen sie zunächst weit über die Schienenstränge führt. Sie lässt sich in einem wunderschön niedersteigenden Zirkel sinken, landet schließlich auf dem äußersten Bahnsteig, Nummer 11, und beginnt, so gierig den Krümel zu verzehren, dass sie das Näherkommen des jüngeren Mannes, der den Bahnsteig herunterkommt, erst im allerletzten Moment bemerkt und erschreckt und panisch auffliegt. Der junge Mann bleibt stehen und sieht, wie sie höhersteigend der Glasfront der Dachkonstruktion zufliegt. Er blickt ihr zärtlich und sehnsuchtsvoll nach, obwohl der Aufflug einer Taube auf einem Bahnhof nichts Ungewöhnliches ist. Er sieht ihr nach, die sich, in der plötzlichen Erinnerung, dass es unmöglich ist, auf dem Stahl der Dachkonstruktion zu landen, bis auf die Höhe des unteren Rands der Glasfassade fallen lässt, in die Dunkelheit hinausfliegt und seinen Blicken entschwindet.

Dann geht er das Gleis weiter hinunter. Er denkt nicht daran, dass zwischen ihm und einem anderen Menschen – den er nicht kennt, den er niemals kennenlernen wird – vielleicht nichts als der Flug einer Taube liegt. Oder liegen wird: eine Figur aus Zufällen und Rätseln. Der zarte Flugschatten einer Geschichte.

ERSTER TEIL
Transatlantische Illusion

München, Aufenthalt 7. 4. 1999, 20:35

Stille, würgende Panik. Stärker mit jedem Meter, den Pardell den Bahnsteig 11 des Münchener Hauptbahnhofs hinunterging. Er war viel zu früh aufgebrochen, um auf keinen Fall zu spät zu kommen, und hatte dann unwohl auf den Vorhöfen des Bahnhofs und seinen abseitigen Passagen herumgetrödelt. Er hatte wehmütig die vielsprachigen Auslagen der Zeitungshändler überflogen. Hatte auf dem aufgestellten riesigen Fernsehschirm Bilder von der Bombardierung einer großen Stadt auf dem Balkan gesehen und NATO-Generäle, die Fotos präsentierten, die bewiesen, dass die Bombardierung gerecht und sinnvoll war. Dann hatte er für eine Mark das Los einer Lotterie gekauft, die das Hunderttausendfache des Einsatzes versprach, hatte das Los aufgerissen und mehrere Minuten den Schriftzug *«Leider Nicht»* gelesen. Zwischendurch hatte er mit der Präzision eines verzweifelten Guinnessbuchaspiranten einen der großen gelben Fahrpläne studiert – und mit all diesen Tätigkeiten hatte er, halb abwesend, so viel Zeit verschwendet, bis zwischen ihm und dem Beginn seines allerersten Dienstes nur noch Minuten standen.

Die letzte Minute entführte eine Taube, die vor ihm aufflog. Er sah ihr nach, bis sie unter dem Dach des Hauptbahnhofs, unter den auf der Innenfassade angebrachten riesigen roten Buchstaben GRUNDIG verschwunden war. Er blickte auf seine Uhr. Sie zeigte 16 Uhr 50, was bedeutete, dass sein Dienst gerade begonnen hatte. In der *Compagnie* war Dienstbeginn eine Stunde vor Abfahrt, und der Nachtzug nach Ostende würde München – nach Plan – um

21 Uhr 51 verlassen. Dieser Nachtzug führte einen Regelschlafwagen mit sich. Der Schaffner dieses Schlafwagens würde niemand anderes als der junge Mann sein, sein Name ist Leonard Pardell, geboren 1971 in Hannover. Student in Berlin, zz. Urlaubssemester.

Seine Uhr war eine rechteckige *Authentic-Panther-Steele*, die er vor zehn Jahren vom damaligen Freund seiner Mutter zum Geburtstag geschenkt bekommen hatte. Eine schlichte, stählerne Armbanduhr mit einem Neupreis von knapp 200 Mark, eine sogenannte Modeuhr. Sie ging vier Stunden nach.

Das hatte seinen Grund, und so gab es durchaus ein paar Menschen, die bei der Frage nach Pardells augenblicklicher Ortszeit ihrerseits auf ihre Uhr geblickt und vier Stunden abgezogen hätten.

Vor allem für seine Mutter war es von Bedeutung, dass ihr Sohn vor einer guten Woche einen fundamentalen Schritt in seinem Leben unternommen hatte und für ein Dreivierteljahr nach Argentinien gegangen war, um sich den Herausforderungen der Globalisierung zu stellen.

Im Augenblick, dachte seine Mutter, befand Pardell sich in einer innovativen, halbstaatlichen Sprachenschule in Buenos Aires, gelegen im romantischen Stadtviertel Palermo, wo er die vor Jahren erworbenen Grundkenntnisse der spanischen Sprache zügig und mit großem Erfolg vertiefte. In fünf Wochen – denn der Intensivkurs dauerte sechs lange anstrengende Wochen – würde er mit einem international anerkannten Zeugnis, neugierig, furchtlos und fließend Spanisch sprechend, mit dem Nachtzug von Buenos Aires nach Viedma aufbrechen, einer kleinen, romantischen Stadt im Delta des Rio Negro. Die Reise von eintausend Eisenbahnkilometern würde ihn über Mar del Plata und Bahía Blanca führen, immer entlang der landschaftlich reizvollen argentinischen Atlantikküste.

In Viedma würde er dann Felisberto Sima Martínez treffen, den Leiter eines geheimnisvollen Dienstleistungsunternehmens, bei dem Pardell für ein halbes Jahr ein innovatives Praktikum absolvieren würde, um sich den Herausforderungen der Globalisierung zu stellen.

Wohnung in einem direkt am Atlantik gelegenen, romantischen Chalet und köstliche, gesunde Mahlzeiten wurden gestellt. Dazu ein Praktikumshandgeld von monatlich 900 US-Dollar. Martínez arbeitet unter anderem mit der UNESCO zusammen. Weshalb Pardell am 3. Januar 2000, mit einem weiteren, aussagekräftigen Zeugnis, diesmal über seine erfolgreiche Praktikumstätigkeit, glücklich und mit den besten Aussichten wieder in Deutschland eintreffen wird, um im Kreise seiner stolzen Mutter und ihres derzeitigen Freundes vom fantastischen, romantischen Silvesterfest in Buenos Aires zu erzählen, das Felisberto Sima Martínez abschließend ausgerichtet haben wird.

Danach plant Leo mittelfristig den Eintritt in ein innovatives Dienstleistungsunternehmen in Norddeutschland, dessen Operationsschwerpunkt der südamerikanische Raum sein soll. Menschen, Begegnungen, neue Erfahrungen – Flexibilität, unkonventionelle Lösungen für unkonventionelle Aufgaben, Weltoffenheit und eine Liebe zur Sache, zur Begegnung mit Menschen, neuen Erfahrungen mit unkonventionellen Aufgaben, Flexibilität in der Lösung offener Aufgaben und schließlich, ganz wichtig: offene Erfahrungen in Begegnungen mit neuen Lösungen ...

Während seine Mutter, keineswegs 11713, sondern nur 495 Kilometer von Leo entfernt, über der Lektüre der Werbebroschüre einnickte, die ihr Pardell mit einem fröhlichen *letzten Gruß aus der alten Welt* geschickt hatte, und in ihren kurzen, abgerissenen Träumen verwirrende Überlegungen anstellte, versicherte sich Pardell zum zehnten Mal an diesem Abend der Ortszeit von München.

Er folgte dem Lauf des Sekundenzeigers, der seinen Betrachter ohne jede Rücksicht in den negativen Raum der Verspätung drängte. Er war ein paar Schritte weitergegangen, hatte nun fast das Ende der Überdachung erreicht. Seinen Koffer in der Hand, sah er düster den Bahnsteig hinunter. Er fühlte den Windzug aus dem Offenen, wo sich in der Nacht der Weichen und Signale die Gleise mit dem Licht des Bahnhofs verloren.

Er ging die letzten Meter zur Sektion, deren große Eingangstür kurz vor den Treppen zur Bayerstraße lag. Hinter den Rauchglasscheiben sah er Licht, glaubte, auch einen vorbeihuschenden Schatten zu sehen. Er sah das Emblem der *Compagnie*: zwei goldene Raubkatzen im Oval, auf blauem Grund – er ergriff die Klinke, drückte sie, öffnete die Tür aber nicht, sondern ließ noch einen letzten Spalt zwischen sich und der Helligkeit der Sektion.

Pardell erinnerte sich an das erste Mal, als er in einer ähnlichen Lage gewesen war. Die Adernzeichnungen dieser beiden Augenblicke stiller Panik lagen übereinander, deckten sich annähernd: Er hatte das Fahrrad angeschoben, war dem überaus fröhlich winkenden Dietmar, dem damaligen Freund seiner Mutter, hinterhergefahren. Er wusste, dass er nun für zwei Wochen nichts anderes als das Fahrrad und den fröhlich winkenden Dietmar erleben würde, dass diese beiden sein Kosmos sein würden, an dessen Gültigkeit nichts etwas würde ändern können, für zwei ganze Wochen, einen unbegreiflich langen Zeitraum. Aber seine Mutter wünschte es sich eben so.

Er war zwölf Jahre alt. Er sah Dietmar fröhlich winken und stellte sich die vierzehn mal vierundzwanzig Stunden vor, die es brauchen würde, um von Hannover nach Baden-Baden und zurück zu radeln. Er konnte die Landschaften vorausahnen, die mit einem beständig fröhlich winkenden Dietmar angefüllt waren und die er zu durchqueren haben würde.

Er war verzweifelt gewesen. Aber dann hatte er sich selbst die Straße, in der sie wohnten, auf dieselbe Weise hochfahren gesehen, wie wenn er von der Schule nach Hause kam. Er wusste, die Radtour würde die Hölle sein, aber sie würde enden. Es könnte alles passieren, was die Kombination eines neuen Liebhabers seiner ziemlich attraktiven, sehr liebenswerten Mutter und einer überraschenden, antiautoritären Radtour zum gegenseitigen Kennenlernen fürchten ließ – aber es würde enden. Er würde in den Augenblicken des größten Unglücks schlicht an nichts anderes denken als daran, wie er die Straße hochfahren würde, Dietmar im Rücken, wie er wieder nach Hause kommen und wie alles vorbei sein würde.

Es war dann gar nicht so schlimm gewesen, Dietmar ein netter Typ eigentlich, irgendwas mit Großküchen machte der. Nein, er war eigentlich ganz nett gewesen, wenn es auch nicht lange dauern sollte, bis dieser Dietmar von Bruno verdrängt wurde, Bruno kam schon im folgenden Herbst und blieb ungewöhnlich lange.

Das Wichtigste war: Das alles hier würde ebenfalls enden. Er würde – komme, was wolle – am 1. Januar 2000 frühmorgens durch diese Tür hinaustreten. Und dann trat er ein.

München, Passage 7.4.1999, 20:51

Trotz seiner Unruhe blickte Friedrich Baron von Reichhausen dem Taxi, das die Pienzenauerstraße hinunterfuhr, nach, bis die Nacht die Spiegelungen der Rücklichter von der regennassen Oberfläche der Straße gesaugt hatte. Dann schloss er die Gartentür auf, vermied es, den Blick auf die seit einiger Zeit nicht geöffnete Garage zu werfen, in der ein praktisch ungefahrener rubinroter *Daimler* stand, und ging durch den feuchten Garten, um den sich sein Gärtner offensichtlich gerade gekümmert hatte. Der Rasen war frisch geschnitten, die Beete geharkt, an manchen Stellen gab es frisch gepflanzte Blumen. Den Gärtner hatte er übernommen, als er vor zwanzig Jahren das Haus gekauft hatte. Der Gärtner war mittlerweile Mitte achtzig und arbeitete seinerseits nur noch für Reichhausen, weil er fürchtete, der Garten könne ansonsten verwildern –

denn die Gespräche zwischen ihm und Reichhausen, der ihn oft eingeladen hatte, etwas mit ihm zu trinken, hatten ihm gezeigt, dass der Hausherr nicht das geringste Verständnis für Gartenarbeit hatte.

Der Gärtner trank selten, und wenn, dann mäßig. Er hasste diese Einladungen, die damit begannen, dass der Baron *«Hallo! Kommen Sie rein! Es muss unbedingt mehr getrunken werden!»* in den Garten hinausrief. Dann saß er unbehaglich auf einem Stuhl, sein Weinglas auf den Knien, und weigerte sich beharrlich, auch nur einen mehr als den ersten Höflichkeitsschluck zu sich zu nehmen, während der Baron Flaschen leerte.

Seiner Ansicht nach trank der Baron zu viel, viel zu viel. Im Übrigen wusste er nur, dass Reichhausen eine Kanzlei für Erbschaftsangelegenheiten und Vermögensverwaltungen führte und darin wohl als die Koryphäe in München galt. Er wusste, dass ein Vorfahr des Barons ein berühmter Marineflieger des Ersten Weltkriegs gewesen war, der von den nostalgischen Zeitschriften des Militärwesens der *Rote Baron der Meere* genannt wurde. Das Letzte, was er wusste oder ahnte, war, dass der Baron sehr reich war. Nicht nur, weil seine Villa in München-Bogenhausen nur einem reichen Mann gehören konnte, sondern auch, weil sie mit kostbaren Dingen angefüllt war. Wenn er mit dem Baron zusammen im Wohnzimmer sitzen musste, das Weinglas auf den Knien, dann wanderte sein Blick staunend über eine unüberschaubar große Sammlung mechanischer Uhren.

Die einschlägigen Zeitschriften widmeten Reichhausens Sammlung regelmäßig Beiträge. Niemand, außer Reichhausen selbst, wusste genau, wie groß sie war. So wurde sie in der Regel zu den fünf wichtigsten Sammlungen in Europa gerechnet. Reichhausens Anwesenheit auf Auktionen und Ausstellungen wurde stets interessiert zur Kenntnis genommen.

Wenn der Baron genügend getrunken hatte, dann stand er gelegentlich auf, holte eine Uhr aus einer der alarmgesicherten Glasvitrinen, zeigte sie dem Gärtner, bestand manchmal darauf, dass dieser sie anlegte, und erzählte ihm, was es mit ihr auf sich hatte. Wer sie getragen; wer sie gebaut habe. Und wo. Der Gärtner wollte mit dem Luxus und der Trunksucht nichts zu tun haben. Er blieb nur wegen des Gartens, den er seit vierzig Jahren pflegte.

Heute Abend versuchte Reichhausen nicht, ihn einzuladen. Der Gärtner beobachtete, verborgen hinter den Zweigen einer Konifere, wie Reichhausen das Haus betrat. Wie die Lichter im Wohnzimmer angingen. Dort sah er den unheimlichen Baron, wie er seinen Trenchcoat über einen Sessel legte, sich ein Glas holte und eine Flasche französischen Cognac, wie er sich einschenkte und mit dem Glas in der Hand im Wohnzimmer auf und ab ging. Wie er sich immer wieder mit der linken Hand über seine hochrote, glänzende Glatze strich. Der Gärtner beschloss, die Gelegenheit zu nutzen und zu verschwinden, bevor Reichhausen es sich doch noch anders überlegte. Er brachte seine Geräte in den Schuppen hinter dem Haus, nahm sein Fahrrad und radelte, so schnell es ging, nach Hause.

Reichhausen sah ihn über den Rasen laufen. Er hatte ihn auch schon hinter der Konifere gesehen. Er wusste, dass der Gärtner ihn fürchtete. Umso besser, dachte er, dann würde er nie von ihm enttäuscht werden. Er lächelte. Es war etwas absolut Unmögliches geschehen. Reichhausen hatte gestern die Spur eines Gegenstandes entdeckt, nach dem er lange gesucht hatte. Von dem er sehr lange geträumt hatte.

Es handelte sich um die *Ziffer à Grande Complication 1924*. Seit er als kleiner Junge von dieser Uhr gehört hatte, war sie ein Traumgegenstand. Die Schönheit der aus 637 einzeln angefertigten Teilen bestehenden Mechanik stand als unerreichbares Ideal hinter seiner Sammlung. Die *Ziffer à Grande Complication* galt als verschollen. Doch letzte Woche hatte Reichhausens Assistent sie in den weit gestreuten Beständen einer großen Erbschaft entdeckt – nein, weniger als entdeckt, er hatte nur ihre Spur gefunden. Sie war zwar in gewissen Unterlagen vermerkt und genau bezeichnet, aber sie fehlte.

Die großen Uhren teilen mit allen übrigen denselben Stoff: die Zeit. Und die Zeit wird andererseits buchstäblich von ihnen geteilt. Je genauer sie das tun, desto einzigartiger werden sie. Desto geheimnisvoller ihre Mechaniken, die abgeschlossen im Dunkel ihrer Gehäuse ruhen. Ihre Mechaniken sind die Gesamtheit der Wege, auf denen die Kräfte ihrer Federn verteilt werden: Sie bestehen aus der Hemmung, Unruh und Anker, aus den Spiralen und schließlich den Kraftmechaniken der ineinanderspielenden Zahnräder selbst.

Die wirklich großen Uhren sind zahlreich. Aber es sind nicht unzählige. Eine sehr große ist die *Ziffer à Grande Complication 1924*.

Als Samuel Moses Ziffer die *Grande Complication* baute und sie der Genfer Uhrmacherzunft als sein Meisterstück vorlegte, empfanden und spürten seine Zeitgenossen die geniale Provokation dieses Werks unmittelbar – was konnte eine im Jahre 1924 fertiggestellte Uhr, die eine Jahrtausendanzeige besaß, eine erhebliche, bei einer Armbanduhr noch niemals ausgeführte mechanische Komplikation, anderes bedeuten, als dass ihr Schöpfer davon ausging, sein Werk werde zumindest sechsundsiebzig Jahre und einen Tag laufen?

Es bedeutete, dass ihr Schöpfer den zukünftigen Besitzer dieser Uhr, seinen Enkel, ja wahrscheinlich eher seinen Urenkel, in die Lage versetzen wollte, am 31. Dezember 1999 um Mitternacht die verborgene Tätigkeit eines alleine dafür gebauten und konstruierten Schalters beobachten zu können, der 1,3 Millimeter nach oben rückte und eine Mechanik ins Werk setzte, die anstelle der Ziffern ‹1999› vier andere, nämlich ‹2000›, einrasten lassen würde?

Das war eine Ungeheuerlichkeit, die auf einem solch offensichtlichen Ausmaß von Spekulation und Selbstvertrauen beruhte, das dasjenige bei Weitem überstieg, zu dem ein zünftiger Schweizer Uhrmacher berufen sein sollte.

Die *Ziffer à Grande Complication* blieb die einzige originale Uhr des großen Mechanikers. Der Meistertitel wurde ihm verweigert, es kam zu Denunziationen, und es gab wohl eine Intrige mit erotischem Hintergrund. Man duldete ihn nicht länger in Genf.

Er trat danach in verschiedene Werkstätten in Italien, Deutschland, Belgien ein, kam wieder nach Deutschland, ging dann nach Frankreich und hinterließ seine spärlichen Spuren im Elsass, in Rouen und in Paris. Soweit man weiß, war er zuletzt in der Werkstätte von Léon Leroy tätig. Leroy hatte zwei Jahre vor Samuel Ziffer als einer der Ersten eine Kleinserie von sieben Automatikuhren mit Kalender angefertigt. Er dürfte Ziffer technisch beeinflusst haben, obwohl der auf Leroys spitzovale Pendelmasse, die fast das ganze Gehäuse ausfüllte, verzichtet hatte. Leroy hatte ihn der Pariser Zunft als Geselle gemeldet. Seinen Meisterbrief hatte Samuel Ziffer ja nie erhalten. Seine Spuren verlieren sich 1942 in Südfrankreich. Vielleicht war der verkannte Meister der *Großen Complication* nach Spanien entkommen. Vielleicht nicht.

Die Uhr, die seinen Namen trug, ging andere Wege. Bevor er Genf verließ, hatte sie ein Händler zu einem lächerlichen Preis erworben und zwei Monate später für einen bereits erstaunlichen Betrag einem einheimischen Banker verkauft, der sie seinem Schwiegersohn zur Hochzeit schenkte. Die Ehe war nicht von Dauer. Danach wechselten die Besitzer häufiger, und auch die Zahl ihrer Liebhaber wuchs. Einer ihrer berühmtesten war der Reichsjagdmeister des Großdeutschen Reichs, und für knappe zwei Jahre gab es zumindest einen Mann, der in Görings Auftrag darauf angesetzt war, die mythische erste Uhr mit Jahrtausendanzeige zu finden. Ob es ihm gelang, ist nicht gesichert. Nach dem Zweiten Weltkrieg war sie einfach verschwunden. Ihre Jahrtausendanzeige zeigte die Ziffern ‹1 – 9 – 4 – 2›, als der letzte Experte sie gesehen haben wollte.

Reichhausen wusste von der Existenz der *Ziffer* seit dem Frühsommer 1946. Jeder ihrer wahren Jäger hatte eine eigene Geschichte mit dieser Uhr, konnte genau erzählen, wie er zum ersten Mal von ihr erfahren und wann und warum er angefangen hatte, von ihr zu träumen.

Diese Jäger, eine kleine, untereinander aber tödlich zerstrittene Meute von Sammlern, teilten neben ihrer Leidenschaft für die *Ziffer* noch zwei Dinge: Sie waren wirkliche Kenner mit bedeutenden und komplexen Sammlungen mechanischer Armbanduhren. Und alle waren dementsprechend reich.

Miteinander sprachen sie selten, sie mieden sich, und allenfalls *nach* großen Messen und Auktionen, die sie viel Geld und Nerven gekostet, ihre Habgier aber zumindest zeitweilig befriedigt hatten, setzten sich ein paar von ihnen an den Tisch eines *Grand Hotels*, um miteinander zu trinken, ihre Feindschaft für ein paar Stunden zu vergessen und sich die alten Geschichten von der *Grande Complication* zu erzählen – wie man es über sagenhafte Posträuber oder Briefmarken tut.

Die Jäger der *Ziffer* galten als exzentrisch, denn die meisten Sammler gingen schlicht und einfach davon aus, dass die Uhr ein Bluff war und ihre Jahrtausendanzeige per Hand nachgestellt werden musste. Das behaupteten vor allem diejenigen, deren Selbstwertgefühl ihre finanziellen und investigativen Möglichkeiten übertraf.

In Wahrheit aber hätte sie jeder gerne besessen, hätte sich für den Silvesterabend 1999 auf ein schottisches Schloss, eine Suite im *Waldorf Astoria* oder auf eine behaglich ausgestattete Privatinsel in der Südsee zurückgezogen, um die Nacht der *Großen Complication* erleben zu dürfen.

Die Nacht, die den nicht existierenden Augenblick zwischen den Jahrtausenden barg, würde es zeigen. Letztlich ging es alleine um ihn. Danach würde man in die Geschichte eingehen – der Mensch, der die *Ziffer à Grande Complication* tätig gesehen hatte.

Alfred Niel war vor drei Wochen gestorben. Reichhausen war sein Nachlassverwalter. Der alte Niel war einer der reichsten Männer Deutschlands gewesen. Sein Vermögen hatte neben sehr viel Geld, Aktien, den Niel-Werken, die Bauteile für Großrechner lieferten, Unternehmensbeteiligungen und Immobilien, viele bewegliche Werte umfasst: Kunstgegenstände, Gemälde, Schmuck und dergleichen.

Der Assistent Reichhausens, Dr. Joachim Bechthold, hatte letzte Woche mit der Sichtung der Kataloge begonnen, die in Luxemburger Schließfächern lagerten. Auf den Seiten dieser Kataloge war der Baron auf die *Ziffer* gestoßen. Sie war dort verzeichnet gewesen, als ob es sich bei ihr um einen beliebigen Gegenstand gehandelt hätte – aber von der Uhr selbst fehlte jede Spur.

Der Baron war ein so erfolgreicher Nachlassverwalter geworden, weil er sich nie für bloßen Besitz interessiert hatte. Er selbst war ein Erbe gewesen und kein ganz unwichtiger. Aber was immer ihm jemals etwas bedeutet hatte, hatte er sich selbst gesucht. Das war seine Kraftquelle gewesen.

Irgendwie, durch den immer noch anwachsenden Reichtum, die Arbeit, das Trinken und die Geläufigkeit seiner sammlerischen Erfolge, hatte sie sich in den letzten zehn Jahren unmerklich erschöpft. Jetzt spürte er, wie sie sich durch die Entdeckung dieser Spur neuerlich zu spannen begann. Er fühlte seine Kräfte sich wiederherstellen und die Spannung zurückkehren, die ihn belebt hatte. Eine Rückkehr mit aller Macht, ein wahrer Frühling.

München, Passage 7.4.1999, 21:00

«Berlin, Fonsi, wirklich? Nicht schlecht. Berlin. Ich wollte immer mal nach Berlin, aber im großen Stil, erst mal einen Monat abhängen, weißt du, erst mal schauen, was läuft, verstehst du, nix Arbeit – anders friert's mich sowieso.

Du, Fonsi, ganz andere Frage, kannst du mir vielleicht einen Gefallen tun? Weißt du, eigentlich sollte ich nach Ostende fahren. Weißt du, der alte Sack ist manchmal ein bissel durcheinander, verwechselt die Sachen, verstehst, Fonsi. Is smol bisnes, ehrlich.»

Pardell verstand das vorliegende *Small-Business-Problem* zwar nicht, aber er sah keinen Grund, Sallinger diese Bitte abzuschlagen. Sallinger war der erste Kollege, den er kennengelernt hatte. Sallinger hatte sich nach seinem sehr zögerlichen Hereinkommen auf der Stelle um Pardell gekümmert, ihm die Reiseunterlagen und die Reservierungsliste gezeigt, ihn gefragt, wer er sei, wie er heiße. Wo er herkomme – dass er nicht aus München sei, könne man hören, ja, freilich, des hört man doch.

Pardell hatte ihm die Wahrheit erzählt. Sehr kurz. So kurz, dass sich die Wahrheit durch diese unangemessene Kürze zurückzog, wie ein edles Pferd, das, auf Äpfel hoffend, eine Koppel heruntergaloppiert, stattdessen aber ordinäres Gras angeboten bekommt und verächtlich schnaubend wieder davontrabt.

Pardell hatte erzählt, er habe das Studium aufgegeben, sei Architekt, ja, wolle zunächst noch einmal etwas anderes machen, ja genau, Berlin, sei vier Jahre in Berlin gewesen. Sei genug. Sallinger sah ihm regungslos und cool zu. Große getönte Brille in Tropfenform. Schwarzes Hemd, dessen enormer Kragen in den Siebzigerjahren entworfen worden war. Die oberen vier Knöpfe offen. Auf der blassen, leicht haarigen Brust ein Goldkettchen. Er war eigentlich gut gebaut, aber ein wenig sehr dünn. Auch seine Matte war sehr dünn.

Er stellte ein Bein auf einen Stuhl, holte ein Päckchen *Marlboro*, das er zwischen Hemd und Schulter befestigt hatte, und zündete sich eine Zigarette an. Seine schwarze Jeans ging über ein solides Paar schwarz-roter Cowboystiefel, die durch die Lagerung des Beins auf dem Stuhl gut zur Geltung kamen. Er nahm einen Zug von seiner *Marlboro* und sagte, er sei der Perry. Der Sallinger Perry. Logisch, Fonsi.

Nachdem Pardell mit seiner allzu kurzen Berliner Geschichte heraus war, erläuterte ihm Perry *sein* Verhältnis zur neuen und alten deutschen Hauptstadt. Dem Sallinger Perry, der nie in Berlin gewesen war, fiel erstaunlich viel dazu ein.

Pardell versuchte, während er sich weiter die erste Uniform seines Lebens anzog, so aufmerksam und interessiert auszusehen wie nur irgend möglich. Weit entfernt aber, in ungeheurem Durcheinander, doch Detail für Detail, sah er gleichzeitig, wie es gewesen war. Berlin. Fühlte den Strom der Einzelheiten seiner jüngeren Vergangenheit.

Um sie zu betreten, musste man nur in die Charlottenburger Suarezstraße gehen, das Haus mit der Nummer 71 suchen, dann auf genau den Klingelknopf drücken, neben dem sich ein im Lauf der Jahre verblichenes Schild mit dem Namen *Stritkamp* befand, warten, bis es summte, und durch das – im Parterre nach Katzenurin riechende, ansonsten aber recht ansehnliche – Treppenhaus in den dritten Stock gehen. Stritkamp/Pardell stand auf der mittleren von drei Türen, durch die man eine klassische Altberliner Wohnung mit drei Zimmern, einer großen Küche, einem Bad und einer schmalen Toilette betrat, die von drei Menschen bewohnt wurde.

Nominell eine sogenannte Wohngemeinschaft, in Wahrheit aber ein Pärchen, das das Geld brauchte, weil es sonst nur von Umschulungen lebte. Da das Pärchen, Holger und Hedwig Stritkamp, aber so etwas wie späte Altachtundsechziger waren, nannten sie ihre Untermieter Mitbewohner. Es brachte das gleiche Geld, war von daher also echt egal, hatte aber totale soziale Vorteile. Auf einen Mitbewohner musste man weniger Rücksicht nehmen, schließlich war man eine Gemeinschaft. So war Pardell gezwungen, dem Streit, der Ehehygiene, der Versöhnung, den Krankheiten des Paars beizuwohnen. Er ertrug es.

Weder mangelte es ihm an Intelligenz noch an Geschmack, und dennoch hatte er es jahrelang im Inneren einer stupiden Geschmacklosigkeit ausgehalten. Er hatte niemals versucht, dem Treiben von Holger, Mag. rer. pol. (Holgi), und Hedwig, Dipl. soz. päd. (Hexi), Einhalt zu gebieten. Im Zweifelsfall verließ er lieber das Haus, wenn es nicht mehr ging, und fand nichts dabei, einen möglicherweise gefassten Plan einfach so umzuändern, dass er mit der neuen Situation in Deckung zu bringen war.

Er wollte zum Beispiel duschen, aber es ging nicht, weil sich das Paar im Bad paarte. Wenn es einen Versöhnungsfick gab, dann meistens im Bad, und so eine Kompromisskopulation dauerte. Also beschloss er stattdessen, nicht erst morgen, sondern gleich schwimmen zu gehen und im Spreewaldbad zu duschen, für das er eine Dauerkarte hatte. Das hieß aber, dass es zu spät werden würde, um in der Bibliothek das Buch über Piranesi auszuleihen, das er eigentlich für ein Referat benutzen wollte. Also würde er nicht in das Seminar gehen, sondern morgen in die Bibliothek, die Aufsatzsammlung zu Piranesi ausleihen und statt des Referats lieber eine Seminararbeit schreiben.

Die Seminararbeit aber, die in Pardells neuem Plan zwei Wochen beanspruchen würde, kollidierte mit später auftretenden Ereignissen: Hexis Beschluss, die Küche in geschmackvollem Magenta zu streichen. Holgis Widerspruch. Hexis darauf folgendem spontanen Wutanfall. Und dann wollte Holgi auch noch völlig kommerzialisierten Fußball sehen, was heißt da Europameisterschaft. Holgi reagierte daraufhin mit sexueller Repression und schlief in der Küche, und zwar tat er das, aus Kummer und Wut, bis spät in den frühen Nachmittag hinein, was Pardell dazu zwang, den Frühstückskaffee außer Haus zu sich zu nehmen.

Hexi hatte die Umschulung geschmissen, und Pardell hatte die Seminararbeit nicht geschrieben – hatte, als zum Beispiel die Aktion mit der Küche ihren Anfang genommen hatte, den Rückzug angetreten und seine Pläne geändert, das Referat und alles Weitere abgesagt, sich stattdessen für Extra-Stadtführungen gemeldet, um mit dem Mehrverdienst im Sommer zügig eine ausführliche Seminararbeit in Vorbereitung für das nächste Semester zu ermöglichen, die als Grundlage einer Diplomarbeit fungieren und ihm also sogar noch den Vorteil bringen würde, sein Studium schneller abzuschließen.

Das Thema sollte *Der Fluchtweg. Theorie und Praxis einer Bauvorschrift der Neuzeit und ihre Spuren im Werk Piranesis* lauten. Pardell hatte sie, als er sich Sallinger gegenüber als ‹Architekt› vorstellte, noch nicht beendet. Zweifellos waren die verstreuten Fragmente, die er unabhängig von ihrer späteren Position in dieser Arbeit auf einer Fülle von Blättern und in Word-Dokumenten versammelt hatte, noch nicht einmal ein Entwurf zu nennen, zumindest nicht ein Entwurf einer Abschlussarbeit ...

Der Sallinger Perry fragte ihn etwas Einfaches, nämlich, ob er das *Pinguin* kenne, in Schöneberg, Pardell war sich nicht sicher, aber das klinge ja sehr nett. Damit kam Sallinger auf den Punkt zurück. Den Gefallen.

«Also, Fonsi, das ist total nett von dir. Nein, jetzt echt. Gehst du schnell mit, zur *Fetten Fanny* rüber, dann geb ich dir das? Ja, nimm deine Sachen mit, dann kannst gleich auf den Zug, nachher.»

Pardell folgte Sallinger, der schon aus der Sektionstür getreten war. Er hielt sie mit seiner Schulter offen, nahm eine *Marlboro* und sein original ZIPPO-Feuerzeug. Pardell hörte das schnappende Geräusch. Sallinger zischte auf.

«Hast du dir wehgetan?», fragte Pardell.

«Na, nix. Fonsi. Scheiße, los jetzt, geben wir Gas», sagte der Hillbilly düster.

Sie gingen die Stufen zur Bayerstraße hinunter, überquerten sie nahe der Haltestelle der Trambahn und schwenkten in eine Seitenstraße, belebt von zögerlichen Besuchern grell leuchtender Pornokinos und Bewohnern dunkler Pensionen und Hotels. Durchzogen von Imbissen und Import-Export-Geschäften, deren Schaufenster so mit Schachteln vollgestellt waren, als wären sie Rückseiten von Lagerräumen. Sallinger wechselte auf die rechte Seite und würdigte Pardell dabei keines Blicks. Er nahm wohl an, Pardell wüsste, was die *Fette Fanny* sei und wo sie sich befinde.

Eine erste ferne Ahnung aufkommender neuer Rhythmen, neuer Anforderungen gab ihm ein, dieses Missverständnis nicht aufzuklären, sondern Sallinger einfach zu folgen, dessen Cowboystiefel auf dem Asphalt klirrende Geräusche von sich gaben.

Die aus Polyester geschnittene, nachtblaue Uniform hatte Pardell anverwandelt. Und so behandelte man ihn: als Insider.

Unmittelbar vor ihm hatte die Uniform einen Südtiroler gekleidet, der, nachdem er durch die Schaffnerei die Schulden seines desaströs geendeten italienischen Restaurants in Rosenheim abbezahlt hatte, nach Padua gegangen war, um dort ein deutsches Restaurant zu eröffnen. Vor dem Südtiroler hatte die Uniform einem Studenten der Biochemie gehört, der bis zum unerwarteten Tod eines alleinstehenden Onkels Aushilfsschaffner gewesen war. Davor einem früh pensionierten Schichtarbeiter der BMW-Werke, der unter Schlaflosigkeit gelitten hatte und durch den Zwang, während des Schaffnerdienstes auf keinen Fall einschlafen zu dürfen, geheilt worden war.

Es hatte davor wieder andere gegeben, eine unübersichtliche Reihe von Männern, die eines verband – sie alle waren etwa eins achtzig groß, relativ schlank und alles in allem ordentlich proportioniert. Manchen hatte die Beinlänge gut gepasst, manchen waren die Ärmel zu lang oder zu kurz gewesen, manchen die Schultern zu schmal, oder sie selbst waren ein wenig zu fett für die Hose gewesen – Pardell allerdings passte sie in jedem Detail, ja, man kann sagen, dass die Uniform, obwohl sie sozusagen schon unzählige Male bei der *Fetten Fanny* gewesen war, noch nie eine so gute Figur gemacht hatte.

Pardell war Sallinger gefolgt, als hätte er das Lokal schon unzählige Male betreten und hätte sich schon unzählige Male einen Platz an der feuchten Theke gesucht. Sallinger bestellte zwei Bier, gab Pardell zu verstehen, er solle kurz warten, ging nach hinten, wo ein paar andere Schaffner saßen, die meisten nur im Hemd, mit dunkelblauen Krawatten.

Sallinger beugte sich über den Tisch, zeigte mit dem Kopf auf Pardell, erklärte etwas, es dauerte eine Weile, drei oder vier Minuten, schließlich gab einer der Schaffner, ein älterer, rothaarig gelockter Mann, Sallinger einen Umschlag. Sallinger kam zurück.

«Du, Fonsi, jetzt pass auf, ja trinken wir erst mal, hmm, da schau her, das ist ein Umschlag, und den hätte ich in Ostende jemandem geben müssen. Der hat Geburtstag, verstehst du, morgen, das ist ein Geburtstagsgruß, ganz privat, verstehst schon. Wenn du da bist, dann gehst in die Sektion, musst halt fragen, die findest du schon, und gibst den Umschlag an jemand, Luk Pepping heißt der Kollege. Mit der Post schicken, das friert mich, verstehst. Super, Fonsi, dann geh ich schnell noch mal rüber da, gute Fahrt, lass krachen!»

Pardell stand mit einem sinnlos erhobenen Bierglas in der linken und dem Umschlag in der rechten Hand da. Alleine. Sallinger und die anderen Schaffner waren nach hinten gegangen und nicht mehr zu sehen.

Resignierend steckte er den Umschlag in die Innentasche des Sakkos und versuchte, das Bier so schnell wie möglich zu trinken. Er stand zwischen orangefarbenen Gleiswärtern und düsteren alten Bundesbahnschaffnern, die nur noch in Regional- und Pendlerzügen Dienst tun durften und sich schmerzlich an die Zeiten ihrer größten Macht und Ehre erinnerten, damals, als die Reisenden keine Kunden gewesen waren, sondern gekuscht hatten. Er sah die Zeitungsverkäufer, die fröhlichen Postangestellten, die dunkelhäutigen Reinigungskräfte ... all die also, die sich in der Fluoreszenz der großen Bahnhöfe finden und von denen man als normaler Reisender fast nichts wahrnimmt.

Die Bedienung, eine schwarzhaarige Frau, jünger als er, mit unabsichtlichen hübschen Strähnchen auf einer leicht verschwitzten Stirn und slawischem Akzent, bestand leider darauf, dass er beide Biere bezahlte. Nein, Anschreiben gäb's hier nicht. Wer soll das sein? Der Sallinger Perry? Nie gehört.

Pardell wurde rot, gab ihr einen der letzten größeren Geldscheine, die er besaß, einen Fünfziger. Er gab zwei Mark zwanzig Trinkgeld und sah ein überraschtes, relativ charmantes Lächeln. Er lächelte zurück.

Dann verließ er sehr eilig die *Fette Fanny*, warf einen knappen Blick auf den Eingang eines Pornokinos schräg gegenüber. Weit am Ende der Straße: die dunkle Seite des Bahnhofs.

***

Im späten Herbst 1998 hatte sich Pardell entschieden, Berlin zu verlassen. Zusammentreffende Umstände hatten ihn dazu bewogen: eine Phase intensiven Streits zwischen Hexi und Holgi. Ein tiefer Zweifel an der absoluten Bedeutung seiner wissenschaftlichen Tätigkeit. Die Erschütterung durch das banale Ende seiner Liebesbeziehung, banal vor allem, weil Pardell und seine Freundin Sarah beide natürlich von etwas Nichtbanalem geträumt hatten und sich mehr oder weniger aus sympathisierender Langeweile heraus trennten, um endlich wieder etwas Lebendiges miteinander zu erleben.

Schließlich und in der Hauptsache ein über den kleinen Fernseher im Büro seiner Chefin flimmerndes Amateurvideo, aufgenommen am 27. August. Auf dem Video sah man den Innenraum eines Sightseeingbusses von *Berlin Touristik Beilbinder*, in dem ein Haufen entsetzter Japaner, Amerikaner und Neuseeländer tobte. Man sah vergeblich gegen unerbittliches Glas anhämmernde Fäuste, Gliedmaßen – und mitten in diesem Inferno das zwar nur für Sekunden zu sehende, allerdings überaus amüsierte Gesicht Leonard Pardells.

Er war der Fremdenführer gewesen, und nach diesem Vorfall legte Frau Beilbinder keinen Wert mehr auf seine Mitarbeit.

In der *FAZ* hatte er danach nach Ausschreibungen gesucht und irgendwann die Anzeige einer innovativen Organisation entdeckt, die internationale Praktikumsplätze in Verbindung mit erstklassigen Sprach- und Computerkursen anbot.

Es wurden verschiedene Kombinationen angeboten: Englisch in Kalkutta, Französisch in Ruanda, Russisch in Russland, Spanisch in Argentinien. Er wusste, was er wollte, und leitete am nächsten Morgen alles in die Wege. Die Frau am Telefon hatte eine unglaublich schöne Stimme. Er beantragte zwei Urlaubssemester, überwies die fälligen 5730 Mark an Kursgebühren, in denen der Flug von Madrid nach Buenos Aires enthalten war, besorgte sich frühzeitig einen günstigen Flug nach Madrid, von München aus. Er begann, die Tage zu zählen. Ordnete seine Unterlagen, seine Arbeit über den Fluchtweg. Verschenkte seine wenigen Möbel, lagerte seine Bücher bei Bekannten in Potsdam ein, kaufte sich zwei erstklassige anthrazitfarbene Hartschalenkoffer, fuhr schließlich Mitte März mit dem Zug nach München, traf sich mit einer alten Freundin im Bahnhofsrestaurant, nahm eine S-Bahn zum *Franz-Josef-Strauß-Flughafen*, gab sein Gepäck auf, erhob sich gegen 10 Uhr in einer Lufthansamaschine Richtung Madrid, kam um 12 Uhr 30 dort an, suchte ohne Eile das Gate, denn die Maschine nach Buenos Aires würde erst in drei Stunden gehen. Er las hochvergnügt in einer spanischen Anfängergrammatik, erhob sich eine Stunde vor Abflug, ging zum Schalter 23 und reichte der lächelnden Dame das Ticket. Auf dem Ticket war vermerkt, dass es sich um einen speziellen Charterflug handele, der von *Air Iberia* abgefertigt würde. Die wunderschöne Dame von *Air Iberia* lächelte, begrüßte ihn englisch (mit heiserer Intonation), nahm das Ticket, lächelte dann schwächer, telefonierte auf Spanisch und wandte sich sorgenvoll an ihn.

Er sei schon der Zehnte heute, alle aus Deutschland und Österreich. Der Flug existiere nicht. Nicht einmal die Chartergesellschaft gebe es, nein, keine Telefonnummern, es tue ihr schrecklich leid. *So sorry.* Pardell rief, um das Missverständnis zu klären, in Frankfurt an, um zu erfahren, dass die gewählte Nummer nicht mehr bestand, setzte sich fassungslos auf die orange Bank und war sich sehr schnell über das Ausmaß der Katastrophe im Klaren.

Er beschloss, sich sofort um sein Gepäck zu kümmern. Es war von der Lufthansa tatsächlich durchgestellt worden und befand sich gerade irgendwo zwischen Lissabon und Miami, Fl. Er hatte Glück, dass er sein Ticket nach München mit geringem Aufschlag umbuchen konnte, flog gegen 19 Uhr zurück und kam gegen 23 Uhr mit der S-Bahn am Münchener Hauptbahnhof an – nachdem er am Flughafen Anzeige erstattet hatte, zum Zoll und zur Gepäckrecherche der Lufthansa gelaufen war.

Er verfügte über knappe 800 Mark Bargeld, hatte auf seinem Sparkassenkonto noch einmal an die 500 Mark. Er nahm sich ein Zimmer in einer Pension in der Bayerstraße. Setzte sich aufs Bett. Dusche gab es keine. Er zog sich nicht aus und überlegte, was er tun sollte. Er hatte keine Ahnung.

München – Starnberg 7.4.1999, 21:20

«Wenn Sie jetzt noch einmal was aus dem Fenster schmeißen, dann ruf ich auf der Stelle über Funk die Autobahnpolizei.»

«Sie sind ein Arschloch. Wenn Sie nicht aufpassen, dann schmeiß ich Ihnen die nächste Flasche in die Scheißscheibe vorne rein.»

«Ein Wort noch, jetzt, und Sie steigen am nächsten Parkplatz aus. Glauben Sie bloß nicht, dass ich mich herablasse, Sie zu beleidigen», sagte der Taxifahrer und sah im Rückspiegel, wie sich sein widerlicher Fahrgast amüsiert über die Glatze fuhr. Erstaunlicherweise schwieg er tatsächlich.

Reichhausen hatte es eilig, unter anderen Umständen hätte er sich weiter mit dem Taxifahrer unterhalten und wäre vielleicht sogar zum Spaß ausgestiegen. Aber er musste zusehen, so schnell es ging, nach Starnberg zu kommen.

Er hatte vor zwanzig Minuten das Haus verlassen, sich am nahe gelegenen Taxistand einen Wagen besorgt und vergessen, etwas zu trinken mitzunehmen. Kaum war er im Taxi gesessen, hatte er das bedauert. Also hatte er den Taxifahrer aufgefordert, an einer Tankstelle zu halten, sich fünf Flachmänner Wodka besorgt, die er nacheinander ausgetrunken und danach aus dem Fenster geworfen hatte. Der kalte Fahrtwind und die wegtrudelnden Flaschen hatten ihm gefallen.

In Starnberg wohnte William Fischbein, Direktor der *Münchener Privat Securität*, die den ganzen Besitz des alten Niel versichert hatte. Fischbein musste informiert werden, bevor das Fehlen der *Ziffer* aktenkundig würde.

Reichhausen würde ihn schlicht auf den materiellen Wert des Gegenstands hinweisen und die Konsequenzen, die sein Verlust, sein Diebstahl oder seine Unterschlagung haben würden. Den wirklichen Wert der *Ziffer* konnte nur ein Sammler begreifen, vielleicht unter diesen niemand besser als er. Er war sehr aufgeregt, zugleich todmüde, angetrunken und dachte mit zärtlicher Habgier an die *Große Complication*.

Complicationen erregten den Würger. Vieles musste schon ein einfaches Uhrwerk leisten: Genauigkeit, Schlichtheit und Harmonie des Zifferblattes, Präzision der primären Mechanik, Verlässlichkeit, Unempfindlichkeit, möglichst hohe Gangdauer.

Complicationen hinzuzufügen war in jeder Hinsicht das Schwierigste, denn sie mussten vom Uhrmacher nicht nur gemeistert, sondern auch durch die Exquisitheit der grundlegenden Mechanik angelegt und begründet werden. Der Meister musste seiner Aufgabe nicht nur gewachsen gewesen sein – sonst blieb die Uhr Gesellenarbeit auf hohem Niveau.

Im Idealfall ergab sich die Complication aus der grundlegenden Mechanik selbst – ein wirkliches Meisterstück entwickelte von der Anlage der Werkplatte, von der Mischung der Materialien, der Konstruktion der Unruh und der Hemmung an eine Logik, deren Vollendung die Complication war. Mit ihrer Hilfe musste man den inneren Sinn der Mechanik verstehen können. Die Lösung einer Complication musste so vollendet und schlicht sein, dass sie sich auch dem enthusiastischen Laien erklärte – die Mechanik großer Uhren musste man in jeder Richtung lesen können. Und deswegen war die *Ziffer à Grande Complication 1924* ein wahres Meisterwerk – die separate, komplizierte Mechanik der Jahrtausendanzeige etwa führte einen spielend, wenn man sie ins Innere der Uhr verfolgte, die Wege der Kraft und der Hemmung zurückging, weiter zum Anker, zum Spindelrad und dann bis zur Feder und ihrer Fixierung – zur Kraftquelle. Die Complication und das Grundlegende waren auf einzigartige Weise aufeinander bezogen.

Das Ganze war Schönheit, Einfachheit, Komplexität auf engstem Raum, ein kleines mechanisches Universum, das in der Lage war, sehr lange Zeit für sich zu bleiben, in der Dunkelheit des Gehäuses, durch das nur das Klicken der Hemmung, das Sirren der Unruh, die ganze vielstimmige Musik der Mechanik drang. Mechanik: die kontrollierte, harmonische Verteilung von Kraft über einen genau bestimmten Zeitraum hinweg.

***

«Da steht kein Name und keine Hausnummer dran, ist das das Haus, wo Sie hinwollten? Hallo?», schrie der Taxifahrer. Sein athletischer rotköpfiger Fahrgast war vor zehn Minuten während der Fahrt eingenickt, eine zarte Speichelspur lief ihm aus dem linken Mundwinkel. Beim letzten Ruf war er schnaufend aufgewacht. Der Taxifahrer sah im Rückspiegel, wie er hochschreckte, sich mit der linken Hand den Schweißfilm von der Glatze wischte und auf der Stelle wieder erschreckend wach zu sein schien. Er knurrte Zustimmung, holte seine Brieftasche aus hellbraunem, wunderbar geschmeidigen Leder hervor, gab ihm zwei große Scheine und stieg aus, ohne auf das Wechselgeld zu warten.

In Starnberg war es kühler als in München. Auch hier hatte es geregnet, und alles strahlte von köstlicher, vom nahen See durchfrischter Luft. Das Knirschen auf dem Kies der Einfahrt gefiel ihm, er atmete tief durch, nahm sich das Taschentuch und wischte sich noch einmal das Gesicht. Nur im oberen Stockwerk des Hauses, wo Fischbeins Schlafzimmer lag, sah Reichhausen Licht. Während er das Taschentuch mit der fünfzackigen Krone über dem Monogramm zurückfaltete und sich in die Tasche steckte, blickte er zu dem Fenster hinauf. Er würde ihn wahrscheinlich im Pyjama erwischen. Wenn schon.

Er sah auf das Licht hinter dem Fenster, hörte schwachen Wind in den Tannen links von ihm. Eine Straße weiter fuhr ein Auto vorbei und spritzte eine Pfütze auf. Er war draußen. Die Welt um ihn herum. Für einen Moment war sein Körper in Ruhe und fühlte dabei deutlich die Position seines stark schlagenden Herzens im Raum. Dann zog es ihn hinein.

München - Ostende 7.4.1999, 21:30

Licht hatte die Türen der Sektion der *Wagons-Lits* aufgebrochen, man hörte ein schepperndes Surren, der Magaziner fuhr den Elektrokarren heraus, der vorne zwei Plätze bot und einen Anhänger doppelter Größe zog. Pardell erreichte gerade die Treppen und blickte nach oben – der Magaziner krähte, sein Körper wand sich wie ein nervöser, dürrer Käfer im Gestänge des Wagens, Pardell nahm die Treppen, so schnell er konnte, und setzte sich schüchtern neben den Magaziner.

«Sag mal, was ist mit euch los? Ihr Schaffner seid's doch ein einziger Haufen von Pennern. Bei der *Fetten Fanny* abhängen, des könnt's ihr. Aber des war's auch, des musst dir merken!»

Der Magaziner startete den E-Karren, es ruckelte, es knirschte, der Anhänger leistete Widerstand. Der Zug nach Ostende ging von Gleis 17, sie fuhren also Gleis 11 hinunter, zurück in die Haupthalle des Bahnhofs.

Der Magaziner setzte Pardell davon in Kenntnis, dass der Wagen nahezu vollständig beladen werden müsse, es sei fast alles abverkauft worden. Er ächzte vor Trunkenheit, konnte sich kaum auf dem Sitz halten, fuhr Schlangenlinien, hupte Reisende an, die vor dem Elektrokarren und seinem spindeldürren Lenker davonspritzten wie Geflügel vor dem Schlachterburschen – schon auf der Geraden zu Gleis 17 zerquetschte er einem kleinen Hund um ein Haar die linke Pfote. Währenddessen beschimpfte er Pardell, der es klugerweise nicht persönlich nahm. Der Magaziner hasste die Schaffner allgemein. Weil sie *seine Sachen* über ganz Europa verstreuten, weil sie nachlässig und willfährig waren, weil sie Porzellan lieber aus dem Fenster schmissen, kurz vor Venedig, Port Bou, Amsterdam, als es abzuspülen. Weil sie *Arschlecha* waren! Auf seiner Ausbildungsfahrt hatte Pardell seinen Ausbilder Hoppmann sagen hören, dass der Magaziner im Magazin wohne, dass er die Nächte über zähle, nach Fehlern suche, dass er jede Abrechnung zehnmal danach prüfe, ob der Schaffner irgendwo einen Fehler gemacht hätte. Möglicherweise, dachte Pardell jetzt, war das keine völlige Übertreibung gewesen.

Schimpfend wuchtete der Magaziner die hölzernen Getränkekisten auf den Plafond des Schlafwagens mit der Ordnungsnummer 287, der am Ende des Zuges, gerade noch unter der Überdachung, stand. Nahm die Schmutzwäschesäcke entgegen, reichte ihm die Säcke mit der frischen Wäsche. Pardell wusste, dass er jeden

Gegenstand vorschriftsgemäß in die Abrechnung einzutragen und in die Fächer und Schubladen einzuräumen hatte. Er musste zugleich kontrollieren, ob der Magaziner richtig gezählt und ob der Schaffner vor ihm, der heute Morgen mit diesem Wagen angekommen war, keinen Fehler gemacht hatte – ob der Wagen durch den Fehler irgendeines der Beteiligten Fehl- oder Überbestände aufwies. Er würde sehr viel zu zählen haben. Am Ende reichte ihm der Magaziner die Holzkiste, nahm einen tiefen Schluck *Asbach* und fuhr schimpfend mit der Schmutzwäsche und den leeren Bier-, Wasser- und Weinflaschen in die Sektion zurück.

Zurück auf dem Bahnsteig, sah Pardell dem schlingernd davonfahrenden Magaziner nach, der zunächst auf eine Gruppe von Geschäftsreisenden zugerast war, sie aber knapp verfehlte, um dafür einen Papierkorb zu streifen und leicht einzudrücken. Ein angenehmes Bild. Angenehm, ihn verschwinden zu sehen. Pardell realisierte, dass er *alleine* arbeiten würde. Bei diesem Gedanken seufzte er lächelnd. *Wenigstens* allein.

Er spürte die Strahlungen seines Ziels, Ostende, und die 708 Kilometer Luftlinie, die ihn von ihm trennten, die wimmelnde Menge von Dingen, die er würde zählen und in seine Abrechnung eintragen müssen: *Bettlaken blau, Betttücher groß, Kopfkissenbezüge blau/klein, Badetücher, Perrier klein, Apollinaris klein, Messer, Kuchengabeln ...*

Er spürte die Kolonnen von Ziffern, die auf Wagen, Dienstpapieren, Reservierungen und all den anderen Dokumenten darauf warteten, von ihm abgeschrieben und übertragen zu werden: Er sah die vorgedruckten Kästchen und dünnen Spalten, in die er die Bestände würde einzureihen und zu bestätigen haben. Hoppmann hatte es ihm genau gezeigt. Und Pardell hatte das System einer fortlaufenden, gegenseitigen Kontrolle der Schaffner, des Magazins und der Fahrleitung durchaus schnell begriffen. All die Papiere, Dokumente, Ankunftszeiten, Ziffernfolgen, Vorratskammern und Lieferscheine, all die Wäschezettel und Abrechnungsvordrucke bildeten ein Gebäude. Er hatte den Lageplan einigermaßen im Kopf – aber niemand hatte ihm erklärt, was oder wer ihn im Inneren dieses Gebäudes erwarten würde. Er spürte die Ferne und die Nacht, in die das Gleis ihn führen würde. Er ahnte die Räume und die Stimmen, die sie belebten. War es ihm schaurig? Ja.

Fünfzehn Minuten bis zur Abfahrt. Er sah sich die Reservierungsliste durch. Es gab eine Reservierung in München, ein *Double Herr*. In Köln würden drei *Tourist Herr* zusteigen. Zwischen München und Köln würde er also zählen können. Seine Aufregung legte sich etwas. Am fernen Anfang des Bahnsteigs sah er die Reisenden den Zug bevölkern, sah ihre vielfältigen Rhythmen. Sah die Aufgeregten, die abendlich erschöpften Pendler, für die der Zug nur eine Verlängerung der U-Bahn war.

Der Double-Reisende kam fünf Minuten vor Abfahrt, sehr gelassen, die Papiere holte er auf geläufige Weise aus der Innentasche seines Trenchcoats, ein freundlicher, müder Blick, ein Nicken, und er betrat den Wagen. Pardell folgte ihm über den Flur, die Tür von Abteil 22 hatte er vorhin geöffnet, sie erwartete den Gast beleuchtet. Er bestellte für den nächsten Morgen einen Kaffee.

«Sono solo. Bin alleine?», waren seine letzten, freundlichen Worte. Die Papiere, eingelegt in den italienischen Reisepass, hatte er um einen Zwanzigmarkschein ergänzt – für den Fall, dass während der Fahrt ein männlicher Reisender ein Double beziehen wollte. Pardell begriff den Schein umstandslos, betrachtete ihn erfreut, nahm ihn aber erst im Office an sich. Es handelte sich um vorausbezahltes Trinkgeld, was bedeutete, dass er die Leistung dafür erst noch erbringen sollte. Es war Bestechung. Der Vorschrift nach musste ein Schaffner immer zuerst ein bereits angebrochenes Abteil mit Reisenden entsprechender Kategorie *auffüllen*. Wenn etwa heute Nacht in Aachen, das der Zug in fünf Stunden erreicht haben würde, ein wohlhabender Zecher die Notwendigkeit verspüren sollte, sein Frühstück mit Blick auf den stumpfsinnig-vernebelten Ozean Ostendes einzunehmen, und, schwer schwankend und streng riechend, bei Pardell auftauchen und nach einem Double, also einem Bett in einem Zweibettabteil, verlangen sollte, so hätte Pardell ihn dort einzuquartieren, wo der Italiener schon lange schlief. Wenn man sich kein *Single* leisten konnte, nahm man eben ein *Double* und versuchte, den Schaffner zu bestechen. Für den Schaffner war dies in jedem Fall günstiger als für die *Compagnie*. Weshalb es strengstens verboten war.

Pardell hatte sich schnell entschlossen, den Schein trotzdem zu nehmen. Diese Entscheidung beförderte sein Zutrauen.

Er trug den Reisenden in die Wagenpapiere ein, wie ihm das von Hoppmann vorgeführt worden war *(«So, schau her, dann nehm ich also die Reservierung. So, wo ist denn die Nummer, hier, aha, und dann schreib ich die Nummer hier, schau her, ja, hier genau, hinein. Das wirst schon noch lernen, das sieht jetzt viel schlimmer aus, als es is, gell, ja …»)*.

Der Zug war inzwischen auf dem Weg nach Augsburg. Unschlüssigkeit, was als Erstes zu tun sei einerseits, Erschöpfung nach der sich legenden Nervosität andererseits und der Wunsch, sich zu setzen und eine Flasche Personalbier zu öffnen, stritten miteinander. Die Bundesbahnschaffnerin kam gehetzt vorbei, Pardell reichte der resoluten jungen Frau den Fahrschein des Italieners, sie stempelte ihn und verschwand wieder. Pardell nahm eine Flasche aus dem Träger, blickte über die vielen anderen, die er zählend in die Kühlschränke würde zu legen haben. Später. Ein wenig später. Er dachte wieder an den Abend, an dem die transatlantische Illusion zerplatzt war.

Als er sich auf das Bett des Pensionszimmers gesetzt hatte, war ihm der Schwindel aufgefallen, den die Außenwelt überkommen hatte. Die Gegenstände, die ihn umgaben, der Spiegel, die Kommode, die Tür, das Fenster der gemauerten Hinterhofnacht, die Ereignisse, die unmittelbar zurücklagen, der Flug zurück nach München, aber auch die Dinge und Menschen, die er ursprünglich hatte verlassen wollen, umschwebten ihn auf verschiedenen Umlaufbahnen, nahe und ferne Trümmer aus einer Kollision ungleicher Himmelskörper.

Es gelang ihm zu seiner eigenen Verblüffung, die Tränen zurückzuhalten. Er ahnte, irgendwo gab es eine Ahnung, dass er außer Juliane, die er zur Not immer noch anrufen konnte, noch irgendjemanden in München ... jemand, der auch noch in München ... ach so, klar. Salat.

Rudolph Salat. Salat wohnte ja auch schon eine ganze Weile in München. Er nahm das Telefon. Die Auskunft hatte nie von ihm gehört. Also hatte er erst am nächsten Morgen, nach einer schrecklichen Nacht, Salats Mutter in Celle angerufen.

«Ja, ruf du ihn an, vielleicht kannst du Rudi überzeugen», waren die letzten Worte am Ende eines zwanzigminütigen Gesprächs, zu dem Pardell bis auf die ersten Sätze fast nichts beigesteuert hatte.

Wovon Rudi nach Meinung seiner Mutter zu überzeugen wäre, verschwieg sie Pardell. In seiner Vorstellung verband sich mit der Anwesenheit des Schulfreundes in der fremden Stadt München ein Versprechen. Eine Nummer, die man im sicheren Bewusstsein wählen konnte, die Stimme des Abhebenden zu kennen, war ein unsichtbarer Anker im Schlimmen und Unbekannten. Eine Ziffernfolge der Hoffnung und der Zuversicht.

Pardell erklärte Salat, der schon beim ersten Versuch den Hörer abgenommen hatte, er sei in München, er sei in großer Not, suche eine Wohnung, ein Zimmer, es sei dringend. Salat dachte kurz nach, dann wurde er lebhaft und sprach von einem immens großen Zufall – denn *zufällig* sei der Mitbewohner seiner WG gerade ausgezogen, und das Zimmer sei frei, Pardell könne auf der Stelle einziehen, wenn er wolle, er, Salat, jedenfalls würde sich außerordentlich freuen. Ja, natürlich, das Zimmer sei möbliert, vollständig. Salat klang richtig begeistert.

Pardell nahm sehr erleichtert sein Handgepäck, bezahlte das Zimmer und eine erstaunliche Telefonrechnung, rief von einer öffentlichen Zelle aus noch einmal vergeblich bei der Gepäckrecherche an und machte sich auf den Weg zu seinem alten, nun, Freund wäre das falsche Wort, Bekannter träfe es auch nicht. Machte sich auf den Weg zu Salat.

Die Wohnung befand sich in einem alten Haus in der Nähe des Kolumbusplatzes, gegenüber der Bahnlinie, die München in Richtung Süden verlässt. Sie erstreckte sich hauptsächlich durch das Rückgebäude, nur das kleine Fenster der Küche ging nach vorne, ließ sich aber bloß einen Spalt öffnen, durch den das erhabene Geräusch der vorüberfahrenden Züge gedämpft hereindrang.

Die Wohnung war winzig, hatte aber einen dünnen, ewig lang gestreckten Flur, vollgestellt mit fünfzehn Zentimeter tiefen Regalen, aus denen die in ihnen abgestellten Dinge, Schuhe, alte Fitnessgeräte, Campingsachen und Zeitschriften unschön herausragten.

Es roch nach den faulenden Blättermassen ewiger Herbste, nach den fantastischen Suppen Eurasiens, nach getrockneten Innereien unbekannter Haustierrassen und geheimnisvollen Kräutern. An manchen Stellen war es schaurig, an anderen herrschte die ungesunde Wärme irregulär verlegter Rohrsysteme von gigantischen Ausmaßen und offensichtlichen Überdruckverhältnissen. Gegen Ende wurden die eher allgemeinen von den eindeutig privaten Gerüchen abgelöst, dort ging man an imaginären Wäschekörben vorüber, angefüllt mit der Baumwolle von Menschen, die schweißtreibenden Tätigkeiten nachgegangen waren.

Wer war Rudolph Salat? Nach zweimaligem Durchfallen war Rudolph Salat so nahe an Pardells Jahrgang herangerückt, dass zwischen beiden eine schulkameradschaftliche Beziehung entstehen konnte. Er erfasste mit Lichtgeschwindigkeit die Verhältnisse und ließ keine Gelegenheit aus, an Ort und Stelle eine gute Zeit zu verbringen. Pardell war ihm ein paarmal trampend und campend auf Expeditionen in niedersächsische Provinzstädte wie Braunschweig, Uelzen und Fallingbostel gefolgt, die nachmittags begannen, um zwei Tage später unter widrigen Umständen zu enden, und auf denen es um magische Lifts, schnorrbare Zigaretten und die Suche nach spendablen Fremden ging.

Seit zwei Jahren lebte Salat in München, studierte irgendwas. Eigentlich gut aussehend, mit leicht rötlich blondem Haar, allerdings auf dem Weg zu einer gewissen Schwammigkeit, besonders der Wangen, die sich inzwischen deutlich neben den edlen Furchen der Nase erhoben. Er hatte immer schon Anzüge, Hemden und Krawatten getragen, jetzt lag allerdings ein depravierter Zug, ein Hauch ernst gemeinter Dekadenz über ihm.

Pardell hatte die Wohnung am südlichen Ende des Flurs betreten, Salat im fahlen Glühbirnenlicht die Hand geschüttelt. Der fragte sofort, ob er eine Zigarette hätte, sie wären ihm gerade ausgegangen, und zündete sie sich noch auf dem Flur an.

Danach hatten sie das fragliche, sogar *sehr* möblierte Zimmer besichtigt, Pardell hatte eingewilligt und sein Handgepäck mit unglaublicher Erleichterung in den säuerlichen Duft gestellt. Danach gab er dem grinsenden Salat, der *«grade nichts da»* hatte, einen Fünfzigmarkschein, worauf dieser wenig später mit sieben Schachteln *Gauloises Blondes* und drei Flaschen furchterregenden Rotweins zurückkam. Sie sprachen Belangloses. Pardell wollte nicht von seinen Erlebnissen und seinem Scheitern erzählen.

Gegen 21 Uhr gab Pardell Salat noch einmal fünfzig Mark *«für Nachschub schnell»*, rang während Salats Abwesenheit mit Übelkeit, nickte auf der schlauchartigen Toilette ein, erwachte drei Stunden später, schleppte sich durch die menschenleere Wohnung in sein Zimmer, schlief in seinen Kleidern ein und bemerkte nicht, wie sich der völlig besoffen zurückgekehrte Salat gegen 7 Uhr harsch eines Großteils der Bettdecke bemächtigte und es sich in der pardellschen Wärme gemütlich machte.

Am nächsten Tag war Pardell zitternd aufgewacht und hatte über seinen neuen Mitbewohner Salat gelächelt, der im Suff offensichtlich in das falsche Zimmer gegangen war. Er war nicht aufzuwecken, also ging Pardell leise in die Küche, wo er nichts vorfand, mit dem er sich ein richtiges Frühstück hätte machen können. Es gab nur einen Kanten altes Brot. Er aß es.

Unmittelbar nachdem Pardell dem am frühen Nachmittag erwachten Salat die vierhundert Mark für die Warmmiete des Zimmers gegeben hatte, veränderte dieser sein Verhalten gegenüber seinem neuen Mitbewohner. Er registrierte Pardell skeptischer, mit einem zerstreuten Argwohn, so als wäre Leo ein flüchtiger Bekannter, der ursprünglich auf einen Kaffee am Vormittag vorbeikommen wollte und sich spontan entschieden hatte, zum Abendessen zu bleiben. Und da Salat ein Mensch war, der seinen eigenen Empfindungen blinden Glauben schenkte, wuchs der Unmut über Pardell. Zum Beispiel begann Salat, ihn insgeheim für die vielen überfüllten Aschenbecher oder die verunreinigte Toilette verantwortlich zu machen. Schon am zweiten Morgen sah er – Salat – voller Ekel auf den harzigen Urinstein im Waschbecken, obwohl es doch Salat war, der seit mehreren Jahren aus Bequemlichkeit ins Waschbecken pinkelte, ohne es jemals mit geeigneten Mitteln zu reinigen.

Am dritten Tag kam Pardell nach einem ratlosen Spaziergang nach Hause und fand Salat verstörend schnarchend in seinem Bett, versuchte, sich seinerseits in stillem Ekel eines Großteils der Bettdecke zu bemächtigen, was misslang, und legte sich zitternd neben den narkotisierten, streng riechenden Schläfer. Er fand keinen Schlaf. Er dachte nach.

Zweifellos hasste er Salat, das war das Einzige, was er genau wusste. Er hatte ihn früher ja auch schon gehasst, ohne die Notlage hätte er sich nie bei ihm gemeldet. Er hasste ihn umso mehr, als er sich einfach nicht erklären konnte, wieso Salat ihn mit der Okkupation seines Zimmers quälte, denn schließlich hätte er ihm, Pardell, ja auch das andere Zimmer geben können. Was sollte das?

Die Frage, was eigentlich mit dem anderen Zimmer sei, hatte Pardell nach wenigen Augenblicken sich erheben und über den langen Flur gehen lassen, an dessen mittelwestlicher Seite die Tür zum anderen Zimmer lag. Da die Glühlampe so schlecht leuchtete, stand er in zwielichtiger Dunkelheit, stellte aber zu seiner Verblüffung fest, dass es sich bei dem anderen Zimmer um ein winziges, muffiges Kabuff handelte, einen Abstellraum, der sich bei der Abtrennung des Flurs von der Nachbarwohnung ergeben hatte. Anstatt in Raumtiefe zu greifen, hatte Pardells vorsichtig tastende Hand den Stiel eines Wischmopps berührt, der daraufhin in den Flur stürzte. Es gab einige Putzeimer, in denen der Staub schon angefangen hatte auszuhärten, Zigarettenkippen und zuletzt ein paar tapfere Schaben, die in Pardell zum ersten Mal seit Generationen mit der Existenz einer intelligenten Lebensform konfrontiert wurden und sich ungläubig in Ritzen und Spalten zurückzogen.

Pardell schloss die Tür zum Kabuff. Ging in das Zimmer zurück, in dem der abscheuliche Salat schlief. Legte sich neben ihn. Mit der plötzlichen Klarheit über seine Wohnsituation überkam ihn die unabweisbare Sehnsucht, ihr zu entrinnen.

***

Die vorbeikommenden Reisenden, die auf dem Weg in einen Sitzwagen waren und die ihn fragten, *ob es noch weit bis zu dem und dem Wagen sei?*, bemerkten nicht, dass er genauso wenig darüber wusste wie sie. Ehrlich, wie er war, hatte er die ersten Male korrekt Vages von sich gegeben, hatte erklärt, er wisse es auch nicht genau, sei noch neu, seine erste Fahrt, kann ich nicht sagen, ich arbeite nur hier ... Bald ging ihm die unaufhörliche Erläuterung seiner eigenen Unwissenheit entschieden auf die Nerven. Er musste zum Beispiel sehr viele 0,2-l-Fläschchen französischen Cognacs und irischen Whiskeys zählen und korrespondierende Ziffern in eine Abrechnung eintragen, und jedes Mal, wenn sich ein in aller Unschuld fragendes Gesicht in das von der Kühlschrankluft nicht zu seinem Vorteil durchtränkte Office beugte, musste er absetzen und erklären und begründen, dass er es auch nicht wisse. Danach durfte er jedes Mal von vorne anfangen und noch einmal zählen, was er gerade gezählt hatte. Das hatte keinen Wert.

Als eine freundliche Frau mit einem schlammbraunen Mantel und einer praktischen Umhängetasche fragte, *ob es noch weit ...* – sagte er knapp und ohne zu zählen aufzuhören: «Ja, ziemlich weit, einfach da lang. Bitte!»

Kurz vor Köln begriff er zwei miteinander verwobene Dinge: Er sah den allgemein sehr begrenzten Charme einer Aushilfskraft, die nichts anderes kann, als sich darauf herauszureden, sie sei neu und arbeite nur hier. Er sah andererseits, was es hieß, eine Uniform zu tragen – es hieß, kompetent zu sein, ob man es war oder nicht. Es hieß, gesehen zu werden, auch wenn man für sich gerade einen kleinen, privaten Augenblick erleben wollte. Es hieß, dass man der reguläre Teil eines Komplexes von Vorschriften, Uhrzeiten und Wagenständen geworden war, mit denen man natürlich nicht das Geringste zu tun hatte. Dennoch war man für alle anderen auf die andere Seite hinübergewechselt.

Das stimmte auch andersherum, denn tatsächlich empfand er schon die paar Reisenden, die er bis jetzt kennengelernt hatte, als Vertreter einer *Außenwelt*, in der nach Sitzplätzen gesucht wurde, während er dringend 0,3-l-Fläschchen Südtiroler Rotwein zu zählen und in Lagerschränke einzuräumen hatte, zu anderen 0,3-l-Fläschchen Südtiroler Rotweins, die zuvor von einem Kollegen von ihm gezählt und eingeräumt worden waren. Alle Fläschchen hatte irgendwann noch dazu der übellaunige Magaziner gezählt, der auch seine Abrechnung prüfen würde. *Darum* ging es hier.

Er sollte kurz vor der Ankunft an einem Bahnhof, für den Reservierungen vorlagen, das oder die entsprechenden Abteile öffnen und das Licht in ihnen anmachen (*«So, jetzt schau mal her, ja, das ist der Vierkant, so, da sperrst auf, ja, jetzt, wo ist das Licht? Schau her, hier ist der Lichtschalter, so, ja, jetzt machst das Licht an, ja, genau, ja, das lernst schon noch, gell, ja ...»* – Oberschaffner Hoppmanns Erläuterung). Er öffnete Abteil 11, das erste des Wagens, machte das Licht an, prüfte die drei vorgebauten Betten *Tourist* und verharrte auf dem Flur, bereit, aus dem Wagen zu treten, wenn der Zug stillstehen würde. Man näherte sich schon der Rheinbrücke, er sah den gelbgrün beleuchteten Dom in der Ferne, hörte den metallischen Klang seines Wagens auf dem Stahl der Brücke. Gleich. Er spürte die schlafende Stadt Köln, dachte leise an das Geräusch eines langsam vorüberrollenden Nachtzuges, den man von Weitem hört, während man versucht einzuschlafen ...

***

Als Pardell nach der Nacht erwacht war, in der er die Wahrheit über die Salatwohnung und das Ausmaß des Verrats erfahren hatte, machte er vier weitere Entdeckungen.

Zunächst, nach dem unmittelbaren Erwachen, entdeckte er, dass der schäbige Salat bereits gegangen war, dass er zuvor aber offensichtlich Pardells Sakko durchsucht und die drei letzten verbliebenen Scheine aus Pardells Geldbeutel entwendet hatte.

Danach entdeckte er im düsteren Flur, dass die Münchener Elektrizitätswerke der schwachen salatschen Zahlungsmoral offensichtlich mit dem Abstellen des Stroms zu antworten sich entschlossen hatten, denn weder die funzelige Glühbirne noch die brüderlichen Birnen in Küche und Bad zeigten die geringsten Reaktionen, ebenso wenig, wie sich der verkrustete Herd erwärmte, auf dem er sich einen Espresso kochen wollte.

Dann musste er feststellen, dass sich nichts im dunklen, gerade abtauenden Kühlschrank befand, das er hätte zu sich nehmen können. Das einzige verbliebene Lebensmittel war eine halb volle Flasche *Getzlaff Curry-Ketchup*, die Pardell eingetrocknet anstarrte.

Schließlich sah er, dass ein paar Päckchen mit Reinigungstüchern aufgerissen auf dem Küchentisch lagen: Auf dem weißen Grund fand sich ein blau-goldenes Emblem, zwei athletische goldene Raubkatzen spannten ihre Pfoten zu einem schwungvollen Oval, drumherum zog sich ein kursiver Schriftzug: *Wagons-Lits* las Pardell. Darüber, in kleinerer Schrift, unterhalb der Einrahmung der sich entgegenstreckenden Läufe der Wappentiere, komplettierte sich ein weiteres *Wagons-Lits* mit *Compagnie International des*.

Auf Deutsch hieß das *Internationale Schlafwagengesellschaft*.

Schlafwagen. Eisenbahn. Pardell durchsuchte seine Erinnerung nach Bahnhöfen, ging an den dunklen Reihen der Züge entlang, mit denen er gereist war, und versuchte, den *Wagons-Lits*, ihrem Emblem, ihrer Geschäftstätigkeit einen Platz zu geben. Er fand zunächst nichts, dann aber dachte er an die Interrail-Reise, die er mit einem Schulfreund vor vielen Jahren unternommen hatte und in der sie einmal mit einem überbevölkerten Nachtzug gereist waren, zusammen mit vielen Hundert anderen jungen Menschen, die ächzend auf Fluren und Gepäckablagen kauerten und totengleich in Schlafsäcken lagen.

Sie waren, wie alle anderen, mit der Hoffnung Ahnungsloser irgendwo, und ohne es sich zu überlegen, eingestiegen. Während der Zug aus dem Bahnhof Basel nach draußen rollte, tauschten sie amüsierte Blicke, um sich keine zehn Minuten später immer verzweifelter durch die Massen anderer, sich immer verzweifelter Vorankämpfender voranzukämpfen, traten dabei finnischen Mädchen aus Versehen auf die Füße, spürten die rücksichtslosen Ellbogen panischer Jungitaliener, verloren sich aus den Augen, hatten Angst, bestohlen zu werden, standen minutenlang still, weil sich sieben oder acht Personen vor ihnen ein hysterischer Zusammenbruch ereignet hatte – um irgendwann vor einer verschlossenen Holztür mit kleinem Glasfenster angekommen zu sein, hinter dem es dunkel, leer und gepflegt aussah, hinter der gelbliche Lampen ein sanftes Licht von solcher Wärme und Behaglichkeit verströmten, dass sie sich nichts mehr wünschten, als dorthin vorgelassen und auch geduldet zu werden. Sie rüttelten, klopften an dieser Tür, wie viele andere junge Menschen auf Interrail-Tour vor ihnen gerüttelt und geklopft hatten, so lange, bis ein ärgerlich aussehender Mann mit blauer Uniform und dunklem, buschigem Schnurrbart herangekommen war und durch die Tür, mit deutlich schweizerischem Akzent, *«Chaben Sie reserviert?»* fragte.

Sie hatten nicht einmal gewusst, *dass* man reservieren konnte, und verneinten treuselig. Daraufhin verschwand der Schweizer sofort wieder schimpfend hinter der edlen Tür. Auf dieser Tür prangte zentral ein Wappen: zwei Raubkatzen, die ein Oval bildeten, auf dem in Gold, mit kleiner, kursiver Schrift *‹Wagons-Lits›* geschrieben stand.

***

Schlafwagen befinden sich innerhalb der Züge so gut wie immer an exponierter Stelle – meistens am Schluss oder am Anfang eines Zuges, je nachdem, in welcher Richtung sie auf den Bahnhöfen ankommen, und je nachdem, ob es Durchgangs- oder Kopfbahnhöfe sind. Köln ist ein Durchgangsbahnhof. Pardells Schlafwagen stand weit draußen. Mit seiner Reservierungsliste in der Hand, blau bekleidet, aufmerksam und erfreulich wach wartete er auf die *Drei Tourist*. Leichter Nieselregen, von den Straßen leise das spritzende Geräusch durch Pfützen fahrender Autos.

Noch zwei Minuten Aufenthalt. Jetzt gerade erreichte jemand, nein, zwei Menschen, ein älterer und ein jüngerer Mann, vielleicht Vater und Sohn, erreichten den Bahnsteig, erhöhten ihre Geschwindigkeit, fragten einen Bundesbahnschaffner, der den Arm weit nach hinten streckte und auf Pardell wies, den ferne stehenden Pardell, worauf sie weiterliefen, in der einen Hand Reisepapiere, mit der anderen Koffer schleppend.

Pardell blieb gelassen, mehr noch, er spürte, wie seine Gelassenheit bei jedem gehetzten Schritt, den die zwei zurücklegten, größer wurde – gerade, weil er nicht freiwillig nach Ostende fuhr, weil er nicht über die Form seiner Reise bestimmte, konnte er sich, zögerlich, immer noch unsicher, aber mit jedem Atemzug der frischen, feuchten Kölner Luft mehr, *frei* bewegen.

Im Office und einen Schluck *Edelstoff* trinkend, dachte er anschließend daran, wie er auf die andere Seite der Schlafwagentür gekommen war. Er dachte an die viele Zeit, die zwischen jenem *«Chaben Sie reserviert?»* und seinem eigenen freundlichen *«Kommen Sie, schnell, ich helfe Ihnen, ja, keine Sorge. Guten Abend, erst mal. Hier lang. Das ist Ihr Abteil, soll ich Ihnen den Koffer hochstellen?»* lag, mit dem er die beiden schnaufend eintreffenden Reisenden begrüßt hatte.

Der 2. April 1999, vor fünf Tagen, 13 Uhr 12. Pardell hatte das Ende der Überdachung erreicht und stand nun auf dem Bahnsteig 11 in der mittäglichen, schwachen, spätwinterlichen Sonne. Man hatte ihm gesagt, dass er den Bahnsteig bis an sein Ende durchgehen solle, sich dann nach links wenden, wo es einen kleinen Seitenausgang gebe, links sei der Eingang der *Wagons-Lits,* Sektion München. In der blinden Seitenfassade des Hauptbahnhofs befand sich eine schäbige grau gestrichene Holztür mit zwei Flügeln, auf der ein ungefähr zwanzig Zentimeter großes, rechteckiges dunkelblaues Schild befestigt war: Es zeigte zwei goldene, athletische Raubkatzen, die ein Oval bildeten.

«Sie wollen zur Gepäckfundstelle?»

Fast hätte Pardell diese Frage bejaht: Die Umrisse seiner zwei anthrazitfarbenen Koffer zeigten sich im Erinnerungsgewitter eines dunklen, blau aufblitzenden Himmels über dem Nordatlantik, in einer unbeweglich gegen ihren Absturz ankämpfenden Maschine.

«Nein, ich wollte zur *Compagnie* Intern ... *Wagons-Lits* ...», erwiderte Pardell.

«Nichts verloren? Haben Sie eine Beschwerde? Eine Reklamation?»

«Nein, ich wollte mich bewerben.»

«Sie haben die Annonce in der *Abendzeitung* gelesen?»

Pardell zögerte und sah flüchtig auf die gegenüberliegende weiß getünchte Wand. Eine große, runde Eisenbahnuhr mit gleichmäßig voranstrebendem Sekundenzeiger. Links darüber eine alte, an den Rändern eingegilbte Europakarte (mit dem Verlauf der Grenzen aus der Zeit des Eisernen Vorhangs), ein blaues Emailschild mit vergilbter gelber Schrift und, um einiges tiefer, die Schwarz-Weiß-Fotografie von zwei jüngeren Männern vor einem Bahnhof, den Pardell nicht kannte.

Der Mann, der Pardell gegenüberstand, war um einiges kleiner als er selbst, etwas untersetzt und sicherlich dreißig Jahre älter. Er trug einen unscheinbaren braunen Anzug, dezente Krawatte. Die spärlichen Haare waren weiß und kurz geschoren, was ihm einen unabweisbar intelligenten Gesichtsausdruck verlieh. Als er Pardell hatte eintreten sehen, war er in seiner Bewegung erstarrt. Er wirkte dabei erstaunlich kunstfertig, ein schattenspielender Gleichgewichtskünstler, der in einem auf den ersten Blick schäbigen Büro im hintersten Winkel eines Großbahnhofs allerdings etwas Skurriles hatte.

«Man weiß ja nie, ob die Annoncen etwas bringen», sagte der Equilibrist versonnen und fuhr dann blinzelnd fort, «aus der *Abendzeitung*, sagen Sie. War das nicht schon letzte Woche? Normalerweise annoncieren wir nicht. Wir hatten letztes Jahr eine Annonce und stellten jemanden an, der uns dann drei Wochen später vom Bahnsteig weg verhaftet wurde», sagte er lächelnd und blickte Pardell forschend, aber sehr freundlich in die Augen.

«Was hat er getan?»

«Oh, ich weiß nicht genau, ich hörte irgendwas von einem Chirurgen aus Karlsruhe, der sich längere Zeit in einem Krankenhaus aufhalten musste. Aber nicht, um dort zu operieren ...»

Seine zuvor angehaltene Bewegung geschmeidig fortsetzend, ging der weißhaarige Mann auf eine von zwei großen Oberlichtern durchsetzte Holzwand mit einer offen stehenden Holztür zu. Er forderte Pardell auf, ihm zu folgen, und sprach währenddessen weiter.

«Also, ich hoffe, Sie bleiben mir länger erhalten. Nur ein Scherz. Sie haben die Anzeige ja gelesen, wann könnten Sie denn anfangen? Sind Sie ...?»

«Student, ich habe zwei Freisemester genommen, weil ...»

«Ideal. Wir haben immer ein paar Studenten. Ich brauche Ihre Immatrikulationsbescheinigung, Ihre Lohnsteuerkarte, ein Gesundheitszeugnis. Schon mal, wie soll ich sagen, Erfahrungen gemacht, im Umgang mit Menschen?»

«In Berlin war ich ziemlich lang nebenbei Stadtführer, da ...»

«Oh, sehr gut, sogar vom Fach der Mann. Wann könnten wir mit Ihrer Ausbildung beginnen?»

«Ausbildung?»

«Nichts Besonderes, ich schicke Sie mit einem alten erfahrenen Mann auf Tour. Vorausgesetzt, Ihr Ausbilder hat keine Einwände, könnten Sie danach sofort anfangen. Haben Sie zufällig ansteckende Krankheiten? Nein, sagen Sie nichts, will ich gar nicht wissen, nur ein Scherz!»

Er machte eine Pause, blickte über den von Papieren, Tabellen, zirkulären Skalen, kleingeschriebenen Listen überhäuften Schreibtisch, der am Ende des Raums stand, an einem Fenster, das auf die Bayerstraße ging. Hinter ihm, an der Wand, noch eine Europakarte und noch eine, allerdings kleinere Uhr. In der Karte steckten rote, schwarze und grüne Fähnchen, die mit Ziffern bedeckt waren. Auf seltsame Weise waren die Proportionen der Karte verschoben –

eine Verschiebung, die Pardell schon beim ersten, nur flüchtigen Blick bemerkt hatte, ohne aber genau bestimmen zu können, worauf dieser Eindruck beruhte.

«Darf ich fragen, wie alt Sie sind?»

«Achtundzwanzig.»

«Sehen Sie, ich war siebenundzwanzig, als ich in die *Compagnie* ging! Ich habe es nie bereut! Ich dachte, ich komme für ein halbes Jahr, und ich blieb, lassen Sie mich zählen, ich blieb ... sechsunddreißig Jahre, zwei Monate und elf Tage! – Mein Name ist Eichhorn, ich leite die Sektion München und bin dazu, aber das ist Ihnen ja selbst klar, Chef der Variablen.»

«Ich freue mich, mein Name ist Pardell», sagte Pardell, der nicht die geringste Ahnung hatte, was Eichhorn meinte.

«Schweizer?»

«Nein, ich bin Deutscher!»

«Ach so. Tut mir leid. Aber Sie sind ja trotzdem was geworden. Sehen gut aus. Höflich. Nur ein Scherz. Nein, wirklich, Sie gefallen mir ... Also, nun sollte ich Ihnen endlich sagen, was Sie erwartet? Das mit der *Abendzeitung* glauben Sie ja selbst nicht! Wir haben überhaupt keine Annoncen geschaltet! Das war nur ein Scherz vorhin! *Wir* schalten doch keine Annoncen!» Eichhorn lachte, regte sich ein wenig, drehte sich auf seinem Sessel, holte Cognacgläser aus dem Schreibtisch und eine drei Viertel volle Flasche *Rémy Martin*.

«Nur einen kleinen, zum Benvenuto!»

Pardell nickte, lächelte, freute sich ungeheuer über Herrn Eichhorn. Auch weil er spürte, dass seine Qualitäten hier auf eine natürliche Weise gefragt waren. Ankamen. Seine intelligente Nachgiebigkeit, lieber Ja zu sagen, als zu verneinen. Seine – bislang auf absurde Weise ungenützten – Sprachen, deren unterschiedliche Rhythmen er anklingen hörte. Am meisten aber freute ihn der Mann selbst – diese lustige Art zu sprechen und sich dabei keinen Millimeter zu rühren! Dieses nette, auf eine altmodische Weise intelligente Gesicht. *Chef der Variablen!*

«Passen Sie auf! Wir nennen die Variablen im Jargon, entre nous, Sie wissen, was ich meine, hehe, Springer!»

«Wie die Schachfiguren?»

«Wo denken Sie hin. Wo sind wir hier? Na ja, vielleicht haben Sie recht.» Eichhorn überlegte.

«Nein. Eigentlich ist es anders. Früher, während der Kriege und danach, hatten wir unter den Variablen recht viele, die als *Springer* in großen Hotels und Restaurants arbeiteten. Die also, aus welchen Gründen auch immer, keine Vollzeitstelle hatten. Das lag nahe, als Schaffner müssen Sie ja auch kellnern, kochen, Sie müssen gute Manieren haben usw. Sie müssen es gewohnt sein, nachts zu arbeiten, das ist auch nicht jedermanns Geschmack. Ich könnte das nicht mehr! Na ja. Hehe!» Er nahm einen kleinen Schluck.

«Man fragte einen der Springer, ob er zum Beispiel für fünf Tage auf eine Tour gehen könnte, sagen wir, Zürich–Wien. Wien–Amsterdam. Amsterdam–Basel. Wenn reguläre Kräfte an den einzelnen Sektionen nicht zu haben waren!»

«Ein Springer ist jemand, der nur ab und zu arbeitet?»

«Früher! Heute ist das gar nicht mehr zu machen. Sie werden dauerbeschäftigt, mein Lieber. Aber Sie müssen dementsprechend rumfahren, das ist klar! Tag und Nacht, Nacht und Tag! Immer wie der Wind! Huhu!»

Wieder lächelte er und blickte Pardell aufmerksam ins Gesicht. In Eichhorns Augen blitzte, bevor er weitersprach, eine Schärfe geistiger Präsenz auf, die überhaupt nicht zu dem passte, was Eichhorn unablässig von sich gab.

Eichhorn erklärte Pardell die ‹groben Züge› des Systems und die Aufgabe der Springer.

«Nur die groben Züge, Sie verstehen. Die Feinheiten, die Details – das bekommen Sie dann im Laufe der Zeit mit, das kann ich Ihnen schlecht einfach so erklären. Jeder hat seinen Stil ...»

Es gäbe über fünfzig Sektionen, in Deutschland seien es vier, Dortmund, Hamburg, Frankfurt und München. Jede Sektion betreue von sich aus gewisse Dienste – so würde München den Schlafwagen nach Neapel betreuen, obwohl es in Neapel auch eine Sektion gäbe. Die Neapolitaner hätten dafür den Schlafwagen nach Stuttgart. Es gäbe Regelwagen und je nach Saison und Reservierungslage Zusatzwagen. Auch außerplanmäßige Züge, gerade jetzt dann wieder im Sommer. Das sei ein überaus komplexes Geflecht.

«Nun, wie soll ich sagen, man kann in einer Sektion gar nicht so viele feste Schaffner beschäftigen, wie man bräuchte, um wirklich immer einen zu haben, in jedem Wagen. Verstehen Sie, da kommen dann arbeitsrechtliche Dinge dazu, vorgeschriebene Pausen, diese Sachen. Manchmal darf jemand nicht mehr fahren, weil er schon zu viele Stunden oder weil er zu viele Biere hat. Nur ein Scherz. Nehmen Sie noch einen Cognac? Ja, gerne, natürlich, bitte. Für solche Fälle braucht man Springer. Die Springer arbeiten nicht ausschließlich von einer Sektion aus, sondern europaweit. Das war immer schon so. Ich habe es vorhin ja gesagt. Sie fahren also von München nach Paris zum Beispiel, haben einen Tag Aufenthalt, fahren dann mit einem Wagen nach Madrid, von da nach Barcelona – haben zwei Tage Aufenthalt. Dann fahren Sie außer Dienst nach Marseille und übernehmen dort den Wagen nach Brüssel; fahren kurz nach Ostende und nachts dann heim nach München. Manchmal werden Sie kleine, manchmal große Touren haben ...»

Eichhorn lächelte versonnen. Zum ersten Mal ließ er seinen Kopf ein wenig sinken.

«Sie arbeiten für sich, Ihre Instruktionen erhalten Sie in den Sektionen der jeweiligen Städte. Das geht gut. Sie bekommen einen Ausweis als Springer und ein Fahrtenbuch. Das ist ganz elementar. Mit dem Fahrtenbuch können Sie sich selbst Fahrkarten ausstellen, um irgendwo anders einen Dienst zu übernehmen. Klar, dass Sie sich überlegen werden, viele private Fahrten damit zu machen! Mal eben schnell!» Eichhorn grinste jetzt überschwänglich und hob den Zeigefinger.

«Es ist dies aber streng verboten. Und Sie werden dafür ohnedies keine Zeit haben!»

«Oh, das macht mir nichts aus. Das kommt mir sogar gelegen!»

«So, gelegen kommt Ihnen das. Na ja, ich frage nicht! Sie bekommen sechzehn Mark die Stunde, zuzüglich 11 Prozent des Umsatzes verkaufter Getränke und Speisen ... aber das erzählt Ihnen dann sowieso Ihr Ausbilder. Könnten Sie schon heute Abend? Dann würde ich Sie nämlich Herrn Hoppmann mitschicken, alter, erfahrener Kollege – es ginge nach Ostende, glaube ich ...», er suchte auf dem Schreibtisch, fand nichts, stand auf, ging in den Vorraum, wo ein großer, winzig klein beschriebener Dienstplan hing.

«Ja, wie ich sagte, Ostende! Das ist eine relativ lange Strecke, da ist genügend Zeit, damit Sie sich vertraut machen können, so weit. Ich meine, den Rest lernen Sie ohnedies nur, wenn Sie alleine arbeiten! Also – machen Sie's? Ich bräuchte nämlich in ein paar Tagen schon jemanden, ich hatte direkt ein wenig Sorgen deswegen, als, hehe, als ob ich selber sogar, Sie verstehen, noch einmal?»

Pardell zögerte keinen Augenblick, nochmals zuzusagen, vielleicht eine Spur zu schnell, um Eichhorn nicht endgültig zu zeigen, dass er diesen Job dringend brauchte. Er bejahte, und wie.

«Alles Gute für die *Tour d'Instruction*», wünschte ihm der merkwürdige Eichhorn, als sie sich verabschiedeten.

«20 Uhr 50. Seien Sie pünktlich.»

Pardell verließ ihn euphorisch, aber natürlich wich diese Euphorie im Laufe des Tages der Unruhe, je näher die Ausbildungsfahrt mit Oberschaffner Hoppmann heranrückte. Sie sollte fürchterlich werden.

In jedem noch so kleinen und unbedeutenden Satz, den Pardell schüchtern sagte, fand Hoppmann kleine unschuldige Wörter, durch deren Verstümmelung er Witz, Intelligenz, Humor und Gefühl demonstrierte. Mit Vorliebe zerstörte er Eigennamen.

«So, wie heißt du? Paddel? Was, aber das is doch kein Name, damit rudert man doch. Wie? Puddel? Wauwau? Hahaha, des is komisch, weißt,

Humor is für mich das Wichtigste, dass jemand einen Spaß versteht, ja freilich, so jetzt schau mer amal, was da los is ...», sagte Hoppmann zur Begrüßung in der Sektion.

Pardell sah sich während der Fahrt mit Puttl, Pattel, Petall angesprochen und, als Hoppmann beschlossen hatte, ihn beim Vornamen zu nennen, als Lo, Lovis, Luis, Lukas. Auch *Polni*, wo sich ‹Leonard› und ‹Pardell› auf eklige Weise vermischten. Eine Mischung, über die Hoppmann schmunzelte, weshalb er sie oft benutzte, *Polni* von ferne rief, aus der Nähe ansprach oder den Namen *Polni*, *Polni* wie ein kindischer Greis vor sich hin sprach, *komm doch Polni, mein kleiner Polni*, während er zum Beispiel die glänzenden Bierspritzer auf dem schwarzen Kunststoffboden des Office musterte.

«Du, Polni, sei doch so lieb und wisch a mal zam da, so verspritzt alles. Geh, da musst hinten schauen, neben der Dusche ist so ein kleines Kämmerchen, zum Wischen die Sachen, die sind da drin. Schön wischen immer, Polni!»

***

Der dritte Tourist war erkrankt. Oder hatte sich tatsächlich verspätet. Oder es sich anders überlegt. Pardell vervollständigte die Papiere, zählte zu Ende, richtete den Beutel mit Pulverkaffee und die Tasse für den Reisenden von Nummer 22 her, legte sich auf den Schaffnersitz und dämmerte. Er nahm den alten Zehn-Mark-Wecker, den Hoppmann ihm nach der Ausbildungsfahrt freundlich überlassen hatte *(«Du, Pallti, bist ein bissal verschlafen, seh ich schon, ja, ganz traurig schaust jetzt aus, müde, ja, müde, schau her, ich hab da noch einen schönen Wecker, der is einwandfrei, ja, gibst ihn mir halt zurück, wenn'st aufhörst mit'm Fahren, gell, nicht verschlafen! Verstehst? Nicht verschlafen, dass'd ihn mir zurückgibst und nicht verschlafen ... verstehst? Des is vielleicht komisch ...»)*. Er stellte den Wecker auf 4 Uhr 20, reichlich vor Leuven, wo er den Double-Reisenden wecken würde.

Alles war ruhig, es gab nur die Katarakte der Schienen und das leise Summen der Elektrik. Nicht verschlafen! Hoppmann, dieser bayerische Idiot. An wen erinnert mich der bloß? Schau mer mal. Kommt da jemand den Gang lang? Ne, geht nach hinten aufs Klo ... eng auf der Liege. War schön, die Frau in der *Fetten Fanny*, die Bedienung, wie sie sich mit dem Handgelenk den Schweiß aus der Stirn gewischt hatte, das hatte was ...

Der Zug passierte inzwischen die Region südöstlich von Verviers. Trotz der sehr frühen Morgenstunde befand sich in der Nähe des kleinen Dorfes St. Witz eine Gruppe von Menschen in unmittelbarer Nähe des Bahndamms. Sie suchten das Gelände ab und registrierten kaum die Vorüberfahrt des Nachtzuges D222, in dem Pardell gerade eindämmerte.

Gestern am frühen Morgen hatte der Schäferhund eines Rentners einen ungewöhnlichen Gegenstand apportiert, den der Rentner überhaupt nicht geworfen hatte.

Es handelte sich um eine männliche linke Hand, etwa zehn Zentimeter über dem Gelenk abgetrennt, und zwar mit einem sauberen, mit ungewöhnlicher Kraft ausgeführten Schnitt, was bei den Kriminalbeamten aus Verviers zunächst die Vermutung ausgelöst hatte, der Besitzer der Hand könnte sie versehentlich unter einen Zug gebracht haben. Die Obduktion ließ das unwahrscheinlich werden. Denn die Hand fehlte nicht nur einem Körper, sondern der Hand selbst fehlte ihrerseits auch noch etwas: der Mittelfinger. Der Gerichtspathologe hatte herausgefunden, dass der Finger etliche Stunden nach dem Tod der Hand abgetrennt worden war. Und selbst da hatte sie sich noch am Körper befunden. Die Beamten vermuteten die klassische Fingeramputation für einen edlen, aber im Fleisch des ehemaligen Besitzers versunkenen Ring. Auffällig war dann noch, dass die Hand gerade dabei war aufzutauen, sie war aus irgendwelchen Gründen gefroren gewesen.

Ansonsten wies diese einzelne linke Hand auf einen Mann von

vierzig bis fünfzig Jahren. Auf der linken Oberseite der Handwurzel befand sich die kleine, aber auffällig gekrümmte Narbe einer ehemals wohl tiefen Wunde, die vielleicht ein Haken oder ein Korkenzieher verursacht hatte. Es war eine eklige, schaurige Sache – die es allerdings über größere Meldungen in den Regionalzeitungen und einer bloßen Notiz in *Le Monde du Belge* nicht hinausbrachte. Die Zeitungen beschrieben sie wie einen Flüchtigen, à la «Wer kennt diese Hand?».

Es meldete sich niemand, denn die belgische Öffentlichkeit beschäftigte sich zu dieser Zeit hauptsächlich mit einer Gruppe von Kinderschändern, die sehr groß war und vielen Kindern Unbeschreibliches angetan hatte.

Da überdies keine Leiche aufgetaucht war, der eine Hand fehlte, kümmerte sich niemand weiter darum als die paar Beamten der Vervierser Polizei unter der Führung eines hungrigen, schlecht gelaunten Inspektors, der auf beiden Seiten der Gleise mit Taschenlampen und Hunden die vom Nieselregen aufgeweichten Felder absuchen ließ.

Starnberg, Passage 7.4.1999, 22:35

«Woher wussten Sie, dass ich so spät noch wach sein würde?»

«Das wusste ich nicht. Das war mir egal. Es ist sehr wichtig.»

«Ich weiß nicht, ob meine Haushälterin noch wach ist, vielleicht soll sie Ihnen einen kleinen Imbiss zurechtmachen?»

«Lassen Sie die alte Schachtel bloß im Bett, letztes Mal hat mir gereicht.»

«Ellie ist nicht nachtragend. Obwohl, in diesem Fall ...»

«Ich habe vorhin am Bahnhof gegessen. Geben Sie mir lieber was zu trinken.»

«Selbstverständlich, gerne. Wann sind Sie heute zurückgekommen?»

«Vorhin, gegen acht.»
«Wie lange fährt man mit dem Zug so von Luxemburg?»
«Gut vier Stunden.»
«Ich fahre ja eigentlich nie Zug, die Gesellschaft war letztes Jahr so freundlich, mir einen Chauffeur zu stellen, seitdem, ich kann Ihnen sagen ... Natürlich hat Zugfahren ungeheuer viel für sich ... Aber warten Sie. Ich besorge uns erst mal was zu trinken ... Sherry, Baron?»

Fischbein war es gewohnt, gut mit seinen Geschäftspartnern auszukommen, und die scherzend brutale Art des Barons beschäftigte ihn immer wieder. Er konnte nicht sagen, dass er ihn ... mochte, nein, mögen nicht. Reichhausen behandelte Fischbein manchmal wie einen Idioten, aber irgendwie, es gab so Tonlagen, die Fischbein faszinierten, und er war ja nicht nachtragend.

In der Münchener Gesellschaft galt Reichhausen schlicht als unmöglich. Leider auch als unumgänglich, denn genau *weil* er sich rücksichtslos offen gegen jedermann benahm, engagierten die Patriarchen des *Old Money* ihn, um ihren Letzten Willen zu vollstrecken. Er war ein ausgezeichneter Jurist, selbst sehr wohlhabend und legte nicht den geringsten Wert darauf zu gefallen. Fischbein interessierte, wenn er ehrlich war, das Spiel mit dem Feuer, indem er immer wieder ausprobierte, wie weit er Reichhausen provozieren konnte, bevor der explodierte. Jetzt gerade eben, das war interessant gewesen.

Denn William Fischbein wusste einerseits, dass der Baron öffentliche Verkehrsmittel nicht ausstehen konnte. Er wusste andererseits, dass der nagelneue, rubinrote Jaguar Reichhausens, natürlich ein *Daimler*, seit der Jungfernfahrt vor einigen Wochen unbewegt in der Garage gestanden hatte. Man hörte Geschichten von einer Polizeiwache in Giesing, deren Nachtbesatzung durch einen achtstündigen Aufenthalt Reichhausens traumatisiert worden war. Man hörte von einer tagelang nicht mehr benutzbaren Ausnüchterungszelle. Man hörte von einer schier unfasslichen Promillezahl und einem dreimal lebenslang gesperrten Führerschein.

Lächelnd hatte Fischbein Reichhausen den Rücken zugekehrt. ‹Natürlich hat das Zugfahren ungeheuer viel für sich ...› – Ja! Kleiner Scherz. Er kam mit einer Flasche Sherry und Gläsern zurück und schenkte gut gelaunt ein, setzte sich.

«Sie müssen etwas sehr Wichtiges auf dem Herzen haben», sagte Fischbein, als er mit den Gläsern zurückkam, und freute sich insgeheim auf einen Hurrikan.

«Machen Sie sich nicht lächerlich, Fischbein», sagte Reichhausen nur. Kaum zu glauben.

«Es geht um die Erbschaft der Familie Niel. Ziemlich großer Haufen das alles.»

«Ich weiß, wir haben es versichert. Nicht erst seit gestern übrigens.»

«So, nicht erst seit gestern? Sonst ist alles mit Ihnen in Ordnung?» Reichhausen seufzte, fuhr fort: «Kennen Sie meinen Assistenten?»

«Dr. Bechthold? Wie nicht?»

«Ja, Bechthold, wie nicht. Bechthold hat mir mitgeteilt, dass er eine Verlustmeldung an Sie geschrieben hat. Fangen Sie sie ab, bevor sie irgendein Schwachkopf in die Hände bekommt ...»

«Eine Verlustmeldung? Das hört sich sehr ... unerfreulich an.»

«Hat sich erledigt. Vorerst. Ich bin mir nicht sicher, ob der Gegenstand tatsächlich fehlt, will sagen, dass er überhaupt da war. Der Gegenstand gehört nicht zum Inventarbestand der Hauptbücher, wäre aber durch die Sonderpostenpauschale für die Luxemburger Schließfächer gedeckt. Ich habe es nur zufällig gesehen, Scheiße, ich hätte es fast übersehen. Hab Bechthold sofort abgezogen.»

«Um was handelt es sich?», fragte Fischbein, Düsteres ahnend.

«Um eine ... Um einen Schmuckgegenstand. Im Prinzip nicht zu ersetzen, eigentlich unbezahlbar. Einzelstück. Aber ich traue der Sache nicht. Ich will mich nicht lächerlich machen, diese Angelegenheit ist im Ganzen sowieso eine riesige Schweinerei, und bevor ich den Erben irgendwas serviere, will ich wissen, woran wir sind.»

«Ich weiß nicht recht, wie ich Ihnen da helfen könnte?» Fischbeins Gesicht hatte sich in viele Falten gelegt, die irgendetwas mit aller Kraft in die linke obere Stirnhälfte zu zerren schien.

«Machen Sie sich keine Gedanken: Ich weiß es. Sie müssen mir ein wenig Zeit verschaffen. Sie müssen den Abschluss der *Erbrechtssache Niel* hinauszögern.»

«Wie lange denn?»

«Mindestens bis Anfang nächsten Jahres.»

«Das ist ein Scherz!»

«Es würden die ersten Januartage reichen. Meinetwegen am 1. Januar, ich lege keinen Wert auf Feiertage.»

«Das ist alles ein Scherz!»

«Hören Sie, der alte Niel hatte Niederlassungen in Südamerika, mit ungewissem Bestand – ich vermute, mehr oder weniger wertlos und für Sie nicht interessant. Sie könnten aber darauf bestehen, dass das untersucht wird. Das dauert, dann bekommen Sie die Akten, das dauert und so weiter ... Jetzt ist April, ich müsste eigentlich spätestens Mitte Juni eröffnen. Na ja, Ende Juni. Ich brauche sieben Monate. Das ist drin.»

«Das ist alles nicht wahr. Was wollen Sie wirklich?»

«Ich hab's Ihnen schon gesagt. Ich möchte herausfinden, ob der vermisste Gegenstand tatsächlich fehlt. Ob es ihn überhaupt gibt. Das sollte Ihnen recht sein. Wenn das Ding tatsächlich fehlt, also gestohlen oder vernichtet wurde, dann kostet Sie das mindestens zwei Millionen. Das sollte Scheißargument genug sein.»

«Sie wollen die Provision?»

«Ich will mich nicht lächerlich machen, das ist alles. Deswegen prüfe ich das nach.»

«Wir brauchen einen Detektiv, der Sie unterstützt.»

«Wozu denn?»

«Sonst wird das nichts.»

«Wer soll das sein?»

«Wir haben einen ganzen Stall.»

«Von denen kommt mir keiner an die Sache. Die kennen Ihren blöden Laden zu gut. Wenn, dann besorge ich einen.»

«Ich weiß nicht.»

«Solange außer Ihnen und mir keiner etwas davon weiß, gibt es kein Problem. Und den Detektiv informiere ich.»

«Was ist mit Dr. Bechthold? Er hat die Niel-Sache doch bearbeitet.»

«Bechthold. Da haben Sie recht. Der bekommt erst mal was anderes zu tun, den schicken wir irgendwohin, wo er beschäftigt ist. Das ist kein Problem», er musste jetzt doch lachen, «machen Sie sich keine Gedanken über Bechthold ...»

Das Lachen Reichhausens klang Fischbein merkwürdig unsicher – so als hätte er in Bezug auf Bechthold eine stille Sorge des Barons angesprochen.

«Was werden Sie dann tun?», fragte Fischbein neugierig. Neugierig, weil sein dunkel-faszinierender Gesprächspartner gerade, wenn er sich nicht täuschte, einen guten, ja einen notwendigen Vorgang auf den Weg gebracht hatte.

«Danach fahre ich nach Zürich», so Reichhausen weiter. «In Zürich fange ich an, es gibt da Unterlagen, die ich durchsehen will. Bechthold hat alles schon zurechtgelegt und grob geordnet. Aber noch nichts gesehen. Und er wird auch nichts mehr sehen. Morgen früh pfeife ich ihn zurück.»

Als Reichhausen nach München zurückfuhr, überlegte er, warum er sich nicht einfach einen Chauffeur für seinen Jaguar nahm, solange er keinen Führerschein hatte. Vielleicht, weil er ahnte, dass das teuer werden würde. Nicht wegen des Honorars, sondern wegen der zwangsläufigen Schmerzensgelder, Anzeigen wegen Nötigung und Beleidigung und vielleicht sogar Diebstahl und anschließendem Fahren ohne Führerschein. *(«Sie wollen also auf die Toilette? Gehen Sie, gehen Sie nur, aber lassen Sie den Schlüssel stecken, wegen der Klimaanlage, ja, lassen Sie sich ruhig Zeit ...»)*

Deswegen nahm er sich keinen Chauffeur. Würde er durch ein Strafverfahren seine Zulassung verlieren, wäre ihm ein wichtiges Instrument seiner Leidenschaft aus der Hand genommen. Vor ein paar Jahren war es fast so weit gekommen, nachdem er seinem Abscheu vor der Inneneinrichtung eines Edelitalieners in der Münchener Innenstadt Ausdruck verliehen hatte. Es hatte ihn danach Zeit, geheuchelte Reue und – wie immer – sehr viel Geld gekostet, den Entzug seiner Zulassung abzuwenden. Die neue Inneneinrichtung war übrigens genauso scheußlich – aber er hatte ja sowieso Lokalverbot.

Er brauchte seine Zulassung. Nicht weil er die Einkünfte aus seiner Kanzlei gebraucht hätte, sondern weil sie ihm die letzten zehn, fünfzehn Jahre, als er auf der Suche nach *seinen* Uhren und nach *der* Uhr gewesen war, Rückendeckung für gewisse, notwendige Manipulationen geboten hatte. Er war Nachlassverwalter, allerdings ging es nicht um die Einfamilienhäuser und Einlagen verstorbener Großmütter, sondern um hoch komplizierte und große Hinterlassenschaften, Vermögen auf europäischem, manchmal sogar Weltniveau, die sich verzweigten und die ihm die Möglichkeit boten, sich Zugang und Überblick zu anderen Fällen zu verschaffen.

Und er hatte sich Überblick verschafft. Er wusste, wo die interessanten Stücke lagen, in welchen Schließfächern welcher Familien sie darauf warteten, ans Licht gebracht und den Liebhabern zugänglich gemacht zu werden. Er hatte etliche diskrete Kollegen, denen er seinerseits gelegentlich gewisse Gefallen erwies und die ihn dafür in Kenntnis setzten, wenn ihnen bei der Durchsicht irgendeines Besitzes eine Uhr aufgefallen war. Wenn sie ihn interessierte, wenn sie eine *seiner* Uhren war, machte er oft über seine Agentin ein erstes Angebot, noch bevor sich irgendein Auktionshaus gemeldet hatte. Er hatte die beste, die man haben konnte. Doktor Bloch. Kurz Doktor.

Er bezahlte Doktor nicht nur für das, was Doktor für ihn tat, sondern auch für die Informationen darüber, was sie für andere tat oder tun sollte. Den schwulen Lord. Den geifernden Italiener. Den schwindsüchtigen Belgier. Das waren die ernst zu nehmenden, europäischen Sammler.

Die Japaner ignorierte, die Amis hasste er mit gespielter Gleichgültigkeit. Es gab noch Araber, natürlich, aber die kauften wahllos. Deren Mittel waren sowieso nicht zu schlagen. Aber der Würger, *der versoffene Baron*, hatte die Mittel, die ihm gelegentlich dann doch fehlten, durch Entschiedenheit, Verschlagenheit und absoluten, durch die subtile Kenntnis des Rechts nur noch mehr angestachelten, strategischen Willen ersetzt. Seine Suche folgte einer Systematik, von der niemand wusste als er selbst.

Seine Sammlung war am 12. August 1946 begründet worden, ohne dass er davon gewusst hätte. An diesem Tag war er zehn Jahre alt geworden und sehr unglücklich. Am 12. August dieses Jahres würde er dreiundsechzig werden. Wenn er immer noch unglücklich war, dann wusste er jedenfalls nichts davon.

Er hatte sich darauf konzentriert, nicht so sehr zu wissen, was er fühlte, sondern, was er wollte. Jetzt zum Beispiel wollte er unbedingt etwas trinken.

***

Kurz vor Leuven, gute 420 Kilometer von der Isar entfernt, versuchte ein von Oberschaffner Hoppmann ausgeliehener Zehn-Mark-Wecker, die Grenze zwischen labyrinthisch verwirrten Träumen und der nächtlichen Wirklichkeit des Regelschlafwagenzuges mit der Ordnungsnummer 222 von München nach Ostende zu markieren, während Friedrich Jasper von Reichhausen, der sich selbst, sobald er genügend getrunken hatte, nur noch *Der Würger* nannte, den einzigen Ort Münchens verließ, an dem man um die Uhrzeit noch gepflegte Getränke bekommen konnte: das *Schumanns*.

Was standen da für Arschlöcher drin! Die einzigen Menschen waren die Kellner. Deshalb beschloss er, um die Arschlöcher im *Schumanns* zu vergessen, noch irgendwo hinzufahren, wo man in München weder vor noch nach drei gepflegte Getränke bekommen konnte.

Der Taxifahrer hatte ihn bemerkt und sah auf dem gepflasterten Vorplatz des *Schumanns* einen riesigen, fast schrankartigen Glatzkopf in edlem Tuch stehen. Er bewies erstaunliche Standfestigkeit, obwohl sich sein Oberkörper schwerfällig drehte, hin- und herschwankte und er tief und stöhnend ächzte. Der Taxifahrer starrte auf den schwer angetrunkenen Koloss, der vermutlich zu ihm wollte. Das würde eine schreckliche Fahrt. Es war wieder so weit. Das Grauen.

Der Würger sah die Sache anders. Der Würger sah Direktor Fischbein, der der Nachtvertretung in der Poststelle der *Münchener Privat* mitgeteilt hatte, ab sofort jeden Brief der *Kanzlei von Reichhausen* ohne Umweg direkt zu ihm, Fischbein, umzuleiten.

Er sah noch einmal bildlich den Vermerk, den der unwissende Bechthold in der Erbschaft der Familie Niel angelegt hatte: «... *ausgewiesen laut NLB 4, Nachlassvermerk Nr. 293 – Armbanduhr, Stahl. Modellname: Grande Complication 1924. Hersteller: Samuel Ziffer, Genève – Vermerk: FEHLT*».

Zum ersten Mal seit vielen Jahren sah er doch tatsächlich wieder eine Möglichkeit. Er hätte dem alten Niel vor Dankbarkeit das Ohr geleckt, das in den letzten Jahren auffällig gelb gewesen war. Der alte Niel war aber ja tot. Auch dafür war der Würger ihm unendlich dankbar.

Das warme Gefühl, das ihn jetzt durchströmte, während er um sich selbst schwankte, diese warme, tiefe Dankbarkeit brachte ihn dazu, das Taxi näher ins Auge zu fassen. Würde dem Taxifahrer einen Gefallen tun, einen richtigen Gefallen. Er, der Würger, würde ihm das Fahren abnehmen. Und ihm dafür auch noch einen Haufen Geld bezahlen. Ja. Der Würger hatte eindeutig Lust, einen

Wagen zu steuern. Er musste noch um die 2000 Mark in der Tasche haben. Das war zu viel. 500. 500 würde er ihm geben. Also los, beweg dich!

***

«Um Himmels willen, jetzt hören Sie doch auf. Hören Sie auf. Ich fahre Sie keinen Meter mehr. Sie können sofort aussteigen.»

«Sie sind 'n Arschloch. In der Legion hätte ich Ihren blöden Schädel an die Wand geklatscht, dass er Mus gewesen wäre. Kommen Sie mit, was trinken! Es muss unbedingt mehr getrunken werden! Hallo? Ich will Sie auf 'n Drink einladen!»

«So, jetzt. Des ist nicht da, wo Sie hinwollten, aber es hat auf. Sie steigen jetzt aus. Sofort ...»

«Ich kotz dir gleich alles voll, du Arschloch! Ich kotz dir auf deine Scheißledersitze, vorne rein ...»

Das schrie der Würger noch, als das Taxi, aus dem er von dessen verzweifeltem Fahrer herausgezerrt worden war, längst in Richtung Stachus verschwunden war. Er saß angelehnt an einen Stromkasten, der unmittelbar auf dem kleinen Grünstreifen vor der *Bingo-Bar* in der Nähe des Münchener Hauptbahnhofs stand. Drinnen bestellte er einen Kaffee mit Cognac und ein frisches, nüchternes Taxi. Er gab der alterslos verwelkten Bardame einen Fünfzigmarkschein und sagte düster: «Stimmt so.»

Seit er keinen Führerschein mehr hatte, luden ihn entnervte Taxifahrer oft vor der *Bingo-Bar* ab. Mittlerweile war er sehr gut bekannt als der *«riesige Glatzkopf, der aussieht wie der späte Curd Jürgens und der reinkommt wie Papa»* (gemeint war hier das Oberhaupt der katholischen Kirche), *«reinkommt wie Papa und sich nicht traut».* Und der aus Scham dann immer ein wahnsinniges Trinkgeld gibt, nachdem er nur einen Kaffee mit Cognac und ein Taxi nach Bogenhausen bestellt hat.

Der Taxifahrer holte ihn um 5 Uhr 02 ab. Zu diesem Zeitpunkt hatte Pardell schon den ersten Fahrgast seines Lebens geweckt und machte sich daran, den ersten Kaffee seines Lebens zu servieren, um demjenigen, dem er diesen Kaffee gebracht haben würde, um 5 Uhr 25 auf den Bahnsteig von *Brüssel-Midi* zu folgen, sich von ihm zu verabschieden und ihm in zögerlichem, aber ganz gut prononciertem Französisch einen guten Tag zu wünschen.

Die Beamten der Vervierser Kriminalpolizei, die die ganze Nacht hindurch weitergesucht hatten, hatten auch zu diesem Zeitpunkt noch immer nichts gefunden, was im Zusammenhang mit der losen linken Hand, der ein Finger fehlte, stehen könnte – dem Inspektor, der die Untersuchung leitete, drängte sich der Verdacht auf, dass die Hand aus irgendeinem Zug geworfen worden sein könnte. In diesem Fall würde man wohl kein weiteres ‹Körperteil› entdecken. Und nachzuforschen, ob jemandem in einem der fast 200 täglichen, noch dazu oft internationalen Züge (er hatte sich bei der Eisenbahnverwaltung erkundigt) etwas aufgefallen war, war utopisch.

Er entschied, während er seine morgendliche Portion Pommes frites mit einer schönen Portion *Getzlaff-Classic* verschlang, dass die Suche eingestellt und der Fall der rätselhaften Hand, der ein Finger fehlte, als unlösbar zurückgestellt werden sollte. Gefroren oder nicht. Alles, was nach dem köstlichen Frühstück noch zu tun war, war, einen Aktenvermerk zu verfassen.

Ostende, Aufenthalt 8.4.1999, 9:32

Rechts an der von Möwen umflogenen spätgotischen Kirche *St. Jehan de Liège* vorüber, über die Straße, auf der noch die Pfützen eines morgendlichen Regens liegen, an einem als Restaurant getarnten Imbiss vorbei, wo es Pommes frites und Bier mit verschiedenen Beilagen gibt. Eine stille und einfache Straße, die sich bescheiden bis auf die Höhe des Marktplatzes schlängelt, wo man einen ersten Blick auf die Promenade am Meer werfen kann. Auf der linken Seite, zwischen einfachen, zweigeschossigen Wohnhäusern, die *Maison Blanche*, geführt vom Geschwisterpaar Truyklivers, zwei schwer voneinander zu unterscheidenden älteren Damen, von denen manche in der *Compagnie* sagen, es handele sich um heimliche Zwillinge.

Es gibt einen Unterschied zwischen beiden. Da die beiden Schwestern aber niemals zusammen auftreten, gibt es nur Mutmaßungen, worin genau sie sich unterscheiden.

Manche behaupten, die eine habe eine nadelkopfgroße Warze links an der Wange, die andere fast durchsichtig zarten weißen Haarwuchs im rechten Ohr. Eine sei um ein weniges größer, die andere etwas dicker. Aber niemand ist sich *wirklich* sicher, Oberschaffner Hoppmann vielleicht ausgenommen. Er behauptete, die Schwestern Truyklivers seien in Wahrheit nur eine, mit einem undurchschaubaren Zyklus spezieller körperlicher Veränderungen. Er sei denen schon lange draufgekommen, ja freilich, das wusste er schon lang.

Immer nur eine der beiden hält sich in den Vormittagsstunden in dem links von der Eingangstür liegenden guten Zimmer oder Wohnzimmer oder Empfangszimmer auf, um die Schaffner auf das Höflichste zu begrüßen und ihnen den Schlüssel zu einem der vier Gastzimmer auszuhändigen.

«Oh, guten Morgen, Monsieur, ich freue mich, Sie wiederzusehen. Hatten Sie eine gute Fahrt? Ich bin besonders froh, Ihnen heute Zimmer 3 anbieten zu können. Wie Sie wissen, handelt es sich um das *schööööónste* Zimmer im Haus. Ja, ich denke, (wissendes Lächeln) Monsieur, Sie werden müde sein, ich möchte Sie also nicht länger aufhalten. Schlafen Sie gut, und bitte, seien Sie so liebenswürdig und werfen Sie heute Abend den Schlüssel, nachdem Sie die Haustür verschlossen haben, durch den Postschlitz, ja? Vielen, vielen Dank. Guten Tag, Monsieur!»

«Guten Tag, Madame!»

«Und die Handtücher finden Sie wie gewohnt auf dem Höckerchen neben dem Schrank! Einen schönen Aufenthalt und eine gute Reise heute Abend! Auf Wiedersehen!»

«Vielen Dank, Madame.»

«Und wenn Sie noch irgendetwas brauchen sollten, Monsieur, Sie finden mich, wie Sie wissen, noch bis 13 Uhr 45 hier unten. Es wird mir ein Vergnügen sein, Ihnen ein paar Hände zu geben!»

«Danke, Madame.»

Pardell wusste nicht, dass es entweder Margarit oder Claire gewesen war, der er gedankt hatte. Er hatte noch nie von den Schwestern Truyklivers gehört, in deren Haus er natürlich auch noch nie zuvor gewesen war. Auf seiner Ausbildungsfahrt hatte er im Wagen, der auf einem Abstellgleis stand, geschlafen.

Er drehte sich noch kurz auf der schmalen, mit rotem Velours belegten Treppe um, um einen von dunkelblauer Strickjacke bedeckten Altdamenrücken im *Guten Zimmer* verschwinden zu sehen.

Die Tür seines Zimmers war nicht abgesperrt, ein heller, freundlicher Raum, mit einem riesigen Stahlbett, auf dem eine hellbeige Tagesdecke lag. Auf ein Nachttischchen hatten die Schwestern die sauber gefaltete Zeitung des Vortags gelegt, *Le jour ostendien*. Pardell warf einen unschlüssigen Blick darauf und wusste, dass ihn die Lektüre dieses Blatts wahrscheinlich nicht aufheitern würde.

Das Fenster des Zimmers ging zum Hof: Es strahlte an seinem östlichen Rand, in einer halben Stunde würde die Sonne voll in ihm stehen. Pardell ließ sein schmales Gepäck fallen, setzte sich langsam aufs Bett, die Arme müde ausgestreckt zwischen seinen Beinen. Er spürte, dass sich die Druckverhältnisse zwischen seinem Inneren und dem Äußeren, das im Augenblick eine stille und wohlgepflegte Pension in Belgien war, geändert hatten. Die erste dicke Träne rann gerade über seine linke Backe. Die zweite tropfte auf seine Uniformjacke. Die dritte auch. Danach waren es unzählige. Er weinte, strich sich über die feuchten Augenlider, fuhr sich durch die

Haare, drehte sich ein wenig und legte sich, mit den Schuhen und dem Sakko, die linke Hand zwischen seinen Knien, die rechte auf sein Gesicht gepresst, auf das riesige Bett. Er wimmerte.

Die Sonne erreichte das Fenster, und der Raum hellte sich mit einem Schlag auf. Sein Wimmern war zu einem leisen Schluchzen geworden. Und seine Schuhe begannen ihn zu stören.

Während er unter der Dusche stand, erfüllte sich der Raum vollends mit Sonnenlicht. Er spülte sich ausgiebig die Tränen und den Rotz aus dem Gesicht, genoss das heiße Wasser wie ein wahrer Verschwender. Noch nass und tropfend, ging er dann entspannt und todmüde ans Fenster, um den Dampf hinauszulassen, der, von den Sonnenstrahlen ans Licht gebracht, erhaben im Zimmer waberte. Es war schwierig, das Fenster nach oben zu schieben, vielleicht, weil dieses Fenster niemals geöffnet wurde oder nur von Menschen, die es zum ersten Mal versuchten. Während Pardell daran ruckelte, schob sich eine dicke Wolke vor die Sonne.

Hundert Meter weiter, in einem flach ummauerten, friedlich zementierten Hinterhof, spielte ein kleines Mädchen mit einem Hund, der sich, obgleich er über sie hinwegblickte und vielleicht das Dreifache ihres Gewichts hatte, gefallen ließ, was zu Gefallen des Kindes anstand. Zum Beispiel musste die Belastbarkeit seiner glattfelligen, schlappen, braunen Ohren getestet werden.

Als Pardells Fenster endlich mit einem erschreckten Ruck aufging, wendete der Ridgeback seinen Kopf, um zu sehen, woher das Geräusch kam. Die Wolke gab die Sonne wieder frei. Pardell beugte sich hinaus. Das kleine Mädchen, durch den Hund dazu gebracht, in dieselbe Richtung zu blicken, sah in einer plötzlich aufleuchtenden Wolke heroisch-göttlichen Dampfes einen blassen, ansehnlichen nackten jungen Mann, der sich, als wäre er vorher vom Himmel gefallen, aus dem Fenster beugte und staunend auf die Welt blickte, in die er geraten war. Sie war gebannt, für einen langen, sehr langen Kinderaugenblick wirklichen Gebanntseins.

Pardell sah auf Hinterhöfe und Seitenstraßen der eigentlich nicht sehr schönen Stadt Ostende. Ihm erschien sie anders, durchaus schön. Wohlbestellt. Ein Ort, an dem glückliche Menschen unbehelligt wohnten. Die Straßen schienen sich gegenseitig die kleinen, noch regenfeuchten Geheimnisse der vergangenen Nacht zu erzählen. Dann sah er das Mädchen, das, die Hände sehr zärtlich um die Ohren eines riesigen braunen Hundes geschmiegt, immer noch zu ihm hinaufstarrte.

Der sonnendurchstrahlte Dampf, der ihn umgeben hatte, war verschwunden. Jetzt sah er sie an. Er winkte. Sie erschrak, schmollte ein bisschen, winkte nicht zurück, sondern drückte ihr Gesicht in die nach Freundschaft duftende Flanke des Ridgeback, der einen zärtlichen Knurrlaut von sich gab und versuchte, ihr Ohr zu lecken. Das Mädchen hasste es, wenn Giacometti, so hieß der Hund, wenn Giacometti ihr das Ohr leckte. Sie versuchte ihn abzuhalten, was misslang, also sprang sie zurück und schrie mehrmals empört Giacomettis Kosenamen *(«Giacoco! Giacoco! Tu es dégueulasse, toi.»)*. Der gescholtene Giacometti ging nach einigen Momenten der Unschlüssigkeit langsam auf sie zu, sanft wie ein Täubchen und vielleicht nicht viel klüger.

Pardell blinzelte in die Sonne, spürte schon die Neigung des Frühlings, milde zu sein, wenn es auch Wind gab, der vom Meer herkam und ihn frösteln ließ. Er schloss das Fenster. Zu müde, seine Unterwäsche zusammenzusuchen, ließ er das feuchte hellgelbe Handtuch auf den Boden fallen und legte sich nackt in die Kühle doppelter Laken, über die eine der beiden Schwestern eine rote Schottendecke gelegt hatte. Die Matratze gab in der Mitte fröhlich nach.

Um sich zu wärmen, rollte er sich, so gut es ging, unter den straff sitzenden Laken zusammen. Zerschlagen und müde beobachtete er die beiden Zeiger seines Weckers, die scheinbar über dem Zifferblatt erstarrt waren. In fünf Stunden, um 16 Uhr 38, würde der

Wecker anfangen zu piepsen. Um 18 Uhr 14 würde er nach München zurückfahren. Zurück?

Ein fragliches Zurück. Er schloss die Augen, um sie gleich wieder zu öffnen, geschlossen der Erschöpfung, geöffnet der Sorgen wegen. Schloss sie, öffnete sie – schloss sie.

Er fühlte einen Raum ohne Schwerkraft, und wie es einem verlorenen Astronauten nicht möglich ist, im Schwerelosen zu navigieren, außer er hätte etwas, das er von sich werfen könnte, so kam Pardell nicht von der Stelle. Ihm fiel nichts ein, das er noch besessen hätte, um es fortschleudern zu können.

Er öffnete wieder seine Augen, blickte auf den Wecker, dessen Zeiger sich kaum vom Fleck bewegt hatten. Er musste schlucken, ein tiefer Seufzer schwemmte einen neuerlichen Schub Tränen hervor, er krallte seine Hände ins Laken, aber die Tränen ließen bald nach, seine Erschöpfung war zu groß, seine Müdigkeit besänftigte seine Verzweiflung, wieder schloss er seine Augen, und wieder, wie all die Male zuvor, blickte Pardell auf die Sammlung seines vormaligen Lebens, die ihn schwerelos umschwebte. Hummelfeld.

Es kam ihm jetzt so vor, als hätte der Entschluss, seiner Berliner Existenz einen brauchbaren Abschluss und sich selbst einen Neuanfang zu geben, mit einer zufälligen Begegnung vor neun Monaten zu tun, der Begegnung mit einem Schulfreund namens Georg Hummelfeld, als hätte dort begonnen, was ihn jetzt in das weiche und quietschige Bett der Schwestern Truyklivers gebracht hatte.

Er war nach Hannover gefahren, um übers Wochenende seine Mutter zu besuchen. Auf der gigantischen Baustelle des Hauptbahnhofs der zukünftigen Weltausstellungsstadt Hannover hatten er und Hummelfeld sich zufällig getroffen. Georg Hummelfeld, der seine Eltern übers Wochenende besuchte.

Beide hatte während der Schulzeit nicht viel verbunden, im Gegenteil. Wegen Leuten wie Hummelfeld hauptsächlich war Pardell so ausgesprochen gut gelaunt nach Berlin gegangen. Und wegen der Bundeswehr natürlich. Interessanterweise war Hummelfeld auch nach Berlin gegangen. Gut gelaunt und hauptsächlich wegen Leuten wie Pardell, und die Bundeswehr spielte eine Rolle dabei.

Sie hatten sich nie gesehen, d.h. Hummelfeld erzählte, er habe Pardell einmal gesehen, während einer Stadtführung, habe aber nicht stören wollen. Während Hummelfeld erzählte, versuchte sich Pardell zu erinnern, was er so schrecklich an ihm gefunden hatte. An Leuten wie Hummelfeld überhaupt. Es fiel ihm nicht ein, und er antwortete deshalb freundlichen neutralen Unsinn. Wenn es einmal Konstanten gegeben hatte, dann waren es pubertäre Antipathien gewesen. Sie waren verschwunden, was Pardell auf eine so merkwürdige Weise berührte, dass er sich mit dem auf eine merkwürdige Weise berührt wirkenden Hummelfeld für den Abend auf ein Bier im *Mezzo* verabredete.

Während des Nachmittags überlegte er abzusagen, aber er fand in seinem Inneren keinen Grund dafür. Hummelfeld übrigens überlegte sich das Gleiche, und auch er fand keinen Grund.

Sie betraten fast zeitgleich das *Mezzo*. Hummelfeld, früher ein ausgezeichneter Leichtathlet, war fett. Pardell, früher ein wenig schwammig, war schlank. Hummelfeld war Lehrer geworden. Evangelischer Religionslehrer. Deutschlehrer. Wenn's sein musste, unterrichtete er auch Geschichte, aber wirklich nur, wenn es sich nicht vermeiden ließ. Leider habe es sich dieses Schuljahr nicht vermeiden lassen, das sei nicht so schön. Seufzer. Hummelfeld leerte seinen ersten Grappa und sah bitter und jämmerlich drein. Dann erzählte er Pardell von seiner ersten Stelle, er war gerade aus dem Referendariat gekommen und hatte eine Stelle im Norden, in Reinickendorf, bekommen. Er erzählte von den netten Kollegen, allerdings sein Fachleiter, der sei schrecklich. Von den netten Schülern, aber er habe den Sohn eines anderen Deutschlehrers in Deutsch, der mache ihm das Leben zur Hölle. Er erzählte von seiner Wohnung, klein, ich brauche nicht viel, aber sehr ruhig; erzählte, dass er schon länger keine Freundin habe, allerdings gäbe es eine nette Kollegin, auch neu an der Schule, mit der gehe er jetzt wieder zum Sport. Badminton. Er habe ja jahrelang nichts mehr gemacht. Lehrerseminare, da werde viel gesoffen, Grappa, ja, er habe manchmal am Abend eine ganze Flasche Grappa ausgesoffen. Als Hummelfeld das sagte, hatte er gerade seinen sechsten Grappa getrunken.

Alles, was Pardell hörte, hatte er sich irgendwie gedacht. Noch in der Schule war sich Pardell sicher, jemand wie Hummelfeld müsse einfach so enden: Ex-Athlet, evangelischer Religionslehrer und Alkoholiker. Passt genau. Aber irgendwie konnte er sich nicht darüber freuen, konnte sich nicht bestätigt finden, konnte nicht einmal insgeheim darüber lächeln. Nein, er empfand nichts als eine ... unerklärliche ... Sympathie für Hummelfeld. Sympathie. Und stille, wachsende Panik, je näher Hummelfeld dem vorläufigen Ende seiner Erzählung kam. Pardell spürte das, er spürte, Hummelfeld wurde fertig, er kam zu dem Ort, an dem sie beide zusammen saßen, jetzt, im *Mezzo*. Er, Hummelfeld, würde wahrscheinlich gleich noch einen Grappa bestellen, nippen und Pardell freundlich ansehen. Und dann die Frage stellen: *«Und bei dir?»*

Pardell erinnerte sich auf dem weichen Bett der Schwestern genau an den Ausdruck von Hummelfelds kleinen, rot geränderten Augen, erinnerte sich, wieso es da nur noch vage Sympathie gab, wo früher wohltuende Abneigung gewesen war. Hummelfeld sah ihn gleichfalls mit stiller, offensichtlich kontinuierlicher Panik an. Hummelfelds stille Panik war keine spontane, die ihn wegen Hannover, wegen Pardell, dem alten Schulfreund, überkommen hätte. Nein, diese Panik nistete schon längere Zeit in Hummelfelds Augen.

Und es war andererseits beißende, rot geränderte Panik, die Hummelfeld mit müder, grappadurchflirrter Sympathie in Pardells klaren Augen entdeckte.

Hummelfeld nahm einen Schluck Grappa. Eine Zigarette. Früher, während der Lehrerseminare, wo er sich neben dem Trinken auch das Rauchen angewöhnt hatte, hatte er normalstarke Zigaretten geraucht. Jetzt rauchte er wenigstens Light-Zigaretten.

Sowohl Hummelfeld als auch Pardell als auch nahezu jeder andere ihres Jahrgangs hatte bei Hummelfeld an nichts anderes als an einen Lehrer gedacht. Woher kam dann die Verzweiflung, wo er doch nur das ihm offensichtlich Natürlichste geworden war? Sie rührte von einem groß angelegten Missverständnis her. Alle meinten bei ‹Lehrer› eigentlich ‹Lehramtsstudent›. Alle dachten an bestimmte Vorlesungen, an bestimmte Wohngemeinschaften oder kleine Wohnungen, bestimmte Kommilitonen und Dramaturgien gewisser Wochenendseminare. Hatten ganz spezielle Semesterferien im Sinn *(Studienfahrt in die Lutherstadt Wittenberg mit großem Hallo!)*. Niemand, auch Hummelfeld selbst nicht, hatte daran gedacht, dass er wirklich evangelischer Religionslehrer werden würde.

Hummelfeld hatte gedacht, es ginge um den Grappa und die Light-Zigaretten und Späße von der Art. Aber die waren weniger als auch nur Details. Es ging darum, dass Hummelfeld irgendwann sein Referendariat ablegen würde. Darum, dass er eine erste Stelle bekommen würde, dass er die neue Schule betreten und nach den Aufregungen der ersten drei Wochen eines Morgens aufwachen würde, neunundzwanzig Jahre alt – und wissen würde, dass es jetzt so weit war. Dass er, Hummelfeld, wie unzählige andere vor und mit ihm, *etwas geworden war*.

Er war etwas geworden. Er hatte über dreißig Jahre vor sich, wo er etwas sein würde, das er geworden war. Nach diesen dreißig Jahren, die Hummelfeld an diesem Morgen auf sich zukommen sah, danach – würde er jemand sein, der etwas gewesen war ...

Ganz anders Pardell. Zu verschieden seine Begabungen, zu undurchdringlich seine arrogante, leicht wichtigtuerische Verschlossenheit, man konnte ganz einfach nicht sagen, was er werden wollte. Seine räumlich-visuelle Begabung war so besonders gewesen und hatte einige, Legende gewordene Triumphe über unbeliebte Kunst- und Geschichtslehrer hervorgebracht.

In Wahrheit wusste auch Pardell nicht, was er machen würde, es gab so ungeheuer viel Interessantes. Dinge, die ihn *wirklich* interessierten. Während seines Architekturstudiums (das nur eine erste Basis sein sollte) hatte er etliche Praktika gemacht, mehrere Seminararbeiten konzipiert, die außerordentlich interessant waren, hatte immerhin zwei davon abgegeben, verdiente sich sein Geld als einer der besten Fremdenführer der Firma Beilbinder, einer, der wirklich über Gebäude Bescheid wusste. Er hatte einige anspruchsvolle Beziehungen mit verschiedenen faszinierenden Frauen, zuletzt Sarah, die sehr liebenswürdig und eine Schönheit war.

Andererseits hatte er gewisse Dinge versäumt, manches nicht abgegeben, was abzugeben gewesen war, war Holgi und Hexi aus dem Weg gegangen, hatte seine Liebe zu Piranesi entdeckt und einen Plan zu einer möglicherweise wichtigen Arbeit über die *Carceri* entwickelt, die er zusammen mit einer Theorie des Fluchtwegs diskutieren wollte. Die barocke Treppensituation war seine Leidenschaft, aber die Recherchen dauerten, zwischendurch machte er gegenüber Freunden Scherze über die vielen Semester, die sein Studienbuch füllten. Dann arbeitete er mal mehr, um anschließend Luft zu haben. Es gab Julimonate an Seen und geliebte, komplexe Gebäudesituationen, die er in nächtliche Konstellationen tiefer Sommerhimmel hineindachte, während eine junge Frau in seiner Nähe war und man auf dem Rücken lag ... und so fort, durch die verhassten sibirischen Winter, durch den ungeliebten, aber notwendig gewordenen Studienfachwechsel zur Kunstgeschichte, durch rein sexuelle Beziehungen, Versäumnisse, neue Interessen und die Euphorien von Frühlingen hindurch, in deren Herbsten man sicher mit dem Diplom, dem Magister anfangen würde, aber es nicht tat, weil etwas dazwischengekommen war. Jetzt war ihm Hummelfeld dazwischengekommen, und das gab ihm echt zu denken.

Hummelfelds stille Panik kam aus der Einsicht, etwas geworden zu sein. Pardells sich anbahnende Panik kam davon, dass er nichts geworden war.

Pardell *war* nichts geworden. War *nichts* geworden. Nichts *geworden*. Man konnte es auf verschiedene Weise betonen. Jede Betonung bezeichnete auf ihre Weise das Grundfiese des Sachverhalts.

Jener Abend mit Hummelfeld, als ihn die unbegreifliche gegenseitige Sympathie mit dem Ernst der Lage vertraut gemacht hatte, hatte alles ausgelöst, dachte Pardell jetzt.

Was er in den Monaten danach erlebt hatte, war wie eine nachgeholte Intensivlektion in biografischer Logik gewesen. Pardell hatte den Zeitpunkt übersehen, an dem aus den wahllosen und zufälligen Tätigkeiten und Jobs eine Biografie, ein Lebenslauf geworden war, etwas, das man selbst immer mit Ironie behandelt hatte. Plötzlich, weil ihm für einen Augenblick kein Quäntchen Frische, keine Ironie, keine vorausblickende Zuversicht mehr geblieben zu sein schienen, diese Zuversicht, die eine Niederlage, kurz nachdem sie geschehen ist, unter die Anekdoten einreiht, die man *später* erzählen wird, weil nichts davon übrig war und nichts in Aussicht stand, was dieser Zuversicht geglichen hätte, hatte er plötzlich gewusst, dass er etwas geworden war. Nämlich nichts.

An diesem Abend am Flughafen in Madrid hätte Pardell auf die Frage *«Was willst du jetzt tun?»* genau wie früher: *«Ich weiß es noch nicht»*, antworten müssen, und nichts von der wohligen Unbestimmtheit früherer Tage wäre da mitgeschwommen. Kein schöner Schauer. Er wusste ebenso wenig, was er tun sollte, wie Hummelfeld, der genauso panisch war wie er, weil er etwas geworden war.

Er war fast dreißig. Keine der Ausreden, die ihm jahrelang das Selbstverständlichste gewesen waren, schien ihm mehr brauchbar, im Gegenteil, er wusste, dass es Ausreden waren. Er *wusste* auf einmal, dass es niemanden mehr interessierte, wieso er den Termin letzte Woche versäumt hatte, wieso die Arbeit nicht fertig geworden und das Praktikum bei der Schlösserverwaltung in letzter Sekunde abgesagt worden war.

Er brauchte einen neuen Plan. Die Globalisierung. Er besorgte sich irgendwann die *FAZ* und studierte sie, während Hexi Holgi gerade sehr glücklich machte. Nachdem Holgi gekommen war, entdeckte er die Annonce, die ihn zu Felisberto Sima Martínez führen sollte, es aber niemals tat ...

«Du, übrigens, bevor wir gehen. Was macht eigentlich die Juliane, Leo? Ihr habt doch noch Kontakt?»

«In letzter Zeit nicht so oft. Du weißt ja wahrscheinlich, dass sie nach München gegangen ist, sie war auf dieser Schauspielschule, ich weiß nicht, wir telefonieren ab und zu, sie hat geheiratet, aber es war nichts, und jetzt ... Schlägt sich so durch. Hab sie länger nicht gesprochen ...»

«Du, dann sag ihr doch einen schönen Gruß von mir. Ich fand sie ja immer toll. Ihr wart ja lang zusammen.»

«Na ja, ein paar Jahre, aber das war eigentlich nicht das Wahre. Ich glaube, es geht ihr nicht so gut, die Ehe, sie hat auch Schwierigkeiten mit der Arbeit, ist nicht so einfach, denke ich mal ...»

«War ja eigentlich die Schärfste im ganzen Jahrgang ... Also, Leo, das hat mich echt gefreut. Wir sehen uns mal in Berlin!»

«Ja, das sollten wir, unbedingt. Mach's gut, Georg!»

Natürlich hatten sie sich nie in Berlin verabredet. Und an Georg Hummelfeld hatte Pardell auch nur noch abstrakt gedacht. Weniger abstrakt dachte er wieder an Juliane. Manchmal hatte er mit ihr telefoniert. Sie gesehen aber seit Jahren nicht. Ihre Stimme. Julianes Stimme. Er konnte sich nicht erinnern, wann er jemals Julianes Stimme gehört hatte, ohne bei sich selbst einen trockenen Mund, ein pochendes Herz und das Lauern einer Selbstanklage zu bemerken, weil sie so perfekt war, selbst im Pech war sie toll. Er fühlte sich danach immer mies, weshalb er sie immer seltener angerufen hatte.

Er trennte sich von Sarah, sie trennte sich von ihm, es war schrecklich, aber leise spürte er, wie er selbst den zähen Schmerz dieses

Abschieds mit der pochenden Erwartung, Juliane jetzt bald einmal wieder anzurufen, sie endlich wieder anrufen zu können, verriet.

Tatsächlich war Juliane die Erste gewesen, der er erzählt hatte, dass er nach Argentinien gehen würde. Und fast, so absurd es ihm selbst vorkam, fast war es, als sei der Flug nach Madrid und weiter nach Buenos Aires allein schon deswegen verlockend und notwendig, weil Juliane und er sich bei seinem drei Stunden dauernden Zwischenaufenthalt in München sehen würden, in einem der Restaurants am Hauptbahnhof. Das hatten sie sich versprochen, und so würde es geschehen.

Als er sich daran erinnerte, hatten die schwebenden Teile seiner Biografie sich immer mehr verlangsamt, bis sie erstarrten. Er seinerseits trieb nach unten, konnte den Blick endlich abwenden und sank, unendlich müde und erschöpft, sank, bis er wieder auf dem Bett der Schwestern Truyklivers zu liegen kam. Er blinzelte, weil er noch einmal sehen wollte, wie spät es war, brachte aber kaum seine Augen auf. Fast nichts trennte ihn jetzt mehr vom Schlaf. Was immer es war, was er jetzt hier machte und wieso er hier war, er wusste, dass er noch einmal, und vielleicht zum letzten Mal in seinem Leben, Zeit gewonnen hatte. Noch einmal: Zeit.

München, Aufenthalt 8.4.1999, 18:23

Selbst wenn sich Friedrich Jasper von Reichhausen so fürchterlich betrunken hatte wie gestern Nacht und so schwer angeschlagen nach Hause kam wie heute Morgen, hatte er einen Sinn für gutes Betriebsklima. Er hatte eine genaue Vorstellung vom persönlichen Aroma, das die Räume und Mitarbeiter seiner Kanzlei parfümieren sollte. War er ein Arschloch? Das war nicht sicher. Sicher war, dass er es liebte, so zu tun, als wäre er eines. Insbesondere sobald er seinen Kater durch konsequentes Trinken vertrieben hatte, entwickelte er eine atemberaubende Präzision auf diesem Gebiet.

Während er das zweite Glas Weißwein austrank, fühlte er, dass er sich jetzt mit seinem hochbegabten Assistenten Dr. Bechthold unterhalten würde, einem sogenannten Einserjuristen.

«Mein Einserjurist», murmelte der Würger, lächelte zärtlich, blickte mit Vergnügen auf die erfreuliche Flasche Weißwein, drückte auf den Freisprecher und bat Dr. Bechthold zu sich.

Dr. Bechthold und seine Frau waren vor einem guten Jahr zu der Ansicht gekommen, dass er der ständigen Folter durch den Baron mit sofortiger, fristloser Kündigung und der Androhung einer Klage begegnen müsste, alleine schon wegen der persönlichen Würde. Leider verdiente Bechti, so sein noch aus dem Studium herrührender Kosename, beim Würger im Monat nur geringfügig weniger als der Münchener Oberbürgermeister. Das machte es so schwierig, sich gegenüber seinem Chef endlich Gerechtigkeit zu verschaffen ...

«Bechthold, kommen Se her, nehmen S' sich 'n Drink, na los, setzen Sie sich. Lassen Sie mich ausreden, was macht die Thielstraße?»

Worauf Bechthold ansetzte, vom Erbschaftsvorgang Solthurner zu erzählen, er rückte seine Brille zurecht und legte seinem Chef die Sache dar.

«Leider ist der von uns beantragte Erbschein trotz mehrmaliger Gespräche mit dem zuständigen Rechtspfleger nicht erteilt worden. Das Nachlassgericht lehnte den Antrag ab, da es entgegen unserer Auffassung die Meinung vertritt, unser Mandant sei gar nicht gesetzlicher Erbe des Erblassers geworden. Denn angeblich sei das seinerseits unterzeichnete gemeinschaftliche Testament nicht wirksam widerrufen worden, da hier wechselseitige Verfügungen vorgelegen haben und der Widerruf nicht vor dem Tode der Ehefrau abgegeben ...»

Der Würger unterbrach ihn.

«Hm», sagte er, «was meinen Sie, sollten wir da nicht schnellstens eine kleine Beschwerde beim Landgericht einreichen?»

«Ich stimme Ihnen zu. Ich habe mehrfach versucht, dem Rechtspfleger klarzumachen, dass es sich bei der Regelung bezüglich der solthurnerschen Konten, Bilder und so weiter erstens um gar keine wechselbezügliche Verfügung handelt und daher § 2271 Abs. 2 nicht zur Anwendung kommt und zweitens eine analoge Anwendung der Regelung über beeinträchtigende Schenkungen zumindest, äh, anzudenken wäre. Ich habe mit der ...»

«Ach, so was! Fällt mir grade auf: Ich hab gar nicht gewusst, dass der alte Sack verheiratet war!», strahlte der Dr. von Reichhausen Dr. Bechthold an. Der ahnte Schlimmstes, und tatsächlich wischte sein Chef in unmissverständlicher Pantomime alles Besprochene vom Tisch und schrie: «Bechthold, Sie kleines Arschloch! Es muss unbedingt mehr getrunken werden!»

***

Es muss unbedingt mehr getrunken werden! Unter normalen Umständen folgte auf diesen rituellen Ausruf ein mindestens einstündiger Monolog des Würgers. Ein Monolog über Algerien, eine Erzählung von *der Legion* überhaupt, von Bordellen und Hautkrankheiten, vom verruchten Charakter de Gaulles *(«Das war 'n Arschloch»)*, von seiner, Bechtholds, lächerlichen Figur. Immer wieder erklärte ihm der Würger, dass es besser für ihn wäre, sich eine Kugel zu geben *(«Aber stecken Sie sich den Scheißlauf in Ihr Maul, sonst schießen Sie Trottel sich bloß Ihr blödes Ohr weg ...»)*, dass er noch etwas trinken solle, unbedingt, dass unbedingt mehr getrunken werden müsse.

«In der Legion hätte ich einem solchen Trottel, wie Sie es sind, den Schädel an die Wand geklatscht, dass Ihr blödes Hirn runtergelaufen wäre. Sie sind ein Arschloch. Sie *sind 'n* Arschloch. Trinken Sie noch was. Es muss unbedingt mehr getrunken werden!» – Trinkpause – «Man nannte mich den Würger! Ihmmmmm! Mit der Garotte! Ich liebe das! Ihmmmm!»

«Das weiß ich doch, Herr Dr. von Reichhausen ...», sagte Bechthold dann für gewöhnlich, worauf der Würger gut gelaunt zu entgegnen pflegte: «Sie wissen überhaupt nichts, Bechthold, Sie sind 'n Arschloch. In der Legion hätten Sie keinen Tag überlebt. Nehmen Sie sich noch 'n Drink! Frohnatur, Sie!»

Spätestens an dieser Stelle des Monologs, *Sie Frohnatur, keinen Tag!*, spätestens an dieser Stelle also wechselte der Würger gegenüber Bechthold zum Du. Dr. Bechthold war dann schon angetrunken, hatte kapituliert und fing an, seinen Chef auf grässliche Weise zu beleidigen.

«Sie sin 'e richtisch fiese Möp», so leise der betrunkene, verdüstert-aufsässige Assistent. Der kölsche Jung schlug wieder durch!

«Bechthold, hast du gefurzt oder geredet?», darauf der Würger, hochrot, selig-strahlend, weil er überhaupt nichts mehr liebte, als wenn bei seinem Assistenten wieder der kölsche Jung durchschlug.

«Fiese Möp, han isch jesoot», noch leiser, murmelnder.

«Wie? Wie? Kannichverstehen! Hallo?»

«Se fiese Möp!», schreiend jetzt der Prädikatsjurist.

«Was! Na, du bist ja lustig. Nimm dir noch 'n Drink!»

Sobald der irgendwo von der schäl Sick stammende Bechthold ihn auf diese rührende kölsche Weise beleidigt hatte, war der Würger es zufrieden. Der Würger brauchte das, er musste wissen, was die Menschen, auf die es ankam, wirklich von ihm dachten, auch wenn es das Schlechteste wäre. Er war überhaupt nicht kleinlich. Das hatte er sich abgewöhnt. Seitdem er zwei außergewöhnliche, sich gegenseitig stützende Karrieren als hemmungsloser Nachlassverwalter und als grundsolider Alkoholiker eingeschlagen hatte. Beide Laufbahnen verdankten sich seiner Entschlossenheit, Menschen wie Bechthold dazu zu bringen, ihm auf die eine oder andere Weise ihre wahren Gedanken über ihn, den Würger, zu offenbaren. Er wusste lieber, dass man ihn hasste, als nur zu vermuten, dass man ihn vielleicht auf die eine oder andere Weise mochte.

Je mehr er sich auf jemanden verlassen musste, desto häufiger prüfte er die Abneigung des anderen nach. Bechthold war, was der Würger dem Prädikatsjuristen geflissentlich verschwieg, für die Kanzlei sehr wichtig. Deswegen bestellte er ihn relativ häufig in sein Büro, um es aus ihm herauszukitzeln: «Se fiese Möp!»

***

Heute Abend nicht! Obgleich der Weißwein gekühlt und in ausreichender Menge zur Verfügung stand, wollte der Würger sich unbedingt zurückhalten. Keine Beleidigungen. Er musste so sanft wie möglich mit Bechthold sprechen und ihn eher überzeugen, als ihm zu befehlen.

Bechthold war intelligent, clever und hatte eine Art der Neutralität, die dem Würger unheimlich war. Bechthold war mit der Sache Niel befasst, und der Würger musste ihn nicht nur von dem Vorgang an sich abziehen, sondern ihn für die nächsten Wochen auch noch irgendwo hinschicken, wo er keinen Schaden anrichten konnte, wo ihm seine aufmerksame, kritische Neutralität nicht im Weg war, während er nach der mythischen Uhr, der *Ziffer à Grande Complication*, suchen würde.

Bechthold saß blass, Bitterböses ahnend, auf der Couch. Der Würger hatte im Sessel Platz genommen.

«Herr Bechthold. Äh ...», er fuhr sich über die Glatze, seine Anrede hatte ihn aus dem Konzept gebracht, er hatte noch nie ‹Herr› zu Bechthold gesagt, ja es war sogar einige Zeit her, dass er die Silbe ‹Herr› überhaupt außerhalb von Wörtern wie ‹Herrgott› oder ‹herrje› benutzt hatte. Er war aus dem Rhythmus.

«Wir haben große Schwierigkeiten, Herr Bechthold. Ich mache mir Sorgen. Die Angelegenheit Niel. Bechthold, Bechthold, was soll ich nur denken? Hmm?»

«Ich verstehe nicht.»

«Fischbein, dieser widerwärtige Schleimer, glaubt Ihnen – und damit, was noch schlimmer ist, *mir* nicht. Ich habe ihm erklärt, dass Sie mein bester Mann sind, brillant. Welche Note hatten Sie noch mal im Examen?»

«Ich verstehe nicht, welche Rolle das für Direktor Fischbein in dieser Angelegenheit spielen sollte.»

«Das sagte ich auch, Einserjurist, der Mann. Prädikat. Aber war nichts zu machen. Kennen Sie Fischbein?»

«Selbstverständlich, ich kann mich aber nicht erinnern, dass ...»

«Ja, Erinnerung. Erinnerung. Trügt, gelegentlich. Er hat mich von oben nach unten – hat sein Ding rausgeholt und mich von oben nach unten vollgepisst. Können Sie sich das vorstellen? Nur wegen Ihnen, Bechthold, verstehen Sie? Was haben Sie sich dabei gedacht?»

Reichhausen starrte Bechthold ratlos an. Er musste sich gar nicht anstrengen, nicht auf die eine oder andere Weise zu lachen, im Gegenteil, er steigerte sich in den Ernst der durch Bechthold angeblich vermurksten Lage hinein, bis der Assistent – zu seinem heimlichen Vergnügen – eine Farbe angenommen hatte, wie sie die vergilbten Etiketten einiger Weine seines Kellers trugen.

«Ich habe mir nichts dabei gedacht, es sollte ein ...»

«Was?»

«Ein ... ich ... hatte keine böse Absicht, wirklich! Das müssen Sie mir glauben.»

«Mann Gottes, *ich* glaube Ihnen ja. Aber Sie haben uns wirklich in verfluchte Schwierigkeiten damit gebracht, Bechthold, mein Gott, ich musste kämpfen um Sie, als würden Sie mit einer Kugel in Ihrem blöden Gedärm... als, ich weiß nicht, wie der Teufel um die arme Seele. Aber ich hab's geschafft. Ich hab Sie rausgeboxt!»

Die Dinge lagen günstig. Offensichtlich hatte Bechthold irgendwo eine kleine Unsauberkeit begangen, ein Detail übersehen, war irgendwo schlampig gewesen. Spielte keine Rolle, was es war. Er würde die gleich folgende Zumutung noch bedingungsloser schlucken. Das war fast ein Compiègne. Diktatfrieden.

«Was wird jetzt geschehen, Herr Baron?»

Der Würger wunderte sich langsam ein wenig. Dass Bechthold so ein Schlappschwanz war, gerade mal vierzig, aber schon der vollkommene Kretin – kaum denkbar eigentlich, dass der Würger ihn bis jetzt überschätzt haben sollte.

«Na ja, auf jeden Fall werden Sie meiner Kanzlei erhalten bleiben. Deswegen werden Sie mich nicht los, Sie», sehr zärtlich jetzt, «Sie kleines Arschloch. Es muss, angesichts des Ernsts der Lage, unbedingt mehr getrunken werden. Wir hatten Feindkontakt, Bechthold. Ich hab Ihren blöden Arsch da rausgeholt, aber kugelzerfetzt. Hier, trinken Sie. Es muss unbedingt mehr getrunken werden.»

Jetzt war die Sache gelaufen, das brachte er blind und freihändig zu Ende. Er schenkte sich nach, goss Bechtholds Glas bis zum Rand voll. Der zierte sich komischerweise kein bisschen, sondern trank, so gut er konnte, lächelte dem Würger sogar halbwegs zu und hob das Glas. Kurz kam ihm der Gedanke, Bechthold den Transatlantikflug zu erlassen, verwarf ihn aber sofort wieder. Er brauchte Zeit. So viel Zeit wie möglich. Mindestens sechs Wochen. Es war eine Notwendigkeit. Die hatte Bechtholds Reiseplan entworfen, niemand und nichts sonst.

Er setzte Bechthold zu dessen Überraschung davon in Kenntnis, dass er nach Argentinien würde fliegen müssen, um dort die Niederlassungen, die Bestände, die Besitzungen des alten Niel zu prüfen, zu katalogisieren und zu bewerten, die er bislang einfach vergessen hätte. Eine schwierige und vermutlich sinnlose Aufgabe, aber Direktor Fischbein habe darauf bestanden. Bechthold nickte. Der Würger gab ihm drei Tage Vorbereitungszeit.

Einer der jüngeren Anwälte der Kanzlei würde so lange die Thielstraße übernehmen, den Solthurner-Vorgang. Und Reichhausen selbst würde sich um die Angelegenheit Niel kümmern.

Bechthold, der wohl mit dem Schlimmsten gerechnet hatte,

schien ziemlich erleichtert, versprach, die argentinischen Unterlagen sorgsam und genau zu prüfen und in ein paar Wochen wieder hier zu sein.

Der Würger nickte. Dann ging Bechthold, und danach erledigte der Würger sehr vergnügt und sehr froh über die Gefügigkeit seines Assistenten den kleinen Rest der zweiten Flasche *Pfingstheimer Herbstpfad*. Es lief alles wie im Traum, den er schon oft geträumt hatte und der gerade auf magische Weise anfing, Wirklichkeit zu werden.

Amsterdam - Basel 8.4.1999, 19:50

Erwin Erfurt hatte jene bescheidene, traurige und sanfte Art, die man manchmal bei Männern antrifft, deren Körperkräfte irgendwann in ihrer Kindheit ungewöhnlich viel schneller anwuchsen als die Geschicklichkeit, sie entsprechend zu nutzen.

Es sind Männer, die oft still und nachdenklich auf die Dinge der Welt blicken und deren Erinnerungen an ihre Pubertät von Bleistiften, Brillenbügeln und ersten, vielleicht heimlich benutzten Weingläsern und vielen anderen Gegenständen wimmeln, die alle aus Versehen zerbrochen, zerdrückt, zerrissen und zerfetzt worden waren.

Erwin Erfurt eine auf einem schlicht schwarzen, abgewetzten Klammerbrett befestigte Reservierungsliste in der Hand halten zu sehen heißt, einen etwa 170 Zentimeter großen, muskelbepackten Mann zu beobachten, dessen Hände, so denkt man unwillkürlich, das kartonierte hölzerne Brett zusammenzufalten in der Lage wären, wie andere ein benutztes Papiertaschentuch zusammenknüllen und in einen der Mülleimer von *Amsterdam Centraal* werfen.

Erfurt begrüßte den letzten Amsterdamer Reisenden. Der Mann, der sich im nassfeuchten Wetter ein wenig erkältet hatte, hatte sich die letzten Tage mit seinem Koffer abgemüht, trotz seiner Rollen war das immer noch beschwerlich gewesen, es gab überall Stufen, überall Kanten und Vorsprünge, Ritzen, die einen an das Gewicht erinnerten und einem zeigten, wie anstrengend es war, mit dem Zug zu verreisen, und wie schwach man selbst war. Jetzt sah er staunend zu, wie ihm der freundlich in den Wagen vorangehende Schaffner den schweren Koffer mit drei Fingern der linken Hand abgenommen hatte und so, als handele es sich um ein richtig zu platzierendes Kopfkissen, leichterhand über das Trittbrett in das Abteil trug.

Erfurt wies den Reisenden freundlich darauf hin, dass er in Mainz Gesellschaft bekommen würde, nein leider, nichts zu machen, der Wagen sei voll, Getränke gäbe es bei ihm vorne, selbstverständlich, halbe Stunde vor Stuttgart wecken, gleichzeitig ein Kaffee selbstverständlich, andere Getränke während der Nacht, nein, wenn doch, er – Erfurt – sei vorne in der Nähe des Office zu finden, es gäbe alles, vielleicht doch ein Bier, ja, sehen Sie, gerne, ich bringe es Ihnen gleich.

«Den Pass bekommen Sie morgen mit den anderen Papieren zurück. Nein, keine Sorge. Bin gleich zurück mit dem Bier», sagte Erfurt und dachte gleichzeitig darüber nach, dass es nichts gab, was den Konsum sparsamer oder auch einfach nichtkonsumwilliger Reisender kurzfristig so steigerte wie die Ankündigung eines Abteilgenossen oder einer Abteilgenossin. Kaum hörten sie, dass jemand mit ihnen reisen würde, ein Fremder, mit möglicherweise nüchtern nicht zu ertragenden nächtlichen Verhaltensweisen, wurden Bier, Wein und Schnaps bestellt. Man brachte das, aber man dachte darüber nach. Konnte man nur in der Nähe eines Fremden schlafen, wenn man irgendwie berauscht war? Hatte man eigentlich Angst davor, nicht nur in der Nähe, sondern sogar auf engstem Raum eingesperrt mit einem Fremden zu schlafen?

«Ihr Bier! Bitte verriegeln Sie nur oben, damit ich öffnen kann, in Mainz, wenn Ihr Mitreisender ankommt! Damit ich Sie nicht wecken muss. Gute Nacht ...»

Während der Zug aus dem Bahnhof rollte, sah sich Erfurt den Pass seines letzten Amsterdamer Reisenden an. Doktor. Dr. med. dent. Zahnarzt. Der Pass war nagelneu, keine Chance, zu sehen, ob der Zahnarzt schon irgendwo gewesen war, wo es noch Stempel gab. Also fast überall, außer in *TransEuroNacht*.

Manchmal nachts, in den Hotels, dachte Erfurt an all die Pässe, die er im Laufe einer Tour zu sehen bekommen, in den Fingern gehalten, durchgeblättert hatte. Jeder Stempel, jeder sichtbare Vermerk, der das Überschreiten einer Grenze dokumentierte, gab seiner Imagination einen Anhalt, war ein Leuchtfeuer auf dem dunklen Gewässer des Lebens und der Reisen eines anderen Menschen. Am meisten liebte er natürlich die alten Pässe, nicht nur wegen der Fülle von Stempeln, die sie bisweilen bargen, sondern vor allem, weil sich die Fotografien und die Gesichter, die einmal fotografiert worden waren, um in die Pässe geklebt zu werden, manchmal nur ein wenig, manchmal stark voneinander fortbewegt haben konnten. Was mochte dieser Frau solchen Kummer bereitet haben, in, Moment, nur vier Jahren, die sie zehn Jahre hatten altern lassen? Warum hatte jener Mann so viel abgenommen? War er krank gewesen oder Marathonläufer geworden? War jener so ausgesprochen gepflegte Typ zu Geld gekommen, oder war die Abgerissenheit der Fotografie nur Zufall?

Dinge dieser Art beschäftigten Erfurt heimlich in seinem Office, wo die Pässe alle, wie es üblich war, in einer der schmalen, mit einem Vorhängeschloss abzuschließenden Schubladen lagen. Er nahm einen Pass heraus, dachte über ihn nach, nahm einen anderen, oder er prüfte gleichzeitig zwei, die irgendetwas Gemeinsames hatten, zwei Frauen, die fast gleich alt waren, die eine aber Finnin, die andere Italienerin. Oder wenn er zufällig zwei Pässe aus demselben, kleinen, selten vertretenen Land hatte, zwei Portugiesen oder zwei Marokkaner, was gab es da wohl für Unterschiede? Die kleinen Differenzen, die er sich vorstellte. Was lag zwischen den Menschen? Was lag zwischen den Seiten der Pässe, was zwischen den Buchstaben, die Namen, Alter, Größe, Beruf usw. schrieben? Zwischen alldem lag die Welt.

Auf die Frage, woher er, Erwin, stamme, hatte er jahrelang sehr ungerne geantwortet. Denn einerseits musste er in den allermeisten Fällen davon ausgehen, dass die Fragesteller Korea, den mittleren Westen Chinas oder eine japanische Insel vor Augen hatten und durch Erfurts Antwort, er komme aus Thüringen, irritiert wurden. Andererseits konnte sich Erfurt selbst schlecht erklären, was die DDR gewesen war. Nach der Wende war es in Deutschland so gewesen, dass ein Ostdeutscher schon als erfolgreich galt, wenn man es ihm nicht sofort ansah, dass er Ostdeutscher war. Kein gutes Klima, um über sich selbst nachzudenken, zumal sowieso alles, was es nicht mehr gibt, irgendwie die Form eines Rätsels annimmt, und manchmal, das hatte der Romanist Erfurt bei der Lektüre altfranzösischer Lyrik gelernt, manchmal war es das Beste, ein Rätsel, das einem gestellt wurde, seinerseits mit einem Rätsel oder einer mehrdeutigen kleinen Geschichte zu beantworten. Was war die DDR gewesen? Wie beschrieb er das Land, in dem er aufgewachsen war, irgendeinem französischen, spanischen oder holländischen Kollegen? Jahrelang hatte er es nicht gewusst und sich dabei gequält und manchmal unglaublichen Blödsinn erzählt. Vor ein paar Wochen allerdings, im Februar, hatte er sich an etwas erinnert – an eine Szene, die er 1985 auf dem Bahnhof *Berlin-Lichtenberg* gesehen hatte und die geeignet war, seinen Kollegen eine Idee von der DDR zu geben, ohne bloß einen großen Witz aus ihr zu machen.

Erfurt war von Berlin nach Leipzig gefahren, zur Leipziger Buchmesse, wo der Sportverlag, bei dem er tätig gewesen war, ausstellte. Es war ein klarer, kalter Wintertag gewesen. Erfurt hatte sich ans Fenster gesetzt und in die Sonne geblinzelt. Ein paar Gleise entfernt, kam langsam eine Rangierlok näher. Plötzlich sprang der Lokführer ab, Erfurt erschrak, denn die Lok fuhr weiter. Der Lokführer rannte ihr voraus, stellte eine Weiche, und als die Lok sie passiert hatte, stellte er die Weiche wieder irgendwie um, rannte der Lok hinterher und sprang wieder auf, als ob es nichts Normaleres gäbe.

Erfurt hatte dann durch vorsichtiges Befragen des Zugpersonals herausgefunden, dass es natürlich Weichen gab, die unmittelbar nach dem Passieren einer Lok zurückgestellt werden mussten, und hatte man keinen Weichensteller, musste das der Lokführer selbst tun, obwohl das streng gegen die Vorschrift war, und mehr noch als gegen die Vorschrift war es vor allem gegen die Wirklichkeit. So etwas gab es nicht, denn der Zugverkehr in der DDR bewegte sich natürlich, wie alles andere auch, in geordneten, geplanten, sozialistischen Bahnen. Wäre die Lok sonst nicht entgleist, oder hätte sich nicht sonst irgendein Unfall ereignet? Eben.

Erfurt konnte sich genau an das routinierte Abspringen und den improvisatorischen Ernst des Lokführers erinnern, der das Beste aus einer schwierigen Situation zu machen verstand, ohne damit irgendetwas an der Situation selbst zu ändern oder zu verbessern, denn das schien jedem, egal von welchem Platz aus, eigentlich mehr oder weniger unmöglich.

DDR: ein Land, in dem sich die Lokführer manchmal selbst die Weichen stellen mussten, um den Plan und die Vorschriften genauestens zu erfüllen, die sie mit ihrem Herausspringen brachen. Das war eine gute Beschreibung des Landes, aus dem Erfurt kam und in das er nie zurückkehren würde – und das auch nicht gewollt hätte.

Er legte den Pass des Zahnarztes in die Schublade, sicherte die Schublade mit dem Vorhängeschloss, handhabte den Schlüssel, der in seinen Händen so klein und biegbar aussah wie etwas aus Draht, mit dem man nicht vorsichtig genug sein konnte. Der Zug hatte deutlich an Fahrt zugelegt, er eilte über eine Reihe kleinerer, stählerner Brücken hinweg, unter denen sich verschiedene Kanäle und natürliche Wasserläufe auf die Richtungen einigten, in denen sie gemeinsam durch die Nacht nach Amsterdam strömen würden. Der Zug auf der Brücke machte ein schönes Geräusch – Erfurt hörte es gerne, es war der Augenblick, da der Zug endgültig den Resonanzraum Amsterdams, die Kathedrale der Bahnhofshalle, verlassen hatte und ins Offene gelangt war. Man spürte die strömenden Gewässer, die sich vereinigten und über deren Stille sich die suchenden Katarakte der Schienen verloren.

Er fasste sich mit sanften Fingern ans Sakko, um sicherzugehen, dass sein Notizbuch da war, auf das er mit überkorrekter Blockschrift *Transit* und darunter, kleiner, *Erfurt, E.* geschrieben hatte, so als wären seine Aufzeichnungen tatsächlich von irgendeiner Bedeutung und müssten unter allen Umständen identifiziert werden können. Vielleicht gab es irgendeine Neuigkeit, und wenn auch nicht, so gab es für Erfurt wenig Aufregenderes als seinen Wagen abzusperren, das Office zu sichern und in den fünfzehn Minuten Aufenthalt, die der Zug in Köln haben würde, zu einem anderen Gleis zu gehen. Er wollte sehen, wer auf dem Ostender nach München war.

Er liebte seine nachtblaue Uniform, er liebte die Freiheit, die sie ihm verlieh, die Sicherheit, einen fremden Zug mit derselben Geläufigkeit zu betreten, als wäre es der, mit dem er selbst fahren würde. Er liebte den Kitzel, über die bloße Möglichkeit nachzudenken, mit einem anderen Zug zu fahren, vielleicht mit dem nächsten, vielleicht mit keinem anderen als diesem. Niemals fühlte er sich lebendiger als bei diesen ersten Schritten auf einem Trittbrett, wenn er seinen erstaunlichen Körper leichterhand nach oben hob und auf die Metallplatten des Plafonds krachen ließ. Einen Zug zu betreten machte ihn auf unbeschreibliche Weise glücklich. Glück, zu fühlen, wie sich seine Finger zärtlich um die verschwindende, kühle Klinke legten und die Tür öffneten. Das Summen der Heizung zu hören. Die einzelnen Lichter zu sehen, die vielleicht aus den noch geöffneten Abteilen fielen. Die gedämpften Stimmen von Menschen auf der Reise. Glück.

Ostende – München 8.4.1999, 22:17

«Das wollte ich nicht. Ich wollte dich nicht erschrecken. Ich heiß Erwin!»

«Oh, mein Gott, ich hab dich nicht gehört. Freut mich, Leo.»

«München?»

«Hm. Bin aber erst seit Kurzem ...»

«Gefällt's dir?»

«Na ja, is schon noch ungewohnt, aber ... Eigentlich, heute geht's schon besser. Ist meine erste Fahrt.»

«Was liest du denn? Spanisch?»

«Ja, ist eine Übungsgrammatik. Ich lerne Spanisch, grade.»

«Das ist aber toll. Würde ich auch gerne können. Aber es gibt keine Zeit dafür.»

«Wie lange bist du ...?»

«Schon fast zehn Jahre. Lang, aber mir kommt's immer noch kurz vor.»

«Woher?»

«Thüringen.»

«Nein, ach so, ich meine ... jetzt?»

«Sektion Hamburg. Hab den Basler von Amsterdam. Aber als Springer ist das sowieso anders.»

«Ach so, ich bin auch Springer, sind wir ja praktisch ...»

«Hm, aber hör mal, dann kommst du wahrscheinlich bald nach Paris, oder?»

«Keine Ahnung?»

«Pass auf, wenn du in Paris bist, dann sag ich dir eine Kneipe, wo wir uns bestimmt mal wiedersehen, gehen alle hin. Ist zwischen den beiden Bahnhöfen, wart', ich schreib's dir auf ...» Der mächtige Asiate griff sich Zettel und Stift.

Die Zeit eilte – der Basler und der Münchener teilten fast auf die Sekunde sieben Minuten auf dem Kölner Hauptbahnhof –, und obgleich Erfurt genau wusste, wie er Pardell den Weg von der *Gare de l'Est* zum *Gran' Tour* zu skizzieren hatte, beeilte er sich, Pardell währenddessen die Vorteile eines Aufenthalts in diesem Lokal zu schildern, sprach mit sanfter Stimme, sodass Pardell sich stirnrunzelnd näher zu ihm beugte, auch weil er davon überzeugt war, dass Erfurt den Kugelschreiber im nächsten Augenblick wie ein Hölzchen zerbrechen würde.

Dann begleitete er ihn auf den Bahnsteig, denn der Münchener würde in einer guten Minute abfahren, und er wollte noch einmal einen Blick auf den Bahnsteig werfen. Er fühlte sich viel besser als bei der Hinfahrt. Nicht zuletzt durch den Besuch dieses schrankartigen Chinesen oder Japaners, der mit tiefem thüringischen Akzent das Essen eines fernen Restaurants euphorisch lobte, sich verabschiedete, ihm eine mädchenhaft zarte, allerdings tellergroße Hand reichte und den Bahnsteig 4 hinuntereilte, so geschwind wie ein Knabe auf einem freitagnachmittäglichen Nachhauseweg im Juni und gleichzeitig so massig wie ein *Quarterback* auf dem Weg zu einem legendären Homer...

Erfurt hatte Pardell eine einfache, aber erstaunliche Gewissheit gegeben: dass er sich schlechter gefühlt hätte, wenn Erfurt nicht gekommen wäre. Warum auch immer. Er hätte sich schlechter gefühlt. Erfurt – die wenigen Minuten, die der neugierige japanische Kugelstoßer oder koreanische Gewichtheber, oder was immer er war, in Pardells Wagen verbracht hatte, hatten ausgereicht, um Pardell eine Idee von dem Vergnügen zu geben, ihn, Erfurt, öfter zu sehen. Eine Idee von dem Vergnügen, mit ihm befreundet zu sein, oder anders als nur befreundet, ihm verbunden zu sein. Freundschaft braucht nicht unter allen Umständen Zeit, um sich anzukündigen oder zu entwickeln. Freunde.

«Hast du Freunde?»

Das war die erste Frage, die Juliane ihm gestellt hatte. Juliane, als er sie zum ersten Mal seit Jahren angerufen hatte, nach seinem Entschluss, nach Argentinien zu gehen.

«Hast du Freunde?»

Sie hatte die Frage ruhig gestellt. Ruhig, aber sehr sicher. So sicher, dass Pardell sich auf der Stelle ertappt gefühlt hatte. Er verstand die Frage. Er verstand die Frage nicht. Sollte er schlau antworten, ja, ich habe Freunde – dann würde sie einfach fragen, wie sie es immer getan hatte: Wer sind deine Freunde?

Er wäre so oder so in düsteres Schweigen versunken, in ein unbehagliches telefonisches Grübeln, einfach, weil es darauf keine passende Antwort geben konnte. Sie meinte damit wohl Freunde, wie sie selbst sie hatte, wirkliche Freunde, leidenschaftliche Freundschaften, tiefe Freundschaften, Lebensfreundschaften, keine Ahnung, irgendwie so was – dachte Pardell. Er konnte Juliane doch keine banale Antwort auf eine ihrer Fragen geben. Also hatte er, seit sie sich kannten, versucht herauszufinden, was sie meinte, was genau sie jeweils im Sinn hatte, bevor er antwortete. Früher hatte das oft zu quälendem Streit geführt.

«Wieso interessiert dich das?»

«Ich bin jedenfalls überrascht, dass du mich angerufen hast.»

«Ich wusste ja nicht, wenn es dir jetzt nicht passt, dann ...»

«Nein, Leo, es ist in Ordnung, ich hab nur so lange nichts von dir gehört.»

«Und das Erste, was dir einfällt, ist zu fragen, ob *ich* Freunde habe?»

«Ich wollte nur wissen, ob es dir gut geht.»

«Ach, und wenn man keine Freunde hat, wie ich, dann geht es einem nicht gut? Meinst du das?»

«Ich hab mich nur gefragt, wie es dir geht ...»

«Mir geht es wunderbar. Es ist nur, weil ich wahrscheinlich bald mal in München bin.»

«Oh.»

«Ich, äh, ich gehe für eine ganze Weile, äh, nach Argentinien. Und mein Flug geht über München ...»

«Gehst du gerne weg von Berlin?»

«Ja, eigentlich, also ... ja, klar ...»

Das waren so die Fragen und die Antworten gewesen, und Pardell hatte einen Tag später noch einmal angerufen, um Juliane zu fragen, ob sie sich nicht treffen wollten. Aus bestimmten Gründen hatte er immer das Gefühl, dass Juliane das fragen sollte, nicht er. Auch früher schon hatte er darauf gewartet, dass sie, dass sie ihm, dass sie ihm vielleicht, dass sie ihm vielleicht einen kleinen Hinweis ...

Die meiste Zeit mit ihr war er sich wie ein kleiner Idiot vorgekommen. Die jeweils faszinierenden Geschichten, die er Juliane erzählen wollte, die Pointen, die er sich überlegt hatte, stoben auseinander, alles zerfiel, und er erzählte das Wunderbare viel zu früh oder zu spät, überhastet oder ungenau oder auf sonst eine deprimierend vermurkste Weise. Und zudem hatte er wirklich keine Freunde, wenn er ehrlich war – wenn er mit demselben Anspruch über seine sogenannten Freunde nachdachte, wie er es über Juliane und sich tat.

Als sie sich dann in München getroffen hatten, war es anders gewesen. Juliane holte ihn vom Zug ab, und sie setzten sich in eines der Restaurants am Bahnhof. Seine beiden anthrazitfarbenen Koffer standen wie die stummen Zeugen biografischer Entschlossenheit neben dem Tisch.

«Gut siehst du aus, Leo», sagte Juliane.

«Oh, danke. Du auch, sehr gut sogar», sagte er sehr aufgeregt, so, als würde er lügen, wurde sogar rot. Juliane war für ihn nie etwas anderes als schön gewesen. Als er sich in Juliane verliebt hatte, war sie wunderschön gewesen, als sie sich trennten, war sie – leider – noch schöner, als sie sich aus den Augen verloren, sie sofort nach der Schule nach München zog, er nach Berlin, war sie in seiner

Erinnerung auf nachdenkliche Weise schön, während ihrer wenigen Telefonate war ihre Stimme von melancholischer Schönheit. Und als sie ihm unter einem Flor von Tränen von ihrer Scheidung erzählte – faszinierenderweise hatte er nicht einmal gewusst, dass sie überhaupt verheiratet gewesen war –, da hörte er ihr bebenden Herzens zu und war seinerseits fast den Tränen nahe, weil er natürlich auf ihrer Seite stand und weil andererseits die Vorstellung, dass Julianes Ehe nicht nur gescheitert war, das hörte sich ja nach einem grauenvollen Debakel an, sondern vollkommen zerrüttet – auch irgendwie ... schön war.

Als er und Juliane noch ein unausgesprochenes, nicht wirklich offizielles Paar waren, in den letzten Jahren vor dem Abitur in Hannover, war er zwischendrin immer gerne für eine Woche, für eine Nacht oder für die Zeit einer leidenschaftlichen Knutscherei mit anderen Frauen zusammen gewesen, weil er deren Schönheit irgendwie beurteilen konnte, weil er wusste, es waren schöne Frauen, sehr schöne zum Teil, aber zum Beispiel gab es gewisse Stellen, die man nicht so bedingungslos bewunderte.

Pardell *wusste* oder versuchte sich *einzureden*, dass er wusste, dass auch Juliane solche Stellen hatte. Allerdings geschahen immer wieder so Dinge wie einmal während einer Führung Unter den Linden, als er an einer wirklich nicht sehr schönen, älteren Frau aus den Staaten ein gleich großes Muttermal an derselben Stelle wie bei Juliane entdeckte – es war ein heißer Tag, T-Shirts und Shorts waren angesagt – und sich nicht mehr konzentrieren konnte, weil er erst auf der Toilette der *Komischen Oper* Erlösung fand, wohin er die Führung spontan umgeleitet hatte. Selbst das Nichtschöne an Juliane war wundervoll und erregend.

Nach Juliane war die Welt der normal-schönen Frauen gekommen, und Pardell hatte die Erfahrungen, die er mit ihnen gemacht hatte, genau deswegen für erwachsen gehalten. Ob es erwachsen gewesen war, die Entscheidung, nach Argentinien zu gehen, sofort und zuallererst und pochenden Herzens Juliane mitzuteilen, die er über ein Jahr nicht gesprochen hatte und deren Beziehung zu ihm formell betrachtet eine lose Bekanntschaft aus alten Tagen war, fragte er sich nicht. Juliane war all die Jahre der Gradmesser. Sie war unschlagbar. Nicht zuletzt deswegen hatte Pardell Juliane noch nie gesagt, früher nie, natürlich nie ... und später auch nie, wieso soll man das auch später sagen, das wusste sie doch – dass sie für ihn die schönste Frau auf der Welt war.

Als Pardell an diesem Abend nach tiefstem, ununterbrochenem Schlaf, aber über zwei Stunden zu früh aufgewacht war, langsam seine Umgebung, die milde Stille der *Maison Blanche* wahrgenommen hatte, hatte er zugleich schon gespürt, dass eine Rückfahrt immer eine *Fahrt zurück* ist und alleine deswegen viel leichter zu bestehen, weil man weiß, dass, was immer auch passieren mag, man ja zurückkommt. Wenn auch, wie bei Pardell, in ein fragwürdiges *Zurück*.

Als er das bildlich durchdachte, leichten Hunger verspürte und beschloss, sich anzuziehen und in dem als Restaurant getarnten Imbiss eine Mahlzeit zu sich zu nehmen, da dachte er sofort daran, dass er mittlerweile, nach dem Schock der ersten Tage und der Salatunverschämtheit und all diesen Dingen, dass er dann ja eigentlich Juliane anrufen könne, wenn er wieder in München sei.

Er würde ihr sagen, Juliane, ich bin es, ja, nein, es ist furchtbar, die Welt ist voller Schweine, es wird nichts, Betrug, diese Gesellschaft hat sich aufgelöst, alles verloren, die Koffer sind auch verschollen, ja natürlich verzweifelt, kannst du dir ja vorstellen, was, ach, das musst du nicht, wirklich, ja, wenn du meinst, für mich wäre das natürlich, du hast sowieso ein Gästezimmer, ja dann, ein paar Tage, gerne, ich komme gerne zu dir. Bis dann!

Nach dem Essen ging er spazieren, Richtung Meer. Er wusste zwei Dinge: Erstens würde er in diesem Restaurant niemals mehr einen

Imbiss zu sich nehmen. Zweitens war das Argentiniendesaster vielleicht ein Zeichen. Ein Zeichen dafür, dass Juliane und er; dass dieser Anruf bei Juliane vielleicht genau; dass das alles auch seine günstigen; dass er ihr vielleicht näher war als je zuvor in all den Jahren. Sie war geschieden, schon lange genug, man las ja in den Magazinen, die er nicht las, aber Sarah hatte oft welche gehabt, dass sofort nach einer Trennung ein ungünstiger Zeitpunkt war, aber es war ja wahrscheinlich schon genügend Zeit vergangen. Er war auch alleine, kurz vor seinem Diplom, das er dann eben in München machen würde, natürlich, er würde bei ihr wohnen können, vielleicht, wahrscheinlich, natürlich. Sie würde überrascht sein. Er stand an *Gruulkerkeensstrad* neben einem Stand für köstliche Pralinen, deren Name die erste Silbe mit seinem Vornamen teilte. Er kaufte 250 Gramm, sehr günstig. Hab ich dir mitgebracht. Aus Belgien, direkt. Auf seinem Weg zum Meer kam er an zweiunddreißig anderen Verkaufsständen für teilweise noch viel günstigere Pralinen vorbei und ärgerte sich vor allem, seine Pralinen die ganze Zeit mit sich herumschleppen zu müssen, als klassischer Eulenträger sozusagen. Noch dazu in der nachtblauen Uniform mit ihren goldenen Knöpfen, die ihm immer lächerlicher vorkam, je weiter er sich aus der Strahlung des Bahnhofs entfernte. Irgendwann fühlte er sich wie der Mitarbeiter eines Zirkus, der weitergereist war, während er, der gefräßige Platzanweiser, noch einen blöden Imbiss hatte einnehmen müssen. Jetzt lagen die Kamele wiederkäuend in den dahinrasenden Waggons, und die Flusspferde ärgerten sich knurrend über das Gerumpel. Die Clowns betranken sich in ihren Abteilen, bis ihnen alles vor den Augen verschwamm und die Dinge durchsichtig wurden ... und er, Pardell, stand alleine und lächerlich gekleidet, mit einer für belgische Verhältnisse überteuerten Schachtel Muschelpralinen an der Nordsee und machte sich Gedanken darüber, diese Muschelpralinen am nächsten Tag ausgerechnet seiner Jugendliebe zu schenken, seiner sogenannten großen Liebe, deren Interesse an ihm die letzten Jahre so groß gewesen war, dass sie ihn genau zweimal von sich aus angerufen hatte. Das eine Mal an dem Tag, den sie für seinen fünfundzwanzigsten Geburtstag gehalten hatte, das andere Mal an seinem fünfundzwanzigsten Geburtstag, vier Tage später.

Ja, er hatte tatsächlich keine anderen Sorgen, als Juliane diese Scheißmuscheln aus weißer und brauner Schokolade zu schenken. Als ihm das klar wurde, wusste er, dass es ihm besser gehen musste. Er lachte, blickte auf seine Uniform, sein Lachen steigerte sich, einige Belgier beobachteten ihn sorgenvoll, er lachte laut, mein Gott, was war er für ein wunderbarer kleiner Idiot. Als er die Strandpromenade aus solidem Beton erreicht hatte, lachte er so stark, dass er sich setzen musste. Dann sah er den dämmrigen Himmel an, und sein Grinsen wurde ein Lachen und sein Lachen ein Lächeln, sanfte und plötzlich von ernsten Anwandlungen von Glück durchströmte Aufmerksamkeit. Denn das Meer war tintig schwarz, sah kalt und schön aus. Wie lange war er an keinem Meer gewesen, nicht einmal an der Ostsee.

Zum ersten Mal spürte er das Aphrodisiakum des Abends vor einer Reise, das Plänen, Spekulationen, Aussichten und Hoffnungen so günstig ist wie nichts sonst. Am Abend auf Reisen zu gehen hat etwas unabweisbar Beglückendes, man kann es sich eigentlich nicht recht erklären, aber da es anhält, vertraut man irgendwann darauf und deutet das marineblaue Gestöber ferner Wolken über dunkler belgischer Nordsee, leicht durchbrochen von stehenden Blitzen von Orange und Rot, als ein Bild der Zuversicht, kurz vor dem Aufbruch.

Er ging in die Pension zurück, packte die paar Sachen, nahm dann den *Ostender Tag*, schlug ihn auf und wickelte damit das Muschelpaket für Juliane ein.

Am Bahnhof fand er die Fahrdienstleitung mithilfe einer freundlichen einheimischen Witwe, die ihr Enkelkind verabschiedet hatte und sich ungeheuer neugierig, neugieriger als Pardell, mit ihm zusammen auf die Suche machte. Sie brauchten fünfzehn Minuten, dann hatte der ängstlich wirkende Fahrdienstleiter Pardell die Reservierungsliste ausgehändigt. Pardell unterhielt sich mit der kuriosen Witwe, weshalb er es versäumte, auch noch nach der Ostender Sektion der *Wagons-Lits* zu suchen. Die neugierige Witwe brachte ihn an den Zug, blieb bis zu dessen Abfahrt stehen, vielleicht winkte sie sogar, aber das konnte Pardell nicht mehr sehen.

Als der Zug Köln und jenen seltsamen neuen Freund Erwin schon lange verlassen hatte, dachte er wieder an die freundliche kleine Gestalt der neugierigen Witwe, an der es nichts gab, das nicht rundlich gewesen wäre, selbst ihr Lächeln war irgendwie rundlich. Sie war zehn oder fünfzehn Jahre älter als seine Mutter. Seine Mutter. Ob er sie anrufen sollte? Sie würde sich zweifellos Sorgen machen, wenn sie hörte, was geschehen war. Zweifellos machte sie sich aber jetzt auch Sorgen. Er hatte ihr versprochen, sie, sobald es ging, nach seiner Ankunft in Buenos Aires anzurufen. Sein Anruf war lange überfällig. Was sollte er tun? Würde er ihr die Wahrheit sagen, würde sie zweifellos erwarten, dass er nach Hannover käme. Seine Mutter. Er mochte sie sehr, und er hatte ihr nie übel genommen, dass er ohne Vater aufgewachsen war. Er hatte ihr allerdings ein wenig übel genommen, dass sie unaufhörlich versucht hatte, Ersatz zu schaffen, um jeden Preis. Das war ungeheuer anstrengend gewesen. Schon als er noch klein war, hatte er gewusst oder gespürt, dass ihre Praxis, sich ihre Liebhaber unter dem Kriterium ihrer Eignung als Ersatzvater für ihn auszusuchen, unheilvoll gewesen war. Leo, der kleine Leo, hatte seinen Vater vermisst und nicht Bruno und Dietmar und wie sie alle geheißen hatten. Das Schlimme war, dass er eigentlich gegen die meisten nichts hatte – ‹wie findest du ...?›, fragte seine Mutter, ‹nett›, sagte Leo, und seine Mutter seufzte glücklich, und ‹...› hatte plötzlich gute Karten, und das Ganze war ein Missverständnis, das er genau spürte, aber das aufzuklären er zu klein war. Er konnte es nicht erklären. Er konnte auch nicht sagen, dass es nicht so schrecklich war, wie alle dachten, dass er seinen Vater vermisste.

Seinen Vater zu vermissen hieß zu wissen, dass es ihn dennoch irgendwo gab. Sein Vater, dieser immer präsente, mit einer verschwiegenen Generalabsolution versehene Schatten, hatte ihm das erste Gefühl für Raum gegeben, Leo hatte sich gerne vorgestellt, dem Schatten seines Vaters durch immer neue, immer andere Gebäude, Städte, Straßenzüge, Gärten und Zimmer zu folgen. Es war sein Spiel und sein Ernst. Er sammelte alles, was er an Bildern, Fotos und Zeichnungen von Räumen bekommen konnte, aus Zeitschriften jeder Art, Bilderbüchern, Reiseführern, Fotos, die ihm die Liebhaber seiner Mutter schenkten. Immerhin schenkten ihm einige Fotos, Postkarten und andere Abbildungen der weiten Welt.

Er sah sich diese Bilder ganze Nachmittage lang an, legte sie in immer neue Reihenfolgen, kombinierte ihre Eigenschaften, die Ausblicke, Perspektiven und Wendungen und bewegte sich so in immer neuen imaginären Architekturen.

Er interessierte sich für Sprachen, weil er nicht wusste, welche Sprachen sein Vater sprach, denn den entsprechenden Erklärungen seiner Mutter, es handele sich bei seinem Vater um einen einst in Hannover stationierten britischen Soldaten, traute er nicht. Wer wusste, wo er jetzt wohnte und welche Sprache man dort sprach? Der kleine Leo und der größere und schließlich auch Pardell wussten nur, dass er in der Welt wohnte. Zwischen ihm und seinem Vater lag – die Welt ...

In Mainz kamen zwei Reisende, männlich, und fragten nach Betten, Tourist, zweiter Klasse. Pardell stellte die beiden ersten *Bettkarten* seines Lebens aus.

(«So, da nimmst deinen Block mit Bettkarten, Peddi, schau her, schau a mal her jetzt, schreibst rein, nicht hier, da, schön reinschreiben, schau, wie ich des mach, sauber, ja. Peddl, verstehst: Eine jede Bettkarte, wenn du sie verschmeißt ...» – Oberschaffner Hoppmann. ‹Verschmeißen›

musste Bairisch für ‹Verlieren› sein. – *«Wenn du sie verschmeißt, Poddel, dann musst du sie selber zahlen, und zwar als Single, 250 Mark. Dann fährst die ganze Tour umsonst, nur fürs Verschmeißen ...»)*

Als die Reisenden in ihrem Abteil waren, war sich Pardell sicher, seine Mutter anrufen zu wollen, ganz kurz natürlich, und die transatlantische Illusion aufrechtzuerhalten. Er blickte auf seine *Authentic-Panther* und sah, dass es in Buenos Aires gerade mal 21 Uhr 37 war. Seine Mutter schlief bestimmt schon lange. Und Juliane?

Sollte er Juliane wirklich anrufen, wenn er in München war, und ihr die Wahrheit sagen? Er blickte noch einmal auf seine Uhr, die zurückzustellen er nicht übers Herz brachte. Denn kurz bevor sie sich verabschiedet hatten, hatte Juliane sein linkes Handgelenk gepackt, ihn mit kokettem Blick angesehen und ihm geschickt die Uhr vom Handgelenk genommen. Pardell hatte nichts gesagt, sondern nur verblüfft zugesehen, wie sie die Zeiger auf seiner Uhr verstellte.

«Damit du sofort weißt, wie spät es ist, wenn du aus dem Flugzeug in Buenos Aires steigst. Und damit du an mich denkst, dabei!», sagte sie und band sie ihm wieder ans Gelenk, und möglicherweise hatte sie dabei seinen schneller schlagenden Puls gespürt ...

Die Rückfahrt lief eigentlich ganz gut, es waren, ohne dass er es recht bemerkt hatte, fast alle Betten belegt, er hatte Bier und Wein verkauft, zudem hatte er den ersten Ausstieg erst in Augsburg, er würde sich jetzt also die Schaffnerliege herunterklappen, die Hauptlichter löschen und sich hinlegen. Als er lag, fühlte er sich überhaupt nicht müde. München kam immer näher. Juliane. Seine Mutter. Vielleicht sollte er doch noch ein Bier trinken? Er sperrte das Office wieder auf, holte eine Flasche *Edelstoff*, nahm sich eine Zigarette, starrte durch das schmale Officefenster ins Blinde und sah dem Rauch nach, der in stehenden, ruckenden, magischen Wirbeln vor der Fensterluke vibrierte, bevor er nach draußen gezogen wurde.

Sie hatten sich auf so selten schöne Weise gut verstanden, Juliane und er. Als sie sich am Bahnsteig nach seiner Ankunft umarmten – sie war kleiner als er – und er sein Gesicht tief in die duftende Lockigkeit ihres rotblonden Haars tauchte und leichten Kitzel spürte. Als er sie fest an sich drückte und bemerkte, wie dünn sie war und wie fest ihre Brüste und wie gut sich diese Mischung anfühlte, da hatte er für einen Moment gedacht, nein, gefühlt, gefühlt daran, wie nachgiebig und zart und gut gebaut sie ihm vorkam, dass sie gleichfalls aufgeregt wäre – die Unwahrscheinlichkeit dieser transatlantischen Komplikation am Münchener Hauptbahnhof machte jedes Wort, jeden Augenblick, jede kleine Geste rar und kostbar, und man wünschte sich heimlich, wie es so oft vorkommt, wenn die Trennung unmittelbar bevorsteht, es wäre alles anders …

Dabei sprachen sie eigentlich über fast nichts. Julianes neue Wohnung, mit Balkon, Ausblick, Licht, Schwierigkeiten bei einer freien Theaterproduktion von *Endspiel* von Beckett, das alles nur angerissen, nur angetippt – angetippt jedoch auch von Lächeln, niedergeschlagenen Augen und dem rätselhaften Übermut spürbarer gegenseitiger Sympathie, die man niemals beim Namen nennen würde. Sie sprachen über Kleinigkeiten.

Pardell ging nach Argentinien, und Juliane erwähnte die Beschaffenheit eines Parkettbodens. Er würde sie schon wieder ewig lange nicht sehen und machte eine Bemerkung über die misslungene Stahlkonstruktion des Obergeschosses des Bahnhofs. Dieses Gespräch über Kleinigkeiten war es, das sie beide bezauberte, ohne dass sie genau wussten, wieso. Der Zauber kam, weil sie sich unterhielten, wie sich Menschen unterhalten, die genau wissen, dass sie sich wiedersehen werden. Und wieso dann nicht über Kleinigkeiten sprechen?

Pardell legte sich nach dem Bier wieder hin, auch schlief er ein, träumte aber die ganze Zeit davon aufzuwachen und wachte deswegen immer wieder auf. Als sie Augsburg hinter sich gelassen hatten, war er sich sicher, dass er sie am Nachmittag anrufen würde.

Er würde die Abrechnung abgeben, dann würde er zu Salat, dem Arschloch, gehen, sich duschen und ihm sagen, dass er ausziehen würde, wenn er denn überhaupt eingezogen war. Eichhorn hatte bei ihrem Gespräch die Möglichkeit erwähnt, über die *Compagnie* ein sehr günstiges Pensionszimmer in der Nähe des Bahnhofs anzumieten, das würde er beziehen und dann Juliane anrufen. ...

***

Hoppmanns Wecker hatte ihn kurz nach 5 Uhr aus dem Schlaf gerissen, er hatte Kaffee gekocht, Pässe zurückgegeben und Reisende verabschiedet und betrat, so wie er es sich gedacht hatte, um 7 Uhr 26 die Sektion in München. Der Morgen war relativ kalt, aber strahlend, der Himmel nur von leichten weißlichen Schlieren überzogen, die fast schon etwas Sommerliches hatten. Auf dem Weg vom Gleis kaufte er die *FAZ*, klemmte sie unter den linken Arm, dann steckte er sich eine Zigarette an, die er, wegen seines Gepäcks, cool im Mundwinkel trug und nur durch Lippenbewegungen abaschte. Das gefiel ihm. Die Zeitung unter dem Arm, die Zigarette. In der Sektion fand er einen Brief von Eichhorn in seinem Fach. Eichhorn wollte ihn heute noch nach Paris schicken, und von Paris sollte er, Moment, das war ja eine richtige Tour: Paris, dann aber sofort nach Kopenhagen weiter, von dort nach Basel, mein Gott, dann von Zürich nach Wien. In Wien würde er neue Anweisungen bekommen. Kopenhagen, Wien ... das war also alles ernst gemeint gewesen. Das war also wirklich so. Er las sich den Brief, der schlicht, aber ziemlich präzise und knapp formuliert war, mehrmals durch. In Ordnung, gut. Umso besser. Würde er Juliane also später sehen ...

Zscht, der Magaziner, fuhr Pardell so brutal von hinten an, dass er einen stöhnenden Klagelaut von sich geben musste, weil er sich so erschrocken hatte. Zscht sagte Pardell, er solle gefälligst auf Eichhorn warten.

«Hast du gehört? Warten sollst! Nix mit Abhaun!» Dann fluchte er für Pardell unverständlich auf Bairisch, verschwand mit ölschmierigen Händen in der Toilette, aus deren Innerem man daraufhin wütende Schreie hörte. Die Toiletten waren schmutzig, von Schaffnern schmutzig, versaut, Schweinerei, verdammte, Arschlecha, schmutzige ...

Pardell setzte sich, nahm sich eine Zigarette und faltete die Zeitung auf, als Zscht wieder herauskam, seine Hände waren zwar immer noch achsenschmierig, dafür aber jetzt auch noch nass. Pardell hörte das *Zscht* der Bierflasche, der Magaziner ging ins Magazin zurück, man hörte bald leises Poltern. Pardell versuchte, die Zeitung zu lesen, als ein anderer, sommersprossiger Schaffner hereinkam, seine Koffer in den Spind sperrte und sich zu Pardell drehte, der die Zeitung wieder beiseitelegte.

«Morgen?», der stille Gruß des fremden Schaffners.

«Morgen!»

«Hm. Woher?»

«Ähm ... ach so ... Ostende. Und du?»

«Neapel», was der fremde Schaffner wie «Njabbl» aussprach. Deutlicher palatinischer Akzent lag da vor.

«Was ist das denn für eine Zeitung? Die *Frankfurter*. Toll!»

«Willst du einen Teil?»

«Die kleinen Geschäftsanzeigen, die Todesfälle, die Geburten und die familiären Suchanzeigen bräucht ich.»

Pardell hatte keine Lust, die kleinen Geschäftsanzeigen, die Todesfälle, die Geburten und die familiären Suchanzeigen aus dem Rest der umfangreichen, von Anzeigen vieler Art wimmelnden Zeitung herauszusuchen, obwohl der blasse, dreist-nervöse Kollege das offensichtlich zu erwarten schien. Er biss sich bei dieser Erwartung sogar auf die Unterlippe, die, vielleicht von häufigem derartigem Beißen, leicht fransig wirkte.

Pardell suchte sich das Feuilleton und die Politik heraus und gab den Rest seufzend dem anderen, dessen Lippen sich daraufhin wieder entspannten. Nachdem er genickt hatte, ging er mit dem Packen in Richtung der Sektionstoiletten.

Pardell wollte gerne wissen, wer das war, der es sich gerade mit seiner *FAZ* auf der Toilette gemütlich machte. Er wandte sich der großen Pinnwand zu und ließ seinen Finger über die dünne Raum-Zeit-Textur des aktuellen monatlichen Dienstplans gleiten, ganz links an der vertikalen Spalte, in der die Namen der regulären Schaffner sauber untereinanderstanden, von *Aabramovic, Jorge* über *Bacharach, Wik* bis *Zitterling, François*.

Unter *Zitterling* kam die separate Abteilung mit den Namen der Springer. *Pardell, Leonard* war der letzte, etwas abgerückte Eintrag, über ihm fanden sich noch einige rötliche Spuren eichhornschen Radiergummis. Er ließ seinen Finger bis zum Querstrich dieses Tages voraneilen, fuhr ihn von unten nach oben ab, stieß auf Striche, die diesen Tag kreuzten, das waren Schaffner, die unterwegs waren, sah Striche beginnen, das waren jene, die heute Abend eine Tour übernehmen würden, und fand, im gleichen Verhältnis, Striche, die endeten, Schaffner, die diesen Morgen angekommen waren. Die musste er durchgehen. Er stieß auf einige Namen, aber natürlich nur auf einen, über den Eichhorns saubere, kleine Schrift *Napoli* geschrieben hatte. *Getzlaff, Dieter*.

‹Getzlaff›, dachte Pardell. ‹Hab ich schon mal gehört, hab ich schon mal gehört.›

«Herr Pardell? Ehrwürden erlauben?»

«Herr Eichhorn, guten Morgen. Ich hab Ihren Brief bekommen, ich kann das machen ...»

«So, Sie können das?»

«Ich will gerne, ehrlich, kommt mir sowieso gelegen.»

«Schon wieder?»

«...»

«War nur ein Scherz – das freut mich! Sie helfen mir aus der Patsche! Gehen Sie was frühstücken, Sie sollten den *Bolero* nicht verpassen!»

«Ravel?»

«Was, so kurz dabei und kennen schon die Namen der *EuroCitys*? Sogar der am Tage? Respekt! Also, mein Lieber! Eine herzhafte Mahlzeit! Machen Sie sich keine Sorgen, ich trage das schon nach auf dem Dienstplan! Säuberlich. Wollen wir mal sehen! ...», sagte Eichhorn, der während des Gesprächs mit seinem Cordhut in der Hand erstarrt war und dann weiterging, als wäre er nie stillgestanden. Er verschwand in den Tiefen des Magazins, aus denen man immer noch unentwegt leises Poltern und fernes Fluchen hörte.

Um 8 Uhr 19 verließ Pardell den Bahnhof unter einem Himmelsblau von jener verzweifeln machenden Seidigkeit, die einen dazu bringt, ob man will oder nicht, ob man Hannoveraner ist oder nicht, sich insgeheim immer wieder nach München zu wünschen, und wäre es nur für den Augenblick eines solchen Himmels. Er hatte ungeheuren Appetit und ahnte den Geruch voraus, den Geschmack, die Konsistenz von etwas Heißem, Länglichem, Scharfem. Gleichzeitig fiel ihm etwas anderes ein. Etwas Lustiges.

‹Ach so, *Getzlaff*, wie das Ketchup. Klar.›

Paris, Passage 9.4.1999, 8:30

TransEuroNacht war ein System kurz vor seinem Kollaps. Die *Compagnie* war ein Teil dieses Systems, und Bertrand Lagrange, der Leiter des an der *Gare de l'Est* untergebrachten *CEDOC*, des *Centre de la Documentation et de l'Organisation du Contrôle de la Route*, wollte die *Compagnie* davor bewahren, von *TransEuroNacht* mitgerissen zu werden.

Lagranges Interesse daran, das zu verhindern, war durchaus

nicht uneigennützig. Zuallererst sollte es sich für ihn auszahlen – dann würde die *Compagnie* am meisten davon haben. Niemand war für Lagrange so vertrauenserweckend wie jemand, der gesunde Eigeninteressen hatte, was auch für ihn selbst galt. Er war kein *Sportsfreund*, aber er hielt sich fit.

Wenn er morgens durch den Bois joggte, ziemlich hurtig und ohne jeden Enthusiasmus, und über die Aufgaben des Tages nachdachte, überprüfte er Punkt für Punkt, welches Interesse er an den einzelnen Vorgängen hatte. Wenn er sich unsicher war, was er von einem Menschen hielt, versuchte er zu verstehen, was der andere begehrte. Es gab keinen interessefreien Raum – diese Illusion hatte Lagrange niemals gehabt, und deswegen war er ein guter Ehemann und Vater dreier glücklicher Kinder geworden. In der *Compagnie* hatte er es bis an die Pforte des Vorstandes geschafft.

Der Vorstand verhandelte mit den nationalen Bahnen die Regeltarife, die Garantiesummen pro Achse und die Fahrpläne – ineinander verwoben und vielschichtig bildeten diese Vereinbarungen den Raum von *TransEuroNacht*, den sich die *Compagnie* mit ihren allesamt kleineren, eher national ausgerichteten Wettbewerbern zu teilen hatte – allen voran mit der *Mitropa*, dem deutschen Schlafwagen- und Nachtzugkonzern. Im Gegensatz zur *Mitropa* aber war die *Wagons-Lits* niemals ein Staatsunternehmen gewesen und von Beginn an supranational – das erste wahrhaft europäische Unternehmen, dessen Sektionen sich schon im 19. Jahrhundert von Lissabon bis Moskau erstreckt hatten. Im Wesentlichen hatte sich am Geschäft selbst seitdem wenig verändert. Bislang zumindest.

Bislang war es so: Die Eisenbahnen schrieben Nachtstrecken aus, um deren Bewirtschaftung sich die einzelnen Schlafwagengesellschaften bewarben. *TransEuroNacht* garantierte die sogenannte Achsenpauschale, zurzeit lag die bei 750 Euro pro Achse, pro normalem Schlafwagen also 1500 Euro. Ganz gleich, wie viele Reisende tatsächlich unterwegs waren, die Schlafwagengesellschaften erhielten diese Mindestpauschale pro Wagen, konnten ihren Umsatz aber durch die Anteile an den Bettkarten und durch den Verkauf von Getränken und Speisen erhöhen.

Um sicherzustellen, dass das auch tatsächlich passierte und dass nicht vielmehr die – alleine und unbeobachtet arbeitenden! – Schaffner Schwarzverkäufe jeder Art tätigten, Leute ohne Bettkarte mitnahmen, sich auf sonstige Art bestechen ließen und sich bereicherten, gab es das CEDOC. Seine Kontrolleure waren beständig unterwegs, kontrollierten jeden Abend Dutzende Wagen, Dokumente, Reisepapiere, prüften, ob die Betten richtig bezogen waren und ob einem bei Betreten der Toiletten eher das Stichwort *Bahnhofsklo* oder *Grand Hotel* in den Sinn kam – letztlich die beiden Sphären, mit denen die *Internationale Schlafwagen- und Tourismusgesellschaft* an ihren Rändern zu verschmelzen begann. *TransEuroNacht* hatte viel zu bieten, in jeder möglichen Geruchslage. Bislang. *TransEuroNacht* hielt mit dem Geld der – immer noch staatlichen – Eisenbahnen ein Verkehrssystem aufrecht, das einerseits hoffnungslos überfüllte und andererseits schreckenerregend leere Läufe zuließ, überhaupt den Ideen vergangener Epochen nachhing, Epochen, in denen die Politik und nicht die Wirtschaft die Wirklichkeit bestimmt hatte: das Netzwerk der Interessen.

TransEuroNacht war eine der Wärmstellen des Kalten Kriegs gewesen. Aber der Osten war dennoch erfroren. Und jetzt, zehn Jahre danach, war das Problem transeuropäischen Verkehrs keine thermische, sondern eine ökonomische Frage. Und Lagrange würde eine Antwort geben. Er würde die *Compagnie* retten – denn in ihrem jetzigen Zustand würde sie ohne die universale Achsenpauschale von *TransEuroNuit/Nacht/Notte/Night* einfach in drei Monaten pleitegehen. Um das zu verhindern, arbeitete Lagrange Tag und Nacht. Wenn es ihm gelingen würde, würde es nicht zu seinem Nachteil sein. Ganz und gar nicht.

Das Erste, was Lagrange am Morgen machte, wenn er sein Büro betreten und seinen Computer angeschaltet hatte, war, die Uhrzeit neu einzustellen. Zu seinem sehr großen Ärger ging die Uhr an seinem Computer permanent nach, und der Abstand vergrößerte sich jeden Tag um einige Minuten. Das hasste Lagrange wie die Pest. Denn mit exakten Uhrzeiten hatte seine ganze Berufslaufbahn zu tun gehabt, der faktische Ursprung der Kontrolleure und damit auch des CEDOC war natürlich die Kontrolle der Abfahrtszeiten und Fahrtzeiten der *Wagons-Lits*-Läufe gewesen, und obgleich die Pünktlichkeit längst keine Aufgabe der CEDOC mehr war, behielt Lagrange seinen heiligen Respekt vor ihr.

Als er sein Büro an diesem windigen und klaren Frühlingstag betreten hatte, war es halb acht gewesen, eine halbe Stunde vor der offiziellen Öffnungszeit. Sein Computer allerdings zeigte erst 7 Uhr 26. Er war also über Nacht schon wieder vier Minuten zurückgefallen. Ein Blick auf seine Atomuhr über der Eingangstür des Büros genügte, um das festzustellen. Er stellte die Uhr des Computers, dachte daran, dass im August die neue Rechenanlage kommen würde, und setzte seine Hoffnung auf den eigentlich unglaublichen Prozessortakt von 250 MHz, der dann Einzug halten und auch die Genauigkeit der Uhren verbessern würde.

Er würde sich heute Vormittag um drei Dinge zu kümmern haben. Das erste fiel in einen Teilbereich, den sich das CEDOC vor ein paar Jahren unter den Nagel gerissen hatte – Controlling des Wareneinkaufs. Lagrange hatte da wahre Wunder bewirkt. Er war es gewesen, der vor fünf Jahren einen sehr günstigen belgischen Lieferanten für die Fertiggerichte gefunden hatte, die in den Wagen der *Compagnie* verkauft wurden. Das Angebot war unschlagbar günstig gewesen, und da Lagrange den Kontakt hergestellt hatte, gab der Vorstand den ganzen Bereich in seine Verantwortung. Es lief hervorragend. Zwar hatte Qualität ihren Preis – und da derjenige von Lagranges Lieferanten sehr niedrig war, war das nicht ohne Auswirkungen auf Erstere geblieben –, aber gestorben war noch niemand.

Die Firma aus Belgien belieferte die *Compagnie* mit Würstchen, Fertiggerichten und gewissen anderen Nahrungsmitteln, die praktisch unbegrenzte Haltbarkeit mit der einfachsten aller Zubereitungsweisen verbanden: dem Wasserbad.

Lagranges Frau war die Schwester des Inhabers der Firma, und diese natürlich geheim gehaltene Verbindung hatte weder Lagrange noch seinem Schwager geschadet. Im Augenblick gab es Probleme mit gewissen aufgedruckten Verfallsdaten – der *Compagnie* war durch bedauerliche Fehlkalkulation eine große Menge von Rindergulasch und Schweinerahmgeschnetzeltem übrig geblieben, die November 1999 verfallen würden. Heute musste sich Lagrange darum kümmern, dass sein Schwager neue Kartons druckte, sodass man die mit einer Aluminiumfolie verschweißten Plastikteller wieder guten Gewissens anbieten und verkaufen lassen konnte.

Die verfallenen Produkte würde man abschreiben. Sein Schwager würde neue Kartons herstellen und liefern. Abgerechnet würden aber natürlich komplette frische Fertiggerichte. Die nicht unerhebliche Differenz, zirka 9 Euro pro Einheit, würden sie aufteilen: ein Drittel für seinen Schwager, zwei Drittel für Lagrange. Lagrange würde das Geld einem Konto gutschreiben lassen, über das nur er Verfügung hatte, weil nur er von ihm wusste. Mit diesem Konto finanzierte er *Das Projekt Fleming*. Der augenblickliche Kontostand betrug knapp 80000 Euro. Bald würde es dank der neuen Kartons das Doppelte sein. Das würde ausreichen.

Lagrange hatte seit Ende 98 für den internen Gebrauch des CEDOC den Euro zwingend vorgeschrieben. Die sogenannte Gemeinschaftswährung war rechnerisch ja eingeführt, aber noch dachte kein Mensch daran, dass das sympathische Durcheinander der europäischen Währungen bald ein Ende haben sollte, im Gegenteil, insgeheim liebten die Europäer ihre Heimatwährungen noch inbrünstiger, wenn es nicht gerade belgische Francs waren. Lagrange dachte schon in Euro, allerdings nur aus Effizienzgründen, denn Lagrange liebte Geld an sich. Sein Name war ihm gleich.

Alles eine Frage des Controllings. Lagrange war kein Kontrolleur. Ein *Controller*. Im Gegensatz zur französischen Kulturpolitik liebte

Lagrange es, seinem Wortschatz bröckchenweise Anglizismen einzufügen. Er wusch sein Vokabular damit. Also standen in Lagranges Büro auch keine *Ordinateurs*, sondern Computer.

Er liebte auch seine Computer. Sie würden helfen, die *Compagnie* zu retten und noch viel mehr.

‹Die Rechner werden weiterarbeiten›, dachte er. Und in ein paar Jahren schon wird man die Panik von 1-9-9-9 nicht mehr verstehen. ‹Und das›, dachte er weiter, ‹das war schon immer so in der Technik. Wäre die *Titanic* nicht untergegangen, wer würde sich an sie erinnern? Es wird keinen *Millenniumsbug* geben, und alles, was damit zu tun hat, wird vergessen werden und lächerlich erscheinen ...› Das war sein Morgengebet. Es gab ihm Hoffnung, Mut und Zuversicht.

Lagrange hatte einen Großteil seines offiziellen Etats dieses Jahres für einen Millenniums-Probelauf vorgesehen, der Ende Oktober stattfinden würde. Seine Computer halfen ihm. Er beschützte sie. Er lebte mit ihnen. Jetzt gerade sagten sie ihm, dass er in einer halben Stunde einen Termin mit einem Mitarbeiter hatte. Mit Marcel Crutien.

***

«Sie wissen, wir sind ein privates Unternehmen. Wir haben schon mit den Eisenbahnämtern und Verkehrsministerien der einzelnen Staaten genügend Ärger, von den Staatsbahnen zu schweigen. Und jetzt kommt auch noch Brüssel. Die *DoppelEA* ist ein Hort der Inkompetenz. Wir können die nicht brauchen. Sie haben doch Erfahrung mit denen?»

«Ein wenig. Ich kannte mal einen Agenten der *DoppelEA*. Wollte sich nicht helfen lassen. Aber ich weiß, wer der neue Mann ist.»

«Wie heißt er?»

«Bowie, Reginald. Engländer, war aber, soweit ich weiß, lange Zeit im Ausland. Irgendwo in Asien. Hat keine Ahnung von den Verhältnissen hier.»

«Kann er uns in die Quere kommen?»

«Schwer zu sagen, Monsieur Lagrange. Mir nicht. Ihnen vielleicht schon.»

«Sehr komisch, Crutien. Bis Jahresende brauche ich freie Hand. Ich will, dass Sie sich um den neuen Mann kümmern. Ich habe es schon schwer genug, gegen diesen Schwachkopf in München.»

«Wen meinen Sie? Eichhorn?»

«Natürlich meine ich Eichhorn. Also, Sie kümmern sich um diesen Bowie? Und halten mich auf dem Laufenden?»

«Sie können sich drauf verlassen.»

«Gut. Hier ist Ihr Scheck.»

Nachdem Crutien das CEDOC verlassen hatte, nahm sich Lagrange einen Zigarillo und dachte über seinen *Controlleur Exceptionnel* nach. Wenn er ehrlich war, konnte er Crutien nicht ausstehen. Er kannte ihn zu wenig. Er begriff auch nicht, was Crutien genau wollte. Ende 1998 war er bei ihm aufgetaucht. Hatte ihm irgendeine Geschichte von einer gescheiterten Firma in Rouen erzählt, dass er vor ein paar Jahren zufällig Schaffner geworden sei und sich jetzt etwas dazuverdienen wolle. Lagrange hatte gefallen, dass Crutien sofort vom Geld geredet hatte. Also hatte er ihn angestellt, als geheimen, exzeptionellen Kontrolleur. Lagrange hatte einige Schaffner gekauft. Sie waren oft nützlich, weil sie etwas vor ihren Kollegen zu verbergen hatten. Solche Leute mochte Lagrange – wenn er ihre Geheimnisse kannte. Die Verbindung zu Lagrange *war* schon mal so ein Geheimnis. Richtig gemacht, konnte man damit die meisten ausreichend unter Druck setzen, wenn es nötig war. Diese Option war Lagrange die 500 Euro im Vierteljahr wert, die er diesen umgedrehten Schaffner-Kontrolleuren zahlte.

Die meisten waren natürlich *Springer*. Crutien war auch ein Springer, der von Wien aus arbeitete. Die Springer waren das Proletariat unter den Schaffnern, denn sie verfügten nicht einmal über feste Routen, mit denen man nebenbei noch Profit machen konnte. Nicht einmal das. Sie waren das Proletariat oder – Bohème, Avantgarde. In genau dieser Mischung stellten sie die Zukunft der *Compagnie* dar, denn irgendwann würde jeder Schaffner nichts anderes als ein springender Subunternehmer der *Compagnie* sein, und jeder würde sich den Arsch aufreißen müssen, um halbwegs durchzukommen. Sätze wie: «Ich habe keine Ahnung, ich arbeite nur hier!», die Kunden sich von allzu vielen der Springer anhören mussten, würden dann der Vergangenheit angehören.

Leute wie Eichhorn, sein reaktionärer, vertrottelter Gegenspieler in München, liebten die Springer – aber aus anderen Gründen. Leute vom alten Schlag – zum Kotzen! Gäbe es nur Leute wie Eichhorn, die *Compagnie* würde sogar hinter den gesicherten Linien von *TransEuroNacht* pleitegehen. Aber Eichhorns Zeit lief ab. Es würde ein Vergnügen sein, ihn abzuservieren. Er würde das persönlich erledigen.

Persönliche Feindschaft, also ein persönlicher Interessenkonflikt, brachte ihn immer in Stimmung. Die Uhr seines Computers zeigte ihm – mit einer Verspätung von schon wieder einer knappen Viertelminute –, dass es Zeit war, mit Montreal zu telefonieren. *Projekt Fleming* wartete. Er nahm sich sein Headset und loggte sich in die PC-to-Phone-Software ein. Drei Mausklicks. Sein Mac wählte für ihn.

ZWEITER TEIL
Europäische Lokale

Pfaffenhofen, Aufenthalt 21.4.1999, 7:15

Manchmal hatte der Würger nach solchen Augenblicken das Gefühl, er sollte gelegentlich ernsthaft über Alkohol nachdenken. Leider konnte er aber nur denken, wenn er eine gewisse Menge Alkohol getrunken hatte. Manchmal hatte er in Augenblicken wie diesem die vage Ahnung, er könnte ein Problem mit Alkohol haben. Leider erschien ihm das Problem, über das er dann wirklich nachdachte, noch viel drängender: das Problem, das er ohne Alkohol hatte.

Etwas Sägendes, Hellleuchtendes, Knirschendes hatte eine Schneise geschlagen, hatte mit kräftigen Händen in den Spalt gegriffen und die zähe Plazenta seiner Bewusstlosigkeit unnachgiebig aufgerissen. Er war wach.

Aber er öffnete seine verquollenen Augen nicht. Er wusste nicht, wo er sich befand. Solange er die Augen geschlossen hielt, hatte er die Chance, den möglichen Schock durch Vorausahnung abzumildern. Er versuchte, sich zu erinnern, was vorgefallen war. Wie so oft spielte wieder irgendein Taxi eine tragende Rolle. Bechthold tauchte auf.

Er erinnerte sich an Glücksgefühle, die mit Bechthold zu tun hatten, und zwar nicht mit dem anwesenden Bechthold, sondern mit der Abwesenheit seines Assistenten. Die Augen weiterhin geschlossen haltend, fasste er sich an das Handgelenk. Keine Uhr. Welche Uhr hatte er getragen? War er überfallen worden? Trickbetrüger?

Die Idee von Trickbetrügern brachte ihn der Lösung spürbar näher. Er erinnerte sich jetzt an das schnauzbärtige Gesicht eines zunächst sanft auf ihn einredenden, schließlich schreienden Mannes von vierzig Jahren. Er hatte tiefes Bairisch gesprochen, das der Würger im Suff nicht gut verstanden hatte.

«Jetzt geben Sie sie halt endlich her! Halt ihn fest, Sepp, halt ihn fest! Pass auf, der beißt!» Der Schnauzbart von vierzig Jahren. Der hatte ihm die Uhr. Hatte ihm ... die *Platinum Roulette à Trois* abgenommen.

Als er sich endlich an das merkwürdige, von einem Minuten- und zwei Stundenzeigern beherrschte Zifferblatt dieses mechanischen Kuriosums erinnerte, das er sich am letzten Abend angelegt und das ihm der Schnauzbärtige abgenommen hatte, kam ihm auf einen Schlag alles wieder zu Bewusstsein.

Gestern war Bechthold nach Südamerika geflogen, nicht nur Argentinien, es gab auch noch Besitz in Uruguay und Venezuela, Bechthold würde lange fort sein. Der Würger hatte ihn unter dem Vorwand, noch Dinge mit ihm besprechen zu müssen, die eine andere Angelegenheit betrafen, zum Flughafen begleitet. Er wollte in Wahrheit einfach zusehen, wie Bechthold sich eincheckte, wie er hinter der Glaswand verschwand, wie er abhob.

Es würde genügend Zeit sein, um der *Ziffer à Grande Complication* nachzuspüren, ohne einen bechtholdschen Verdacht auch nur keimen zu lassen. Außerdem machte Bechtholds Reise den Niel-Erben die Sache plausibler – sein Assistent flog nach Südamerika, um die dortigen Besitzungen und Bücher zu prüfen. Er würde mindestens drei Wochen, wenn nicht länger wegbleiben.

«Also, Bechthold, gute Reise, kotzen Sie nicht wieder alles voll!» Das war mit das Herzlichste gewesen, was er je zu ihm gesagt hatte.

Er hatte vom *Franz-Josef-Strauß-Flughafen* gut gelaunt ein Taxi genommen und während der Rückfahrt nach München seine weiteren Schritte durchdacht. Er würde, sobald es ginge, nach Zürich aufbrechen. In Zürich gab es bei der UBS noch ein paar Schließfächer auf andere Namen, die dem alten Niel dazu gedient hatten, Dinge zwischenzulagern, von denen niemand wissen musste. Es war an der Zeit zu prüfen, ob sich noch etwas in ihnen befände, eine Routinearbeit, die normalerweise dem Assistenten gebührte. Vielleicht aber lag die *Ziffer* doch tatsächlich dort, vielleicht hatte sie der Alte verstecken wollen. Also würde der Würger selbst fahren. Bei der Gelegenheit würde er sich auch mit Doktor Bloch treffen.

Morgen. Spätestens am Mittwoch. Weitere Termine wollte er in der nächsten Zeit keine machen, um sich jeden möglichen Spielraum zu erhalten. Er hatte gegessen, er hatte getrunken und dann spontan beschlossen, in der Nähe des Bahnhofs sein Glück zu versuchen. Im *Niederbayerischen Landmann*, einer üblen Absteige in der Goethestraße, in der ihm schon mehrere Bekannte entfremdet worden waren, lernte er einen dünnen Mann mit schütterem Haar kennen. Der dünne Mann mit schütterem Haar ließ sich von des Würgers Beschimpfungen nicht abschrecken. Er glaubte den spendierten Getränken. Gegen Mitternacht beschlossen die beiden, nach Ingolstadt zu fahren. An den Grund konnte sich der Würger nicht mehr erinnern. Sie erwischten gerade so den letzten Zug am Hauptbahnhof. Nach zwanzig Minuten war der dünne Mann mit schütterem Haar eingeschlafen. Der Würger ernüchterte ziemlich schnell und stieg in Pfaffenhofen aus, einer kleinen, ihm vage bekannten Landstadt zwischen München und Ingolstadt, die der Zug nach dreißig Minuten erreicht hatte. Den Dünnen ließ er weiterfahren, steckte ihm allerdings einen Hundertmarkschein in eine Tasche des Sakkos. Er würde irgendwo noch etwas trinken und dann ein Taxi nach München nehmen. Kein Problem. Bis 2 Uhr wäre er wieder in München und könnte noch ins *Schumanns* gehen.

Pfaffenhofen war ausgestorben gewesen. Gute Luft. Ein unbeschreiblich seichter Fluss. Er betrat ein Lokal noch in der Nähe des Bahnhofs, das *Weinschwärmer* hieß und von einem kleinen, dicken Mann mit Walross-Schnurrbart betrieben wurde. Der Würger bestellte eine Flasche Weißwein, irgendeinen Frankenwein, saures Zeug, aber der Wirt war recht amüsant und trank den ganzen

Abend Cognacs, die der Würger ausgab, und das eine oder andere Pils dazwischen.

Auf des Würgers übermütige Beschimpfungen *(«Du bist 'n Arschloch, nimm dir noch 'n Drink.»)* antwortete er stets mit irgendeiner Anekdote aus seinem früheren Leben als Barchef großer Hotels, Anekdoten, die mit Wildlederschuhen, umgekippten Cocktailgläsern und skurrilen Angewohnheiten einer uralten Dame der feinen Düsseldorfer Gesellschaft zu tun hatten. Alle diese Anekdoten waren mehr oder weniger unverständlich. Seine Erinnerung wurde dunkler. Er war der letzte Gast gewesen. Irgendwann hatten sie ein Taxi gerufen. Der Wirt und der Würger wollten in eine Kneipe in einem Industriegebiet aufbrechen, die noch aufhatte. Das Taxi traf ein. Aber sie waren nie angekommen. Stattdessen war der Würger irgendwann zwischen drei kräftigen, gut meinenden oberbayerischen Polizisten gestanden. Der vorschriftsmäßige Schnurrbart! Er wusste, wo er war. Der Würger öffnete die Augen.

***

«So, Herr von Reichhausen, jetzt unterschreiben S' mir des da. Die Uhr hab ich Ihnen abnehmen müssen, Sie waren so, wir ham nicht gewusst, was Sie mit der alles hätten anstellen können, am Schluss hätten S' sich was angetan. Ja, da, müssen S' unterschreiben. Also, wie gesagt, ich mein schon, dass der Herr Bruckmayr die Anzeige zurückzieht, wenn Sie den Schaden in dem Wagen übernehmen. Ja, natürlich. Nein, mein Kollege ist ja nicht kleinlich. Ja, richt ich ihm aus, ja, der ist nicht so. Sie sind ja Rechtsanwalt. Freilich, über den Durst getrunken. Nicht bei Ihnen selbst waren Sie. Des haben wir gemerkt. Ja. Wiederschauen. Und reißen S' sich zusammen. Das war ja Wahnsinn, heut in der Früh.»

Gegen halb 9 Uhr verließ der Würger die Polizeidienststelle Pfaffenhofen. Es nieselte, und er spürte den erfrischenden feuchten Film auf seiner Glatze. Er prüfte die Bestände an Bargeld, stellte fest, dass er damit wahrscheinlich die Sitze nicht nur eines einzelnen Taxis, sondern eines ganzen Kleinbusses hätte mit Schlangenleder überziehen lassen können. Im *Hotel Müllerbräu*, am Hauptplatz der Kleinstadt, fünf Minuten zu Fuß von der Polizei, telefonierte er mit dem Taxiunternehmer. Man wurde sich einig, der Baron bat ihn, im *Müllerbräu* vorbeizukommen. Er frühstückte Omelett mit Pilzen, das vorzüglich war, nahm ein paar Heringe zu sich und trank einen Liter schwarzen Kaffee. Er war so weit wiederhergestellt, hatte seinen Kater befriedet, gefüttert und gestreichelt. Der Taxiunternehmer kam. Der Würger wollte so jovial wie möglich sein und bestellte eine Flasche Prosecco, zur Versöhnung. Der Taxiunternehmer trank nur ein kleines, versöhnungswilliges Glas, denn die großen, dunklen Scheine des Würgers hatten seinen Durst schon gestillt, er fühlte sich besänftigt. Er hatte seine Habgier immer schon für Gutmütigkeit gehalten.

Als der Würger dann ganz alleine in der 1. Klasse des Regionalexpresses saß, als er durch die sanfte, leicht hügelige und von vielen, vielen Gewerbegebieten vernichtete Gegend Richtung München fuhr, da hatte er das Gefühl, dass er vielleicht irgendwann einmal wirklich über Alkohol nachdenken sollte. Der Prosecco hatte ihm gutgetan. Er dachte an die mythische Uhr. Bis Silvester waren es gute acht Monate, fast ein Jahr. Die Vorstellung war überwältigend, er könnte den Jahrtausendwechsel mit der *Ziffer* in der Hand erleben, könnte sein Ohr auf das Deckglas legen, den zart schwingenden Ton der Unruh hören und dann schließlich, im richtigen Augenblick, im Augenblick größter Ferne von der Blödigkeit der Welt: das Klicken der letzten Complication, die vier Zifferntäfelchen, die sich alle zusammen und zum ersten Mal, seit sie zusammengebaut worden waren, um je eine Stelle bewegen würden ...

Der Zug hatte sich aus den vielen Gleisen des Hauptbahnhofs Gleis 28 ausgesucht. Die Pendler verließen den Zug. Andere

Pendler warteten schon am Gleis, um sich möglichst früh die guten Plätze zu sichern. Als der Würger auf den Bahnsteig trat, fiel ihm ein, dass er bei all dem Nachdenken über die Uhr den Alkohol vergessen hatte. Er hatte seit fast einer Stunde nichts getrunken! Es gab doch da, in der Nähe von Gleis 11, diesen Imbiss. Da könnte er schnell noch eine Kleinigkeit trinken.

***

Als er diesen Imbiss wenig später erreicht, das Bier bestellt und einen ersten tiefen Schluck genommen hatte, war der überflüssige und schwachsinnige Pfaffenhofener Absturz in der Erinnerung des Würgers zu einer schon weit zurückliegenden Lappalie geschrumpft. Und er ließ sich von so etwas nicht aus der Bahn werfen. Er richtete seine Aufmerksamkeit auf das, was er im nächsten Augenblick begehrte – und vergaß. Diese Entschlossenheit, den eigenen Gelüsten nachzugehen, hatte er sich angeeignet. Nicht sie hatte ihn zu einem Sammler gemacht, sondern umgekehrt, seine Sammlung hatte ihn gelehrt, genau zu wissen, was er wollte.

Im Gegensatz zu einem Archivar, der sich schlichtweg für alles interessiert, das er bekommen kann, auch für das Nichtige und Wertlose, braucht der Sammler eine Vision. Die Vorstellung eines grundlegenden Kerns seiner Sammlung.

Der Kern einer Sammlung – das ist das, was der Sammler selbst niemals leichtfertig benennen oder zugeben würde. Ihn würde das Gefühl überkommen, den Schlüssel zur Thronkammer seiner Leidenschaft aus der Hand zu geben. Denn gerade das ist der eigentliche Zweck der Sammlung: ihren Kern zu umgeben und vor jeder Zudringlichkeit von außen zu schützen. Wenn er an diesen Nukleus seiner Leidenschaft denkt, wird er Geborgenheit und Frieden fühlen. Die Unrast und das Begehren werden für einen Augenblick gestillt sein, um mit noch größerer Leidenschaft zu erwachen.

Der Kern der bedeutenden Sammlung hochwertiger mechanischer Armbanduhren, die Friedrich Baron von Reichhausen in den letzten dreißig Jahren zusammengetragen hatte, hatte sich ihm während eines Sommers im Jahr 1946 gezeigt. Reichhausen war damals zehn Jahre alt und lebte auf Gut Dreieck in der Nähe von Tölz, dem Besitz seiner Großeltern, den Eltern seiner Mutter.

Einsam war er dort gewesen und oft nahe jenen Zuständen, in denen das Kindsein heimlich an die Ränder stillen Wahnsinns rührt. Die Leidenschaft für die Uhren war wie ein Fieber über ihn gekommen, und es hatte mit wirklichem Fieber geendet, gemischt mit den Essenzen ungerechter Strafe, kindlicher Ohnmacht, Verzweiflung und entschlossenen Vergessens. Aber alles hatte mit Josef und seinem Manual zu tun.

Josefs Manual war eine Sammlung von vielleicht zwanzig handgezeichneten Blättern gewesen, die ein mährischer Maschinenschlosser namens Josef Krumbholz für ihn, Friedrich Jasper, mit einem Kohlestift angefertigt hatte.

Krumbholz war im März 1946 auf Gut Dreieck angekommen, dem Besitz seines Großvaters, wo der Würger seit knapp fünf Jahren lebte. Über diesen fünf Jahren lag ein merkwürdiger grauer Schleier, der sich in der Erinnerung nur selten anhob und der sich immer erst aufzuhellen begann, wenn er an jene wundervollen Tage und Nächte im Frühsommer 1946 dachte, als Krumbholz ihn mit den Wundern der Mechanik vertraut machte.

Krumbholz war im Alten Sudhaus untergekommen, in einem der Räume, die der Verwalter des Großvaters, Herr Buchner, widerwillig hatte leer räumen lassen, nachdem die Flüchtlingszüge mit den Bittschöns am Bahnhof Bad Tölz angekommen waren und nicht nur Krumbholz, der Junggeselle war, sondern auch drei Familien mit einigen Kindern und drei alte Schwestern auf Gut Dreieck Wohnung genommen hatten.

Tagelang hatten Lärm und Umtrieb geherrscht, bis alle untergebracht waren. Sein Großvater schien nicht glücklich über diese Okkupation, aber es musste sein, also wurde es gemacht. Friedrich, der sich vor seinem unnahbaren Großvater fürchtete, hatte sich in den Tagen dieser plötzlichen Ankunft um das Alte Sudhaus herumgedrückt, hatte aber nicht gewagt, es zu betreten. Bei Tisch wünschte sein Großvater nicht, dass über die Bittschöns gesprochen wurde. Dieses Verbot hatte das Alte Sudhaus für Friedrich zu einem faszinierenden Ort gemacht, und da er am Nachmittag nach der Schule mehr oder weniger unbeaufsichtigt war, zog es ihn mit der unbeschreiblichen Schwerkraft, die geheimnisvolle Tabus auf Kinder ausüben, immer wieder dorthin. Er verbarg sich hinter Büschen und schlich sich gebückt an das Sudhaus heran, um irgendwie zu sehen, was die Bittschöns machten. Beim kleinsten Geräusch rannte er mit zugeschnürtem Hals davon, versteckte sich irgendwo und dachte sofort daran, sich wieder hinzuschleichen.

Anfang April. Eine Familie hatte zwei Töchter, Zwillinge. Die Zwillinge waren etwas jünger als er, blond und ganz entzückend. Friedrich hatte ihnen eines Tages zugesehen, wie sie sich in der Sonne vor dem Haus gegenseitig Zöpfe flochten und ein Abzählspiel spielten, und war seitdem verliebt, allerdings wusste er nicht, in welche von beiden, denn man konnte doch nur eine lieben, die Eine, und dieser Zwiespalt, dass er in beide verliebt war, aber nur eine lieben konnte, machte ihn fast rasend. Eines frühen Abends beschloss er, vor dem Abendbrot noch zum Alten Sudhaus zu laufen und zu sehen, ob er die Zwillinge nicht irgendwo entdecken könnte.

Es dämmerte, und Friedrich sah, dass in mehreren Fenstern Licht brannte. Unter einem schattigen Holundergebüsch sah er ein paar alte Ziegelsteine, auf die er sich stellen konnte. Er holte zwei Steine unter dem Gebüsch hervor, entdeckte mit Grusel, dass nächtliches Albinogewürm, Kellerasseln und Tausendfüßler darunter lebten und jetzt in alle Richtungen flohen. Er stapelte die eiskalten, moosig-feuchten Steine mit klopfendem Herzen unter einem der Fenster übereinander. Er stellte seinen Fuß vorsichtig auf diese wacklige Stufe, erhob sich und konnte tatsächlich hineinsehen.

Was er sah, bannte ihn so vollkommen, dass er die Zwillinge, wegen denen er ja eigentlich gekommen war, auf der Stelle vergaß. Er sah Josef Krumbholz an einem einfachen Holztisch sitzen, neben sich auf dem Tisch die Öllampe, die den Raum erhellte. Er hatte ein fremdartiges Röhrchen in sein linkes Auge geklemmt und beugte sich über eine schwer zu begreifende Sammlung kleinerer metallischer Teile, die auf einem weißen Tuch ausgebreitet war. In der rechten Hand hatte er einen sehr dünnen Schraubenzieher und in der linken eine Pinzette. Neben dem weißen Tuch lag Werkzeug. Neben der Öllampe sah Friedrich einen runden, offenen Kasten, daneben einen gleichfalls runden Deckel. Ihm wollte nicht klar werden, was der Bittschön da machte. Krumbholz lächelte, arbeitete, ohne abzusetzen, mit feinen, geschickten Bewegungen, und obwohl der Raum, wie Friedrich fand, mehr als schäbig und sehr spärlich möbliert war, wirkte der Mann zufrieden und sogar irgendwie geborgen. Fritz vergaß die Zeit, konnte sich erst losreißen, als es schon Nacht geworden war. Seine Großeltern hatten schon gegessen, und wenn nicht Walpurga, die Köchin, sich über den Befehl seines Großvaters hinwegsetzend, ihm heimlich ein Glas Milch, Kartoffeln und Quark auf sein Zimmer gebracht hätte, hätte er hungrig ins Bett gehen müssen.

Am nächsten Nachmittag war er wieder an dem Fenster. Der Metallhaufen war verschwunden, Krumbholz arbeitete jetzt im Inneren des Kastens, verschloss ihn mit dem Metalldeckel, dann nahm er einen Schlüssel, steckte ihn in einen Schlitz in dem Deckel und drehte ihn um. Er stellte den Kasten auf, und jetzt sah Friedrich, dass es ein großer schwarzer Wecker war.

Der Mann legte sein Ohr an das Glas und lächelte zufrieden, strich sich den Schnurrbart, drehte sich eine Zigarette, stellte den Wecker auf den Tisch und betrachtete ihn. Dann holte er einen filzigen Stoff heraus, schlug den Wecker damit ein und verstaute das

Bündel in einem aus hellgrünem Sackleinen geschnittenen bauchigen Rucksack.

In der Nacht dachte Friedrich an nichts anderes – Krumbholz' geheimnisvolle Tätigkeit, der Wecker, die seltsamen Werkzeuge und das stille Lächeln dieses Mannes hatten ihn verzaubert, und er wusste noch nicht, während er sich schlaflos wälzte, was für eine Art von Zauber das war. Er würde morgen gleich wieder hingehen, sein Großvater würde überdies für den Rest der Woche in die große Stadt fahren, nach München. Es gab also keine Gefahr, erwischt zu werden, die Großmutter konnte man leicht täuschen.

Die nächsten Abende stand Friedrich am Fenster beim Alten Sudhaus und sah Krumbholz zu, wie er die verschiedensten Uhren auf seinem Tisch auseinanderbaute, säuberte, ölte und lächelnd und konzentriert wieder zusammensetzte.

Am Sonntag konnte Friedrich nicht, weil er am Sonntag das Haus nur verlassen durfte, um mit seinen Großeltern in die Kirche zu gehen. Als er am Montagabend wieder zum Sudhaus schlich, brannte die Lampe zwar, aber der Mann war nicht im Raum. Friedrich hörte ein Rascheln hinter sich, wollte weglaufen, aber das ging nicht. Er drehte sich gruselnd um. Der Bittschön stand vor ihm, und Friedrich erschrak sich fürchterlich.

«No, jetzt biste jeden Abend jekommen, Kleiner! Möchteste nich reinkommen, bittschön? Ich hab in der Stodt vorhin Semmeln jekaft. Und es hat noch Kathreinerkaffee!», sagte der Mann und lächelte ihn an.

Das wirkte wie ein Schock, wie die Dämmerung eines glücklichen Tages. Denn abgesehen davon, dass er ihn gerade eingeladen hatte, schlug Fritz die Tatsache in den Bann, dass der Bittschön irgendwie genau so sprach wie die Menschen zu Hause.

Seit er auf Gut Dreieck war, so hatte es sich zumindest angefühlt, hatte Friedrich wenig gesprochen, denn sein Großvater sprach selten mit ihm, seine Großmutter nur, um ihn zu tadeln, in der Schule hatten die Kinder immer gelacht, wenn er den Mund aufgemacht hatte. Niemand in Tölz oder auf Dreieck sprach so wie Friedrich.

«Was ist nu? Mechste rinn oder nich, bittschön?»

Fritz wurde rot und nickte und nickte noch einmal, und wäre jemand kurz darauf an das Fenster des Alten Sudhauses geschlichen und hätte heimlich hineingesehen, dann hätte er dem vierzigjährigen Maschinenschlosser Josef Krumbholz aus Sternberg in Mähren und dem zehnjährigen Friedrich Jasper von Reichhausen zusehen können, wie der eine auf dem Tisch saß und eine Semmel verspeiste, die er zwischendurch in Malzkaffee tauchte, und der andere sich daranmachte, eine sehr schöne antike Kuckucksuhr zu reparieren, die er dazu heute Morgen von einem Großbauern bekommen hatte. Der Bauer hatte sie gnädig einem ausgebombten Lehrerehepaar aus München abgenommen. Sie ging ja nicht, sie war ja kaputt, und deswegen hatte er den Ausgebombten auch nur neun Eier, ein Kilo Kartoffeln und zwei Liter Milch dafür geben können, beim besten Willen. Na ja, von dem g'selchten Fleisch könnt's euch no an Streifen nehmen, und dann schaut's, dass'z weiterkemmt's ...

Am nächsten Abend, Friedrich saß wieder dabei, war sie repariert, es war nicht viel zu machen gewesen, hauptsächlich ein paar Tropfen Öl an die richtigen Stellen. Der Josef drehte sich seine Zigarette, gab Friedrich den Schlüssel, sagte, er solle sie nur aufziehen, bittschön, was Fritz mit vorsichtigsten Fingern tat. Die Uhr lief tatsächlich! Der Josef lächelte das Lächeln eines zufriedenen Handwerkers, und Friedrich war zum ersten Mal seit langer Zeit das, was er früher so oft gewesen war: glücklich.

Es war Mitte April 1946. Während Friedrich zuvor nur darauf gewartet hatte, dass seine Mutter ihn abholen kam, verbrachte er jetzt viel Zeit beim Josef, dessen Qualitäten sich herumgesprochen hatten. Tagsüber ging er zu Fuß von Hof zu Hof, wo er sich um Mühlwerke, Dresch- und Nähmaschinen kümmerte, die er alle wieder mehr oder weniger schnell zum Laufen brachte, abends saß er in seinem Zimmer im Alten Sudhaus und reparierte Uhren. Er erzählte Friedrich alles über diese Mechaniken, was er erzählen konnte, und das war einiges.

Manches aber, er war schließlich ein Handwerker und kein Gelehrter, konnte er nicht erzählen, er konnte es Friedrich nur vormachen, wie man ein Uhrwerk, ganz gleich, welcher Art, zerlegte, wie man vorsichtig und mit unendlicher Geduld daranging, die Werkplatine abzutragen, wie man mit der Lupe den falschen Lauf der Zahnräder erkannte, der durch Abnutzung der Lager oder andere Beschädigungen verursacht worden war, und wie man ihn behob. Wie man eine neue Feder einspannte und wie man mit feinsten Feilen und leichtesten Sägblättern selbst Zahnräderchen herstellen konnte, wie man sie einsetzte und wie man die Größenverhältnisse zwischen den Zahnrädern berechnete. Friedrich dachte an wenig anderes mehr, er träumte von den Wundern der Mechanik, er freute sich am Morgen auf den Abend, und er verschwieg seinen Großeltern, wovon er träumte. Es war sein Geheimnis.

Irgendwann im Mai fing der Josef an, ihm gewisse kompliziertere Mechaniken zu erklären. Die Vierteilung der mechanischen Uhrwerke, Werkgestell, Antrieb, Räder- und Zeigerwerk. Er erklärte ihm das Werkzeug, während er es benutzte, und als er sah, dass Friedrich nicht aufhören konnte, immer weiterzufragen, da lachte er, schüttelte eines Abends den Kopf und nahm eine Seite Papier.

«Jetzt werd ich dir was Richtiges zeigen, Fritzi», sagte er und begann, aus dem Kopf, weil die paar Fachbücher, die er besessen hatte, zu schwer gewesen waren, um sie mitzunehmen aus Mähren, eine Armbanduhr zu skizzieren. Es gäbe nämlich, so erzählte Josef, während er den klaren und schmucklosen Strich des Handwerkers über das Papier führte, es gäbe noch mehr als nur Antrieb, Mechanik und Zeigerwerk. Die wahrhaft großen Uhren besäßen noch ganz andere Fähigkeiten.

Was für Fähigkeiten das seien, fragte Friedrich, mit stockender Stimme, weil es ihm so vorkam, als weise ihn Josef in ein Mysterium ein. Sein Meister lächelte, setzte kurz ab zu zeichnen und sagte in seinem breiten Akzent, es seien die Fähigkeiten der Kalendarik und der Daten, die Fähigkeiten, den Lauf der Gestirne, des Monds und der Sonne zu zeigen, Sekunden und ihre Bruchteile zu messen und noch einige andere. Man nenne diese Fähigkeiten *Complicationen.*

«Aber jetzt schau her, bittschön», sagte er und zeichnete eine Uhr. Es war eine *Audemars Piguet*. Friedrich staunte schon über diesen unwahrscheinlichen, geheimnisvollen, märchenhaften Namen: *Audemars Piguet*, den Josef *Odemapigett* aussprach.

Diese Uhr sei ein Wunder, sagte Josef, lächelte, erklärte Friedrich die Feinheiten, wie sie gebaut war, was die Idee hinter der Mechanik und wie vollendet sie sei und *wie genau* sie gehe. Das sei die hohe Schule, meinte er, dagegen sei, was er könne, gar nichts. Davon könne man nur träumen.

Sie träumten gemeinsam, wenn auch jeder auf seine Weise. Langsam ging es schon auf Friedrichs Geburtstag am 12. August zu. Es war der Sommer vor seinem zehnten Geburtstag. Das war eine glückliche Zeit gewesen. Ein Rausch und ein Traum.

Fünf Uhren waren es gewesen, die Josef ihm auf diese Weise hatte zeigen können. Fünf Uhren, deren Auswahl auf Zufall beruhte. Ihre Mechaniken und die geheimnisvollen Funktionen ihrer Complicationen, die Zifferblätter, Zeiger und die Signaturen ihrer Konstrukteure hatten sich zwischen seine Kinderträume gemischt und waren dort tätig geblieben, bis Reichhausen sich fast zwanzig Jahre später wieder an sie erinnerte und beschloss, sie zu suchen, um sie zu besitzen.

Niemand wusste über den Sinn dieses Kerns seiner Sammlung Bescheid, *Josefs Manual* hatte er nur Doktor Bloch gegenüber einmal erwähnt. Es war sein Geheimnis. Es zu verbergen, zu schützen und gleichzeitig zu erfüllen hatte ihn zu so einem erfolgreichen, durchsetzungsfähigen Sammler gemacht, dessen Strategien und Absichten niemand durchschauen oder vorhersehen konnte, wenn er plötzlich in eine Auktion eingriff oder wenn er andererseits nicht den kleinsten Finger rührte, obwohl seine Kontrahenten das erwartet hatten.

Der geheimnisvolle und unbekannte Nukleus seiner Sammlung ruhte im Safe seines Schlafzimmers, in einem Köfferchen, das für den sicheren Transport genau dieser fünf Uhren gemacht worden war. Reichhausen hatte in den Jahren viele andere Uhren erworben, und viele davon hatten ihn glücklich gemacht – aber nichts war dem Kitzel und dem Vergnügen gleichgekommen, wieder eines dieser grundlegenden speziellen Stücke in den kleinen Koffer legen zu können. Vier dieser Uhren besaß er bereits. Eine *Patek*, eine *Lange & Söhne*, eine *ZENITH* und die *Audemars Piguet*. Diese vier waren wie mechanische Planeten, die im strahlenden Dunkel seiner Sehnsucht um die fünfte Uhr kreisten – die fünfte aber war die *Ziffer à Grande Complication 1924*. Sie war das Zentralgestirn seiner Leidenschaft. Die Sonne, deren Aufgang er vielleicht bald erleben würde.

Wien, Aufenthalt 21.4.1999, 20:44

‹Jetzt dreht er sich um. Hat er mich gesehen? Kann nicht sein. Und wenn, dann haben wir eben den gleichen Weg. Bleibt richtig stehen, sieht sich um. Sieht auf die Uhr? Soll ich lieber in den anderen Hauseingang ... vielleicht, da kann er mich dann unmöglich ... Geht sowieso weiter. Schneller jetzt. Ist zu spät? Wo will der bloß hin. Normalerweise ist das doch nie so weit. Jetzt geht er rechts runter. Schlägt, wie spät, dreimal, Viertel vor neun. Ganz nah der Kirchturm. Der rennt ja jetzt voll, ist wohl zu spät. Vielleicht sollte ich lieber zurück ... jetzt geht er rechts runter, sieht aus wie ein Flussufer. Die Donau ... schmale Stelle wohl, winzige Brücke. Soll ich, oder ...?›

Der Fluss, den Pardell zu überqueren zögerte, war nicht die

Donau, sondern die viel kleinere Wien. Fünfzig Meter hinter dem Mann, dem er folgte, zweifelte er, ob dessen Weg ihn auf die richtige Spur bringen würde. Er hatte Hunger. Und er folgte dem Anderen, weil er hoffte, dieser würde ihn zu einem der *Compagnie*-Lokale führen. Sie unterschieden sich von anderen Lokalen dadurch, dass die Träger nachtblauer Uniformen mit goldenen Knöpfen, die nicht Platzanweiser altmodischer Zirkusse, sondern Mitglieder der *Compagnie* waren, dort bevorzugt angetroffen werden konnten, weil ihnen Rabatte eingeräumt wurden. Es handelte sich nicht um Kantinen, denn um solche zu betreiben, war die beständig über ganz Europa verteilte Belegschaft der *Compagnie* einfach zu klein und zu wenige Schaffner gleichzeitig an einem Ort. Die einzige Ausnahme bildete das babylonisch dimensionierte *Gran' Tour* in Paris, aber da war Pardell bislang noch nicht gewesen.

Die Lokale der *Compagnie* waren irgendwann einmal ganz gewöhnliche Lokale gewesen, und aus den verschiedensten Gründen war das Nachtblau der Schaffner in sie eingesickert und hatte den bunten Impressionismus der gewöhnlichen Gästeschaft übermalt und abgelöst. Aber niemals gab es vertragliche Vereinbarungen zwischen der *Compagnie* und den Lokalen.

In den Tourmappen lagen durchaus Skizzen von den Hotels in den Städten, denn die Hotels hatten mit der *Compagnie* Verträge. Nicht aber die Lokale. Es war eine Symbiose, die deswegen funktionierte, weil ihre Beteiligten nicht offiziell über sie redeten, sondern sie lebten.

Pardell hatte erst nach ein paar Tagen bemerkt, dass es überhaupt günstigere Tarife gab. Man musste den *Compagnie-Tarif* bei der Bestellung einfordern. Nirgendwo in den Sektionen gab es Anschläge oder dergleichen. Man musste fragen. Wenn man zufällig einen anderen Schaffner traf, an einem Gleis irgendwo oder im Hotel. Dazu durfte man nicht so verschüchtert und immer noch wie unter Schock durch die Nächte treiben wie Pardell nach der transatlantischen Katastrophe.

Über dem Flüsschen lag ein wenig Nebel, langsames, strömendes Kreiseln um die Laternenlichter herum. Pardell kannte Wien nicht, hätte jetzt aber noch den Weg zurück zur Meraviglia-Gasse gefunden, wo die *Pension Havlatschinek* lag. Trotz seiner Zweifel folgte Pardell dem Anderen aber über die Neville-Brücke, einen größeren Steg, der ihn über das schmale Bett der Wien führte, die hier die Grenze zwischen Mariahilf und Margareten markierte.

Der Andere war ein mittelgroßer Mann, trug einen dünnen Trenchcoat, über dessen Kragen fransiges, dunkelblondes Haar fiel, das der Träger vorne gescheitelt hatte. Er hatte einen ziemlich düsteren Ausdruck, jene spezielle Rastlosigkeit und Blässe, die ihn als einen Bewohner der Nächte auswiesen. Pardell hatte durchaus schon einen Blick für seine Kollegen bekommen.

Sobald man eine Gruppe kennenlernt, von deren Existenz man früher nur abstrakt oder gar nichts wusste, erkennt man auch ihre Mitglieder. Zeichen, Symbole, Typiken – vielleicht bis dahin verborgen an unauffälligen Orten – drängen sich langsam auf, man selbst taucht immer mehr ein.

Pardell war vor einer guten halben Stunde aus seinem Zimmer nach unten gekommen, ohne zu wissen, wo sich das einschlägige Lokal in Wien befand. Zweifellos musste es irgendwo in der Nähe des Westbahnhofs sein, wo er am Vormittag mit dem Pariser angekommen war.

Pardell war zunächst unschlüssig in dem schmalen Flur der Pension gestanden, dann auf die Straße gegangen, ein paar Meter weiter die Meraviglia-Gasse hinab, war wieder stehen geblieben, hatte sich umgeblickt, ob er irgendwo einen Hinweis fände, in welche Richtung er zu gehen habe. Es war aber nichts zu entdecken gewesen. Nach fünf Minuten, er hatte sich immer noch nicht für eine Richtung entschieden, war der Andere aus der *Pension Havlatschinek* getreten. Die Hände in den Taschen seines Trenchcoats, düstere Blicke vorauswerfend, war er die Meraviglia-Gasse in die andere Richtung hinaufgegangen. Pardell war ihm sofort und instinktiv gefolgt. Der Andere war ein Schaffner, ganz zweifellos, von welcher Sektion auch immer. Er hatte der Stadt Wien, den hübschen, melancholischen Fassaden von Mariahilf keinen Blick geschenkt, weil er sie schon oft gesehen hatte. Aber er war auch ganz sicher kein Einheimischer. Er wohnte in der *Fremdenpension Havlatschinek*. Er hatte den übernächtigten Blick, die handelnde Klarheit eines Nachtschaffners nach 18 Uhr. Er würde Pardell zweifellos zum Lokal führen.

Mittlerweile waren sie tief in Margareten. Der Andere rannte. Kurz vor 21 Uhr erreichte er den Einsiedlerplatz. Pardell wollte jetzt durchaus wissen, worauf es hinauslief. Der Andere blieb in einer schattigen Ecke des Platzes stehen, blickte wieder auf seine Uhr. Aus einigen Richtungen hörte er jetzt Glockenschläge, neunmal, wobei er die aus der Sonnenhofgasse drei Sekunden vor denen aus der Margartenstraße hörte. Beim siebten Glockenschlag näherte sich von rechts, aus der Amtshausstraße, ein Dritter, der versuchte, wie ein zufällig Vorbeikommender zu gehen. Hoch aufgeschossen und gleichfalls sehr schnell, ging er direkt und entschieden auf den zufällig da seiend spielenden Schaffner zu, der sich in die Nähe einer Kastanie gestellt hatte. Natürlich hatte man es schon die ganze Zeit gesehen, sah es aber spätestens bei Ankunft des hageren Dritten, dass dieses Treffen nicht die Begegnung eines zufällig Vorbeikommenden mit einem zufällig Daseienden war.

Ihre Begegnung dauerte kaum zwei Minuten. Der Hagere bekam ein schmales Paket, das der Andere im Inneren seines Trenchcoats verborgen gehalten hatte. Sie blickten sich finster und nervös an, und zwar finster und nervös auf eine möglichst unauffällige Art, trennten sich dann und versuchten, sobald sie einander den Rücken zugekehrt hatten, so zu tun, als hätten sie sich noch nie gesehen. Der Andere schlug nicht den gleichen Weg ein, hielt sich weiter östlich, zurück nach Mariahilf. Man sah an seinem Gang, an seiner erschöpften, eingesunkenen Haltung, dass ihn nun Durst oder Hunger vorantrieb.

***

Pardell hatte den Kitzel und die Nervosität der Verfolgung genossen. Als er nach zehn Minuten Wartezeit das *Café Anzenburger* betreten hatte, sah er, dass der Andere sich an die Theke gestellt hatte, zwischen zwei Schaffner, mit denen er sehr gut gelaunt weißen Schnaps trank. Niemand beachtete ihn. Pardell bestellte ein Wiener Schnitzel mit Erbsenreis, mit ausdrücklichem *Compagnie-Tarif*. Kein Bier. Er hatte die letzte Zeit zu viel ausgezeichneten *Edelstoff* getrunken. Wein, er wollte Wein trinken, bestellte ein Viertel, den der ungeheuer haarige Wirt selbst brachte. Man sah ihm an, nicht nur wegen der Sandalen, die er trug, dass es einmal eine Zeit gegeben hatte, in der sich Blumen in seinem hellrötlichen Haar befunden hatten.

«Meine Name ist Asger. Woher du kommst? Münken, right. Bin der Wirt hier. Ist aber kein Hurrikan, okey? Hier deine Wein. See you ...»

Pardell nahm einen Schluck von dem sauren Zweigelt, wünschte sich, ein Bier bestellt zu haben, und fixierte den an der Theke stehenden Mann mit dem strähnigen Haar in seinem Nacken. Er glaubte, Niederländisch zu hören.

Pardell interessierte das wahrscheinlich Verbotene, von dem er wusste, nicht im Geringsten. Ihn interessierte, wie er selbst die Stadt wahrgenommen hatte, während er dem Anderen gefolgt war. Er war geführt worden, aber nicht durch den Niederländer, sondern durch sein eigenes Interesse, Interesse zunächst, zum Lokal zu kommen, dann aber, zu wissen, wohin der Andere vorher ging. Der Niederländer war nur so etwas wie der Träger seines Interesses gewesen, eigentlich war er in der Verfolgung des Anderen gleichsam sich selbst gefolgt.

Mit dem Betreten des *Café Anzenburger* hatte sich Pardell wieder aus dieser dunklen Intimität gelöst und war in die Öffentlichkeit der *Compagnie* zurückgekehrt.

***

Er hatte in den letzten zwei Wochen scheinbar unendliche Zahlenkolonnen auf Abrechnungen und Wagenpapiere, Tourprotokolle und in sein Fahrtenbuch, sein im Compagnie-Jargon *Catou* genanntes *Cahier des Tours,* übertragen. Er hatte Hunderte Liter verschiedenster Getränke in die dazu vorgesehenen Gläser und Tassen geschüttet, die er danach auch alle abgespült hatte. Sieben Gläser und zwei Tassen hatte er dabei zerbrochen und die Scherben gut gelaunt aus dem Office-Fenster geworfen, wenn die Züge menschenleere Gegenden durchquerten. Er hatte sich mit Blandner, dem Magaziner, wegen der Fehlbestände herumgestritten. Er hatte *Köstliche Fertiggerichte* in Menge zubereitet und, manchmal mit leichtem Grusel, die Betten abgezogen und viele neu bezogen. Hatte Handtücher gefaltet und in all die Toilettenkästchen gestapelt. Er hatte Betten heruntergeklappt, hochgeklappt und viele mit jägergrünem Stoff bezogene Sitzgarnituren zum Vorschein gebracht. Er hatte die Hälfte aller kleineren und größeren Bahnhöfe Mitteleuropas passiert. Zwischendurch hatte er immer wieder seine Mutter angerufen und ihr versichert, dass in Argentinien alles zum Besten stünde.

Morgen würde er den Pariser von Wien fahren, und dort würde er einige Tage Aufenthalt haben.

Bei der Erinnerung an seine erste Fahrt nach Ostende lächelte er jetzt manchmal. Nicht, weil das bei *Munich–Ostende et retour* Erlebte lächerlich gewesen wäre. Er lächelte, weil die Sorgen, seine persönliche Eignung und Kompetenz als Schaffner betreffend, so übertrieben gewesen waren. Man musste kein sehr intelligenter Mensch sein. Man musste keine natürliche Neigung zur Höflichkeit haben. Man musste sich nicht einmal für mehr als die Flasche

Bier interessieren, die man selbst trank oder trinken würde. All das war nicht nötig.

Wenn man es allerdings hatte oder war, dann konnte die Tätigkeit des Schaffners stellenweise ein Vergnügen sein.

Er nahm einen Schluck sauren Zweigelts und überlegte, ob er eine Zigarette rauchen wollte, während er dem *Verfolgten Holländer* zusah, wie er seinen Kollegen ein derbes Kunststück vorführte, das auf der Biegsamkeit von Bierdeckeln, die man in den Mund genommen hatte, basierte. Er hörte den Wirt, Äska oder wie er hieß.

«Hey, das ist keine Hurrikan hier, klar?», schrie der begeistert.

‹Schon wieder Hurrikan›, dachte Pardell, der sich die Neigung des wohl US-amerikanischen Wirts, darauf hinzuweisen, es handele sich hier nicht um verheerende Stürme, nicht erklären konnte. Dass das Lokal jemals in der Gefahr stand oder stehen würde, von einem Hurrikan verwüstet zu werden, konnte man natürlich nicht vorhersehen.

Das *Café Anzenburger*. Ein fast saalgroßer Raum: schon vielfach als Notizzettel verwendete Holztische, gelbliche Tapeten, an der hinteren Wand ein großes Landschaftsgemälde, auf dem man ein Flusstal sah, das von friedliebenden Menschen bewohnt war. Das Ambiente war wohl wienerisch, dachte sich Pardell. Keine Musik, wie in den meisten Lokalen der *Compagnie*. Aber anders als zum Beispiel bei der *Fetten Fanny* in München gab es auch viele offensichtliche Nicht-Schaffner. Vor allem Rentner. Schlecht gelaunte Rentner. Und tatsächlich war die vage Ahnung des Hannoveraners, wo sich viele schlecht gelaunte Rentner befänden, da sei Wien nicht weit, völlig zutreffend. Er kannte Rentner, egal welcher Gemütslage übrigens. Er hatte Rentner vieler Nationen durch Berlin geführt, die *Szene-Stadt der europäischen Jugend* – das war eine Zeile aus dem Prospekt von *Berlin-Touristik Beilbinder*.

«So, hier. Kommt deine Schnitzel wie bei Hurrikan! Lass dir schmecken, right?» Asger, ein Grinsen zwischen sehr viel rötlichem Haar.

Pardell dankte ihm. Das Schnitzel war korrekt, es übertraf den Teller doppelt an Größe, war sehr zart, fast schmelzend. Der Reis war grenzwertig. Er war viele Male warm und wieder kalt geworden und schmeckte so, als wollte er andeuten, dass er dieses dauernde Hin und Her bald nicht mehr mitmachen werde.

***

Er aß ungefähr die Hälfte des Schnitzels, bestellte noch Wein nach, aß weiter, brachte aber nach zwei Dritteln keinen Bissen mehr herunter. Er besah sich den Rest. Für die Fahrt morgen. Ob man das mitnehmen darf? Einpacken? Als Asger kam, fragte er schüchtern danach. Der Wirt strich sich nickend durch all sein Haar und grinste.

«Klare Sache! Is Hurrikan hier!»

«Ach so. Klar. Warten Sie einen Augenblick ...»

«Kannst du sagen! Is mir lieber, okey?»

«Klar. Warte, ich will noch ein kleines Stück abschneiden.»

Asger nahm den Teller, Pardell ein zigarettenschachtelgroßes Schnitzelstück, das er in die Papierserviette wickelte und in die linke Tasche seines Sakkos steckte. Das war eine sehr gute Idee. Die ihn dann auch dazu brachte, wenn er an morgen früh dachte, auf der Toilette des *Café Anzenburger* noch eine Rolle Klopapier abzustauben, bevor er zum Fräulein Havlatschinek zurückgehen würde. Er hatte sie am Morgen unter sehr erfreulichen Umständen kennengelernt.

«Geh, hörst, Mucki, lass den Herrn zufrieden, geh, schau, dass dich schleichst», hatte Fräulein Havlatschinek gesagt. «Geh in die Küch hinter, Jesusmaria: Mucki!»

«Ich glaube, er hört nicht.»

«Ich weiß, dass er nicht hört, aber abz'halten muss ich ihn trotzdem versuchen, wie schaut das sonst aus?»

«Ich finde ihn sehr lieb.»

«Lieb finden Sie den? Lieb is der überhaupt nicht. Das ist ein schrecklicher Egoist. Man denkt, es machen die Viecher dieses Herumstreichen mit ihrem Kopf aus Sympathie, dieses Schmusige. Aber sie tun es nur zum Markieren. Wenn er ein Hund wär, würd er brunzen. Seit ich das weiß, is der bei mir unten durch. Vor drei Jahren hat ein Herr von einer Akademie, oder was der war, mir das gesteckt, so einer, was sich mit die Viecher beschäftigt, verstehen S'. Der hat einen ganz schlechten Charakter, das können Sie mir glauben. Ich hätt ihn schon hinausgeworfen, aber wie soll ich ihm das klarmachen. Er hört ja nicht. ... Bitte, der Herr, Zimmer 33, Toiletten auf'm Gang, aber geben S' acht, dass S' nicht danebenkrachen, ich kann nicht jede Woch' aufwischen. Da ist der Schlüssel. Mucki, bleibst du da!»

Der Kater hatte nicht auf das Fräulein gehört. Als er das feine, samtgedämmte Geräusch des Schlüssels vernommen hatte, den Fräulein Havlatschinek vor Pardell auf die altmodische Rezeption gelegt hatte, war er ein paar Schritte von Pardell weggetreten, hatte nach oben geblinzelt, um dem Springer auf der Treppe voranzulaufen, am ersten Stock stehen zu bleiben und zu sehen, ob Pardell nachkam, dann weiterzulaufen und so fort, bis Pardell das Gefühl hatte, der Kater führe ihn zu seinem Zimmer.

Er hatte aufgeschlossen, Mucki war zwischen seinen Beinen hindurch ins Zimmer gelaufen, war aufs Bett gesprungen und hatte Pardell schnurrend, Fäden aus der bleichen Tagesdecke ziehend und wohlwollend skeptisch dabei zugesehen, wie der sich auszog, wie er die Uniform über den Stuhl legte, wie er, nur noch in Unterhosen, eine Zigarette nahm, zum Fenster ging, es öffnete und hinausrauchte. *Wien-West.* Aus schräger hinterer Randlage gesehen. Der Kater hielt im Fädenziehen inne und schenkte ihm einen tiefen wonnigen Blick. Mucki war rotfellig, mit leichten weißen Streifen, das Haar kurz, aber sehr dicht, besonders schön sein breiter Kopf, mit zwei sanften, skeptischen Mädchenaugen. Pardell freute sich sehr.

Katzen hatten ihn immer gemocht und er sie. Der Wiener Kater Mucki war auf der Treppe vorhin einer ganzen Anzahl verschiedener Artgenossen vorangelaufen, an die Pardell sich plötzlich wieder erinnerte.

Die Katze von Lisa, einer Freundin für kurze Zeit, zwei Jahre vor Sarah. Die Katzen der alten Frau unten im Haus, bei Hexi und Holgi, die man aber nur selten sehen konnte. Es hatte eine im Kindergarten in Hannover gegeben, und einmal, da war er in der Grundschule gewesen, hatte er fast einen ganzen Tag eine kleine Katze versteckt, die er beim Spielen kennengelernt und in die Wohnung geschmuggelt hatte. Sie gehen aufs Klo, aber mögen kein Wasser – Pardell duschte, erlaubte es sich währenddessen zu pinkeln, achtete auf den Geruch des Lebendigen und genoss das fast schon siedende Wasser.

Das Gemeinschaftsbad war gar nicht so übel. Bis auf das Klopapier. Es gab nämlich keine Rolle, sondern nur sehr dünne bräunliche Blätter eines kleinen Formats, die gestapelt auf dem Fensterbrett lagen. Die Blätter hatten ihn unwillkürlich an *gute* Nachkriegsware denken lassen, und leider verhielten sie sich auch so: Sie rissen bei der kleinsten Ungeschicklichkeit.

Als er vom Duschen zurückkam, lag Mucki auf seiner Uniform auf dem Stuhl, hatte sich zusammengerollt, wobei er sein schnurrhaariges Mädchengesicht in die intim duftende Achsel des Uniformhemds gekuschelt hatte. Sofort verhielt sich Pardell leiser, um ihn nicht zu wecken, und legte sich ins Bett, auf dem man noch den Abdruck und einige Härchen des Katers sehen konnte. Klar, bekam sein Sommerfell.

Pardell erwachte erst vier Stunden später, als eine vorsichtig tretende, unbestimmbare Anzahl samtiger Pfötchen sich von seiner Hüfte an aufwärts bewegte.

Nachdem er den Kater hinausgelassen hatte, hatte er müßig und immer noch schlaftrunken geraucht, ein wenig in seiner spanischen Übungsgrammatik gelesen und sich dann nach einem

Kaffee gesehnt. Er war trotzdem liegen geblieben. Er müsste sich so bald wie möglich etwas zum Lesen besorgen. Romane. Keine Fachbücher. Hatte ewig keinen Roman gelesen. Nach einer knappen Stunde war er wieder eingeschlafen.

***

Später am Abend, nachdem er sich einigermaßen ausgeschlafen fühlte, war er dann aus dem Haus und dem strähnigen Holländer nachgegangen. Jetzt, spätnachts, bog er zügig und sehr gut gelaunt in die Meraviglia-Gasse ein. Fräulein Havlatschinek war natürlich längst im Bett. Der Hausflur hatte kein Licht. Nur im Treppenhaus funzelten trübe einige Lampen. Wie bei Salat, dachte Pardell mit leichtem Hass. Aber anders als bei Salat lag es bei Fräulein Havlatschinek daran, dass sie nichts zu verschenken hatte und wusste, wie man viele Sicherungen sehr schnell aus der Fassung bringt.

Pardell ging vorsichtig, aufmerksam, ja eigentlich mit stiller Ungeduld die knarrende Treppe nach oben. Man sah so wenig, überall Schatten. Wo könnte denn? Wo ist denn bloß? Auf der Hälfte des Flurs im ersten Stock traf er endlich seinen edlen Freund.

«Guten Abend!»

«Fürst! Welche Freude, Sie noch wach zu sehen!»

«Immer. Haben Sie einen schönen Abend verbracht?»

«Schön schon, Fürst, durchaus. Aber nichts, ich versichere es Ihnen, nichts an diesem Abend war von solcher Qualität, dass es an das wonnige Gefühl, Ihr vorzüglich angenehmes Fell an meinen Hosenbeinen zu spüren, herangekommen wäre.»

«Oh, ich weiß ja. Natürlich. Haben Sie übrigens schon die erstaunliche Biegsamkeit meines Schwanzes bemerkt? Sehr angenehm, ja, finde ich auch. Nein, *nicht* daran ziehen. Schon gut. Wie bitte? Aber ja, ich begleite Sie auf Ihr Zimmer. Natürlich ... und? Und? Ich hoffe, Sie kommen nicht mit leeren Händen?»

«Niemals, Fürst, niemals würde ich so gedankenlos sein! Warten Sie, ich sperre erst auf. Ich werde es Ihnen drinnen servieren!»

«Na gut. Aber jetzt schnell! Schnell, ich kann es nicht mehr aushalten, wenn ich ehrlich bin ...»

Wien - Paris 22.4.1999, 17:45

«Guten Abend, wie geht's Ihnen? Ich nehme heißes Wasser only, den Tee habe ich bei mir selbst. Ja, nur heißes Wasser, kein Zitron, kein Zucker, aber bitte Milch.»

«Ist Ihnen immer noch nicht leiwand genug, unser Tee?»

«Nein, machen Sie sich keine Gedanken und bringen Sie mir das Wasser, bitte, einfach. Wir kennen uns doch.»

«Berechnen tu ich Ihnen aber den Normalpreis, wo kämen wir denn hin, wann sich jeder die Substanzen selber ...»

«Geht in Ordnung, regen Sie sich nicht auf.»

«Nicht aufregen soll ich mich? Nicht aufregen? Soll ich Ihnen sagen, was mich aufregt ... das ist Ihre scheißarrogante Art ...»

Reginald Bowie hatte wieder einmal das *Zentral-Café* von *Wien-West* aufgesucht. Während der Kellner, mit dem er sich schon beim ersten Mal überworfen hatte, weiter auf ihn einredete, sah er durch die Scheibe den Eingang der Sektion der *Wagons-Lits* von *Wien-West*, fünfzig Meter weiter. Er wartete auf den strähnigen Holländer. Aber er entdeckte diesen jungen Mann in der nachtblauen Uniform, den er gestern gesehen hatte. Sehr interessant. Was für ein Zufall.

Sein Lehrer für Ermittlungstheorie, Lars Sundström, hatte ihm eingeschärft, immer eine Leerstelle offenzuhalten und sie wie ein Zeichen in Vertretung eines anderen mitzudenken. Es gab immer noch eine andere Kombination. Man konnte die Reihenfolge immer noch einmal verändern. So wie es bei jedem Verhör immer noch eine Frage gab, die man stellen konnte, wie es bei der Rekonstruktion eines Vorgangs ein Detail gab, das man noch nicht in den

Zusammenhang eingebaut hatte, so gab es auch immer noch Personen, mit denen man nicht gerechnet hatte.

Er war dem Apostel gefolgt, dem der Holländer das Päckchen übergeben hatte, ein Speisewagen-Kellner der kroatischen Staatsbahnen. Am Einsiedlerplatz hatte er dann beobachtet, dass dem Holländer auch jemand folgte. Ein junger, leptosomer Mann, sah ziemlich clever aus. Bowie war keine Zeit geblieben, er musste dem Kroaten folgen, es konnte ja auch ein Zufall sein. Der Kroate hatte das Paket eine Weile durch die Stadt getragen und irgendwann ein jugoslawisches Lokal aufgesucht. Auf der Theke hatte er das Paket vor den Augen der Wirtin geöffnet. Es waren Topflappen aus Holland drin gewesen. Schöne Klöppelware. Zum Glück hatte Bowie vorher nichts unternommen.

Nach ungefähr fünf Minuten war der Kellner des Schimpfens überdrüssig und ging das «Heißwasser für seine Lordschaft» holen, «der Sir» solle übrigens aufpassen, dass er es ihm nicht drüberschütte, aus Versehen.

Die Topflappen waren deprimierend gewesen. Ein gefälschtes Paket. Immerhin konnte er noch dem Holländer folgen. Und jetzt sah er, dass der junge Mann, der seinerseits dem Holländer vor ihm gefolgt war, auch *Wagons-Lits* war. Was für ein Glück, dass er so früh ins *Zentral-Café* gegangen war, an sich ja wegen des Kellners, weil der von Mal zu Mal länger brauchte, bis er endlich das Heißwasser brachte. Und jetzt: dieser interessante Zufall.

***

Pardell fand es seltsam, dass er heute Nacht München nur passieren würde, auf seiner Fahrt nach Paris. Auch, dass ihm dieses ‹nur› in den Sinn kam, war seltsam. Der schmale Fahrplan der europäischen Nachtlinien sagte ihm, dass sie zwanzig Minuten Aufenthalt haben würden. Vielleicht würde er schnell zu der Bahnhofsbuchhandlung laufen und eine ganz bestimmte Art von Buch kaufen.

Es würde keine wirkliche Rückkehr sein, schließlich war er ja nur längere Zeit in München gewesen, weil er es nicht nach Buenos Aires geschafft hatte.

Mit München war es, wie es jemandem gehen musste, der zum ersten Mal ein bestimmtes, allein stehendes Gebäude betritt, alles ist ihm fremd, und er versucht, sich zurechtzufinden. Das braucht seine Zeit, aber es gelingt schließlich. Dann kommt er Wochen später wieder hin, alles ist noch am selben Ort, aber das Gebäude ist jetzt nur noch ein schmaler Seitenflügel, weil in der Zwischenzeit irgendjemand gigantisch angebaut hat. Die *Compagnie* hatte an dem Gebäude namens München angebaut. Er hatte so viel gesehen in den letzten Wochen, und sein Gedächtnis schickte ihm Details aus den Städten, den Hotelzimmern, den Bahnhöfen in seine nicht chronologischen Träume, Träume, an die er sich immer besser zu erinnern vermochte, vielleicht, weil er zu so unregelmäßigen Zeiten schlief und noch in keine Routine des Schlafs eingetreten war.

Heute Morgen, in der *Fremdenpension Havlatschinek*, hatte er kurz davon geträumt, wie er nach dem Besuch bei Eichhorn Doktor Rapp besucht hatte, um das Gesundheitszeugnis zu bekommen.

Doktor Rapp. Weißhaarig, weißer Bart, eingefallene Wangen, schlecht gelaunt, ein auffälliger Hang zu Pfefferminzpastillen. Doktor Rapp tastete ihm mürrisch den Hals ab, fuhr ihm mit einem nach Kaffee schmeckenden Holzstäbchen im Rachen herum, fasste ihm an die Hoden und hörte seine Lunge ab.

«Haben Sie ansteckende Krankheiten?», fragte er schließlich, streifte mit gummibehandschuhter Hand Pardells Vorhaut zurück und prüfte, ob sich so etwas wie weiß-gelblicher Eiterschaum fände. Aber nichts. Doktor Rapp setzte sich an den Schreibtisch, unterschrieb das Gesundheitszeugnis.

«Gratuliere!»

«Wozu braucht man diese Bestätigung denn?»

«Sie haben mit offenen Lebensmitteln zu tun und wer weiß, was noch alles. Ich kenne euch doch. Sie machen Betten. Sie säubern Toiletten, möglicherweise müssen Sie gelegentlich Erste Hilfe leisten. Sie verstehen? Es könnte sein, dass Sie einen Notarzt geben müssen ... da fließt Blut, Ansteckung usw. Aber Sie sind ja bei prächtiger Gesundheit! Dann mal los!»

Er war erwacht, hatte an seine durch Doktor Rapp bewiesenermaßen nicht vorhandenen Geschlechtskrankheiten gedacht und sich, während er es sich selbst machte, vorgestellt, wie er sich von einer der schönen Nutten aus Kopenhagen eine holte, die er in Bahnhofsnähe hatte stehen sehen. Unter der Dusche hatte er beschlossen, erst unten bei Fräulein Havlatschinek einen Kaffee zu trinken, eigentlich auch, um nach dem Kater zu suchen. Dann würde er sich endlich um seine Papiere kümmern müssen.

Neben der Skizze, die Erfurt, der unbestimmbar kräftige Asiate, gezeichnet hatte, um das *Gran' Tour* finden zu können, gab es ausschnittweise Fotokopien von Stadtplänen, auf denen Eichhorn die Hotels markiert hatte. Es gab das Gesundheitszeugnis von Doktor Rapp, das er für den Fall einer Kontrolle stets mit sich führen musste. Es gab ein paar Ansichtskarten, die er gekauft hatte, ohne zu wissen, wem er sie hätte schreiben können. Vor allem aber gab es die Durchschläge der Dienstanweisungen, auf denen die Anfangs- und Endpunkte der Strecken angegeben waren: *München–Paris*. Es gab gelbe Dienstanweisungszettel, auf denen stand *Paris, Aufenthalt*, und zwar, wenn er übernachtete bzw. sich länger als acht Stunden in einer Stadt aufhalten sollte. Alles unter acht Stunden ohne Übernachtung hieß *Passage*, was letztlich sagen wollte, dass das ganze Leben eines Menschen, der noch nie verreist war, dennoch nur ein Aufenthalt genannt werden konnte, denn es waren mehr als acht Stunden am selben Ort.

Touren, Aufenthalte und Passagen wurden verschieden bezahlt – außerdem gab es gesetzlich vorgeschriebene Zwangspausen, die eingehalten und, bei einer Kontrolle im Wagen, auf offener Strecke sozusagen, nachgewiesen werden mussten.

Die Originale gab man zusammen mit den Abrechnungen in den Sektionen ab, die wurden nach München befördert und von Eichhorn und seinen Streckenbuchhaltern registriert. Man selbst behielt die zarten Durchschläge, und Eichhorn hatte Pardell angehalten, sie unbedingt aufzubewahren, um eventuelle Fehler in der Abrechnung ausgleichen zu können. Man bewahrte die Tourenzettel in seinem *Catou* auf, dafür war es da. Niemand konnte ihn allerdings daran hindern, die Tourenzettel zu kopieren und noch einmal, separat, in einem anderen, einem eigenen *Catou* aufzubewahren. Dazu würde sich Pardell, sobald es ginge, einen Klemmbinder kaufen, von der Art, wie er sie in seinen ersten Semestern gerne benutzt hatte.

Vor seiner Abfahrt aus Wien hatte er angefangen, seine Papiere zu ordnen. Konzentrierte Euphorie überkam ihn, als er die Namen der Städte, in denen er hintereinander gewesen war, auf einem Schmierzettel auflistete:

‹München –
Ostende –
München –
(außer Dienst nach:)
Paris –
Basel –
Kopenhagen –
(außer Dienst nach:)
Zürich –
Wien …›

Er hatte auch wieder angefangen zu zeichnen. Skizzen zu machen, architektonische Details, die ihm aufgefallen waren, aber noch nicht mehr als Hinweise an sich selbst, wo er das vielleicht einmal nachschlagen sollte. Irgendwann.

Wien-West entfaltete jetzt, es war 19 Uhr 32, die ersten ernsteren Illuminationen seines nächtlichen Pulses. Draußen war es schon Nacht. Die Zahl der Pendler, die mit ihrer routinierten Mischung aus Langeweile und Gehetztsein die großen Bahnhöfe der meisten Städte dominieren, nahm ab. Die Fernreisenden kamen und mit ihnen der Ausdruck von Fernweh und Furcht vor der Ferne, juvenile Euphorie und die zitternde Suche der alten Reisenden nach der Bestätigung einer schon unzählige Male bestätigten Information (‹Ja, von Gleis 13, 20 Uhr 24, ja, ganz sicher, Jesusmaria, ich schwör's dir, mein Leben ...›).

Und es kamen die natürlichen Begleiter der Fernreisenden und des Nachtverkehrs, die abendlichen Taschendiebe und Trickser, die Schlawiner, die sich aus den Kneipen rund um den Bahnhof an einen der Imbisse verlegten, den Blick nicht in die Runde, sondern in die flutende Menge gerichtet. Es kamen die Bahnangestellten der Spätdienste, die Fahrtleiter der Nacht suchten ihre neonhellen Büros in den oberen, verborgenen Stockwerken auf und übernahmen die Aufsicht über die Weichenstellungen. Es kamen die nächtlichen Putzfrauen und -männer, um mit der Reinigung der Untergeschosse zu beginnen, die Tausende Zigarettenkippen, Papierchen und Dosen zusammenzukehren und die überfüllten Mülleimer zu leeren. Und es kamen die Schaffner der Schlaf- und Liegewagen, die sich in den Büros der Fahrdienstleitung ihre Reservierungslisten holten, sich, wo sie sich nicht persönlich kannten, mit einem kollegialen Kopfnicken grüßten, sich vielleicht fragten, ‹welchen Wagen› man fahre, ‹den Genueser? den Pariser? den Kurswagen nach Athen?›.

Zwischen dieser merkurischen Menge von *Wien-West* ging Pardell vorfreudig zu seinem Wagen, schloss auf, stellte das Gepäck ins Office und betrat wieder den Bahnsteig. Er hatte die Reservierungsliste dabei, der Wagen war nicht ausgebucht, aber ordentlich gefüllt. In München würden die Letzten zusteigen und einer noch in Karlsruhe.

Die Ersten tauchten auf, einige übel gelaunte Rentner, ein elegantes Ehepaar, das sich am Bahnsteig intensiv von seinem Hund verabschiedete, einem Chow-Chow an der Leine eines jungen ungarischen Hunde-Kindermädchens. Für einen Hund war der Chow-Chow erstaunlich gleichgültig, blickte immer nach links und nach rechts und ließ die Zunge heraushängen, die blaue. Kurz vor Abfahrt kam ein drahtiger Typ mit starkem englischen Akzent, gut angezogen, und fragte, ob es noch ein Bett, besser aber noch ein ganzes Abteil gäbe. Pardell quartierte ihn in Abteil 51 ein. Er wollte heißes Wasser und Milch. Würde er bekommen.

***

Bowie war im Auftrag der EEA unterwegs, der *Europäischen Eisenbahn Agentur* oder, im Jargon der *Compagnie*, der *DoppelEA*. Er war Agent. Einer von den beiden. Die *DoppelEA* war eine Art Sibirien *mit* ausgezeichneter Verwaltung. Sitz in Brüssel. Bowie hatte vier unmittelbare Vorgesetzte, Beamte, die seine Berichte von unten nach oben weiterreichten und jeweils ausgiebig kommentierten, sodass die Akten anwuchsen, weil auch die Kommentare jeweils wieder vom Nächsthöheren kommentiert wurden. Seinen höchsten Chef, Direktor Spiro Voyatzis selbst, hatte er nur einmal gesehen, bei seinem Antrittsbesuch mit kleinem, aber edlem Büfett. Er hatte, wenn er sich recht erinnerte, eine schöne Unterschrift. Mehr wusste er nicht über den griechischen Direktor.

Bowie bekam Kopfweh beim Gedanken daran, Kopfweh, das anwuchs, wie die Akten. Es war eine Strafe, Agent der *DoppelEA* zu sein. Insbesondere für Reginald, der gerade die besten zwei Jahre seines Lebens mit Blick auf den vielleicht schönsten Bahnhof der Welt, *Bombay-Victoria-Terminal*, verbracht hatte. In Bombay war er

Dozent gewesen – frisch von der Trevithick Eisenbahnakademie in Darlington, Jahrgangszweiter. Seine analytische Abschlussarbeit über den legendären Tony Divall war ausgezeichnet worden. Er hatte zweifellos eine große kriminal-akademische Karriere vor sich gehabt. Eine Affäre mit der Frau eines Direktors der Eisenbahngesellschaft hatte ihm die *Beförderung* zur *DoppelEA* eingebracht ...

Der andere Agent war ein Spanier, früher eine Nummer bei der Königlich-Spanischen Eisenbahnaufsicht, der gerne mal eine Wette einging und in den frühen Achtzigerjahren in Barcelona sehr angetrunken gewettet hatte, dass es ihm möglich wäre, mit einem einzigen Telefonat den gesamten Zugverkehr von *Barcelona du Gers* lahmzulegen. Er hatte die Wette gewonnen und war danach zur *DoppelEA* strafversetzt worden.

Bowie war alleine, weil er und der Spanier sich nicht leiden konnten und sich nicht austauschten und Bowie außerdem nur daran dachte, nach Indien zurückzugehen. Das waren keine idealen Bedingungen für einen schnellen Erfolg.

Wenn er die *‹Karte›* finden würde, könnte er zurück. Das wäre der Erfolg, den er brauchte. Die Karte finden oder sie zu großen Teilen rekonstruieren. Die Karte des HERRN, die Grundlage eines perfekten, beweglichen Kommunikations- und Schmuggelsystems war. Täglich mussten es kiloweise Rauschgift und Falschgeld sein, aber es wurden auch Waffen und Menschen geschmuggelt – alles, was gut und teuer war.

Die spezifische Qualität des *Systems des HERRN* bestand in der unüberschaubaren Aufsplitterung – alles Geschmuggelte war zerkleinert, aufgeteilt, wurde kurz irgendwo zwischengelagert, um dann in die gleiche Richtung oder in eine ganz andere verschoben zu werden. Jede Nacht verkehrten über dreihundert Züge mit Schlaf- und Liegewagen.

Und dazu gab es dann auch noch die Fakes, wie das verdammte Paket mit den Topflappen. Er konnte *einem Mann* folgen. Selbst wenn er zwanzig Männern gleichzeitig hätte folgen können, wäre das zu wenig gewesen. Also musste er sich Verbündete suchen, möglichst unauffällig.

Ob es den HERRN tatsächlich gab, ob es eine Person oder eine Gruppe war, wusste er nicht; was er wusste, war, dass eine Liste mit Lokalen, Schließfächern und Spinden in gewissen Sektionen existierte, an denen die Dinge verteilt wurden, neue Richtungen bekamen. Man konnte einen Engel, *einen* der Boten also, ausschalten oder auch zwanzig. Aber das war zu wenig, man musste wissen, welche Orte auf der Liste standen, dann würde man die ungehemmte Bewegung so entscheidend zum Stillstand bringen können, dass die Gestalt des HERRN deutlich werden würde. Wie er diesen barocken Namensunsinn hasste. Es gab den HERRN, dann die Erzengel, das waren die, die für einen gewissen Bereich Entscheidungen weitergaben, die Engel waren die einfachen Boten, die Apostel die, die die Dinge zu den Endverbrauchern brachten, die Dealer.

Das alles wusste er von seinem Informanten. Sein Informant, den er vor ein paar Monaten kennengelernt hatte, hatte ihm die Augen geöffnet und sich anerboten, Bowie nach allen Kräften zu unterstützen. Warum er das tun wolle?, hatte Bowie ihn gefragt. «Ich habe meine Gründe», hatte er nur geantwortet. Das hatte Bowie genügt.

Also, dieser junge Typ war dem Holländer gefolgt. Der Holländer war ein einfacher Engel. Entweder war der junge Typ ein Erzengel, kontrollierte also gewisse regionale Operationen, clever genug sah er aus. Als er das heiße Wasser brachte, höflich, ein bisschen schüchtern – wenn das keine perfekte Fassade war. Sieht aus, als könnte er kein Wässerchen trüben. Höchstens ein bisschen jung für einen Erzengel. Oder ...? Das fundamentale Oder.

Bowie trat auf den Flur. Der Zug, der inzwischen schon Stunden unterwegs war, erreichte den Hauptbahnhof München. Er sah, wie der verdächtige Schaffner sehr hektisch das Office absperrte und den Wagen verließ, gegen die Dienstvorschrift übrigens. Die interessierte ihn nicht, er war keiner von Lagranges Kontrolleuren. Bowie folgte dem Springer auf den Bahnsteig und sah ihn eilig davonrennen. Bowie wusste natürlich nicht, dass Pardell auf gut Glück nach einer Buchhandlung suchte. Er sah ihn nur rennen. Einen Nachtschaffner, der über einen großen europäischen Bahnhof rannte.

Der Wagen stand ganz am Ende des Bahnsteigs, es war ein langer Weg, den Pardell zurückzulegen hatte. In Augenblicken wie diesen, die gar nicht so selten waren, verfluchte Bowie seinen ehrenhaften Schwur, seine Pfeife so lange kalt und ungestopft zu lassen, bis er Madeline wiedersehen würde. Früher, als er noch für Hartlepool gespielt hatte, hatte er Zigaretten geraucht ... vielleicht sollte er wieder ... Nein, denk nicht mal dran. Konzentrier dich, Regi!

Der junge Typ rannte also, und er, Bowie, wäre ein Idiot gewesen, hätte er sich sofort auf die Schlussfolgerung verlegt, dass Pardell ein Treffen im Namen des HERRN hatte.

Bowie überlegte, ob er Pardell nachgehen sollte, entschied sich dafür, aber sein Abteil war noch offen, er ging also wieder in den Wagen, um sein Jackett zu holen und mit seinem eigenen Vierkant die Tür zu verschließen. Als er aus dem Abteil trat und es gerade zusperren wollte, sah er zu seiner Überraschung, dass jemand vor Pardells versperrtem Office stand und unschlüssig den Flur hinabblickte.

Es war ein relativ kleiner, älterer Mann mit Halbglatze, weißen Haaren, mit einem ziemlich abgetragenen braunen Anzug, weißem Hemd, schmaler grüner Krawatte. Er hatte offensichtlich mit der rechten Hand leicht an die Tür des Office geklopft und war, als Bowie auf den Flur trat, auf merkwürdige Weise in dieser Bewegung erstarrt, blickte neugierig zu dem Agenten hin, und es zeigte sich der Anflug eines Lächelns. Das eigentlich Merkwürdige aber war, dass der Erstarrte ein in Zeitungspapier eingeschlagenes, mit blauem Klebeband verschnürtes Paket unter dem linken Arm hatte. Bowie war sofort hellwach. Sollte dieser merkwürdige Mann tatsächlich ... ein Paket bringen, eine Übergabe, und einer von beiden hätte sich im Ort geirrt? Der Mann mit dem Paket sah ihm zwinkernd und freundlich entgegen, ja, plötzlich löste er sich aus seiner Erstarrung und ging, als ob er niemals innegehalten hätte, geradewegs auf Bowie zu.

«Ach, gut, dass Sie grade da sind, 'n Abend, sagen Sie, Sie haben nicht zufällig den Schaffner gesehen?»

«Den Schaffner?»

«Ja, Sie wissen schon, den Mann im blauen Dress. So ein hochgewachsener Jüngling? Ist der bei Ihnen im Abteil vielleicht?»

«Was, bei mir ...?»

«War nur ein Scherz. Sehen Sie, Sie sehen recht vertrauenswürdig aus, Sie könnten mir einen Gefallen tun, ich muss dringend zurück, hab's ein bisschen eilig, und ich hätte hier ein Paket für den Schaffner. Aber er war grade noch da?»

«Ja, vorher, right, er war ... Soll ich es nehmen für ihn?»

«Wäre nett. Wäre wirklich nett. Aber setzen Sie sich nicht drauf.»

«Bitte was?»

«Aus Versehen, meine ich. Nicht stürzen!»

«In Ordnung, geht klar, ich ... Machen Sie sich keine Sorgen. Ehrlich. Sie können mir vertrauen.»

«So, vertrauen kann ich Ihnen.»

«Ja.»

Er gab Bowie das Paket, das vielleicht ein halbes Pfund schwer war, zwinkerte dem Agenten zu und war verschwunden. Bowie hatte zwei Möglichkeiten: Er konnte das Paket öffnen und nachsehen. Er konnte es dem Schaffner geben. Beide waren interessant, beide hatten Nachteile. Öffnete er das Paket, und es befand sich tatsächlich irgendetwas Faszinierendes darin, war die Chance dahin, dem Paket länger zu folgen und somit der Liste näher zu kommen.

Gab er dem jungen Typ das Paket, würde er ihm folgen. Allerdings hätte er dann sein, Bowies, Gesicht gesehen, er würde sich verkleiden und tarnen müssen.

Er entschied sich dennoch für Letzteres, und als Pardell fünf Minuten vor Abfahrt abgehetzt mit der Papiertüte der Bahnhofsbuchhandlung zurückkam, tat Bowie so harmlos wie möglich, sagte, ja, ein älterer Herr sei vorbeigekommen und habe das für ihn abgegeben, bitte, nein, keine Ursache, ging dann zurück in sein Abteil. Der junge Typ hatte den Überraschten gespielt. Irgendwie war das alles zu harmlos, so, als ob so ein Paket einfach vom Himmel fallen würde, vom Himmel, eben, vom Himmel ... aber nicht mit ihm.

Als er das Licht gelöscht und sich hingelegt hatte, dankte er dem Zufall, der wohl keiner war. Der Zug hatte die letzten Münchener Vorstädte durcheilt, die Fahrt wurde schneller, und mit Bowies einsetzendem Halbschlaf begannen die vielstimmigen Katarakte der Schienen, leise den Namen des Menschen zu wispern, den er liebte. Madeline. Er begann, sich zu streicheln, langsam, begann, sie zu streicheln, flüsterte leise, was die Schienen ihm unentwegt vorsagten, ihren Namen ...

***

Pardell hatte unterdessen herausgefunden, *wer* ihm das Paket gebracht hatte. Er hatte das Zeitungspapier im Office vorsichtig heruntergerissen und dann vier Sekunden auf die weiß-rote Schachtel gestarrt, die sich darunter verbarg. *Leonidas.* Ach Gott, das war das Familienpaket mit Muschelpralinen, das er für Juliane in Ostende gekauft und in der Hektik am Morgen seiner ersten Ankunft in der Sektion hatte liegen lassen. Das musste Eichhorn gewesen sein. Klar, Eichhorn war ja auch der Einzige, der wusste, wo er sich gerade aufhielt. Wie nett. Er öffnete die Schachtel, nahm eine weißbraune Schwertmuschel heraus und steckte sie sich in den Mund. Bis Karlsruhe hatte er nichts mehr zu tun. Er leckte sich einen Rest

Schokolade von den Lippen, nahm sich eine Zigarette und packte das Buch aus.

Er hatte es unter sehr erfreulichen Umständen gekauft. Er war zu der Buchhandlung gerannt, und atemlos hatte er auf die vielleicht vierzigjährige, sehr gepflegte Buchhändlerin eingeredet.

«Verzeihen Sie, ich hab's furchtbar eilig, ich muss zurück auf meinen Wagen und ...»

«Was suchen Sie denn?»

«Haben Sie Bücher über ... äh, Buenos Aires. Keine Reiseführer, sondern etwas, irgendetwas, Romane vielleicht, wo man was über die Stadt mitbekommt?»

Die Buchhändlerin war sofort zum Buchstaben B gegangen und hatte mit sicherer Hand ein weißes Taschenbuch herausgeholt.

«Hier. Amleda Bradoglio. Krimiautorin, ich finde die selbst unglaublich gut. Das ist das Einzige, was ich im Augenblick dahab, aber ich hab gestern wieder nachbestellt. Könnte genau sein, was Sie suchen ...»

Er hatte es genommen, hatte mit seinem letzten Zwanziger deutschen Geldes bezahlt, würde morgen früh mit Francs rausgeben müssen, hatte sich eilig verabschiedet, die Buchhändlerin hatte ob seiner aufgeregten Jungenhaftigkeit gelächelt und ihm nachgerufen, er solle ihr, wenn er wieder da sei, sagen, wie es ihm gefallen habe ...

Er setzte sich auf den Schaffnersitz, nahm einen Zug von der Zigarette, sah den Flur hinunter und las sich noch einmal den Titel durch: Amleda Bradoglio. *Die Verliese des Lao-Lin.* Der erste Satz: «Palermo ist das traurigste und schönste Viertel von Buenos Aires.» Er hielt noch einmal inne. Juliane. Auf ferne Weise, unbestimmt, oder gar nicht so unbestimmt, wusste er, dass ihn dieses Buch über Buenos Aires, die Stadt, in der er sich nicht aufhielt, Juliane näherbrachte. Denn Juliane dachte ihn dort. Er dachte an Juliane. Wo war er also?

München, Aufenthalt 23.4.1999, 2:09

Nachdem Gustav Eichhorn das Pralinenpaket, das Pardell auf seiner ersten Fahrt vergessen hatte und das von Blandner schlecht gelaunt sichergestellt worden war, dem verdutzten Engländer übergeben hatte, war er zunächst nicht in das Sektionsbüro zurückgekehrt, sondern hatte eine Runde über den nächtlichen Bahnhof gedreht.

Seine Hände auf dem Rücken, die Daumen verspielt umeinander drehend, war er umhergeschlendert, um immer wieder, wenn ihn etwas faszinierte, mitten in der Bewegung stehen zu bleiben – ein kleiner, älterer Mann in einem schlichten hellbraunen Anzug und schmalem, dunkelgrünem Binder, mit zurückgekämmten, dünnen weißen Haaren, quicklebendigen Augen und dieser merkwürdigen Angewohnheit urplötzlichen Erstarrens. Sein Gesichtsausdruck zeigte den steten Anflug eines Lächelns. Auch wenn ihm die Menschen und die Dinge nicht gefielen, mit denen er zu tun hatte – er lebte in der Ferne. Er genoss es, auf einem Bahnhof zu sein und nicht zu verreisen. Nach einer halben Stunde war er zurück in der Sektion.

Sebastian Blandner, der Magaziner – den die Schaffner nur ‹Zscht› nannten, wegen des regelmäßigen *Zscht*, das man aus dem Magazin hören konnte –, und Hauptschaffner Petrucelli stritten sich gerade bis aufs Blut, wobei es irgendwie um einen feuchten Teppich, eine defekte Toilette, einen Fehlbestand an Bettzeug und zwei reparaturbedürftige Abteilbetten ging. Blandner beschuldigte Petrucelli der Mitschuld an diesen Missständen, ja, er ging sogar so weit, ihm irgendeine Art von böser Absicht zu unterstellen.

Eichhorn seufzte, blieb stehen, legte seine Hand auf die Schulter seines Magaziners und Sektionsmechanikers, was komisch aussah, da Blandner zwei Köpfe größer als er selbst war, und zwinkerte Petrucelli zu. Lächelte, klopfte Blandner beschwichtigend auf den Rücken.

«Herr Blandner, ich bin sicher, Petrucelli ist schuldig. Aber er wird hiermit von mir ausnahmsweise begnadigt. Aber das war das letzte Mal. Nächstes Mal rollen hier Köpfe.»

Dann ging er lautlos weiter, nickte Petrucelli, der seit zwanzig Jahren Schaffner war und sein Freund, noch einmal zu und betrat sein Büro.

Er arbeitete an seinem Schreibtisch, bis die Schaffner draußen waren und sich Blandner, wie jede Nacht nach der Abfertigung der letzten Wagen, ins Magazin zurückgezogen hatte, um mit seinen Dämonen zu ringen, sie zu verhöhnen und sich über sie lustig zu machen. Eichhorn hörte das undeutliche Gemurmel Blandners und dazwischen die lauten, aggressiven Ausrufe: «Des musst dir merken. So kannst mit mir nicht reden.»

Das ging manchmal bis in die frühen Morgenstunden so, bis Blandner irgendwann sein Fahrrad nahm, um schwertrunken und weiter vor sich hin sprechend nach Hause zu fahren.

Eichhorn lauschte sorgenvoll. Gleichzeitig musste er auch darüber lächeln – die unheimlich herüberdringenden Monologe Blandners würden ihm fehlen, sollte der Magaziner irgendwann seinen Frieden finden und verstummen.

Eichhorn schaltete das Hauptlicht aus und ließ nur seine beiden Lampen brennen: die an seinem Schreibtisch und die, die die Nachtkarte Europas von unten anstrahlte.

In einem Teil seiner Zahnprothese hatte sich eine Faser des gedünsteten Fenchels gefangen, dem der Koch des *Salamanderbads* in einer mehrstündigen Prozedur erfolgreich jeden Geschmack auszutreiben versucht hatte. Er setzte sich, routiniert an der Faser saugend, an den Schreibtisch und sah die Papiere durch, die er am Abend zu schreiben begonnen hatte. Er war sich noch nicht sicher, wollte es noch einmal durchdenken. Er drehte sich auf seinem Stuhl.

Vor ihm an der Wand, auf der linearen Europakarte, die bunten Fähnchen mit den Ziffern der Springer; die Schemen mit den Läuften diverser Linien. An der Pinnwand daneben die Notizen über Krankmeldungen, Urlaubstage der Schaffner. In seinem Schreibtisch die Dossiers über sonderbare Vorfälle, über die speziellen Unregelmäßigkeiten, die unerklärlichen Ereignisse: Sabotagen, gezielte Provokationen der Kontrolleure, Beschlagnahmungen. Sie häuften sich in letzter Zeit in beunruhigender Weise.

Der Blick auf die große Karte, die niemand als er selbst vollständig und auf einen Blick zu lesen verstand, wurde ihm schwer, trübe Dunkelheit seines Geistes, trübe Dunkelheit seiner Erschöpfung. Eichhorn war müde. Zu müde, um sich von dieser Müdigkeit zu erholen, kein Nickerchen zwischendurch, kein erfrischendes kleines Getränk würde ihm helfen. Er hatte zu lange im Schatten des gemächlichen Nachtschlafs der anderen zugebracht. Er war zu *müde*, um schlafen zu können. Er war zu viel auf Reisen gewesen, als dass er noch ankommen könnte.

Manches Mal glaubte er, die Wagen spüren, die Lichter der fernen Bahnhöfe sehen, die aufstöhnenden Achsen und die horizontalen Chöre der Schienen hören zu können.

Er *fühlte* die Systeme des nächtlichen Verkehrs und auch ihren Widerstreit. Er konnte Lagrange fühlen, dort draußen, er spürte seine bösartige Intelligenz, die analytische Perfidie, der er sich entgegenstemmte, aber wie lange noch ...

Der Südwesten machte ihm große Sorgen. In Marseille war etwas vorgefallen, und niemand wusste genau, was geschehen war. Es hatte sehr mysteriöse Krankmeldungen gegeben, plötzliche Infekte, es waren hintereinander drei, vier alte verlässliche Schaffner ausgefallen, Brumholz, Izquierda, Svensson, hatten sich plötzlich abgemeldet. Kopenhagen war an drei oder vier Tagen entblößt, fast handlungsunfähig gewesen, ein Wunder, dass die Dienste korrekt gelaufen waren. Hätte Lagrange davon gewusst, hätte er Eichhorn einen Schlag versetzen können, eine offizielle Demütigung ...

Sollte er sich freuen, dass es nicht dazu gekommen war, oder war das eher ein Zeichen für eine viel größere Drohung, eine kompliziertere Strategie, vielleicht hatte Lagrange ihn tatsächlich überholt und war ihm nicht nur einen, sondern drei, vier Züge voraus.

In der Tür der Sektion, in der Dunkelheit der schmalen Holztür erschien jetzt die schwankende Gestalt Blandners. Er war so schwer betrunken, dass seine eigene Erscheinung unscharf geworden zu sein schien. Eichhorn blickte ihn müde an. Den trunkenen Schatten des Mechanikers.

«Scheff, wenn's nix me' gibt, dann ...»

Der Rest des Satzes verschwand im Raunen. Eichhorn wusste, was er sagen wollte, er wollte sagen, ‹Bitte geben Sie mir einen Grund, noch zu bleiben!› – und Eichhorn sagte, ohne zu zögern: «Blandner, warten Sie einen Augenblick, bevor Sie gehen. Prüfen Sie doch bitte erst noch nach, ob die Küchensets aus dem Magazin für den Zug nach Nantes richtig montiert worden sind, der Wagen steht auf Gleis 29. Sie wissen, dass wir den Autoreisedienst in ein paar Wochen aufnehmen, prüfen Sie das nach. Dann können Sie von mir aus nach Hause gehen.»

Der Magaziner gab einen dankbaren Grummellaut von sich, ging aus dem Office, Eichhorn hörte das Zischen einer mit Feuerzeug geöffneten Flasche Bier, *Zscht*, und Blandner machte sich auf den Weg und ließ Eichhorn alleine, ließ ihn wieder zurücksinken in die sorgenvolle Melancholie eines alten, einsamen Mannes, der nicht dort sein konnte, wo es ihm gefiel; der die Menschen, die er liebte, nicht besuchen konnte. Niemals.

Eichhorn nahm Pardells Fähnchen, das er vorhin müde nach Paris gesteckt hatte, schärfer in den Blick, seine Lippen zuckten ein kleines Lächeln, er stand auf, tief hatte er und wie von ferne den blauen Blitz gespürt – den blauen Blitz, den man manchmal sehen kann, wenn eine Lok an die Leitung geht, und den er immer wieder in sich gespürt hatte, all die Jahre hindurch, die Routen entwerfend, die Dienstpläne, die Bewegungen der Schaffner, der regulären und der Springer. Er hatte, von der Sensation des blauen Blitzes begeistert, Dutzende Züge gleichzeitig durchdacht, die Schaffner getauscht, hatte neue Konstellationen hergestellt, die Kommunikation aufrechterhalten, Nacht für Nacht nach den möglichen Aspekten gesucht, gefunden, immer einige gefunden, immer.

Er schrieb noch eine Dienstanweisung fertig, nahm den Mantel von der Garderobe und sah von dort noch einmal auf die Karte mit den Fähnchen der Springer und der regulären Schaffner. Jedes der Fähnchen steckte jetzt dort, wo die Schaffner morgen früh ankommen würden. Er prägte sich die Konstellation auf der Karte genau ein – für den Fall, dass irgendetwas geschähe, er angerufen würde und Auskunft geben müsste. Das war immer das Letzte, was er getan hatte: sich die Karte vergegenwärtigen.

Zu Beginn seiner nur not- und aushilfsweise übernommenen Tätigkeit als Sektionschef und strategischer Fahrdienstleiter hatte er die Karte und die Fähnchen einfach benutzt – sie stammten als Methode von seinem Vorgänger, Herrn Breiring, der in der Hitze des Sommers 62 einen Infarkt erlitten hatte. Eichhorn war eingesprungen. Er war an der Uni gewesen, damals, und er hatte manchmal die eine oder andere Tour gemacht ... das war alles. Breiring kam ins Krankenhaus, Eichhorn hatte Semesterferien, er übernahm den Laden, arbeitete sich in ein paar Tagen ein, benutzte die Karte und die Fähnchen bald so geläufig wie jedes andere einleuchtend konstruierte Werkzeug. Nach drei Wochen war Herr Breiring tot, und als Eichhorns Semesterferien zu Ende gingen, war noch kein regulärer Nachfolger gefunden: Wozu auch, der Laden lief, Eichhorn war doch da!

So war es gewesen, und Eichhorn, der die *Compagnie* mit den Augen einer Aushilfskraft sehen gelernt hatte, blieb ihr treu. Und blieb ihr fremd.

Dann kam Winter 66, und plötzlich gab es einen Menschen, und die Fähnchen und die Karte bekamen wirkliche Bedeutung. Damals hatte er angefangen, sich die frühmorgendliche Konstellation auf der Karte einzuprägen, bevor er nachts nach Hause ging. Daran dachte er jedes Mal, wenn er das Büro verließ ...

Er verschloss die Tür, setzte seinen braunen Cordhut auf, ging über die Bayerstraße, um zehn Minuten später sein Zimmer, Nummer 243, im *Bäderhotel Freilauf* aufzuschließen und an den Ort zu denken, an dem er auch diese Nacht nicht verbringen würde ...

Paris, Passage 23.4.1999, 17:12

Unter einem hohen, wolkendurchzogenen Himmel hatte Pardell zunächst sehr nervös mit seiner EC-Karte, die ein immer noch absolut demoralisiertes Konto bei der *Berliner Sparkasse* repräsentierte, an einem Automaten der *Credit Lyonnais* Geld gezogen und sich dann aufgemacht, um den Klemmbinder zu besorgen. In der Papierwarenabteilung des Kaufhauses *Samaritaine* war er schließlich fündig geworden. Dann war er zur *Gare de l'Est* zurückgegangen, um sich wieder zu orientieren, denn er hatte keinen Stadtplan, sondern nur eine kleine, aber ziemlich präzise mit der Hand angefertigte Skizze, an der er sich orientieren wollte.

Er hielt die Skizze in der Hand, die der liebenswürdige mongolische Ringer ihm bei ihrem Treffen in Köln gezeichnet hatte. Die Skizze, ausgehend von der *Gare de l'Est*, sollte ihn durch einige kleinere Straßen in das westlich liegende 9. Arrondissement führen, hin zu einem Lokal, das Erwin Erfurt mit einem Kreuz und der Beschriftung *Gran' Tour* gekennzeichnet hatte. Das *Gran' Tour*.

Er sehnte sich so sehr danach, sich endlich auszusprechen, dass er immer schüchterner wurde und ihm die Vorstellung, jemanden vorher ansprechen zu müssen, den kalten Schweiß ausbrechen ließ. Vielleicht wäre Erfurt ja zufällig da. Erwin. Hatte so nett ausgesehen. So unglaublich kräftig und nett.

Er brauchte gute zwanzig Minuten zum *Gran' Tour*. Blieb immer wieder zweifelnd stehen, weil Erfurts Skizze kein kartografischer, sondern ein emotionaler Maßstab zugrunde lag. Die Cité de Paradis, in der das Lokal lag, war viel größer gezeichnet als in Wirklichkeit, die Straßen des Hinwegs waren kleiner. Pardell verstand das sehr gut, und während er sich dem *Gran' Tour* näherte, gefiel ihm der sympathische Enthusiasmus, der daraus sprach, immer besser. Als es dunkel geworden war, gegen 18 Uhr, und er sich nur noch gute 600 Meter entfernt befand, war ihm der Name des Lokals vollends zu einer Verheißung geworden. Ja, das war es. Argentinien hin oder her – es gab niemanden, auf den er hätte Rücksicht nehmen müssen, seine Mutter, gut, er würde sie einfach regelmäßig anrufen, Juliane war seine Sehnsucht, wie fast immer – und er war in Paris und frei.

Das *Gran' Tour* – obwohl *das* Lokal der *Compagnie*, der Fluchtpunkt all der Nachtlinien und das Ziel unzähliger Aufenthalte und Passagen – verdankte seinen Namen ursprünglich nicht der nachtblauen *Compagnie*.

Es liegt nämlich keineswegs ‹Le Tour› zugrunde, sondern ‹La Tour› – nachdem Monsieur Haussmann im mittelalterlichen Paris Ordnung gemacht hatte, war die Cité de Paradis an der Stelle einer Klosteranlage mit einem uralten, modrigen Turm errichtet worden, in dessen Kellern peinliche Befragungen durchgeführt worden waren. Der Turm war eingerissen und die große öffentliche Restauration nach ihm benannt worden: *La Grande Tour*.

Unter dem Einfluss der Schlafwagengesellschaft hatte ein schlauer Wirt zwischen den Weltkriegen das weibliche ‹e› von

‹Grande› gestrichen und die Undeutlichkeit des *Gran'* mit Apostroph eingeführt: Das Feststehende der Immobilie und die ewige Wiederkehr der zahllosen Reisenden vereinigten sich und schufen ein einzigartiges Lokal.

Früher waren hauptsächlich Kutscher, Tagelöhner, arbeitslose Pferdediebe und ehrgeizige Pechsieder hier verkehrt. Der Geist des Schlafwagens hatte sie verdrängt.

Die sieben Säle, vier im Erdgeschoss, drei im ersten Stock, die beiden Galerien, die Kabinette und Seitenflügel, überhaupt die ganze Architektur des *Gran' Tour* schuldeten sich dem Umstand, dass das Lokal auf den Fundamenten des vorherigen großen Kerkerturms errichtet worden war. Zum Teil waren ganze Wandteile aus Kostengründen stehen geblieben und hatten sich wie selbstverständlich in den neu gebauten Raum eingeschrieben. Die *Compagnie* war hereingeschwappt und hatte sich mit all ihren Informationen und Nachrichten, mit dem Austausch und der Einsamkeit der ewigen Reisenden und dem, was sie mitbrachten und mitnehmen wollten, eingerichtet. In der im ganzen großzügigen, im kleinen aber zugleich verwinkelten Architektur des *Gran' Tour* konnte man seit Jahrzehnten nahezu jede europäische Zeitung und jede europäische Zigarettenmarke erwerben – die beiden Arten von Dingen, die jeder Fremde aus seiner Heimat vermisst, wenn er auch sonst nichts vermissen mochte; die jeder Reisende gerne aus der Ferne mitbringt, weil man sie leicht transportieren kann, und die doch so viel bedeuten können.

Als Pardell durch den Windfang des Haupteingangs den ersten großen Saal betrat, schlug ihm eine solche Welle schwerer Luft und vielstimmigen Lärms entgegen, dass er schockiert stehen blieb. Er hatte vorher an so etwas wie die *Fette Fanny* in München oder das *Café Anzenburger* gedacht. Das hier war ein anderes Lokal.

Auf den ersten Blick gab es zwei Ebenen, unzählige Seitenräume, Kabinette, ganze Flügel, in denen sich Massen von Männern und ganz wenige Frauen drängten. Es waren nicht ausschließlich Schaffner, die man, wenn nicht an den Uniformen, meist an diesem speziellen glasigen Blick erkannte, sondern es gab Putzer, Gepäckträger, Dienststellenfunktionäre, Magaziner, Laufburschen, Streckenbuchhalter. Und Kellner. Weniger als ein Dutzend Sprachen wurde niemals gesprochen. Das *Gran' Tour* war nicht voll. Es war bevölkert. Es gab mehr Rauch in der Luft als Luft.

Die Kellner schrien zur Theke, die Theke schrie zur Küche, die Küche schrie zu den Kellnern, die Kellner schrien zu den Gästen, die untereinander schrien, um dann zu den Kellnern zu schreien, die sich zwischendurch gegenseitig, von den entferntesten Punkten des Lokals aus, anschrien.

Die Kellner trugen alle dieselben schwarzen Anzüge, mit großen weißen Schürzen. Pardell beobachtete, wie ein fetter, glatzköpfiger Kellner die Rechnung zweier, wenn er richtig hörte, spanischer Schaffner auf die Tischdecke aus Papier schrieb, alle Reste von den Tellern danach auf die Tischdecke kippte, den Aschenbecher ausleerte, die Tischdecke in einer einzigen Bewegung von jeder Ecke einschlug, dann zusammenknüllte und mitnahm. Ein anderer Kellner, eine kurze silberne Zigarettenspitze im Mund, legte eine neue Tischdecke auf den Tisch, stellte den Aschenbecher drauf, und ein dritter, recht dürrer, platzierte neue Schaffner.

An manchen Stellen des *Gran' Tour* wiederum sah man minutenlang keinen einzigen Kellner, und die Dienstleistungsverhältnisse glichen denen in russischen Kasernen.

Pardell setzte sich an einen kleinen Tisch in der Nähe des Ausgangs, der gerade frei geworden war. Die Speisekarte, aus der die meisten Seiten herausgerissen waren, präsentierte ihm auf einer verbliebenen Seite so delikat scheinende Gerichte wie *Lungenhaché à la Milanese mit Sauerampferschaum und Kastanienmus* oder *Fenchel-*

ragout mit Wildeinlage und einer Sahnesauce von Feigen oder *Knuspriger Balkanspieß vom Korsikawildschwein mit böhmischen Knödeln und hausgemachtem Rosinen-Blaukraut.*

Pardell hatte in der letzten Zeit ziemlich schlecht gegessen, von dem halbwegs annehmbaren Schnitzel in Wien abgesehen, aber es war nicht so, dass er gutes Essen nicht zu schätzen gewusst hätte. Seine Mutter hatte leidenschaftlich gerne die Rezepte großer Chefköche nachgekocht. Der kleine Leo hatte häufig die ungewöhnlichsten Kreationen vor sich stehen gehabt und war *dennoch* kein Fan von Fast Food geworden. Jetzt war er wirklich überrascht, was dieses verräucherte Riesenlokal für eine Karte hatte. Sogar auf Deutsch.

Dann sah er zu seiner großen Enttäuschung, dass er die Karte eines Restaurants mit dem Namen *Zur Taube – Basel* in der Hand hielt. Der Name war mit feiner roter Schrift und einer kleinen Taube über dem Schriftzug gesetzt. Sehr hübsch, aber wohl ein Scherz.

Als er sich umblickte, um eine reguläre Speisekarte zu entdecken, sah er überall andere Speisekarten, in unzähligen Formaten, Farben. Unweit seines Tisches sah er auf einer Sitzbank sogar eine sehr mitgenommene Speisekarte mit kyrillischen Buchstaben. Er fragte den Kellner, was das zu bedeuten habe, und der gab ihm zur Antwort, das sei so die Tradition und die Habitüde im *Gran' Tour*.

«Aber wieso?»

«Nun, Monsieur. Sie sind neu. Sie verstehen das noch nicht. Es sind Karten von Restaurants, die man empfehlen kann. Verstehen Sie, die Herren Schaffner sind immer unterwegs, immer andere Städte, immer neue Restaurants. Die Speisekarten bringt man mit – zur Empfehlung. Man liest sich dann hier die Karten durch, und wenn man in die jeweilige Stadt kommt, geht man vielleicht dort Essen ... so ist das. Was es in unserer Lokation zu essen gibt, weiß man ohnedies.»

«Und *was* gibt es hier zu essen?»

«Das Tagesgericht.»

«Und was wäre das heute?»

«Schwer zu sagen. Das wechselt ständig. Bestellen Sie einfach, ich sehe dann, was ich für Sie tun kann, Monsieur.»

Er bestellte sehr gequält und genervt das erstbeste Gericht, das ihm selbst einfiel und dessen französische Bezeichnung er kannte. Zu seiner Verblüffung brachte ihm zwanzig Minuten später ein anderer Kellner mit der größten Selbstverständlichkeit tatsächlich genau das, was er bestellt hatte. *Bœuf Stroganoff forestière.* Es war nicht einmal übel.

Das alles war schwer zu verstehen. Das *Gran' Tour* setzte *lokalmäßig* Maßstäbe. Es wimmelte von Leuten, und alle strahlten so eine entschiedene, irgendwie anstrengende Eigenheit aus ... Erfurt zu suchen, von dem er nicht einmal wusste, ob er überhaupt da war, wäre sinnlos gewesen. Hier würde er niemanden entdecken, außer durch einen unglaublichen Zufall. Er würde essen, austrinken und in sein Hotel gehen. Machte keinen Sinn, länger hierzubleiben.

Um Bauwerke, Systeme oder große Lokale zu verstehen, sollte man versuchen, die vertrauten unter ihnen mit den Augen eines Fremden und die unvertrauten mit den Augen derjenigen zu sehen, die mit ihnen geläufig sind. Intelligenz vorausgesetzt, wird sich ein findiger Kunsthistoriker – um nur ein Beispiel zu geben – von nichts so sehr inspirieren lassen wie von den Eindrücken, die ihm eine Gruppe aufgeweckter zwölfjähriger Jungs aus Nepal bei ihrem ersten Besuch des Kölner Doms oder der Kathedrale von Chartres schildert, seien sie verwirrt oder begeistert.

Von solchen Dingen ahnte Pardell nur etwas, er verstand noch nichts davon. Er verstand überhaupt noch nicht viel vom Leben, und er wusste deswegen auch nicht im Geringsten, dass ein Fremder, der einen Freund auf dessen eigenem Terrain sucht, gut daran tut, weniger zu suchen, als sich selbst vielmehr finden zu lassen. Aber die Möglichkeit, dass ihn, den armen Leonard Pardell, jemand entdecken könnte, kam ihm erst gar nicht in den Sinn. Also riss er sich heimlich die eine Seite mit den Hauptgerichten aus der Karte des Restaurants *Zur Taube Basel*, legte sie in seinen frisch erworbenen roten Klemmbinder – und ging. Das war ein schönes Dokument, fand er. Es sollte das Deckblatt seiner Sammlung werden: Darunter kam die anschauliche grafische Darstellung seiner ersten Fahrt als Schlafwagenschaffner.

Er hatte den geografischen Fahrplan aus einem herumliegenden *TransEuroNacht*-Kursbuch gerissen. Er hatte nicht gezögert – auch wenn dann nach ihm niemand mehr sonst dieses Kursbuch befriedigend würde benutzen können, weil diese Tour fehlte: *München–Ostende*.

Zürich, Aufenthalt 5.5.1999, 20:29

«Ich weiß, Baron, dass Sie sich ungern wiederholen. Aber Sie wollten andeuten, Sie hätten Kontakt zu demjenigen, der diese Fotos gemacht hat?»

«Meinen Sie, ich bin nach Zürich gefahren, um in Ihren schönen Augen zu versinken? Sie wissen, was Sie mir sagen sollen ...»

Der Würger zögerte die Frage hinaus, die Frage, wegen der er nach Zürich gefahren war. Er wollte ihr genügend Luft und Zeit geben. Er dekantierte sie.

«Ist sie echt?»

«Sie wissen so viel wie ich über sie, vermutlich mehr.»

«Kommen Sie schon, Doktor, was sagt Ihr Gefühl?»

«Ich wusste nicht, dass Sie mich wegen meiner Gefühle bezahlen.»

«Soll ich sagen, was Sie grade für Gefühle in mir auslösen? Wollen Sie das wirklich wissen?»

«Charmant wie immer. Aber, um ihre Frage zu beantworten. Ich weiß es nicht. Nein, warten Sie, ich bin noch nicht fertig. Ich weiß es nicht, aber selbst wenn der Gegenstand, den wir auf diesen Fotos abgebildet sehen, eine Fälschung wäre, müsste derjenige, der für die Fälschung verantwortlich ist oder sie ausgeführt hat, mit demjenigen in Verbindung stehen, der das Original besitzt, oder sogar mit ihm identisch sein.»

«Sie meinen ...?»

«Sehen Sie, Baron, ich will es Ihnen erklären. Auf dieser Seitenansicht da sehen wir eine kleine kupferne Intarsie an der Krone, die ist mir gleich aufgefallen. Sie ist in der Literatur nicht erwähnt. Es gibt keine Fotografien. Wir beide kennen die paar technischen Darstellungen, die es gibt – aber die beruhen auch nur auf den Beschreibungen aus der Literatur. Warum sollte jemand eine Fälschung herstellen und ein Detail einfügen, dessen Fehlen niemand vermissen würde ...»

«Außer jemand hätte die wirkliche *Ziffer* und könnte vergleichen», sagte der Würger, einer köstlichen Ahnung nachgebend.

«So ist es. Ich denke aber, wir wissen noch mehr. Wenn es eine Fälschung ist, was wir da sehen, eine Kopie, die aufwendiger gestaltet ist als das, was man vom Original weiß, dann bedeutet das, der Fälscher muss zwar überaus geschickt sein, aber er wusste nicht, *was* er da nachbaute ...»

«Deswegen hat er sich in jedem Punkt an das Original gehalten, das vor ihm lag.»

«Sie sagen es, er hatte zweifellos nicht die Kompetenz, zu beurteilen, was man von der *Ziffer* weiß und was nicht. Er hat sie pedantisch nachgebaut. Er hat sich mehr Mühe gemacht, als nötig gewesen wäre. Insofern, würde ich sagen, kann man eigentlich davon ausgehen, dass ...»

«Ich habe Sie verstanden, Doktor. Hervorragende Aussicht.»

«Aber irgendein Mechaniker muss die Uhr, wenn sie echt ist, trotzdem in Händen gehabt haben. Sie lag, haben Sie erzählt, in einem Schließfach?»

«Ja.»

«Also stand ihr Werk vermutlich jahrzehntelang still», Doktor seufzte schmerzvoll. «Ich darf da gar nicht dran denken. Sie lag still und staubte. Irgendein Mechaniker muss sie aufgemacht und auf Vordermann gebracht haben.»

«Das stimmt. Sollen wir nach dem suchen? Meinen Sie das?»

«Vielleicht. Später. Faszinierender wäre für mich aber zunächst die Frage, wie Sie überhaupt an diese Fotos gekommen sind. Ich fürchte, dass Ihre Neigung, mich dahin gehend aufzuklären, nicht sehr ausgeprägt ist?»

«Sie irren sich. Ich erzähle Ihnen, wie: Die Fotos kamen mit der Post.»

«Mit der Post?»

«Mit der Post. An mich persönlich adressiert, an die Kanzlei. Meine Sekretärin hat den ersten Brief aufgemacht, und als ich am Schreibtisch saß und die Post durchsah, lagen diese Fotos dazwischen. So einfach ...»

«Kaum zu glauben. Kein Begleitbrief?»

«Nein. Nur diese Polaroids.»

«Das muss man dann wohl so hinnehmen ... Und wie viele Briefe haben Sie in der Zwischenzeit erhalten?»

«Fünf. Sagen Sie, Doktor. Haben Sie irgendwas von einem der anderen gehört. For'Terdown?»

«Sir Maurice hat sich seit Monaten nicht bei mir gemeldet und, bevor Sie mich fragen, auch Estoncias nicht, niemand, auch nicht Dottore Dalposto. Keiner von denen, die Ihnen gefährlich werden könnten. Nein, so wie es aussieht, sind Sie der Einzige, der davon weiß. Wie haben Sie das nur fertiggebracht? Es wird doch nicht jemanden geben, der Ihnen einen Gefallen tun wollte? Sie werden uns doch nicht vielleicht den Umstand verheimlicht haben, dass Sie irgendwo einen *Freund* haben?»

Der Würger verneinte dies knurrend.

«Ich hoffe, Baron, dass Sie Ihre Kompetenzen nicht überschritten haben. Wann hatten Sie zuletzt Kontakt?»

«Ist schon eine Weile her. Ich warte auf eine neue Nachricht.»

«Wo kommen die Briefe her? Deutschland?»

«Nein, nicht nur. Frankreich, Spanien, Italien, Schweiz. Wer immer es ist, er muss überall seine Leute haben. Riecht nach einer großen Organisation.»

«Legen Sie Wert darauf, dass ich mich umhöre?»

«Ich würde Sie auf jeden Fall nicht bezahlen, wenn Sie taub wären.»

«Aber stumm, ich weiß, ich weiß.»

«Sie haben eine scheißarrogante Art, Doktor. Ich will Ihnen was sagen: In der Legion war ich bereit, Leute, die mir nicht das Geringste getan hatten, wochenlang in stinkende Rattenparadiese zu pferchen, nur weil sie der Ansicht gewesen waren, gewisse winzige Details des Reglements hätten keine Bedeutung für sie. Stellen Sie sich vor, was ich mit Ihnen mache, wenn Sie mich hintergehen!»

«Da sind Sie sich ganz sicher, Baron?»

«Man nannte mich den Würger!»

«Sie pflegten Deserteure mit der Garotte zu erdrosseln, auf dem Platz hinter dem Offiziersbordell, ich weiß. Sie nehmen noch einen *Grand Champagne* – Würger?»

***

Der Würger logierte diesmal nicht im *Baur-au-Lac*, wo der Zimmerservice ihn im Lauf der Zeit kennengelernt hatte. Des Würgers bei seinem letzten Aufenthalt im *Baur-au-Lac* geäußerte Ansicht, der Managing-Director des berühmten Hotels sei ein Arschloch, dessen blödes Gehirn noch nicht mal grade die Tapete runterlaufen würde, hatte ihm weitere Buchungen in diesem Hotel verwehrt. Also war er ins *Baur-au-Ville* ausgewichen. Er hatte siebzehn Jahre ausschließlich im *Baur-au-Lac* gewohnt, und jetzt wohnte er im *Baur-au-Ville*, und zwar eigentlich und letzten Grundes, weil er vor siebzehn Jahren Hausverbot im *Dolder Grand Hotel* bekommen hatte. Das *Dolder* hatte ihn nicht mehr gewollt. *(«Sie blödes Arschloch, Sie wollen mich also nicht mehr?» – «Baron, wenn ich Sie jetzt wirklich dringend bitten dürfte. Es ist endlich gut, oder?»)* Wenn er mit derselben Geschwindigkeit weitertrinken würde, dann würde der Vorrat an geeigneten Hotels in Zürich noch vierunddreißig Jahre reichen.

Reichhausen hatte dem Zimmerkellner grinsend einen ungewöhnlich großen, zusammengerollten Schein in das Revers gesteckt, und nachdem er einen ersten Schluck Weißwein genommen und bedauernd einen fernen Anflug korkiger Traurigkeit geschmeckt hatte, überlegte er, wie er weiter vorgehen sollte.

Bechthold würde aus Südamerika zurückkommen. Er hatte bei den letzten Telefonaten einen ungewöhnlich fröhlichen Eindruck gemacht, hatte wohl endlich mal wieder gefickt, die paar Wochen ohne seine Frau. Einmal war sie durch eine Verspätung ihres Mannes gezwungen gewesen, beim Würger im Büro zu sitzen. Der berichtete Frau Bechthold, was für Wunderdinge sein Assistent ihm angeblich von ihrem Eheleben erzählte.

«Ihr *Eheleben*, gnädige Frau, das muss ja unglaublich sein, von dem, was mir Ihr Mann beim Frühstück oft so erzählt. Wie Sie wissen, frühstücken wir immer zusammen. Ach, hat er gar nicht erzählt, ja, *in solchen Dingen*, hehe, ist er schüchtern, aber nur *in solchen*. Ich beglückwünsche Sie, gnädige Frau. Das ist ja kaum zu glauben, schon rein physisch ... Ich erinnere mich da eines Corporals, Sie wissen, gnädige Frau, die Legion, die Legion, die alten Zeiten, und dieser Corporal, äußerlich ganz ähnlich wie Ihr Mann übrigens, ein bisschen schmächtig, schmal, aber der ... ich sage Ihnen, der hatte auch so eine Schwäche für Rothaarige ... aber Moment, da kommt ja unser Held.»

***

‹Bechthold kommt also zurück. Ich habe die Spur, und Bechthold kommt zurück.› Er dachte jetzt auch wieder an Fischbein und die Versicherung: nächste Woche würde Fischbein den Erbschaftsvorgang Niel sperren, weil der Würger die Fotos hatte und Fischbein vorweisen konnte. Fischbein würde Unregelmäßigkeiten in den südamerikanischen Unterlagen entdecken.

Fischbein sollte aber natürlich nicht bemerken, dass der Würger selbst die *Ziffer* besitzen wollte. Dass es ihn in reinster, knabenhaftester Habgier und Sehnsucht nach dieser absoluten Mechanik und der Nacht ihrer Complication verlangte. Fischbein sollte keinen Verdacht schöpfen, dass der Würger sein eigenes Spiel spielte. Also. Ein dritter Mann.

Fischbein hatte einen Detektiv verlangt. Einen Privatdetektiv. Er musste mehrere Eigenschaften haben: einen schlechten Ruf, keine hohen Einkünfte. Es durfte nicht der Hellste sein. Jemand, dessen nicht vorhandene Begabung ihn zwang, pedantisch zu sein und sich mit unwesentlichen Details aufzuhalten und zu verzetteln. Nicht zu jung, ein Sportler würde vielleicht alles verderben. Nicht zu alt, noch nicht vollkommen desillusioniert, ein bisschen sinnloser Ehrgeiz musste noch vorhanden sein. Ja.

Laut schrie der Würger, nahe an einem gestrichenen c, jetzt mehrmals den Kosenamen seines Assistenten. Ein auf dem Flur vorübergehender Mitarbeiter des Roomservice, der einem achtzehnjährigen australischen Model gerade einen Pfefferminztee gebracht hatte, blieb stehen und lauschte den krähenden «Bechti»-Schreien des freudvollen Barons.

Der schlechte Detektiv würde Bechthold beschatten! Und nur dem Würger Auskunft geben, was Bechthold so tat, Fotos schießen von Bechthold beim morgendlichen Joggen und solche Dinge.

Fischbein würde den kleinen Spaß bezahlen, der Würger würde ihm erzählen, der Detektiv sei dazu da, die *Ziffer* zu suchen und die Ergebnisse bei ihm, dem Würger, zu melden. Die *Nachforschungen* würden Fischbein beruhigen. Der Würger würde den Rücken frei haben. Das war genial. Der Dritte Mann!

Er würde morgen einen seiner Feinde aus der Schnüfflerbranche anrufen, er wusste schon, wen. Er würde ihn beschwören, ihm den besten, klügsten, spontansten mittelalten Stardetektiv Münchens zu nennen, den Mann also, in dessen Händen das Schicksal des Barons liegen würde. Das würde er seinen Feind mit weinerlicher Stimme fragen. «Wenn er es vermurkst, bin ich verloren. Wissen Sie jemanden? Helfen Sie mir! Bitte helfen Sie mir, Fangnase!»

Dr. Luitpold Fangnase. Brillanter Mann. Der war sein Feind. Der würde ihm garantiert die absolute Null empfehlen. Fangnases schlechte Empfehlung wäre sein Mann.

München, Aufenthalt 10.5.1999, 10:59

«Termin haben Sie? Für 11 Uhr? Und wie war Ihr Name?», fragte die klassische Büroschlampe so gelangweilt wie möglich. Staubohms Vorzimmer. Sie fragte es so langsam, singend *und* gelangweilt, dass es fast nicht mehr nach Deutsch klang. Überhaupt nicht nach einer indogermanischen Sprache eigentlich.

«Ich bin. Getzlaff. Dieter. Getzlaff. Wie das Ketchup», sagte Getzlaff erwartungsfroh.

Es mag komisch klingen, aber genau deswegen, weil diese Formulierung, ‹Getzlaff wie das Ketchup›, ihm so geläufig war wie anderen Menschen vielleicht das gelassene ‹Mein Name ist Sand. Sand wie der Sand› oder das nervöse ‹Oh, ich heiße Otil; Otil wie Flottille ohne F mit nur einem T und ohne die letzte Silbe am Schluss! Otil, so heiße ich, ja, äh ...›.

Genau deswegen, weil Getzlaff wie das Ketchup geschrieben wurde, stand er jetzt Enrico Staubohms Büroschlampe gegenüber, die sich die Fingernägel lackiert hatte, als Getzlaff das schäbige Vorzimmer betrat. Sie würde natürlich sofort hellhörig werden, sobald er seinen Namen genannt hatte: ‹Getzlaff, wie das Ketchup.›

Getzlaff hatte es schon als Kind ausgesprochen seltsam und geheimnisvoll gefunden, dass sein Name ‹Getzlaff› in ebendieser

Schreibung auf den Flaschen einer populären amerikanischen Ketchupmarke zu finden war, die es in drei Varianten gab: Curry, Spiced und Classic. Getzlaff Classic. Staunend war er mit seiner Mutter an den Regalen mit Getzlaff-Ketchup vorübergegangen und hatte sich still gefragt, worin die Verbindung zwischen ihm und dem Ketchup bestehen mochte. Das Rätsel der Namensbedeutung löste sich nicht. Erst eine Annonce des *Büros Enrico Staubohm – Private Nachforschungen* sollte Getzlaff Jahre später die Hoffnung geben, die ersehnte Aufklärung sei nicht mehr weit.

«Der Herr Staubohm ist grade noch bei einem wichtigen Telefonat. Aber ich seh den Termin. Wenn Sie vielleicht noch ein wenig sich hinsetzen möchten?»

Sie wies freundlich, mit allen zehn Fingern wedelnd, auf einen von zwei Stühlen gegenüber ihrem Schreibtisch, die neben einem Gummibaum standen. Der Stamm des Gummibaums war hornig und braun, seine wenigen Blätter waren grün, wirkten aber so, als würden sie alle möglichen Funktionen ausüben können (zum Beispiel Fotosynthese, Osmose usw.), aber als wären sie einer Eigenschaft schon vor einiger Zeit verlustig gegangen: der Eigenschaft, die man Optimismus nennt.

Enrico Staubohm hatte nach vielen Jahren einer wenig erfreulichen und letztlich auch fruchtlosen Tätigkeit in Diensten eines privaten Paketdienstes beschlossen, der Gesellschaft nicht länger als zeitgemäßer Dienstleister zu dienen, sondern sich stattdessen auf das Reservoir ihrer Phantasmen und Hoffnungen zu verlegen.

Staubohm hatte sich darauf spezialisiert, lukrative Familienzusammenführungen in die Wege zu leiten. Sein Büro hatte er mit Fantasiestammbäumen und sehr eindrucksvollen Porträts, die er auf Flohmärkten zusammengesucht hatte, geschmückt. Seine Briefbögen mit dem Wappen der 1950 ausgestorbenen Grafen von Widland-Hermzig (aus dem Sächsischen) schickte er an Einträge aus mitteleuropäischen Adressbüchern, deren Namen mit solchen in Nord- und Südamerika, Australien und Neuseeland zu Reichtum und Besitz gekommenen Familien oder Personen identisch waren. Dabei ging er sehr sorg- und sparsam mit den Namen um, denn einmal würde er bei ‹Z› angekommen sein und sein Potenzial, seine Quellen restlos ausgebeutet haben. Inzwischen war er am Anfang von ‹P› angelangt, hatte achthundert Briefe verschickt, in denen er «Sehr geehrte Damen und Herren Pachulka» darüber informiert hatte, dass er «bei der Nachforschung in einer Erbrechtsangelegenheit betr. den bolivianischen Schmiermittelgrossisten Raul-Fernando Pachulka (span.: Patschulká) Asocidades auf Sie gestoßen bin. Unzweifelhaft sind Sie über die Bedeutung der Unternehmung informiert. Der Konzern hat auf dem südamerikanischen Kontinent und in Teilen der Karibik eine herausragende Position inne. Nicht zuletzt konnte in den letzten beiden Geschäftsjahren, trotz Stagnation der Branche, der Umsatz» – an den Umsätzen knobelte Staubohm immer herum, nicht zu viel, nicht zu wenig, immer angemessen, aber verlockend – «auf 700000000 Bolivar gesteigert werden, das entspricht etwa 35000000 US-Dollar. Im Interesse meiner Klienten würde ich Ihnen gerne Verhandlungen über eine eventuelle Einigung außerhalb der erbschaftsrechtlichen Instanzen, die in solchen Fällen erfahrungsgemäß lange brauchen und hohe Kosten verursachen, vorschlagen. Die Geschäftsleitung wäre daran interessiert, Ihre Ansprüche zu beiderseitigem Vorteil abzugelten, wenn eine Einigung erzielt werden kann. Bitte setzen Sie sich mit meinem Büro in Verbindung. Mit freundlichen Grüßen: Staubohm».

Wichtig war der selbstverständliche, eilige Tonfall *(«Unzweifelhaft wissen Sie ...»)* und die richtige Mischung aus juridizierenden und umgangssprachlichen Wendungen. War der Brieftext gelungen, betrug der Rücklauf etwa 65 Prozent. Davon blieben nach erneutem, bereits etwas prekärerem Briefwechsel *(«die Kostennote über meine bisherigen Auslagen für Telefon und Postwertzeichen geht Ihnen gesondert zu ...»)* ungefähr 25 Prozent übrig, von denen sich nochmals 18–22 Prozent verabschiedeten, sobald die Größe des Projekts erstmalig ganz aufgefächert war. Mit den verbliebenen drei, vier Prozent ließ sich recht und schlecht arbeiten. Im Falle der Schmiermittelangelegenheit etwa hatte sich Staubohm zunächst zwanzig Personen angenommen, davon waren durch ihn selbst noch einmal siebzehn ausgeschieden, denen er eine abschließende Kostennote über DM 370,- zukommen ließ, weil sie ihm zu verdächtig oder zu lästig waren, um tatsächlich eine langfristige und vertrauensvolle Vertretung ihrer Interessen übernehmen zu können. Entscheidend für Staubohm war dabei grundsätzliches Weltvertrauen, mit Zynikern wollte er nichts zu tun haben. Keine übertriebene Bildung (deshalb mussten die Antwortbriefe mindestens fünf, sechs grammatikalische oder grobe lexikalische Fehler aufweisen – er hatte sich ein genaues Gespür erworben in all den Jahren zwischen A und P ...) und die Sicherheit, dass vorhandene Mittel für Staubohms Untersuchungen verwendet und durch ihre – unvorhersehbare – Länge auch gebunden wurden: Hatten die laufenden Kosten einmal eine gewisse Höhe überschritten, war normalerweise alles gerettet, bis nichts mehr zu retten war.

Bei der Schmiermittelunternehmung waren übrig geblieben: eine verwitwete Rentnerin aus Koblenz, die Staubohm mit den Worten «nicht für mich selbst, aber ich habe zwei Enkelkinder, deren Ausbildung zu versorgen mir ein tiefes Bedürfnis stellt, auch im Andenken an meinen verstorbenen Mann!» ihre Vollmacht erteilt hatte. Ein arbeitsloser Maschinendreher aus Berlin, der am Telefon einmal erzählt hatte, dass er «dann» (das mythische «dann», das Staubohm so liebte) ins Grüne nach Brandenburg ziehen und eine kleine Werkstatt eröffnen werde, einen modernen Dienstleistungsbetrieb.

Freilich endeten die Geschäftsbeziehungen in der Regel mit einem tiefen Zerwürfnis. Was er tat, war nicht *strictu sensu* verboten. Er tat ja nichts. Außer schließlich – leider, es tut uns leid – herauszufinden, dass gewisse Leute eben doch nicht verwandt waren.

Die Sache gerade war eine andere. Er hatte heute Morgen durch Kurier (!) einen Umschlag mit der Fotografie eines Mannes, einer Staubohm unbekannten Adresse und einem auf eine erstaunliche Summe ausgestellten Verrechnungsscheck bekommen. Und einen anonym gehaltenen Brief, dass er – Staubohm – heute um 11 Uhr angerufen werden würde. Es war mittlerweile 11 Uhr 02.

«Verstehe. Sie möchten anonym bleiben. Wie soll ich denn mit Ihnen in Kontakt treten?»

«Wie sind wir denn grade in Kontakt getreten?»

«Kurier?»

«Nein. Sie sind der blö...»

«Bitte?»

«Nein ... Jetzt meine ich, der Kontakt jetzt!»

«Telefon?»

«Gratuliere. Wir telefonieren! Und Sie schicken mir die Berichte an das Postfach auf dem Brief.»

«Verstehe. Sie wollen, dass wir telefonieren. Damit ich Sie nicht sehe.»

«Ja. Helfen Sie mir. Bitte bitte helfen Sie mir.»

«Und wie soll ich Ihnen helfen. Ich meine, was möchten Sie wissen?»

«Ich möchte wissen, wer der Kerl auf dem Foto ist. Ich möchte wissen, was er so macht. Das Einzige, das ich im Augenblick von ihm weiß, ist, dass er am 12. Mai mit einer Air-Iberia-Maschine aus Madrid ankommt. *Franz-Josef-Strauß.* Ja. Gehen Sie da hin und verfolgen Sie ihn. Ich will wissen, wo er wohnt. Was er arbeitet. Was er verdient. Ob er erpressbar ist, ob er Feinde hat, wenn ja, welche. Wie sehr er sie hasst, die Feinde. Das wäre mir vor allem wichtig. Verstehen Sie?»

«Ich verstehe. Wie sehr er sie hasst, die Feinde. Feindeshass.»

«Feindeshass, genau. Scheinbar sind Sie wirklich so clever, wie man Ihnen das nachsagt.»

«Wer sagt das denn, wenn ich fragen darf?»

«Ich habe es zuerst bei Dr. Fangnase versucht, aber der hatte keine Zeit für den Fall. Ich bat ihn um eine Empfehlung. Er sagte mir, dass Sie der Beste seien. Der Beste.»

«...»

«Hallo? Glauben Sie mir nicht? Bitte helfen Sie mir, ich muss endlich Bescheid wissen.»

«Äh. Ja. In Ordnung, hm. Also, das ist ja wirklich ... Fangnase, sagen Sie ...»

«Fangnase, lobte Sie in den höchsten Tönen. Helfen Sie mir?»

«Wieso wollen Sie das alles über diesen Mann wissen?»

«Wieso wollen Sie das wissen?»

«Weil ich ... Was? Weil ich dachte, wenn ich für Sie ... sollte ich vielleicht wissen ...»

«Ich sage Ihnen eines: Ich will gar nicht wissen, wieso Sie wissen wollen, wieso ich es wissen will. Ich will gerade, dass Sie das herausfinden.»

«Verstehe, das ist einer von diesen *Finden Sie heraus, was ich wissen will*-Aufträgen. Alles klar.»

«Brillant. So, jetzt passen Sie auf. Ich will, dass Sie mir alle zwei Wochen Bericht geben, jeden Monat eine Rechnung. Wir nennen das Projekt ‹Untersuchung Niel›. Und weil wir raffiniert sind, schreiben wir Nil nicht mit einfachem ‹i›.»

«Nein?»

«Nein. Wie schreiben es mit einem ‹ie›.»

«Aha. Wie Sie wollen. Ich hab's aufgeschrieben. Jetzt müssten wir noch, äh, denke ich, über mein Honorar ... die Spesen und so ... sprechen ...»

Seine Bürokraft unterbrach ihn zehn Minuten, nachdem Staubohm aufgelegt hatte, sie klingelte ihn an. Er saß in pulsierenden Schleiern unfasslicher Glücksgefühle. Er nahm den Hörer nicht ab, weil er sich irgendwie sicher war, dass der geheimnisvolle Klient seinen Irrtum bemerkt hatte. ‹Natürlich nicht am Tag. Tut mir leid, ich wollte natürlich sagen, in der Woche.› Oder noch schlimmer. Er würde den Hörer einfach nicht abnehmen, ausgemacht war ausgemacht. Basta. So war es einfach. Er war schon gegangen. Zurücknehmen gilt nicht. Nach einer Weile hörte das Klingeln auf. Dafür klopfte es.

«Der Herr Getzlaff wegen dem Ketchup wär da», sagte Moni. «Ich hab gedacht, Sie hätten das Läuten vielleicht nicht gehört.»

«Läuten. Ach so. Schicken Sie ihn herein, in zwei Minuten, ich brauch grade noch eine kleine Weile, bitte.»

Also war es doch wahr. Dieser ungewöhnliche Mann, von dem er nur eine unleserliche Unterschrift auf dem Scheck über 2000 Mark Vorschuss kannte, wollte ihm also tatsächlich 300 Mark für jeden Tag zahlen, an dem er in der Sache unterwegs war. 2000 Mark Spesen im Monat. Wie sollte man das nennen? Erfolg? Zweifellos. Jahrelang hatte er mit größter Mühe unerhebliche kleine Beträge zusammenschlawinert. Und jetzt so was. Er selbst hätte sich nicht annähernd getraut, das zu verlangen, was er jetzt einfach so bekommen sollte. Vor seinen Augen stapelten sich Hundertmarkscheine, hübsch in Dreiergruppen.

Staubohm nahm das Kuvert, holte das Foto heraus. Nicht hässlich, der Typ. Randlose Brille. Sah irgendwie ziemlich klug aus, schlau, scharfsinnig. Genau diese Art von Scheißschlauheit, die ihm schon sein Leben lang, mindestens aber seit Bürogründung, zuwider gewesen war. Staubohms Widerwille war ein instinktiver. Aus seiner sonstigen Untersuchungspraxis heraus konnte er kluge, schlaue, scharfsinnige Typen nicht ausstehen. Randlose Brille. Hatte wohl auch Geld. Wirkte irgendwie scheißerfolgreich. Scheißyuppie. Zum ersten Mal, seit er *Das Büro Staubohm* führte, sah er sich in deckungsgleicher Loyalität mit einem Klienten, den er, da er seinen Namen nicht wusste, *Mister X* zu nennen beschloss. Das war doch gut. *Mister X.* Er würde *Mister X* helfen. Loyalität war ein gutes Gefühl. Das beste. Es war etwas, auf das Staubohm, ohne es zu wissen, irgendwie gewartet hatte. Dann sagte Getzlaff, der in der Tür stehen geblieben war und staunend die Stammbäume über Staubohms Schreibtisch studiert hatte: «Äh ...»

***

«Normalerweise, Herr ... äh, Getzlaff, würde ich Ihren Auftrag gerne ... Das klingt wirklich verheißungsvoll, ehrlich. Aber ...»

«Wenn Sie meinen, ich kann es mir nicht leisten. Ich habe gespart. Ich habe es mir genau zurechtgelegt. Ich weiß, dass ein Bruder meiner Großtante nach Amerika ausgewandert ist, weil es so eine schlechte Zeit war, hier. Und ...»

Getzlaff schilderte Staubohm den Fall. Zunächst, dass er wie durch Zufall eines Tages an die *FAZ* gekommen sei, dass er dort Staubohms Anzeige gelesen habe. Dann schilderte er seine Mutmaßungen über den Zusammenhang zwischen seiner Großtante und dem Ketchup, ja, auch seine berechtigten Hoffnungen. In allen Einzelheiten. Staubohm hörte abwesend zu. Noch vor einer Stunde hätte die Gier ihm süßes Prickeln in den Schläfen verursacht. Er hatte ihm nicht einmal geschrieben, mein Gott, einmal im halben Jahr vielleicht schaltete er Anzeigen, und nur wegen des Finanzamts, und jetzt kam so ein Fall *von sich aus* in sein Büro. Was für eine Gelegenheit.

Aber das war vorerst vorbei. Er hatte keine Zeit. Er hatte einen Auftrag. Die Pachulka-Sache lief sowieso noch, und es gab noch einen Fall Pachek aus dem letzten Jahr, die berühmte, rückübereignete tschechische Schuhladenkette Pachek. Da war noch genug zu tun, zwischendurch. Nein, die Buchstaben mussten ruhen. Kein Fall Getzlaff.

Getzlaff sah recht dämlich aus, was Staubohm gefiel. Ja, das alles war eigentlich ein grundsympathischer Auftritt. Staubohm überlegte. Als Getzlaff zu Ende gesprochen hatte, zögerte er einen Augenblick. Dann erinnerte er sich an das erst kurz zurückliegende, faszinierende Telefonat – wenn Dr. Luitpold Fangnase, mein Gott, der alte Fangnase selbst, ihn, *Staubohm*, empfahl, dann würde er diesem sympathischen Trottel eben jetzt *Fangnase* empfehlen. Ja. Eine Hand wäscht die andere. So machte man das auf diesem Niveau einfach.

«Herr Getzlaff. Mein Büro ist überlastet. Aber wissen Sie, was, ich könnte Ihnen einen Kollegen empfehlen. Arbeitet sehr gewissenhaft. Interessiert?»

«Ja. Ist klar, wenn Sie so viel zu tun haben. Wer wäre das dann?»

«Es ist die absolute Kapazität für Investigationen dieser Art, hier in München auf jeden Fall. Der Beste. Dr. Luitpold Fangnase. Warten Sie, ich habe sogar eine Karte hier. Hier. Sagen Sie ihm ... nein, besser ist, nein, Sie brauchen nicht zu sagen, dass Sie von mir kommen. Bitte. Ja, nein, nichts zu danken. Gerne. Ja, dann ...»

Getzlaff verließ das Büro. Ließ seinen Inhaber, Enrico Staubohm, in einer vielgestaltigen Wolke verschiedener, unerhört schöner Gefühle zurück. Geld, Erfolg – Loyalität. Die Wolke verdichtete sich langsam und nahm Gestalt an. Er nahm den Hörer ab.

«Bitte, Herr Staubohm?»

«Lass gut sein, Monika. Mach den Laden dicht für heute. Wir haben was zu besprechen. Ich habe eine Vision. Ich sehe eine Flasche Schampus und einen Tisch für zwei im *Salamanderbad ...*»

Seine Frau war der klügste Mensch, den er kannte, sich selbst eingeschlossen. Sie war die schönste Frau der Welt. Sie spielte ihre Rolle als Vorzimmerschlampe perfekt. Er liebte die essbare Unterwäsche, von der er ihr zum letzten Geburtstag zehn Garnituren geschenkt hatte. Sie war das Beste, was ihm im Leben begegnet war. Danach, weit, weit danach, kam dieser durch Empfehlung von – pass auf Moni, du wirst es nicht glauben –, durch Empfehlung von *Luitpold Fangnase himself* zustande gekommene Auftrag.

Paris, Aufenthalt 11.5.1999, 20:19

‹Ist nicht da. Na ja, klar. Oder? Nein, jetzt kommt der Anrufbe...›

Julianes Stimme, sehr ruhig, dunkel, sagte das Übliche, nannte eine Mobiltelefonnummer. Wünschte allen Anrufern noch einen schönen Tag.

Er erschrak sich, als er ihre Stimme hörte, und brachte kein Wort heraus, zögerte die eine Sekunde zu viel und sagte dann, fast heiser:

«Hallo, Juliane, ich bin es, Leo. Ich ... es ist, ich, ich wollte mich nur kurz melden. Es geht gut hier in ... und ich, äh, ich melde mich dann wieder. Mach's gut.»

Damit hatte er aufgelegt, hörte sein Herz schlagen und fühlte unendliche Erleichterung, dass sie doch nicht da gewesen war. Er nahm mit glühenden Wangen seine Sachen, seinen Ordner, das Buch von der Ablage und verließ die offene Telefonkabine, die sich in einem Seitenflügel im Erdgeschoss des *Gran' Tour* befand, mit einem alten Telefon, das an der Theke freigeschaltet werden musste.

Er war jeden der letzten Abende ins *Gran' Tour* gegangen, hatte versucht, Erfurt zu finden, allerdings vergeblich. Er hatte mit unzähligen anderen zusammengesessen, was üblich war, hatte sich mit dem einen oder anderen kurz unterhalten, ansonsten gelesen und sich mit seinem Klemmbinder beschäftigt. Wie in einer zyklischen Wanderung hatte er unten im Erdgeschoss gesessen, im ersten Stock, auf den Galerien, und war sich der Ausmaße des Lokals bewusst geworden – jetzt war er unschlüssig, wo er nach einem Platz suchen sollte. Vielleicht sollte er einmal ganz durchgehen, vielleicht wäre Erfurt zufällig da, vielleicht sollte er sich in eines der abgelegenen Kabinette begeben. Er ging ein paar Meter, blieb wieder stehen. Von hinten wurde er angesprochen: «Verzeihen Sie, Monsieur.» Eine alte Stimme, ein singender Tonfall, ein schwer zu bestimmender, altmodisch klingender Akzent.

Er drehte sich um. Ein schmaler alter Mann, etwas kleiner als er. Er war noch im Mantel, den Hut hatte er in der linken Hand, mit der er auch einen Spazierstock hielt. Er trug ein weißes Hemd, dunkelrote Krawatte, einen mausgrauen Anzug. Wache Augen und ein zurückhaltendes Lächeln. Er war von der Gelassenheit eines Menschen, der zeit seines Lebens gerne gesehen, gerne wohl auch angesehen worden war.

«Bitte?»

«Verzeihen Sie mir, dass ich mir die Freiheit herausnehme, Sie einfach anzusprechen. Ich habe Ihre, wie ich sagen muss, sehr angenehme Erscheinung noch nie hier gesehen, wenn ich mich nicht täusche. Und in diesen Dingen, wenn es um ein Gesicht geht, täusche ich mich selten. Sie sind neu in der *Compagnie*? Aus, warten Sie mal, nein, sagen Sie nichts, ich möchte es erraten ... Norddeutschland, Hamburg? Hannoveraner, so, aber Sie fahren für München? Verstehe. Darf ich Ihnen einen Platz an meinem Tisch anbieten? Das wäre mir eine wirkliche Freude. Verzeihen Sie einem Greis, dass er die letzten Stunden, die ihm bis zur endgültigen Abfahrt verbleiben, am liebsten im Gespräch und in Gesellschaft von anderen verbringt. Ich hoffe, ich erscheine Ihnen nicht zu aufdringlich ...», sagte der alte Mann, lächelte und blickte dann kurz schelmisch, gespitzten Mundes zu Boden.

«Oh, nein, nein, das ist wirklich sehr nett von Ihnen.»

«Ich weiß es besser – aber ich bin einfach nur furchtbar neugierig. Früher kam ich, wie Sie, viel herum, Reisen, jede Nacht in einer fremden Stadt, na ja, Sie wissen das natürlich selbst. Sie leben es ja! Aber manchmal bekommt man hier kaum einen Platz, und mein Tisch ist recht angenehm gelegen ... Lassen Sie uns ein Glas zusammen trinken.»

Pardell folgte ihm, der zügig und geschickt vorausging, und es kam ihm so vor, als würden sich unzählige Köpfe drehen, wenn der Alte vorüberging, als würde ihm zugenickt, als würde er, Pardell seinerseits, im *Gran' Tour* überhaupt zum ersten Mal wahrgenommen und gerade aus einer wochenlangen, fast schon magischen Versenkung auftauchen, aus der ihn der altmodisch-elegante alte Mann mit wenigen, vom Grunde her freundlichen Worten herausgeführt hatte ...

Der Tisch lag günstig im großzügigen Erker einer der Galerien. Man konnte unangestrengt den Eingangsbereich des Lokals überblicken, zugleich war der Rücken angenehm gedeckt. Obschon der Tisch vielleicht einem Dutzend Menschen Platz bot, konnte man auch sehr behaglich zu zweit und sogar alleine an ihm sitzen. Diesen Tisch reserviert zu haben war ganz offensichtlich eine Auszeichnung. Pardells Wissen um die Dramaturgien öffentlicher Räume sagte ihm im ersten Augenblick, an dem er mit dem eleganten, selbstsicheren Alten zusammen Platz genommen hatte, dass er ganz sicher nicht mit irgendjemandem am Tisch saß.

«Verzeihen Sie, ich habe mich gar nicht, Sie sind so freundlich zu mir, und ich habe mich noch gar nicht vorgestellt. Leonard Pardell.»

«Freut mich. Quentin Finistère ... Erwin hat mir erzählt, dass er Sie kennengelernt hat. Er mochte Sie auf den ersten Blick.»

«Hat er Ihnen wirklich von mir erzählt? Ich habe die letzten Male immer versucht, ob ich ihn irgendwo entdecken könnte, aber ... er war wohl unterwegs.»

«Oder er schlief! Ich habe seine Konsequenz dabei immer bewundert, er lässt sich von wenig aus der Ruhe bringen, von nichts eigentlich, wenn denn Anstrengungen wie dreifache Doppeltouren tatsächlich *nichts* zu nennen sind.»

«Dreifache Doppeltouren?»

«Wenn man darüber nachdenkt, ist das wirklich erstaunlich. Erwins Konstitution erlaubte ihm im Sommer vor drei Jahren, nicht nur sein eigenes, an sich schon gewaltiges Programm zu erledigen, zwei Sommerreisezüge doppelt von Hamburg nach Bordeaux hintereinander, ohne Aufenthalt, sondern anschließend, als er hörte, dass ein Freund von ihm in gewissen Schwierigkeiten war, Amsterdam unmöglich verlassen konnte, fuhr Erwin nirgendwo anders als dorthin, nach Amsterdam, übernahm dessen Doppeltour nach Basel und zurück und wieder Basel und wieder zurück. Es hat ihm nichts ausgemacht. Er hat sich seinen Schlaf zusammengesucht.»

«Ist das denn erlaubt? Für jemand anderen einzuspringen. Ich meine, wie wird das geregelt?»

«Gar nicht. Wir machen das einfach, wenn es sein muss, wenn es sein soll, wenn wir es machen wollen – verzeihen Sie einem Pensionär, dass er sich immer noch, zumindest vom Gefühl, zu den wirklichen Schaffnern rechnet, wie Sie und Erwin es sind.»

«Wie lange waren Sie unterwegs ... für die ... *Compagnie*?»

«Nun ...» Pardells Gastgeber hielt inne. Er lächelte seinen Gast an. Quentins Augen konnten lachen, und sie konnten andeuten, dass diese Frage nicht so einfach zu beantworten war, und gleichzeitig wiesen sie auf den stürmischen Kellner hin, der den Gang der Galerie hinabgestürmt kam, den Notizblock in der Hand und fragenden Blicks.

«Bonsoir! Bitte?»

«On commence avec deux *Anges de Nuit*, et aussi de l'eau, Emir.» Der Kellner lächelte respektvoll, verschwand, und kaum war die Bestellung ausgesprochen, kam der Kellner, ein mittelgroßer, schlanker, ja zäher Mann mit gewaltiger Adlernase und einem edlen, kühnen Profil, mit ihr zurück.

«Ja bitte, zum Wohl. Übrigens, nur nebenbei: Emir, der uns gerade bedient hat. Interessanter Mann. War lange Jahre Chefcroupier in der Spielbank von Split. Brillanter Baccara-Spieler. Zu brillant vielleicht, Dritter der Profiweltmeisterschaften, Biarritz 1987 ...»

«Was war das Problem, ich meine, wieso bedient er dann hier?»

«Das Problem waren der erste und der zweite Platz. Gewisse Kreise hatten Emir, ohne sein Wissen übrigens, sagt er, ich glaube ihm natürlich, hatten ihn auf Platz 1 gesehen und im Vorfeld entsprechende Investitionen getätigt. Emir hatte Pech in der vierten Nacht.»

«Die vierte Nacht?»

«Profiwettkämpfe im Baccara haben keine Runden, sondern ‹Nächte›, es gibt in der Regel fünf Nächte. Baccaratische öffnen in keiner Spielbank der Welt vor 21 Uhr. Wann sie schließen, ist unterschiedlich, aber ich versichere Sie, dass es Nachtzüge der frühesten Ankunftszeit gab, die zu begleiten ich das Vergnügen hatte und die mich immer noch rechtzeitig an den einen oder anderen Baccaratisch brachten. Waren *sehr* interessante Partien dabei, mitunter habe ich mich auch nicht ganz unerfolgreich geschlagen übrigens. Vor dem Schlafengehen, sozusagen.»

Jetzt blickte er Pardell zum ersten Mal direkt an. Seine Augen lächelten ihn an, wach und nachsichtig.

«Sagen Sie, wie halten Sie es mit dem Schlafen? Das würde mich interessieren. Ich bin ja ganz neu in der *Compagnie.* Es ist nicht wirklich ein Problem, ich schlafe eben, wenn es geht. Ich schlafe zwischendurch auf der Fahrt, ich schlafe manchmal am Tisch ein, und ich schlafe auch in Betten, aber fragen Sie mich nicht, in welchen ... Sie sind schon so lange, nehme ich mal an, oder waren sehr lange Schaffner. Wie ist es Ihnen ergangen?» Das die erste wirkliche Frage des Springers.

«Ich schlafe kaum und unregelmäßig, lieber in den frühen Morgenstunden ein paar Stündchen und am Nachmittag wieder. Länger als drei Stunden hintereinander eigentlich nie, und ich habe das deutliche Gefühl, dass mir das sehr gutgetan hat und durchaus sehr guttut.» Finistère machte eine Pause, nahm seinen *Ange de Nuit* in sanftem Bogen auf, hielt das Glas an die schmale Nase, blickte Pardell lächelnd an. Sie tranken einen kleinen Schluck, Pardell schmeckte Zimt, Anis, Wermut, Curaçao und eine überraschend pfeffrige Note, die sich hinterrücks, nachdem man geschluckt hatte, über den Gaumen ausbreitete: erfrischend, reinigend, Lust auf einen neuerlichen Schluck weckend.

«Ja, das Schlafen, das Wachen ... Mein mittlerweile zu einem lieben Freund gewordener Arzt hat nie aufgehört, mich auf das Schärfste zu warnen. Seit wir uns kennen, ist er davon überzeugt, dass mich diese unstete Lebensweise ins Grab bringen wird. Ich fürchte und hoffe gleichzeitig, er wird versuchen, seinerseits – und er ist nicht mehr der Jüngste, kann ich Ihnen sagen – so lange wie möglich am Leben zu bleiben, nur um sich an eben *mein* frisches Grab zu stellen und mir zuzuflüstern: ‹Ich hab es dir doch gesagt, Quentin, dass das nicht gesund ist!›»

Finistère entschuldigte sich, er müsse unten kurz jemanden begrüßen, der gerade angekommen sei. Pardell blieb zurück, blickte ihm nach.

Er hatte unmerklich den fatalen Kontext vergessen, in dem er sich seit Wochen bewegte. Er hatte vergessen, dass seine Anwesenheit in den europäischen Lokalen nur eine Folge der Abwesenheit der Stadt Buenos Aires war, dass die gelegentlich durchaus auch faszinierenden Erlebnisse die vielleicht seidige Innenseite einer rauen, kompakten und düsteren Geschichte des Versagens, einer privaten Geschichte späten Scheiterns waren. Gescheitert. Letzter Fluchtweg versperrt. Weggebrochen. Denn zweifellos waren die europäischen Lokale und schließlich deren Zentrum, das *Gran' Tour*, so etwas wie die hermetischen, ausweglosen Kammern am Ende einer gigantischen Treppenkonstruktion, groß angelegt zwar, bevölkert von vielen anderen, die gleichfalls an ihren Enden angekommen waren und sich in dieser Ausweglosigkeit die Zeit mit nächtlichen, vielleicht verbotenen Spielen vertrieben. Die Nachtrouten zwischen den Lokalen: Labyrinthe. Die Lokale selbst: Kerker. Der Ausweg musste eine andere Qualität haben.

Das Gefühl, endlich, und sei es nur für einen Abend, angekommen zu sein, die Sicherheit, die daraus erwuchs, einen Ort gefunden zu haben, nah genug am Geschehen, um Beobachtungen anstellen, entfernt genug von ihm, um über sie nachdenken zu können, das perfekte schwebende Gleichgewicht des Dazwischen, das Pardell all die Jahre gesucht und zuweilen gefunden hatte. Das Gleichgewicht seliger Abende, an denen Nachdenken und Beobachten, Sehen und Verstehen zusammengefallen waren.

Sein Gastgeber blieb längere Zeit fort, und Pardell widmete sich dem Roman, den er sich in der Bahnhofsbuchhandlung gekauft hatte, und passierte gerade die Stelle, an der der brasilianische Agent zum ersten Mal auf die Gräfin stößt, als Finistère zurückkam.

«Verzeihen Sie, dass ich Sie unterbreche. Ich bin zu neugierig. Was lesen Sie? Darf ich mal: *Die Verliese des Lao-Lin*. Aha.»

«Das ist ein Krimi. Spielt in Buenos Aires, von einer Frau, Amleda Bradoglio. Ich weiß fast nichts über sie, nur vom Klappentext. War Sekretärin im Landwirtschaftsministerium. Und die Romane, sie muss unwahrscheinlich viel geschrieben haben, erschienen als Fortsetzungen in Gesellschaftsmagazinen, unter männlichen Pseudonymen.»

«Da ist sie nicht die Einzige, fürchte ich. Ich wage zu behaupten, das kommt öfter vor, als man denkt.»

«Sie meinen, es gibt viele Schriftsteller, die Pseudonyme von Frauen sind?»

«Das auch ... Hm. Finden Sie Gefallen an dem Buch?»

«Nun, es ist merkwürdig. Gut geschrieben. Allerdings weiß ich eigentlich noch nicht genau, worum es geht. Es wimmelt von Figuren, aber man hat keine Ahnung, in welchem Zusammenhang die stehen. Allerdings, und das ist großartig, man bekommt ungeheuer viel von Buenos Aires mit. Es ist auf eine gewisse Weise ein Stadtführer. Der Fall, bis jetzt jedenfalls kann ich keinen Fall erkennen ... Es ist eher, wie wenn man aus dem Urlaub kommt und erzählt, was man gesehen hat. Wenn man aufhört zu lesen und über die Handlung nachdenkt, hat man genau so ein Gefühl: als ob man erzählen würde, wo man war ...?»

«Bitte?»

«Klingt ziemlich bescheuert, oder?»

«Vielleicht nicht. Trete ich Ihnen zu nahe, wenn ich die Vermutung ausspreche, dass Buenos Aires Ihnen nicht ganz zufällig etwas bedeutet?»

«Nein. Nein, das tun Sie nicht. Es hat schon seinen Grund.»

«Wollen Sie mir davon erzählen?»

«Ist aber eine lange Geschichte ...»

«Oh, ich habe Zeit, und, was schwerer wiegt, ich bin schrecklich neugierig. Ich will es wissen. Erzählen Sie es mir. Erzählen Sie mir, was Ihnen Buenos Aires bedeutet ...»

***

Pardell erzählte. Er sprach von Berlin und seinen Führungen, von Sarah, der vorgetäuschten Wohngemeinschaft Salats und vom betrügerischen Felisberto.

«Was genau haben Sie sich denn versprochen von diesem Aufenthalt?»

«Ich weiß es auch nicht genau», sagte Pardell, «ich weiß es nicht mehr. Ich hatte das Gefühl, ich müsste etwas tun, um ... um meinem Lebenslauf einen neuen Impuls zu geben. Ich hatte Panik, dass ich, was weiß ich, dass ich auf der Strecke bleibe. Globalisierung. Keine Ahnung, wissen Sie ...»

Es wurde zwei Uhr, die Bevölkerung des *Gran' Tour* hatte sich in der Zwischenzeit nahezu komplett ausgewechselt, auch die Getränke und die Speisen hatten sich verändert, schweres Essen wurde dampfend durch die Galerien und die Salons bis in die letzten Ecken der Kabinette getragen.

Pardell berichtete von der Salatunverschämtheit, von Eichhorn, den Finistère nickend zu kennen bestätigte. Er lächelte still, als der Name des großen Kommunikators fiel. Schien gerne an ihn zu denken.

Es wurde drei Uhr, die dritte Schicht Kellner kam, Emir verabschiedete sich, Finistère fragte ihn, wohin er heute Nacht noch gehe, und der ehemalige Croupier erwähnte einen Club in der Nähe der Place d'Italie, wo er jemanden treffen werde, mit dem er noch eine Rechnung offen habe. Ein neuer Kellner kam, ein sehr bleicher, hohlwangiger Mann, ein Südtiroler, den Finistère nicht kannte.

Pardell erzählte von seinem Piranesiprojekt, von der Arbeit über den Fluchtweg und die barocke Treppensituation.

Es wurde vier Uhr. Pardell erzählte von seiner Mutter, von seinem Studium, erwähnte jetzt auch den Schock, dessen Auslöser das zufällige Treffen mit dem ehemaligen Mitschüler Georg Hummelfeld gewesen war. Er erwähnte schließlich, als die Spur, die ihn ins *Gran' Tour* geführt hatte, nahezu vollständig war, Juliane. Wegen der er diesen Krimi über Buenos Aires lese.

Die frühe Morgenstunde hatte das zärtlichste Lächeln auf Finistères sanftes, kluges Altmännergesicht gezaubert.

«Ich bin entzückt. Verzeihen Sie, ich will Ihr Pech wirklich nicht kleinreden, auch wenn es mir das Glück Ihrer Gesellschaft eingebracht hat. Aber eine so abenteuerliche Geschichte, in der sich ein solch geheimer, zärtlicher Kern verbirgt, kann eigentlich nur gut ausgehen. Wissen Sie, jetzt kann ich es ja sagen, ich habe mich die ganze Zeit gefragt, aus welchem Grund Sie sich Ihre Uhr vier Stunden zurückgestellt hatten.»

«Ja, das ist ... Ich hab es noch nicht übers Herz gebracht, sie wieder vorzustellen ...»

«Ich finde das genau richtig. Wissen Sie was? Es ist Zeit zu frühstücken! Die Räume unten haben sich gerade ein wenig geleert. Lassen Sie uns unten Platz nehmen, da ist die Luft besser!»

Pardell fand das eine gute Idee, und obwohl die bürgerliche Zeitordnung ein Bett und nicht ein Frühstück angemahnt hätte, fühlte er sich auf einen Schlag wach und hungrig, weniger erschöpft als endlich wieder einmal entspannt. Er hatte die ganze Nacht geredet, und das war herrlich gewesen. Finistère hatte ihn glücklich gemacht. Sich von ihm zu trennen, bevor ihm nicht von selbst die Augen zufielen, wäre Pardell nicht in den Sinn gekommen, wer wusste, wann es wieder dazu kommen würde.

Das *Gran' Tour* füllte sich jetzt mit den Ankünftigen, den Schaffnern der Nachtzüge, die Paris in den frühen Morgenstunden erreicht hatten. Ihre nachtbrüchigen, ausgetrockneten Stimmen hörte man die unterschiedlichsten Bestellungen zu den Kellnern schreien, und so wurden Biere gezapft, die Kaffeemaschinen zischten pausenlos, ein Duft von Croissants, Eiern und geröstetem Bacon durchzog die Räumlichkeiten, und dazwischen lagen die Wirbel aufbrandenden Gelächters zwischen Freunden, die sich soeben wiedergesehen hatten und sich gegenseitig erzählten, was sie erlebt hatten.

Sie hatten sich ein kleines Frühstück bestellt, und während Pardell Butter und Erdbeermarmelade, die sehr süß war, auf seine Croissants schmierte, tunkte sie Finistère in den Milchkaffee.

«Erlauben Sie mir die Frage: Wie sehen Ihre Pläne für die nächsten Tage aus?», fragte Finistère, sah vergnügt zu, wie sich sein in den Kaffee getunktes Croissant vollsog, und schob sich das tropfende, aufgeweichte Gebäck ziemlich elegant in den Mund.

«Morgen Abend fahre ich nach Neapel. Das erste Mal», sagte Pardell unsicher.

«Hm, Neapel – wundervoll», sagte Finistère und tupfte sich mit einer Serviette kokett die Mundwinkel.

«Das Lokal dort ist das *Triumfo*. Ich werd's Ihnen aufzeichnen, ist nicht schwer zu finden. Und in Paris?»

«Ich bräuchte ein paar Sachen. Wollte einkaufen gehen, aber ...»

«Nun, ich will mich nicht aufdrängen. Aber vielleicht könnte ich Ihnen dabei behilflich sein? Was suchen Sie genau?»

«Ich hätte gerne eine kleine Kamera, ich meine richtig klein. Sie dürfte nur nicht zu teuer sein ...»

«Hört sich nach einer alten Minox an. Können wir sicher finden. 400 Francs werden Sie anlegen müssen. Was wünschen Sie noch?»

«Ich habe Ihnen erzählt, dass mein Gepäck verschollen ist. Außer dieser Jeans und dieser Jacke und ein paar T-Shirts habe ich überhaupt nichts zum Anziehen.»

«Das trägt man so in Berlin?»

«Hab ich nie drüber nachgedacht. Damit bin ich mehr oder weniger acht Jahre rumgelaufen. Das war normal. In Hannover, in Berlin sowieso. War ja nicht München.»

«Sie wollen mir damit andeuten, dass man in Hannover, Berlin auch – heutzutage schlechter angezogen ist als in München?»

«Ja, sicher. Was heißt schlechter ...»

«Interessant, bei München denke ich in dieser Hinsicht hauptsächlich, neben meinen eigenen Erinnerungen, die lange zurückliegen, an diese Kriminalserie, wie heißt die, Moment, Dörik'e?»

«Dörike? In München? Dörike? Dö... meinen Sie ... *Derrick*? Die Serie meinen Sie? Ziemlich langweilig, oder?»

«Ich würde nicht sagen, dass sie langweilig in diesem Sinn ist, das meinte ich nicht. Nur, die Anzüge von diesem Derrick sind nicht, was ich elegant nenne, deshalb kam ich darauf. Aber gut, ich lebe in Paris, und ich genieße das, und das kann man natürlich nicht zum Maßstab nehmen. Was wollen Sie sich kaufen? Neue *Jeans-Hosen*? Andere, wie sagten Sie – *Shirts*?»

«Meinen Sie, ich sollte etwas anderes ...?»

«Ich finde, ein junger Mensch sollte die Sachen haben, solange es wirklich gut aussieht, *was* immer es ist – es gehört natürlich den Jungen: das Schöne. Sehen Sie mich alten Mann an, ich versuche halt grade, mich so durchzumogeln ...»

Finistère blickte verlegen auf die Tischdecke und rieb die wohlmanikürten Nägel der zusammengelegten Daumen und Zeigefinger am Silberbeschlag seines Stocks.

«Wenn Sie recht haben und es also zur Jugend gehört, dass die

Sachen, die man trägt, *wirklich gut* aussehen, dann sollten Sie eigentlich der Jüngere von uns beiden sein.»

«Charmanter Lügner.» Er wurde doch tatsächlich auf eine fast mädchenhafte Weise rot.

«Zum Glück kommt die Mode in diesem Jahrhundert im Abstand von ein paar Jahrzehnten immer wieder auf sich selbst zurück. Im Augenblick erinnert mich das Ganze an die späten Sechziger, was die Herrenmode angeht. Im Augenblick wirkt alles sehr englisch, tailliert, auf Körper geschnitten, würde ich sagen, aber das gab es natürlich schon. Das gab es. Ich habe einen über die Maßen gefüllten Kleiderschrank, und die Sachen sind oft kaum getragen. Sie würden mir einen großen Gefallen tun, wenn Sie mir das eine oder andere Stück abnehmen würden.»

«Also, das ist natürlich ... Ich weiß gar nicht, was ich dazu ... Mode oder Anzüge. Wissen Sie, das war bislang nicht mein Hauptinteresse ... aber ...»

«Heißt das Ja?»

Pardell nickte kaum merklich, hochroten Kopfes und strahlte.

«Wissen Sie», sagte Finistère lächelnd, «es läuft darauf hinaus, dass der Entrümpler meines Nachlasses weniger Arbeit haben wird – das ist alles. Und jetzt kommen Sie, Leo. Morgenluft!»

Beide, Finistère und Pardell, traten auf das Pflaster der Cité de Paradis. Nach der durchtrunkenen Nacht im schieren Rauch des *Gran' Tour* tat ihnen die kühle, frische Luft und die allein von den gelegentlich klappernden Schritten einer Passantin mit Stöckelschuhen punktierte Stille gut. Der Himmel. Sie blieben noch einmal kurz stehen, atmeten durch, Finistère ordnete mit geschickten Fingern seinen Schal, die Krawatte, fasste seinen Stock in der Mitte. Er blickte Pardell an und wies die Richtung, sie mussten nach links, zum anderen Ausgang der Cité, Richtung Rue de Paradis. Ihr Schritt war gemächlich. Pardell hielt sich ein wenig gebeugt, ein wenig hinter Finistère, gelegentlich deutete er mit seinem rechten Arm so etwas wie eine schützende kleine Geste an.

Niemand hätte etwas anderes über die beiden gedacht als das, was man auf den ersten Blick ganz eindeutig sah: zwei Männer, ein alter, ein junger Mann, einander vertraut, miteinander flanierend, in angeregtem Gespräch und verbunden – in Freundschaft.

Erding, Passage 12. 5. 1999, 16:00

Enrico Staubohm hatte sich auf dem Münchener Flughafen in der Nähe der Stadt Erding eingefunden. Er war viel früher gekommen, um die Rückkehr von Dr. Joachim Bechthold aus Argentinien auf keinen Fall zu verpassen. Er schlenderte über den *Airport*, benannt nach Franz-Josef-Strauß, einem trunksüchtigen bayerischen Ministerpräsidenten der Siebziger- und Achtzigerjahre, dessen politische Ambitionen so groß gewesen waren, ausgerechnet am damals noch unbekannten, zukünftigen deutschen Nationalfeiertag zu sterben, dem 3. Oktober. Staubohm trank einen Espresso, dachte nach, über Bechthold, von dem er noch nicht wusste, dass er Bechthold hieß.

Moni war der Ansicht, dass das Interesse von Mister X – dem Auftraggeber – an Bechthold, den sie den *Unbekannten Schlaumeier* getauft hatten, einen irgendwie gearteten erotischen Hintergrund haben müsse. Entweder handele es sich bei Mister X um einen besorgten und wahrscheinlich richtig reichen Vater, der gerne wüsste, mit wem sich die Viertelmilliarde seiner Tochter verheiraten wollte. Oder Mister X war der oder, noch wahrscheinlicher, *ein* Liebhaber. Etwas in dieser Art. Moni dachte einfach und direkt, das machte ihre Klasse aus – in jeder Hinsicht.

Sie war das Mastermind in Staubohms Deckung, der Wachtraum der langweiligen Bürostunden, die unerschöpfliche Obsession hinter dem Sperrholz seiner Bürotür. Sie war der Engel seiner fiebernden Nächte, dessen Lippen seinen Hunger stillten, indem sie von ihm nahmen, was nur sie von ihm nehmen konnten. Er dachte an den heutigen Morgen, als sie sich durch Küsse, die sie sich noch als

Schlafende gaben, geweckt hatten. Als sie seinen Kopf in die nach Nacht riechende Beuge ihres Halses gezogen und dort geborgen gehalten hatte und die Zeiger des Weckers ihren Lauf über das Zifferblatt vergaßen und verzückt stehen blieben ...

Sie hatten beim Kaffee danach im Bett über Staubohms Strategie diskutiert, um die Investigation möglichst anspruchsvoll zu halten. Anspruchsvoll und angemessen: seine erste richtige Untersuchung, so gut es ging, in die Länge zu ziehen, sollte das heißen, ohne dass es auffiel.

Sollte sich etwa herausstellen, dass der Typ das Ideal eines Schwiegersohns war, würde Staubohm dennoch Zweifelhaftes einstreuen, etwas, das noch zu klären sei, gewisse Ungereimtheiten, denen er noch nachzugehen habe. Würde sich, im anderen Fall, hingegen zeigen, dass er lederschwule Saunaklubs frequentierte oder einen auffällig hohen Konsum an lebenden Hamstern hatte, würde man das nicht verheimlichen, aber auch mit Zeichen der Hoffnung nicht sparen. Irgendwie so was, Moni würde das dann schon klären.

Staubohm sah sich möglichst unauffällig all die hübschen Frauen und freundlichen Männer an, die mit Namens- und Firmenschildern in der Hand herumstanden und so wie er auf Passagiere der Maschine aus Miami warteten. Er aber hatte kein Namensschild, kein Firmenlogo. Er war verborgen. Er wartete auf einen Fremden, und obwohl es ein Fremder war, wusste er etwas über ihn, das niemand sonst wusste, außer Moni und Mister X natürlich. Er wusste, dass der Fremde beobachtet wurde. Von ihm. Das war es also. Detektiv. Zu wissen, was fast niemand weiß. Er nahm das Foto, prägte sich noch einmal Bechtholds Züge ein, Bechthold, dessen Namen er nicht kannte, aber den er sich derart gut eingeprägt hatte, dass er letzte Nacht sogar von ihm geträumt hatte.

Dann tauchten die ersten Fluggäste hinter den Glaswänden des Ankunftsraums auf. Staubohm steckte das Foto ein. Bechthold kam als einer der Ersten, und Staubohm erkannte ihn mühelos. Bechtholds Frau gab sich zu erkennen. Staubohm wusste nicht, dass es seine Frau war, und vermutete sofort etwas Verdächtiges.

‹Aha, hat also eine andere in der Hinterhand›, dachte er, wusste selbst nicht genau, was er damit meinte, folgte den beiden entschlossen und nahm sich dann zum ersten Mal in seinem Leben ein Taxi, indem er dessen Fahrer mit der mythischen Formel begrüßte: «Folgen Sie diesem Wagen. Ja, dem Porsche da vorn. Folgen Sie ihm ...»

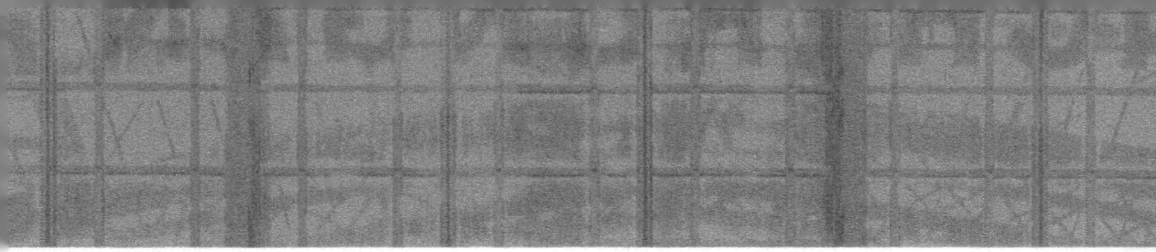

DRITTER TEIL

Sex, Lügen und Freundschaft auf Reisen

München – München, Telefonat   11. 6. 1999, 20:03

«Juliane, entschuldige bitte, ich bin es. Stör ich dich?»

«Nein, gar nicht, wie schön, dass du anrufst. Bin grade nach Hause gekommen. Wie spät ist es jetzt bei dir?»

«Kurz nach, äh, 16 Uhr. Wie, äh, ist das Wetter bei euch?»

«Wunderbar, gestern hat es den ganzen Tag geregnet. Aber heute ist es einfach wunderbar. Ganz mild und strahlend. Und bei dir?»

«Es, es ist ziemlich ... warm, so um die fünfzehn Grad. Es, äh, gibt, schlechte Luft, wie soll ich sagen, Inversionslage. Typisch für den Winter in Buenos Aires.»

Typisch wie die Inversionslage für den Winter in Buenos Aires war dieser Gesprächsanfang für die Telefonate, die Pardell mit Juliane seit einigen Wochen führte.

Wenn er Juliane anrief, dann befand er sich in Argentinien. Seine *Authentic Panther*, die treu die Ortszeit von Buenos Aires anzeigte, führte ihn sicher durch die Momente tiefster Resignation über die fast schon geistesgestört anmutende Absurdität seiner Täuschung.

Juliane erzählte ihm lachend, dass es gestern geregnet habe. Er selbst war nach der Ankunft in diesem Regen über die Bayerstraße gelaufen, hatte sich eine Schachtel Zigaretten gekauft, eine *Abendzeitung*, und schließlich durchnässt sein Zimmer in der *Pension Scholl* betreten. Er hatte sich ausgezogen, todmüde nach seiner fünfgliedrigen Tour durch Frankreich, die Schweiz und Norditalien, hatte sich geduscht, seine durchnässten Kleider zum Trocknen über die Heizung gehängt und sich dann schlafen gelegt. Nach dem Aufwachen am nächsten Tag, nach den ersten Zigaretten im Bett und einigen Seiten in Amleda Bradoglios *Señor Franchine's Apparate* hatte er unglaubliche Sehnsucht bekommen, mit Juliane zu sprechen. Wieder mit ihr zu telefonieren.

Er telefonierte mit ihr von öffentlichen Apparaten alter Bauart, in der Nähe der großen Bahnhöfe, vom *Gran' Tour*, von dem im *Nagelmacker's Inn* in Zürich oder eben von seinem Apparat in der *Pension Scholl* in München, wo er mittlerweile ein provisorisches Zuhause gefunden hatte. Während Juliane ihm vom Regen in München erzählte, roch sein Zimmer nach nassen Kleidern, die unschlüssig vor sich hin trockneten.

Er log. Seltsamerweise hatte er aber nicht das Gefühl zu lügen – innerhalb der Illusion, die geräumig genug angelegt war, um seine Erfahrungen mit Menschen und die Erlebnisse seiner nächtlichen Touren durch das verborgene Europa von *TransEuroNacht* zu beherbergen – innerhalb dieser Illusion erzählte er die Wahrheit.

Kurz nachdem er Finistère kennengelernt hatte, den er in der Zwischenzeit Quentin nannte, ihn aber weiterhin siezte, war er auf die Idee gekommen, Juliane zu erzählen, er habe den Spanischkurs tatsächlich mit Erfolg absolviert *(«Klar, ich verstehe immer noch viel mehr, als ich sagen kann. Aber ich glaube, mein Akzent ist ziemlich in Ordnung!»)*.

Er habe dann aber feststellen müssen, dass Símas Organisation zu viel versprochen hatte, die Bedingungen seines Praktikums bei Weitem nicht so gut gewesen seien, wie in der Annonce beschrieben. Außerdem hätte er die Vorstellung, Buenos Aires verlassen zu müssen, nicht ertragen. Er habe den Praktikumsvertrag aufgelöst, die Arbeitsgenehmigung aber verlängern lassen. Er habe eine Arbeit als Aushilfsschaffner – bei der ... äh, stell dir vor, Straßenbahngesellschaft bekommen. In jedem Straßenbahnwagen gäbe es dort noch Schaffner, die die Fahrkarten verkauften oder abstempelten oder beides, es sei eben alles ein wenig altmodischer als in Europa, aber wundervoll ... romantisch. Die Arbeit sei leicht, wenn man sich nicht vollkommen blöd anstelle, sei sehr interessant, weil sie ihn täglich durch unzählige Quartiere der großen Stadt Buenos Aires bringe, weil er sehr faszinierende Kollegen aus der ganzen Welt habe, viele europäischstämmige Porteños, aber auch Asiaten. Vor einer Weile zum Beispiel habe er einen geradezu unglaublich kräftig gebauten Vietnamesen oder Koreaner, das wisse er noch nicht genau, kennengelernt, der aber merkwürdigerweise mit einem starken östlich ... äh, nein, Quatsch, chilenischen Akzent spräche.

«Wie ist ein chilenischer Akzent?», hatte Juliane gefragt.

«Ach, wie soll ich das beschreiben, äh, ein wenig so, wie wenn du dir beim Sprechen die Nase zuhältst.»

«Hmm – du meinst, so ähnlich wie Sächsisch?»

«Äh ... ja, ja, vielleicht. Genau. Aber im Spanischen ist das natürlich anders ... Also, du musst dir vorstellen, Juliane, die, äh, *Compañia*, wir sagen nur *Compañia*, verstehst du, ist so etwas wie eine Art, ähm, Fremdenlegion für Zivilisten», hatte er ihr in ihrem ersten Gespräch erklärt, mit hochrotem Kopf in der Kabine des *Nagelmacker's Inn* stehend, berauscht davon, dass in den Adern seiner Lügengeschichten die Säfte von Aufrichtigkeit, Wahrheit und Authentizität flossen.

Sie hatte ihn immer für einen Langweiler gehalten, und deswegen war es ihm früher nie gelungen, Juliane zu begeistern – jetzt gelang es ihm.

Seine Vorstellung von dem, was er erfand, war so lebendig, dass er sich zügig immer souveräner und beliebig improvisierend in ihr bewegen konnte. Früher war es ihm schwergefallen, Juliane von sich zu erzählen, weil sie sich nicht wirklich dafür zu interessieren schien, er es besonders gut machen wollte und sich verkrampft hatte.

Nicht so jetzt – eigentlich hatte er das Gefühl, dass er gar nicht *wirklich* log. Klar, er war nicht in dem Sinn in Buenos Aires, das wäre übertrieben gewesen. Was er Juliane erzählte, ließ er – der Einfachheit halber – an einem Ort namens Buenos Aires spielen, aber er erzählte *wahre* Dinge. Die wundervollen Romane Amleda Bradoglios, der Sekretärin aus dem Landwirtschaftsministerium, machten ihn Kapitel für Kapitel mit neuen Orten, neuen Vierteln, neuen Straßenzügen und neuen Gässchen bekannt – Amleda hatte ihn großzügig an die Hand genommen, sie stellte ihm zwinkernd und nachsichtig die Kulissen zur Verfügung, zwischen denen er Juliane glaubhaft schildern konnte, was er tatsächlich erlebte.

«Wie aufregend, du bist der einzige argentinische Aushilfsstraßenbahnschaffner, den ich je kennengelernt habe. Hast du eigentlich auch eine Uniform, Leo?»

«Ja, klar, die Uniform, sie ist dunkelblau, eigentlich ziemlich elegant, mit goldenen Knöpfen, man sieht aus wie jemand vom Zirkus. Mittlerweile habe ich mich an sie gewöhnt, im Gegenteil, ich trag sie gern, sie macht so – geschmeidig.»

«Wie meinst du das?»

«Das, nun ja. Weißt du, die Schaffner der *Com...pagnia* haben ihre eigenen Lokale, über die ganze Stadt verteilt, so eine Art Kantinen, es gibt diese großen Straßenbahnknotenpunkte, und in diesen Lokalen, da trifft man die erstaunlichsten Leute. Und die Gegenden drumherum sind meistens ziemlich, ich würde sagen, sehr lebendig. Wenn du die Uniform trägst, genießt du so was wie, hm, es ist eine Art von Ausweis ...»

«Ich verstehe. Ich hoffe, du gibst auf dich acht.»

«Klar, keine Sorge.»

«Ich bin wirklich ziemlich beeindruckt. Dass du dich so leicht durchfindest, hätte ich nicht gedacht – toll.»

«Na ja, täusch dich nicht ... aber es ist schon ... Es ist so eine ... zauberhafte Stadt.»

«Ach, Leo. Du, ich würde mich freuen, wenn du ... wenn du Lust hast, dann ... Rufst du mich wieder an?»

Das hatte sie ihn bei ihrem ersten Telefonat mit ungewohnt zärtlicher, zögerlicher Direktheit gefragt. Und Pardell hatte Juliane angerufen. Unregelmäßig zwar, aber durchaus nicht selten. Er verschlang einen Roman Amleda Bradoglios nach dem anderen, war inzwischen, vielleicht, weil er die Täuschung perfektionieren wollte, dazu übergegangen, sie auf Spanisch zu lesen. Die Buchhändlerin, Frau Willkens am Hauptbahnhof in München, besorgte ihm die Originalausgaben, kleinformatige Taschenbücher, deren immer gleich kryptische Titel mit verschiedenen, trivial wirkenden Szenen und Stadtlandschaften der Fünfzigerjahre geschmückt waren.

Als sie das Gespräch beendet hatten, blieb Pardell liegen, immer noch von wohliger Erschöpfung durchtränkt. Er sehnte sich sehr danach, mit einer Frau zusammen zu sein, schloss die Augen und dachte an Julianes Brüste, die er gespürt hatte, erinnerte sich an ihre dunkle Stimme, dachte an ihr Haar, ihren Duft, der sich nach einer kurzen Weile mit dem Duft anderer, noch unbekannter oder flüchtig gesehener Frauen mischte. Diese Mischung genoss er sehr, und als er schließlich in die Bettdecke kam, fühlte er sich ihnen allen auf zärtliche, erwartende, unerklärlich vorfreudige Weise nah. Danach rief er seine Mutter an, um ihr zu sagen, dass alles in Ordnung war.

Ostende, Aufenthalt 11.6.1999, 18:32

Bowie hatte Pardell eine ganze Weile verfolgt und genauestens darüber Buch geführt. Er hatte festgestellt, dass Pardell manchmal auf recht merkwürdige, ja eigentlich verdächtige Weise telefonierte. Er schien unbedingt vermeiden zu wollen, dass irgendjemand hören konnte, was er da ins Telefon flüsterte, was nicht gerade dafür sprach, dass er mit seiner Freundin telefonierte. Außer sie hatten Telefonsex. Aber niemand würde sich gerade das öffentliche Telefon im *Gran' Tour* aussuchen, außer er wäre Exhibitionist, wogegen dann wiederum das Flüstern spräche. Außerdem telefonierte er unregelmäßig, was die Freundin unwahrscheinlich machte. Was immer Pardell erzählte – Bowie wusste es nicht. Er würde die Skizzen aber noch nicht wegwerfen.

«Solange du einen Fall nicht abgeschlossen hast, wirf nichts weg, behalte jeden Notizzettel. Denk immer daran, dass du vielleicht in die Lage kommst, den Hergang und die Zusammenhänge oder, mehr noch, sogar deine eigenen Gedanken noch einmal neu rekonstruieren zu müssen.»

Das hatte sein Lehrer Sundström immer gesagt, dieser wunderbare Analytiker, dessen Wahlspruch *«be gentle and brave»* sich Bowie stolz zu eigen gemacht hatte: *«Sei höflich und furchtlos.»*

Seit Sundström tot war – zwei Jahre nach seiner Pensionierung hatte ihn beim Segeln auf Gotland der Schlag getroffen –, hielt Bowie sorgsam die Erinnerung an ihn wach: An seine helle Stimme, seinen Tonfall, an den skandinavischen Akzent seines vorzüglichen Englisch – und damit kehrte manchmal Sundströms Art zu denken zurück. Um diesen Erinnerungseffekt zu verstärken, war es das Beste, etwas aus der Feder seines Lehrers zu lesen.

Unter den wissenschaftlichen Publikationen, die das *National Railway Museum* in der schönen Stadt York erscheinen ließ, gab es eine kleine Schriftenreihe, *Foreign-Railway-Intelligence-Cases-Series*, kurz FRICS, die Sundström bis zu seinem Tod herausgegeben hatte. Die handlichen Hefte hatten das ideale Format für die Lektüre auf Reisen. Sundström war besonders stolz darauf, einen der besten lebenden Eisenbahnmaler, Julian McInvory, für die Titelgestaltung gewonnen zu haben, und so fand sich auf jedem Exemplar von FRICS eine der Fantasie des Künstlers entsprungene Szene, die von der jeweiligen Abhandlung inspiriert war.

Auf FRICS *No. 27* sah man folgende Szene: einen jüngeren Mann, mit nach hinten gekämmten Haaren, in einem eleganten dunklen Einreiher und schwarzer Sonnenbrille, der einem Eisenbahner der Brest-Litowsk-Linie ein Paket in die Hand drückte und dafür von dem Eisenbahner ein Bündel mit Geldscheinen bekam, beide mit herrlich getroffener Verschwörerhaltung. Im Hintergrund der Szene sah man geschickt eingefügte signifikante Details, die einen Betrachter des Bildes eindeutig erkennen ließen, dass das Ganze auf dem alten Ostberliner *Bahnhof Friedrichstraße* spielte, und zwar im Jahre 1947.

Auffällig an dem Bild war weiter die detailgetreue Wiedergabe der Uniform des Eisenbahners, des Gesichtsausdrucks des mutmaßlichen Agenten und vor allem eines: Die winzig kleine Uhr, die der Agent trug, war genau getroffen, eine IWC aus Schaffhausen aus den Vierzigerjahren! Alles in allem war diese Arbeit ein weiterer Beweis für die Einzigartigkeit und den Reichtum der historischen Genremalerei, die man in Großbritannien pflegte und schätzte.

McInvorys Bild zeigte den MI6-Agenten Tony Divall, einen versierten Glücksritter und Enthusiasten vom Schlage eines Lawrence oder St. John Philby, eines Typus also, der letztlich den zu Recht bestehenden Mythos von der Überlegenheit der Nachrichtendienste I. M. begründet hatte. Divall war vom MI6 beauftragt worden, Rubel für die britischen Agenten in der Sowjetunion zu beschaffen. Der Rubel war eine reine Binnenwährung, die Agenten Ihrer Majestät konnten schlecht Schecks ausstellen oder mit Pfund bezahlen: Flüssiges Geld ist aber für eine funktionierende nachrichtendienstliche Struktur absolut unverzichtbar. In Berlin fand Divall einen Weg. Mithilfe einiger Hehler und Schmuggler mit guten Kontakten nutzte er die Sehnsucht der Russen nach hervorragenden Armbanduhren. Besonders Uhren der *International Watch Company*, der IWC, hatten es den Führungskadern der Sowjetunion angetan. Divall ließ die Uhren in der Schweiz besorgen und sie dann durch die Eisenbahnbrigaden der Linien Berlin–Frankfurt/Oder–Brest-Litowsk nach Russland schmuggeln, die ihm im Gegenzug dafür die Rubel besorgten. Es war eine faszinierende Geschichte, vor allem, weil die Methoden der Brest-Litowsker einen grundlegenden Formenschatz des klassischen Eisenbahnschmuggels beschrieben: Bis hin zur Aushöhlung von Kohlebriketts, in denen die begehrten Uhren unbemerkt transportiert wurden, hatten sie jeden möglichen Hohlraum, jede Übergabetechnik, jede Form verschleierten Transits benutzt, die man sich denken konnte. Divall, der schließlich im Rang eines *Case Officer First Class* quittierte, lebte noch und hatte sich in Hamburg niedergelassen, wo Bowie ihn mehrmals besucht hatte. Hamburg war eine Stadt, der Bowie beim ersten Mal mit einer gewissen Reserviertheit begegnet war, schließlich war sie die Geburtsstadt desjenigen, der 1970 im Viertelfinale der WM das fatale Tor mit dem Hinterkopf geschossen hatte. Aber auch Divall lebte dort. Bowie hatte sich sogar ein wenig mit dem alten Haudegen angefreundet, der ihm eines Abends auch die Anekdote erzählt hatte, wie ein von ihm, Divall, im Frühjahr 1948 mit dem Dienstwagen seines Chefs verursachter Unfall am Anfang seiner Berliner Zeit gestanden habe. *«The previously immaculate Humber was left looking ready for the breakyard»*, war Divalls trockener Kommentar gewesen.

Bowie hatte seine Abschlussarbeit über ihn geschrieben, Sundström hatte nicht nur angeboten, die Arbeit in FRICS zu publizieren, sondern dann auch noch ein besonders schönes, bewundernswert geistreiches Vorwort beigesteuert. Jedes Mal, wenn Bowie sich daranmachte, einen größeren analytischen Bericht zu verfassen, las er sich vorher Sundströms Vorwort durch, ließ sich von seinem präzisen, aber keineswegs spröden Stil und seinem Gedanken- und Assoziationsreichtum inspirieren. Sundström hatte in diesem Vorwort einen meisterhaften kleinen Essay über die Bedeutung der Eisenbahn für die Zeitorganisation im späten 19. Jahrhundert geschrieben, hatte die Bedeutung der Uhrmachertechnik für die Entwicklung des Empires und natürlich das Schicksal des genialen und verkannten John Harrison dargestellt, um dann schließlich elegant zu Bowies Thema zu finden. Bowie las eine gute halbe Stunde, ganz versunken, und das, obgleich er Sundströms Text fast auswendig konnte.

Dann widmete er sich hoffnungsvoll und konzentriert wieder

seinen Papieren und Aufzeichnungen. Die Notizen über Pardell lagen ausgebreitet vor ihm auf seinem Tisch im Bahnhofsrestaurant von Ostende. Ein von der *Wagons-Lits* betriebener, hallenhoher Stuckaltbau, vor ein paar Jahren aufs Feinste restauriert, war einer von Bowies Lieblingsplätzen. Fern von Brüssel, aber schnell zu erreichen, atmete er melancholische Nordseeluft, die ihn an die geliebte nordostenglische Küste denken ließ, und bildete sich ein, die vagabundierenden Salzkristalle gäben seinem Tee ein ähnlich köstliches Aroma, wie er es in Bombay gehabt hatte, wenn Madeline ihm gegenüber auf dem Bett saß und sie nach dreistündiger, pausenloser Liebe zusammen noch Tee mit Sahne und eine spezielle Art salzig-saurer Plätzchen genossen, die er nie irgendwo anders gesehen oder bekommen hatte als in ihrem verschwiegenen Hotel in der Nähe von *Victoria Terminal* ...

Madeline hatte seinem Leben wieder so etwas wie Notwendigkeit gegeben, nachdem es zuvor eine sympathische Aneinanderreihung von Kompromissen gewesen war, allesamt zugunsten derjenigen Leidenschaft geschlossen, die Bowies Leben von vier bis siebenundzwanzig bestimmt hatte: *Pools*. *Pools* war der Name eines legendären englischen Fußballklubs: *Hartlepool United*.

Hartlepool war ein ziemlich verkommener Hafen nahe der schottischen Grenze. Dort war Bowie aufgewachsen, und *Pools* war sein Klub. Bowie war ein dribbelstarker, quirliger Mittelfeldmann gewesen. In der Saison 1990/91 hatte er es bis ins erste Team geschafft, saß zwar oft auf der Bank, war aber zum Beispiel bei der legendären Partie vom 11. Mai 91 gegen Northampton Town auf dem Platz und gab Joe Allon die Vorlage zu dessen achtundzwanzigstem Ligator!

Bowies Vater war ein kleiner Polizeibeamter, und Bowie hatte immer schon die Absicht gehabt, denselben Beruf zu ergreifen. Er wollte auf die Polizeiakademie. Warum? Weil er sich auf *Pools* konzentrieren wollte und er das Leben eines Polizisten in- und auswendig kannte.

Die nächste Polizeiakademie war aber in London, und dann hätte er nicht mehr für *Pools* spielen können. Zufällig gab es die Eisenbahnpolizeischule im nur dreißig Kilometer entfernten Darlington. Er konnte studieren und abends zum Training gehen. Also wurde er Eisenbahndetektiv, und das, obwohl er mit dem Phänomen ‹Eisenbahn› bis dahin nicht viel mehr verbunden hatte als die Tatsache, dass der *West Hartlepool Rugby Football Club* 1886 der *North-Eastern Railway Company* das Gelände eines ehemaligen Kalksteinbruchs abgekauft hatte, um darauf das Stadion *Victoria Ground* zu errichten.

Als er dann die Chance bekam, im Rahmen eines Commonwealth-Programms nach Indien zu gehen, hatte er es getan. Die andere ihm angebotene Stelle war in Wales gewesen, und Bowie wusste, dass er in Wales keine ruhige Minute hätte verbringen können. Die tatsächliche Entscheidung für Indien aber traf er während einem der sehr seltenen schweren Whiskyräusche seines Lebens, als ihm mit verzweifelter Deutlichkeit klar wurde, wie tief greifend sein ganzes bisheriges Leben von der Existenz desjenigen Klubs bestimmt worden war, aus dessen erster Mannschaft er vor zwei Tagen geflogen war. Schluss damit. Also Bombay.

Dann lernte er dort Madeline kennen, die gute zehn Jahre älter als er war. Er liebte sie noch viel mehr, als er *Pools* liebte. Und wenn er sich bei seiner Arbeit in *TransEuroNacht* solche unablässige Mühe gab, und er gab sich Mühe, dann nur, um zu ihr zurückkehren zu können.

Er kam zurück zu seinen Aufzeichnungen über Pardell. Recht viel mehr als seinen Namen und dass er offiziell ein Springer aus München war, hatte er nicht über ihn in Erfahrung bringen können. Aus seinen Bewegungen war nichts weiter zu ersehen. Wen immer der Springer anrief, er schien ihn jedenfalls niemals zu treffen. Auch hatte er kein Paket mehr oder etwas dergleichen erhalten. Wahrscheinlich gehörte Pardell nicht zum System des HERRN. Bowies Informant kannte Pardell nicht, allerdings hatte er versprochen, sich den Springer einmal vorzunehmen, vielleicht konnte man ihn doch noch als Verbündeten, Zuträger oder etwas dergleichen gewinnen, auch wenn er kein Engel war.

Die Engel wurden nicht informiert, sondern indem sie etwas weitertrugen, waren sie selbst, wenn man so wollte, Information. Bowie wusste, dass jeder Engel nur die minimalsten Anweisungen bekam, keiner hatte eine genaue Ahnung, was er transportierte, wohin, wer es letztlich bekam und wem es eigentlich gehörte – dadurch wurde die Möglichkeit der Enttarnung immer auf den jeweiligen Boten beschränkt, letztlich also nur auf ein Zwischenglied. Das System war perfekt. Das war es ja. Er brauchte die *Liste*. Wenn er die *Liste* bekommen würde ...

Er hatte einmal eine Nachricht an einen Boten abgefangen, die einen undurchschaubaren Zifferncode enthielt: MSD 34-7/64-8. Wenn er wüsste, was MSD war, dann könnte das heißen: MSD kommt von Bahnhof 34, Briefkasten 7 zu Bahnhof 64, Briefkasten 8. Oder etwas völlig anderes. Man müsste eine genügend große Zahl von Briefkästen überwachen und dann gleichzeitig zuschlagen. Es lief zuletzt immer auf dasselbe Grundproblem hinaus – dass seine Intelligenz und seine Entschlossenheit so lange nichts würden ausrichten können, wie er alleine blieb. Der Einzige, auf den er bauen konnte, war sein Informant, den er letztes Mal vor Wochen in Wien getroffen hatte, bevor er den Holländer und danach Pardell verfolgt hatte. Sein Informant war ein französischer Schaffner, der wohl irgendwelche privaten Gründe hatte, ihm zu helfen. Er war klug, zuverlässig, kenntnisreich. Andere Verbündete hatte er bislang nicht gefunden. Seinen Informanten traf er selten, nicht einmal jeden Monat. Ansonsten telefonierten sie. Sein Informant rief ihn an, von öffentlichen Telefonen aus.

Er hatte sich eine Frist bis zum Jahresende gesetzt. Wenn es ihm bis dahin nicht möglich wäre, sich durch einen vorzeigbaren Erfolg aus der *DoppelEA* herauszuarbeiten, dann würde er seinen Abschied einreichen und irgendwo auf einem fernen, möglichst unbedeutenden Provinzbahnhof Bahnhofsaufsicht werden. In Irland oder Portugal oder dergleichen. Dann würde er noch länger, vielleicht sehr lange warten müssen, bis er Madeline wiedersah.

Er nahm seufzend einen Teebeutel aus dem Kästchen, das sie ihm geschenkt hatte – sie hatte sich eine Teemischung für ihn ausgedacht, hatte das Kästchen aus Teak gekauft, das man eigentlich für Uhren oder Schmuck verwendet hatte, wenn man auf eine Schiffsreise durchs Empire gegangen war. Sie hatte das Kästchen umbauen lassen und es mit dem Tee gefüllt. Es gab kleine Fächer für Kandis, es gab ein Tässchen, Löffel, eine Zange zum Auswringen der Teebeutel, alle diese feinen und zarten Werkzeuge aus achtzehn Karat Sterling.

Er führte den Teebeutel an seine Nase, dessen Papier wie gestärkt knisterte – es war ein Earl Grey, mit einer fernen Erinnerung an das Parfüm, das sie benutzte, ihr Parfüm, mit dieser exquisiten Spur von Amber, in ihrer Achsel, ihrem Nacken und dort, wo sie diese wundervolle kleine Narbe hatte ...

Während er zusah, wie sich die Aromen und Öle des Tees in zarten, hellbraunen Wolken in seiner Tasse ausbreiteten, dachte er an das letzte Mal, als er hier in Ostende gesessen und über Strategien nachgedacht hatte. Er sah auf die breiten Streifen tiefdunklen Himmels, die zwischen den Überdachungen der Bahnsteige ruhten. Als er das letzte Mal hier gesessen hatte, war es Februar gewesen, und er hatte sich bis Juni Zeit gegeben. Jetzt war es Mitte Juni, und er hatte sich die Frist gerade mit demselben unbehaglichen Gefühl wie vor einem halben Jahr verlängert. Er goss sich Milch in den Tee. Während er langsam umrührte, warf er einen traurigen Blick auf den Bahnsteig 7, auf dem in einer guten halben Stunde sein Zug nach Brüssel abfahren würde. Er sah sich selbst an seinem Tisch sitzen und den Tee umrühren, sah sich in den Zug steigen, in Brüssel ankommen, seine als dauerndes Provisorium eingerichtete Wohnung betreten. Er sah sich schlafen gehen, sah sich noch im Dunkeln liegen und sich selbst verfluchen, weil er es immer noch nicht fertigbrachte zu kündigen und zurückzukehren. Er war ein paar Wochen unterwegs gewesen und kehrte mit nichts zurück, nur um in ein paar Tagen eine neuerliche Tour zu beschreiben, der anderen, vorhergehenden nur im Grad ihrer Vergeblichkeit unähnlich, ansonsten identisch: Punkt für Punkt, Station für Station, Bahnhof für Bahnhof.

Was ist mit der Zeit dazwischen, dachte er, wenn es unaufhörlich solche Augenblicke der Wiederkunft und der Wiederkehr gibt? Wenn sich scheinbar immer, in jedem Augenblick, irgendein Kreis schließt. Wo ist dann der Ort der bloßen Zeit, die nur Zeit ist? Von der Zeit, die keine besonderen Zeichen mit sich führt, sondern nur ihr schlichtes Vergehen ist: die fünf Minuten, die zwischen einem Hauseingang und einer U-Bahn-Station liegen? Die Augenblicke zwischen der Frage nach einer englischen Zeitung an einem spätnächtlichen Kiosk in Österreich und der Suche der Kioskbetreiberin, ob es diese Zeitung noch oder schon bei ihr gibt? Die Hundertstel neuronaler Sekunden, die zwischen dem frühmorgendlichen Blick in den Spiegel und dem Augenblick liegen, da man sich selbst erkennt?

Wo war diese Zeit? Wieso gab es bloß Ankünfte, die Kreise nur schlossen, um neue aufzumachen?

München OstBhf. - Nantes 11.6.1999, 21:15

«Ch'ab dich im *Gran' Tour* gesehen, bist Springer, mein Freund?», hatte Poliakov Pardell interessiert gefragt. Pardell hatte eine für die Rückfahrt vorgesehene Palette *Köstliches Szegediner Gulasch* aus dem Office des Liegewagens in die Küchenzeile des Speisewagens getragen, um die einzelnen Packungen übereinander in den muffigen Geruch der Lagerschränke einzuräumen. Poliakov, der im leeren Speisewagen gewartet hatte, erklärte ihm, dass er, wenn er es denn diesmal getan hätte, in Zukunft auf keinen Fall Portion für Portion im Wasserbad erwärmen sollte, wie es auf dem Karton jeder einzelnen Packung angegeben war, sondern, trotz ausdrücklicher Warnung, dann, wenn er sechs Bestellungen habe, vier Portionen in einen großen Topf schütten, erhitzen und auf sechs portionieren, vier abrechnen und sechs abkassieren solle.

«Tipp von alte Chase!»

«Oh, vielen Dank für den Hinweis», sagte Pardell lächelnd, der auf diese einfache Methode eines kleinen Nebenverdienstes selbst schon gekommen war und sie gelegentlich praktizierte. Er reichte dem fremden Schaffner die Hand.

«Leo Pardell. München!»

«Ch'abe sehr früh begriffen, wenn auch nicht so früh wie einige andere Leute, dass Dinge nicht sind, was sie scheinen», sagte Poliakov.

«Aber ch'bin Poliakov, das mindestens ist sicher!», und grinste überschwänglich. «Wir sehen uns, ch'komm rum nachher, wenn Leute schlaffen, mein Freund!», sagte er und verschwand lässig.

Poliakov war aus Hamburg gekommen, es war kurz nach 21 Uhr, und die beiden Zugteile, der Münchner und der Hamburger, waren in Saarbrücken verkoppelt worden, um gemeinsam nach Nantes zu fahren. Jetzt war man irgendwo im Elsass, auf Nebengleisen, fuhr langsam, immer wieder unterbrochen von plötzlichen Stopps: Ihr vermählter Doppelzug war ein außerplanmäßiger, ein ekstatisches Ereignis, mit Autos und Ehepaaren, die an den Atlantik aufbrachen, ein Sommerreisezug, ohne Zustiege, ohne Ausstiege auf der gesamten Strecke, ein großartiger Rutsch, eine Sechsunddreißig-Stunden-Expedition über die separaten und dunklen Linien des Güterverkehrs. Erst wieder in Angers, morgen früh, würde man halten, um Wasser und Croissants für das köstliche Pauschalfrühstück aufzunehmen, für das, ebenso wie für die anderen Mahlzeiten, Pardell verantwortlich zeichnete.

***

Die Spuren des Abendessens, der dreiundvierzig Portionen *Köstlichen Szegediner Gulaschs*, waren beseitigt, und die verzweifelte Panik, mit der Pardell, Koch, Kellner, Tellerwäscher in einem, von Tisch zu Tisch, von Kühlschrank zu Herd gerast war, war vergessen.

Jetzt, gegen 23 Uhr, lagen alle Reisenden seufzend in ihren Betten, auf ihren Pritschen, das köstliche Gulasch im Gedärm, viele schlaflos, hörten auf die unverständlichen Prophezeiungen der Schienen. Poliakov, der kurz nach halb zehn aus dem von ihm regierten Zugteil gekommen war, und Pardell hatten sich niedergelassen, tranken *Edelstoff*, unterhielten sich, einander von Anfang an gewogen. Der Speisewagen, der zwischen ihren beiden Zugteilen lag, wurde von Pardell mitbetrieben, stand aber natürlich allen Reisenden des Zuges zur Verfügung. Pardell liebte diese Konstellation, leider war sie selten. Es war angenehm, im eigenen Speisewagen zu sitzen und sich die ganze Nacht zu unterhalten, zumal mit solch legendären Schaffnern wie Poliakov.

Das also war Poliakov, das erotische Genie. Poliakov, das Wunder der genutzten Gelegenheit, dem niemals das Lächeln von den Lippen verschwand, niemals der sanfte Blick unter den enormen Gläsern der dunkelbraunen, dickrandigen Plastikbrille sich verdüsterte – Poliakov, ausgedehnte Halbglatze, *Edelstoff*-Ranzen, scheinbar immer dasselbe unter den Achseln dünne und dunkle Hemd, Poliakov, immer die Hand am Reißverschluss, sich im Schritt kratzend, am Gürtel entlangfahrend, um sich an der Gesäßfalte die Hose nach oben zu ziehen. Der Nimmermüde, unbegreiflich lebendig, am Kinn ein kleiner rotkrustiger Brocken vermutlich sehr scharfer italienischer Pasta.

Seit seinen ersten Tagen in der *Compagnie* hatte Pardell immer wieder von Poliakov reden hören. Alle die Ungelenken, Unhöflichen, die vom Kein-Charme-niemals-Fluch-Geschlagenen, die Schüchternen, die sich unaufhörlich heimlich mit den Fingern über die eingefallenen Wangen fuhren, um zu prüfen, ob die blühende Akne niemals endender Pubertät plötzlich wie durch Zauberhand verschwunden wäre. All die, die an nichts anderes denken konnten als daran, durchreisende Frauen zu vögeln, ohne es jemals zu tun, also fast alle: die heimlichen Onanisten, die sich schwitzend und ächzend über die Toiletten beugten, einen nahezu spastischen Fuß auf den ledrig-federnden Bodenhebel drückend, ihren verschwommenen, von prasselnden Sternschnuppen durchstöberten Blick auf die rasenden Katarakte der Schienen gerichtet, um sich des Ejakulats möglichst vollständig und ohne weitere Spuren zu entledigen, zwischen Wöhrl und Innsbruck, zwischen Bellegard und Culoz, zwischen St. Margarethen und Bregenz oder wo immer auch zu verstreuen, Onans zuckende Wiedergänger – diese alle führten, so oft es ging, Poliakovs Namen im Munde, um seiner legendären Qualitäten zumindest für kurze Zeit teilhaftig zu werden.

Egal, welchen Frauentyp man gerade vor Augen hatte, die Blonden, die Rothaarigen, die Fetten. Junge, geschmeidige Girlies. Ältere, verdorbene Schlampen, all diese kurzfristigen körperlichen Epiphanien aus dem weitläufigen Paradies männlicher Masturbationsfantasien, man konnte eine faszinierende Poliakov-Erzählung dazu hören.

Keine Sorte von Wäsche, die Poliakov nicht schon untersucht, gekonnt und schnell vom Körper der Erwartungsfrohen gezerrt oder geschmeichelt hatte, Höschen, von Poliakovs Zähnen zerrissen oder auch nur zur Seite geschoben, um seinem fantastischen Organ Aufenthalt zu bieten. Angeblich brachte Poliakov gelegentlich das eine oder andere feine oder weniger feine Höschen als Souvenir mit. Eine besonders fantastische Legende berichtete, Poliakov habe in den frühen Achtzigerjahren, nach einer Kopenhagentour, ein isabellefarben gesprenkeltes Satinhöschen in der Abrechnungsmappe vergessen und es danach, als der Dienststellenleiter ihn darauf ansprach, *zurückgefordert*.

Poliakov vögelte als der große Verführer stellvertretend für alle Schaffner, er war das symbolisch-repräsentierende Glied der *Compagnie*. Gerade den Neuschaffnern, die ihrerseits noch keine Poliakov-Geschichten kannten und staunend in das Poliakov-Mysterium unwiderstehlicher Verführungskünste eingeführt wurden, erzählte man mit besonderer nachhaltiger Leidenschaft. Das *Triumfo* in Neapel, das *Gran' Tour* in Paris, das *Nagelmacker's Inn* in Zürich waren überdeckt von einem vielstimmigen Chor begeisterter Männerstimmen, in denen Poliakov als dreisilbiger Jubellaut aufblitzte. Da es in der *Compagnie* kein Thema gab, das nicht auf eine gewisse offensichtliche oder geheimnisvolle Weise mit der Sexualität zu tun hatte, hatte jedes Thema zwangsläufig auch mit Poliakov zu tun. *Das erotische Genie der Compagnie.*

Ein Hauptschaffner aus Genua, der es seit langer Zeit im Kreuz hatte, erzählte Pardell im *Nagelmacker's Inn*, der dort still ein Gemüsegratin verzehrte, von Poliakovs Ausflügen in die Bahnhofsmission von Basel und der Eroberung einer offensichtlich in ihrem Glauben schwankenden Ordensschwester durch ein paar geschickte Handgriffe im richtigen Augenblick.

«Dabei wollte Poliakov nur Pflaster für seinen gequetschten Finger, Bluterguss, ganz schwarz-rot. Hat sich gequetscht in Schiebetür, musst aufpassen, Leonardo, die Schiebetür ...» Und war mit dem Stichwort ‹Schiebetür› in großes, rätselhaftes Gelächter verfallen.

Pardell, nach den ersten Monaten in der *Compagnie* nun tatsächlich mit dem Großen Verführer an einem Tisch, starrte auf den tiefdunkel-kralligen Nagel des Mittelfingers von Poliakovs linker Hand, die auf dem Etikett des *Edelstoffs* ruhte, und überlegte, wie er dem Geheimwissen des Bulgaren am besten auf die Spur kommen könnte. Solange er Juliane nicht wiedersehen konnte, wollte er trotzdem gerne mit anderen Frauen schlafen. Ja, wenn er ehrlich war, er verzehrte sich. Aber es war nicht so einfach. Er war Schaffner, es gab attraktive, allein reisende Frauen in Mengen. Aber es kam nie zu etwas. ‹Wie muss ich mich anstellen?› war also die entscheidende geheime Frage Pardells, und niemand konnte ihm dazu wertvollere Hinweise geben.

Poliakov, der *Edelstoff*-Ranzen, die Glatze, die schwärzliche Spur unter den Fingernägeln, die Weckglasbrille, die Neigung, seine Zähne mithilfe eines in der Hemdtasche mitgeführten prähistorischen Zahnstochers nach Essensresten zu durchsuchen und dabei *weiterzusprechen*, all das verwirrte Pardell. Ihm körperliche Attraktivität zuzusprechen war nicht möglich. Sicherlich, Poliakov war vom Heldenkranz der Legenden umstrahlt, die aber doch den Frauen, die er verführte, unbekannt sein mussten.

Unmöglich konnte Pardell Poliakov einfach auf das ansprechen, was ihm als Sage zugetragen worden war, und so unterhielten sich der Adept und der Große Verführer zunächst über anderes.

Poliakov hatte eine bemerkenswerte Geschichte hinter sich gebracht, war als einziger Sohn einer alten bulgarischen Gelehrtenfamilie in den frühen Sechzigerjahren aus seiner Heimat geflohen, um dem obligatorischen Wehrdienst zu entgehen. Sein Vater, der damals ein ins politische Abseits gestellter Vizedirektor des Naturhistorischen Museums von Sofia gewesen sei, habe seinen Plan unterstützt, über die Türkei nach Italien zu fliehen.

«Mein Junge, chat er gesagt, ein Poliakov kann verzichten auf alles, aber nicht auf Bücher. Da bin ich mit Ch'olzkiste mit Büchern über Grenze, mein Gott, ch'ab ich meinen Vater geflucht, als ich in Istanbul war und nichts hatte, außer bulgarische Bücher über

Zoologie, kein anderer Anzug, Linné auf Deutsch, Shakespeare auf Englisch, Gedichte, nur zwei Unterhosen mit, aber Stendhal, *Schwarz und Rot* – tolles Buch übrigens.»

«Wie kam das denn, dieser Rat?», fragte Pardell.

«Mein Vater war nicht von diese Welt – auf sein Stuhl im Museum saß er und schrieb viele Abhandlung über bulgarische Fauna. Großvater war Entdecker von einer gewisse Zwergeiche aus bulgarische Karpaten. Leider auf letzte Expedition verunglückt, Bärmutter sehr nervöse Tiere ...»

«Wie heißt die?»

«Die Bär?»

«Nein, tut mir leid, nein, ich meinte ... die Eiche?»

«Poliakov-Eiche», sagte Poliakov und machte sich mit dem Vierkant an eine Flasche *Edelstoff* heran.

Gegen Mitternacht passierte man Dijon, fuhr für kurze Zeit am *Canal du Centre* entlang, Richtung Moulins, durcheilte dabei die aufspritzenden Lichter kleiner Provinzbahnhöfe, auf denen allenfalls noch ein immer wieder einnickender Gleiswärter, ein *Pion de Trace*, seiner Pension entgegendämmerte, um mit der außerplanmäßigen Durchfahrt des Schlafwagenzugs endlich schlafen gehen zu können.

«Weißt du, in Istanbul, bist du verrückt, ch'abe ich nicht lange aufgehalten – ich wollte nach Italien, *Bologna La Dotta*. Großvater war Ehrendoktor von Botanische Fakultät gewesen. Zwei Monate in Ch'afen Kistenschleppen und ch'atte kleinen Koffer mit Wäsche zusammen und bin mit Frachter nach Napoli.»

Die Reise des gut gelaunten Poliakov als junger Mann, mit seinem dunkelgelben Lederimitatkoffer, den Büchern, die er nicht von sich geben wollte, obwohl er sie in der Zwischenzeit auswendig konnte, führte von Neapel weiter nach Rom, wo er eine Zeit lang blieb, um in den Markthallen zu arbeiten. Er streifte jetzt wie nebenbei, aber immer detailgenau, all die kleinen Erlebnisse mit mitleidigen oder gar nicht so mitleidigen Frauen, das lustvolle Seufzen zwischen

Salatblättern, Radicchio, Blaukraut, und schließlich seine Ankunft in Bologna, die Unterkunft bei einem emeritierten Professor, der seinen Großvater zu kennen glaubte, ihn aber mit einem finnischen Romanisten verwechselt hatte, mit dem er in den Zwanzigerjahren in Oxford zusammen in der zweiten Rudermannschaft des *St. John's College* gewesen war. Poliakov sah damals blendend aus (erzählte Poliakov), dichtes schwarzes Haar, kühner Blick, und habe seine Schönheit durchaus zu verwenden gewusst – allerdings habe er die äußerliche Attraktivität, wie es bei jungen Menschen häufig vorkomme, maßlos überschätzt.

«Du kannst aussehen wie Johnny Weissmuller und keinen Stich landen, wenn schlecht läuft. Du kannst nicht gewinnen, wenn du nicht schon gewonnen ch'ast. Wichtigstes bei Frauen ist eigene Willen vergessen ...», sagte Poliakov, und nachdem er eine nachdenkliche Flasche *Edelstoff* geöffnet hatte, fuhr er fort, dass er lange gebraucht habe, die Logik des Geschlechtlichen zu durchschauen, dass sie auf Paradoxen beruhe, dass man sie nicht erlernen, sondern nur erspüren, wohl aber theoretisch formulieren könne.

Die poliakovsche Theorie der absoluten Verführung: Poliakov gab zunächst zu bedenken, dass jede Frau, egal welcher Herkunft, welchen Standes und welcher Lebenssituation, Zeiten habe, manchmal nur Augenblicke, in denen sie sich bedingungslos jedem Beliebigen hingäbe, weil sie einfach *reif* sei.

«Ist wie kurze Frühling in ch'ohe Karpaten. Wenn so weit, alle Pflanze *müssen* blühen, wirst du verrückt, nichts zu machen!», erklärte er und fuhr fort, dass er früher, ebenso wie «alle andere Trottel» darauf aus gewesen sei, *bestimmte* Frauen vögeln zu wollen, die er sich ausgesucht habe. Was für eine Verkennung! Er hätte gelernt, dass wirklich lustvolles Vögeln, das *tiefe*, das wahre Vögeln mit Frauen stattfinde, die reif seien. Abgesehen davon, hätte man beim Praktizieren seiner Theorie eine Erfolgsquote von annähernd hundert Prozent – welchem Fakt eine gewisse, von selbst einleuchtende Evidenz innewohne.

«Manche sind reif nach ihre Bluttage, manche vorher, manche zwischendurch. Man muss sehen, hören!», erklärte er, ging so weit, eine Geruchsempfindlichkeit, sogar eine sechste Sensorik zu postulieren. Dieser spezielle *Reifezustand* träte bei jeder Frau auf, dann sei sie scharf «aus Natur heraus». In jeder größeren Gruppe von Frauen sei mindestens eine, die reif wäre. Er, Poliakov, jedenfalls hätte sich darauf verlegt, nicht davon zu träumen, die Frauen zu vögeln, die er, aus welchen Gründen immer, vögeln wollte, sondern die, die unbedingt gevögelt werden müssen, tatsächlich und «nicht nur in Gerede» vorzunehmen.

«Manchmal ist Sache von eine Augenblick und richtige Methode, ist wie Forschung von Naturgegenstände ...» Poliakov seufzte und holte sich und Pardell zwei Flaschen kühlen *Edelstoffs*.

«Leute immer glauben an Phantasma. Muschi is doch Muschi. Wichtig für Spaß ist Reife von Muschi. Ch'ab verstanden dies in Studentenzeit, in Bologna. Ch'atte guten Freund, war Italiener, von Land. Luca hieß er und war guter Kerl, aber ch'äßlichster Mensch. War *so* ch'äßlich, bist du verrückt! Aber mochte ich. Wir saßen, das war irgendwann kurz vor Prager Tragödie, gegen Weihnachten 67, mit andere zusammen in einer Trattoria. Ich wusste, dass Luca neidisch war auf meine Stiche bei Frauen, und er redete so, vor andere, und ich mich lasse darauf ein – trinken neuen Wein, damals war fast geschenkt. Wir stritten, und irgendwann, schon angesoffen, sagte ich, dass ich jede Frau, wenn sein müsste ...» – anstatt auszusprechen, ließ er seine beiden Handflächen unerwartet flink im rechten Winkel aufeinanderklatschen. Seine Nasenflügel bebten lüstern.

«Sag, wer soll sein – aber bitte nicht über achtzig! Und ich ...», Poliakov wiederholte das Klatschen, «Luca, meine Freund, überlegte Augenblick, dann sagte er – topp! Wette gilt. Ich sollte sehen, dass ich Signorina Naour auf Matratze bringe.»

Die Flasche in der Hand, spreizte er den Zeigefinger ab und hielt ihn Pardell zusammen mit dem *Edelstoff* beschwörend entgegen.

«Naour war Institutssekretärin von Altgriechische Lehrstuhl – noch nicht lang, war aus Frankreich, nicht viel älter als wir. War unglaubliche Frau, schwarzhaarig, so irgendwie bedeutende Figur, klassische Profil, Mund wie Bardot. Alle drückten sich dauernd in Altphilologie rum, na, du kannst vorstellen, eben junge Leute. Aber keine Chance, nur Lächeln zu bekommen.»

«Und du?», fragte Pardell.

«Bist du verrückt, was sollte ich machen. Ch'atte fantastische Ruf und Stolz. Ch'ab eingeschlagen – alle am Tisch, es waren vier, gingen mit meine Freund Luca zusammen: würden mir 500000 Lire zahlen, dieses war viel Geld damals, mehr als zwei Monate Lebensgehalt für mich, wenn ich die Signorina ...», wieder kam das Handflächenklatschen, ‹ficke!›, dachte der faszinierte Pardell und fragte, wie der Beweis aussehen sollte.

«Ch'öschen! Auf Ehre!», sagte Poliakov sachlich. Pardell begriff und nickte, Poliakov grinste und verschwand, nicht ohne das klassische Zeichen am Gürtelknauf auszuführen, um Pardell anzudeuten, wohin er ginge. Pardell sah ihm zu, wie er seinen *Edelstoff*-Ranzen geschickt durch die enge Toilettentür schob, und dachte über die vom neuen Wein berauschte Runde nach, sah Poliakov als jungen Mann Pläne zur Verführung der spröden Naour schmieden, sah eine Reihe von Höschen jeder Farbe an surrealen Wäscheleinen in feuchttropfende Bologneser Gässchen herunterhängen, immer etwas zu hoch, als dass man sie erwischen konnte, immer um eine Fingerlänge zu weit oben, und nach einer Weile – man denke dabei auch an die Wirkungen des *Edelstoffs*, das Sentiment von Nacht und Reise – schien es Pardell, als habe sich seine Welt auf wundersame Weise in einen Beziehungsreichtum des Erotischen aufgelöst, der die Anzüglichkeiten der Gespräche im *Gran' Tour* und im *Triumfo* längst erhaben hinter sich gelassen hatte. Er spürte die schwelgende Fülle des Geschlechtlichen, das Poliakov umgab, und die lehrende Intelligenz, die Ernsthaftigkeit, mit der er Vermutungen über den Eros, die Frau, die Beziehungen zwischen ihr und dem Mann anstellte, wobei sich Letzterer vornehmlich der Vertretung durch Poliakov rühmen konnte. Die ungeahnte Präzision der Beschreibungen, die der Bulgare zu entfalten verstand, die Farbgenauigkeit gewisser Details, die dramaturgische Spannung seiner Anekdoten übten auf Pardell einen Reiz wie die Eleganz gewisser Nervengifte aus, sodass ihm bald alles Gewöhnliche versunken war und ihm der heimliche Grundsinn aller menschlichen Bemühungen aller Zeiten dämmerte – die Erkundung des Geschlechtlichen. Pardell war ja nicht in diesem Sinn unerfahren, davon konnte keine Rede sein. Er war oft mit Frauen, jungen Frauen, zusammen gewesen, und Frauen hatten ihn immer gemocht. Aber von *Verführung* in diesem Sinne hatte er keine Vorstellung. Wenn er mit einer jungen Frau im selben Bett gelandet war, genoss er das wie einen glücklichen Zufall.

Poliakov hatte ihm eine erste Ahnung von Verführung gegeben, und wo anders als in der Welt des Schlafwagens hätte das geschehen können. In dieser Hinsicht war *TransEuroNacht* Schule und Versuchsfeld erotischer Meisterschaft in einem.

Ein mittelalter, sehr gepflegter Reisender in rotseidenem Reiseschlafrock betrat den Speisewagen und bat Pardell um eine Flasche Bier – er war Pardell beim Einsteigen am Ostbahnhof als besonders liebenswürdig aufgefallen, und Leo reichte ihm die Flasche *Nord-Pils* mit ebensolchem Vergnügen, wie er das großzügige Trinkgeld entgegennahm, das jener ihm zugedacht hatte. Dem Gespräch, das sich mit Sicherheit zwischen jungem Schaffner und mittelaltem Reisenden jetzt entwickelt hätte, stand die Rückkehr des bulgarischen Erotomanen entgegen, der sich auf der Zugtoilette die Halbglatze mit Wasser abgespült hatte und die Feuchtigkeit jetzt mit zärtlichen Fingern in seinen Haarkranz streifte. Pardell wünschte eine gute Nacht und setzte sich wieder zu Poliakov. Es tauchten nun immer öfter Besucher auf – zu diesem Zeitpunkt hatten die meisten das kostenlos aufgestellte Begrüßungsmineralwasser in ihren Abteilen getrunken, und aufgrund des zuvor genossenen *Köstlichen Szegediner Gulaschs*, der Unmöglichkeit, Schlaf zu finden, angesichts der undeutlichen Fantasien, die die Reisenden auf langen Strecken überfallen, quälte sie ein dringender, unbekannter Durst. Es war dies unmerklich zu einer Art tröpfelnden Verkehrs zwischen den Schlaf- und Liegewagen und dem pardellschen Speisewagen geworden. Halbwegs angezogene Reisende traten vor Pardell, der sich vom Tisch erhob und ihnen aus den Kühlschränken das Gewünschte holte. Verbitterte, die seit Stunden schlaflos lagen und die Pardell das Geld für ihr Wasser oder ihren Rotwein mit verdüstertem Vorwurf hinhielten. Als die erste Frau den Speisewagen betrat, stand Pardell auf und sah ihr mit nervöser Freundlichkeit entgegen. Sie war Ende dreißig, strahlte die laszive Langeweile von Heimvideopornografie aus, trug, wie man leider unter den Rändern des viel zu großen Mickey-Maus-T-Shirts sehen konnte, über sehr viel Schamhaar einen schmalen dunkelbeigen Slip, wie Versandhäuser sie in den Siebzigerjahren zu vertreiben pflegten. Pardell wusste, dass sie im ersten Liegewagen zusammen mit einem bärtigen Freund lag, der eine Computerzeitschrift las, während sie zum Fenster hinaussah – Pardell hatte das feststellen können, als er am frühen Nachmittag die Wolldecken ausgeteilt hatte. Sie wollte ein Bier und einen Kaffee, Pardell ging hinter die Theke, musste entdecken, dass er vergessen hatte, die Kaffeemaschine anzustellen, was er sofort nachholte – er kam mit dem Bier zurück und teilte der Frau mit, es tue ihm leid, auf Kaffee, sofern sie dennoch einen wolle, müsse sie noch warten. Ja, sie wolle auch dann noch, käme wieder, sie könne sowieso nicht schlafen, was soll's, und wirkte so gelangweilt und zugleich langweilig, dass Pardell ihr fast empfohlen hätte, doch kurz die halbe Stunde stehen zu bleiben, bis die Maschine heiß sei.

«Bis die Maschine heiß ist, dauert's eine halbe Stunde.»

«Halbe Stunde, geht klar», sagte die Versandhausslipfrau und ging mit dem Bier zurück in den pardellschen Liegewagen, während die Zeit sich schon der ersten vollen Morgenstunde, der Zug aber erst Nevers näherte, wo gerade ein Sommernachtgewitter niedergegangen war und eine Eiche von einigen Ausmaßen in der Nähe der unbeleuchteten Güterstrecke umgestürzt hatte – zum Glück aller Beteiligten von den Gleisen weg, sodass niemand davon Notiz nehmen konnte, wie es großes Glück so oft an sich hat.

Poliakov hatte die Frau, ‹immerhin eine Frau›, dachte Pardell, kaum beachtet, er hatte zärtlich auf den *Edelstoff* geblickt. Kommentarlos fuhr er endlich mit seiner Erzählung fort.

«Ch'ab alles versucht, klassische Repertoire. Immer ch'ingehen, Fragen gestellt, die mich dumm und sie klug machen, ch'ab gelächelt und Blumen gebracht und alles, ch'ab gelogen, dass ch'wäre Prinz aus Karpaten, mit Bärenfell in Schloss, und gewesen in Oxford vorher. Ch'ab mich ruiniert mit Charme für immer in diese drei Wochen!» Er erzählte von den Annäherungen am Vormittag, die am Nachmittag schon wieder in eisige Gespanntheit zerfallen waren, erzählte von seinem Verdacht, sie genieße es, mit ihm zu spielen, weil sie *wusste*, dass er nicht ablassen würde, sie zu umschmeicheln und zu umwerben. Er habe sich benommen «wie Titania mit Zettel, nur umgekehrt».

«Was sollte 'ch machen? Es war so schlimm, dass Gefahr war, mich wirklich in Fooohhze zu verlieben. Aber brauchte diese Geld!» Poliakov schließlich als Putzfrau, als Koch, als Einkäufer, Lastenträger in Diensten der launischen Altphilologiesekretärin, Poliakov als Maler, Elektriker, Kammerdiener. Besessen davon, durch diese Tätigkeiten die Verführung zu vollenden und den triumphierenden Gewinn der halben Million Lire, der längst symbolischen Gehalt hinzugewonnen hatte, einzustreichen. Schließlich, eines Abends, habe sie ihn aufgefordert, wenn er die beiden Regale im Wohnzimmer angebracht haben würde, doch noch auf einen Rotwein mit in die Küche zu kommen. Dort, nach einer Weile äußerst charmanter Zärtlichkeiten von seiner Seite, sei es schließlich geschehen.

«In Küche – ch'ab viel gesehn, mein Freund, aber, bist du verrückt, solche Schweinerei wie mit diese ch'ab ich nie mehr erlebt, und erlebt ch'ab ich viel.»

«Und ... wie war ... es?», fragte der begeisterte Pardell.

«Große, große Nummer! Höschen war ganz zerfetzt, das ich in Tasche danach mit nach Hause nehmen konnte, und nicht nur zerfetzt ...», sagte Poliakov langsam und sachlich und sah auf seine Uhr, eine täuschend echte bulgarische Fälschung einer der legendären russischen *Raketa*-Uhren aus den frühen Neunzigern, und entdeckte den Minutenzeiger fast in einem rechten Winkel zum Stundenzeiger, 1 Uhr 15. Es wirkte, als ob er auf etwas warte, bemerkte Pardell, so als ob diese Erzählung eine geheime Zauberformel sei, die die Epiphanie einer Frau, bei der man, wie der Bulgare zuvor und etwas rätselhaft gemeint hatte, ‹schon gewonnen habe›, auf der Stelle erzwingen müsse. Für einen Augenblick ahnte Pardell ihn im Bündnis mit anderen unheimlichen Mächten. Poliakov ein Verdammter, der mit einem in Sekretärinnengestalt aufgetretenen erotischen Dämon einen Pakt geschlossen hatte, mit einem magischen Höschen als Urkunde ...

«Könnte ich vielleicht ein Glas Wein bekommen?» Diesmal stand die Fragerin, mit vornehm-hanseatischem Akzent, halb hinter Pardell und hatte die Frage deswegen an Poliakov gerichtet. Poliakov stand sofort auf, zog sich schwungvoll die Hose nach oben, während seine beiden Daumen am Gürtel entlangfuhren, um das Polyesterhemd zu ordnen, ging zur Theke, die Frau folgte ihm, er fragte sie nach ihrer Abteilnummer, der Wein würde ihr gleich gebracht. Sie hatte eine wunderschöne tiefe Stimme. Sie duftete. Sie trug feinste durchscheinend-dunkle Wäsche, hatte zarte Hände, die auf Sensibilität deuteten. Sie war eine wunderschöne Frau. Sie hatte spezielle schwarzseidige Klasse. Da war sie, die ersehnte ...

Als die Klassefrau den Speisewagen verlassen hatte, stand Pardell in äußerster, durchaus schon angetrunkener Erregung auf und fragte den eine Flasche köstlichen Schwarzburgunders aus dem oberen Schubfach herausnehmenden Poliakov nach den weiteren

Umständen. Er meinte natürlich die Schwarzseidige, diese wundervolle vornehme Dame, die Poliakov raffiniert auf Abteilbedienung eingestellt hatte, die Klassefrau. Poliakov bemerkte das aber offensichtlich nicht, sondern erzählte weiter. Wie er mit dem Höschen am nächsten Tag in die Trattoria aufgebrochen, wie er aus Vorfreude zu früh losgegangen und noch einmal am Sekretärinnenhaus vorbeigegangen sei und doch tatsächlich Licht gebrannt habe. Wie er stehen blieb und eine Szene im Küchenfenster beobachtet habe. Er habe es überhaupt nicht glauben können, nein, es sei wahnsinnig gewesen.

«Bist du verrückt, ich steh da. Und was sehe ich in Küche von Alte: Da stehen mein Freund Luca und – Signorina Naour!» Er überlegte einen Augenblick, sah wie nebenbei auf die Uhr, unterbrach seine Erzählung – «aber wart, mein Lieber...», sagte Poliakov, jetzt plötzlich übermäßig grinsend, rückte sich die Hornbrille zurecht und reichte Pardell das braune Kunststoffoval des Tabletts, «Dame mit Wein liegt bei mir in Wagen. Sie hat Nummer 41, schön in Mitte, reist single. Bring *du* ihr diese Wein, ich mich kümmere um Speisewagen ...»

Pardell konnte es nicht glauben – komplexe Empfindungen stellten sich ein. Die Dankbarkeit des Adepten gegenüber seinem Meister, der selbstlos eine perfekte Gelegenheit arrangiert hatte, mischte sich mit der züngelnden Furche, die die plötzliche Erregung von seinem Steißbein aufwärts in seinen Rücken grub; er musste gleichfalls grinsen, aber auf eine verzerrte Art – die Vorstellung, dass zwischen ihm und einer offensichtlich *reifen* Frau nur noch zwei Wagen und ein kleines braunes Tablett liegen sollten, war übermäßig beseligend. Als er das rot eingepackte Präservativ entdeckte, das ihm der grinsende Poliakov zwischen Glas und Weinflasche gelegt hatte, diesen geläufigen Gegenstand einer ersehnten, aber doch bedauerlichweise raren Tätigkeit, kam er in Sekundenschnelle darauf, dass er nicht mehr wusste, wie *es* dann anschließend überhaupt gehen sollte.

«Jetzt mach los, schnell, mein Freund. Bist du verrückt, nicht, dass sie uns sauer wird, wegen Warterei. Abteil 41!», sagte Poliakov mit plötzlichem Ernst und der Dringlichkeit des Kenners, der weiß, dass der *Kairos* gekommen ist – der richtige Augenblick, jetzt ...

Exakt um 1 Uhr 30 balancierte Pardell das Tablett, durchschritt blass und mit erstaunlich feuchten Händen den Flur des Speisewagens, hätte sich an der Schiebetür zum ersten Liegewagen fast wehgetan. Die Kälte und der Lärm des Plafonds ernüchterten ihn, die Mechanik der zufallenden Tür tat ihm wohl, er ging ein paar Schritte in die Dunkelheit des Liegewagens und atmete den Geruch der Schlafenden hinter den Türen. Alles still, kein Laut außer den anfeuernden Morsezeichen der Schienen.

Er versuchte, sich zu erinnern, wie die *Klassefrau* aussah – aber er fand in seiner normalerweise perfekt arbeitenden bildlichen Erinnerung nur ein weiß-seidenes Nachthemd über braunem Schenkel, darüber eine teuer aussehende Strickjacke, eine gewisse, zumal für einen jungen Mann interessante, verbrauchte Faltigkeit der Haut über den Knien, so Grübchen. Sie roch sehr gut, schon für die Nacht balsamiert, dunkelblondes Haar, im Nacken kurz. Aber wie sah sie aus?

Er durchquerte den zweiten Liegewagen, kam der Schiebetür zum Schlafwagen näher und verspürte das Bedürfnis, das eigene Gesicht im Spiegel zu sehen. ‹Wie sehe ich aus?›, fragte er sich und meinte das wörtlich – wen würde die Reisende auf 41 zu ihrer glückseligen Verblüffung in der Tür auftauchen sehen?

Er stellte das Tablett auf den schmierigen Plastikboden des Liegewagens (wenn jemand käme, würde alles zu Bruch gehen), also schnell, öffnete die für einen alten Liegewagen typische Toilette, deren Verwahrlosung ihn für gewöhnlich deprimierte, jetzt aber genoss er das Schäbige wegen des Vorzüglichen, das ihn erwartete. Im Spiegel sah er aus wie immer, nur bleicher und atemloser – also wusch er sich die Hände und forschte dabei weiter, entdeckte einen großen Mitesser, den er mit seifigen Händen und unberührt vom Schmerz entfernte, überspülte dann die Hände, schlug sich beim Versuch, sein Gesicht unter den seichten Wasserstrahl zu halten, am Seifenspender die Stirn, trocknete sich mit einem Papierhandtuch, schritt auf den Flur, wäre fast in das Tablett getreten, zögerte, gab sich einen Ruck, sagte sich, wie immer, auf jeden Fall. Verführung hin oder her. Müsse der Wein doch. Balancierte das Tablett, um das Vorhandensein des Poliakov-Präservativs in der linken Hosentasche zu überprüfen. Er stand schließlich vor Nummer 41, achtete auf das Summen der Klimaanlage, sah die Kontrollleuchten vorne am verwaisten Schaffnersitz, die Leselampe brannte ebenfalls. Er lauschte. Nicht das Geringste. Ob sie schon schlief? Eingeschlafen war? Sie wecken? Aufwecken? Schläfst du schon, Liebste?

Er klopfte sanft, das Tablett jetzt auf der linken Handfläche balancierend, mit den Knöcheln der Rechten. Nichts. Klopfte noch einmal. Wieder nichts. Vielleicht war sie zwischendurch auf die Toilette gegangen. Er entschied nachzusehen, ob sich dort etwas feststellen ließe. Die Toilette war leer, nur ein hilfloses, zerknülltes und ohnedies nicht vollständiges Exemplar einer fremdsprachigen Tageszeitung lag im Abfalleimer. Pardell ging zurück zu Nummer 41, entschlossen, diesmal stärker zu klopfen. Er nahm den Vierkant und schlug ihn gegen das Holz, zunächst noch zurückhaltend, schließlich schloss er seine Bemühungen mit einer herrischen Triole von Ungeduldsschlägen.

«Hallo, der Wein?», rief er, unmerklich zweifelnd. Zwei Abteile weiter, bei Nummer 51, wurde die Verriegelung gelöst, öffnete sich die Tür, und da stand die fragliche hanseatische Dame in einem Spalt fahlen Leselichts.

«Ich warte seit fast dreißig Minuten, es ist», ein empörter Blick auf eine edle Armbanduhr, «zwanzig vor zwei! Schneller konnten Sie wohl nicht machen.»

«Oh, verzeihen Sie, ich dachte, Sie wären ...», antwortete der augenblicklich hinzugesprungene Pardell, dirigierte seine Verblüffung um, spürte dringlich, dass er *jetzt* charmant sein müsste. Charme. *Jetzt.* Er suchte im ärgerlichen Gesicht der Dame nach Anhalten zu charmanten Bemerkungen, fand nichts, ließ sich etwas zu lange nur auf den köstlichen warmen Duft ein, der aus dem Abteil drang und ihn umhüllte, sah schließlich grazile Finger, deren makellos-elfenbeinerne Nägel sich wundervoll von der Farbe der Haut abhoben, das Tablett nehmen und sich selbst vor verschlossener Abteiltür mit einem Zwanzigmarkschein in der Hand stehen.

«Stimmt so!», sagte die süße dunkle Stimme aus dem warmen Inneren von 51.

Sieben Minuten später – man hatte die Gegend von Bourges weitläufig passiert und raste auf Tours zu – betätigte der keuchende Pardell den Klohebel der Toilette und warf das vollständig mit seinem erschöpften Samen gefüllte Poliakov-Präservativ in die höhnischen Katarakte der Schienen, wusch sich, suchte verdrossen und mit schlechtem Gewissen nach etwelchen, trotz Schutzes irgendwo hinterlassenen Spritzern und ging zum Speisewagen zurück. Die letzte Schiebetür war abgesperrt, Pardell konnte sich nicht daran erinnern, sie vorhin abgeschlossen zu haben, hob den Vierkant an und öffnete sie.

Poliakov war nicht da, was Pardell Gelegenheit gab, über die anspruchsvolle Lüge nachzudenken, die er dem Bulgaren erzählen würde. (‹Oh, und sie hatte da so eine kleine Narbe ... noch nie gesehen so was, an so einer ungewöhnlichen Stelle ...›) Auf ihrem Tisch standen die paar leeren Flaschen *Edelstoff*, eine halb leere Kaffeetasse – unter dem Tisch lagen zwei weitere Flaschen, ein Kaffeelöffel und irgendein kleines rotes Plastikfitzelchen, an das Pardell nicht herankam und deshalb liegen ließ. Die Speisewagentoilettentür ging auf, und Poliakov kam, sich die Hose nach oben ziehend und die Brille zurechtrückend, heraus, schob seinen Ranzen gut gelaunt dem zerknirschten Pardell entgegen, holte zwei Flaschen aus dem

Personalkühlschrank, öffnete sie blitzartig, wie in einer einzigen Bewegung, und setzte sich lächelnd zu Pardell an den Tisch, der in der Zwischenzeit die merkwürdig zerknitterte Tischdecke zu glätten versucht hatte.

Sie nahmen einen tiefen Schluck hellwachen *Edelstoffs* zu sich, Pardell ließ sich, so war er überzeugt, nichts anmerken, Poliakov zwinkerte ihm zu, schrie: «Bist du verrückt!», grinste überschwänglich, und Pardell sah die Chance, das Nummer-51-Desaster einfach zu übergehen (‹wozu über die selbstverständlichste Sache der Welt reden?›), und stellte Poliakov also cool die Frage, ob die Sekretärin und sein Freund es getrieben hätten, am Küchenfenster in Bologna?

«Nein, stell dir vor, da stehen Sekretärin Naour und Luca, ch'ässliche Luca, und sie gibt ihm Geld, zwei große Scheine, eine Million Lire ...»

***

Als die beiden sich trennten, war es kurz vor 4 Uhr und Tours noch nicht ganz erreicht – es dämmerte bereits, Poliakov nahm Pardell halb in den Arm, halb stieß er ihn freundschaftlich, wünschte ihm eine gute Nacht, er solle sich nur schlafen legen, er würde ihn wecken, in ein paar Stunden, in Angers, wenn die Croissants geliefert würden.

Erst nachdem Pardell sich danach auf den zur Ruheposition ausgezogenen Schaffnersitz gelegt hatte und im Liegen im Leselicht an sich hinuntersah, hatte er einen mittelgroßen, dunklen und homogenen Fleck auf dem Nachtblau seiner Uniformhose entdeckt; einen Fleck, wie ihn euphorische Feuchtigkeiten zu hinterlassen pflegen. Diese Entdeckung beschäftigte Pardell ziemlich genau eine Minute und dreißig Sekunden – dann nämlich war er in jene dünnen, gestaltenreich zuckenden Träume gestürzt, wie man sie nur als nächtlicher Reisender im Schlafwagen finden kann.

Paris, Aufenthalt 30.6.1999, 21:11

«Mein Gott, ist das nett von euch. Fabelhaft. Das wäre aber wirklich nicht nötig gewesen. Ihr habt euch bestimmt ruiniert.»

«Dieser Geburtstag ist viel wichtiger, als man gemeinhin denkt. Jetzt bist du kein junger Mann mehr, sondern ein Mann. Das hat mal ein Freund zu mir gesagt, als ich so alt wurde, der war als Finsterer Verräter an der Bühne der Stadt Berchtesgaden verpflichtet, damals, wo ich dort ein Gastspiel hatte.» Gregor Lopomski sagte das, ein zwischen Hustenanfall und Wiehern changierendes Lachen von sich gebend, das darauf schließen ließ, dass das Gastspiel wohl manch komische Begebenheit beinhaltet hatte. Lopomski, Ende neunzig und ungeheuer rüstig, was zum kleineren Teil daran lag, dass er, ehemaliger Charakterfachschauspieler an vielen Stadttheatern und Wanderbühnen, sich 1950 sieben Jahre älter gemacht hatte, als er tatsächlich gewesen war, um als mittelalter Neider an die städtische Bühne von Klagenfurt engagiert zu werden.

Quentin und einige Freunde, darunter eben Lopomski, hatten einen wundervollen, aufwendig bestickten seidenen Reisemorgenmantel besorgt. Der auch noch zu passen schien. Was natürlich die eigentliche Schwierigkeit gewesen war, verriet Quentin lächelnd, ein Stück zu finden, das schön war und edel und *dennoch* die richtige Größe hatte.

«Und übrigens, ich soll dir noch schöne Grüße und liebe Wünsche ausrichten.»

«Von wem?»

«Jemandem, den ich ohne dich nicht kennen würde.»

«Ohne mich ... das, ach so. Leo!»

«Allerdings.»

«Ich hab Leo genau ein Mal gesehen. Damals in Köln. Seitdem

haben wir uns immer verpasst. Vor zwei Wochen, glaube ich, sind wir in Zürich aneinander vorbeigeschrammt.»

«Er fragt jedes Mal, wenn er hier ist, nach dir.»

«Ehrlich? Das ist nett. Ich mochte den sofort. Er hatte so was ... Er war ... weißt du, so eine Art – ich wusste sofort, dass er, er ist ja auch jünger und im Westen groß geworden. Wie soll ich sagen. Ich wusste, er hat komplett andere Erfahrungen als ich, und grade deswegen würden wir uns gut verstehen. Wie geht es ihm?»

«Leo – ich glaube – geht es gut. Sehr gut. Er ist in eine Geschichte mit einer Frau aus München verstrickt. Er telefoniert gelegentlich länger und kommt mit einer Miene zurück, als plane er, die Fünfte Republik zu stürzen. Er ist wirklich niedlich ...»

«Was fährt er grade?»

«Wenn ich mich nicht irre, könnten wir unseren Leo besuchen, wenn wir, Moment, es ist kurz nach 21 Uhr: Da müsste er noch in München sein. Er fährt nach Florenz, heute Nacht.»

«*Brenner-Express.* Schöne Strecke. Viel los im Sommer. Interessant ...»

«Hör mal», sagte Quentin, «mein Lieber, das wollte ich dich schon lange fragen, aber es schien mir, dass du nicht darüber sprechen wolltest. Warum bist du nicht zu DDR-Zeiten schon zur *Mitropa* gegangen?»

«Das ist einfach: Ich hatte keinerlei Familie. So jemanden ließen die nie ins Ausland fahren. Keine Chance, auch nur in die Nähe eines internationalen Zuges zu kommen. Ich hab mich auch mal um ein Seemannsbuch bei der Handelsmarine der DDR bemüht. War aber auch nichts zu machen. Ich kam nicht raus. Wie die meisten. Dann habe ich eben studiert ...»

Sie sprachen Französisch miteinander, eine Sprache, die Erfurt, im Gegensatz zum Deutschen, akzentfrei und mit einiger Eleganz beherrschte. In Ermangelung anderer Möglichkeiten hatte Erfurt sich sehr bemüht, auf der Universität Jena Romanistik zu studieren, hatte sogar einen Antrag auf Aufnahme in die Partei gestellt. In der Hoffnung zunächst, die Kenntnis des Französischen oder Italienischen würde ihm irgendwann eine Gelegenheit verschaffen, wenigstens einen Kontakt in den Westen zu bekommen, wenn nicht gar sogar den Staat zu verlassen, dessen Bürger er gewesen war und den es seit dem 3. Oktober 1990 nicht mehr gab. Bereits im März 1989, knapp zwei Jahre vor diesem Datum also, hatte der fünfundzwanzigjährige Erfurt die DDR über Ungarn verlassen, war im späten April in Hamburg eingetroffen, mit dem Plan, sich ein Seemannsbuch zu besorgen und auf der Stelle irgendwo anzuheuern, und zwar als Koch, was den Beamten veranlasste, einen Witz über chinesische Köche zu machen. Er hatte höflich gegrinst. So waren sie halt, die Leute, aller Himmelsrichtungen.

Er hatte das Seemannsbuch bekommen, allerdings war kein Schiff in Sicht gewesen, das seine Besatzung den Kochkünsten des schwerathletischen Erwin hatte anvertrauen wollen.

Jetzt, am 30. Juni 1999, feierte Erfurt zum ersten Mal im *Gran' Tour* seinen Geburtstag. Er hatte Lust gehabt, ihn mit Quentin und anderen Freunden zu verbringen. Die letzten zehn anderen Geburtstage war er unterwegs gewesen, allein, ja, mehr noch, er hatte sie sogar absichtlich immer auf irgendeiner möglichst komplizierten Tour verbracht. Seinen Geburtstag, das war die Wahrheit, hatte er geradezu nur auf Reisen durch *TransEuroNacht* ertragen können.

Denn noch niemals hatte er Geburtstag feiern können, ohne zugleich daran zu denken, dass der 30. Juni auch der Geburtstag von Walter Ulbricht war, dem ehemaligen Staatsratsvorsitzenden der DDR, dessen am 15. Juni 1961 gegebene Beteuerung: *«Niemand hat die Absicht, eine Mauer zu errichten»*, von der Wirklichkeit insofern eingeholt wurde, als Ulbricht zwei Monate später, im August 1961, sinngemäß sagte, es werde, sehr richtig, eine Mauer gebaut – eine Mauer, die er ehrlich nicht gewollt habe.

Ulbricht wäre an diesem Abend 106 Jahre alt geworden. Erfurt wurde fünfunddreißig. Ulbrichts Geburtstag feierte seine in Berlin-Pankow lebende Witwe mit einem verbitterten Strauß roter Nelken, den sie vormittags unter Begleitung einiger recht klappriger Genossen auf Ulbrichts Grab gelegt hatte. Erfurts Geburtstag feierten in enger Runde drei Menschen mit ihm: Quentin, der uralte Gregor Lopomski und schließlich der Kellner Emir Paicic, der ziemlich nervös war, weil er anschließend zu einer Partie Baccara in einer Suite des *Bristol* eingeladen war.

Man selbst kann sich das Datum seiner Geburt für gewöhnlich nicht aussuchen, und so, wie es Zufall ist, ob man am gleichen Tag wie Mozart oder wie Richard Clayderman geboren wurde, so war es in Erwin Erfurts und Walter Ulbrichts Fall eben gerade *kein* Zufall.

Dieser Nichtzufall hieß Jutta Schlichtweg. Sie war die Leiterin des Kinderheims gewesen, in dem Erfurt aufgewachsen war. 1964 hatte man ihn auf der Schwelle gefunden, ausgesetzt in den ersten Morgenstunden eines verregneten Tags im frühen Juli. Er war ein Neugeborenes, ein paar Tage alt. Man nahm ihn auf, wobei seine schon damals auffällige körperliche Erscheinung nicht nur ein gewisses deutliches Unbehagen hervorrief, sondern auch die Ursache seiner Aussetzung zu erklären schien. Er war ein Mischlingskind mit deutlich asiatischen Zügen. Ein Monstrum der Verbrüderung. Ein real existierender Freak der Völkerfreundschaft und damit etwas, das es nicht geben konnte. So war die internationale Solidarität nicht gemeint gewesen.

Erfurt war noch dazu das erste einfach so aufgefundene Kind in Jutta Schlichtwegs sehr kurzer Praxis als Kinderheimleiterin. Sie war sich nicht sicher, rätselte, was zu tun sei, und entschied dann, denn es musste schnell gehen, dem noch namenlosen Kind den Geburtstag des Staatsratsvorsitzenden zu geben, damit wenigstens irgendetwas stimmte, wenn der Lebensanfang dieses Kindes schon so verkorkst war. Der Geburtstag des Genossen Staatsratsvorsitzenden war ein guter Tag. Dieser Tag wurde im Fernsehen erwähnt, es gab viele Grußbotschaften volkseigener Betriebe und spontane Selbstverpflichtungen zur Produktivitätssteigerung. Vor ein paar Tagen erst war das gewesen, sie war noch ganz davon erfüllt. Das Kind würde sich, sobald es würde denken können, mit dem Staatsratsvorsitzenden identifizieren. Das fand Jutta Schlichtweg gut. Das Kind würde eines vielleicht gar nicht so fernen Tages zum Beispiel auf die Frage: *«Wann hast du denn Geburtstag, mein Kleiner?»*, antworten: *«Am selben Tag wie der Genosse Staatsratsvorsitzende, Genosse Kinderheimoberinspekteur.»*

Die Frage des schwerhörigen, stotternden, kurz vor der Berentung stehenden Standesbeamten, wie das Kind heißen solle, verstand Genossin Schlichtweg nicht – sie meinte stattdessen, die Frage gehört zu haben, *wo* es gefunden worden sei, und nannte korrekt den Namen der Stadt: Erfurt. Der Beamte trug den Namen ein. Genossin Schlichtweg dachte, das sei zweifellos übliche Praxis bei einfach so aufgefundenen Kindern, und schwieg, noch nervöser, weil sie das nicht gewusst hatte. Vorname? Erwin, der Name ihres Großvaters mütterlicherseits, schien Jutta Schlichtweg ein schöner Vorname.

Erwin Erfurt. Klar, eine andere Stadt wäre unter diesen Umständen vielleicht schöner gewesen. Erwin Naumburg, Erwin Apolda oder gar Erwin Sömmerda. Andererseits konnte Erfurt von Glück sprechen, dass ihn die Schlichtweg nicht in Karl-Marx- oder Eisenhüttenstadt gefunden hatte.

Nach seinem Diplom war Erwin nach Berlin gezogen, nicht zuletzt, weil es dort eine Niederlassung des *Institut Français* gab, in der er nicht nur Bücher, sondern vor allem auch französische Tagespresse lesen konnte. Als Französischlektor arbeitete er für den Sportverlag, der während der Zeit seiner Beschäftigung dort ein einziges französisches Buch verlegte, ein Buch, oder eher eine Broschüre, über die moderne Theorie des Tischtennis. Er war dem Sportverlag zugeteilt worden, weil er auf seinem Personalbogen unter besondere Interessen ‹Gewichtheben› angegeben hatte. Tatsächlich hatte er das Gewichtheben aber schon mit achtzehn Jahren aufgegeben, weil er irgendwie Angst davor hatte, noch kräftiger zu werden, als er schon war.

In Berlin fiel er weniger auf als in Jena, ein Asiate mit breitem, nicht auszumerzendem thüringischen Akzent (Genossin Schlichtweg hatte *viel* mit ihm gesprochen!) und der Statur einer ausladenden Kommode. Die Feindseligkeiten, die er erlebte, rührten nicht zuletzt daher, dass Ausländer in der DDR meistens Privilegien hatten, nicht zuletzt relative Reisefreiheit genossen. Leider hatte er nicht nur keine Privilegien, sondern verstand, als DDR-Bürger, eben auch genau, wie neidisch man auf die war, die sie hatten, was ihn irgendwie nachsichtig machte. Fidschi wurde er genannt, wenn er im falschen Augenblick die falschen Lokale betrat. Und von denen gab es viele. Er bestellte dann auf Thüringisch Bockwurst mit Kraut und versuchte, sich nicht allzu sehr zu ärgern. Er wollte, wie fast alle, einfach nur raus.

Nachdem er sich 1989 dann das Seemannsbuch geholt hatte und, taumelnd und staunend vor Glück und Aufregung, einen Abend über die schier unbegreifliche Reeperbahn gelaufen und am Hafen von Weitem einem gigantischen Kreuzfahrtschiff gegenübergestanden war, hatte er beschlossen, nach Paris zu fahren. Ursprünglich hatte ihn etwas abgehalten, auf der Stelle nach Frankreich zu fahren, eine leichte Sorge, wie sie jemanden aus einer orientalischen Erzählung umtreibt, der in früher Kindheit mit einem angeblich wunderschönen Mädchen verlobt worden war und sich nicht traut, ihren Schleier zu lüften, als sie fünfzehn Jahre später tatsächlich vor ihm steht. Er kannte Paris nicht nur aus der schönen Literatur, er hatte jeden greifbaren Reiseführer, Baedeker, Kunstführer gelesen, Reisebeschreibungen und Stadtpläne studiert, von historischen bis hin zu neuesten. Er wusste zu viel über Paris, und er wusste nichts.

Er war schrecklich aufgeregt, ließ sich aber nicht mehr abhalten, jeder Tag zählte, jede Stunde fast, so kam es ihm vor. Er fuhr zum Hauptbahnhof, an dem er vormittags, mit nagelneuem westdeutschem Reisepass, angekommen war, kaufte sich eine Fahrkarte und wollte auch, da er todmüde war, einen Liegewagenplatz. Der Liegewagen war ausverkauft. Schlafwagen, 2. Klasse, ein Bettplatz *Tourist* wäre noch frei. *Tourist* klang toll.

Der Nachtzug nach Paris ging von Gleis 12. Das Gefüge von Balustraden, Treppen und Galerien, das luftige Gewirr des *Hamburger Hauptbahnhofs* durcheilte er als gut gebauter merkurischer Blitz, in der Angst, zu spät zu kommen, denn er fand sich zuerst nicht zurecht, verwechselte Vorder- und Hinterseite, fragte manchmal nach, um auf Grinsen wegen seines für sächsisch gehaltenen Akzents zu stoßen. Nach fünfzehn Minuten hatte er den Zug gefunden. Der Schlafwagen war der letzte Wagen. Der Schaffner, dessen Uniform, insbesondere seine flache Mütze, französisch wirkte, sah ihm mit freundlicher Gelassenheit entgegen. Die Hände auf dem Rücken verschränkt, schritt er vor dem Eingang des Schlafwagens auf und ab, begrüßte ihn, führte ihn zu seinem Abteil. Er war der Erste, der ihn nicht wegen seines Akzents angrinste, seit er im Westen war. Später dann beobachtete er, wie er die Pässe der Reisenden einsammelte. Erfurt gab seinen keine Woche alten Pass, von dem er Dekaden seines Lebens geträumt hatte, mit großer Angst ab. Zugleich faszinierte ihn unverhohlen die Sammlung, die der Schaffner zusammentrug und die er nach Belieben studieren konnte, wenn er wollte.

Der Zug verließ Hamburg Richtung Westen, Holland. Erfurt konnte nicht schlafen. Er war so glücklich, dass er keine Minute seines Glücks verpassen wollte, das, wie richtiges Glück, durchsetzt war von plötzlich auflodernden Strähnen von Panik und Angst und Ungewissheit. Nach der holländischen Grenze wollte er auf die Toilette. Er fand den Wagen menschenleer und spärlich beleuchtet, nur aus dem Office, das vor der Toilette lag, drang Licht. Im Office stand der Schaffner, schrieb seine Unterlagen. Erfurt blieb stehen, unschlüssig, schüchtern. Rang sich durch zu fragen. Er bekam Antwort. Fragte weiter. Man unterhielt sich. Man unterhielt sich sehr gut.

Drei lange aufregende Pariser Tage später war er Mitglied der *Compagnie*, harrte seiner Ausbildungsfahrt, und zwar tat er das in der *Hotelpension Walter* (ausgerechnet!), einem Etablissement am Steindamm, das neben ausgemachten ostzonalen Glückspilzen wie ihm Babynutten und ihre Freier beherbergte. Seitdem hatte er eine glückliche Zeit hinter sich gebracht. Eine glückliche Zeit auf der einen großen Tour, zu der sein Leben geworden war.

* * *

Es ging gegen Mitternacht. Der uralte Gregor Lopomski verschwand heimlich. Auf einer Empore des *Gran' Tour*, die für gewöhnlich Rudeln rumänischer Schaffner Aufenthalt bot, genialischen Schlawinern, deren lachende Münder von Goldkronen blitzten, trat der *Chœur des Services Internes* zusammen, dem Lopomski seit vielen Jahren als Dirigent vorstand. Er hob die Hand – schlug die Stimmgabel auf das Holz der Balustrade, vierzehn greise Tenöre und sieben uralte Bässe versuchten, sich auf dem lopomskischen ‹C› zu treffen. Und sie trafen zusammen.

Das *Gran' Tour* verstummte sekündlich. Erwin, der es nicht glauben konnte, jedoch durch vorfreudiges Grinsen der Übrigen überzeugt wurde, stand auf, hochrot vor Scham und mit feuchten Augen. Lopomski zwinkerte ihm zu, rief, mit starkem schlesischen Bühnenakzent, *«Ce soir, mes Amis – pour Hervé»* in den Saal, wandte sich dem hoch konzentrierten Chor zu. Sie alle trugen die Galauniform eines Büfettwagenschaffners der *Grand Oriental Indian Post Line*, die vor den Kriegen von London nach Brindisi verkehrt war. Selbst Lopomski hatte sich umzuziehen vermocht und sein hellblau kariertes Wollhemd unter einem altmodischen Sweater gegen eine gestärkte Hemdbrust eingetauscht. Er hob beide Hände. Stille. Er gab den Einsatz. Die ersten fünf Tenöre hoben an:

(1. Einsatz)
Let us go then, you and I,
When the evening is spread
out against the sky
Let us go through certain streets,
(2. Einsatz)
The muttering retreats
of restless nights
in one-night cheap hotels
Let us go then, you and I,
When the evening is spread
out against the sky
(Einsatz da capo ad libitum)

Lopomski hielt den Chor zehn Minuten im Kanon, unerbittlich gegen gewisse zwischendurch auftretende Ermüdungserscheinungen des Baritons, bei dem vier tiefe Tenöre aushelfen mussten. Gegen gelegentliche Ausbruchsversuche der Bässe, die immer wieder Zeilen überspringen wollten, um aus unerfindlichen Gründen die zweiten Tenöre einzuholen. Und auch gegen die Neigung des ersten Tenors andererseits, immer langsamer zu werden. Lopomski hörte alles, ließ nicht locker, duldete keine Abweichung. Lopomski *dirigierte* diesen Kanon tatsächlich. Es war der legendäre Kanon der britischen *Indian-Mail-Schaffner*. Gesungen in brindisischen Bahnhofs- und Hafenkneipen (was in Brindisi ja auf dasselbe hinausläuft), waren seine Ursprünge, was Text und Musik betraf, rätselhaft und unbekannt geblieben. Er war nicht notiert. Der Chor kannte den Text und die Melodie. So war er überliefert worden, und niemand wusste, ob er vor fünfzig Jahren nicht vielleicht ganz anders geklungen hatte.

Der jeweils älteste der Sänger war der Dirigent, solange er konnte zumindest. Und noch konnte der uralte Gregor Lopomski diesen verdammten Kanon dirigieren. Und er wusste, wann es Zeit war, ihn zu beenden. Er gab das Zeichen, die vier Stimmen blieben auf ihrem jeweils letzten Ton stehen – Lopomski ließ dem reinen Fis-Dur-Akkord seinen Raum, hielt ihn konzentriert, hielt ihn weiter, noch einen Moment –, und dann ließ er ihn sanft ausklingen. Stille.

Eine wundervolle Stille. Die Lichter des Saals erloschen, nur noch die Lampen an den Treppen, Durchgängen und Balustraden brannten. Die meisten der Schaffner hielten ein Glas *Anges de Nuit* in der Hand, den hochprozentigen Cocktail des Hauses. Als das Hauptlicht erloschen war, hatten sie ihre Gläser erhoben, und dann entzündeten sie unzählige Flammen, die das *Gran' Tour* sekundenlang in irisierendes, nachtblaues Licht tauchten. Dann wurden die Flammen gelöscht, und man trank, ohne abzusetzen ...

Florenz, Aufenthalt 1.7.1999, 14:15

Ein vielfacher Glockenschlag. Erwachen. Und sich im Augenblick des Erwachens auf fantastische Weise erinnern, dass man nicht alleine war, ohne sich erinnern zu können, wo man war. Erwachen und, noch bevor man die Augen aufgeschlagen hatte, zu wissen, dass man mit dem wundervollen, nur noch *fast* unbekannten Körper einer Frau zusammen in einem Bett lag. Ein nacktes, duftendes Mädchen neben sich zu wissen und länger zu brauchen, sich an ihren Namen zu erinnern als an den Geschmack ihrer Muschi. Und kurz danach, für die Sekunde lüsternen, weltmännischen Vergnügens, nachdem man sich des bittersalzigen Aroms versichert hatte, das die eigenen Lippen veredelte, erinnerte man sich, dass man grade in Florenz war.

Mädchen. Mösengeschmack. Florenz. Früher Nachmittag. Pardell im Glück. Sie hatten es zweimal kurz hintereinander getan, dann waren sie todmüde eingeschlafen, das süße Mädchen noch vor ihm, die Arme hatte eine ganze Nacht in einem überfüllten, stinkenden

Sitzwagen von Bolzano nach Florenz zugebracht, während Pardell sich immerhin irgendwann nach Verona für knappe zwei Stunden hatte hinlegen können. Pardell befühlte vorsichtig die leicht schmerzende, aber köstliche Reizung seines Schwanzes, befühlte sich so vorsichtig, dass der gleichzeitige Anblick eines schlafenden Nackens, dessen leichter Babyspeck von rotblonden Engelslocken gekitzelt wurde, das Befühlen in wenigen Augenblicken zu einem aufmunternden Streicheln werden ließ. Nach zwanzig Sekunden war er steif, vorfreudig und konnte sich an keinen Schmerz mehr erinnern. Er küsste vorsichtig den Nacken des, wie er fand, unaussprechlich süßen Mädchens.

Das süße Mädchen hieß Liz, war Holländerin, hatte vor Kurzem Abitur gemacht und befand sich auf der großzügig angelegten Europareise vor dem Beginn ihres Studiums, Tiermedizin im belgischen Leuven, wo sie eine Tante hatte. Grundlage der Reise war ein Interrailticket. Pardell kannte Reisen auf der Grundlage des Interrailtickets. Sie waren eine feine Sache, wenn die Mühsal und die unausweichlichen Strapazen schlaflos durchgerüttelter Nächte, versäumter Anschlüsse und erschreckend früh schließender Bahnhofshallen gelegentlich von angenehmen Begebenheiten unterbrochen wurden. Wenn man jemanden kennenlernte, Menschen, die sich irgendwie in und zwischen den fremden Städten auskannten, weil sie in ihnen wohnten oder oft und lang gewohnt hatten. Menschen, die einen eine Weile begleiteten, um jemand zu werden, dem man ein paar Wochen nach der Rückkehr eine fröhliche Postkarte schreibt – diese Begegnungen machten auch den Zauber der Reise von Liz aus. Sie hatte Pardell davon erzählt.

Sie war in Innsbruck zugestiegen, mit dem klassischen Riesenrucksack, der aussah, als wäre er größer als sie selbst, und in dem sehr viele Mädchendinge waren, Wäsche und ein liniertes Reisetagebuch, aus dem man praktischerweise sehr leicht Seiten herausreißen konnte, wenn man Briefpapier brauchte.

Sie war sich über den Aufbau internationaler Nachtzüge keineswegs klar. Genauso wie es Pardell selbst noch vor wenigen Monaten hätte passieren können, stieg sie am Ende des Zuges ein, betrat Pardells Wagen und sprach den gerade mit dem Zählen von Piccolo-Sektflaschen beschäftigten Springer an. Pardell hasste den Piccolosekt, *Weißendorff Cuvée*, ein scheußliches Getränk, das niemals bestellt wurde und in der Kühlung Hunderter Schlafwagen der *Compagnie* Hunderte Male nutzlos gezählt wurde und sich ansonsten unberührt mit seiner Hefe beschäftigte. Er war froh, dass er abgelenkt wurde.

Eine bestimmte Bewegung ihres zwar abgekämpften Gesichts, aus der der abenteuernde Wunsch nach Bekanntschaft sprach, fiel ihm sofort auf, und er gab ihr Auskunft, ja, die Sitzwagen kämen dann, nach den Liegewagen. Alles so voll, überall, ja, er wisse schon, wohin es gehe, Florenz, hm, ja. Ein Getränk vielleicht, er sehe, wie erschöpft sie sei, ob sie ein Glas Wasser oder ein Bier wünsche, er lade sie ein. Sie wollte durchaus, und sie unterhielten sich danach eine ganze Weile, bis Bozen eben, und saßen auf der ausgeklappten Schaffnerliege. Sie sprachen jenes flüssige, großzügig dem Englischen entliehene universale Patois junger Europäer, mit dem sich Pardell selbst meistens durchschlug, wenn er nicht sein rührendes, vor lauter Umständlichkeit manchmal für Momente erstarrendes Französisch ausprobierte. Liz erzählte begeistert, Pardell hörte ihr aufmerksam zu, erfuhr von den Orten, an denen sie gewesen war, Paris, Schweiz, München, Innsbruck. Sie erwähnte ein australisches Pärchen, das sie in Paris auf der *Gare d'Austerlitz* kennengelernt und von dem sie sich nach einem Tag in Basel getrennt habe. Sie verschwieg einen angeblichen jungen Kunstmaler, den sie vor dem Pärchen in Les Halles kennengelernt hatte.

Ihre Tour beabsichtige sie jetzt über Florenz und Rom, dann wieder nach Frankreich, über Monaco und Nizza, bis nach Barcelona fortzusetzen. Über die Städte, die Pardell kannte, gab er Auskunft, ließ sich Fragen stellen, die schnell in andere Richtungen führten, erzählte, er sei Architekt, eigentlich, Architekturtheorie, Piranesi, ob sie den kenne, die *Carceri*, ja Gefängnisse. Nein, kenne ich nicht. Aber das klingt *wirklich sehr interessant*.

In Bozen hatte er einen letzten Zustieg, und Liz machte sich lächelnd und mit leichtem Grauen auf die Suche nach einem freien Sitzplatz. Gelegentlich, sehr selten, aber doch gelegentlich, hatte er die eine oder andere schon auf ein Bett eingeladen – ein Angebot, das er Liz gerne gemacht hätte. Aber da war kein freies Bett mehr gewesen.

Pardell hatte das bedauert, nicht nur, weil es ihn glücklich machte, anderen auf der Reise möglichst liebenswürdig zu begegnen. Liz hatte ihm gefallen, ihm hatte gefallen, wie sie von ihren Zigaretten genippt hatte, er hatte den Klang ihrer Stimme gemocht, und ihm gefiel, wie sich ihr roter BH unter ihrem T-Shirt abzeichnete. Ihm gefiel, wie sie ihn anblickte, immer ein wenig länger, als es nötig gewesen wäre. Interrail!

Er hatte diese Art Blick kennengelernt, suchte ihn, wo es ging, zu erwidern, und in den letzten Wochen hatte er ihn zu mehr oder weniger ausführlichen Zärtlichkeiten mit den verschiedensten Frauen geführt.

Vor ein paar Tagen erst hatte er leidenschaftliche Küsse mit einem sehr dünnen blonden Mädchen aus Österreich getauscht, das sich unbedingt zu ihm in das winzige, schmale Office hatte stellen und Rotwein trinken wollen, bis es in Kufstein ausstieg. Das war scharf gewesen, aber dann auch ein wenig deprimierend, und er hatte es sich auf der Toilette selbst schenken müssen.

Einmal hatte ihn eine schwarzhaarige, sehr braun gebrannte ältere Frau mit ledriger Haut in ziemliche Verlegenheit gebracht, die zusammen mit ihrem greisenhaften Mann, allerdings in einem eigenen Abteil, von Paris nach Zürich reiste und ihn immer wieder mit der Notglocke zu sich gerufen hatte. Sie hatte mehrere Wasser bestellt und danach mehrere Whiskys und verlor, wie in einem zufälligen, zeitverzögerten Striptease, Kleidungsstück um Kleidungsstück, bis sie schließlich mit dem Rücken zur Tür in schwarzer Unterwäsche im Abteil stand und den Wasserhahn des Waschbeckens zudrehte.

«Habe mir nur noch die Zähne geputzt.»

«Ach so, hier ist der Whisky.»

«Oh, setzen Sie sich doch. Trinken Sie einen Schluck mit mir.»

Sie wies auf eine große Flasche *Johnny Walker* und lächelte. Alles klar. Pardell hätte auch nichts dagegen gehabt, aber während er lächelnd einen Augenblick zögerte, hörte man aus dem Nachbarabteil ein aufschnaubendes Stöhnen des Ehemanns. Die Vorstellung, sich mit der Frau einzulassen, während alle halbe Minute greises Stöhnen des gehörnten Ehemannes herüberdrang, rief irgendeine vage Erinnerung an altmodische Perversionen hervor, denen er sich nicht gewachsen fühlte. Er war kein Poliakov, der sich mit der Selbstverständlichkeit des Gentleman *(«ch'ist englische Regel – weniger als dreimal ist unch'öflich. Öfter als dreimal ist schweinisch!»)* an die heikle, unheimliche Stille voraussetzende Operation gemacht hätte.

***

Das erotische Genie hatte ihm geraten, im Falle, dass Leo mal jemanden mit aufs Hotel nehmen wolle, den Portier nur im äußersten Notfall zu hintergehen.

«Du musst machen zu Verbündete, gib ihm Gefühl von Anteilnahme an jeweiliger süße Muschi», hatte er zu Pardell gesagt, irgendwann auf der Rückfahrt, kurz vor Saarbrücken, wo die beiden Zugteile wieder getrennt worden waren. Seit der Nantes-Tour hatte sich Pardell danach gesehnt, die erotische Konsequenz aus der Begegnung mit seinem bulgarischen Freund zu ziehen. Ihm war klar, dass er sein Genie niemals würde kopieren können, er konnte sich nur inspirieren lassen, konnte sich an das feine Lächeln unter den Weckgläsern der Hornbrille, an die raffinierte Geschicklichkeit von Poliakovs sensibel seine Hose nach oben ziehenden Händen erinnern. An seine Ruhe und seine Eile. Pardell konnte seine Liebschaften nicht suchen, sie mussten ihn finden. Er durfte ihnen nur nichts in den Weg stellen.

Er musste klare Lagen als solche begreifen. Ein klare Lage war ein süßes rot gelocktes Mädchen, das zerkämpft, aber morgendlich glücklich am Bahnsteig hinter ihm stehen geblieben war, während er den Reisenden beim Aussteigen half – oder so tat, als helfe er ihnen –, und das ihn, als er sich umdrehte, überrascht anlächelte, so als hätte es gedacht, ihn nie wiederzusehen.

Der Morgen war strahlend, schon ziemlich warm, und Pardell lud sie gut gelaunt ein, ihm in das nah am Bahnhof gelegene Café zu folgen, wo er eine Brioche und zwei, drei Cappuccino zu sich zu nehmen pflegte. Sie freute sich, blickte ernst und ein bisschen verschämt, als er sie einlud. Sie sähe recht müde aus, ja, sei sie, es sei wirklich alles voll gewesen, sie habe kaum geschlafen, na ja, sie werde schon etwas (Seufzen) finden, ob er zufällig wisse, wo es eine gute Jugendherberge gäbe. Nein, leider nicht. Aber, ich will mich nicht aufdrängen, ich meine nur, also wirklich, wenn du willst, ganz seriös, also, ich gehe jetzt in mein Hotel, das ist immer ein breites Bett, und einer könnte ja auf dem Boden ... Er hatte den Satz nicht zu Ende gesprochen, als sie, möglichst sachlich, nickte. Oh, wie nett, klar, wenn ihn das nicht störe, sie werde sich einfach die Isomatte unterlegen und auf dem Boden schlafen.

Vor dem *Shelley* – dem vornehmsten unter all den Hotels auf seinen Touren – bat er sie, kurz zu warten. Er ging nach drinnen, um mit dem Portier zu reden. Eine Freundin sei mitgekommen, er würde sie gerne mit nach oben nehmen, für den Nachmittag, ob er das machen könne, wenn nötig, würde er die Differenz bezahlen. Er wolle kein Aufhebens machen. Der Portier, der ihn schon kannte, ein älterer, gepflegter Florentiner, erließ ihm lächelnd den

Aufschlag und sah Pardell und Liz zu, wie sie den kleinen Fahrstuhl bestiegen, um in den vierten Stock zu fahren. Sie blickten sich kaum an und versuchten, sehr müde auszusehen, während das Aufzuglicht die Ziffern 1 bis 4 vorfreudig nach oben hüpfte.

Während Liz sich entzückt im Bad umsah, blinzelte Pardell auf der kleinen Dachterrasse in die Sonne, dann tauschten sie. Während Liz kurz auspackte, duschte Pardell.

Während Liz duschte, stellte sich Pardell in seinen Shorts (zum Glück hatte er noch ein Paar Shorts gefunden, das als frisch durchgehen konnte) und mit dem schmaleren der beiden Handtücher über den Schultern noch einmal auf die Terrasse und genoss eine *Parisienne*. Dann noch eine. Als er die dritte gerade angezündet hatte, kam Liz aus dem Bad. Dunkelblaues Höschen, ein frisches, weißes T-Shirt, das eine niederländische Frage stellte. Das Handtuch hatte sie um die nassen Haare gewickelt. Zweifellos ein typisches frisch geduschtes Mädchen. Sie summte, machte sich am Gepäck zu schaffen, und Pardell sah ihr zu, wie sie verschiedene Gegenstände aus Taschen in andere Taschen räumte. Als er sich die vierte *Parisienne* in direkter Folge angezündet hatte, nahm Liz ihr Reisetagebuch heraus, wahrscheinlich, um einen Eintrag vorzunehmen. Allerdings schrieb sie nicht, sondern setzte sich aufs Bett und blätterte energisch die Seiten vor. Dann wieder zurück. Sie rauchte dabei eine rote *Gauloises Blondes.* Sie seufzte. Pardell inhalierte, aschte alle zwei Sekunden über die ziegelgesäumte Balustrade der Terrasse und blinzelte währenddessen in die florentinische Sonne. Liz inhalierte.

Als Pardell die Kippe fortschnippen wollte, wäre er fast über die Balustrade gestürzt. Liz seufzte. Das dauerte zusammen noch mal gute fünf Minuten. Mittlerweile war es 10 Uhr 15, viele Uhren schlugen fast gleichzeitig genau einmal. Pardell kam ins Zimmer zurück, Liz stand vom Bett auf, ging zum Rucksack, verstaute das Tagebuch und räumte einige Dinge aus Taschen in andere Taschen. Sie verständigten sich ausführlich darüber, dass beide der Ansicht waren, dass es besser wäre, den leinenen, rot-orange gestreiften Vorhang vor die offene Terrassentür zu ziehen, aber wenn du willst, von mir aus können wir ihn gerne offen lassen, nein, ehrlich, kein Problem, nein, nein, gar nicht, mach mal ruhig zu, ist mir auch lieber.

Leider dauerte das Vorziehen des Vorhangs selbst bei einer so gewissenhaften und sorgfältigen Ausführung wie der Pardells nicht länger als eine knappe Minute. Sie brachten es nach diesem Vorgang fertig, sich im Bruchteil einer Sekunde darüber zu verständigen, dass man nichts dagegen haben würde, auf dem Boden zu schlafen, echt nicht, aber wieso – das Bett war wirklich groß genug, mir macht das nichts aus. Nein, kein Problem. Ehrlich. Liz musste noch einmal schnell überraschend ins Bad, und Pardell fragte sich, ob es zu aufdringlich wäre, wenn er das Handtuch von seinen Schultern nähme, entschied, dass dem wahrscheinlich nicht so sei, und legte sich in das unberührte, kühle, fabelhaft angenehme Bett, breitete die Decke aus und legte sich dann mit seinem Rücken an die leider ziemlich kalte Wand, schloss die Augen und schlief ein bzw. tat so, als schliefe er. Liz kam zurück. Der Raum war halbschattig dämmrig. Sie hob, mit einem einzigen leisen, zum Durchdrehen süßen Kichern die Decke und legte sich auf ihre Seite, den Rücken Pardell zugedreht. Der rot-orange gestreifte Vorhang versuchte sein Bestes und bewegte sich. Pardell zog das rechte Bein leicht an, um seinen Ständer zu verbergen. Liz ruckelte. Pardell hmmte etwas wie ‹Alles in Ordnung?›. Liz hmmte ‹Ja›, drehte sich auf den Rücken und berührte dabei Pardells angezogenes rechtes Bein mit ihrem rechten Arm. So lagen sie etwa zwei Minuten, schliefen tief und fest und dachten darüber nach, was der andere wohl dachte. Dann gab es den Augenblick – gesetzt durch eine zufällige leichte Drehung des Arms von Liz und einer verzögerten Reaktion von Pardells Bein –, den Augenblick, wo das Unerträgliche, nicht länger Auszuhaltende plötzlich umschlug, wo die Angespanntheit jedes Einzelnen zu ihrer gemeinsamen wurde und schließlich das Erste war, von dem beide sicher wussten, dass sie es teilten. Pardell beugte sich über sie, stützte seinen rechten Arm neben ihren Kopf, sie sahen sich in der Dämmerung des Zimmers in die Augen, glücklich darüber, dass sie sich jetzt in die Augen sehen konnten, und dann küssten sie sich, so langsam und vorsichtig und schließlich gierig, wie man es tut, wenn man weiß, dass jetzt die letzte Gelegenheit dazu ist, weil man sich nie wiedersehen wird ...

Pardell küsste Liz Nacken noch einmal, roch an ihrem Haar und verharrte, leicht und zärtlich saugend, an ihrem Ohr. Sie erwachte nicht, sondern gab nur ein kleines, aus fernem Traum kommendes Seufzen von sich.

Eine knappe Stunde später erwachte Pardell wieder. Er hatte so tief geschlafen, dass er sich beim Aufwachen sicher war, den Dienst versäumt zu haben. Dann bemerkte er einen kleinen Speichelfaden, der aus seinem Mund über Liz Nacken auf ihren Rücken gelaufen war. Dann sah er an der Sonne, die den Vorhang hatte erglühen lassen, dass tiefer Nachmittag war und alles in Ordnung.

Er lag eine Weile noch dämmernd, genoss Liz Haut, die hell war und, von den gelegentlichen Schwärmen kleiner Leberflecke abgesehen, makellos. Über ihren Rücken hinweg sah er auf den sonnendurchglühten Vorhang, dann bekam er Sehnsucht nach einer Zigarette und stand vorsichtig auf. Liz seufzte und drehte sich auf die andere Seite. Er ging ins Bad, wusch sich seinen Schwanz, der intensiv nach Latex und Möse roch, wickelte sich das Handtuch um die Hüften und suchte dann in der Minibar nach einem Fläschchen Campari Soda. Er öffnete es mit seinem Feuerzeug, entzündete eine Zigarette und stellte sich auf die Terrasse, deren Fliesen sich wunderbar erwärmt hatten. Nach einer Weile kam Liz, nur mit dem T-Shirt bekleidet, rieb ihren Kopf wie ein verschlafenes Kätzchen an seiner Brust, zog an der *Parisienne*, fand sie zu stark, lachte und verschwand wieder. Die Helligkeit auf der Terrasse machte sie beide wieder schüchtern, zusammen waren sie lieber in der Dämmerung des Zimmers.

Pardell rauchte, ging dann auch wieder hinein. Liz schrieb in ihrem Reisetagebuch, auf dem Bauch liegend, ihrerseits rauchend. Pardell setzte sich neben sie, sah ihr zu und streichelte sanft ihren kühlen Hintern, Liz lächelte und schrieb weiter, Pardell streichelte ihr Arschloch, kitzelte ihre Möse, befeuchtete dort seine Finger, und während er mit dem Mittelfinger eindrang, Liz aufseufzte und, den Stift in der Hand behaltend, ihre Arme ausstreckte und ihren Kopf auf die frisch geschriebenen Zeilen des Tagebuchs sinken ließ, steckte er ihr seinen nachforschend feuchten Zeigefinger in den Hintern. Liz seufzte, drehte sich auf die Seite, zog ihre Beine leicht an, nahm sich Pardells Steifen, spielte mit ihm, Pardell schloss die Augen, sie strich ein paarmal mit der Zunge über seinen Schwanz, dann blies sie ihn ein wenig, achtete aber nicht auf ihre Zähne, und Pardell zischte auf. Sie kicherte, nahm ein gelbes Präservativ, zog es ihm sehr gekonnt über, und dann wiegten sie sich in einem anfänglich noch zögerlichen, schließlich präzisen Rhythmus, in dem sie es sich gegenseitig schenkten, bis der Nachmittag zu versinken begann.

***

Sie trennten sich hinter dem wegen seiner radikal modernistischen Architektur weltberühmten Bahnhof *Santa Maria Novella*, auf dessen Rückseite sich auch ein großer Busbahnhof befand. Liz hatte von einer Jugendherberge in Fiesole gehört, die wunderbar gelegen sein sollte und die mit einem Bus zu erreichen war. Zusammen nahmen sie noch einen Imbiss, geschmacksneutral durchgeweichte Sandwiches mit Mozzarella und Tomaten. Sie redeten recht wenig miteinander. Pardell brachte sie zum Busbahnhof. Dort herrschte der rege Verkehr durcheinanderschießender Vespas, das ferne Klappern der schließenden Geschäfte, ein vorfreudiger Florentiner

Sommerabend, von dem jeder, der blieb, seinen Teil bekommen würde.

Liz und Pardell verabschiedeten sich schüchtern, Liz gab Pardell, den sie richtig niedlich fand, eine Adresse, unter der sie nicht mehr lange erreichbar sein würde. Pardell bat, sie fotografieren zu dürfen. Sie stand, die Daumen in die Gurte des Rucksacks gehakt, vor einem der orangen Busse des Florentiner Nahverkehrs, lachend, T-Shirt und braune Cordschlaghosen, zwischen anderen Rucksackreisenden und alten Männern. Sie gaben sich einen Kuss, Liz stieg ein, winkte, Pardell fotografierte, ohne zu wissen wieso, auch noch das Nummernschild des Busses: FI 2347-83, Linie 26.

Dann eilte er benommen, mit einem auf herrliche Weise schmerzenden Schwanz, in das Büro der Fahrdienstleitung, um sich die Reservierungsliste dieser Nacht zu holen. Es ging zurück nach München.

Er genoss die Fuge der Ansagen auf Italienisch, Englisch und Deutsch, die die Intercitys ankündigten, das vielfache Rattern der großen Anzeigentafel, das Geschrei der Reisenden. Er erinnerte sich an Liz, wie man sich an Musikstücke aus anderen Wohnungen erinnert, die man einen Nachmittag lang gehört hat und die einem nicht mehr aus dem Sinn gehen, ohne dass man eigentlich über sie nachdenkt. Er stand mit der Laufkarte und der Reservierung vor seinem Wagen. Kostete die Andeutungen des Abends, die Versprechen der neuen Tour und die großen Abschiedsgesten des Bahnhofs.

Die so gesammelten Augenblicke beflügelten seinen Schritt, erhellten seine Seele mit dem Labsal des Lebendigen, erfrischten seinen übermüdeten Körper.

***

Pardell, der Schaffner im Glück. Er durcheilt alle Bereiche der Bahnhöfe, auf der Suche nach Neuigkeiten, nach Getränken und Anweisungen, trinkt, raucht, liest, bewegt sich unschlüssig, weil er plötzlich mehr Zeit hat als erwartet, weil es eine Verspätung oder einen Ausfall oder eine neue Anweisung gibt. Er überlässt sich der Filmrolle der Bahnhöfe, steigt in die Nachtzüge und sammelt weiter, seinen Blick auf die kleineren Bahnhöfe gerichtet, die langsam passiert werden, ohne dass sie reguläre Haltepunkte wären, sieht, immer wie nebenbei, einen alten Mann, der einer alten Frau einen Abschiedskuss gibt, sich dazu aber, weil die Frau zurückweicht, so weit schräg nach vorne beugen muss, so schräg, dass er sich an der Frau festhält und sehnsüchtig und komisch gleichzeitig verharrt, und Pardell glaubt, die Tränen des Abschieds auf seinem Gesicht zu sehen, die Tropfen dieser exquisiten und elementaren Flüssigkeit, nach der er sich heimlich sehnt, ohne zu ahnen, wie bitter sie schmecken kann.

Rotterdam, Passage 20.7.1999, 11:27

Der Nieuwe Binnenweg in Rotterdam – was war das? Ein in die Länge gezogener Mülltrennungsplatz? Der abgelegene Teil eines Autofriedhofs? Der Straßenstrich für Bewohnerinnen von Pflegeheimen, die sich was dazuverdienen mussten?

Der Würger wusste es nicht genau. Er war vorhin, an der Ecke der Straße, in der er, 200 Meter vorher, sein Taxi hatte halten lassen, von einer sehr alten Nutte angesprochen worden, das aber so, als ob sie selbstverständlich die Jüngere, Attraktivere, eben das leichte Mädchen wäre, das einem alten Lüstling mehr oder weniger einen Gefallen tun wollte. Er war gegen seinen Willen stehen geblieben. Vor nichts fürchtete er sich so wie vor alten Nutten. Sein unbedingter Widerstandsgeist schwand augenblicklich – er begann zu stottern, sich zu winden, und fühlte sich ertappt. Irgendwie gelang es ihm allerdings immer, sich ihnen mit rotem Kopf und krächzendem panischen Falsett zu entziehen.

Alte Nutten mochten den Würger. Wenn es irgendwo eine alte

Nutte gab, konnte man sicher sein, dass sie ihn finden würde. Sie konnte blind und taub sein, aber sie fand zu ihm. Nacht, Nebel, Schneefälle, Hochwasser – trat der Würger irgendwo auf, hatte sich auch schon die älteste Nutte der ganzen Gegend bei ihm untergehakt und zwinkerte ihm vieldeutig und obszön zu, dem alten, total versauten *Freak*.

Sie stellten sich ihm in den Weg, sprachen ihn wie einen alten Bekannten an, lachten, fassten ihm ans Revers, zogen an seiner Krawatte, achteten übrigens niemals darauf, Deutsch, Englisch oder Französisch zu sprechen, Sprachen, die der Würger verstand, nein, sie alle sprachen ihn in ihren eigenen Muttersprachen an und lachten nur, wenn er mit krächzendem Englisch sagte, er verstünde sie nicht. Sie glaubten ihm nicht, oder es war ihnen egal. Die sehr alte Nutte an der Ecke Oude Binnenweg/Nieuwe Binnenweg auch. Von der ersten Sekunde an tat sie so, als hätte sie der Würger schon eine halbe Stunde lang angefleht, unaussprechliche Sodomien mit ihm zu teilen, und als hätte sie heute ihren guten Tag und würde ihn ausnahmsweise mit nach oben nehmen.

Er war ihr schrecklicherweise aufs Zimmer gefolgt. Hatte ihr aber dann gerade noch auf dem schäbigen Flur, kurz bevor sie die Tür erreicht hatten, 200 Gulden in die Hand gedrückt und war die schmalen Treppen des Etablissements nach unten gestürzt, auf die Straße gekommen, hatte eine Kneipe schräg gegenüber aufgesucht und Wodka bestellt. Viel Wodka, so als wäre er die Vorhut einer zehnköpfigen Vatertagsausflugsgesellschaft aus Helsinki.

Er stürzte die ersten Wodkas, beruhigte sich langsam, beschloss, ein Bier zwischendurch zu trinken. Dann erst beschäftigte ihn das Lokal. Manchmal, gar nicht so selten, hatte der Würger in München solche Orte aufgesucht. Spätnachts, wenn das *Schumanns* zumachte und er an einen Ort wollte, wo er garantiert jemanden finden würde, den er auf einen Drink einladen konnte. Aber da war er immer schon dicht und bekam alles nur durch den warmen, mildglasigen

Mantel des Alkohols mit. Jetzt betrat er solch ein Lokal vormittags und versuchte, sich panisch in den Zustand zu versetzen, in dem er das *Schumanns* gegen 3 Uhr morgens für gewöhnlich verließ.

Er hatte eine Tour hinter sich, die ihn immer tiefer, immer weiter in die deprimierendsten Viertel einer kaum zu fassenden Anzahl europäischer Großstädte geführt hatte. Aber jetzt war er unten angekommen. Ohne jeden Zweifel. Schlimmer ging's nicht. Vielleicht in der *romantischen* Innenstadt von Washington D.C., Bombay, Lagos, aber nicht in Europa. Das Lokal hieß *Karel's Biss.* Er ging auf die Toilette.

Es gibt Menschen, die den Liebesakt und die Empfindungen der Liebenden für unbeschreiblich und deswegen für die direkte Darstellung durch die Kunst nicht geeignet halten. Der Würger – auf dem Hintergrund des Erlebnisses mit der sehr alten Nutte vorhin – hatte sich an diesen Gedanken erinnert, als er fünf Minuten später von der Toilette kam. Wenn der Gedanke zutraf, dann war diese Toilette wie Sex. Was er auf dieser Toilette ... diese Toilette ... das war ... Er musste sich setzen. Unbedingt noch einen Schluck trinken. Das Lokal war schäbig, aber wenn man auf der Toilette gewesen war, kam es einem wie ein Separee im Garten der Lüste vor. Der billige Wodka rann ihm wie feinstgebrannter, milder Waldfruchtgeist die Kehle hinunter.

Er blickte auf seine *Chronoswiss Delphis*, eine der wenigen retrograden Uhren, die er besaß und die er am Morgen in München unschlüssig angelegt hatte. Der Minutenzeiger war gerade wie ein Blitz von der rechten auf die linke Seite des Minutenhalbkreises zurückgesprungen, und fast zeitgleich hatte im Fenster der digitalen Stundenanzeige die Ziffer 11 der Ziffer 12 Platz gemacht. Mittag. Er sollte sich um 12 Uhr 30 an seinem Kontaktort einfinden und nach ‹Wongs› fragen. Er las sich den Zettel noch einmal durch, ging dann zur Theke, hinter der ein hagerer, misstrauisch blickender Mann stand und ihm unwillig mit slawischem Akzent Auskunft gab. Ja, das sei da vorne, Ende der Straße. Ob er noch was trinken wolle? Reichhausen hielt das für eine gute Idee. Genau, dachte er, genau die richtigen fünf Minuten für einen letzten Wodka.

Als er die Straße betrat, sah er einen Tramp mit einem kleinen Hund geduckt unter einer Bushaltestelle. Der Tramp war unrasiert, der kleine Hund schlief auf einer dunkelgrünen Decke, die der Bärtige auf einem der Kunststoffsitze ausgebreitet hatte. Instinktiv fasste er sich mit der rechten Hand an sein Kinn, fuhr sich über die Glatze, spürte einen leichten Schweißfilm auf. Der Himmel war schlierig bewölkt, es war sehr warm, und es ging ein drückender Wind. Kaum zu glauben, dass in so einer Gegend überhaupt Busse fahren. Schönes Tier. Wird noch groß. So verflucht heiß. Also los. Geh. Anstatt Tauben scheuchte der Würger ein paar heißhungrige Möwen von einem Pizzakarton weg, der vor ihm auf dem Nieuwe Binnenweg lag ...

***

«Und sagen Sie, Reichhausen, Sie wissen wirklich nicht, wer dahinterstecken könnte?», fragte Fischbein ein paar Stunden später, nachdem der Würger ihn von seinem Zimmer im *Majestic* aus angerufen hatte.

«Fischbein, das habe ich Ihnen schon gesagt. Aber wie gesagt, dieser Detektiv leistet wirklich gute Arbeit, er ist ein erstaunlicher ... ein wirklicher Profi.»

«Das sollte er sein, seine erste Rechnung war alles andere als bescheiden.»

«Wir müssen froh sein, dass er für uns arbeitet.»

«Ist das erste Mal, dass ich höre, dass Sie jemanden loben, Reichhausen. Muss ja ein richtiges Genie sein, dieser, wie heißt er, Moment, Staubohm. Kann ich seine Berichte mal sehen? Kann ich ihn vielleicht mal treffen?»

«Lieber nicht, Fischbein. Ich will nicht, dass er was ahnt. Vertrauen Sie mir einfach ...»

Während der Würger weiterhin sanft beschwichtigende Worte auf Direktor Fischbein einsprach, dachte er über etwas Merkwürdiges nach. Die beiden, er und Fischbein, hatten sich nie etwas geschenkt. Er konnte Fischbein nicht ausstehen, deswegen hatte er sich gar nicht erst die Mühe gemacht zu lügen. Jetzt hatte ihm Fischbein zum ersten Mal einen wirklichen Gefallen getan – und jetzt belog ihn der Würger zum ersten Mal. Irgendwie merkwürdig. Staubohm! Er hatte die Berichte des Detektivs, der seit Wochen seinen eigenen Assistenten überwachte, noch nicht mal gelesen. Müsste er noch nachholen, aber er hatte keinen Nerv dafür gehabt.

Jetzt erzählte Fischbein irgendwas über die *Massen* von Unterlagen, die der von Staubohm verfolgte Dr. Bechthold aus Argentinien mitgebracht habe. Er klagte über die Unübersichtlichkeit und dass er ja doch nicht umhinkäme, sich mit allem zu beschäftigen.

Der Würger hörte kaum zu. Er war erschöpft, und ihn beschäftigte ausschließlich seine eigene, *geheime* Suche nach der mythischen Uhr.

Er hatte begriffen, dass keiner der einzelnen Beteiligten mehr wusste als das, was er wissen musste, um das Bindeglied einer Kette von deponierten Informationen und Nachrichten zu sein – an dieser Kette hangelte sich der Würger entlang. Niemand von den Schnapshändlern, Kioskbetreibern, schmierigen Tresenwirten, die er kennengelernt hatte, schien die Leute vor und nach ihm zu kennen oder sich auch nur für sie zu interessieren.

Der Würger hatte einsehen müssen, dass die Organisation, die hier tätig war, groß genug war, um ihre Struktur verbergen zu können. Nachforschungen würden ins Nichts führen. Er konnte nur dem nachgehen, was jeder einzelne dieser merkwürdigen Mittelsmänner ihm sagte, was er jeweils bekam, welche Botschaften für ihn bereitlagen ... Es war wie ein absurder Albtraum aus unzähligen zappelnden, zuckenden und sich blind und ahnungslos die Hände reichenden Leibern, die irgendein höllischer Maître de Plaisir zu einem schockierenden *Tableau vivant* komponiert hatte. Er, der Würger, irrte seit Wochen durch dieses *lebende Gemälde*.

Wenn er nachts schwitzend und schlaflos auf dem Bett lag oder trinkend im Sessel saß, sei es in München oder in einem der erstklassigen Hotels, in denen er das Personal in Schrecken versetzte, der Raum nur mit einer einsamen Stehlampe erhellt, dann fühlte er sich wie der Held eines schlechten Slapstick-Films – er öffnete sehr interessant aussehende Kisten, aus denen blechern kichernde Springteufel herauskamen. Er steckte seine Nase in dunkle Löcher und zog sie, mit zwickfreudigen Schalentieren bestückt, wieder heraus. Er überquerte tiefe, eiskalte Seen und versank anschließend in kleinen, braunen Pfützen bis zum Knie in Matsch.

Diejenigen, die die *Ziffer à Grande Complication* hatten, mussten davon überzeugt sein, dass er die mythische Uhr um jeden Preis besitzen wollte. Seine Position war mehr als schlecht, und sie war ihm auch als solche bislang gänzlich unbekannt gewesen.

Er hatte es sich bislang stets leisten können, seine Interessen entweder offensiv zu vertreten oder sie zu verheimlichen, und er hatte keine Übung in dem, was er jetzt tat. Fette Kneipenwirte verschwörerisch anzuraunen, nicht um ihnen zu erklären, dass ihr blödes Hirn gleich die Wand runterlaufen würde, wenn nicht innerhalb einer halben Minute zwei Wassergläser mit Cognac auf dem Tresen stünden, sondern sie höflich, mit heiserem, trockenem Falsett zu fragen, ob sie *«noch etwas von dem köstlichen Chewapcici»* hätten, das letzte Woche so wunderbar geschmeckt habe, um dann tatsächlich *tagealtes Chewapcici* zu bekommen. Und erst zwanzig Minuten später, nachdem er es gegessen hatte, um nicht aufzufallen, die Nachricht, wegen der er gekommen war. Die Nachricht war stets zweiteilig: eine neue, aktualisierte Polaroidfotografie der *Ziffer* und eine neue Adresse, eine Schließfachnummer und ein Schlüssel oder dergleichen. Die Polaroids, die er alle zu Doktor nach Zürich geschickt hatte, dokumentierten, versetzt und sukzessive, den schlichten Verlauf der Zeit: Es waren exakte Fotografien der *Ziffer*. Man sah gestochen scharf, wie spät es jeweils war, bis auf die Sekunde. Der Ewige Kalender wies den Wochentag, das Datum, das genaue Jahr: April, Mai, Juni, Juli 1999.

Die Botschaft war, Paket für Paket, Foto für Foto: Sieh her! Wir haben die *Ziffer*, sie läuft, die Complicationen arbeiten. Das Jahresende kommt näher. Gib dir endlich Mühe, wenn du sie haben willst, alter Sack ...

«Was?» – Der Würger war eingenickt und fuhr hoch.

«Ich sagte ... Hallo, sind Sie noch da?»

«Ja, ich war grade ... Was haben Sie gesagt, Fischbein?»

«Ich sagte, dass ich sowieso noch Wochen brauche, bis ich die südamerikanischen Unterlagen alle durchgesehen habe. Ich *könnte* gar nicht schneller machen. Meinen Sie, dass wir bis dahin Genaueres wissen?»

«Mit Sicherheit, ich werde Staubohm Beine machen!»

«Gut, Baron. Sie fliegen also morgen zurück?»

«Ja, morgen früh geht mein Flug. Bis dann, ich melde mich, Fischbein.» Der Würger legte auf. Bei dem Gedanken an den Rückflug morgen früh wurde ihm wieder unwohl.

Er kannte nur noch zwei Arten von Flügen, durch zwei Arten von Himmelblau. Das euphorische, verheißungsvolle Samtblau der Hinflüge, auf denen er sich sicher war, dass er ans Ziel kommen und in Kontakt mit den Besitzern der Uhr treten würde.

Das andere war das höhnische, grenzenlos indifferente Stahlblau der Rückflüge, auf denen er die Cognacvorräte an Bord vernichtete und die Flugbegleiterinnen und seine Mitreisenden anstarrte wie ein Verbannter auf dem First-Class-Flug in eine ferne Provinz.

Das Päckchen, das er heute schließlich in einem koreanischen Elektronikladen am anderen Ende der Straße bekommen hatte – gegen den stolzen Preis von 5000 Gulden –, lag ungeöffnet auf dem Tischchen, neben dem Weinkühler. Er hatte es noch nicht geöffnet, aus Angst, dass es wieder nur einen dezent verpackten, allerdings gemeinen und raffinierten Scherzartikel enthalten würde. Er wollte erst genügend getrunken haben, um der drohenden neuerlichen Enttäuschung gewachsen zu sein. Er gab sich Mühe, aber das dauerte. Er musste konzentriert und aufmerksam trinken. Das Trinken während des Tages hatte ihn heute wieder einmal aus dem Konzept gebracht. Er musste am Abend noch mehr und entschiedener trinken, um den Unterschied zu fühlen. Während des Gesprächs mit Fischbein hatte er einen vorzüglichen chilenischen *Cabernet* genossen. Leider war die Flasche leer. Um an eine andere zu kommen, hätte er nicht nur aufstehen, sondern sogar noch das Telefon benutzen müssen. Am liebsten hätte er einfach so lange geschrien, bis sich irgendein anderer Gast beschwert hätte, aber auch dazu fühlte er sich zu erschöpft.

Also blieb er noch ein wenig schwer atmend sitzen, dachte mit wohligem Kribbeln an die *Ziffer*. Nach einer Weile glaubte er zu wissen, dass er jetzt eigentlich betrunken genug wäre, um irgendeine alte Nutte aufzureißen. Er würde keinen mehr hochbringen, damit war jede Möglichkeit *natürlicher* Impotenz ausgeräumt. Wenn er es fertigbrächte aufzustehen, würde er es auch auf die Straße schaffen, ein Taxi nehmen und sich irgendwohin bringen lassen können, wo es alte Nutten gab. Je hässlicher, desto besser, desto weniger bestand die Gefahr, dass eine eventuell nachlassende Wirkung des Alkohols vielleicht doch einen fatalen Anflug des unheimlichen Blutandranges zulassen würde.

Er dachte über verschiedene Bahnhofsgegenden nach und darüber, dass seine Furcht und Abneigung, sich bei Tage auch nur kurz in die Nähe eines großen Bahnhofs zu begeben, vielleicht nichts anderes war als die andere Seite der dunklen Schwerkraft, die ihn, wenn es Nacht wurde, geradezu gegen seinen Willen die zwielichtigen Viertel aufsuchen ließ, in denen aus Baron Friedrich Jasper von Reichhausen endgültig der Würger wurde.

Er stöhnte lüstern und schmatzend auf, als er sich aus dem Sessel wuchtete, einen verschwimmenden Blick auf den Sitz seiner Manschettenknöpfe warf und die arg mitgenommenen Falten des Anzugs prüfte. Er stand schwankend, und er wäre vor Schreck fast hingestürzt, als dumpf ein Telefon läutete ...

Er drehte sich zum Apparat auf dem Nachttisch, aber der war stumm. Wo? Er drehte sich wieder, schnaufend und schwer atmend, wo verflucht ... das Päckchen. Das Telefon war im Päckchen. Es klingelte erneut, unangenehm, in drängelnder Hektik. Er riss das Päckchen auf, fasste hinein und fand, neben der üblichen Fotografie der mythischen Uhr, ein Mobiltelefon. Er war so besorgt, nicht rechtzeitig abzuheben, dass er fast eine halbe Minute brauchte, um die Taste zu finden.

«Hallo?»

«Reichhausen?»

«Sie wissen, wer ich bin?» Anstatt dem Würger zu antworten, lachte der andere nur.

«Sie haben die Uhr?», so der Würger, falsettiert.

«Allerdings. Sind Sie an ihr interessiert?»

«Ja, was denken Sie denn, Sie verda... Ich, ja, ja. Bin interessiert.»

«Behalten Sie das Telefon. Wir teilen Ihnen mit, wo und wann die Auktion stattfindet.»

«Auktion?»

«Meinen Sie, dass Sie der Einzige sind, der sich für Armbanduhren interessiert? Die Auktion findet bald statt. Sie werden Bargeld benötigen.»

Ventimiglia, Aufenthalt 21.7.1999, 14:05

Pardell marin, zwischen Felsen, einem Toten gleich schlafend! Der Aufenthalt am Mittelmeer hatte zwei Tage zuvor seinen Anfang genommen.

Frühmorgens, in der Münchener Sektion. Pardell, nach einer Wientour, die letzten Papiere ausfüllend.

«Euer Ehren?»

«Oh, guten Morgen, Herr Eichhorn!»

«Ich bin nur sein Schatten. Eichhorn ist im Bett geblieben!»

«Was gibt's denn?»

«Wir müssen Sie stilllegen, Herr Pardell!»

«...»

«Nein, keine Sorge. Für sieben Tage. Vorschrift. Seuchengefahr!»

«Ich verstehe nicht ...»

«Sie könnten noch alle anderen anstecken mit Ihrer Arbeitswut! Schlafen ja nie! Unentwegt, wie der Wind! Nein, im Ernst, Pardell. Quittieren Sie mir hier diesen vorzüglichen Urlaubsschein!»

Pardell hatte unterschrieben und sich damit einer Erfahrung ausgesetzt, die ihm bislang erspart geblieben war: Urlaub. Es hatte Zeiten in seinem Leben gegeben, in denen er nicht gearbeitet hatte, klar. Semesterferien, in denen er nicht ständig Stadtführungen gemacht hatte. Am Ende eines Praktikums beim SFB – währenddessen er sehr viele DIN-A4-Kopien auf chlorfrei gebleichtem Laserdruckeruniversalpapier angefertigt hatte, die er danach der umweltfreundlichen Wiederverwertung zuführte – waren ihm drei und ein halber Urlaubstag zugestanden, die sich allerdings mit der anschließenden freien Zeit auf das Undeutlichste vermischt hatten.

Nein, Pardell hatte keine Ahnung, was *Urlaub* bedeutete. Gustaf Eichhorn entging seine Ratlosigkeit nicht.

«Pardell. Dann lachen Sie doch endlich mal. Sie haben sieben Tage bezahlten Urlaub!»

«Ja, ich weiß. Was würden Sie an meiner Stelle tun? Eine Nachmittagskartenrunde in der *Pension Scholl* aufmachen?»

«Verstehe. Die Qual der Wahl. Fahren Sie doch in den Süden, nach Italien!»

«Da bin ich doch dauernd.»

«Besuchen Sie die Staatliche Münzsammlung in der Münchener Residenz!»

«Und wohin in den Süden?»

«Wie wär's mit einer ruhig gelegenen Endstation? Das käme mir insofern recht, als ich in acht Tagen dringend jemanden in Ventimiglia bräuchte, der unseren neuen Kurswagen dann heil nach Zürich bringt. Sie fahren frei hin und im Dienst zurück, zum – Pauschalpreis! Wissen Sie was, Monsieur Leo: Ich fahre selbst!!»

Pardell hatte sich vierzehn Stunden nach dieser eichhornschen Einlage am Ende der Riviera in der *Albergo Terminale* einquartiert, vergünstigt, da er *Compagnie* war. Nachdem er das Zimmer betreten hatte, fragte er sich freilich minutenlang, *was* genau er da vergünstigt bekam. Dann entschied er sich, einen Tag lang auszuschlafen und zu diesem Zweck zum Strand zu gehen.

***

Zwischen Felsen hingestreckt, mit zwei leeren Flaschen San Pellegrino, einer irgendwann noch kühlen, schon geöffneten Flasche Weißwein, drei Schachteln *Parisienne* und zwei neuen Romanen der heiß geliebten Amleda Bradolgio, *Das scheinbare Begräbnis einer Nonne* und *Der Atem des Verfolgers*. Das Mittelmeer sah lustlos aus. Vor einer Viertelstunde war er ungefähr 400 Meter weit hineingegangen: Das Meer hatte daraufhin angefangen seine Unterschenkel zu benetzen. Er schätzte die Entfernung, die er zurücklegen müsste, um zu schwimmen, auf 1,8 Kilometer. Das schien ihm zu weit, und er ging zurück, streifte sich aber vorher mit der Hand Meerwasser über seinen blassen, wohlproportionierten Körper. Er trank etwas Wein, begann dann zu lesen. Kurz vor Mittag übermannte ihn der Schlaf.

***

Jetzt erwachte er. Es war kurz nach 14 Uhr. Das Aufwachen kündigte sich in Form eines ungeheuerlichen Durstes an, der sich in den wirren Träumen des früheren Berliners in Form plötzlich fließender, strömend frischer Bergquellen breitmachte, in die er im Traum gerne gesprungen wäre, aber etwas zog ihn am Fuß und hielt ihn ab. Durst, der die Gestalt eines winzig kleinen Schwimmbeckens annahm, in dem ganze Heerscharen fröhlich badeten, wo aber für den Traum-Pardell nicht der geringste Platz zu sein schien. Durst.

Als er dann schließlich aufwachte, war der Durst so groß, dass er, ohne zu zögern, den lauwarmen Wein zur Hälfte austrank. Dann wollte er eine Zigarette rauchen, aber es gelang ihm erst nicht, die Flamme an das Zigarettenende zu halten. Es verrutschte.

Die blasse Haut seiner Vorderseite hatte die Farbe köstlicher Krebstiere angenommen – gekochter Krebstiere, selbstverständlich. Seine Rückseite war immer noch blass. Er befühlte sich unsicher, hatte ständig das Gefühl, ins Leere zu greifen. Besser, er ginge ins *Terminale* und würde eine Dusche nehmen.

In der Dusche trank er wie ein Neandertaler aus den dünnen, dafür schneidend scharfen Wasserstrahlen. Er trank und trank, aber konnte seinen Durst nicht stillen. Er ärgerte sich, dass er kein normales Badetuch hatte, aber vorne konnte er sich sowieso nicht abtrocknen. Er fiel aufs Bett und schlief erneut ein.

Am frühen Abend erwachte er. Er musste sich sofort übergeben, war aber nicht in der Lage aufzustehen und kotzte neben das Bett, zu seinem eigenen, irgendwo in seinem weit entfernten Ich sitzenden Entsetzen. Er versuchte zu verstehen, was mit ihm geschehen war. Leider fehlte ihm die Erinnerung an die zurückliegenden Stunden.

Nachdem er sich übergeben hatte, ging es ihm kurz besser. Dann wurde ihm wieder schlecht, er würgte, allerdings hatte er nichts mehr im Magen, und der unabweisbare Brechreiz war eine so schreckliche Qual, dass er gerne ins Bett gekotzt hätte, wenn das möglich gewesen wäre. Vielleicht hätte er aber auch nicht getroffen, denn das Bett drehte sich sehr schnell, und Pardell war festgezurrt auf ihm. Er sah das kleine Fenster, in dem die Abendsonne stand, vierzehnmal pro Minute an ihm vorbeikommen – in jeder Richtung.

***

Als es gegen Mitternacht ging, hatte er eine ausgiebige Pauschalreise durch das Land der wirklich fiesen Kinderwitze hinter sich. Er erwachte mit einem heiseren Schrei, weil er gerade im Begriff gewesen war, mit seiner rechten Hand nach einer Zigarette zu fingern, die er versehentlich in einen auf Hochtouren arbeitenden Gartenhäcksler hatte fallen lassen.

Vor dem *Terminale* ließ jemand eine knatternde Vespa laufen. Er hörte junge Stimmen. Er roch das säuerliche, ekelhafte Arom seiner Kotze, das sich mit dem rauchigen Abgas der Vespa mischte. Die Haut auf seiner Vorderseite fühlte sich an, als ob sie in Streifen läge, was sie zum Teil auch tat. Er hatte das gesammelte Kopfweh eines verkaterten Dragonerregiments in seinem Schädel, schlief dennoch wieder ein, wachte wieder auf, dachte kurz, sich neuerlich übergeben zu müssen, aber er würgte bloß ein paar lange, grauenvolle Minuten.

Am frühen Morgen erwachte er, es hatte gerade angefangen zu dämmern. Die Übelkeit und das Kopfweh hatten sich verdichtet und ihn mit einer pulsierenden Fieberwolke umhüllt. Er wunderte sich darüber und versuchte, sich zu erinnern, was geschehen war.

Er hatte gelesen. Das war es. Er hatte die Bücher am Strand vergessen. Ohne weiter zu zögern, stand er auf, schwankte, führte das aber auf den unsicheren Fußbodenbelag zurück. Am besten würde er eine rauchen. Wo sind die Zigaretten. Es gab keine. Hatte doch ein paar Schachteln ... Alles vergessen.

Auf der kärglichen Straße vor dem Albergo, zwischen vage sich in der Ferne andeutender Küstenlinie und kahlen braun-grünen stoppeligen Bergen, deren Anblick ihn deprimierte, tauchte er fünf Minuten später auf, wie eine Figur aus einem seiner fiesen Träume – mit edlen hellgrauen Shorts bekleidet, die Quentin 1965 in Tunis erworben und nur selten getragen hatte, und mit einem Unterhemd, das von einigen lang gezogenen blassen Kotzflecken besprenkelt war. Auf der anderen Seite der Straße befanden sich der Grenzbahnhof Ventimiglias, ein flacher, lang gestreckter Bau und viele Gleise, die auf dem karstigen Nichts an den Abhängen der Berge entlang gebaut waren. In der Dämmerung sah er die roten Signallichter an einigen Weichen, hörte Rangier- und Reparaturvorgänge. Aus der Stadt hörte er Hunde. Irgendwie konnte er sich nicht mehr erinnern, was sein Plan gewesen war. Die Grillen waren sehr laut, das fiel ihm plötzlich auf. Sehr laut. Er hatte schrecklichen Durst. Es gab nirgendwo ein offenes Lokal oder ein Büfett. Im Wagen müssten noch ein paar Flaschen Personalwasser sein. Kaltes klares Wasser.

Er umging den Bahnhof an seiner Querseite – sah ein einziges einsames Licht in einem Büro, überlegte zu fragen, auf welchem Gleis sein Schlafwagen abgestellt war, fühlte sich aber zu erschöpft und zu verlassen. Als er auf das erste Gleis trat, erschrak er darüber, wie warm der Stahl der Schienen noch war – daran merkte er, dass er vergessen hatte, richtige Schuhe anzuziehen und immer noch die Strandsandalen trug, mit denen es schwierig war, über den groben Schotter zwischen den Schwellen zu laufen. Er fixierte wie manisch die Schwellen, die Schienen und spürte gelegentlich leichten Schmerz, wenn er danebentrat. Das Gezirpe der Grillen, das bröckelnde Knirschen auf dem Schotter, sein Atem, der ihm selbst entgegenzukommen schien, nahmen sein schwindelndes Bewusstsein gefangen. Es lagen so viele Gleise vor ihm und verschwanden wieder in der Dunkelheit. Züge der *SNCF*, der *DB*, der *FS* standen nebeneinander. Es war ein Labyrinth. Aber er würde seinen Wagen schon finden. Er war ein Kind, das, in den stillen Wahn irgendeiner

Tätigkeit versunken, die warnenden Rufe seiner Mutter nicht mehr hört. Nichts mehr hört. Bis es fast zu spät ist. Die Rangierlok sah er, als sie noch zehn Meter von ihm entfernt war. Der Lokführer hatte ihn noch nicht gesehen, jetzt erst, als die Lichter das schmutzige Weiß seines Unterhemds in der Nacht aufleuchten ließen, sah er ihn, gab ein dringendes, nicht mehr abbrechendes Warnsignal, das Pardell paradoxerweise auf dem Gleis erstarren ließ. Die Lok war nicht schnell. Pardell war gebannt. Jetzt hörte er das Knirschen der Bremsen auf dem Stahl des Gleises. Fünf Meter. Er konnte nicht. Es war die Lähmung eines tödlichen Traums, den er schon einmal geträumt hatte.

***

Als er das Züricher Zimmer betrat, sich aufs frisch bezogene Bett legte, während das Licht des frühen Nachmittags durch die schwankenden Wellen der Vorhänge fiel, fühlte er sich schwer, tief, weit unter der Himmelshöhe, weit über dem Nadir. Sein Ich hatte sich mit dem deutlichen Bewusstsein der Schwerkräfte, zwischen denen er schwebte, vollgesaugt und war erfüllt davon.

Die Tage in Ventimiglia hatte er zu Ende gebracht, so gut es ging. Nachdem sein Sonnenstich ihn zwei weitere Tage auf seinem Zimmer gehalten hatte, war er dann doch wieder an den Strand gegangen, allerdings hatte er sich schattige Stellen zwischen hohen Felsen gesucht, wo man recht unbequem lag. Er war nach Cannes und Nizza gefahren, hatte die wunderbare Strecke entlang der Côte genossen, gelesen (seine Bücher waren auch drei Tage später noch da gewesen, nur etwas lädiert). Dann hatte er, wieder in der Uniform der *Compagnie*, den leeren Schlafwagen *Ventimiglia–Zürich* übernommen.

Er hatte ein Gefühl, das dem eines Eisenspans zwischen Magneten ähneln könnte. Er fand sich wie im schwebenden, stillen Zentrum seiner Reise.

Die Rangierlok in Ventimiglia ging ihm nicht mehr aus dem Sinn, wenn er auch versuchte, dieses Erlebnis vor allem seinem Fieber zuzuschreiben – irgendetwas Undeutliches und Beunruhigendes hielt ihn gebannt. Es war nicht nur der Schrecken, die Vorüberfahrt einer tonnenschweren, unerbittlichen Mechanik gekreuzt zu haben, sondern noch etwas anderes.

Er war gerade noch einmal davongekommen. In seiner Erinnerung umgab die Lok immer mehr eine Aura der Einsamkeit, er hatte das Gefühl, mit ihr und seinem Fieber für einen Moment ganz alleine gewesen zu sein. Diese Einsamkeit *eines* Moments hatte ihn einen Blick in einen Raum werfen lassen, aus dem es keinen Ausweg mehr gab. Dort, fühlte er, würde er sich nicht mehr anpassen können – er hatte sich immer geschmeidig auf irgendeinem Weg davongeschlichen, und das hätte ihn schließlich beinah an der Front einer Diesellok der italienischen Staatsbahn zerquetscht.

Pardell hatte früher nie darüber nachgedacht, was seine Anpassungsfähigkeit eigentlich zu bedeuten hatte: ob sie ein Fluch war oder ein Segen – ob *sie* es ihm vermasselt hatte, von den köstlichen Tropfen der exquisiten und grauenerregenden Panik zu kosten, die er in den Augen seines Klassenkameraden Hummelfeld gesehen hatte, oder ob es ohne sie noch schlimmer um ihn gestanden hätte. Schlimmer. Schlimmer. Dieser Komparativ hatte sich in seinem Bewusstsein festgesetzt: Es hätte schlimmer sein können, ist nicht so schlimm, könnte schlimmer sein. Schlimmer. Als.

***

An diesem Nachmittag nach seiner Ankunft in Zürich hatte er den schrecklichsten Traum seines Lebens. Er träumte, unendlich lang gezogen, von sich und von der Lok in Ventimiglia. Aber eindeutig war die Lok in diesem Traum *auch eine andere* Lok. Ebenso war er selbst *auch noch ein anderer*. Als er aufwachte, fühlte er eine Traurigkeit so undurchdringlich, als wäre sie aus dem dunkelsten Stoff seiner Seele geschnitten worden. ‹Warum bin ich nur so schrecklich traurig?› Es hätte nicht schlimmer sein können, als es war. Diese Traurigkeit, so erschreckend und rätselhaft, nahm ihm fast den Atem. Er wusste nicht, wohin. Sie war überall.

München-Zürich, Telefonat 3.8.1999, 18:13

«Doktor?»

«Baron? Guten Abend. Sind Sie wieder in München?»

«Ich bin dran! Ich bin dran!»

«Ich erinnere mich, diesen Satz in den letzten Wochen schon des Öfteren gehört zu haben.»

«Ich hab mit einem von denen gesprochen. Ich bin dran. Die Auktion wird bald sein. Mehr weiß ich noch nicht. Wissen Sie etwas Neues?»

«Allerdings. Ich habe die Polaroidfotografien einem Labor anvertraut, da arbeitet jemand, den ich von früher her kenne, der war Gutachter, hat sich mit Alterungsfälschung beschäftigt und solchen Dingen. Ich weiß, das wollen Sie alles gar nicht hören, aber warten Sie, bevor Sie mir irgendeine Gräueltat androhen. Über die Echtheit der Uhr, die wir auf den Fotos sehen, haben wir schon gesprochen. Aber die Fotos sind es auch.»

«Was soll das heißen?»

«Auf Polaroidfotos befinden sich übereinander fotoreaktive Schichten für die Grundfarben Rot, Grün, Blau. Bei Einwirkung von Licht kommt ...»

«Ich erwürge Sie, Doktor!»

«Ja, gut. War nur ein Scherz. Einfach gesagt: Man kann jedes Polaroidbild selbst ziemlich genau datieren, es ist aufwendig, aber man kann es.»

«Wie genau?»

«Bis auf den Tag.»

«Und?»

«Das Alter der Fotos und das auf der *Ziffer* jeweils zu sehende Datum stimmen überein. Wenn die Uhr eine Fälschung ist und von Hand, durch einen Schieber, nachgestellt wurde, dann haben die das auf jeden Fall bis auf den Tag genau richtig gestoppt.»

«Hm.»

«Hätten sie uns digitale Fotos geschickt, hätten wir fast nichts datieren können.»

«Was für ein Glück.»

«Oder Absicht. Vielleicht wollten die Herren uns die Möglichkeit geben, uns zu beweisen? Damit wir uns sicherer fühlen?»

«Nach dieser beschissenen Tour, die ich hinter mir habe, fühle ich mich allerdings sicher ...»

«... dass ...?»

«... dass wir es mit Arschlöchern zu tun haben. Die wissen genau, was sie tun. Die wissen auch genau, was sie wollen: mich fertigmachen, bevor sie mir einen Haufen Geld abnehmen. Wenn die mich bescheißen wollten, hätten sie das so schnell wie möglich versucht und dabei so unschuldig getan wie die ewigen Gärtner und nicht diesen Polaroidschwachsinnn abgezogen. Nein. Die sind sich scheißsicher. Die lachen sich tot und schreien, es *ist* die Echte, wir haben sie. Komm, hol sie doch, wenn du kannst. Kannst du noch? Geht dir die Luft aus?»

«Na ja, wenn man weiß, wie sehr Sie überall geschätzt sind ...»

«Ich weiß, dass Sie mich nicht ausstehen können, Doktor.»

«Wissen Sie das wirklich? Tja, ich habe das Gefühl, Sie haben recht. Die hassen Sie, aber die meinen es wohl ernst.»

«Nicht mehr lang, und Sie werden mich los sein. Doktor. Sie wissen – sobald ich die *Ziffer* habe, kriegen Sie Ihren Scheck.»

«...»

«Doktor?»

«Sie sind sich so sicher?»

«Ich bin es. Ich kriege die *Grande Complication*. Und Sie Ihr Geld.»

Zürich, Passage 3.8.1999, 19:50

«Wenn ich es dir sage, Leo: Schauspieler haben das Recht, sich fünf Jahre jünger zu machen. Ich bin seit gestern wieder dreiundzwanzig.»

«Das ist ... erstaunlich, irgendwie.»

«Findest du, dass ich eine alte Schachtel bin, der man ihr Alter so sehr ansieht?»

«Nein, du bist ... Du siehst toll aus, Juliane. Du wirst ... immer toll aussehen ... Ist das Alter denn so wichtig?»

«Ja, mein ... äh, Agent, na ja, er ist mehr als ein Agent, aber ...»

«Hmm ...»

«Weißt du, ich bin ziemlich deprimiert. Das Beckett-Projekt ist völlig in die Hose gegangen. Bei einer Vorstellung hatten wir fünfzehn Zuschauer.»

«Und bei den anderen?»

«Die fünfzehn waren Besucherrekord.»

«Das tut mir leid, Juliane.»

«Ich hab mich viel zu lange an solche aussichtslosen Sachen geklammert, und jetzt bin ich in einer Sackgasse. Aber mein, äh, Agent, äh, ich versuche jetzt was anderes. Wenn das auch nichts wird, dann gibt es keinen Ausweg mehr, und ich kann Sozialhilfe beantragen oder mich umschulen lassen.Was anderes fällt mir dann nicht mehr ein. Ende der Vorstellung.»

«Und für dieses neue ... Projekt hast du dich jünger gemacht?»

«Hm ...»

«Worum geht es denn da?»

«Du wirst kein Wort von mir drüber hören, bevor ich weiß, ob es klappt und ob ich es überhaupt kann!»

«Ist es so schwierig?»

«Na ja, es, also ... es kostet mich, nach all den Jahren Theater, schon eine ziemliche Überwindung, aber ... wenn's klappt, dann werde ich endlich Geld verdienen, richtig Geld.»

«Und du bekommst noch gleich fünf Jahre geschenkt!»

«Genau, Leo. Sag mal, hast du nicht bald Geburtstag?»

«Nein.»

«Nein, nicht im August? Du hattest doch ... nein, Januar! Du hast im Januar Geburtstag, Leo, stimmt doch, wart, ich weiß es: am 23. Januar? Stimmt's?»

«Nein, Juliane. Am 27.», sagte Pardell.

Juliane beeilte sich, halb amüsiert, ihr Versehen zu entschuldigen: «Ach, wirklich, das kann gar nicht sein. Ich bin mir sicher, du verarschst mich? Leo? Ich war mir wirklich total sicher!»

«Ich weiß», sagte Pardell und seufzte, «ich werde froh sein, wenn ich den überhaupt noch erlebe. Vor ein paar Tagen wäre ich fast unter die Räder gekommen. Ich kam grade noch davon ...»

«Was? Das sagst du mir jetzt? Was ist denn passiert?»

«Nichts Besonderes, ich war in Venti... äh, in Ventillano, das ist ein großer Trambahnhof, im äh, an der Küste, ein wenig außerhalb von Buenos Aires. Ich hatte noch da zu tun und bin in der Nacht über die Gleise gelaufen, und da wäre es fast passiert. Ich fühlte mich zu sicher – das darf nie passieren, das haben mir die alten Kollegen eingeschärft, wenn man sich zu sicher fühlt, dann ...»

«Ich bin froh, dass dir nichts passiert ist.»

«Ja. Irgendwie war das ziemlich schrecklich, ich versuche, es zu vergessen, es beunruhigt mich immer noch. Hm, du, vielleicht können wir meinen Geburtstag dann, nächstes Jahr, gemeinsam feiern? Ich denke, ich bin dann noch in München, und ...» Pardell machte eine Pause, weil er Klingeln in Julianes Wohnung hörte.

«Ach, Pawel, mein Agent ist das, wir gehen noch essen. Dein Geburtstag, natürlich, das machen wir. Das würde ich gerne. Bist du da schon wieder in München? Du, ich muss los. Also, bis dann – Küsse, Küsse, Küsse für dich, mein wundervoller Tangolero!»

«Bis dann, Juli...» Aber sie hatte schon aufgelegt.

Pardell hängte den Hörer ein. Wer war dieser Pawel? Was war das überhaupt für ein Scheißname? Pawel? Russe? Russischer Schauspieleragent? Überdies kränkte es ihn, dass Juliane ihm nichts über das ‹Projekt› sagen wollte. Wahrscheinlich log sie ihn an. Er spürte das. Und er spürte jene ferne Erinnerung an sägende, durch nichts zu lindernde Eifersucht. Juliane und ihre Bekanntschaften, von denen sich dann irgendwann herausstellte, dass sie mit Juliane allerdings *bekannt* geworden waren. Sie hatte ihn nie angelogen. Sie hatte ihm nur nichts erzählt. Was war das mit dem Trainer ihrer Tennismannschaft? Trainer? Dieser ätzende Typ mit seinem schwachsinnigen österreichischen Akzent. Da war das genauso gewesen, und sie wusste angeblich von nichts. Immer diese älteren Typen.

Bei dem Gedanken, dass in diesem Falle *er* derjenige war, der log, und zwar mit ziemlicher und sogar prinzipieller Entschiedenheit, fühlte er sich etwas besser. Dann dachte er an Liz und andere Frauen, mit denen er Zärtlichkeiten auf Reisen ausgetauscht hatte – er *hatte* Frauen, so war es nicht. Dennoch war Juliane die schönste, die wundervollste, und obwohl er sie dort leider niemals richtig geküsst hatte, wusste er immer noch, wie herrlich ihre feuchte Möse roch. Seit er in Argentinien war, verstanden sie sich glänzend, so gut wie nie zuvor. Warum sollte sich das ändern? Von wegen ‹Pawel›, der würde sich wundern, wenn Pardell zurückkäme, als nagelneuer Porteño.

***

Siegesgewiss und gut gelaunt war er dann zum Bahnhof geschlendert. Hatte einen kleinen Umweg gemacht und sich das ferne, in der Dämmerung funkelnde Ufer des Zürichsees angesehen und sich gewünscht, er könnte einmal mit seiner Geliebten durch die Schweiz schlendern, sei es in Zürich oder anderswo. Ein schöneres Land kannte er nicht. Es hatte von den möglichen Vorzügen, die ein

Land haben konnte, sehr viele abbekommen. Quentin hatte einmal gesagt: «Die Schweiz ist so bevorteilt, dass man begreift, dass die Idee, Gott sei gerecht, nur von Wüstenbewohnern erdacht werden konnte ...»

PRÄZISE FINSTERNIS

Baden-Baden, 11./12. 8. 1999

0 Uhr

Vier kleine, rot leuchtende eckige Nullen. Balger schaltete das Radio ein, dessen Display mit edler Verzögerung grün aufleuchtete. Nicht, weil er sich für die Null-Uhr-Nachrichten interessiert hätte. Seiner Ansicht nach war die Welt sowieso am Ende. Der Süden in Agonie. Im Osten Fanatiker. Der Norden delirant. Im Westen Wahnsinnige. Dazwischen, so sah Balger das, dazwischen – in der Mitte dieser Sauerei lag Europa und hatte von der Fiesheit aller Himmelsrichtungen das je Fieseste abbekommen. In der Mitte Europas lag Baden-Baden. In der Mitte von Baden-Baden, mitten in der Inversionslage des *weltberühmten Kurstädtchens unter dem Merkur*, stand sein blödes Taxi. Am Taxistand unterhalb des Kurhauses, in dessen Räumlichkeiten die Spieler auf schwachsinnige und ekelhafte Weise ihr Geld verprassten.

Nein, die Nachrichten interessierten Balger nicht. Aber er musste sich von den vier Nullen ablenken. Es war die Ziffernkombination, die er am meisten hasste – wenn er mit ansehen musste, wie der neue Tag so begann, wie der alte geendet hatte, mit Ärger, mit dem Scheißtaxi, mit seiner deprimierenden Lage. Im Augenblick war er das dritte von vier Taxis. Seine Kollegen, von wegen Kollegen, seine Kollegen standen beim zweiten Taxi der Reihe zusammen und rauchten Zigaretten, die der eine, Vovrotil, aus Kroatien mitgebracht hatte. Seine Kollegen trugen Krawatten, während sie rauchten; während sie warteten. Während sie über ihn, Balger, lachten und lachend zu seinem Taxi hinüberblickten. Sie trugen Krawatten. Er war barfuß. Und er rauchte nicht. Hatte vor einem Jahr aufgehört. Seit er nicht mehr rauchte, hasste er Leute, die noch nicht aufgehört hatten zu rauchen. Er hasste Kinder, die noch nicht angefangen hatten. Er hasste auch Leute, die aufgehört hatten, und wenn es nur deswegen war, weil sie ihn an sich erinnerten.

Er war nicht so ein Arschloch. Er verachtete diesen ganzen Scheiß, Krawatten, Rauchen, Lachen, diese Sachen. Er trug keine Schuhe. Normalerweise. Nur im Taxi. Man hatte es ihm definitiv verboten, keine Schuhe zu tragen, ihn mit Kündigung und Entzug der Lizenz bedroht, wollte ihm auch diese letzte Verdienstmöglichkeit nehmen, ihn fertigmachen. Die Arschlöcher in der Taxizentrale. Nachdem sich mehrere ältere Herrschaften darüber beschwert hatten, dass Balger ihnen mit schwarzen Füßen entgegengekommen war und ihre Koffer unwillig in den Wagen geladen hatte. Er hatte immer sehr unwirsch auf die Frage nach seinem Barfüßlertum reagiert, anschließend aber, wenn er die intoleranten Herrschaften barfuß zum Bahnhof oder sonst wohin gebracht hatte, hatte er meistens gute Laune, wenn er sah, dass sich die blöden Gäste geärgert oder geekelt hatten. Aber selbst das hatten sie ihm genommen. Die Arschlöcher in der Taxizentrale mit ihren Krawatten. Er hatte immer schon eine Scheißwut auf die Typen gehabt, aber seit er nicht mehr rauchte, war seine Stimmung echt im Keller.

Balger war so schlecht gelaunt, dass man es seinem Taxi irgendwie ansah. Sobald er sich in der Taxizentrale die Turnschuhe angezogen, den Wagen übernommen und das gelbe Taxilicht eingeschaltet hatte, schien sich dessen Spektrum auf der Stelle zu verändern, bekam einen düster-giftigen Ton, ein besserwisserisches und streitsüchtiges Funkeln. Die Leute spürten das und stiegen ungern ein, wählten, wenn es ging, lieber ein anderes. Besannen sich auf den Bus. Oder gingen zu Fuß. Er bekam eigentlich nur diejenigen Gäste zu fahren, die keine Wahl hatten und *wirklich* dringend ein Taxi brauchten. Er fuhr, mit anderen Worten, Menschen, für die der Umstand, *dass* Balger fuhr, sehr wichtig war, praktisch Überleben. Das gab ihm einen gewissen Spielraum, seine wenigen Fahrgäste wenigstens mit betont langsamer Fahrweise und einer übermäßig korrekten Auslegung von Grün, das auf Gelb schaltete und damit auf Rot vorauswies, zu foltern. Seine Spezialität war das ausführliche Ausfüllen von Quittungen, während letzte, nächtliche Eilzüge in den Ooser Bahnhof von Baden-Baden einliefen.

Balger, der sich heimlich und zum Fleiß die Schnürsenkel seiner Turnschuhe aufgeknüpft hatte, starrte auf seine Kollegen und grinste zynisch. Wenn er sich nicht manchmal rächen würde, wäre sein Leben überhaupt nicht zu ertragen. Rächen. Wie er letzte Woche dem Dollaschinski den Zucker in den Tank geschüttet hatte und zusehen konnte, wie der feine Herr seine Krawatte ablegen musste, um den Tank leer zu pumpen. Hätte er ihn halt nicht einen «Barfußindianer» nennen sollen, so einfach. Was heißt da, freundlich gemeint. Von wegen.

Balger starrte grimmig hinaus. Hörte die Nachrichten. Wieder irgendein Wahnsinn auf dem Balkan, mein Gott. Praktisch alle Neger. Praktisch Affen. Bringen sich gegenseitig um. Jetzt bringen die Dings wieder die Serben um. Die Albaner.

Am Ende der Nachrichten wies die Sprecherin darauf hin, dass «in Mitteleuropa, darunter auch einigen Teilen Deutschlands, heute eine totale Sonnenfinsternis zu sehen sein wird. Bei einer Sonnenfinsternis schiebt sich der Mond vor die Sonne. Für eine kurze Zeitdauer wird sich in Baden-Württemberg und Bayern der Himmel vollkommen verdunkeln. Allerdings gehen Meteorologen davon aus, dass eine dichte Wolkendecke über Europa eine Beobachtung des Naturschauspiels erschweren wird. Es ist die erste totale Sonnenfinsternis in Deutschland seit dem Jahr 1887. 0 Uhr 5. Südwestrundfunk. Am Mikro ...» Balger drehte das Radio leiser und startete den Wagen. Dollaschinski vorne hatte einen Fahrgast bekommen, und die Taxis rutschten eine Position weiter. Den Kopf schief gelegt und zäh grinsend, ließ er den schweren Mercedes nach vorne rollen. Das mochte er eigentlich, dieses langsame Rollenlassen.

0 Uhr 15

Dollaschinski, ein unverzagt gut gelaunter Mann, graue Schläfen, distinguierter Blick, weißes Hemd, Krawatte, erzählte dem Würger davon, wie belebend die heutige Sonnenfinsternis für Baden-Baden sei. Zwar zögen die Großveranstaltungen in Stuttgart und München usw. natürlich mehr Besucher, aber trotzdem. Das sei eine zweite Rennwoche. Normalerweise mache man als Taxifahrer ja nur während der Rennwoche richtig Umsatz. Übrigens, und da schlug wahrscheinlich das Bild von Pferden durch, die um die Wette laufen, übrigens sei ja immer noch nicht klar, wo man die Sofi – der Taxifahrer sagte immer «Sofi» –, wo man die Sofi also am besten sehen würde. Da würde sich noch manch einer wundern, der aufs falsche Pferd, sprich die falsche Stadt gesetzt habe. Niemand könne sagen, wo die Bewölkung aufreißen werde, es laufe ja sonst eher schlecht, und die Krise im Gesundheitswesen beeinträchtige den Kurbetrieb dann doch erheblich.

Der Würger hörte Dollaschinski mit atemberaubender Gelassenheit zu. Seit er vor wenigen Tagen erfahren hatte, dass die Auktion der *Ziffer* ausgerechnet einen Tag vor seinem Geburtstag stattfinden würde, und zwar in Baden-Baden und nirgendwo anders als im Kasino, hatten sich seine Habgier, sein Verstand und die unausweichlichen Empfindungen, die ihn immer um seinen Geburtstag herum überkamen, zu einer massiv ineinanderarbeitenden Mechanik verbunden, die ihn alles Unwesentliche ignorieren oder ertragen ließ. Er musste nur sicherstellen, dass er genügend trank.

Deswegen hatte er dem Taxifahrer auch gesagt, er solle ihn irgendwohin fahren, wo man noch etwas trinken könne, ganz gleich, wo. Das war in Baden-Baden um diese Uhrzeit ein gewisses Problem. Es gab selbstverständlich die Bars der Hotels, aber der

Würger, der in *Brenner's Parkhotel* abgestiegen war, trank ungern dort, wo er wohnte.

Also kein Hotel, dachte Dollaschinski. Außer den Hotels gab es eigentlich nur Nachtklubs. Nirgendwo in der Welt gab es so viele Sanatorien, Antiquitätengeschäfte, Altenheime und Nachtklubs pro Einwohner wie hier. Alles mehr oder weniger Lokalitäten, die gut für Taxifahrer waren. Dazu kamen noch die schön steilen Berge der Altstadt, all die anstrengenden Treppen. Wenn Dollaschinski sich das erst wieder einmal in Sekundenschnelle klargemacht hatte, hob sich seine Laune noch mehr, und er versuchte, einen noch besseren Job zu machen. Das hatte er aus den Managerzeitungen, die er regelmäßig las. *Einen Job machen.* So musste man das eben sehen.

Dollaschinski konzentrierte sich auf seinen Job und schlug seinem Fahrgast, der nach Geld roch, einen seriösen Nachtklub mit wunderschönen jungen Damen vor. Das *Maxim.* Da könne man hervorragend sitzen. Was das sei?, fragte der Würger, ein Puff? Nein, der Taxifahrer, auf keinen Fall, echt gediegen. Aber er könne ihn natürlich auch zum Puff bringen, wenn es das wäre ... Nein, daraufhin der Würger, dann sei es in Ordnung. Dollaschinski fuhr los. Das *Maxim* sei prima, meinte er gasgebend, und erwähnte nicht, dass er für jeden Gast, den er diesem legendären Etablissement zuführte, ein glattes Pfund bekam. Er nahm eine Spezialroute und redete auf seinen Gast ein.

Der Würger ließ ihn einfach reden und stellte auch nur nebenbei fest, was für einen absurden Umweg sein Taxifahrer machte, der selbst jemandem aufgefallen wäre, der Baden-Baden nicht kannte. Heute war es ihm egal, dass der Taxifahrer in ihm nichts als einen weiteren notgeilen Trottel sah, der es vor dem Fälligwerden der Pflegeversicherung noch mal krachen lassen wollte. Der Würger durchdachte, was er schon unzählige Mal durchdacht hatte – den Plan für den heutigen Tag der Entscheidung.

1 Uhr 30

Oxana Iwanowa Mechainowa war der Name der Frau, die kurz bevor der Würger sein Taxi bestiegen hatte, ihr Zimmer mit der Nummer 224 im *Europäischen Hof* aufgeschlossen und das Fenster geöffnet hatte. Draußen plätscherte die Oos in ihrem steinernen Flussbett. Die Trinkhalle lag halb rechts 150 Meter jenseits des Flüsschens, mit den erleuchteten dorischen Säulen. Links von der Trinkhalle konnte man noch das Kurhaus sehen und einen Teil des Taxistandes unterhalb auf der Straße, wo ein paar Wagen parkten. Ein Taxi fuhr gerade langsam vorüber.

Auf der Straße längs des Flüsschens und der gekiesten Wege, die sich zu den Kuranlagen hochschlängelten, sah sie entfernt einige Menschen. In nächster Nähe eine Dame, die einen höflich an einer der Laternen schnuppernden weißen Königspudel herumführte.

Der Blick aus diesem gepflegten Zimmer eines traditionsreichen Hotels zeigte den nächtlichen Traum eines alten europäischen Bades. Die Anlage von Trinkhalle, Kurhaus und den Wegen zwischen beiden zentralen Gebäuden, die Verteilung der Laternen und des umrahmenden Dunkelgrüns der Bäume, die sich links im englischen Park der Lichtentaler Allee verdichteten und im Dunkel abschweiften – das Ensemble, auf das Oxana, in das Fenster gelehnt und eine schwarze *Sobranie* rauchend, blickte, war etwas, von dem eine Russin ihrer Generation stets gewusst hatte und das ihr doch zugleich zu fern und unzugänglich erscheinen musste. Keine Stadt in Deutschland hatte im Russischen einen solch mythischen und altvertrauten Klang wie Baden-Baden. Berlin war das Geschäftszentrum. Baden-Baden der Traum.

Oxana hatte sich nach ihrer Ankunft vor zwei Tagen durch die kleinen, die sogenannten gemütlichen Pensionen der Ooser Vorstadt gefragt, aber kein Zimmer gefunden. Die badische Gehässigkeit des Gemütlichen in Verbindung mit vorgetäuschtem Mitleid, «Nein, s'is nix mehr frei, nix mehr frei, de Sofi, de Sofi ...», hatte sie entlang der Langen Straße immer weiter der Baden-Badener Innenstadt zugetrieben. Im *Badhotel zum Hirschen* war nichts mehr frei, auch der schäbige *Bayerische Hof* war voll, eine Absteige mit einer absurden Holzveranda gegenüber dem zum Festspielhaus umgebauten Alten Bahnhof. Auch der *Badische Hof* war ausgebucht, sodass irgendwann nur noch der *Europäische Hof* und das *Brenner's* geblieben waren. Zunächst schien auch der *Europäische Hof* ausgebucht, man riet ihr, es im *Brenner's* zu versuchen. Oxana entschied, noch ein wenig in der Lobby zu warten, vielleicht würde doch noch ein Zimmer frei.

Es war nicht so, dass sie etwas gegen das *Brenner's* hatte, jetzt allerdings kam es nicht infrage, weil sie dort vielleicht ihrer Arbeit nachgehen würde.

Schließlich hatte sich doch noch ein Zimmer im *Europäischen Hof* gefunden, und sie hatte sich überaus korrekt angemeldet. Hatte ihren perfekt gefälschten ukrainischen Pass und ihr Touristenvisum vorgezeigt. Sie beabsichtige, mindestens vier, wahrscheinlich aber noch mehr Tage zu bleiben, wollte im Voraus bezahlen, hatte dann allerdings nur noch genügend für die erste Nacht, 320 Mark. Oxana bezahlte immer im Voraus und stets in bar. Auch das ein striktes Prinzip, und es ärgerte sie, dass sie versäumt hatte, sich genügend Bargeld zu besorgen. Nachdem sie sich eingecheckt hatte, war sie über den weichen blauen Teppich nach oben in ihr Zimmer gegangen, um sich mit dem Gebäude vertraut zu machen. Das Treppenhaus war nahezu quadratisch, großzügig, sehr altmodisch und unübersichtlich. Dann hatte sie einen ersten Ausflug unternommen, war aus dem großen, zwischen Flüsschen und Luisenstraße gelegenen Hotelkomplex getreten, hatte sich nach rechts gewandt, den schmalen Steg überquert und war die 200 Meter zum Kurhaus gegangen. Sie hatte in einem ziemlich abgeschmackten und teuren Restaurant am Augustaplatz, dessen Eingang mit absurden Fackeln gesäumt war, zu Abend gegessen. Dann war sie ins Kasino gegangen und hatte sich unter den vielen Spielern in den rot und gold beladenen Räumen umgesehen, die Generationen von Russen hoffnungsvoll und wohlhabend betreten und ruiniert wieder verlassen hatten.

Das Kasino war recht belebt, die Sonnenfinsternis hatte viele Touristen aus Übersee, den USA und Japan, in die Stadt gebracht, und auch viele Russen natürlich. Es gab ganze Busladungen deutscher Touristen, die ein «Finsternis-Bus-Ausflugspaket» gebucht hatten, inklusive Übernachtung, Abendessen in einem Großrestaurant im Rebland, Heilbaden in der Caracalla-Therme und dem obligatorischen Besuch der Spielbank.

Die meisten Besucher des Kasinos waren Touristen. Sie setzten allenfalls den Begrüßungsjeton von fünf Mark auf eine Farbe, verloren oder gewannen, spielten aber nicht wirklich, sondern beobachteten fasziniert, was an den Tischen und in den verschiedenen Sälen vorging.

Von den Spielern waren neben den Touristen die verdeckten Finanzbeamten zu unterscheiden, denen man sehr leicht ansah, dass sie im *Büro* waren. Sie standen herum, tranken nichts, trugen, natürlich, billige Anzüge. Unter den Spielern gab es verschiedene Typen. Die Süchtigen – Angestellte, Versicherungsmakler, Kellnerinnen, Musiklehrer –, allesamt Menschen, die riesige Summen hin und her bewegten, aber selbst niemals Geld hatten. Die nicht in der Lage waren aufzuhören, solange sie noch über einen letzten Jeton verfügten. Die sich während des Spiels immer nur an ihre paar großen Gewinne erinnern konnten, sich danach in einer flirrenden Einöde der Niederlagen und Verluste wiederfanden und im Laufe der Jahre deprimierendste Formen von Paranoia entwickelten.

Es gab einige glamouröse Berufsspieler, die tatsächlich vom Spiel leben konnten, aber oft nur, weil sie über obskure Verlage ihre sogenannten *Systeme* vertrieben, die sich die vielen spielsüchtigen

Amateure kauften. Die paar wenigen wirklichen Profis, die diesen Namen verdienten, waren anders, verhielten sich sehr unauffällig. Sie besaßen Übersicht, Ruhe, Entscheidungsfreude, Nervenstärke, Disziplin. Vor allem anderen aber eines: Glück. Deswegen waren es auch so ungeheuer wenige. Günstlinge, von denen man nur lernen konnte, was die Ausnahme von der Regel war, und deren eigentliches Talent wohl vor allem darin bestand, ihr unerklärliches Glück als solches wahrgenommen zu haben.

Neben den echten *Spielern* – für die sich Oxana nicht interessierte – gab es die große Menge von Menschen, die sich für Spieler hielten, aber es einfach nur liebten, unter glamourösen Umständen viel Geld auszugeben. Unter diesen gab es die *Parvenüs*, die sich meist dadurch auszeichneten, dass sie zu leicht sehr viel Geld verdienten: Medienbranche, Broker und Zuhälter.

Selten hatte sich Oxana einem von der Sorte angenommen – meist mit eher unbefriedigendem Erfolg. Diese Männer waren oft zu jung und überschätzten sich, woraus Schwierigkeiten erwachsen konnten, einmal hatte sich einer so unsterblich in sie verliebt, dass sie sich ein Vierteljahr in Kassel versteckt halten musste, um ihn loszuwerden.

Neben den Parvenüs gab es in Spielbanken wie Baden-Baden das *Alte Geld*, Männer und Frauen, deren Vorfahren sich irgendwann einmal richtig Mühe gegeben hatten. Mit dem *Alten Geld* hatte Oxana die besten Erfahrungen. Menschen, die ihr Geld selbst verdient hatten, hatten oft einen störenden Realitätssinn und wussten einfach, dass eine Frau wie Oxana sie nicht wirklich faszinierend, amüsant oder charmant finden konnte.

Die letzte Gruppe waren die *Arbeiter*. Das waren diejenigen, die – aus welchen Gründen auch immer – den staatlich garantierten steuerrechtsfreien Raum einer Spielbank nutzten, um auf traditionelle Weise Geld zu waschen, und die, luxuriösen Buchhaltern gleich, eine Woche Aufenthalt in einer mondänen Kurstadt nahmen und Abend für Abend große Summen eintauschten, ein wenig davon verloren und das Geld gewaschen zurücktauschten. Sehr mühsam und stupide. Bislang hatte sie sich erst ein Mal, in Cannes, vor zwei Jahren mit einem *Arbeiter* eingelassen, und es hatte nicht funktioniert, weil der zu misstrauisch gewesen war.

An den letzten Abenden in der Spielbank hatte sie etliche Kandidaten entdeckt, von denen sie sicher sein konnte, sie auch morgen wiederzusehen. Sie hatte beobachtet und Folgerungen gezogen, hatte versucht, sich ein Bild von jedem Einzelnen zu machen, eine Vorstellung von seinem gewöhnlichen Leben und seinem außergewöhnlichen in Baden-Baden. Mit Einheimischen ließ sie sich niemals ein.

Während ihres nächtlichen Spaziergangs durch die tauige Lichtentaler Allee hatte sie nachgedacht, Kandidat für Kandidat war ausgeschieden, weil es zu kompliziert sein würde, ihn kennenzulernen, oder sinnlos, weil er vermutlich nicht allein in der Stadt war, weil es Komplikationen anderer Art geben könnte.

Es waren drei übrig geblieben, und während sie ihre Zigarette rauchte und aus dem Fenster auf die Trinkhalle blickte, stellte sie sich die drei noch einmal vor.

Ein verwahrlost wirkender philippinischer Millionär Ende dreißig, der auffällig oft die Toilette besuchte und ein leicht irres, paranoides Flimmern in seinen Augen hatte. Ein vielversprechender älterer Italiener, der wahrscheinlich ein Arbeiter war und deprimiert wirkte. Der Dritte war ein großer, glatzköpfiger Deutscher, ebenfalls schon älter, sehr gut angezogen, leicht manisch – wahrscheinlich ein exquisiter Alkoholiker, mit einer goldenen *Patek* am Arm, wenn sich Oxana nicht getäuscht hatte. Allerdings hatte er merkwürdig beschäftigt gewirkt, war durch die mit Menschen gefüllten Räume gewandert, hatte sich die Lage der Säle zueinander und ihre Verbindungswege eingeprägt, was Oxana daran erkannt hatte, dass er immer wieder, ohne im Geringsten auf die Spiele zu achten, dieselben Wege gegangen war, vom Blackjack zum Baccara, sich dort einen Stuhl so gestellt hatte, dass er einen schmalen Durchblick auf die Säle mit den Roulettetischen hatte, dann aufgestanden war und versucht hatte, den Standort des Stuhls von der Bar hinter den Roulettetischen einsehen zu können, wieder zurückgegangen war, den Stuhl verrückt hatte und so weiter. Was immer das sollte, es hatte nichts mit Glücksspiel und nichts mit Langeweile zu tun. Vielleicht irrte sie sich auch. Im Gegensatz zu den beiden anderen hatte sie ihn gestern noch nicht gesehen, vielleicht würde er also morgen Abend gar nicht mehr da sein.

Sie schloss das Fenster, kippte es, zog sich nachdenklich aus und ging ins Bad. Sie überlegte kurz, wie schade es war, dass man wegen der Bewölkung keinen einzigen Stern sehen konnte. Dann fiel ihr die Finsternis ein, die morgen Mittag für zwei Minuten über Baden-Baden kommen würde. Ein schon seit Anbeginn der Welt feststehendes Ereignis. Die unmittelbare und notwendige Folge einer Explosion vor Milliarden Jahren, die unumstößliche Gesetzmäßigkeiten hervorgebracht hatte, die man nicht ändern konnte.

An welchen Dingen konnte man denn etwas ändern? Diese Frage konnte Oxana nicht beantworten. Und dabei war das die Frage, die zu beantworten sie vielleicht auf der Welt war. Das war die Frage, die ihr gestellt war. Auf die sie keine Antwort wusste. Genau das bedeutete Einsamkeit. Keine Antwort auf die Frage wissen, die einem gestellt war.

2 Uhr 12

Der Würger hatte zu seiner Erleichterung festgestellt, dass das *Maxim* gut besucht war. So gut, als ob Rennwoche sei, weshalb keines der entzückenden Mädchen an seinem Tisch Platz nehmen könne, erklärte ihm die hagere Chefkellnerin mit rauchiger Stimme. Der Würger bestellte trotzdem eine Flasche Champagner. Ob sie vielleicht den Fernseher einschalten solle, fragte die Chefkellnerin.

Der Fernseher stand an der Kopfseite des Tisches in einem hübschen furnierten Kasten mit einer Häkeldecke und einem Aschenbecher.

«Fernsehen?», fragte der Würger.

«A bissele Sportschau», sagte die magere Chefkellnerin, die etwa so alt wie der Würger war. Dann drückte sie den Knopf des Fernsehers.

Wenig später verließ ein hochroter und schwer atmender Baron von Reichhausen das *Maxim*. Er war schon lange nicht mehr so direkt mit Pornografie (Schweden, Siebzigerjahre) in Berührung gekommen. Und noch länger war es her, dass er eine bezahlte Flasche nicht ausgetrunken hatte.

Hellwach und aufgeregt ging er die paar Hundert Meter zum *Brenner's*, und während er ging, fragte er sich, warum er den Fernseher nicht einfach ausgemacht hatte. Als er im *Brenner's* angekommen war, bestellte er noch bei der Concierge ein gebratenes Hühnchen, eine Flasche Pfälzer Weißwein, Wasser, Vorspeisen, eine Flasche *Richard Hennessy*, noch eine Flasche Pfälzer, Linsensuppe, Zürcher Geschnetzeltes. Die Concierge nahm diese Bestellung mit stoischer Miene auf, als der Würger aber ansetzte fortzufahren, unterbrach sie ihn sehr höflich. Ob er noch Besuch erwarte? Der Würger verneinte, besann sich und ging auf seine Suite.

Die bevorstehenden Ereignisse machten ihn nervös, brachten ihn aus seinem Rhythmus, und gelegentlich liefen Schauer über seinen Rücken – die Vorstellung, die *Ziffer* morgen Nacht in seinen Händen halten zu können, war so erregend, dass er den ganzen Tag nichts gegessen hatte.

Seit er München vor zwei Tagen verlassen hatte, um sich mit der Stadt und ihrer Spielbank vertraut zu machen und um seine Strategie an Ort und Stelle durchdenken zu können, sah er sich Anfällen von Gefühl und Erinnerung ausgesetzt, die nicht ungewöhnlich für die Tage um seinen Geburtstag waren. Weil er das wusste, hatte er sich in den letzten fünfzehn Jahren an seinem Geburtstag ausschließlich zu Hause aufgehalten, mit einer Kiste *Guerbé XO Grande Champagne*, und sich mit seiner Sammlung beschäftigt. Seine Sekretärin war förmlich erschrocken, als er ihr sagte, dass er die paar Tage verreisen würde.

Wenn er daran dachte, die *Ziffer à Grande Complication* morgen Nacht tatsächlich zu besitzen, fühlte es sich an, als erreichten ihn die präzise klickenden Töne ihrer Unruh, die er niemals gehört hatte, wie von ferne. Er musste sich beeilen, nach oben zu kommen. Als er sich dann zehn Minuten später seinen ersten Drink genommen und angefangen hatte, auf und ab zu gehen, war es ihm, als würde er nach unten trudeln, wie ein flacher Stein, den man in die Mitte eines Teichs geworfen hatte und den niemand jemals mehr finden würde, und gäbe er sich noch so große Mühe.

Nachdem er zum ersten Mal eine Spur der *Ziffer* gekreuzt hatte, hatte er schweres Fieber bekommen, auch wenn diese Begegnung keineswegs materiell gewesen war, sondern Erzählung und wahrhafter Mythos. Es war dies im Sommer 1946 gewesen, an einem Ort, an dem er sich so wenig zu Hause gefühlt hatte, dass er manchmal, zehn Jahre alt, zitternd vor Angst aufgewacht war und deutlich hatte spüren können, wie fremd ihm die Welt geworden war …

Gut Dreieck. Seine Mutter Elisabeth von Reichhausen, geb. Feldmayer, hatte Friedrich Ende 1941 auf diesen Besitz ihrer Eltern bei Bad Tölz gebracht. Aufgewachsen war er aber in der Nähe der Kreisstadt Belgard, polnisch Bialogard, in Pommern, 100 Kilometer nordöstlich von Stettin, 240 Kilometer von Berlin gelegen.

Er war auf Ganzkow geboren, einem alten Rittergut, das seiner Familie allerdings erst seit drei Generationen gehörte. Viel länger als die bescheidenen Herren dieses Guts waren die anderen Reichhausens auch stolze preußische Soldaten gewesen. Louis-Ferdinand von Reichhausen, Onkel seines Vaters, war ein in Anlehnung an Richthofen ‹der rote Baron der Meere› getaufter, legendärer

Marineflieger des Ersten Weltkriegs. Auf der blutigen Ruhmesspur seines Torpedobombers, Typ *Gotha WD 14*, lagen elf französische, drei englische Maschinen, ein belgischer Fesselballon und zwei U-Boote, bis sie 1917 über der Pommerschen Bucht, 60 Kilometer nordöstlich von Swinemünde, endete. Das Foto von Großonkel Louis zeigte einen groß gewachsenen Mann, der mit melancholischen Augen, einer gerunzelten Stirn und kühn vorgerecktem Kinn neben seiner auf den Namen ‹Vicky› getauften Maschine stand. Das war ein Abzug des bekanntesten Fotos von ihm, das gelegentlich in speziellen historischen Werken über den Ersten Weltkrieg auftauchte.

Als der Würger klein war, hatte ihn allerdings nicht Onkel Louis, sondern *Mitzi* fasziniert, die Pommersche Schafpudelhündin seines Onkels, die dieser auf seinen Flügen als Maskottchen mit sich zu nehmen gepflegt hatte und die links auf dem Foto zu Füßen des Fliegers lag und wollig hechelte.

Im Gegensatz zu benachbarten Familien wie den Manteuffels hatten die Reichhausens es nie geschafft, in die Ränge der Generalität vorzustoßen – in den Kriegen, in die Preußen, der Deutsche Bund oder das Deutsche Reich auf die eine oder andere Weise verwickelt gewesen waren, waren die Reichhausens eigentümlich viele Heldentode gestorben, die allermeisten, bevor sie die fünfzig überschritten hatten, und deswegen hingen in der Ahnengalerie auf Ganzkow, wo der Würger aufgewachsen war, Stiche, kleine Ölgemälde und oval gerahmte Fotografien von athletischen, groß gewachsenen Männern im besten Alter, freilich allesamt zu jung verstorben, um es über den Obersten hinausgebracht zu haben, und selbst davon gab es nur drei.

Die Militär- und Verdienstorden, die die direkten Vorfahren des Würgers sich in diesen ungezählten Schlachten gegen Franzosen, Österreicher, Russen, Engländer und Polen und andere europäische Nationen erworben hatten, waren in einer stattlichen Glasvitrine auf rotem Samt aufgebahrt, und bis auf den *Pour le Mérite* war es eine ziemlich vollständige Sammlung. Den *Blauen Max* hatte sich nur der berühmte Onkel Louis mit seiner zehnten abgeschossenen Maschine erworben, sieben Monate vor seinem Absturz im Nebel von 1917. Onkel Louis war der Zweitgeborene der Hauptlinie, der Reichhausens von Güstrow.

Der Vater des Würgers war Albrecht James von Reichhausen, der seinen zweiten Vornamen einer in den blutigen Tagen des Siebenjährigen Krieges aus der Feuertaufe gehobenen Freundschaft zwischen Captain George Treverthenly und Hauptmann Heinrich Wilhelm von Reichhausen verdankte. Einer von beiden hatte den anderen aus einer schrecklich-peinlichen Lage gerettet, und das ohne jede hygienische Zimperlichkeit. Sie erzählten aber niemandem, wer von beiden der Retter, wer der Gerettete gewesen war, und gründeten auf diesem Schweigeschwur zweier Ehrenmänner einen Brauch, den jeder von beiden zu ehren gelobte und den keiner brach, obwohl sie anders als brieflich nie wieder miteinander verkehrten.

Der Brauch war, dass jeder erstgeborene Treverthenly und jeder erstgeborene Reichhausen dieser Linie einen deutschen bzw. englischen Vornamen erhalten sollte. Zwar war der Name Treverthenly mit der Heirat von Gwyneth, der Ururenkelin des tapferen George, verloschen, und da diese Ehe kinderlos blieb, eine Generation später auch der Namensbrauch auf englischer Seite – die Reichhausens aber ehrten ihn, und das Porträt von George Treverthenly wurde niemals von seinem Platz neben dem seines Freundes Heinrich Wilhelm entfernt. Deswegen hieß Albrecht James und der kleine Friedrich Jasper.

Albrecht, sein Vater, war, neben ein paar versprengten Pastoren und einem Großgroßcousin, der wegen eines Ehrenhändels um die Frau eines Obersten 1895 nach Kanada ausgewandert war, der erste Reichhausen, der sich *gegen* eine militärische Laufbahn entschieden hatte.

Seine Frau Elisabeth hatte er beim Studium in Dresden kennengelernt. Elisabeth hatte Albrecht James gegen den entschiedenen Willen ihrer Eltern, soll sagen ihres Vaters, geheiratet, der nicht nur eine selbstverständliche Abneigung gegen Preußen hatte, sondern in diesem speziellen Fall Albrecht James von Reichhausen für nichts anderes als einen *Habenichts* hielt. Die Sammlung von Orden, die die Kurfürsten, Könige und Kaiser dem Salon dieser Seitenlinie der Reichhausens gestiftet hatten, nötigte Franz Feldmayer nicht viel mehr ab als den lapidaren Satz, die einen hätten die Titel und die anderen die Mittel. Das war, so betrachtet, auch eine korrekte Einschätzung, denn sehr viel mehr als das Gut Ganzkow besaßen Friedrichs Eltern nicht.

Vor der Allodifizierung war Ganzkow eine der zahlreichen Besitzungen von Frau Rittmeister von Borke, geb. von Kleist, gewesen. 1853 kaufte ihr der dreißigjährige Ferdinand Henry von Reichhausen, der Urgroßvater des Würgers, Gut Ganzkow ab. Er bezahlte das aus der Mitgift seiner Frau Agatha-Louisa, der dritten Tochter eines kleinen Danziger Reeders. Ferdinand Henry war der erste Husar, den die Reichhausens der preußischen Kavallerie gestellt hatten. Er war damals Leutnant, hatte Regiment in Stettin und seine Wohnung auf Ganzkow. Bis 1870. Er war siebenundvierzig und Major, als ihm eine französische Kugel in der Nähe von Metz die Leber zerriss.

Sein Sohn Joachim George war 1865 zur Welt gekommen, hatte sich für die Artillerie entschieden. Im Jahr 1900 hatte er seinen Erstgeborenen in den Armen gehalten und ihn Albrecht James genannt. 1916 nahm Albrecht James im Beisein einiger älterer männlicher Verwandter den Degen seines Vaters und dessen Orden entgegen. Sein Regiment hatte an der Westfront gelegen und war in einem der ersten Sarin-Angriffe bis auf den letzten Mann aufgerieben worden.

Onkel Louis-Ferdinand war auch da, und der geflügelte Reichhausen, der die Dinge anders als seine Brüder, Cousins und Neffen sah, die Albrecht bedauerten, dass er wohl zu jung sei, um auf der

Stelle einzurücken, gab ihm heimlich und abseits den guten Rat, es mit einem bürgerlichen Beruf zu versuchen. Joachim war sein Lieblingscousin gewesen, und durch dessen Tod hatte dem melancholischen Helden wohl gedämmert, dass es an der Lebensweise der Reichhausens irgendeinen Fehler geben musste. Lag vielleicht an diesem Buch. Er las ein Buch, Unterhaltungsroman, Familiensaga, von so einem Lübecker Pfeffersack, skandalös. Aber nicht untalentiert. Brachte einen auf so Gedanken ...

Albrecht James ließ sich von den gemurmelten Ratschlägen des melancholischen Fliegers überzeugen, wenn er denn nicht ohnedies schon entschlossen gewesen war, kein Soldat zu werden. Er begann 1922, in Dresden zu studieren, nicht eben arm, aber auf keinen Fall war er reich. Die Einnahmen aus der Pacht reichten hin, Ganzkow zu erhalten, ihm ein Jurastudium unter recht bequemen Umständen zu ermöglichen und einmal im Jahr im Hotel *Erbgroßherzog* in Güstrow in Mecklenburg zum Jahrestag des Heldentodes seines Vaters 1916 ein großes Essen für die Familie zu geben. Mehr aber war nicht drin.

Elisabeth Feldmayer studierte italienische Kunstgeschichte. Ihrem Vater war es gelungen, sein auf Anteilen an einer Bank und einer großen Münchener Brauerei, Hopfenhandel und Grundbesitz ruhendes Vermögen in den Nachkriegsjahren auf eine geradezu fantastische Weise zu vermehren. Sie lernten sich 1929 in der Semperoper kennen, und angeblich will Albrecht James in der ersten Sekunde, als er Elisabeth in Begleitung einer entfernten Cousine von ihm gesehen hatte, ausschließlich daran gedacht haben, wie er es seiner Mutter sagen würde.

Als sie sich im Juni 1931 verlobten, überbrachte Elisabeths älterer Bruder Karl, der den Abscheu ihres Vaters gegen den ostpreußischen Adel teilte, persönlich die Nachricht, dass das junge Paar nicht mit Unterstützung der Brauteltern rechnen sollte. Die Verbindung sei aufzulösen.

Albrecht James saß in einem Nebenzimmer von Elisabeths Wohnung und hörte dem Streit zwischen den Geschwistern mit stoischer Miene zu. Zu seiner Verblüffung verstand er *kein* Wort von dem, was sie sich gegenseitig ins Gesicht schrien. Sie taten es nämlich auf Bairisch. Als Karl am selben Abend mit dem Schlafwagen nach München zurückfuhr, streckte Albrecht ihm vergeblich die Hand zum Gruß hin.

Sie heirateten 1932, Albrecht James ließ sich 1933 als Rechtsanwalt in Belgard nieder, und das junge Paar bezog Ganzkow, das die alte Frau von Reichhausen ihnen für eine Leibrente abgetreten hatte, um selbst nach Belgard in eine kleine Stadtwohnung am Kohlmarkt zu ziehen. Die Abwesenheit der Brauteltern bei der kleinen Hochzeit, die noch dazu auf dem Standesamt und nicht in der Belgarder Stiftskirche stattgefunden hatte, hatte sie gekränkt, und sie wollte mit ihrer Schwiegertochter ungern unter einem Dach leben. Seit Friedrich auf der Welt war, näherte sie sich Elisabeth allerdings langsam an.

Friedrich Jasper, geboren frühmorgens am 12. August 1936, bekam von diesem grundsätzlichen Konflikt, der mit der Ehe seiner Eltern in die Welt gekommen war, nichts mit. Persönlich kannte er nur seine Großmama in Belgard – und er besuchte sie recht gern. Sie war bei bester körperlicher Gesundheit und wurde irgendwann sehr wunderlich. Eines Nachmittags traf er sie in ihrer Wohnung an, wie sie einen der Orden ihres Mannes lächelnd und nachdenklich in eine Tasse heißen Wassers tauchte. Auf die Frage, was sie denn da mache, antwortete sie: «Tee ...»

Friedrich Jasper bekam eine deutliche Rüge seines Vaters, als der erfahren hatte, dass sein Sohn im sehr heißen Sommer vor seinem vierten Geburtstag, Juli 1940, durch die Gemarkung gezogen war, um all den Pächterkindern, den nah gelegenen freien Bauersleuten *und* dem Postboten zu erzählen, wie die Großmama, die alte Gnädige Frau, in Belgard sitze und mit preußischen Militärorden Tee brühe.

Der Sommer vor seinem Geburtstag. Das war so, der Sommer war immer der Sommer *vor* seinem Geburtstag. Was waren das für Sommer gewesen! Was war das für ein Gefühl gewesen, todmüde zu sein, 6 Uhr abends, während man die Füße gewaschen bekam, einzuschlafen und zehn Minuten später kurz aufzuwachen, aber nur für eine Sekunde, für die Sekunde, in der Mama das Licht ausmachte und draußen all die Grillen waren und die Fledermäuse, und man musste wieder einschlafen, weil man den ganzen Tag gebadet hatte ... Es gab bei der Rohrwiese eine Stelle, wo der in der Nähe von Ganzkow entspringende Nonnenbach angestaut war, zwei Meter tief, das Wasser war eisig, Erlen und Buchen am Ufer, am Grund auf den Steinen sah man die Flecken von allen Schatten, und man konnte Kopfsprung machen, die Sommer waren so heiß gewesen und unendlich lang, das Wasser war kalt und ganz klar, und Fleck ... Fleck musste einem hinterherspringen, er konnte nicht anders, wenn man reinsprang, musste Fleck hinterher. Fleck.

Der Pächter des Vorwerks Friedrichshof, Herr Carsten Knut, hatte den Welpen zu Friedrichs drittem Geburtstag in einem Rucksack vorbeigebracht. Er habe sechs Stück davon, erzählte er seinem Vater, und da komme der Geburtstag vom Fritz genau recht.

Fleck. Flecks Vater war der selbstbewusste weiße Spitz eines kleinen Bauern aus der Nähe. «Des weiß Sauviech vom Bonninsberg», nannte ihn der Pächter gegenüber Albrecht James, als sie einen Korn darauf tranken, ein flinkes Schlawinervieh, dem es doch tatsächlich gelungen sei, der edlen schwarzen Setterhündin des Pächters beizuwohnen. Der Pächter schilderte Albrecht James diesen hinterhältigen Zeugungsakt mit verhohlener Freude. Der Spitz sei aufgeritten, die Nanette, das war die Giffronhündin, habe gar nicht so schnell kieken gekennt. Herr Knut habe ihm noch wenigstens eine draufklatschen wollen, aber weg war er, der weiße Teufel ...

Seine Kindheit schien ihm ein langer schimmernder Tag, gewoben aus den köstlichsten Stoffen, die das Leben zu bieten hat: das Erwachen im warmen Bett, an einem noch dunklen Januarmorgen, der Eis auf die Fenster geblasen hatte. Der Morgen des Tages, an dem man zum ersten Mal wieder barfuß laufen konnte. Ein langer Sommertag mit Fleck am Nonnenbach. Der schon kühle Herbstabend am trüben Gänseteich hinter der Mühle, über dem die Mücken tanzten, und Fleck, der voller Spitzlust ins Wasser gestürzt war und versuchte, den hinausgeworfenen Stein zu schnappen, von dem man aber nur noch ahnen konnte, an welcher Stelle er für immer versunken war ...

Das war so gewesen, aber es war ja nicht wahr. Es war Krieg. Es gab den Wahnsinn der Belgarder Oma in einer Stralsunder Heilanstalt, den langjährigen Kummer seiner Mutter, die sich nach ihren Eltern sehnte, und da waren die Schwierigkeiten seines Vaters, der, als ein Reichhausen, niemals und auch nicht vor Gericht daran dachte, einen Gefreiten zu grüßen, und sei der auch Reichskanzler. Überhaupt waren ihm die Nazis nichts anderes als widerlicher Pöbel, und er sah auch keinen Grund, das zu verheimlichen – denn wenn er selbst auch kein Soldat geworden war, so teilten sich der Stolz auf seine Familie und die bedingungslose Liebe zu Deutschland und Preußen sein politisches Bewusstsein. Ihm gingen langsam die Klienten aus, denn er verlor in letzter Zeit oft seine Prozesse. Was er seit Kriegsbeginn zudem von seinen Cousins hörte, die alle im Felde standen, hörte sich zunehmend schlechter an. Unglaubwürdige Vergehen der Wehrmacht an Zivilisten. Ein preußischer Offizier würde niemals Befehl geben, auf Zivilisten zu feuern. Unmöglich.

Davon bekam Friedrich Jasper wenig mit. Das Schlimmste, was in seinem Leben passieren konnte, war, dass Fleck protestierend davonrannte, wenn Friedrich mit ihm zusammen *Onkel Louis und Mitzi im Luftkampf* spielte und es wieder einmal darauf hinauslief, dass Fritz und Fleck (als Onkel Louis und Mitzi) vom Heuboden der Vorwerkspächter mit dem *Fallschirm* ins Heu abspringen mussten ...

Das sollte sich ändern. Am 28. Mai 1941 erfuhren die Reichhausens auf Ganzkow vom Tod des Kapitäns zur See, Ludwig zur Bracksten, dem Sohn von Albrechts älterer Schwester, die in Kiel mit einem Medizinprofessor verheiratet war. Ludwig war auf der *Bismarck* gewesen, die am Vortag im Atlantik versenkt worden war und Tausende mit in den Tod gerissen hatte. Albrecht James' Stimmung wurde zunehmend düster. Es ging nicht mehr um Politik, es ging um das Vaterland, dachte er.

Am 14. Juni nahmen deutsche Truppen Paris ein, und Fleck hatte gelernt, für sehr lange Zeit auf den Hinterbeinen zu stehen, wenn man Glück hatte. Nachts redeten Friedrichs Eltern lange miteinander, und wenn man es nicht überhörte, dann schluchzte seine Mutter manchmal laut auf. Man konnte es einfach nicht überhören ...

Am 22. Juni 1941 überfiel Deutschland die Sowjetunion. Es war ein heißer Tag. Am nächsten Morgen kam sein Vater im Anzug an sein Bett, als er noch schlief. Er erklärte ihm, er müsse in den Krieg ziehen. Wie Onkel Louis-Ferdinand, genau. Ich weiß nicht, ob ich auch einen Hund wie Mitzi haben werde. Natürlich komme ich bald wieder. Sein Vater sagte ihm mit leiser Stimme, er werde zu seinem Geburtstag nicht da sein können. Deswegen bringe er ihm sein Geschenk schon jetzt. Er dürfe es aber noch nicht aufmachen. Er umarmte ihn, Fritz roch Schuhwichse, Rasierwasser, gebratenen Speck. Dann war Papa nicht mehr da.

Der Abschied von seinem Vater bereitete ihm einen bis dahin unbekannten und in seinem Ausmaß unverständlichen Kummer. Seine Mutter und er würden zu den unbekannten Großeltern gehen. Nein, Fleck kann nicht mitkommen. Wir gehen auf Urlaub, Fritz. Fleck wird bei Herrn Knut bleiben. Wir kommen doch zurück ...

Der Würger zog, mit einem salzigen Anflug in seinen Augen, die Vorhänge vor seinem bis zum Boden reichenden Fenster auf. Er sah den Lieferwagen einer Bäckerei Diester langsam über die Schillerstraße fahren. Trübgraue Morgendämmerung. Der Lieferwagen hielt in der Nähe des Lieferanteneingangs, und ein älterer Mann trug einen großen, roten Plastikkorb frisch gebackener Semmeln, Brezen und anderer Köstlichkeiten in die Küche, die den Gästen des *Brenner's* zum Frühstück gereicht werden würden. Zur Feier des Tages hatte Bäckermeister Diester die Semmeln zu Sonnensemmeln geformt und sie ‹Sofi-Wecken› getauft.

Der Würger war schwer betrunken, das Geländer des Balkons fühlte sich so weich wie Schilfgras an. Außerdem sah er jetzt schon unglaubliche Traumbilder. Während er sich nämlich an dem aufgeweichten Geländer festzuhalten versuchte, bemerkte er, wie sich von der anderen Seite der Straße, aus der nebligen Morgendämmerung der Lichtentaler Allee, ein dreifaches durcheinanderschlagendes Klöppeln näherte. Als er dorthin blickte, sah er eine Gruppe von drei höchst seltsamen Gestalten. Sie trugen Umhänge aus blauem Tuch, dessen Saum mit goldenen Mäandern verziert war, und auf dem Kopf hohe, eckige Hüte, gleichfalls von samtig blauer Farbe. Sie alle hatten Knebelbärte, die in zwei geflochtenen Strängen links und rechts vom Kinn herunterhingen, Bärte, die keiner Mode der späten Neunziger entsprachen. Jeder hatte einen ihn überragenden Stock in der Hand, der oben in einer spiralartigen Krümmung auslief. Das Klöppeln kam von diesen offensichtlich hölzernen Stäben, mit denen sich die drei die Schillerstraße hinaufstocherten. Auf den Würger, der während des Trinkens in der Nacht tief in seine eigene Zeit hinabgesunken war, wirkten diese drei blauen Gestalten mit ihren Knebelbärten wie ein kleiner Schock – er japste kurz auf und hielt sich im Geländerschilf fest. Der Schock hatte ihn unmerklich und gegen seinen Willen entspannt. Er musste sich setzen. Kurz. Das waren keine wirklichen Tränen. Das war nur die Schwäche. Keine Tränen.

6 Uhr 12

«Frau Kurz», rief Hausmeister Spangele in breitem Badisch. Spangele war Frau Kurz gegen seinen Willen als Hilfe zugeteilt worden. «Frau Kurz, de Babylonier wären jetzt da!»

«Welche Babylonier?», fragte Frau Kurz hektisch und fast unverständlich, mit zusammengebissenen Zähnen. Sie war eine gut aussehende Frau in den Fünfzigern, mit kurzem, brünettem Haar, rehbraunen Augen, wallenden Kleidern, viel alternativem, aber edlem Schmuck – jedenfalls war er nicht billig gewesen –, einer weiblichen Figur und der unauslöschbaren Neigung, mehrere Dinge gleichzeitig zu tun. Im Augenblick rauchte sie eine Zigarette mit Spitze, damit sie die Hände frei hatte, und packte die gerade von der Stadtdruckerei angelieferten *Eklipse-Quiz-Handzettel* aus, um die Druckqualität zu prüfen. Sie legte einen Packen Handzettel auf ihren Schreibtisch, nahm die Spitze aus dem Mund und fragte noch einmal:

«Welche Babylonier?»

«De Babylonier vom Stadtmarketing», sagte Spangele gleichgültig.

«Was, die haben jetzt Babylonier geschickt? Aber die wollten doch, Moment mal», sie ging zur großen Pinnwand, um das nachzuprüfen, «die vom Stadtmarketing wollten doch *Englische Astronomen des 18. Jahrhunderts* schicken? Was soll das denn?»

«Sie habe g'sagt, dass de Kostümverleih in Karlsruh alles ausg'liehe.»

«Und das fällt denen jetzt erst ein? In zwei Stunden geht's los, verdammt! Sind die Babylonier draußen?»

Da Spangele nickte, die Hände wichtigtuerisch in den Taschen seines grauen Arbeitskittels, ging Frau Kurz an ihm vorbei, nach links, wo sich die Babylonier in der schmalen Glastür des Kulturamtes drängelten. Die drei, die vor einer knappen Stunde das Fenster des Würgers passiert hatten, schwankten unmerklich. Sie waren nämlich keineswegs strikt am *Brenner's* vorbei zum Jesuitenplatz gegangen und die schmale verwinkelte Treppe zum Kulturamt hochgestiegen, was keine zehn Minuten gebraucht hätte, sondern hatten an dem schon geöffneten Kiosk am Augustaplatz jeder eine Dose Bier und einen Topinambur getrunken.

Frau Kurz roch ihren alkoholisierten Atem schon aus zwei Meter Entfernung.

«Das ist doch die Höhe! Auch noch angezwitschert. Na, das kann ja was werden! Und was sind das für komische Stäbe?»

«Das sind die. So Stäbe. Babylonier hatten so Stäbe», sagte der intelligenteste der Babylonier, der während des kurzen gemeinsamen Marsches zum Führer der Gruppe bestimmt worden war.

«Ja, aber das sind doch Nikolausstäbe! Wie sieht das denn aus? Also, das wird mir Herr Semft erklären müssen.»

Die Babylonier zuckten mit den Schultern. Eben. Herr Semft war schuld. Herr Semft von der *Baden-Baden Stadtmarketing GmbH* hatte sie falsch ausgerüstet.

Sie ließen sich von Frau Kurz noch einmal in ihre Aufgabe einweisen, ja, sie wüssten schon Bescheid. Sie müssten unten in der Innenstadt herumgehen, und wenn sie gefragt würden, wer sie seien, sollten sie wahrheitsgemäß antworten, sie seien drei babylonische Astronomen, die hier seien, um die Sonnenfinsternis zu beobachten.

«Und weiter?», fragte Frau Kurz ungeduldig.

«Augenblick», sagte der intelligenteste der Babylonier und holte einen Notizzettel heraus. Auch der war von Herrn Semft. Er las vor, welche Bedeutung für die Wissenschaft, für die Zeitmessung und die Astronomie die Vorhersage und Beobachtung von Sonnenfinsternissen durch die Babylonier hatten. Auch heute noch erinnert unser 12er-System der Uhrzeit an die Babylonier. Er las nicht besonders toll, hielt den Zettel krampfhaft und starr in den Händen, und man ahnte, dass er selbst kein Wort verstand.

«Also, das müssen Sie schon auswendig können. Sie können doch nicht nachher durch die Stadt gehen und vom Zettel ablesen. Ich dachte, Sie sind Schauspieler? Na, ich seh schon. Lernen Sie das bis nachher. Treffpunkt um 8 Uhr 50 am Leopoldplatz unten! Alles klar?»

Die Babylonier nickten und quetschten sich ungelenk durch die Glastür auf die Steinstraße. Der intelligenteste war sauer, die anderen beiden waren sehr froh, dass jener jetzt naturgemäß den Scheiß auswendig lernen durfte. Führerschaft. Hatte eben alles seine zwei Seiten. Die beiden gingen auf dem glitschigen Kopfsteinpflaster munter voraus, ihr Anführer mit dem Zettel in der Hand griesgrämig und recht ungelenk hinterher.

Frau Kurz war unterdes in ihr Büro zurückgegangen, hatte den immer noch wichtigtuerisch herumstehenden Spangele mit den Kartons nach draußen geschickt und ihm aufgetragen, sie in das Bürgerbüro am Jesuitenplatz hinunterzutragen. Sie musste jetzt erst mal Telefongespräche führen, verdammt. Sie wählte. Wo war jetzt wieder die Zigarettenspitze?

8 Uhr 14

Tiefer Schlaf. Aber der Würger würde gleich beginnen, aus ihm zu erwachen. Der Grund war eine zufällige innenarchitektonische Konstellation. Die potenzielle Energie, die sein – innerhalb der zufälligen innenarchitektonischen Konstellation günstig platzierter – Körper aus dem Heilschlaf gesaugt hatte. Und eine fast exakt seit Eintritt des Schlafs abwartende kalte und klare Flüssigkeit.

Das waren die konstruktiven Elemente, die jetzt durch eine spindelartige Bewegung des Würgers zueinander in Beziehung gesetzt wurden. Der Würger hatte sich, auf dem einen der beiden Sessel seiner Suite schlafend, gedreht und dabei ein seufzend rachitisches Räuspern von sich gegeben. Durch die Drehung war sein linker, unter dem Glastisch in den Teppich verkeilter Fuß in Berührung mit der auf ebendiesem Teppich liegenden Weißweinschorle geraten, der Menge eines fast vollen Glases, das sich um 6 Uhr 10, kurz nachdem er die Babylonier gesehen hatte, auf den Boden ergossen hatte, und zwar nachdem der Würger es sich kraftlos und mit nahezu geschlossenen Augen eingeschenkt, einen Schluck aus ihm genommen hatte, um es auf den Glastisch zurückzustellen, was misslungen war: Das Glas fiel, und der Würger versank in den erwähnten todesähnlichen Schlaf. Besagter linker Fuß, bekleidet mit einem edlen südirischen Strumpf von dunkelgrüner Farbe, hatte gerade begonnen, die kalte Flüssigkeit langsam aufzusaugen.

Nach fünf Minuten war der Strumpf mit der Weißweinschorle vollgesogen, die kühle Feuchtigkeit, die seine Zehen jetzt umgab, wurde dem Schlafenden widerwärtig, er drehte sich erneut ruckartig, trieb seinen linken Fuß dabei aber eher noch tiefer in die Weinschorlepfütze. Ohne zu erwachen, schnaufte er in dunklem Entsetzen auf, schlug mit der freien rechten Hand in die Leere neben seinem Fauteuil, was ihn so aus dem Gleichgewicht brachte, dass er auf den Teppich stürzte. Bei diesem Sturz kippte auch der Fauteuil, schwankte einen Augenblick, und während der Würger sehr langsam und aus tiefen Tiefen kommend erwachte, verwirrt und immer noch schlafend auf den sanft im Wind schwingenden rot-beige gestreiften Vorhang vor der Balkontür starrte, schubste der Sessel langsam die hinter ihm sich befindende Stehlampe um, die zögerlich zunächst, dann aber entschieden auf den Würger sackte, der, noch immer nicht vollständig orientiert, abermals panisch hochschreckte. Er schlug die Stehlampe zurück, die auf den Servierwagen fiel. Auf dem Servierwagen standen drei leere Flaschen *Müller-Catois* 1996, fünf zum Teil leere Flaschen *Apollinaris*, ein halb verzehrtes Maishähnchen in rotem Pfefferschaum, ein silbernes Brotkörbchen, ein Teller mit den kalten Verkrustungen einer Linsensuppe, eine kleine Vase mit einer schamroten Rose, Besteck und drei nicht benutzte Wattebäusche. Dies alles schwankte beim

Aufschlag der Stehlampe, das Hähnchen verblieb auf dem Servierwagen, die Wein- und Wasserflaschen stürzten durcheinander, fielen zum Teil auf den Glastisch, zum Teil auf den Würger, auf dem auch die schamrote Rose landete. Es spritzte. Der Würger schauerte grunzend auf, drehte sich, mit den Armen herumschlagend, um, fiel auf seinen Hintern und beobachtete, wie der von ihm dabei umgestoßene Glastisch langsam, zusammen mit den auf ihm noch stehenden Wein- und Wassergläsern und der Dekoration auf seine Längsseite kippte und auf dem Teppich zu liegen kam.

Der Würger war nun wach. Seine Überraschung über das rätselhafte Durcheinander um ihn herum war groß. Was war geschehen? Er fühlte die feuchte Fiesheit, die seinen linken Fuß umhüllte, war aber zunächst noch zu erschöpft, um seinen Rumpf nach vorne zu beugen, und ließ sich wieder auf seinen Rücken sinken. In der Nähe des dritten Lendenwirbels spürte er eine Gabel.

Morgen war sein Geburtstag, und heute Nacht würde er die *Ziffer* in Händen halten. Noch bevor er sich wieder aufzusetzen versuchte, prüfte er furchtsam den Zustand seines Geistes. Von der seelischen Not, vor der er sich gefürchtet hatte, war nichts zu spüren. Er fühlte nur die Anwesenheit eines gigantischen, allerdings noch schlafenden Katers – wenn er sich jetzt aufsetzte, würde er ihn zweifellos wecken. Aber das war in Ordnung, mit einem Kater konnte er umgehen.

Er fuhr sich über den Schädel, erhob sich prustend, fiel kurz noch einmal auf seinen Hintern, stand schließlich und ließ seine Kleidungsstücke, die Krawatte, das Sakko, das Hemd, die beiden Strümpfe (bei dem feuchten von den beiden zischte er angewidert auf) und die Hose auf dem Weg zum Bad auf den Teppich seiner Suite fallen.

8 Uhr 15

Das Erwachen des Würgers war laut genug gewesen, um auch Herrn Fennel ‹El Higo› Labrocini aufzuwecken, der die Nachbarsuite bewohnte. Seine Räume gingen ausschließlich auf den Park. Er brauchte Stille. Seit ein paar Jahren schlief er schlecht, wurde beim leisesten Geräusch wach und konnte dann nicht mehr einschlafen, und wenn, dann hatte er schrecklich aufdringliche Albträume.

Nacht für Nacht sah er sich pervertierten Karikaturen seiner Existenz ausgesetzt, sobald er eingeschlafen war, fand er sich zwischen turmhoch aufgerichteten Mauern, erbaut aus dem, was sein Leben bestimmte. Von diesem Labyrinth träumte er schamlos und schrecklich und Nacht für Nacht. Mit anderen Worten, Fennel träumte von Geld.

Er träumte von den Scheinen, die er nach Baden-Baden bringen, in der Spielbank einzahlen, als Jetons mit sich herumtragen und wieder zurücktauschen musste. Er träumte von den Koffern, die an sein Handgelenk gekettet waren, er träumte von Giacomo, seinem jungen Begleiter, der für seinen Schutz verantwortlich war und mit dem sich Fennel nichts zu sagen hatte, was oft zu qualvollem Schweigen führte.

«Gift möchte man nehmen, Gift ...», murmelte Fennel jetzt, nach Atem schnappend, in seinem Bett. Er murmelte das immer in solchen Augenblicken. Für Fennel war das die höchste Form von Tiefsinn, zu der er imstande war. Er tastete nach seinem vorzüglichen *Eterna*-Reisewecker, den er seit zwanzig Jahren benutzte. Kurz nach acht. Verdammt.

Früher war es leichter gewesen, das Geld auf ihre Seite zu bringen. Früher. Es war alles anders geworden. Was hatten sie für ein Leben geführt. Das war anders geworden. Zuerst waren die Russen gekommen. Die Russen waren so brutal gewesen, dass ihnen der Atem gestockt hatte. Nach den Russen war der Balkan gekommen, der Reihe nach, der Reihe nach waren sie gekommen und hatten ihnen die Märkte weggenommen, hatten sich dann gegenseitig massakriert und waren dann da und dort sitzen geblieben, mit denen hatte man sich irgendwann einigen können. Vor drei Jahren waren die Albaner gekommen. Man hatte gedacht, schlimmer als die Russen könnte niemand sein. Man hatte sich geirrt. Mittlerweile war man froh, wenn man irgendwo auf Russen traf, weil einem die richtig kultiviert vorkamen. 95 hatten die Albaner die Drogenmärkte in der Schweiz übernommen, Bern, Basel, Zürich. Der Padrone war auch dort engagiert. Bern war der Anfang gewesen.

Früher, als das Geld geflossen war, als es gern auf ihre Seite gekommen war, da war es ein Vergnügen gewesen, es hatte Grandezza gehabt, alles. War wundervoll gewesen. Jetzt quälte es nur noch. Labrocini stand mühsam und ächzend aus dem Bett auf, schleppte sich ins Bad und pinkelte ein paar schmerzhafte Tröpfchen.

Währenddessen erschrak er über den Anblick seiner aus dem Pyjama herauslugenden Brustwarze im herausziehbaren Vergrößerungsspiegel. Sie sah wie das erblindete Auge eines absurden Tieres aus.

‹Gift›, dachte er angewidert, ‹Gift, möchte man nehmen›, er quetschte die letzten Tropfen heraus, was sehr schmerzhaft war. Wie in letzter Zeit häufiger, vergaß er zu spülen und schlurfte zum Bett zurück. Auf dem Weg nahm er sich eine *Romeo y Julietta no. 6*, biss sie ab, spuckte den Tabakbrei auf den Glastisch und zündete sie sich schwer atmend an. ‹Gift ...›, dachte er noch einmal, ‹Gift ...›

8 Uhr 25

Wenige Meter vom Kulturamt, im ausgebauten Dachgeschoss eines aus dem 18. Jahrhundert stammenden Gebäudes, dessen übrige Geschosse das Stadtmuseum und die dazugehörige Museumsschänke beherbergten, schlief, auf einer Matratze mit zerknülltem Laken, im Eck unter der Dachschräge, der Nachwuchsdichter Rainer Popatzky. Er hatte sich mit der Behauptung, einen dicken Roman über Baden-Baden zu schreiben, die Stadtschreiberstelle und die sogenannte Künstlerwohnung errungen. Bei der Bewerbung hatte er auf Nummer sicher gehen wollen und der angenehm überraschten Jury einen Tausend-Seiten-Roman in Aussicht gestellt. Nach dem flakeschen Ideal! Meine lieben Jury-Mitglieder, Sie werden lachen, aber Otto Flake ist mein größtes Vorbild!

Nun hatte er weder jemals eine Zeile des Baden-Badener Hausdichters Otto Flake (1880–1963) gelesen, noch wollte er tausend Seiten Prosa schreiben, die Zeiten waren schon fünfzig Jahre mindestens vorbei. Er schrieb, seit er in Baden-Baden war, nur noch kleine Glossen für Zeitungen. Schön kurz. Popatzky gefiel das. Spätestens seit er auf eine lustige Gesellschaft alteingesessener Schlawiner gestoßen war, gefiel ihm auch die Stadt. Er wollte gerne das ganze Jahr hierbleiben. Und er wollte keinen Ärger mit Frau Kurz, der ihn betreuenden Kulturbeauftragten, die er für eine rabiate Person hielt, deswegen hielt er sich ihr gegenüber mit seinen romantechnischen Ansichten zurück.

Da er die ganze Nacht mit seinen neuen Freunden herumgesoffen hatte und erst vor zwei Stunden ins Bett gegangen war, schlief er tief und absolut traumlos. Popatzky wusste, dass nur gesunder und ausreichender Schlaf künstlerisch wertvolle Dichtung ermöglicht. Menschen, die auf seine Freundschaft Wert legten, respektierten diese Notwendigkeit, die ihn dazu zwang, bevor er schlafen ging, auch immer das Telefonkabel aus der Wand zu ziehen. Nur heute nicht, heute hatte er das vergessen, so berauscht und müde, wie er gewesen war.

Selbstverständlich – wozu das sonst erwähnen – läutete jetzt das neben der Matratze auf dem Boden liegende Telefon.

Popatzky war sofort wach, spürte die Zwingschraube schrecklicher Unausgeschlafenheit um seine gequälte Brust. Zum Glück lagen die Zigaretten neben der Matratze.

«Popatzky», sagte er nach dem fünften Läuten. Er atmete den ersten Zug aus und versuchte, seine Stimme so genervt klingen zu lassen, als hätte man gerade in einer höllischen WG von Nabokov und Freud angerufen und als wäre der Anrufer, äh, als wollte der Anrufer schon wieder Freud sprechen und Nabokov wäre dran, also ich bin Nabokov, und, Moment, der bekommt aber selber nie Anrufe. Oder nur von Leuten, die ihn zu dubiosen Immobiliengeschäften in Berlin überreden wollen. Irgendwie so. ‹Aufschreiben nachher ...›, dachte er, und dann sagte er seinen Namen.

«Kurz! Na, sind Sie schon wach ...?»

«Noch! Ich bin *noch* wach. Ich sitze am Schreibtisch und arbeite. Ich habe die ganze Nacht an dem, äh, dem Manuskript, dem Roman gearbeitet. Ich bin gerade an einer Szene, wo Nabokov zufällig auf Freud trifft ...»

«Sehr schön. Aber ...»

«In Baden-Baden natürlich. Selbstverständlich. Der ganze Roman spielt ausschließlich in ...»

«Das ist sehr lustig, Herr Popatzky. Hier ist Frau Kurz. Sie sind aber auch wirklich mal ein *lustiger* Stadtschreiber.»

«Hm, ja ...»

«Ich weiß, es ist früh für Sie Schlafmütze, aber Sie müssen mir unbedingt einspringen!»

«Was?», stöhnte Popatzky.

«Also, wir haben doch heute unser historisches Eklipse-Quiz, nachher. Dieses Figurenkabinett.»

«Ach, heute ist das? Ich dachte, die wäre ... Ich weiß noch nicht, ob ich es schaffe, das Manuskript und diese Szene ist ganz zentral ... Ich habe schon die ganze Nacht daran gearbeitet ...»

«Ach so? Frau Lillmeyer vom Bürgerbüro hat mir erzählt, sie hätte Sie sturzbetrunken aus dem *Café König* wanken sehen, um halb fünf.»

«Was?»

«Frische Luft wird Ihnen guttun. Mein Mann holt Sie gleich ab. Sie müssen ins Theater. Ich hab in Windeseile Kostüme für euch beide aufgetrieben! Mir sind die *Englischen Astronomen des 18. Jahrhunderts* ausgefallen. Das Stadtmarketing wieder mal. Semft, den kennen Sie doch? Die sollten zwei Babylonier und zwei englische Astronomen schicken, stattdessen schicken die nur *drei* Babylonier. Aber das macht nichts. Ich habe Semft angerufen, und der macht mir dafür *Einstein*. Sie als Stadtschreiber müssen da mitmachen. Kulturbürgermeister Hassenwasser geht als *Thales von Milet*. Also, bis nachher.»

Obwohl er kein Wort verstand, nur, dass man ihn um den Schlaf bringen wollte, wehrte sich Popatzky verzweifelt mit Seufzern. Es nützte aber nichts. Frau Kurz legte auf. Dafür klingelte es jetzt dreimal lange an der Tür. Herr Kurz.

10 Uhr

Oxana nahm ihr Frühstück zwischen vielen Amerikanern und sehr vielen Japanerinnen im Restaurant des *Europäischen Hofs* ein. Auf den Tischen waren dreisprachige Prospekte verteilt worden, Deutsch, Englisch, Französisch, die das Sofi-Begleitprogramm der Kurstadt anpriesen. Offensichtlich sollte es auf dem Leopoldplatz am Abend so etwas wie ein Quiz geben. Es war die Rede von historischen Figuren, die die Innenstadt beleben würden. Ein Sofi-Karneval. Jeder Besucher solle sich mit den historischen Figuren unterhalten, um Informationen für das Quiz zu sammeln.

Oxana musste lächeln, während sie sich Joghurt auf ihr Müsli gab und auf den Joghurt Obst. Sie wusste, dass man in der Geschichtsforschung Sonnenfinsternisse benutzte, um Zeitangaben historischer Quellen nachzuprüfen. In dem Jahr, in dem Xerxes, der Perserkönig, starb, vermerkten die Chroniken zwei Sonnenfinsternisse – also konnte man das Todesjahr von Xerxes als das Jahr 465 v.Chr. bestimmen. Eine studierte Historikerin wusste solche Dinge – zweites Semester.

Als sie zurück an ihren Tisch kam, trat nach einer Weile ein mittelalter Herr zu ihr und entschuldigte die Störung. Er fragte, ob sie beide zusammen spazieren gehen könnten, vielleicht gemeinsam zur Sonnenfinsternis. Sie lächelte und schüttelte lächelnd den Kopf, gestikulierend, sie verstünde kein Wort. Spreche kein Deutsch.

Der mittelalte Herr nickte freundlich und fast erleichtert, weil der Reflex, Oxana an seinen Tisch zu laden, so unmittelbar über ihn gekommen war, dass er die Selbstverständlichkeit, dass sich solch eine Frau niemals an seinen Tisch setzen würde, selbst wenn sie Deutsch verstehen würde, vergessen hatte. Er selbst hatte ja einen längeren Urlaub in Amerika verbracht, man hätte also Englisch sprechen können. Aber im Gegenteil, er war Oxana fast dankbar, dass es schon daran gescheitert war, dass sie kein Deutsch sprach. Er war enttäuscht. Aber er war trotzdem froh, es versucht zu haben. Hatte so etwas noch nie versucht. Das alleine war schon außergewöhnlich. So eine Frau. Na ja. Seine Dankbarkeit war schließlich so groß wie seine Enttäuschung.

Er setzte sich wieder, wissend, dass er Oxana höflicherweise nicht mehr anblicken sollte, und während er sich Butter auf sein Brot strich, warf er einen Blick aus dem Restaurant. Draußen, am linken Ufer der Oos, die vor dem Restaurant vorbeifloss, ging ein skurriles Paar in roten Bundhosen, mit Wams und gepuderten Perücken vorbei, ein älterer und ein jüngerer Mann. Die beiden trugen ein Gewirr klobiger Instrumente, Winkel, Linsen, Fernrohre und Globen durch den Kurpark. Der junge Mann, der sich etwas ungeschickt anzustellen schien, redete unaufhörlich auf den älteren ein. Dieser, ganz Senior, ging ernst und mit entschlossenem Schritt voran, ohne sich auf den Redeschwall seines jüngeren Gefährten einzulassen, bei dem man sofort an ‹Gehilfe› dachte. ‹Aha, 18. Jahrhundert›, dachte der Herr, ein pensionierter Studiendirektor aus Lemgo mit Unterbiss und einer leicht wunden Lippe. ‹Ganz eindeutig das 18. Jahrhundert.› Von dem kurzen Gespräch mit Oxana immer noch träumerisch betäubt, war er über die Epiphanie dieser beiden englischen Geometer keineswegs erstaunt. Im Gegenteil, er schmierte sich das Brot schön mit Butter.

Während er sediert hineinbiss, wagte er doch noch einen zufälligen Blick auf Oxana, die ihr Müsli aß. ‹So eine Frau ...›, dachte er, sein Gesicht und das Brot verschmolzen, und er wurde abermals rot. ‹So eine Frau. Natürlich nicht. Natürlich nicht ...› Und dann sah er hochrot den beiden Astronomen zu, wie sie an der Büste eines badischen Herzogs stehen blieben und anfingen, ihre Gerätschaften aufzubauen.

10 Uhr 23

«Na, endlich kommen Sie zur Vernunft», sagte Popatzky zu Eckhard Kurz.

«Wenn ich ehrlich bin, dann weiß ich nicht, ob Ihnen an der historisch genauen Darstellung unserer Figuren liegt oder ob Sie zu faul zum Gehen sind», sagte Herr Kurz, der von den ewigen Nörgeleien des Nachwuchsdichters, man solle endlich einen festen Standort einnehmen, echt genervt war.

«Eigentlich sollen wir durch die Stadt gehen und den Besuchern Auskunft geben», sagte er, ein wenig beleidigt.

«Auskunft?», so der Dichter, der sich von dem Schock des Aufweckens erstaunlich gut erholt hatte und langsam anfing, Spaß an dem ganzen Schwachsinn zu finden.

«Englische Astronomen, Mr. Kurz», sagte er streng, «die eine Sonnenfinsternis beobachten, laufen währenddessen nicht herum. Ich bin bereit, meinen Beitrag zu leisten, aber ich bestehe, wenn schon, dann bestehe ich auf ...»

«Eben. Schließlich ist das doch sehr interessant für einen Stadtschreiber!»

«Wie oft soll ich Ihnen noch sagen, dass ich kein *Stadtschreiber* bin? Es ist ein *Aufenthaltsstipendium*. Dieses Wort allein schon. Was meinen Sie damit? Soll ich Glossen für das *Badische Tagblatt* schreiben?»

«Nein», sagte Herr Kurz wahrheitsgemäß. Herr Kurz fand, dass dem Wort ‹Stadtschreiber› nostalgische Gemütlichkeit innewohne, künstlerische Romantik, Spitzweg, der arme Poet, Dachkammer, das alles. Er hatte es nett gemeint.

«Sie sollten jetzt dann lieber mal anfangen, den Längengrad auszumessen, Mr. Kurz. Am Augustaplatz vorne sehe ich drei Busladungen von Eklipse-Besuchern aussteigen. Die Innenstadt wird voll. Ohne Längengrad sind wir aufgeschmissen.»

11 Uhr 12

Die erdabgewandte Seite des Mondes erstrahlte. Der Finger der Sonne durchwühlte die seit Äonen unberührt liegenden Ozeane des Staubs, über denen gerade die Sonne aufging und einen zweiminütigen Ritt über die Riffe und Klippen der verborgenen lunaren Alpen nahm: Zwischen dem Mons Silvanus und dem Mons Agrippinus hatte der Lichtfinger eine Distanz von 20000 Kilometern zurückzulegen, was er in einer Zeit von guten sechs Sekunden schaffte, 3000 Kilometer pro Sekunde schnell, durchstrahlte das

7,8 Kilometer tiefe Tal zwischen beiden Bergen, bevor sein Licht vom Mons Agrippinus aufgenommen und ins gegenüberliegende All reflektiert wurde.

Labrocini hatte seine Milch getrunken, die Zigarre gepafft und schwer geatmet. Er würde sich jetzt seinen ersten Amaretto gönnen. Alles wäre erträglich gewesen, wenn nicht Jack sein Adjutant gewesen wäre. Jack war doch nur scharf auf seine Aufgabe – wollte ihm ans Leder. Dann überkam ihn eine Welle ungesunden Schlafs, er stellte die Zigarre mit der Glut nach oben in das Milchglas, weil er zu faul war, den Aschenbecher zu holen. Kurz darauf schnarchte er.

Durch das lunare Tal hindurch reichte das Licht der Sonne weiter, verschwand dann und beschäftigte sich mit der erdfernen Seite des Agrippinischen Berges: Diesen Augenblick von 2,3 Sekunden Dauer der Durchquerung des namenlosen lunaren Tales erlebten die Menschen in Baden-Baden exakt um 11 Uhr 12, als der unsichtbare Kreis des Neumondes zum ersten Mal die Sonne zu berühren schien – das Verschwinden des langsam – doch für kosmische Verhältnisse rasend schnell – schmaler werdenden Zentralgestirns.

11 Uhr 30

Das Kurorchester spielte vor dem Kurhaus ein herrliches Potpourri wunderschöner Melodien aus zwei Jahrhunderten. Viele Stände waren aufgebaut, an denen man essen und trinken konnte, fast wie bei der Rennwoche, und die Innenstadt wimmelte von Menschen, die nahezu alle die Schutzbrillen aus Kunststoff und Pappe bei sich hatten und immer wieder versuchten, in die Sonne zu starren. Leider war es inzwischen bewölkt, und so bekam man von der langsamen Verdunkelung eigentlich nichts mit, das Licht wurde nur merklich diffuser, schien eine Art violetten Stichs zu bekommen. Es war recht kühl. Ein grauer, kühler Augusttag, mit unheimlichen Lichtverhältnissen.

Frau Kurz war sehr zufrieden. Das war genau ihre Strategie gewesen, und sie hatte dafür gekämpft, hatte den Kulturbürgermeister Hassenwasser wochenlang bearbeitet. Man müsse den Leuten, für den Fall, dass schlechtes Wetter sei, irgendwas bieten. Hassenwasser hatte sich gewunden. Da hatte man *ein Mal* eine kulturelle Sensation, die *umsonst* war und die man nicht organisieren und in endlosen, qualvollen Stadtratsdebatten herausarbeiten musste aus den unterschiedlichen Positionen – und dann sollte man jetzt doch wieder *etwas* veranstalten und es vorher herausarbeiten und telefonieren. Das Tolle an der Eklipse war doch gerade, dass sie eben nicht von Menschenhand beeinflussbar und gesteuert war und man überhaupt nichts dafür tun musste, nicht einmal telefonieren.

«Frau Kurz – das ist doch gerade das Wichtige: Die Eklipse lehrt die Menschen unserer Zeit, die im Rausch des *anything goes* verfangen sind, das Wunder des Staunens über ein Naturereignis, das sehr selten vorkommt. Ich finde nicht, dass man das verwässern sollte.»

«Und was machen wir, wenn man nichts sieht? Schließlich können wir nicht mal einen Monitor aufstellen mit einer Liveübertragung oder so was!»

Dieses Argument hatte den Ausschlag gegeben. Frau Kurz hatte unter Mithilfe vieler, vor allem von *Stadtmarketing* und *Sparkasse*, ein tolles Beiprogramm entworfen. Gestalten aus der Geschichte der Sonnenfinsternis liefen in Kostümen durch die Stadt. Wer wollte, konnte sie ansprechen und erfuhr Wissenswertes.

Jetzt, wo der Himmel bedeckt war, machte sich *ihr* Plan natürlich bezahlt. Hatte sie dem Hassenwasser wieder mal gezeigt, wo's langging. Sie sah, wie die vielen Besucher mit großen Augen auf die Babylonier, die Aztekengruppe und die beiden Chinesen starrte. Die beiden Chinesen waren Schauspieler vom Stadttheater, und sie spielten die legendären Hofastronomen Hsi und Ho eines Hia-Kaisers, die eine während des ersten Herbsttages im Hsiu- oder Mondstand von Fang stattfindende totale Eklipse *nicht* vorhergesagt hatten, vom bloßgestellten Kaiser mit dem Tode bedroht worden und mithilfe eines Bambusdrachens ihren Häschern entkommen waren.

Die Aztekengruppe war am teuersten gewesen, die hatte die *Sparkasse* bezahlt – das waren Stuntprofis aus dem Ruhrgebiet, die eine *Opferung* am Jesuitenplatz vorführen würden, im Augenblick der Eklipse. Zum Glück hatte das mit den englischen Astronomen auch noch geklappt. Sie hätte nie gedacht, dass ihr Mann den Stadtschreiber tatsächlich rumkriegen würde, mit ihm zu kommen.

50 Sekunden nachdem die Turmuhr der Baden-Badener Marktkirche halb zwölf geschlagen hatte, ging 300 km südlich von Neufundland und Neuschottland, knappe 5500 km Luftlinie von der Stadt an der Oos, die Sonne auf. Unmittelbar mit dem Aufgang verdunkelte sie sich – der Kernschatten des Mondes berührte die Oberfläche des Atlantiks dort für 47 Sekunden, um mit einer Geschwindigkeit von 3300 km/h über das dicht von Wolken bedeckte Meer Richtung Südosten zu rasen.

12 Uhr 10

Der Würger hatte eine der wundervollsten Uhren angelegt, die in den letzten Jahrzehnten gebaut worden waren. Es handelte sich um ein Meisterwerk, das einiges mehr als sein neuer *Daimler* gekostet hatte, und wie die Uhr selbst war auch ihr Konstrukteur einmalig: Prof. Dr. Ludwig Oechslin, der nach dem Studium von Philosophie, Archäologie, Alter Geschichte, Astronomie, theoretischer Physik und Griechisch und nach der meisterlichen Rekonstruktion einer sagenumwobenen astronomischen Uhr im Besitz des Vatikans für die Werkstätten der auf den Hund gekommenen Traditionsfirma *Ulisse Nardin* eine Serie von drei Uhren entworfen hatte, die einmalig war. Die *Trilogie der Zeit*. Die erste Uhr war die *Astrolabium Galileo Galilei*, eine mechanische Repräsentation der Sternenzeit, der Bewegung der näheren Milchstraße. *Planetarium Copernicus*, die dasselbe für die Planeten leistete, und die dritte die *Tellurium Kepler*. Die *Tellurium* hatte er in seinem Koffer mit nach Baden-Baden gebracht. Die *Ziffer* würde er dort heute Nacht an ihren Platz legen ...

Es stimmte ihn die Fülle dieser Aussichten fast wehmütig, und er spürte für einen seltenen Moment den fantastischen Anflug gerecht erworbenen Reichtums und unangefochtenen Glücks. Und morgen hatte er Geburtstag. Er musste aufpassen, er näherte sich schon wieder der Tourbillon von Erinnerung und Gefühl, die ihn gestern Nacht zu Tränen ... nein, nein – *fast* zu Tränen gerührt hatte.

Mit einer Breite von 103 Kilometern erreichte der tiefnächtliche Streifen des Kernschattens die Südwestspitze der Britischen Insel, wo sich die vielen Schaulustigen durch die dichte Wolkendecke enttäuscht sahen. Die totale Eklipse, die hier schon zwei Minuten andauerte, blieb verborgen, es dämmerte diffus wie unter Milchglas, und das spektakuläre Ereignis der schwarzen Sonne wurde nicht gesehen. Der sich weiter verbreiternde Streifen der Finsternis raste weiter, um zehn Minuten später europäisches Festland zu erreichen, 12 Uhr 23 nördlich an Paris vorbeizuziehen und vollkommen und makellos finster mit dreifacher Schallgeschwindigkeit Kurs auf das Elsass zu nehmen. Dort wurde der Flug des Kernschattens etwas langsamer und überschritt mit nur noch 2600 km/h die Grenze zu Deutschland.

Der Würger hatte beschlossen, im Hotel zu bleiben, die Fenster waren geöffnet, er würde die Eklipse also durchaus mitbekommen. Wichtiger war es ihm, die *Tellurium* anzusehen, denn es war das erste und vielleicht auch letzte Mal, dass er erleben konnte, wie sich ein von diesem mechanischen Wunderwerk angezeigtes astronomisches Ereignis tatsächlich ereignete, so als wäre es in Wahrheit die Uhr, die die Spur des Schattens über die Erde zwang ...

Um sich die *Tellurium* vorzustellen, denke man sich ein rundes

Zifferblatt, das seinerseits in vier umeinandergelegte Kreise geteilt ist. Der Mittelkreis: Auf ihm sind, aus der Sicht des Nordpols, die Kontinente ausgebreitet. Darum herum ein 24-Stunden-Kreis, der Kreis von Monaten und Sternzeichen und, auf dem goldenen Gehäuse, der reguläre 12-Stunden-Kreis. Zwischen diesen Kreisen wiederum hat das Genie von Oechslin fünf bewegliche Zeiger angebracht: Über den Kontinenten sieht man das Wunder einer zarten goldenen Spange, die meist leicht gebogen und nur zur Tagundnachtgleiche gerade über dem Mittelpunkt, dem Pol, liegt, während sich unter ihr die Scheibe der Kontinente dreht – oberhalb der Spange ist Tag, unterhalb Nacht. Des Weiteren gibt es für die Normalstunde zwei goldene Keile am äußersten Rand. Den grünen Drachenzeiger mit Kopf auf der einen und dem Schwanz auf der anderen Seite, ein runder Mond, der sich für sich selbst, so klein er ist, noch einmal dreht, halb schwarz, halb Gold, und dem es so gelingt, sein Gesicht immer direkt auf die Sonne zu richten, deren Symbol dort fix angebracht ist, wo auf der Normaluhr am Gehäuse die Ziffer 12 stehen würde. Unter diesem Sonnensymbol ist eine vertikale Linie in das Saphirglas geschnitten, die Linie der Referenz für Monate und Sternbilder. Nun stelle man sich aber vor, dass sich all diese Scheiben *gleichzeitig* drehen, jede aber in ihrer eigenen Geschwindigkeit. Der Erdkreis braucht für eine Umdrehung um sich selbst einen Tag. Der Kreis von Monaten und Sternzeichen ein Jahr. Der Mond einen Mondmonat und so fort. Durch diese geradezu unglaubliche Synchronisation vielfacher Geschwindigkeiten auf einem gemeinsamen Zifferblatt ist die *Tellurium* in der Lage, Stunde, Minute, Ewigen Kalender, Mondphase, Tierkreiszeichen, eine 24-Stunden-Anzeige und eine zweite Zeitzone anzuzeigen – und Mond- und Sonnenfinsternisse.

Früher dachte man, bei den Ereignissen derartiger astronomischer Geometrie würde sich ein Drache vor die Gestirne schieben und sie verdunkeln. Deswegen nennt man einen Zeiger, der in der Lage ist, das Auftreten von Eklipsen anzuzeigen, *Drachenzeiger*.

Wenn der Kopf oder der Schwanz des Drachenzeigers der *Tellurium* zusammen mit dem Mond genau unter dem fixen Symbol der Sonne steht – ereignet sich irgendwo in der Wirklichkeit der Erde eine tatsächliche Sonnenfinsternis. Stehen sie zusammen auf 6 Uhr, so findet irgendwo eine totale Verdunkelung des Mondes statt.

All das konnte die Armbanduhr des größten lebenden Uhrmachers automatisch. Seinem Genie war es gelungen, durch die richtige Berechnung des Verhältnisses von Zahnrädern, die Erfindung von Mechaniken, die Übertragung von Kraft, die sich in einer winzigen, zerbrechlichen Feder gesammelt hatte, die Konstruktion von Hemmungen und Ankern nachzubilden, was die optischen Wirkungen von Sonne und Mond auf die Erde waren und für immer sein würden. Vorausgesetzt, der Mechanik selbst geschähe kein Unglück, würde diese Uhr in tausend Jahren noch zu jeder Sekunde die astronomische Situation aus der Perspektive der Erde darstellen. Mechanisch. Selbsttätig.

Der Würger hatte bei diesem Gedankenflug eine Gänsehaut bekommen. Er schwitzte vor Anspannung und vor Erregung. Draußen dämmerte es jetzt zunehmend und schuf Zwielicht in seiner Suite. Drachenzeiger und Mond standen unter der fixen 12 der Sonne. Es würde gleich so weit sein. Nacht werden.

12 Uhr 30

In Baden-Baden war es den ganzen Tag bewölkt gewesen, wie in fast allen europäischen Städten innerhalb der Spur des Kernschattens. Doch während die Besucher der Eklipse-Partys in den großen Städten meistens enttäuscht wurden, weil sich die Wolkendecke als undurchdringlich erwies, erlebten diejenigen, die sich rund um Augusta- und Leopoldplatz aufhielten, das Wunder eines Windes, der die Wolken weiter nach Osten, Richtung München trieb. Es gab nun tatsächlich freie Sicht, und zum ersten Mal sahen die Menschen mithilfe ihrer Schutzbrillen, dass nur noch eine schmale Sonnensichel übrig geblieben war. War es zuvor noch immer dämmrig hell gewesen, gab es nun ein abruptes und unbeschreibliches Verschlucken des Lichts, das die Einäscherung der Schatten, ein Aufsaugen der Konturen mit sich brachte und Baden-Baden in den Balsam universaler, die normale Zeit, ja mehr, die *Vorstellung* von Zeit durchbrechender und übertrumpfender Nacht tauchte.

Gerade weil jeder der Touristen, der Ständebetreiber und Flammkuchen-Bäcker, Frau Kurz und der als Thales von Milet verkleidete Kulturbürgermeister Hassenwasser, jede der freiwilligen oder zwangsverpflichteten historischen Figuren, Oxana, der Würger und all die Bürger Baden-Badens genau zu wissen geglaubt hatten, was geschehen würde – *die Sonne wird sich verdunkeln* –, genau deswegen geschah es so unerwartet, dass ein Seufzer durch die Menge ging. Ein kollektiver Laut des Entsetzens und der Wollust. Um 12 Uhr 31 und 23 Sekunden hatte sich der Mond vollständig über die Sonne geschoben. Es war unglaublich. Es wurde deutlich kühler – so abrupt, als hätte jemand die Klimaanlage hochgedreht. Es fiel plötzlich Tau, und ein kühler Wind, den man *Finsterniswind* nennt, zog aus Lichtental durch die Innenstadt und ließ einen jeden frösteln.

Auf der Stelle begannen die Pudel und die anderen kleinen, in Altersheimen geduldeten Hunde zu bellen und zu heulen, was das Zeug hielt. Außer der des Stöhnens waren die Menschen keiner Sprache mehr mächtig. Nur die Hunde sprachen, als hätten sie alle auf einmal beschlossen, ihre Vereinzelung aufzubrechen und sich zu dem großen Rudel zu bekennen, von dessen rasender, uralter Jagd unter schwarzer, hündischer Sonne sie Nacht für Nacht geträumt hatten und zu dem sie jetzt, da sie endlich aufgewacht waren, zurückkehren würden.

Der Einzige, der schlief, war ein langjähriges Mitglied der Camorra, vierundfünfzig Jahre alt, verantwortlich für das Waschen der Schwarzgelder aus Glücksspiel, Prostitution und Drogenhandel in der Innenstadt von Neapel. Er war auf den Namen Fennel Labrocini getauft, und der alte Padrone hatte ihm den zwiespältigen Ehrennamen ‹El Higo› verliehen. Fennel ‹El Higo› Labrocini fühlte sich in letzter Zeit echt beschissen und war, wenn man das so sagen kann, dem bitteren Ende viel näher, als er dachte.

***

Totale Eklipse

***

18 Uhr 13

«Igitt – Fennel, du hast schon wieder vergessen zu spülen! O Mann, ist das eklig! Das ist ja. Verdammter Schwanz ...»

Sich das Hemd und die Hosen richtend, kam Giacomo aus Fennels Badezimmer. Hinter ihm rauschte die Toilettenspülung. Giacomo, den alle nur Jack nannten, blieb vor der Tür stehen und zog entschlossen den Reißverschluss seiner Hose hoch. Sein gepflegtes Gesicht mit dem Dreitagebart und dem dunklen Teint eines Seglers oder Surfers zeigte deutlichen Ekel.

«Die ganze Nacht bin ich wach gelegen. Es war schrecklich ...», wimmerte Fennel. Es ging ihm sonst schon schlecht, aber wenn er seinen jungen Adjutanten sah, verlor er jeden Rückhalt und wimmerte wie ein Waschweib.

«Und wie es hier aussieht. Wieso lässt du den ganzen Tag das *Non Disturbare*-Schild an der Tür? Wieso lässt du die Zimmermädchen nicht sauber machen?»

«Ich bin krank. Kann nicht schlafen.»

«Natürlich kannst du nachts nicht schlafen, Fennel, wenn du den ganzen Tag im Bett rumliegst und vor dich hin döst und Amaretto trinkst. Du liegst den *ganzen Tag* im Bett und säufst! Du hast dir nicht mal die Sonnenfinsternis angesehen ...»

«Ich habe Atemnot, was weißt du denn schon?»

«Natürlich hast du Atemnot. Während du im Bett liegst, rauchst du eine Stinkadores nach der anderen. Mann, Fennel. Du musst dich bewegen. Du sitzt nur am Waschtisch oder liegst im Bett. Nicht mal die fünfhundert Meter vom Hotel kannst du zu Fuß gehen. Da müssen wir jedes Mal ein Taxi nehmen!»

«Ich kann nicht so weit gehen, ich bekomme keine Luft. Es ist zu heiß, zu schwül.»

«Fennel, Mann, es ist saukalt. Es hat nicht mal 20 Grad. Was ist nur mit dir los?» Er trat einen Schritt vor und blitzte seinen Capitano herausfordernd an: «Willst du vielleicht nachher im Hotel bleiben?»

«Und dich mit all dem Geld alleine lassen? Heute ist Kassentag! Das würde dir gefallen, oder? Sag mal, bist du völlig verrückt, was bildest du dir ein, du Schwanz der Hölle, du arroganter Furz, jetzt werde ich dir mal was erklären ...» – und damit setzte eine wüste zehnminütige Beschimpfung ein, in deren Verlauf Fennel ‹El Higo› Labrocini zu alter Form auflief. Jack blickte zu Boden, wippte mit den Füßen, biss sich auf die Lippen – als Fennel mit ihm fertig war, war sein Adjutant wieder auf Normalmaß zurechtgestutzt und sah ziemlich zerknirscht drein. Fennel fühlte sich besser. Warming-up, sozusagen. Er schlurfte ins Bad und trug Jack auf, für ein Abendessen auf dem Zimmer zu sorgen. Durch das Schreien war etwas Schleim in seiner Brust geronnen, und Fennel räusperte sich, schniefte, rotzte und spuckte geräuschvoll eine Ladung gelbbraunen Sekrets ins Waschbecken. Eine halbe Stunde später saß er angekleidet über seiner Pasta, eine schöne Flasche Chianti auf dem Tisch, eine brennende Zigarre im Aschenbecher, und sah sich die Fernsehberichterstattung über die Sonnenfinsternis an. Jack war nach unten gegangen, um noch einen Espresso zu trinken, hatte er gesagt. Fennel war guter Dinge – hätte er eigentlich nicht gedacht, dass sich Jack das so unwidersprochen gefallen ließ. War eben einfach ein Schlappschwanz. Als er Fabialla damals abserviert hatte, war er nicht so ein Schlappschwanz gewesen. Er damals hätte sich so eine wüste Beschimpfung nicht gefallen lassen. Das waren so die Unterschiede. Im Fernsehen kamen viele Bilder aus Baden-Baden, weil das Wetter hier so gut gewesen war. Na prächtig. Mit Karnevale, sogar.

18 Uhr 50

«Ach, Sie sind immer noch da, und im Kostüm? Das finde ich ja toll. Wo kommen Sie denn her?»

«Ich war, äh, ich hab eine Bekannte getroffen und war einen Kaffee trinken. Nach der Vorstellung, sozusagen.»

«Ist alles gut gegangen?»

«Wir haben hervorragende Aufklärungsarbeit geleistet», sagte Popatzky strahlend, «und wenn ich ehrlich bin, mir gefällt dieses Kostüm mittlerweile so gut, dass ich es am liebsten gar nicht mehr ausziehen würde.»

«Sie sind ja lustig, wir müssen das unbedingt zurückgeben! Das können Sie nicht behalten ...»

«Ja», sagte Popatzky etwas leiser. Leidend. «Ja, ich weiß – war auch nur ein Scherz.»

«Scherz, Sie sind gut. Bei euch *Stadtschreibern* kann man sich nie sicher sein. Was ich Sie fragen wollte – wo ist Eckhard?»

«Ihr Mann ist mit den Babyloniern und einem der Chinesen in die Theaterkantine gegangen.»

«Na, das hab ich mir gedacht!»

«Ich war eigentlich auch auf dem Weg dahin. Soll ich ihm was ausrichten?»

«Er muss nachher kurz vor acht am Leopoldplatz sein. Wenn das Quiz anfängt. Unbedingt.»

«Sag ich ihm. Ich weiß noch nicht, ob ich da dann auch noch mitkomme, weil, das Buch, äh, zu Hause. Das Manuskript. Ich denke, ich sollte dann eigentlich zurück an meinen Schreibtisch ...»

19 Uhr 40

Der Würger hatte sich nach der Verfinsterung und dem großen Glück der *Tellurium*, die jetzt wieder sicher in seinem Koffer ruhte, ein wenig hingelegt. Er war gegen 16 Uhr aufgewacht, fühlte sich auf seltene Weise beschenkt, ausgeruht, wach und bereit. Die Auktion würde um 21 Uhr beginnen. Den Nachmittag über hatte er sich, vor allem, um sich abzulenken, mit den Berichten des Alibidetektivs beschäftigt, den er zur Tarnung auf seinen Assistenten Bechthold angesetzt hatte. In den letzten Wochen, auf seiner absurden Parforcejagd durch ein immer schäbiger werdendes Europa, war er nicht dazu gekommen, und was er jetzt über Dr. Joachim Bechthold las, amüsierte und beunruhigte ihn gleichermaßen.

Denn obwohl er keine Gelegenheit ausließ, seinen Assistenten zu ärgern und zu triezen, und der sich das auch immer gefallen ließ, war er ihm dennoch auf eine merkwürdige Weise unheimlich – denn so giftig und gemein seine Witze auch waren, Bechthold reagierte auf seine Unverschämtheiten mit leisem, niemals ausgereizt scheinendem Widerstand, den der Würger in seinen Augen hinter den Hightech-Gläsern seiner randlosen Brille entdecken konnte. Er gehorchte, aber dieser Blick ... Auf eine merkwürdige Weise erinnerte ihn dieser Blick manchmal daran, wie sein Großvater ihn angeblickt hatte, mit jenem offen zu spürenden Zweifel an seiner Legitimität. Ein Blick, der nicht das Gegenteil von Zuneigung, nicht bloßer Hass gewesen war, sondern darüber hinausging oder dahinter zurückblieb, so als wäre er es nicht einmal wert, dass man ihn verabscheute.

Die lächerlichen Berichte dieses Detektivs bestätigten ihm das. Dieser Staubohm war offensichtlich davon überzeugt, dass Bechthold ein Verbrecher und Schweinehund war, irgendwas zwischen Kinderschänder und betrügerischem Großbankrotteur. Deswegen versuchte er, den minutiösen Schilderungen des bechtholdschen Lebensablaufs krampfhaft eine böse oder schändliche Tendenz zu geben und Anrüchiges und Verwerfliches dort zu entdecken, wo es nichts gab als eine konsequente berufliche Karriere, eine normale moderne Beziehung mit einer Frau, die als Vorstandsassistentin bei einer Pharmafirma arbeitete, und eine zur Erhaltung der körperlichen Fitness geeignete Lebensweise. Bechthold joggte dreimal in der Woche. Mittwochs ging er mit einem Studienfreund zum Squashspielen. Ansonsten verbrachte er regelmäßig seine zehn Stunden in der Kanzlei. Er fuhr einen Porsche, seine Frau einen Golf. Seine Frau war acht Jahre jünger als er, vierunddreißig. Sie stritten sich wohl regelmäßig, das war alles. Bechthold hatte keine Geliebte, ging nicht «zu käuflichen Frauen», wie Staubohm das genannt hatte. Das alles war im Ton eines schwachsinnigen Anklageprotokolls abgefasst, mit vielen Ausrufezeichen und sublimen handschriftlichen Anmerkungen, wie «Verdächtig! – Na?! – Also doch!».

Laut lachen musste der Würger, als Staubohm sich in einem Bericht zur «Kanzlei von Friedrich Reichhausen» äußerte. Staubohm beschrieb den «Kanzleibetreiber Friedrich Reichhausen» als einen «sehr nervösen Choleriker, über den man, wenn man sich umhört, nur Schlechtes erfährt. Er trinkt. Inwieweit das Objekt von Reichhausen zu gewissen Handlungen gezwungen wird, kann man noch nicht genau erkennen. Jedenfalls lässt sich das Objekt» – Bechthold wurde immer «das Objekt» genannt –, «lässt sich das

Objekt erstaunlich viel gefallen.» Der Hausmeister meine, fuhr Staubohm fort, man könne die beiden gelegentlich spätabends im angetrunkenen Zustand nach unten wanken sehen: «Also doch!», folgerte der Detektiv. Die Berichte waren haarsträubend, aber sie zeigten gerade, dass man selbst mit der festen Absicht, Bechthold irgendwas anzuhängen, nichts finden konnte. Das Lachen verging ihm wieder. Diese merkwürdig leidenschaftslose Neutralität Bechtholds war das Beunruhigende – deswegen beleidigte er ihn auch so nachhaltig, es war besser, gehasst zu werden, als in dieser schimmelweißen Neutralität herumzustochern.

Deswegen hatte er ihn strikt aus der Angelegenheit *Ziffer* herausgehalten. Bechthold hätte diesen Vorgang zwar nicht gebilligt, der Würger hätte ihn aber zu einer Mitarbeit bringen können, aber dann hätte er ihm etwas Gravierendes in die Hand gegeben, und Bechtholds Blick wäre ihm noch unheimlicher geworden.

Den letzten Bericht hatte er nur noch aufgeschlagen, und als er gesehen hatte, dass sich der Detektiv, offensichtlich aus purer Not, mit der Familie Bechtholds beschäftigte, seiner Schulzeit und Dingen dieser Art mehr, war die Lektüre beendet. Er würde Bechthold jetzt auf seinem Mobiltelefon anrufen.

«Hallo, Bechthold, ich bin es, Reichhausen. Ja, nein, ich wollte nur mal nachfragen, bin für ein paar Tage weggefahren, wollte Ihnen mitteilen, dass ich morgen zurückkomme. Was? Kann Sie schlecht verstehen. Haben Sie gerade mit Schleim zu kämpfen? Was? Sind Sie in München? Nein? Aha, in Nürnberg. Hervorragend, immer noch wegen der Thiel-Straße? Das darf ja nicht wahr sein, Bechthold, wie lange brauchen Sie denn? Gut ...»

Während Bechthold mit ungewöhnlich angespannter Stimme erklärte, was er in Nürnberg zu tun habe, irgendwelche komplizierten Grundbücher nachprüfen nämlich, konnte der Würger es plötzlich nicht mehr lassen.

«Sagen Sie mal, wann sind Sie nach Nürnberg gefahren? Gestern schon? Ja, dann haben Sie ja Ihr Squash ausfallen lassen? Was hat ... äh, dieser, ihr Studienfreund, dieser mit ‹M›, am Anfang dazu gesagt, Merling hieß er, richtig? Was? Woher? Sie haben mir doch letztes Mal vorgeschwärmt, von Ihrem Freund. Sportsfreund. Na sicher. War nicht so schlimm? Gut. Also dann, nehmen Sie sich noch einen Drink. Minibar. Spendiere ich. Trinken Sie einen! Es muss unbedingt mehr getrunken werden!»

Er ging, nachdem er schwungvoll aufgelegt hatte, seinerseits zum Weinkühler, in dem eine immer noch kraftvolle Flasche Riesling steckte, schenkte sich ein Glas ein, ging wieder zum Telefon zurück und rief Doktor Bloch in Zürich an.

20 Uhr 30

Popatzky hatte sich zwei Stunden in der Theaterkantine aufgehalten, einer separaten gläsernen Baracke hinter dem Theater, die nicht nur den Mitarbeitern des Theaters, sondern jedem beliebigen Vorbeikommenden offen steht, was zu einer gewissen Ernüchterung über die Theaterpraxis führen kann – denn hier trifft man die Schauspieler, die zum Beispiel im ersten Akt eines großen deutschen Trauerspiels eine Szene haben und dann nichts mehr, bis sie vielleicht im fünften als rettende Engel wieder auftauchen. In der Zwischenzeit sitzen die Schauspieler im Kostüm in der Kantine, trinken und unterhalten sich über das Wetter und ihre persönliche Beziehung zu Beckett. Das ist an allen Theatern der Welt so. An allen Theatern aber befindet sich die Kantine *im Inneren*, sodass die in diesen Kantinen sitzenden Schauspieler den Blicken des Publikums verborgen sind. Man *weiß* natürlich, dass die Schauspieler, die man auf der Bühne sieht und die dann abtreten, natürlich nicht draußen in ihrer Rolle weiterleben – aber man glaubt es, man will es ja glauben, wozu geht man sonst ins Theater.

Nur in Baden-Baden sitzen die Schauspieler zwischen ihren Auftritten für alle *sichtbar* und grotesk, weil überdeutlich geschminkt, vor ihrem Viertele Affenthaler oder ihrer Weinschorle und versuchen, sich zu unterhalten.

Popatzky hatte sich zunächst mit den anwesenden anderen *Historischen Figuren* ausgetauscht, hatte Eckhard Kurz von seiner Frau gegrüßt, man hatte sich gegenseitig Erlebnisse mit den Touristen erzählt, einer der Babylonier war angeblich auf einer Bank in der Lichtentaler Allee eingeschlafen. Die anderen beiden erzählten, wie sie ihn geweckt hätten, und obwohl ‹Jemanden-Aufwecken› ja ein recht einfacher Vorgang ist, hatten die beiden Schwierigkeiten, ihn genau zu rekonstruieren, und stritten sich über Details. Eckhard Kurz, der einige Bier in kurzer Zeit trank, klagte halb ernst, halb im Spaß darüber, dass der «Herr Stadtschreiber» es seiner Ansicht nach übertrieben habe mit dem Eifer der Darstellung. Er, Kurz, habe von den vielen niedergebückt oder gebeugt zu verrichtenden Vermessungstätigkeiten, zu denen Popatzky ihn genötigt habe, direkt Kreuzweh und sei hundemüde. Die anderen nickten verständnisvoll. Popatzky dachte lächelnd daran, wie sie die halbe Lichtentaler rauf und runter vermessen und schließlich, während der Eklipse, sogar den Chronografen benutzt hatten, um die Parallaxen auszurechnen. War echt ein Spaß gewesen.

Kurz vor acht waren alle zum Eklipse-Quiz gegangen. Eckhard aus ehrlicher Liebe zu seiner Frau. Die Babylonier, weil sie noch Getränkemarken von Herrn Semft hatten.

Popatzky war sitzen geblieben und hatte, in Bundhosen, mit Wams und Zopf-Perücke, angefangen, auf einem Kellnerblock den Gedanken mit dieser höllischen WG aufzuschreiben, der ihm frühmorgens gekommen war.

Im Theater lief gerade *Der Sturm* von Shakespeare, und einer der versprengten Mailänder, der dem Stück nach irgendwo auf der Zauberinsel herumirrte, in Wahrheit aber seinen dringenden Durst und seine Neigung zum seichten Gespräch befriedigen wollte, hatte sich zu Popatzky an den Tisch gesetzt. Er hatte eine Weile einfach so dahingeredet, während der Nachwuchsdichter mit hochgezogenen Augenbrauen weiter auf dem Rechnungsblock kritzelte. Nach zehn Minuten hielt der Schauspieler kurz in seinem Redefluss inne. Ihm dämmerte es.

«Sa' ma, du bis also der *Stadtschreiber*?», fragte er.

«Entschuldigen Sie, aber darüber», so der leidende Dichter, «darüber scheint man hier allgemein schlecht informiert zu sein – es handelt sich, ich erwähne das nicht zufällig, um ein *Aufenthaltsstipendium*, das mich nicht verpflichtet, natürlich nicht, möchte ich sagen, das mich nicht verpflichtet, irgendetwas *abzuliefern*, was man als ein dem Begriff eines *Stadtschreibers* angemessenes gebrauchsliterarisches Produkt verstehen könnte.»

«Hä?»

«Ich will damit sagen, ich darf hier wohnen, um in Ruhe zu arbeiten, aber ...»

«Sa' ich doch, Stadtschreiber, das bis'u. Ich schreib auch. Gedichte un hab'n großes Stück in der Schublade. Wie Beckett, nur mit Handlung, bisschen so. Sollten wa uns ma un'dingt treffen. Du lies was, und ich les was, un dann ...»

«Was für eine hervorragende Idee! Sobald ich mein Buch beendet habe. In drei, vier Jahren vielleicht.»

Beleidigtes Schweigen. Popatzky versuchte weiterzukritzeln. Der Schauspieler holte sich eine frische Weinschorle. Als er zurück war, sagte er:

«Läufsu immer so rum?»

«Und Sie? Laufen Sie immer so rum?», der Nachwuchsdichter, seufzend, Papier und Stift einsteckend.

«Wie jetzt? Was meinsu?»

«Ich meine, ob Sie immer solche faszinierenden Kreationen tragen wie das gerade. Was ist das? Nazi-Uniform mit Pelz. Neopunk, androgyn?»

«Ne! Das 'n Kos'üm!»

«Tatsächlich?»

«Ja. Kos'üm. Sturm!»

«Dann hätten wir das ja geklärt. Wo *Ihr* begnadigt wünscht zu sein, lasst Eure Nachsicht mich befrein. Sie entschuldigen mich.» Mit diesen Worten ließ der Nachwuchsdichter, der vor Jahren die letzten beiden Verse jedes Shakespeare-Stückes strategisch und schlau auswendig gelernt hatte, einen auf seinen letzten Auftritt wartenden Stadttheatermimen mit offenem Munde zurück. Popatzky hatte wieder einmal dafür gesorgt, dass die *Stadtschreibern* in Baden-Baden vorauseilenden Vorurteile, sie seien arrogant und redeten totalen Blödsinn, bestätigt wurden.

20 Uhr 40

Die großzügigen, mit blauem Teppich ausgelegten Treppen des Eingangs von Oxanas Hotel gingen auf einen Innenhof, der nach zwei Seiten verlassen werden konnte. Oxana wandte sich nicht nach links auf die Kaiserallee, sondern nach rechts auf die kleine Brücke über die Oos. Auf den dreihundert Metern zum Kurhaus kam ihr etwa auf der Hälfte ein im Stil der Aufklärung gekleideter junger Mann entgegen, der sie unter seiner weißen Zopf-Perücke fassungslos anstarrte und nach etwa fünfzig Metern stehen blieb, um ihr ergriffen hinterherzublicken.

Oxana ihrerseits musste sich nicht umdrehen, um das zu bemerken. Zu den Fähigkeiten, die sie sich in den letzten Jahren angeeignet hatte, gehörte auch zu bemerken, wann sie bemerkt wurde. Wenn ihr ein Mann nachblickte und manchmal eine Frau und manchmal ein Kind.

Oxana war eine schöne Frau. Zierlich, aber nicht zu klein, hatte sie schulterlange glatte Haare von nachtblauseidiger Schwärze, schmale Augenbrauen, dunkle Augen, sehr helle, scheinbar porenlose Haut und eine Art, sich zu bewegen oder auch nur dazustehen, die andere Menschen dazu veranlasste, sie anzusehen, ihr nachzublicken oder zu versuchen, einen Blick von ihr zu empfangen.

Aber was an ihr so faszinierte, war nicht vor allem ihre Schönheit, sondern die gleichsam hochtrabende Verächtlichkeit, die sie selbst für ihre Erscheinung aufzubringen schien. Alles, was sie tat, jeder Blick, jede Berührung konnte erscheinen, als sage sie: ‹Das war noch gar nichts.›

Es wirkte dabei ganz und gar nicht so, als schätze sie sich selbst gering – sondern als wäre alles an ihr Versprechen. Ihre Art, sich zu kleiden, war wundervoll. Aber vielleicht war es auch nur ihre Art, sich zu bewegen. Vielleicht lag es an ihren Augen. Möglicherweise aber strahlten die erst ganz besonders, wenn sie sie geschlossen hatte.

Es gibt Menschen, die das Unglück haben, die gewaltigen Fantasien der Welt auf so ausdrückliche Weise zu beflügeln und anzustacheln, dass sie sich fern von ihr halten und nur aus den Spiegeln zu ihr sprechen sollten, die die Welt ihnen vorhält, im Glauben, sie damit einzufangen.

Solche Menschen sind ernst von Kindestagen an, denn sie wissen, dass sie die Welt enttäuschen werden, dass jemand wie sie nur enttäuschen kann. Im Laufe ihres Lebens hatte Oxana ihre Eltern, ihre Ballettlehrerin, ihren Physikdozenten, ihre Französischlehrerin, ihren Geschichtsdoktorvater und ihren Verlobten enttäuscht. Ihr Verlobter war Geiger am Marinsky-Theater, an dem sie im Chor gesungen hatte. Eben, ihren Chorleiter hatte sie auch enttäuscht, und wie. Danach hatte sie Sascha sehr enttäuscht, der ein interessantes Import-Export-Geschäft in Berlin betrieben hatte. Nach Sascha hatte sie Anatol enttäuscht. Dann hatte sie richtig Übung darin gehabt, und die Zahl derer, die sie danach enttäuscht hatte, war Legion.

Als sie das Kurhaus kurz vor 21 Uhr betrat, so schön und hinreißend, so unglaublich frisch und zugleich melancholisch, dass die Garderobenfrau sie für einen Moment lang ungläubig musterte, wusste sie noch nicht, während sie die Augen niederschlagend lächelte, wen sie heute Nacht enttäuschen würde.

Oxana war sich früh darüber klar gewesen, dass die Dinge einfach so geschehen konnten, weil sie eben eigentlich nicht einfach so geschahen. Die Dinge taten nur so. Aber das war nicht die Wahrheit. Die Dinge taten so einfach, aber sie waren es nicht. Sie enttäuschten einen, wenn man ihnen auf den Grund ging. Man musste mit dieser Enttäuschung leben können.

Es ist nun einmal so, dass eine besonders schöne Frau nicht einfach so ihr Leben verbringen kann, wenn sie 1964 in Leningrad geboren wurde, in einer fürstlichen Siebenzimmerwohnung mit drei Meter hohen Stuckdecken aufgewachsen war, die man sich mit drei anderen Familien teilte, mit einer Küche und *einem* Badezimmer. Wenn man als neunzehnjährige Abiturientin, Miss Leningrad 1983, *nicht* den nur fünfzehn Jahre älteren, jungen Parteisekretär geheiratet hatte, der nach Gorbatschow auf dem Weg zur Marktwirtschaft als Berater westlicher Erdölfirmen wertvolle Hilfe leisten würde. Wenn man seinem Physikdozenten einen blies, nur weil man ihn mochte und weil man sah, wie enttäuscht er darüber war, dass man ihn nicht liebte, und man dann nach dem Vordiplom das Studienfach wechseln musste.

Oxana war herumgekommen, und sie hatte gelernt und lernen müssen, dass der erste Blick, den sie je auf einen Menschen, eine Sache oder eine Mischung aus beiden geworfen hatte, meist zutreffend gewesen war. Sie hatte Saschas ‹Büro› in Berlin betreten und gewusst, dass er keine Fremdsprachenkorrespondentin für Frankreich und Amerika brauchte. Das war ihr sofort klar gewesen, und noch während Sascha, der ein kleines Licht gewesen war, aber sehr gut Billard spielen konnte, das Standardprogramm für Oxana abgespult hatte, hatte sie überlegt, welche Konsequenzen sie aus der Situation ziehen sollte.

Das Standardprogramm bestand in Folgendem: Ankunft der neuen Fremdsprachenkorrespondentin. Sascha holte sie in seinem geleasten Mercedes in Schönefeld ab, und bevor sie es ins Büro schafften, saßen sie im *Borchardts* in Berlin-Mitte. Sascha bezahlte bare 370 Mark für das Essen, sie verstanden sich auf den ersten Blick wirklich hervorragend. Sascha brachte sie in eine von Landsleuten geführte Pension am Bayerischen Platz, vorübergehend, bis sie eine Wohnung gefunden hätte. Am Morgen dann Besichtigung des ‹Büros›, einer luxuriösen Altbauwohnung in Charlottenburg, mit großem Wohnanteil und einer absurden ‹Büro-Ecke› mit Minischreibtisch und in den Regalen Aktenordnern, prall angefüllt mit dem Ausschusspapier eines Copyshops. Zumindest vermutete Oxana, dass das Copyshop-Ausschuss war. Sie hatte Sascha gegenüber nicht erwähnt, dass sie zwar nur schlecht Deutsch sprechen, aber ziemlich gut Deutsch lesen konnte, weil sie das bei einer Stelle in Berlin für selbstverständlich gehalten hatte.

Während Sascha sich frisch machte, hatte sie sich die nagelneuen, unbenutzten Aktenordner angesehen, und während Sascha sich immer noch frisch machte, hatte sie überlegt, was auf sie zukommen würde. Sie hatte recht behalten.

Sascha und Oxana verbrachten sehr wenig Zeit im ‹Büro›, sondern gingen essen, fuhren spazieren, Wannsee, diese Villa da vorne, die wird in drei Jahren mir gehören. Sascha redete immer sehr viel, träumte, wurde zweimal geblitzt, lachte verbissen und redete weiter von seinen Plänen, über sein Leben, den Erfolg, ja, der Erfolg, die Sehnsucht nach Kindern, einer liebenden Frau, aber, mein Gott, die Frauen in seiner Schicht, der erfolgreichen Schicht der neuen Russen, seien ja so schwierig, so herzlos, wenn er da an Oxana denke ... sie sei ein Wunder. Kurzes Schweigen. Freundlicher, aber auch nur freundlicher Abschied. Bis morgen.

Am vierten Tag hatte er ihr nachts, in seinem Auto vor der Pension, seine absolute Liebe gestanden. Heiraten. Kinder. Oxana hatte ihn nur angesehen, nichts gesagt und war, nachdem sie sich liebevoll von einem völlig aus dem Konzept gebrachten Sascha verabschiedet hatte, nach oben gegangen. Sie hatte nachgedacht.

Und als sie am Morgen von den Landsleuten, die die Pension betrieben, erfahren hatte, dass sie das Zimmer leider sofort räumen müsse, nein, es ist nichts mehr frei, nichts mehr, alles ausgebucht – da hatte sie ihren Koffer schon gepackt gehabt. Dieser Koffer war es gewesen. An diesen Koffer musste sie oft denken. Mit diesem vorausfolgernd – und völlig zu Recht – gepackten Koffer war sie den einen Schritt voraus gewesen, der in der Folge dann zu dieser großen Enttäuschung für den armen Sascha geführt hatte.

Es ging darum, eine Sache *an sich* zu verstehen. Was ist sie an sich? Das war schmerzhaft, weil man dazu auf gewisse Illusionen verzichten musste – aber Oxanas Leben und Aufwachsen war nichts anderes gewesen als eine einzige Vorausahnung von Desillusionierungen.

Andere Mädchen im Gymnasium verliebten sich das erste Mal und erzählten allen Ernstes, dass sie ihn heiraten würden, während Oxana, als sie sich verliebt hatte (und sie *war* ja verliebt gewesen), nach einer Woche gewusst hatte, dass ihr Geliebter, ausgerechnet, eigentlich schwul war. Es war klar, und warum sich etwas vormachen. Verliebt war sie ja trotzdem, da konnte sie nichts machen. Als sie ihr erster Freund nach zwei Jahren aus Scham verlassen wollte, nachdem er mit dem Kapitän der Basketball-Mannschaft auf dem Jungs-Klo geknutscht hatte, war er enttäuscht von ihr, dass sie ihn nicht von diesem perversen Irrweg abhalten wollte, dass sie sich also weigerte, sich wie ein normales siebzehnjähriges Mädchen zu benehmen, das sich selbstverständlich nach nichts mehr sehnt, als irgendwie in die Rolle der Mutter ihres Boyfriends schlüpfen zu dürfen …

Oh, Mann. Sascha, du warst auch so ein kleines Licht. Oxana hatte verstanden, welchem Plan das Ganze folgte: Sascha lockte im Auftrag von irgendjemandem junge, schöne Russinnen, Akademikerinnen, nach Berlin, Frauen, die bevorzugt kein Deutsch sprachen. Sie kamen mit Besucher-Visum, wurden in dieser ‹Pension› einquartiert, wo man ihnen kündigte, damit sie spätestens dann, ohne

Geld und Deutschkenntnisse, in Saschas Luxuswohnung Obdach fanden. Anschließend sofortige Verlobung, spontaner Urlaub im Fünf-Sterne-Hotel. Dort andere Gäste, zufällig Bekannte Saschas darunter.

Dessen Stimmung nachts plötzlich hundsmiserabel. Liebster, was ist mir dir. Ach nichts, mein Engelchen, nichts, es ist nur ... Was, sprich, mein Geliebter ... Ach, Lundolf, dieser Deutsche, den wir vorhin an der Bar getroffen haben, mein Gott, wenn ich das gewusst hätte. Ich habe Schulden bei ihm ... Oh, mein Held, Schulden? Hohe Schulden? – Ja, mein Engel, hohe ... *(Schniefen)* ... wirklich ... *(nochmaliges, stärkeres Schniefen)* ... wirklich sehr hohe Schulden.

«Kann ich dir helfen?», hatte Oxana am nächsten Tag gefragt, als Sascha eine halbe Stunde mit Anatol Lundolf gesprochen hatte und hasserfüllt zurückgekommen war – wie sich jemand wie Sascha ‹hasserfüllt› zumindest so vorstellte.

«Ja, aber», hatte er gesagt, «ich kann dich nicht um *das* bitten ... aber, wenn doch, würdest du ...?»

Da Oxana vier Tage vor dieser Situation schon über sie nachgedacht hatte, war Sascha total verblüfft, wie schnell sie einverstanden war, mit Lundolf zu schlafen, um ihn, ihren über alles geliebten Verlobten, aus der Not zu befreien, aus den Klauen dieses Erpressers.

Hätte er selbst nicht gedacht, Junge, die hast du aber um den Finger gewickelt, Sascha, Mann. Dich lässt sie noch nicht mal ran, nach der Hochzeit, mein Liebster, sagt die, nach der Hochzeit – aber den alten Sack fickt sie sofort. Echte Goldsau ist die.

Weiter konnte Sascha nicht denken. Oxana nahm ihm das nicht übel. Er war eben ein kleines Licht. Anatol Lundolf, ein Aussiedler mit deutschem Pass, stand, zu Recht, eine gute Stufe über Sascha. Anatol war viel intelligenter, und es war also nicht schwierig, ihm zu verdeutlichen, auf welch schändliche Weise Sascha über Anatol redete und dass Oxana so froh sei, dass er sie vor Sascha beschützen werde. Außerdem wollte er, dass ich mit irgendeinem Araber ins

Bett gehe, ja vorgestern, er ist schrecklich, Anatol, hilf mir, du bist wie ein Vater zu mir.

Sascha erging es nicht gut, gar nicht gut. Er war schwer enttäuscht von Oxana, und diese Enttäuschung war auch so ziemlich das letzte Gefühl, das er hatte.

Warum war sie vorher nicht einfach zurückgeflogen? Sie war ja nicht irgendwie reingestolpert – sie hatte es im Westen versuchen wollen und nach zwei Tagen gewusst, dass man nicht auf ihre Fremdsprachenkenntnisse Wert legte, sondern dass man sie zu einer sehr teuren, perfekten Nutte machen wollte. Warum war sie nicht einfach zurückgegangen? *Weil* sie es vorher gewusst hatte. Weil sie ihren Koffer gepackt hatte, bevor man ihr das Zimmer kündigte. Deswegen.

Der Koffer hatte ihr gezeigt, dass sie den harten und geraden Weg gehen konnte – den Weg, der gefährlich war, aber der wenigstens nicht zurückführte. Den Weg, den sie nur bestehen konnte, wenn sie wach bleiben und immer wissen würde, wann es Zeit war zu packen.

Bei ihrem ersten Rundgang durch die Säle, in denen Hochbetrieb herrschte, fand sie sowohl den jüngeren Filipino wie den alten Italiener – der mit Zigarre und Espresso am Kopfende eines Roulettetisches saß und mindestens hunderttausend in großen Jetons vor sich hatte, ohne groß zu spielen. Genau wie gestern. Das war eindeutig ein Arbeiter, jemand, der Geld wusch. Sie entdeckte auch den groß gewachsenen, massigen Deutschen, jedenfalls dachte sie, dass er Deutscher war, der im Baccara-Saal auf einem Sessel saß und, wie gestern Abend schon, ziemlich nervös und auffallend mit seiner Armbanduhr beschäftigt war.

20 Uhr 50

Was war die *Ziffer* wert? Nun, objektiv gesehen, vom Standpunkt eines interesselosen Gutachters aus, würde ihr Wert irgendwo zwischen 600000 und einer Million Mark anzusiedeln sein. Denn obgleich ihre Mechanik mit einem der ersten Automatikaufzüge und der spektakulären *Großen Complication* der Jahrtausendanzeige und des Ewigen Kalenders mehr als fein zu nennen war – ihr Gehäuse war nicht aus Gold, sondern aus Stahl, nicht ungewöhnlich für ein Meisterstück. Das Zifferblatt war einfach gehalten und wies keine Guillochen oder andere Verzierungen auf. Die Finissage war schlicht.

Sie war ein Einzelstück, Abraham Moses Ziffer hatte keiner großen oder legendären Marke seinen Namen geliehen und ihn eben nur einmal als persönliche Signatur benutzt und auch nicht auf dem Zifferblatt selbst, sondern auf der Rückseite der Uhr, an den Rand eingraviert, links oberhalb der seitlich angebrachten Krone. Alles, was man an ihr faszinierend finden konnte, war die Mechanik, und das war für einen Großteil derjenigen, die die Preise für mechanische Armbanduhren in den letzten zwanzig Jahren kontinuierlich nach oben getrieben hatten, zu wenig. Noch als der Würger angefangen hatte zu sammeln, in den späten Sechzigern, war das Interesse für hochwertige mechanische Armbanduhren vergleichsweise gering gewesen. Die Quarzuhr schien der Mechanik den Garaus zu machen, und während vor der Revolution des schwingenden Kristalls natürlich jede Uhr eine mechanische war, waren irgendwann in den späten Siebzigerjahren nur noch 30 Prozent der Weltproduktion rein mechanische Uhren. Doch der von den USA und vor allem Japan getragene Wirtschaftsboom der Achtzigerjahre, der luxuriöse Gebrauchsgegenstände zu Statussymbolen ganzer Generationen zu Geld gekommener Parvenüs machte, bescherte den Herstellern teurer und komplizierter Uhren eine unerwartete Renaissance und ließ die alten Modelle aus den Vorkriegsjahrzehnten zu profitablen Geldanlagen werden, ähnlich bildender Kunst. Uhren allerdings hatten den großen Vorteil, dass man sie, anders als ein Bild, bei sich am Körper tragen konnte, am Handgelenk, dass man sie auf die selbstverständlichste Weise benutzen und damit auch – herzeigen konnte. Der Wert der Sammlung von Reichhausen hatte sich, ohne dass den Würger das eigentlich interessiert hätte, in den letzten dreißig Jahren verdreifacht und lag damit noch unter der Wertsteigerungsrate anderer Sammlungen, die sich eher an Tendenzen einzelner Marken orientierten als seine, die rein mechanischen Gesichtspunkten folgte. Im Oktober 1981 wurde eine sehr seltene *Patek Phillippe* mit der Nummer 198340, Baujahr 1939, im Genfer Auktionshaus *Antiquorum* versteigert, eine Platinuhr mit Ewigem Kalender und Minutenrepetition – also einer sehr aufwendigen, durch Betätigung eines Schiebers in Gang gesetzten akustischen Zusatzfunktion, der Darstellung der Minuten durch Glockenschläge. Sie erzielte den damals schon als sehr hoch eingeschätzten Preis von 185000 Franken. Genau diese Uhr brachte im April 1996, ebenfalls bei *Antiquorum*, eine Verkaufssumme von 2090000 Franken. Das war bislang Weltrekord, erklärte sich aus einer Rivalität zwischen verschiedenen Bietern, einer aufgeheizten Stimmung und einer hervorragend agierenden Agentin des Verkäufers im Publikum, die den Preis mehrmals riskant über gewisse Marken gebracht hatte – und es war wohl auch etwas zu viel. Aber dennoch.

Sammler wie Reichhausen waren darüber nicht glücklich, weil es zunehmend schwieriger wurde, so großzügig zu erwerben wie früher, als man noch unter sich war und es keine neuen Russen gab, die es als persönliche Niederlage begriffen, wenn die Uhr an ihrem Handgelenk keinen sechsstelligen Betrag gekostet hatte. Die neuen Russen liebten übrigens, genau wie die alten Russen es getan hatten, vor allem IWC-Uhren. Die Japaner *Patek*, die Amerikaner *Rolex*, *Cartier* und *Chopard*, die Engländer *Jaeger-Le Coultre*, die Franzosen *Piaget* usw. Der Würger liebte alle Uhren, wenn ihre Mechaniken ihn faszinierten.

Während er nervös auf seinem Sessel saß, inmitten der wimmelnden Menge in der Spielbank, wo sich viele der Sofi-Touristen mit ihren Begrüßungsjetons daranmachten, die Bank zu sprengen, dachte er abermals, wie schon unzählige Male, über das Rätsel seiner Mitbewerber in dieser schwarzen Auktion um die *Ziffer* nach.

Irgendjemand hatte die *Ziffer* aus dem nielschen Schließfach entwendet und sie, so vermutete der Würger, einer großen, europaweit tätigen Organisation schwarzer Makler übergeben. Warum der Ort der Auktion eine Spielbank war, war klar, warum es ausgerechnet die Spielbank von Baden-Baden sein sollte, konnte an diesem außerordentlichen Karneval und der großen Menschenmenge in der Stadt liegen – im Schatten vieler lässt sich unbemerkt agieren.

Der Würger hatte, wie jeder, der den Anweisungen des unbekannten Anrufers folgte, die Summe, die er einzusetzen bereit war, auf ein Depot der Spielbank eingezahlt. Diese Depots sind ein Service, den die Spielbanken bekannten Spielern mit großen Umsätzen und wohlbeleumundeten Menschen gewähren, die Geld transferieren, aber nicht darüber sprechen wollen.

Das Depot war nicht computerisiert. Für die Bareinzahlung bekam man eine handgeschriebene Quittung. Man konnte das Depot durch ein beliebiges Kennwort sichern, das auch aus einem Satz oder einer Ziffernkombination bestehen konnte. Das Kennwort wurde in einem Umschlag ebenfalls in diesem Depot hinterlegt.

Wenn man *abends* innerhalb des juristischen Vakuums des Kasinos Geld abheben wollte, dann gab man dem Kassierer einen Umschlag mit diesem Kennwort. Man konnte einen Teil oder alles abheben und sich in Jetons auszahlen lassen. Man konnte die Jetons wieder in das Depot einzahlen – aber auch an jeder beliebigen Kasse.

Glücksspielgewinne sind steuerfrei. Sobald also jemand über Jetons verfügt, bekommt er immer sauberes, gewaschenes Geld zurück, ganz egal, woher es ursprünglich stammt. Ebenso verhält es sich mit dem Depot und der Einzahlung. Niemand kann kontrollieren, ob man die Jetons jemandem überlassen oder ob man sie schlicht *verloren* hat, ob man die Jetons von jemandem bekommen oder gewonnen hat. Im Falle des Depots, das der Würger auf Weisung des Anrufers eingerichtet hatte, gab es noch eine spezielle Klausel, auf der der Würger bestanden hatte: Das Depot war zeitlich begrenzt. Würde es bis morgen Nacht nicht geräumt, verfiele das Kennwort, die Direktion nähme das Geld an sich, und der Würger könnte es sich später überweisen lassen, abzüglich einer Bearbeitungsgebühr von fünf Prozent. In des Würgers Fall wären das 50000 Mark. Der Würger hatte eine Million deponiert, eine Summe, die unauffällig flüssig zu machen ihm einige Mühen abverlangt hatte. Er hatte nicht vor, dieses Geld vollständig auszugeben, allerdings würde er es tun, wenn nötig. Zwar überkam selbst ihn bei der Vorstellung Panik, aber die würde sich legen, wenn er den ersehnten Gegenstand endlich in seinen Händen halten würde.

Das brachte ihn wieder auf die Frage, wer seine Gegner waren. Unwahrscheinlich, dass die infrage Kommenden selbst hier in der Spielbank waren, vermutlich hatten sie Strohmänner geschickt – der Würger allerdings, da die Sache durch die Überschneidung mit seinen anwaltlichen Pflichten so heikel war, hatte niemandem vertrauen wollen, zumal Bechthold ja von vornherein ausgeschieden war und er ihn draußen halten wollte. Man konnte nicht wissen, wer hier war. Offizielle Sammlungen und Museen kamen natürlich auch nicht infrage. Es gab nur einen kleinen Kreis, der die *Ziffer* kannte und der bereit und in der Lage gewesen wäre, das Geld aufzubringen, denn Aficionados wie Doktor Bloch hatten nicht die Mittel.

Der Würger hatte kleine Briefumschläge in der Tasche, in denen passende Kartons steckten. Er würde um 21 Uhr sein erstes Gebot abgeben, an ‹Mr. Lehmann› adressieren, einem Decknamen natürlich, und ‹Mr. Lehmann› würde ihm eine halbe Stunde später einen Umschlag mit einem roten oder einem grünen Zettel drin bringen lassen. Bei Rot war er überboten worden, bei Grün lag er vorne. Es würde jede Viertelstunde eine Runde geben, und im Prinzip konnte es bis zum Schluss des Spielbetriebs gehen. Für den Fall, dass er die Auktion gewonnen haben würde, würde er so viel Geld auf seinem Depot lassen, wie er eingesetzt hatte, den Rest, wenn es einen Rest gäbe, würde er abheben. Dann, so die Anweisung, solle er auf sein Zimmer ins *Brenner's* zurückkehren. Bis dahin würde er auf seinem Sessel im Baccara-Salon sitzen bleiben müssen, man würde ihn im Auge behalten. Sollte er irgendwie versuchen, nach ‹Mr. Lehmann› zu suchen, wäre er draußen. Das Ganze hatte eine albtraumhaft dichte Unübersichtlichkeit, die ihn sich wie einen Schwachkopf fühlen ließ, wie die Marionette eines intelligenten und grausamen Kindes mit blühender Fantasie.

Der Würger hatte sich für den Abend den Chronografen-Rattrapante mit 30-Minuten-Zähler von *Audemars Piguet* aus dem Jahr 1943 angelegt. Es war 20 Uhr 30. Der Würger schrieb die Zahl *‹150000›* auf einen der Kartons, adressierte den Umschlag an ‹Mr. Lehmann› und gab ihn, zusammen mit einem Fünfzigmarkschein, an einen Kellner. Dann betätigte er den Schalter des Minutenzählers. Natürlich hätte er auch einfach auf das Zifferblatt sehen können. Aber die Complication des Stoppuhr-Chronografen beruhigte ihn.

22 Uhr 16

Oxana hatte sich für den Italiener entschieden. Gar keine Frage. Er hatte sie ein paarmal angesehen, während sie, mit einem Glas Champagner in der Hand, durch die Säle gegangen war, schließlich war sie an seinem Tisch stehen geblieben, wo er gesetzt und sogar mehrmals gewonnen hatte. Der Filipino war heute Abend in Begleitung einer voluminösen Dame, die seine Mutter hätte sein können und es vermutlich auch war, abgesehen davon, dass er etwas haltlos Manisches hatte. Der große Deutsche benahm sich zu seltsam, Oxana hatte gesehen, wie er mit hochrotem Kopf und stark schwitzend irgendwas auf kleine Zettel schrieb, die der Kellner einem entschlossen wirkenden Mann mit Brille brachte. War nur der Italiener geblieben.

Sie war sich inzwischen sicher, dass er ein Arbeiter war, jemand, der Geld wusch. Wie er mit den Jetons umging, die Mischung aus Dekadenz, Erschöpfung, ja Ausfransung und gleichsam buchhalterischer Zurückhaltung. Es war jemand, der in seinem Leben wohl zu viel mit Geldströmen zu tun gehabt hatte und der nichts anderes mehr begriff und allem misstraute, was nicht im Grunde mit Geld zu tun hatte. Jemand, der nur dort vertrauen konnte, wo Geld floss. Also würde Oxana so tun, als wäre sie eine Prostituierte. Sie würde eine Frau spielen, die sein Geld wollte – das würde er verstehen. Sie würde ihm Gelegenheit geben, sie zu bezahlen. Wenn das geschehen wäre, wenn er sie bezahlt haben würde, dann würde er ihr vertrauen.

23 Uhr 05

An einem der Roulettetische ereignete sich eine unwahrscheinliche Schwarzserie, die vor gut fünfundzwanzig Minuten begonnen und schon dreizehn Würfe hintereinander gehalten hatte. Naturgemäß war der Tisch von Spielern aller Art umwimmelt. *Schwarz und Rot*, *Gerade oder Ungerade*, *Oben oder Unten*, das sind die einfachen Spiele des Roulettes, und sobald die unendliche Menge von Würfen eine vergleichsweise winzige Sequenz offenbart, die einfach genug ist, um selbst von mathematisch Unbegabten auf den ersten Blick identifiziert werden zu können, beginnen diese *einfachen Spiele*, edle Erhabenheit und pulsierende Gewinnträchtigkeit auszustrahlen.

Jeder beginnt, die Reihe schwarzer Ziffern als Struktur zu begreifen, als Dramaturgie, als Formenspiel, wie die Jungfrau, die zum ersten Mal eine große Tüte geraucht hat, auf der blauen Leinwand eines seidigen und wolkenlosen Augusthimmels wunderschön geschnittene Linien und Muster zu erkennen beginnt.

Der philippinische Millionär galt am Tisch als derjenige, der die Serie heraufbeschworen hatte. Anfangs waren ihm nur wenige gefolgt. Nach dem fünften Wurf allerdings, *26-Schwarz-Gerade*, verbreitete sich die Nachricht von der Serie in Windeseile durch die Säle, und nun wollten Unzählige dabei sein und mitkassieren. Ein riesiger Berg von Jetons lag auf Schwarz. Ein stattlicher aber auch auf Rot, denn es gibt immer Schlaue, die damit rechnen, dass die Serie abreißt.

Bei jedem weiteren Wurf, der eine schwarze Zahl ermittelte, wurde das ungläubige und selige Stöhnen größer. Der Millionär spielte jetzt nur noch mit dem Höchsteinsatz, 20000, setzte noch einmal 20000, verteilt auf die schwarzen Zahlen, die schon gekommen waren, und 5000, die er dem Kesselspiel widmete, also einer Methode, die sich nicht an der numerischen Reihenfolge, sondern an der Anordnung der Zahlen im *Kessel* orientierte.

Es wurde viel Geld gewonnen bei dieser ungewöhnlich langen Serie, und der Millionär und einige andere waren indes fast froh, als sie um 23 Uhr 10 abbrach, die Spannung war kaum mehr auszuhalten gewesen, ihre Nerven brauchten eine Erholung, und die erlösende Ziffer *7-Rot* wurde von denen, die viel Geld gewonnen hatten, mit großen, entspannenden Seufzern bedacht, von den allermeisten allerdings gab es Wehklagen zu hören. Viele hatten gerade zum ersten Mal auf die Serie gesetzt oder noch gar nicht, hatten zu lange gezögert und ärgerten sich jetzt entsetzlich, fluchten, beschimpften das Schicksal oder wahlweise den Millionär. Nur die paar, die diesmal auf das Ende der Serie gesetzt hatten, freuten sich, und nicht nur wegen des Gewinns, sondern weil wieder einmal klar geworden war, wie schlau sie doch eigentlich waren.

23 Uhr 06

Der Würger nahm das geldgierige Stöhnen und die enttäuschten und wütenden Schreie von dem zwei Säle entfernten Roulettetisch wie Echos wahr, die in den Jahrhunderten von Wahn und Gier in den rotsamtigen, goldenen Sälen der Spielbank gefangen worden waren, hin und her schlugen, in seinen Raum geschwappt kamen und in anderen Sälen wieder versanken.

Er war alleine. So alleine, wie er sich gefühlt hatte, als ihn sein Großvater damals in der dunklen Bibliothek von Gut Dreieck hatte sitzen lassen, während er darüber nachdachte, wie er den ungeliebten Enkel bestrafen sollte.

Der Würger war hier, weil er einen mythischen Gegenstand begehrte. Die Auktion folterte ihn durch zähes Nichtvoranschreiten: Ihre Undurchschaubarkeit bereitete ihm Gedankenkopfweh, dieser Zeitlupenvorgang mit den ausgetauschten Umschlägen, der quälenden Steigerung seiner Gebote, das Warten und die zermürbende Untätigkeit dazwischen ...

Sein letztes Gebot hatte bei 860000 Mark gelegen, konnte das genug sein? Um 23 Uhr 07 bekam er den letzten Umschlag. Er hatte die ganze Zeit getrunken, Alkohol und Düsternis hatten seine Finger schwer gemacht. Er erwartete wieder einen roten Zettel. Zum ersten Mal, seit er der *Ziffer* auf der Spur war, glaubte er zu wissen, wie absurd seine Suche gewesen war und wie vermessen und schwachsinnig das ganze Vorhaben, in welche unsinnige Gefahr er sich gebracht hatte. Er riss den Umschlag verzweifelt auf. Der Zettel war grün. GRÜN.

0 Uhr

Die Null-Uhr-Nachrichten begannen schon wieder mit einer Meldung über die Scheißsonnenfinsternis, das Verkehrschaos und all das. Als ob man das noch nicht gehört hätte. «Gestern ereignete sich ...» Balger war es satt. Wegen der Scheiß-Sofi war er früher als sonst aufgestanden, na ja, es war Nacht geworden am Tag, als ob das irgendjemandem was nützen würde. Aber dafür interessierten sich alle. Das war wichtig. Die Welt war am Ende, alle brachten sich gegenseitig um, jeder dem anderen ein Feind, aber bitte, hier, in diesem Scheißhaufen von einer Kurstadt, interessierte sich jeder nur für sich selbst und seine persönlichen Erlebnisse. Zum Kotzen.

So sauer war Balger schon lange nicht mehr gewesen. Er hatte wie gewöhnlich vor zwei Stunden seine Schicht angefangen, hatte sich einen Wortwechsel mit Dollaschinski geliefert, eine Rüge vom Fahrleiter bekommen, wegen einer Beschwerde von gestern Nacht. Alles normal. Aber trotzdem. Das erste Taxi in der Reihe fuhr gerade los. Balger ließ den Mercedes an, hielt den Kopf schief, zog die Handbremse, und dann ließ er den schweren Wagen langsam vorrollen.

0 Uhr 12

‹Gott, ist eben 'ne Nutte. Süßes Mädchen. Französin. Klar, Französin. Schön mit dem Mund. Muss bloß aufpassen, dass Jack nichts mitbekommt. Rasierte Fotze, garantiert. So schönes Mädchen. Ausziehen soll sie sich, aber mehr nicht. Mann, Fennel, die ist wirklich hübsch. Diese Haut, alter Schwanz! Ausziehen auf jeden Fall. Vielleicht. Muss aber noch mal aufs Klo, wenn ... Ach, Scheiße.

Geht sowieso wieder nicht. Das Mädchen. Schöne Haut. Kann ihr vielleicht was reinstecken, Zigarre oder so. Scheiße. Sau, du. Fennel, alte Sau ...›

«Was lachst du denn?», fragte Oxana auf Französisch, während sie ihm ihre schlanken Arme um den speckigen Hals gelegt hatte, um ihm einen zögerlichen Begrüßungskuss auf die Wange zu geben, und den nikotinisierten Geruch seiner Haut wahrnahm, die rosig weich war und sehr schlaff.

«Ach nichts», sagte Labrocini und räusperte sich schleimig.

Oxana hatte Fennel im Kasino vorhin wie geplant zufällig kennengelernt, kurz mit ihm gesprochen, und wie zu erwarten, war er von der Möglichkeit, *sie* bezahlen zu können, sehr bald fasziniert gewesen. Sie hatte ihm eines der Fotos von sich gegeben, die aussahen, als seien sie ‹echte› Privatfotos, und die Nummer ihres Mobiltelefons hinten draufgeschrieben. Sie würde im *Brenner's* auf ihn warten, in der Halle. Kurz nach Mitternacht hatte er sie angerufen.

Jetzt war sie in der Suite, setzte sich auf einen der Sessel und nahm sich eine Zigarette. Labrocini, der immer schärfer darauf wurde, das ‹Clinton-Spiel› zu spielen, wie er das nannte, rief zunächst noch seinen Adjutanten an. Während des Gesprächs starrte er Oxanas Foto an.

«Ja, ich bin es. Alles in Ordnung. Hab alles. Ja, bin allein. Wieso? Nein, wir sehen uns morgen, verdammter Schwanz, Nacht.»

Fennel war verheiratet – und der Padrone, der sehr gläubig war, duldete keinen Ehebruch bei seinen Angestellten. Das fünfte Gebot der neun Gebote, auf denen sowohl die Heilige Kirche wie auch die Mafia begründet waren. Also durfte Jack nichts davon erfahren. War ja auch eine Schweinerei, er hatte das lange nicht mehr gemacht. Früher immer, aber lange nicht mehr. Seine Frau hätte dafür kein Verständnis.

Während er zusah, wie Oxana aufrecht, still, mit unglaublich samtig aussehender Haut dasaß und ihre schwarze *Sobranie* rauchte, telefonierte er mit dem Zimmerservice. Fennel glaubte plötzlich, die Spitzen ihrer halterlosen Strümpfe unter dem kurzen Rock ihres Kostüms zu entdecken, und seine augenblickliche Begierde wurde so groß, dass ihm leicht schwindelig wurde, seine Stimme ein gefährliches, geiles Röcheln bekam, als er eine Flasche Champagner und zwei Gläser bestellte. In der Nachbarsuite war sehr leises Telefonklingeln zu hören.

0 Uhr 20

Es war der Nachtportier. Ein Taxifahrer habe einen wichtigen Umschlag für den Würger abgegeben. Ob er den Umschlag selbst holen wolle oder ob man einen Groom damit nach oben schicken solle?

«Ein Umschlag?», fragte der Würger, «ein Umschlag? Ich komme runter.»

Er verließ seine Suite, und obgleich sein Herz raste wie schon die Stunden zuvor, als es von Hoffnung und Furcht, Habgier und Erinnerung regiert worden war, fühlte er sich, wie er sich immer fühlte, wenn der Erwerb eines wichtigen Stücks kurz bevorstand. Er war jung, belastbar und kräftig. Er war der Herr seiner Entscheidungen – es war dies ein Schwelgen im Gefühl absoluter Freiheit, jener Zustand der Ekstase kurz vor dem Moment der Aneignung. Ein Rausch, dessen Geist ihn umnebelte, wie hervorragender, feinster Alkohol, und ihm zu verstehen gab, die Welt sei ein Ort, an dem Versprechen gehalten werden.

0 Uhr 35

«Na, Mädchen», sagte Labrocini, immer noch röchelnd, zu Oxana, «wie viel soll ich dir geben?»

«Fünfzehnhundert», sagte Oxana sanft und legte einen möglichst kühlen, gierigen Klang in ihre Stimme.

«Inklusive alles?», fragte der Geldwäscher.

«Inklusive alles», sagte die Edelnutte, die er – so wusste Fennel oder nahm es doch an –, die er für das Geld wohl auch ... Sau. Aber könnte er machen. Labrocini holte seine Brieftasche heraus. Nachdem er ihr das Geld gegeben hatte, legte er binnen Sekundenbruchteilen jede letzte zögerliche Schüchternheit ab und starrte Oxana an, wie ein alter, geiler Bock eine junge Frau ansieht, während er sich überlegt, was sie für ihn tun soll. Alles inklusive. Pinkeln, oder ... Wieso nicht. Alte Sau. Was war das doch für ein großes Gefühl, Geld auszugeben, wenn man dafür zum Beispiel einer jungen schönen Frau in den Mund pinkeln durfte.

Als der Zimmerservice, der ungewöhnlich lange gebraucht hatte, endlich klopfte, schickte er sie ins nebenan liegende Schlafzimmer. Musste der Kellner nicht sehen, die Nutte. Ging keinen was an, wem er in den Mund pinkelte. Wem er sein Geld gab.

0 Uhr 40

Als der Würger mitsamt dem Umschlag wieder auf seiner Suite war, setzte er sich zitternd auf das Bett, öffnete ihn, doch bevor er seinen schmalen Inhalt prüfte, sah er trunken zum Fenster. Die Welt sehen. Jetzt, wo die Welt sich verdichtete, immer mehr zusammenschloss und sich vollends in den mythischen Gegenstand zurückfaltete, da spürte er sie so deutlich wie nie mehr seit seiner Kindheit und ihrem plötzlichen Ende. Das Fenster leicht von den Straßenlaternen erleuchtet. Hinter dem Fenster: die Welt. Ihre Räume und die Wege dazwischen. Alles schien immer noch da. Schien die Nacht draußen vor dem Fenster zu regieren.

0 Uhr 45

Im Schlafzimmer lagen verschiedene typische Accessoires sechzigjähriger Mafiosi herum, goldene Krawattennadel mit Brillanten, sehr geschmacklos, *Must de Cartier*-Feuerzeuge, ein Weckerchronograf von *Eterna*, der wohl teuer war. Alles zusammen würde sie für diese Sachen zehn- bis fünfzehntausend bekommen, und unter normalen Umständen wäre das eine Summe, mit der sie sich schon zufriedengeben könnte. Allerdings gab es einen auf dem frisch gemachten Bett liegenden Gegenstand, der ihre professionelle Aufmerksamkeit fesselte.

Ein Aktenkoffer aus Leder. Der verschlossen war. Die Zeit würde nicht hinreichen, ihn schnell zu öffnen, dazu brauchte man konzentrierte zehn Minuten, und die hatte sie nicht. Sie durchsuchte ihre Handtasche. An sich hatte sie vorgehabt, den alten Fennel mit einer großzügig portionierten Gabe von Ketamin zu betäuben.

Das Problem war nur: Der Koffer lag auf dem Bett. Fennel würde vor dem Sex den Koffer herunternehmen und in den Safe der Suite sperren oder ihn vielleicht sogar nach unten bringen lassen. Das Mittel brauchte seine Zeit, und wenn er den Koffer vorher einschlösse und dann einschliefe, wäre sie aufgeschmissen. Sie konnte normale Türschlösser öffnen und Koffer und die meisten Automodelle.

Aber keinen Safe.

Also legte sie sich das Hochleistungs-Elektro-Schockgerät zurecht, das pessimistische russische Psychiater in den Zeiten Breschnews gerne benutzt hatten und das, etwa an den Hals gedrückt, einen erwachsenen Mann für fünf Minuten außer Gefecht setzte. Vielleicht würde sie es brauchen. Was redete der Alte nur so lange mit dem Zimmerservice?

0 Uhr 48

In dem Umschlag fand der Würger nichts als zwei längliche Streifen bedruckten Kartons – er erstarrte. Es handelte sich um eine Zugfahrkarte. Und eine, Moment, eine andere Fahrkarte, keine Fahrkarte, was war das? *12.8.1999/Carozza Letto/Compartimento No. 40/Singolo/B-Baden-Parigi/Partenza 01:12.*

Die Dokumente waren offensichtlich in Italien ausgestellt worden. Wozu? Was bedeutete das? Eine Fahrkarte und eine ... – ach so, das war einfach eine Reservierung für einen *Carozza Letto*, für Wagen-Bett. Wagen-Bett, nein, nicht Wagen-Bett. Schlafwagen.

Dann hatte er mit der Auffassungsgabe eines lichten Genies begriffen. Ach so! Gott. Abfahrt war in siebenundzwanzig Minuten – das konnte er schaffen, wenn er sofort aufbrach. Das Zimmer würde er behalten, musste nur sofort ein Taxi zum Bahnhof bestellen. Sofort.

0 Uhr 50

Plötzlich schrie der alte Italiener etwas, Oxanas Italienisch war nicht perfekt, aber sie verstand, trotz des weichen tiefdunklen Neapolitaner Akzents, dass er jemanden beschimpfte, der Tschak oder Tschake hieß. Bei Tschak konnte es sich ja eigentlich nur um den Zimmerkellner handeln.

Durch den Spalt der angelehnten Tür sah sie allerdings nicht die bei einem Zimmerkellner zu erwartende weiße Servierjacke, sondern den Streifen vom Rücken eines ziemlich gut gebauten Mannes im dunklen Anzug, der jetzt den Arm hob. Scheiße. Der Alte sackte mit einem erstaunlich dezenten Geräusch in sich zusammen – der im dunklen Anzug drehte sich um. Oxana sah die schallgedämpfte automatische Waffe in seiner Hand. Er wollte jetzt wohl ins Schlafzimmer.

o Uhr 51

Der Würger hatte sich den Fahrstuhl hochgeholt, gerade in dem Augenblick aber, in dem sich die dunkelgolden lackierten Stahltüren öffneten, war ihm eingefallen, dass er das Mobiltelefon, das er vor Wochen in Rotterdam erhalten hatte und das in einem seiner Koffer lag, mit sich nehmen sollte. Er blickte sich um, entdeckte auf einer Kommode in der Mitte des Flurs eine Vase mit Mohn, Sonnenblumen und Astern. Er stellte die Vase in die Aufzugstür und hastete zu seiner Suite zurück. Kaum hatte er seine Tür aufgesperrt und war eingetreten, hörte er, wie die Tür der Nachbarsuite aufging und eilig zugesperrt wurde. Wo war das Scheißtelefon?

o Uhr 52

Es hatte sehr schnell gehen müssen. Der jüngere Mann im Anzug, der Fennel zwei lautlose Kugeln in seine sowieso schon ruinierten Lungenflügel und eine in den Bauch geschossen hatte, war sorglos ins Schlafzimmer getreten. Oxana, die neben der Tür stand, hatte ihn nahezu perfekt erwischt, hatte es britzeln lassen, und der junge Typ hatte sich mit einem im Ansatz erstickten Schrei verabschiedet. Sie hatte nichts, um ihn zu fesseln. Deswegen musste sie schnell machen. Sie nahm den Koffer, der ziemlich schwer war. Für einen Augenblick zögerte sie noch. Wenn sie den Koffer nähme, und er wäre voller Herrenmagazine, zum Beispiel ... Andererseits tötete man nicht wegen Herrenmagazinen. Den letzten Ausschlag gab, dass der Typ, der Fennel erledigt hatte, dass ‹Tschak› sie nicht gesehen hatte, sie war von hinten herangekommen. Wer immer ‹Tschak› war, er wusste nicht, wie sie aussah. Also nahm sie den Koffer. Bevor sie ging, verpasste sie ihm noch einmal eins. Vor der nächsten halben Stunde würde er nicht aufwachen. Also los – lauf, Oxana.

Glücklicherweise hatte irgendein Engel den Fahrstuhl mit einer Vase blockiert. Während sie nach unten fuhr, überlegte sie so kühl wie möglich, was jetzt geschehen sollte und wie die Lage war, in die sie sich durch den Griff nach dem Koffer des Italieners gebracht hatte. Ihr Gepäck lag noch im *Europäischen Hof*. Sie hatte heute Morgen vergessen zu bezahlen, das rächte sich jetzt bitter. Das bedeutete, dass ihr neuer Pass, den sie bei sich trug, nicht mehr lange zu gebrauchen sein würde – da sie jetzt keine Zeit mehr hatte, die Rechnungen zu bezahlen, würde der *Europäische Hof* sie als Zechprellerin anzeigen. Das musste sie hinnehmen, auch wenn ihr dann nichts außer dem Koffer blieb. Hoffentlich war er das wert.

Wenn sie allerdings einen der naheliegenden Fehler machen würde, würde der Koffer in Flammen aufgehen. Und sie gleich mit. Sie musste auf der Stelle die Stadt verlassen, bevor die Untergebenen des Italieners oder diejenigen, die ihn erschossen hatten, ihre Spur aufnehmen konnten. Also, wie? Vielleicht ging irgendein Nachtzug? Sie musste so schnell wie möglich zum Bahnhof, der weit draußen vor der Innenstadt lag.

«Ist mein Taxi schon gekommen?», fragte sie auf gut Glück.

«Sie haben eines bestellt, gnädige Frau?», fragte der Portier.

«Nicht ich habe bestellt, aber es wurde bestellt ein Taxi zum Bahnhof, schnell ...»

«Ach so, verstehe. Das kommt grade, wenn ich recht sehe ...»

«Danke, muss mich beeilen.»

«Guten Abend, gnädige Frau ...»

«Danke ...» Oxana nahm die paar Meter zur Drehtür fast springend. Das Taxi stand da, sie stieg ein, der Taxifahrer fragte: «Bahnhof?» Sie nickte, sagte gehetzt, dass es schnell gehen müsse, und ihre Stimme war sehr schön und voll Zittern, und das Taxi spritzte über die verlassen liegende Schillerstraße davon.

0 Uhr 53

Der Würger hatte fluchend die Treppe genommen und fühlte sich, trotz dieses Missgeschicks, das ihn eine wertvolle Minute gekostet hatte, wild entschlossen, den letzten Kraftakt konzentriert durchzustehen. Der Portier nickte ihm zu.

«Alles in Ordnung, Herr Baron. Das Taxi ist gerade abgefahren.»

«Mein Taxi? Wieso abgefahren?»

«Etwas nicht in Ordnung?»

«Scheiße. Scheiße. Das darf nicht wahr sein, Sie schwachsinniger Idiot!» Er heulte fast.

«Bestellen Sie Arschloch mir auf der Stelle ein anderes ...», presste er heraus und rannte hilflos auf die Straße.

0 Uhr 55

Kurz nachdem das Taxi in den Tunnel eingefahren war, der die wunderschöne historische Innenstadt des berühmten Traditionsbades umging, erinnerte sich Oxana eines schrecklichen Umstandes: Sie hatte vergessen, das Foto mit ihrer Mobiltelefonnummer, das sie Labrocini in der Spielbank gegeben hatte, mitzunehmen. Das Foto lag neben dem Telefon.

Oxana überfiel schlagartig Angst, und sie erschrak auch noch über die Entschiedenheit, mit der das geschah. Wenn am Bahnhof nur irgendein Regionalzug fahren würde, war sie aufgeschmissen.

Ihr Foto würde übermorgen wahrscheinlich in jeder Zeitung sein – und wenn nicht, dann umso schlimmer: Dann würde der Mörder des Alten ihr Foto haben. Wenn jetzt kein Zug ging, der sie fortbrachte, dann würde sie vielleicht so bald keinen mehr nehmen ...

0 Uhr 56

Noch während der Portier eingeschüchtert telefonierte, sah der Würger mit wachsender Panik die Schillerstraße hinunter. Wo blieb das Taxi? Das darf einfach nicht sein. Nein. Nein, das kann nicht sein.

Plötzlich entdeckte er rechts, Ecke Bertholdstraße, ein giftgelb leuchtendes Taxischild, das langsam aus dem Dunkel des Parks auftauchte und kurz nach der kleinen Brücke über die Oos zum Stehen kam. Er beschloss, nicht auf das bestellte Taxi zu warten, sondern sich das da vorne zu schnappen. Er lief. Winkte, so gut es ging, schon mit den Armen. Er erreichte es, riss die Tür auf, warf sich auf den Rücksitz. Es war kurz vor ein Uhr, als er völlig außer Atem schrie: «Mann, zum Bahnhof, schnell, zum Bahnhof. Um zwölf nach geht mein Zug. Ich geb Ihnen hundert Mark, wenn wir's schaffen! Fahren Sie schon los, Mann! Fahren Sie!»

Mit anderen Worten: Der Würger benahm sich genau wie die Art von Fahrgast, die Balger gefressen hatte. Aber wie.

1 Uhr 05

Der internationale Nachtzug D260, der gute alte *Zwei-Sechziger* von München nach Paris, eine der zeitgenössischen Kurzversionen des *Orient-Express*, hatte Rastatt passiert. Noch zwei Minuten bis

Baden-Baden, wo Pardell Reservierungen für ein *Bett-Tourist-Herr* in einem klassischen T3-Abteil und ein schönes Single-Abteil hatte, von dem man vorher nie wusste, welchen Geschlechts der Mensch sein würde, der in ihm zu schlafen beabsichtigte ...

Beide Reservierungen gingen nach Paris – es waren die letzten beiden Reisenden, die er erwartete. Die Sonnenfinsternis hatte so etwas wie einen Minitouristenstrom in die Gebiete des Kernschattens, vor allem nach München und Stuttgart, geführt, und etliche dieser Finsternistouristen fuhren nun mit Pardell zurück. Der Wagen war ausgebucht.

Dabei hatte sich der ganze Aufwand nicht gelohnt, denn die Sofi war nichts anderes als eine große Enttäuschung gewesen. Gut, es war Nacht geworden, es war der vorgeschriebene Wind gegangen, und es war auf einen Schlag ein paar Grad kälter, aber da wegen der Bewölkung nichts zu sehen gewesen war, war die Stimmung in der Innenstadt ziemlich schal geblieben. Alle waren leicht beleidigt, und irgendwie wollte man nicht mehr drüber reden. Aus welchen Gründen auch immer hatte sich Pardell Aufschlüsse über die *Carceri* erhofft und sich wahnsinnig darauf gefreut. Die schwarze Sonne schien ihm etwas Barockes zu haben. Wenn man sie denn hätte sehen können.

Am Bahnhof hatte er sich vor der Abfahrt seines Zuges um 20 Uhr 54 die *Abendzeitung* des nächsten Tages gekauft, auf deren Titelseite sowohl ein prächtiges Foto wie auch eine grafische Darstellung der Eklipse in kosmischen Maßstäben prangten und miteinander um Pardells Aufmerksamkeit stritten.

Wäre er nicht enttäuscht mit Schutzbrille am Marienplatz herumgestanden, sondern hätte nur das Foto gesehen, hätte er dieser Aufnahme zweifellos den Vorrang gegeben. So aber interessierte er sich mehr für die Grafik – sie zeigte die erstaunlichen rein perspektivischen Wechselwirkungen zwischen autonomen Körpern, die sich umeinander in einem Beobachtungsraum bewegten. Durch diese

Perspektivenwirkungen ließen sich Schlussfolgerungen sowohl über die Körper selbst wie auch über ihre Stellung zueinander ziehen. Die Eklipse war ein Ereignis planetarer Geometrie, aber wenn man sich nicht zufällig im Bereich des Kernschattens aufhielt, dann bemerkte man sie nicht. Das war exquisit, fand Pardell, klappte den Klemmbinder zu, nahm sein Gepäck und legte los.

In den ersten Stunden hatte es sehr viel zu tun, sehr viel zu verkaufen und sehr schöne Trinkgelder einzustreichen gegeben, und nach Stuttgart und Karlsruhe erst, als der Zug sich Baden-Baden näherte, fand er endlich Zeit, Abteil 61 aufzusuchen, das er illegal und großzügig für sich selbst reserviert hatte, und im Spiegel über dem Waschbecken den Sitz der dunkelblauen Krawatte zu prüfen. Auf keinen Fall schlampig, wie bei so vielen schlurfigen Nachtschaffnern, aber auch nicht zu ordentlich, wie bei all den pedantischen Kollegen, sollte sie sitzen, sondern mit jener unaufdringlichen Lässigkeit, mit der Quentin seine Sachen trug. Dieser Quentin-Stil war zwar viel aufwendiger als der pedantische oder schlampige Stil – aber, sagte sich Pardell, wenn schon Schlips ...

1 Uhr 08

Dollaschinski hatte nur einmal kurz in den Rückspiegel blicken, dem Blick dieser Frau begegnen müssen, um zu wissen, dass es ernst war, dass jetzt Professionalität seinerseits gefragt war. Er war in der Lage, einen gewöhnlichen Fünf-Minuten-Trip vom Magdalenen-Stift zur Augustapotheke in zwanzigminütiger Luxusausführung zu liefern und trotzdem von der älteren Dame für die zügige Fahrweise gelobt und bedacht zu werden. Viele der Damen wollten ausschließlich ihn als Fahrer, weil sie so Kontakt zur Welt außerhalb des Stifts halten konnten und mitbekamen, was in der Stadt und draußen in Lichtental so los war.

Jetzt aber, diese Dame. Ganz anderer Fall. Eine richtige Schönheit. Die würde ihm niemals solch einen Blick in den Rückspiegel zuwerfen, wenn sie es nicht wirklich ernst meinte mit dem *«Bitte schnell!»*.

Als sie um acht Minuten nach 1 Uhr in großem Bogen am Ooser Bahnhof einfuhren, hatte Dollaschinski dreimal rot flammendes Gelb passiert, hatte den Wagen auf den Strecken, auf denen selten oder nie geblitzt wurde, gegen hundert getrieben, eine rote Ampel illegal mithilfe eines kleinen Stücks Bürgersteig und einer Araltankstelle umfahren und zuletzt noch einen der letzten Stadtbusse brutal geschnitten.

«So, da wäre ma!», sagte Dollaschinski, bremste scharf, sprang hinaus und machte Oxana die Tür auf.

«Sie sind Zauberer. Was kriegen Sie?»

«Ihr Zug fährt gleich ein! Wisset Se was – des übernimmt die Firma. Ich geb Ihne mei Kart, hier ist die Funknummer. Tag und Nacht. Wenn Se wieder in Baden-Baden sind», sagte Dollaschinski, Oxanas Augen sagten Danke schön, und Dollaschinski wurde rot.

Er sah ihr nach, wie sie die Treppen links nach unten rannte, zur Unterführung, um zu Gleis 3 zu kommen, an dem der Nachtzug nach Paris gerade dabei war stehen zu bleiben. Okay, er hatte sie eingeladen, und weg war sie. Er spürte einen plötzlichen Anflug von Reue, der aber gleich wieder nachließ. Eben. Irgendwann würde sie vielleicht wiederkommen. Man musste in die Zukunft denken. Investieren.

1 Uhr 09

Pardell hatte den roten Sicherungshebel über der vorderen, officefernen Wagentür nach oben gedrückt und die Tür unter Protest der Sicherung aufgemacht, während der Zug noch rollte. Er liebte diese Art, in einen Bahnhof einzufahren, sich mit der Reservierungsliste unter dem Arm lässig festzuhalten, seinen Oberkörper hinauszubeugen und so zu sehen, wer alles auf dem Bahnsteig stand. Er liebte es, obwohl es verboten war.

Da sein Schlafwagen der erste des Zuges war, sah ihn nahezu jeder der Reisenden, die am spätnächtlichen Gleis 3 standen, als nachtblau gekleidete, leibhaftige Inkarnation des abenteuernden Geists der *Compagnie* vorüberfahren. Pardell seinerseits versuchte, möglichst ernsthaft zu wirken, und blickte zielstrebig den Bahnsteig hinunter, bis an jenen Abschnitt, in dessen Nähe der Schlafwagen stehen bleiben würde. Dort wartete bereits jemand. Ein kleinerer, hellgrauhaariger Mann, der neben einem Akten- und einem kleinen Reisekoffer stand. In der rechten Hand hielt er eine Zigarette, so, wie es nur Leute tun, die in den Sechzigerjahren des 20. Jahrhunderts angefangen haben zu rauchen, dieser sehr solide Griff, der suggeriert, die Zigarette wäre ein massives Artefakt, das einem leichterhand auskommen und auf den Boden fallen könnte.

Irgendwie, irgendwie kam ihm dieser kleine, untersetzte Mann, diese Silhouette und dieser Griff, diese beiden Koffer, das kam ihm – schrecklich bekannt vor ... ‹Nein, bitte nicht›, dachte Pardell. ‹Nein, das habe ich nicht verdient ...›

1 Uhr 11 und 30 Sekunden

«Was machen Sie denn, was machen Sie denn?», krächzte der Würger. «Grün. Das ist grün. Grün ...»

Aber Balger hatte schon angefangen abzubremsen, und da er zuvor nur 40 Stundenkilometer schnell gewesen war und es noch gute 100 Meter bis zur Ampel waren, erreichte sein Taxi die Ampel, als die gerade dabei war, von Gelb auf Rot zu schalten. Der Würger tobte still, war nicht mehr in der Lage zu sprechen. Die Panik hatte ihm alle angesammelte Röte aus seinem Gesicht gepresst, und er war käseweiß.

Balger hingegen, dem das langsame Zurollenlassen des Mercedes auf die Ampel gefallen hatte, war gut aufgelegt. Diesem Arschloch hatte er es gezeigt. Der synkopische Schwung vom Festspielhaus, die Lange Straße runter, bis hin zu diesem letztmöglichen Halt kurz vor dem Bahnhof war perfekt gewesen. Noch besser aber war, als er die halbe Minute am Zebrastreifen beim Bernhardusplatz auf die Rentnerin mit dem Pudel gewartet hatte, die unendlich langsam den Gehweg herunterkam und wahrscheinlich gar nicht vorgehabt hatte, die Straße zu überqueren. Aber Balgers Taxi hatte so demonstrativ und aggressiv *für sie* gehalten, obwohl sie noch knappe zwanzig Meter entfernt gewesen war, dass sie wohl nicht anders konnte, als diese günstige Gelegenheit wahrzunehmen. Menschen, die den Krieg noch mitgemacht hatten, waren so.

Der Würger hatte unterdessen leichenblass die Tür aufgerissen, hatte einen Fünfzigmarkschein auf die Konsole geworfen und war zu Fuß zum Bahnhof weitergerannt. Als es Sekunden darauf wieder grün wurde, gab Balger Gas und fuhr Richtung Bahnhof, musste sich da melden, sonst gab es Ärger mit der Zentrale. Außerdem würde er gerne sehen, ob der blöde Sack seinen Zug noch erreichte oder nicht. Wär er halt sitzen geblieben.

1 Uhr 11 und 40 Sekunden

Der Zug war zum Stehen gekommen. Pardells Schreckensvision hatte sich als wahr herausgestellt. Er trat säuerlich grinsend auf den Bahnsteig und sah dem Mann mit dem eisernen Zigarettengriff ins Gesicht.

«Ja, Lukas, sag a mal, du bist des. Ja, da schau her. Der Pedal!» Oberschaffner Hoppmann. Sein fürchterlicher Ausbilder.

Das nervöse Augenzwinkern, die beiden ekligen Plastikkoffer, das leicht asthmatische Einatmen des Zigarettenrauchs, das Zwinkern, dieses Augenzwinkern, das sich durch und durch bohrte, alles durchdrang und seine kleinen, miesen Ansichten darbrachte – alles da.

Pardell drückte ihm die Hand, und wie schon nach seiner Ausbildungsfahrt im April quetschte sie ihm Hoppmann, dass es eine Freude war.

«Grüß dich», sagte Pardell, seine Hand schüttelnd. «Fährst du mit mir?»

«Ja, Pottl, freilich. Grüß Gott erst a mal. Selbstvaständlich. Bin heute Morgen Zürich gefahren, vastehst, und morgen hab ich den Pariser. Nie ohne. Vastehst? Nie ohne! Des is komisch! Ohne!» Damit überreichte er Pardell grinsend eine compagnieinterne Reservierung, gab ihm seinen Dienstfahrausweis und enterte energisch Pardells Wagen.

«Ich geh gleich a mal ins Abteil, Pittel. Belegt?»

«Ja», sagte Pardell deprimiert, «dein Abteil ist voll. Ich komm gleich nach, ich hab noch eine Reservierung ...»

Hoppmann murmelte irgendwas von *«Pedal, Pedal, so flink wie ein Aal»*, pfiff sich dann gleichsam selbst zum Einstieg und verschwand gut gelaunt.

Nun ist es gar nichts Ungewöhnliches, zwischendurch einen Kollegen aufzugabeln. Pardell war selbst schon ein paarmal auf diese bequeme Weise zum Dienst gereist. Und man freute sich immer, wenn man jemanden traf, mit dem man sensationelle Neuigkeiten austauschen konnte.

Aber ausgerechnet Oberschaffner Hoppmann. Bestimmt würde er nach Abfahrt ins Office kommen und ihn beobachten und kontrollieren. *(«Jetzt schau a mal her, da, Pettl, ja was machst denn? Nein, eine interne Reservierung musst da eintragen, hinten auf die Rückseite, ja freilich, da ist die Spalte, mit der Sondernummer, da, so und jetzt, hörst du mir zu, hallo, Pedal! Aufwachen! Da schreibst die laufende Reservierungsnummer hin und Uhrzeit daneben, ja freilich. Ja, ist kom-*

pliziert, das lernst schon noch, das kannst noch nicht! Das musst noch a mal üben!»)

Das war so, als träfe man einen Dozenten, der nie etwas von einem gehalten hatte, der einem aber noch *ein Mal* eine Chance für ein wichtiges Referat hatte geben wollen und den man zum Referatstermin hängen gelassen hatte und einfach nicht gekommen war – als träfe man so einen Dozenten auf der Toilette. Es war erschütternd. Hoppmann war da, und Pardell fühlte sich sofort schuldig.

1 Uhr 12

Mit nichts als einem mittelschweren Koffer, dessen Inhalt sie nicht kannte, und mit einem verbrannten Ausweis und dem pochenden Gefühl, dass sie einen schrecklichen Fehler gemacht haben könnte, stieg Oxana mit dem Pfiff des Zugführers auf das Trittbrett eines der Liegewagen im vorderen Drittel des Zuges. Dabei fiel ihr zu ihrer Erleichterung ein, dass sie wenigstens noch die 1500 Mark besaß, mit denen der Italiener sie hatte bezahlen wollen.

In den *Mitropa*-Liegewagen muffte es nach Menschen, die in die filzigen Wolldecken gehüllt waren und schliefen, und es muffte nach den Menschen, die früher, in die filzigen Wolldecken gehüllt, hier geschlafen hatten. Ihr war klar, dass sie ein Einzelabteil brauchte, auf jeden Fall. Einzelabteile gab es in Nachtzügen, wenn überhaupt, wo?

1 Uhr 13

Zu Pardells großer Überraschung und sofortiger Erleichterung war Oberschaffner Hoppmann spurlos verschwunden. Sein Bett war im Abteil 31, und als Pardell sich daranmachte, das Schloss des Abteils vorsichtigst mit seinem Vierkant zu prüfen, stellte er fest, dass es von innen verschlossen war. Hoppmann war also schon drin und hatte sich leise auf das mittlere Bett gehievt, zwischen einen jungen Franzosen, der unten schlief, und einen freundlichen Münchener um die fünfzig, dem Pardell gleich nach Abfahrt ein schönes *Edelstoff* verkauft hatte. Kaum zu glauben. Seine Laune besserte sich schlagartig.

Der oder die andere Reisende war noch nicht gekommen, und Pardell hatte bis zur Abfahrt vergeblich auf dem Bahnsteig gewartet. Dem Reglement nach musste er nach Abfahrt zwanzig Minuten warten, dann galt eine Reservierung als verfallen. Während er die Ziffernfolgen von Hoppmanns Dokumenten in die Unterlagen eintrug, rauchte er eine *Parisienne*, und er handhabte sie so geschickt und spielerisch, dass sie ihm fast ein Loch ins Sakko seiner Uniform gebrannt hätte. Plötzlich fiel ihm etwas sehr Komisches ein. Ein Dialog. Spätnachts bei der Ausbildungsfahrt:

«Und, Lupi – wo hast'n deine Haschzigeretten, hä?»

«Ich hab nichts mit. Tut mir leid, kann ich Ihnen grade nicht mit dienen.»

«Was? Andienen willst mir dein Gift?»

«Sie haben doch gefragt.»

«Aber nur zur Warnung! Verstehst, Pettel, bei diesem Hasch, das ist doch ganz gleich. Haschzigeretten. Wenn die Abhängigkeit erst einmal da ist, dann ist die Suchtgefahr da. Das ist eine Krankheit, nicht wahr. Suchtkrank, sagt man doch. Nicht wahr ... Pittl.»

‹Was für ein Pharisäer›, dachte Pardell. Musste dabei aber verschlagen grinsen. Denn es war so, dass die körperliche Anwesenheit des widerlichen Ausbilders im Wagen ihn förmlich reizte, etwas Verbotenes zu tun. Das Reglement zu missachten und die Götter der nächtlichen Reise in ihrer Gnade zu fordern, sie mögen ihm eine Herausforderung schicken.

Keine Ahnung, was noch passiert. Alles. Er setzte kurz ab zu schreiben, nahm einen Zug von der Zigarette. Da war jemand vor der Tür, er hatte die Schiebetüren dahinter knallen gehört. Das war garantiert das *Single*.

1 Uhr 14

Oxana hatte die letzten beiden Liegewagen unbehelligt passiert und stand mit Fennel Labrocinis Koffer auf dem Plafond zwischen zwei Wagen. Jetzt kam keine Schiebetür mehr, sondern eine einzelne, holzvertäfelte Tür mit einem gläsernen Rechteck, durch das behagliches gelbes Licht fiel. Auf ihrem Teak prangte ein blauer Aufkleber mit zwei goldenen Raubkatzen, die ein Oval bildeten. *Wagons-Lits.*

Nach dem Mief und der drückenden Enge und der Überfüllung der Liegewagen verhieß dieses Licht unerwartete Diskretion und Abgeschiedenheit. Da musste sie rein. Bevor sie allerdings die beiden Raubkatzen passierte, konzentrierte sie sich noch einmal. Sie würde Französisch sprechen. Sie würde behaupten, eine Reservierung zu haben und eine Fahrkarte. Sie habe sie aber verloren. Natürlich würde sie bezahlen wollen. Sie würde, wenn nötig, auch weinen. Sie würde sich überrascht zeigen, einen so faszinierenden Mann an einem so ungewöhnlichen Ort kennenzulernen, selbst wenn er noch hässlicher wäre als Fennel, was kaum möglich war. Sie würde sehr überzeugend sein.

All das würde sie in der nötigen Reihenfolge tun, in jeder Intensität. Wie immer. Der Zug befand sich schon fast in der Nähe des Grenzbahnhofs von Kehl. Sie spürte, dass sie viel mehr Angst als sonst hatte. Sie blickte noch einmal auf das Emblem, sah den zarten Schatten ihres Spiegelbildes im Glas des Fensters. Dann trat sie ein.

1 Uhr 33

Der Würger ließ die Tür des abscheulichen Taxis zufallen und ging ins *Brenner's*, allerdings nicht auf sein Zimmer, sondern direkt durch die Glastür in die Halle. Er spürte, wie er während der ersten

Schritte in sich zusammenzusacken drohte, also ging er vorsichtig und ließ sich dann kraftlos auf eines der kleinen Sofas fallen, von denen man in den nächtlichen Park blicken konnte. Er bestellte eine Flasche *Martell Création*, aber irgendwie spürte er, dass er gar nicht so viel trinken konnte, wie nötig gewesen wäre, um ihn wieder aufzurichten, und handelte es sich auch um einen noch so feinen Cognac. Der Blick über die beiden Gleise zu diesem abfahrenden Nachtzug hinüber hatte sich ihm eingebrannt und irgendwo in seinem lebendigen Bewusstsein ein Mal hinterlassen, an das zu rühren bitter schmerzte und an das *nicht* zu rühren einen wahnsinnig machte.

Seine unverhohlene Euphorie. Die Erinnerungen an Fleck und die Sommer. Die *Tellurium*. Die zermürbenden letzten Stunden in der Spielbank. Der Scheißtaxifahrer. Sein Geburtstag, der vor eineinhalb Stunden begonnen hatte. Der Nachtzug, der sich in Bewegung gesetzt hatte, ohne dass er irgendetwas dagegen hatte tun können.

Er stand wohl unter Schock, denn noch während er die scharf wie Säure brennenden Konturen des komplexen, kohlschwarzen Brandmals abtastete, sich wie manisch immer wieder von Szene zu Szene bewegte, bestellte er gelassen, ja schockierend ruhig ein Telefon an seinen Platz. Es war wohl alles aus, aber er würde dennoch tun, was er tun musste. Wer auch immer heute Abend *gegen* ihn gesteigert hatte, wusste nur, dass die *Ziffer* an jemand anders gegangen war. Er konnte nicht, oder zumindest noch nicht, wissen, dass dieser andere, also der Würger, die Uhr nicht bekommen hatte.

Wenn es ihm gelingen würde, so zu tun, als hätte er jetzt die *echte*, würden seine Konkurrenten, wenn sie ein Angebot bekämen, vielleicht denken, es handele sich dabei um eine Fälschung. Mit wem würden seine Konkurrenten sprechen, um Näheres zu erfahren? Wie konnte er zumindest den Eindruck erwecken, die Uhr bekommen zu haben? Wie sollte er die gefälschte Nachricht seines Triumphes lancieren?

Die einzige Möglichkeit, auf die er kam, war Doktor Bloch. Doktor war über Jahre seine einzige Verbündete gewesen. Sie hatten sich kennengelernt, weil sie beide nach der *Ziffer* suchten. Weil der Würger sie besitzen und Doktor Bloch sie untersuchen, exakt beschreiben und über sie publizieren wollte. Der Würger hatte ihr vor Jahren ein beachtliches Honorar versprochen – 80000 SFr, wenn er die *Ziffer* mit ihrer Hilfe erwerben könnte. Das war ein Argument.

Das Telefon kam. Er hob ab, wählte. Nach dem zweiten Läuten ging sie ans Telefon. Selbstverständlich, schließlich hatte er versprochen, sie auf der Stelle anzurufen. Wie in Trance erklärte der Würger sich zum Eigentümer der mythischen Uhr. Doktor fragte, ob er scherze.

«Nein, Doktor, ich schwöre es Ihnen, ich habe die *Ziffer*, ich habe sie an meinem Handgelenk. Ist lange nicht mehr getragen worden. Ist wunderschön.» Er hielt den Hörer kurz weg und wischte sich die Stirn, als müsste er befürchten, seine Angst würde mit dem Schweiß durch das Telefon sickern, bis zu Doktor nach Zürich, würde dort zu spüren, zu riechen, zu erahnen sein – das unverkennbare und für jeden anderen der Horde total faszinierende Ferom der Niederlage.

Er fühlte eine unbekannte, grauenvolle Schwäche, die aus dem Inneren seines Körpers kam, angetrieben von einem unregelmäßig und qualvoll schlagenden Herzen.

«Baron?»

«Ja, die Aufregung, das ist wirklich sensationell ...»

«Ich weiß nicht, Baron, es ist nur ... Sind Sie sicher? Ich habe mich umgehört, und niemand außer Ihnen hat irgendwas von dieser Auktion gehört. Niemand.»

«Jeder weiß, dass Sie für mich arbeiten, Doktor. Niemand würde Ihnen auch nur ein Wort sagen.»

«Ich weiß nicht. Ich habe ein ungutes Gefühl bei der Sache, mehr und mehr.»

«Ich verstehe nicht, was Sie meinen, verdammt ...», er versuchte sich an heiterem Gelächter, aber es kam nur heiseres Gurgeln aus seiner Kehle.

«Also, Doktor, damit Sie mir glauben: Bevor ich Sie angerufen habe, habe ich einen Scheck auf Ihren Namen per Eilboten an Sie adressiert. Sie kennen unsere Vereinbarung – ich bezahle Sie, wenn ich die *Ziffer* habe. Nun, ich blicke grade auf ihr Zifferblatt. Der Scheck enthält die vereinbarte Summe, er ist bis Ende des Jahres gültig und nicht sperrbar. Das Geld ist deponiert. Also, machen Sie es gut!»

«Baron, ich ...»

«Sie wollen die *Ziffer* sehen?»

«...»

«Sie werden sie sehen, Doktor. Ich melde mich bei Ihnen. Bald, ganz bald. Morgen, spätestens Anfang nächster Woche. Muss jetzt unbedingt Schluss machen. Werden Sie nicht leichtsinnig ... Ja, dann ... bis bald.»

So wie man eine vorzügliche Feder überdehnt und damit das aus einem oder zwei Metallen geformte Band für immer ruiniert, weil man eine Metallverbindung an jeder Stelle *nur einmal* biegen, sie also nicht *zurückbiegen* kann – so gibt es Schläge von einer Art, die gewisse empfindliche Stellen der Seele nur einmal ertragen können. Selbst wenn die Seele sich in ihrer Ganzheit davon auch wieder erholt, so wird sie doch niemals mehr die alte sein und immer in Gefahr, an der Stelle, die den Schlag empfing, zu brechen. Ohne jeden Zweifel hatte der Würger einen Schlag erlitten – es war nur nicht klar, wo genau er getroffen worden war, der Schmerz war noch zu groß.

Klar war allerdings, dass er gerade die einzige Person angelogen hatte, der er bislang, zu seinem Vorteil, stets die Wahrheit gesagt hatte. Irgendwie fiel es ihm schwer, daran zu glauben, dass das einen wirklichen Vorteil darstellte. Aber zu spät.

1 Uhr 50

Balger war, nachdem er den Würger wieder am *Brenner's* abgesetzt hatte, ungeheuer langsam weitergefahren. Er hatte sich nicht getraut, seinem alten und neuen Fahrgast, der sich wieder schweigend in sein Taxi gesetzt hatte, die Gebühr für die Rückkehr vom Bahnhof auch nur zuzuflüstern, obwohl das sein Recht gewesen wäre. Dollaschinski war vor ihm in der Reihe gewesen, aber kurz vorher abgefahren.

In einer unbefahrenen Seitenstraße in der Nähe des Bertholdplatzes hielt er an. Stellte den Wagen ab, stieg aus, holte sich an einem Zigarettenautomaten ein Päckchen *Camel*, dann ließ er den Wagen wieder an, weil er kein Feuerzeug hatte und den Zigarettenanzünder brauchte, machte währenddessen die Schachtel auf, steckte sich zitternd eine Zigarette in den Mund, wartete auf das Klicken des Anzünders und genoss das Knistern des aufglühenden Tabaks. Er wusste nicht, was genau er jetzt tun würde.

Er würde die Schicht beenden. Er würde, nun ... er würde ... auf jeden Fall würde er niemals mehr versuchen, jemanden zu schikanieren, denn obwohl er sich kaum an die Rückfahrt mit diesem zu einem düsteren Racheengel gewordenen Glatzkopf erinnern konnte: Etwas in der Art wollte er nie mehr erleben. Nie mehr. Das war ein Fehler gewesen vorhin, mit der Ampel. Mit dem Zebrastreifen und der Rentnerin. Praktisch Selbstmord.

Er beobachtete, wie ein aus hoher Not Geretteter, die vier grünlich schimmernden Ziffern des Displays, 01:51 zeigten sie.

Was sollte er tun? Das Einzige, was er genau wusste, war, dass er das Taxifahren aufgeben sollte. Er schnippte die Kippe über die Straße und sah ihrem Verglühen noch eine Weile zu. Sich was anderes suchen. Altenpfleger vielleicht. Das hatte Zukunft.

3 Uhr 40

Popatzky hatte, von der Theaterkantine kommend, einen schlawinerischen Bekannten getroffen, der von einer Orgie in einer wunderschön gelegenen Jugendstilvilla auf der Anhöhe der Kaiser-Wilhelm-Straße wissen wollte. Popatzky, voll ratloser Sehnsucht nach seinem Schreibtisch und sich zugleich bewusst, dass er gegen den Willen Merkurs niemals an ihn zurückkehren könne, hatte sich ihm angeschlossen.

Der schlawinerische Bekannte hatte Popatzky erzählt, die Orgie fände im Haus einer uralten italienischen Herzogin statt, deren sagenumwobene Erbkrankheiten sie zu einem Pendelleben zwischen Stockholm und Baden-Baden zwinge. Dieses Pendel befände sich gerade im hohen Norden.

Nach gut zehnminütigem Fußmarsch waren sie eingetroffen und stießen auf eine großzügig über mehrere, altmodisch luxuriös eingerichtete Salons verteilte Gesellschaft, die bereits allem zugesprochen hatte, was Geist und Körper zu berauschen versprach. Niemand fand Popatzkys Verkleidung im Geringsten wunderlich, niemand nannte ihn Stadtschreiber, niemand setzte es sich zum Ziel, mit ihm über die eigene Dichtung zu sprechen. Er nahm sich ein Glas Rotwein aus einer Magnumflasche 82er-Bordeaux, von der er sich fast sicher war, dass ihr Besitzer nicht unter denen war, die aus ihr tranken.

Er fühlte sich unbehelligt, willkommen und, nachdem er zwei tiefe Züge von einer neogotisch dimensionierten Tüte genommen hatte, auch angenehm gedankenreich. So streifte er durch die zahlreichen mit großen, offenen Flügeltüren einander verbundenen, luxuriösen Räume.

Im letzten dieser Salons, dessen Wände tiefrot gehalten und

dezent und raffiniert beleuchtet waren, sodass er an ein behagliches und intimes Kabinett erinnerte, schliefen einige Internatsschülerinnen auf moosgrünen Samtfauteuils. Popatzky ließ sich auf einer frei gebliebenen, gleichfalls grün bezogenen Chaiselongue nieder, sah sich die unter Röcken hervorlugenden samthäutigen Unterschenkel und Waden der Mädchen an, die sich so zärtlich an- und übereinandergeschmiegt hatten, dass er erst nach einer kurzen Weile herausgefunden hatte, wie viele Mädchen es überhaupt waren: nämlich vier. Das war schön. Hier würde er bleiben, um im Schatten dieser blühenden vier Mädchen seine Notizen wieder aufzunehmen. Wenn man intensiv an Frauen dachte, die man nie wiedersehen würde – und das tat er gerade –, war es ihm angenehm, andere Frauen um sich zu haben – ein Gefühl des Wohllebens und Zuhauseseins in der Welt überkam den Nachwuchsdichter dann meist nach einer Weile und beglückte ihn.

Popatzky kritzelte zunächst glücklich weiter. Was allerdings als unbedeutende Notiz für nichts anderes als einen kleinen *Witz* seinen Anfang genommen hatte, entwickelte sich unter der Fülle dieses unbedingt angenehmen, von zartem, schützenswertem Mädchenschlaf gesalbten Orts, an den nur von ferne die Schreie und das Gelächter der wollüstig Berauschten drangen, während die Fenster offen standen und man die frische badische Sommernacht atmen hören konnte, zu einer *Vision*, so stark und lebendig, dass der Nachwuchsdichter irgendwann gegen 3 Uhr morgens aufhörte zu schreiben.

Er zerriss träumerischen Blicks seine Notizen und entzündete sie in dem großen, für Zigarren gedachten, länglichen Porzellanaschenbecher. Die Mädchen seufzten leise im Schlaf, murmelten das eine oder andere unverständliche Wort und drehten sich umeinander.

Woran er jetzt dachte, das ließ sich nicht mehr mit Notizen festhalten, denn eigentlich dachte ja nicht er die Vision, sondern die Vision dachte ihn – ein Durchzug und Anflug von Gestalten, Bewegungen, Begierden und Gefahren, von Rhythmen, Stimmen und Farben von solcher Vielgestalt und von so veränderlicher Form, dass sie weniger an Bilder oder Szenen erinnerte als vielmehr an Musik –, die geheimnisvolle Schönheit, die er vorhin an der Oos gesehen hatte, war schuld an diesem glühenden, tiefnächtlichen *Flow*: Ohne zu wissen, wie er es anstellen, noch, wozu es letztlich führen würde, hatte er beschlossen – hatte *es* beschlossen –, dass er *doch* ein Buch schreiben würde. Ein Buch, dessen tiefer, innerer und geheimer Zweck es wäre, diese unbegreiflich anziehende und gefährlich schöne Frau am 11.8.1999 durch das abendliche Baden-Baden zur Spielbank gehen zu lassen, und wäre der Aufwand, den er dazu treiben müsse, auch der höchste ...

Dann erwachte eines der Mädchen, setzte sich auf – und sah dem ekstatischen Popatzky bei dessen Flow zu. Sie war siebzehn oder achtzehn, hatte lange blonde Haare und trug ein knapp sitzendes, blassrot verwaschenes T-Shirt, das Popatzky zuvor das Vergnügen eines entblößten Bauchnabels beschert hatte.

«Hi», sagte das Mädchen.

«Ich habe dich hoffentlich nicht aufgeweckt?», fragte Popatzky.

«Nein, alles okay. Hast du ’ne Kippe?»

«Selbstverständlich, bitte.»

«Danke.» Mädcheninhalation. Ernst, tief und gierig.

«Tolles Outfit», sagte sie.

«Tja ...»

«Wie Prince oder so. Ich bin Marie.»

«Rainer.»

«Wer bist’n du?»

«Ich bin, äh ... Ich denke mal, äh, kein Musiker, wenn du das meinst. Das Einfachste wäre es zu sagen, äh. Ich habe hier ein Stipendium und ...»

«Bist du der neue Stadtschreiber?»

«Nun ja ...»

«Jetzt echt? Toll! Ich schreib auch!»

«Ach? Das ist ja faszinierend. Ehrlich? Du schreibst auch? Erzähl doch mal! Das interessiert mich brennend.»

VIERTER TEIL

Verbotene Spiele

München, Aufenthalt 19.9.1999, 20:10

«... Sie sicher, dass alles in Ordnung ist? Baron?»

«Was? Sicher ja. Sicher. Alles in Ordnung.»

«Also, was meinen Sie, sollen wir uns an den *Beaucastel* halten? Der 88er ist das Feinste, was ich auf dieser Karte entdecken kann ...»

«Ach Gott, nehmen wir halt irgendwas ...»

Direktor Fischbein blickte den Würger ungläubig an. Seit sie beide dieses gemeinsame Projekt in der Angelegenheit Niel betrieben, hatte sich ihr Verhältnis wirklich auf erfreuliche Weise verbessert. Reichhausen beleidigte Fischbein nicht mehr mit jedem zweiten Satz, auch seine Neigung zu langen, kehligen Monologen hatte nachgelassen, und Fischbein, der fest daran glaubte, dass sich Menschen ändern konnten, fühlte ein zögerliches, noch dünnes Band erster Sympathie zwischen ihnen wehen. Noch niemals hatte Fischbein auch nur die Weinkarte in die Hand nehmen, geschweige einen Wein aussuchen dürfen. Jetzt stieg ihm leichte Röte ins Gesicht, ein Anflug unangebrachten Sentiments, das ihm peinlich war.

«Also, Herr von Reichhausen, nehmen wir das Lamm für zwei? Ja?»

«Von mir aus, hab sowieso keinen Hunger.»

«Sie haben auch etwas abgenommen, oder täusche ich mich?»

«Was weiß ich», schweres, hohlkehliges Seufzen.

Der Würger wollte Fischbein nicht erzählen, was der Grund für seine Übellaunigkeit war, die der Assekuranzdirektor für Freundlichkeit hielt. Im Grunde genommen war nämlich nichts in Ordnung. Nichts. Die beiden hatten sich im *Fauve Chien* verabredet, einem alten soliden Lokal im *Tal*, in dem man sich sicher sein konnte, dass die Rechnung niemals unter 300 Mark ausfiel, etwas, das dem Würger früher Freude bereitet hatte. Jetzt nicht mehr. Es war ihm ganz gleich. Die Niederlage bei der katastrophalen Auktion in Baden-Baden hatte ihm den Rest gegeben. Nacht für Nacht plagten ihn immer deutlichere Albträume, quälte ihn der immer näher herankommende schweigende Schatten seines Großvaters. Sein Versagen, seine Lächerlichkeit, seine Lüge gegenüber Doktor – all das, die erbärmliche Hilflosigkeit des Versagers, der er war, sprach aus der dunklen Silhouette des alten Feldmayer. Düstere Erinnerungen verfolgten ihn ...

«Baron?»

«Was? Hab grade nicht zugehört, nicht gehört.»

«Ich sagte, ich werde diesem Detektiv, Ihrem Staubohm, allerdings eine Restaurantrechnung abziehen müssen – aus dem *Salamanderbad*, er kann mir nicht weismachen, dass er ausgerechnet im *Salamanderbad* nach dem fraglichen Gegenstand gesucht haben will und dabei eine Flasche Champagner, eine Flasche Wein, zwei Salate und zwei Hauptgerichte, keine Nachspeise, aber dafür zwei doppelte Espresso und zwei Waldhimbeergeist trinken musste.» Fischbein genoss seine gespielte Entrüstung über den Fehlbeleg des Detektivs, seine Augen flackerten den düsteren Baron vielsagend an, dieser aber blickte trüb wie durch einen unaufhebbaren Schleier milchiger Melancholie. Fischbein hielt das für Sanftmut. Seine Stimmung, sein Wohlbefinden und seine Aufmerksamkeit hatten sich seit ihrer gemeinsamen Aktion gesteigert – seit fünfundzwanzig Jahren hatte er so etwas Kleinteiliges wie die Spesenabrechnungen Enrico Staubohms nicht mehr in Händen gehabt, hatte sich nicht mehr durch die Andeutungen und Wegbeschreibungen von Quittungen und Belegen über Taxifahrten, Hotels und Bestechungstrinkgelder gewühlt und sie nachzuvollziehen versucht. Für gewöhnlich hätte irgendein Buchhalter die Abrechnung geprüft. Da die Angelegenheit allerdings vertraulich war, blieb Direktor Fischbein nichts anderes übrig, als die Prüfung selbst durchzuführen, und so kam er in den sinnlichen Genuss zerknitterter Quittungen und handgeschriebener Eigenbelege, über die er sich spätnachts, nicht im Büro in München, sondern in seinem Arbeitszimmer in Starnberg beugte, summend und unwahrscheinlich gut gelaunt. Während seines Studiums in London hatte er kleinen Geschäftsleuten bei ihren Abrechnungen geholfen, und obgleich seine Karriere mehr als erfolgreich verlaufen war, war er glücklicher niemals gewesen als ebenda – als sich seine Fähigkeiten wie in freiem Spiel entfaltet hatten.

Neben den Rechnungen des Detektivs prüfte er zugleich die argentinischen Unterlagen der Familie Niel. Die Fischbeins waren ja über viele Generationen argentinische Juden gewesen, und sein Vater war erst nach dem Krieg nach London gegangen, wo William zur Welt kam.

Während er Bestandsbuch um Bestandsbuch und die entsprechenden Versicherungsansprüche in vielen Details prüfte, stellten sich zahllose Erinnerungen ein, denen nachzugehen sich der Direktor zum ersten Male seit Jahren erlaubte. Ohne den Würger wäre es dazu nie gekommen – auch das ein Umstand, der Fischbeins zögerliche Sympathie für Reichhausen beförderte. Der Würger wirkte so abwesend, zerknirscht und bedrückt, und Fischbein versuchte schon den ganzen Abend, bislang allerdings vergeblich, ihn ein wenig aufzuheitern. Das gemeinsam betriebene Projekt hatte einen köstlichen Geruch von frischem Verbot und duftender Illegalität.

«Übrigens, Baron – die argentinischen Unterlagen, ich komme gut voran damit, und ich muss sagen, ich bin froh, dass ich überhaupt die Gelegenheit gefunden habe, mich darum zu kümmern. Ich habe jetzt den Hauptteil durch. Gestern fand ich allerdings ein Paket, das in einiger Hinsicht bemerkenswert ist. Ich dachte, es würde Sie interessieren, ich habe eine Probe mitgebracht.»

Fischbein legte dem Würger einen vergilbten Karton auf das Weiß des Tischtuchs – der Kartonstreifen hatte ungefähr das schlanke Format einer Dollarnote, war unzählige Male durchlöchert, mit feiner Schrift beschrieben und beziffert worden und wies in allen Details die standardisierte und punktgenaue Präzision eines der Massenproduktion des mechanischen Zeitalters entstammenden Gegenstandes auf.

«Wissen Sie, was das ist?», fragte er einen stirnrunzelnden Würger. Nein.

«Das ist eine Lochkarte – ein Mitarbeiter des *Deutschen Museums* hat mir das erklärt, es ist eine sogenannte *Hollerith-Karte.* Hollerith war der Erfinder der Lochkartenmaschine. Es ist eine interessante Sache, ich habe nicht die geringste Ahnung, was das in den argentinischen Unterlagen zu suchen hat – ich habe einen dicken Packen davon gefunden, in Wachspapier eingewickelt, über hundert von diesen Lochkarten, und ... Sagen Sie, Baron, ich will nicht ... wenn ich Sie langweile, dann ... wollen Sie sich aussprechen vielleicht, haben Sie ... hm, Sorgen?»

Der Würger verneinte kopfschüttelnd – zu seinem Entsetzen verspürte er tatsächlich den Drang, sich alles vom Herzen zu reden, von dem Organ also, das zu besitzen der Würger bis vor einiger Zeit vehement und prustend vor Vergnügen von sich gewiesen hätte. Jetzt aber hatte er tatsächlich Sorgen. Seit dem Baden-Badener Desaster lebte er in der aussichtslosen Grunddüsternis, die immer wieder von ekelhaften Begebenheiten dekoriert wurde. Begebenheiten wie heute Nachmittag.

Der Würger hatte sich in seinem Büro mit Aktenstudium aufgehalten. Auch das gelang nur mühsam. Wo er früher dreißig Minuten gebraucht hatte, waren es heute mindestens zwei lange, zerfahrene Stunden. Gegen 16 Uhr hörte er von draußen, dass sich seine Sekretärin lautstark mit einer Männerstimme auseinandersetzte.

«Was, um Gottes willen, ist hier los?» Vor ihm stand ein weiß geschminkter Musikclown, mit rotem Haar und absurd großen Schuhen, der, trotz der schockwellenartig pulsierenden Schreie des Anwalts, auf der Stelle anfing, einen lächerlichen Schüttelreim aufzusagen.

«Wer es ist, der mich geschickt
Darf ich nicht sagen – doch aufgeblickt!
Ich singe hier den schönen Gruß –
Für groß und klein ein wahres Muss.»

Er wich, während er weiter auf Teufel komm raus reimte, ängstlich zurück, den Würger im Auge behaltend, der ihm nachging wie ein gereizter Jagdhund einem Kater. Seine Stimme wurde dünner und heiserer.

«Viel Freude, Glück und Liebe
Das wünsch' ich dir und Friede!»

Sie standen schon im Treppenhaus.

«Bin nun hier – nicht alle Tage
Doch komm ich wieder – keine Frage.»

Nachdem er die Botschaft aufgesagt hatte (dessen Schlussreim *«nicht alle Tage – ich komm wieder – keine Frage»* der weltberühmten Zeichentrickserie *Pink Panther* entliehen war), händigte der Clown dem krebsroten Würger ein Briefkärtchen aus, das heißt, er hielt es ihm ungefähr so hin, wie man nervösen Pitbulls, die tagelang nichts gefressen haben, ein dürftiges Würstchen hinhält. Dann stürzte er hinunter. Der Würger rannte ihm, zum Entsetzen seiner Sekretärin, brüllend hinterher, sah ihn aber nur noch die Widenmayerstraße hinunterlaufen, um dann links an der Prinzregentenstraße abzubiegen und Richtung Innenstadt zu verschwinden. Er öffnete noch auf der Straße das Briefkärtchen und las mehrere Minuten lang die Botschaft: *«Leider Nicht»*.

Erstaunlicherweise war der sehr große Ärger über diesen lächerlichen Boten einer sinnlosen Nachricht immer noch steigerungsfähig, denn als der Würger so richtig mies gelaunt zurückkam, entdeckte er, dass sein dunkelbrauner Uhrenkoffer, den er immer neben dem Schreibtisch stehen hatte, verschwunden war. Die Uhren, für deren sicheren Transport er gemacht war, ruhten im Allerinnersten des Bogenhausener Safes, aber die Vorstellung, dem Musikclown (oder einem unsichtbaren Komplizen) könnte es auf irgendeine perverse Weise gelungen sein, den Koffer zu stehlen, erfüllte ihn auf einen Schlag mit solch hoffnungsloser Verzweiflung, dass ihm kalt und schwach wurde. Bechthold kam, sagte, man solle die Polizei verständigen, der Würger schüttelte nur matt den Kopf. Daraufhin ging Bechthold mit hochgezogenen Brauen und stirnrunzelnd in das Büro seines Chefs, während der in einem Besuchersessel im Vorraum saß, mit schweißglänzender Glatze und von allen Kräften verlassen. Bechthold kam nach fünf Minuten mit dem Koffer in der Hand heraus, reichte ihn dem Würger, der ihn öffnete, feststellte, dass nichts beschädigt war, den Kopf schüttelte, widerwillig dankend in sein Büro ging, die Tür schloss und eine halbe Flasche *Delamain Trè Vieille Réserve* mit der Aufgabe überforderte, ihn zu beruhigen. Draußen hörte er Bechthold mit gedämpfter Stimme auf die Sekretärin einreden. Früher wäre er freudestrahlend an die Tür gesprungen, um zu hören, was für lächerliches Zeug der Assistent über ihn erzählte. Jetzt starrte er das Türblatt aus Mahagoni an, hielt kraftlos den Cognacschwenker und dachte daran, dass er sich in ein paar Stunden zu allem Überdruss auch noch mit William Fischbein treffen musste, um «sich gegenseitig über das *Projekt N.* auf dem Laufenden zu halten», wie sich der auf seltsame Weise enthusiastische Direktor in seinem Kurzbrief ausgedrückt hatte. Grauenvoll. Alles grauenvoll ... Dieser Clown musste einfach, dachte der Würger später, musste einfach mit der uferlosen Aktion um die *Ziffer* zu tun haben, mit der Versteigerung in der Spielbank und der grotesken Reise, die ihm ein Geist von ebensolcher Frechheit diktiert wie der, der ihm den reimenden Clown ins Haus geschickt hatte. Das sprach dieselbe Sprache – Verhöhnung, qualvolles Spiel mit seiner habgierigen, blutenden Seele. Die Organisation, die beschlossen hatte, sich über ihn lustig zu machen, wollte, das fühlte er, wollte ihm Hinweise geben, um ihn herauszufordern. Immer wieder war er die Orte, die er aufgesucht hatte, durchgegangen, hatte sich die schmutzfarbene Reihung lokaler Niederlagen vorgesagt wie den sinnlosen Rosenkranz einer längst ins Teuflische mutierten toten Gottheit ... Ostende, Basel, Mannheim, Nantes, Rotterdam, Baden-Baden ... sinnlos, alles sinnlos ...

«... bin mir sicher, das dürfte Sie interessieren.»

«Was denn?»

«Was? Bitte? Worüber ich grade gesprochen habe ...», sagte Direktor Fischbein leicht blinzelnd.

«Ja», Seufzer, «ja, was war das gleich noch?»

«Ich sagte, dass ich mich aber trotzdem schon einmal ausführlich über diese Hollerith-Lochkarten informiert habe. Kennen Sie die Geschichte?»

«Nein, die kenne ich nicht, die Geschichte dieser», verächtlich, mit dem letzten Rest würgerschen Zynismus, «dieser *Lochkarten*.»

«Also», begann Fischbein, «dieser Hollerith war ein deutschstämmiger Amerikaner, geboren 1860 in Buffalo im Bundesstaat New York. Ich glaube, es spielt keine Rolle für Sie, wie sein genauer Werdegang war, wichtig ist nur Folgendes ...», so Fischbein, lebhaft bemüht, die Aufmerksamkeit seines Gesprächspartners zu erregen, der sich gerade düster über die zweite Flasche hermachte. Der Würger hörte ihm leidend zu, während er versuchte, betrunken zu werden.

Er verstand und verstand nicht, dass Hermann Hollerith ein technisches Studium in New York absolviert hatte, dass er danach aber irgendwann in der US-amerikanischen Zensus-Behörde gearbeitet hatte, die alle zehn Jahre eine Volkszählung absolvierte und mit der wachsenden Bevölkerung in den USA immer größere Schwierigkeiten bekam, insofern es keine Datenverarbeitungssysteme gab, die Millionen von Menschen nicht nur zählen, sondern tatsächlich statistisch erfassen konnten. Sehr interessant.

Der Experte des *Deutschen Museums* habe Fischbein erzählt, dass Hollerith nach einer mechanischen Lösung suchte und dabei versuchte, die Mechaniken von Webstühlen und Spieluhren weiterzuentwickeln, zunächst allerdings ergebnislos.

«Ungefähr ein Jahr nachdem er angefangen hatte zu experimentieren, machte er auf der New Yorker *Central Station* folgende Beobachtung. Bahnhof, Sie verstehen, Baron?»

«Hm, ja, Bahnhof, Beobachtung. Sie halten mich für einen Schwachkopf. Was hat er denn beobachtet?»

«Er beobachtete einen Schaffner, der die Fahrkarten der einzelnen Reisenden auf eine ganz bestimmte Weise ... lochte. Es gab einen Lochcode, mit dem die Schaffner verhinderten, dass jemand die Fahrkarte eines anderen benutzen konnte. Sie knipsten Löcher an ganz bestimmten Stellen der Fahrkarte und codierten sie damit: weiß – weiblich – klein – rothaarig. Das System funktionierte nicht zuletzt, weil die Reisenden den Code nicht kannten ... Ich glaube, ich nehme noch einen Schluck, ja, danke. Also. Hermann Hollerith allerdings hatte den Blick dafür und entwickelte in kürzester Zeit danach die ersten Lochkartenmaschinen, mit denen ... Sagen Sie, hören Sie mir noch zu?»

«Ja, tue ich, ich ... bin nur gerade, ich habe gerade, sprechen Sie bitte einfach weiter, Fischbein, fahren Sie fort ...», stammelte ein heiserer Würger. Während der Erzählung des Direktors über die Erfindung der Lochkartenmaschine auf einem Bahnhof hatte sich aus den fernen, nebelverhangenen Regionen seiner Imagination ein Zug von Bildern in Bewegung gesetzt, deren Stimmen und Umrisse zwar noch unscharf, aber doch schon deutlich genug waren, um zum ersten Mal seit Wochen ein erstes, zartes Gefühl der Hoffnung in ihm zu wecken. Fischbein erzählte weiter, erklärte noch einmal, dass er zwar, wie gesagt, noch nicht wüsste, was diese Lochkarten im argentinischen Nachlass des alten Niel zu suchen hätten, aber das würde er herausfinden. Als er eine Pause machte, überraschte ihn Reichhausen mit einer begeisterten Reaktion – der Baron schien wie ausgewechselt, so, als ob Fischbeins Nachforschungen ihn tatsächlich von Grund auf freuten. Er müsse auf der Stelle gehen, erlaube sich aber, den Direktor einzuladen. Er sei äußerst zuversichtlich, was das gemeinsame geheime Projekt beträfe, könne aber *keinen Augenblick* mehr bleiben. Fischbein sah dann, zu seiner erneuten Überraschung, sogar mit einer deutlichen freundschaftlichen Rührung, wie der ehemals als wahrer Kotzbrocken durchgehende Reichhausen dem Kellner entgegeneilte, seiner Brieftasche drei große Scheine entnahm, sie dem Kellner in die Hand drückte und dann, es war nicht zu glauben, trotz seiner Eile neben dem Portier an der großen Glastür noch einmal stehen blieb, sich umdrehte und ihm winkte. Dann blickte der Würger auf die Uhr, winkte ihm noch einmal zu, auf eine gewisse Weise lächelte er sogar, um sich dann erst umzudrehen, als entschlossener, hünenhafter Athlet nach draußen zu eilen und ein Taxi zu nehmen, von dem der von seinen Nachforschungen detektivisch inspirierte Direktor Fischbein zu gern gewusst hätte, *wohin* der Würger es an diesem Sonntagabend so eilig dirigierte ...

Brüssel, Aufenthalt 20.9.1999, 11:34

Die Regierungen und staatstragenden Parteien der Mitglieder der EU, der *Europäischen Union*, hatten spätestens seit Mitte der Achtzigerjahre eines begriffen: Wenn ein Beamter nicht länger zu halten war, delegierte man ihn nach Brüssel. Das war das Beste. Besser, als ihn abzufinden und sich womöglich auf einen Haufen Ärger einzulassen.

Die EU musste sein Gehalt zahlen. Er war weit weg, und er würde, durch die Lebensgebräuche in der europäischen Kapitale sediert, auch nie mehr irgendwie auffällig werden. Wer irgendwo Mist gebaut hatte, wurde nach Brüssel befördert – so hatte der ganze EU-Zauber wenigstens *einen* praktischen Nutzen.

Bowie ahnte das. Nicht nur der Spanier, auch er selbst war ja ein Abgeschobener, jemand, den man ohne viel Aufhebens hatte loswerden wollen.

Aber er war zu selten in Brüssel und fast nie in der Behörde selbst, er war zu oft unterwegs in *TransEuroNacht*. Heute allerdings hatte er zum ersten Mal einen Termin bei dem obersten seiner Vorgesetzten, Direktor Spiro Voyatzis, einem Griechen, der vor ein paar Jahren einem alten Freund aus Studententagen, dessen Steuererklärungen jahrelang Meisterwerke des Reduktionismus gewesen waren, einen sehr großen Gefallen getan hatte. Als es herauskam, hatte Griechenland gerade ein paar Direktorenposten in Brüssel zu besetzen, und Voyatzis, der privat Dienstwagen oder kleinere Jets bevorzugte, wurde einer von vier Direktoren der gänzlich den neuen Herausforderungen angepassten *Europäischen Eisenbahn Agentur*, der – zumindest kommissionsintern – legendären EEA. Bowie hatte Direktor Voyatzis nur einmal gesehen und wusste eigentlich nichts über diesen Mann, außer, dass er eine ungewöhnlich schwungvolle und ausgefeilte Unterschrift hatte, die regelmäßig das linke untere Achtel einer Seite ausfüllte, die eine meist rätselhafte oder widersprüchliche Dienstanweisung in Kraft setzte. Bowie hatte schon lange aufgehört, die Post der *DoppelEA* zu öffnen, aber er erinnerte sich immer noch an die zahlreichen Bögen, Schleifen und verschlungenen Verzierungen der potenten Signatur des Griechen.

Die Behörde belegte einen großen Gründerzeitkomplex in der Altstadt von Brüssel, der vor zwei Jahren vollständig hatte rücksaniert werden müssen, weil eine aus dem Kongo stammende Putzfrau original kolorierten Stuck eines bedeutenden mittelbelgischen

Stuckateurs entdeckt hatte. Die *DoppelEA* musste für ein halbes Jahr nach Antwerpen ausgelagert werden. Kurz nach der Rückkehr in das mit hohem Aufwand rücksanierte Gebäude in der Velderhusstraat wurden Immobilienmakler beauftragt, sich nach einem neuen Quartier für die Zeit in zwei, drei Jahren umzusehen, denn nach dem Wiedereinzug in Brüssel war sie rätselhafterweise um zwei Direktoren, fünf Ressortleiter, neun Assistenten, dreizehn Sekretärinnen und zwanzig Praktikanten größer und damit zu einer Behörde von über 270 Menschen geworden, die bald aus allen Nähten platzen würde.

Wenn Bowie ihre Räumlichkeiten betrat, hatte er das Gefühl, in ein seltsames Jenseits – nicht nur von *TransEuroNacht* – einzutreten. Auf merkwürdige Weise verklärt erschienen ihm schon die untersten Beamten, diejenigen, die die Portiers beaufsichtigten, die keine Beamten waren, sondern Belgier. Nirgendwo wurde ihm Widerstand entgegengesetzt, dennoch dauerte es für gewöhnlich Stunden, bis er bekam, was er suchte, bis er sprach, wen er sprechen wollte. Manchmal wurde auch nichts daraus, weil plötzlicher Büroschluss dazwischenkam oder alle auf irgendeinen Empfang mussten.

Sein Termin mit Voyatzis war um 14 Uhr. Also hatte er die *DoppelEA* gegen 10 Uhr betreten und sich langsam durchgekämpft. Es herrschte großes Durcheinander, weil gerade einige Umzüge *innerhalb* der Behörde stattgefunden hatten.

Außerdem gab es einen Vormittagsempfang mit Brunch, ausgerichtet von der *Tourismusorganisation Südliches Afrika*, und zeitgleich die von einem vorzüglichen Lunch im Park gekrönte Einweihung der neu gebauten *Vertretung der Region Castilla-León*. Der Streit, welche der beiden wichtigen Ereignisse man besuchen solle, hatte viele der Beamten entzweit, zumindest die ab dem gehobenen Dienst, und die Arbeit der Behörde an diesem Vormittag zum Erliegen gebracht.

Jetzt war es kurz nach halb zwölf. Bowie stand in der Tür eines Büros im zweiten Stock. Im zweiten Stock war früher das Büro von Voyatzis gewesen. Zwei jüngere, sehr gut gekleidete Beamte, die sich immer noch nicht einig geworden waren, obwohl die Mittagspause schon angefangen hatte, waren darin.

«Und wenn es plötzlich regnet?»

«Es wird nicht regnen. Es ist strahlendes Wetter.»

«Das sagen die in Stockholm auch immer.»

«Aber wenn ich dir sage, dass es nichts Köstlicheres gibt als diese berühmten *Bohnen von Avila*!»

«Jetzt fängst du wieder damit an. Ich dachte, das hätten wir durch. Bohnen.»

«Wer war denn mit der letzten Delegation unten? Du oder ich? Also! Die Bohnen sind doch nur ein Beispiel. Für vieles andere, was auch unbeschreiblich köstlich ist!»

«Ich weiß nicht, Holger, der spanische Wein ist immer so, irgendwie verdorben ...»

«Du Idiot, das nennt man *Barrique*. Rotwein. Eichenfass! – Ja, bitte, was gibt es denn?»

«Entschuldigen Sie, ich suche nach dem Büro von Direktor Voyatzis.»

«Wer?»

«Direktor Spiro Voyatzis. Verantwortlich für Zolldelikte und Freihandelsübertretungen im Schienenfernnachtverkehr», sagte Bowie, zum x-ten Male an diesem Vormittag. Die beiden, ein Schwede und ein Deutscher, sahen ihn fassungslos an. Sie hatten Voyatzis' Namen entweder nie gehört. Oder zu oft. Sie konnten (oder wollten) ihm nicht weiterhelfen. Sie seien von der Bauabteilung, hier sei die Bauabteilung. Im Übrigen müssten sie jetzt zu einem Termin.

«Dann trink halt Weißwein, wenn du keinen Barrique magst, Gunnar. Oder gleich Schampus!», sagte der deutsche grinsend zu dem schwedischen Beamten, als sie das Büro und Bowie darin verließen.

Bowie kannte indische Behörden, in denen die verschiedensten Leute, die nicht das Geringste mit ihnen zu tun hatten, campten, Imbisse betrieben oder die Schreibmaschinen in den Büros stundenweise an kleine Geschäftsleute vermieteten, bei Aufpreis auch *mit* Farbband.

In Brüssel war er Indien am nächsten. Fühlte er sich auf unangenehm wiedergängerische Weise heimisch. Er setzte sich. Nahm den Telefonhörer, rief den ZeBotEKo an, den *Zentralen Botendienst der Europäischen Kommission*, und bestellte einen *HyperExpressMessenger*, einen HXM. Dann nahm er einen Briefumschlag, legte seine Visitenkarte zwischen das seidige Innenfutter und klebte ihn zu. Er adressierte den Umschlag an Voyatzis.

Der ZeBotEKo beschäftigte sehr gerne ehemalige Fremdenlegionäre oder sonstige Söldner, die das Ende des Kalten Kriegs arbeitslos gemacht hatte. Der HXM erschien nach fünfzehn Minuten, ein drahtiger, braun gebrannter junger Mann, der den Brief kommentarlos an sich nahm und die *DoppelEA* zügig verließ. Reginald suchte die – im flandrischen Stil des mittleren 17. Jahrhunderts komplett neu eingerichtete – Toilette auf, um sich die Krawatte zu richten, sich das Haar zu kämmen, die Fingernägel zu säubern. Dann schlenderte er nach unten. Es war ein schöner Sommertag, also setzte er sich an einen der Tische, die das gegenüberliegende kleine Bistro auf das Trottoir gestellt hatte, und bestellte sein heißes Wasser und Milch. Das Haus der *DoppelEA* hatte sechs Stockwerke, die Scheiben gleißten in der Sonne und warfen mit blind machenden Reflexen um sich.

Er nahm seine Sonnenbrille heraus und widmete sich dem Sportteil der *Times*. Sein Klub, Hartlepool United, 4. Englische Liga: *Pools!* hatte am Samstag Plymouth drei zu null abserviert. Das war umso erfreulicher, als *Pools* am Spieltag zuvor gegen das lächerliche Northampton verloren hatte und davor auch noch eine durch Southend bereitete Niederlage hatte hinnehmen müssen, das Bowie immer schon besonders verhasst gewesen war.

Er kam in den letzten Jahren ja immer seltener dazu, sich über *Pools* auf dem Laufenden zu halten, was ihm ein grundlegend schlechtes Gewissen bereitete, wie jemandem, der sein Haustier zu Nachbarn in Pflege gibt und nach einem überhasteten Umzug feststellt, dass er vergessen hat, es wieder abzuholen. Sein schlechtes Gewissen gegenüber *Hartlepool United* verstärkte sich immer dann, wenn er von Niederlagen, schwächte sich hingegen ab, wenn er von den Triumphen seiner Helden erfuhr.

Als er sich gerade, gut gelaunt, die Ergebnisse im Pokal durchsehen wollte, kam der HXM zurück. Es war keine Viertelstunde vergangen. Der Messenger hatte den Brief zur Sprengstoffkontrolle gebracht und würde ihn jetzt Direktor Voyatzis übergeben. Reginald legte das Geld für das heiße Wasser auf den Tisch, nahm seine Sonnenbrille ab, faltete die Zeitung zusammen und folgte dem HXM in das Gebäude.

***

Bowie, der noch halb auf dem Flur, die Übergabe beobachtend, halb schon im gigantischen Büro des Direktors stand, wusste zwar, wie spät es war – aber er hatte die räumliche Orientierung verloren. Er wusste bloß noch, dass sie in der Zwischenzeit im fünften Stock angekommen waren, aber um Himmels willen nicht, auf welchem Weg. Er war dem HXM durch bevölkerte Portierslogen gefolgt, in denen überseeische Pferdewetten geschoben und andere verbotene Spiele betrieben wurden. Weiter durch Hinterseitenaus- und Seitenflügeleingänge, Heizungskeller mit Rudeln redseliger Hausmeister. Durch dampfende Großküchen, wo chinesische Köche Bowie mitteilten, dass die *DoppelEA* heute ein Mitternachtsdinner für einen korsischen Direktor geben würde, der in Europa unhaltbar geworden und zu den *Vereinten Nationen* befördert worden war.

Eingerüstete Konferenzräume hatten der HXM und sein Verfolger durcheilt und Vortragssäle, die gerade im Auvergneser Stil des frühen 18. Jahrhunderts umtapeziert wurden.

Man merkte es dem ganzen Gebäudekomplex an – und nicht nur wegen des *«kreativen Chaos überall, wo sie ihre Finger im Spiel hat» (Vogue Italia,* März 1999*)*: Die *DoppelEA* hatte eine neue Innenarchitektin! Sie hieß Donna Brotlaib, war zweiundzwanzig Jahre alt und *der* Star der an Stars reichen jüngsten Generation der New Yorker Innenarchitektenszene. Die *DoppelEA* hatte sie der neu gebauten Vertretung der Maghreb-Staaten vor der Nase weggeschnappt!

Menschenleere öde Fluchtwegfluchten hatten sie gleichfalls durchschritten und sonnendurchstrahlte Treppenhäuser, deren Geländer mit feinen Wachsen eingelassen, von kundiger Hand poliert worden waren und die so stark dufteten, während sie Stockwerk um Stockwerk hinauf- und Stockwerk um Stockwerk hinuntereilten, dass Reginald fast ein wenig benommen war ...

Nach nur einer und einer halben Stunde, kreuz und quer durch die Behörde hetzend, hatte der HXM das Büro des Direktors erreicht und den Brief mit der Visitenkarte Bowies augenblicklich persönlich überbracht. Es war kurz vor 14 Uhr. Perfekt!

Nachdem der Direktor den Empfang schwungvoll und sehr gekonnt quittiert hatte, huschte der HXM an Bowie vorbei und verschwand zügig in einem der nächstgelegenen Treppenhäuser. Der Agent sah Voyatzis zu, wie er den Brief mit einem wundervollen, aus einer großen Kängurukralle gemachten Brieföffner aufschlitzte, seine, Bowies, *TransEuroNacht*-Visitenkarte herausnahm und sehr genau durchlas. Noch einmal las. Dann den Kopf hob, im Raum umherblickte, schließlich Bowie entdeckte und für Sekunden erschrocken innehielt. Dann quetschte der Direktor Bowies Visitenkarte leicht mit den Fingern, zögerte noch einmal grübelnd und ging schließlich freudestrahlend auf ihn zu.

«Reginald Bowie, unser Mann in *TransEuroNacht*! Kommen Sie herein. Setzen Sie sich, Brandy? Aus meiner Heimat. Ein Begrüßungsgeschenk von einem Empfang letzte Woche. Nette Geste. Ein gemeinsamer Empfang des griechischen Botschafters in Belgien mit dem griechischen Botschafter bei der EU für den neu ins Amt berufenen Vertreter Griechenlands bei der NATO. Fünfundzwanzig Jahre alt.»

«Tatsächlich, Sir? Ich muss sagen, das ist wirklich erstaunlich jung. Alle Achtung.»

«Jung?»

«Nun, er spielt doch eine überaus wichtige Rolle. Er ist doch bestimmt der Jüngste?»

«Hm.» Direktor Voyatzis überlegte. Er taxierte seinen Agenten. Was wollte er ihm da sagen? Der Jüngste? Wollte er ihm damit andeuten, dass man in den Büros französischer Beamter ältere Weinbrände bekam? Bei italienischen Direktoren etwa mindestens dreißig Jahre alter *Veccia Romagna* serviert wurde?

«Hm», sagte er noch einmal, lächelte und fragte sehr schlau: «Er ist Ihnen zu jung?»

«Zu jung? Nein, das würde ich nicht unbedingt sagen. Ich erinnere mich nur an mich selbst. In dem Alter war ich noch auf der Universität. Nein, ich bewundere das, Sir!»

Voyatzis begriff nichts. ‹Ich bewundere das›? Wusste dieser Engländer, dass er gerne mal einen nahm, zwischendurch, dass die eine Flasche mit Weinbrand, die er auf dem Empfang bekommen hatte, schon leer war und dass das die andere Flasche war? Was war übrigens diese beschissene *TransEuroNacht*? Er, Spiro Voyatzis, hatte keine Ahnung. Und wenn schon. Er grinste Bowie an. Universität! Eben. Damals war das Leben noch lustig gewesen und alle Wege offen!

«Na ja», sagte er verschwörerisch, «wir kippen doch alle mal ganz gern einen! Oder?»

Jetzt begann Bowie nachzudenken. ‹Kippen?›, dachte er. Hatte Voyatzis den *Vorgänger* des griechischen NATO-Botschafters gekippt? Oder wollte er andeuten, er würden den *neuen*, den Fünfundzwanzigjährigen, bald kippen? Was meinte er? Bowie sagte sich zum tausendsten Mal, dass es darum ging, freie Hand für seine neue Operationsstrategie gegen den HERRN zu bekommen. Eben. ‹Wir kippen doch alle mal ganz gern einen.› Das war eine Art von Aufmunterung: ‹Bowie, dann kippen Sie mal den HERRN! Zeigen Sie, was Sie draufhaben!› Das war es, zweifellos. Also!

«Ja, Sir, exakt. Ich würde sagen, Sie haben absolut recht. Es ist gut, jemanden zu kippen. Wenn es an der Zeit ist!», sagte der Agent.

«Genau, mein Lieber. Genau. Und jetzt *ist* es an der Zeit!» Voyatzis schenkte Bowie einen dreifachen Weinbrand ein. Bowie, der niemals vor 19 Uhr trank, musste schlucken. Aber er begriff: Dieser Weinbrand war eine Herausforderung, der gemeinsame Schluck der Verbündeten. ‹Jetzt ist es an der Zeit!› Der Direktor hatte sich durch den Bericht überzeugen lassen. Jetzt würde es dem HERRN an den Kragen gehen.

«Vielen Dank, Sir. Cheers! Bin froh, dass wir uns einig sind!»

«Ψασσσ! Lange nicht gesehen!», sagte Voyatzis. Netter Typ, dieser Engländer! So Trinksprüche. Muss ich mir merken. Der Brite sagt: *jemanden* kippen! Klar, so Redensarten. Von so Upperclass-Typen wie dem da. Aber wenigstens mal ein Engländer, der nicht so ein nervtötender Schwuler war. Jetzt komm, Spiro, sei nett, du weißt, was er hören will.

«Was soll ich Ihnen sagen! Ich bin umgezogen, Regi, ich darf Sie doch *Regi* nennen? Ja, also, ich kann es nicht ändern – das hier *ist* der fünfte Stock!», seine Stimme bekam einen zart triumphierenden, genießenden Tonfall.

«Früher war mein Büro im zweiten. Das hier ist ein vollkommen anderes Büro!»

«Ja, das ist bekannt. Klar ... ich weiß, dass das Büro ...»

«Ach so, das ist bekannt. Sie wissen das, so ... hm ...» Voyatzis Gesicht zeigte tiefe, sekundenweise sogar tiefste Ratlosigkeit. Das war eine mehr als kühle Antwort gewesen. Sollte er Bowie falsch eingeschätzt oder irgendwie unterschätzt haben? Kannte er diesen Mann überhaupt? Er stand auf, fasste sich an den Schnurrbart, zwirbelte ihn und trat rätselnd ans Fenster.

«Wissen Sie, Regi, von hier aus kann man sogar noch die Turmspitze von *St.-Claude-Grillet* erkennen. Nur die Turmspitze, aber immerhin. Sehen Sie nur.» Voyatzis hob den Kopf, als wiese er Bowie, der sitzen geblieben war, an, wohin er blicken sollte. Nach einigen melancholischen Momenten kehrte der griechische Direktor zurück, die Hände hinter dem Rücken, setzte sich wieder, sorgenvoll, grübelnd die Tischplatte betrachtend. Dann blickte er Bowie ernst ins Gesicht.

«Im zweiten Stock damals war das gar nicht möglich gewesen. Gut, ich konnte die Gesichter der Leute sehen, die draußen vor dem Bistro saßen, jetzt ist das nicht mehr möglich, die Leute sind zu klein. Hm. Wissen Sie, Regi, ich habe zu Hause noch ein Opernglas, von meiner Frau ... Das hat sie vergessen, damals. Ach, was soll's, ist lange her ... Ich meine, das Opernglas *wäre* da. So ist das nicht. Und manchmal denke ich, ich sollte es einfach mit ins Büro nehmen. Das würde diesen Nachteil ausgleichen. Aber andererseits ... die Erinnerung ... all diese Erinnerungen ...»

Bowie erstarrte. Voyatzis hatte die Augen immer noch auf ihn gerichtet, schien aber durch ihn hindurchzusehen. Voyatzis war wie ein Yogi, kurz vor dem Eintritt ins Nirwana, kurz vor dem Punkt, an dem sich der Schein von den Dingen löste und die Irrwege zu Ende gingen.

«Entschuldigen Sie, Sir, dass ich so direkt bin. Ich wollte noch einmal auf den Bericht zu sprechen kommen, den Sie ja schon ...»

«Nein, nein, leider, noch nicht, Regi, noch nicht. Hab ihn noch nicht gelesen.»

«Aber, wieso ... Nein? Ich habe Ihnen den Bericht doch vor fünf Wochen ... Über einen Monat haben Sie den doch schon!»

«Ja, Regi. Ich bin sehr neugierig auf diesen Bericht. Sie wissen, was davon abhängt.»

«Wieso haben Sie ihn dann nicht gelesen?»

«Der Übersetzer ist krank. Sehr schwer krank!»

«Was für ein Übersetzer?»

«Der Übersetzer, der Ihren Bericht ins Griechische übersetzen wird, wenn er wieder gesund ist.»

«Aber ... ich meine. Moment. Sie sprechen doch Englisch, Sir. Wir sprechen *jetzt* Englisch. Er ist auf *Englisch* geschrieben, nicht auf Sanskrit!»

«Regi, Regi, ich wundere mich. Wollen Sie die griechische Sprache etwa mit diesem *Sanskrit* vergleichen? Was ist das überhaupt? Vorsicht! Denken Sie an Platon und Perikles von Athen, den Begründer der Demokratie. Das wischt man nicht so einfach weg ...!»

«Nein, Sir, das war nicht meine Absicht, obwohl der Vergleich ...»

«Ja?», der Direktor, sehr scharf. Routiniert.

«Sir, ich wollte nur wissen, wieso Sie meinen Bericht nicht einfach auf Englisch gelesen haben? Sie sprechen doch ausgezeichnet Englisch.»

«Das will ich meinen. Ich war Botschaftsrat in Australien, sieben Jahre. Hübscher Akzent, dort unten in Sydney. Oaustrrrälia! Schon mal *down under* gewesen, Regi, alter Junge?»

«Nein!» Bowie jetzt sehr angespannt, der spirituellen Überlegenheit Voyatzis nicht länger gewachsen, kurz vor einem unwürdigen Zornesausbruch:

«Haben Sie in Australien *englische* Zeitungen gelesen?»

«O ja. Woher wissen Sie das?»

«Wurden die *auch* übersetzt?»

«Nein, natürlich nicht. Regi, worauf wollen Sie hinaus?»

«Wenn Sie australische Zeitungen auf Englisch lesen können, wieso dann nicht meinen Bericht?»

«Gott, jetzt weiß ich, was Sie meinen. Verstehe, nein, so was ...» Voyatzis lachte, ließ einen Bleistift senkrecht, im Takt seines Amüsements, auf die Unterlage aus Veloursleder fallen, bis die Spitze abbrach. Während er ihn in seinem chromblitzenden Kurbelbleistiftspitzer spitzte, lächelte er. Dann nicht mehr. Er blies kühl auf die Spitze des Bleistifts. Einige Grafitstäubchen wehten davon.

«Regi, hier ist nicht Australien. Hier ist Europa! Wachen Sie auf, Mann!»

«Sir, ich weiß nicht, was ...»

«Europäische Integration. Noch nie gehört, was? Ich bin Direktor – ich habe das Recht, meine Akten auf Griechisch zu lesen, und nicht nur das Recht. Ich habe sogar die *Pflicht*, das zu tun! Eine Pflicht als Patriot *und* Europäer. Europa wird eine Vision bleiben, wenn es den einzelnen Angehörigen der großen europäischen Familie nicht gelingt, ihren jeweiligen kulturellen Beitrag zum gemeinsamen Haus zu leisten! Meinen Sie, ich wüsste nicht, was über mich gemunkelt wird, und nicht nur hier im Haus ...»

«Nein, ich ...»

«Ach was, Bowie. Glauben Sie wirklich, ich bekäme nicht mit, was Staudacher, da Silvha und Ihr Freund O'Shaugnessy über mich erzählen?»

«Mein Freund?»

«Ja, dieser Engländer.»

«Ich habe nie einen O'Shaugnessy aus England kennengelernt.»

«Natürlich nicht. Wie sollten Sie? Denkt ihr wirklich, ich wäre so dumm? Darauf falle ich nicht rein. Alle wollten sie in den 5. Stock. Alle. Ausnahmslos. Tja, aber wer *ist* in den 5. Stock gezogen? Der gute alte Spiro! Wer *hat* das Büro von Bellaparte bekommen? Hm? Voyatzis war es. Tja, das sind so die Unterschiede. Damit muss man erst mal fertigwerden.»

Bowie schwieg, ein eisiger Schweißfilm hatte sich über seinen Körper gelegt. In Indien hatte er einmal einen Mann getroffen, der einen Monat lang, alleine, in einer eisigen, dunklen Höhle auf einer Leiche meditiert hatte, ohne sich auch nur einen Moment zu bewegen. Man konnte ihn dort gegen Eintritt besuchen. Bowie war ihm gegenübergestanden. Er hatte ihn angesehen und gelächelt, und Bowie hatte es fasziniert ertragen und war leichten Herzens, fast beseelt aus der Höhle geschritten.

Aber etwas wie hier – noch nie hatte er so etwas erlebt. Sie sagten beide nichts. Sie saßen einander gegenüber. Der Grieche sah durch ihn hindurch und lächelte. Nach einer guten halben Stunde stand Voyatzis auf und gab Bowie die Hand.

«Regi, mein Lieber, ich muss jetzt los. Ich muss auf den Nachmittagsempfang des Kommissars für Verkehr. Irgendeine Delegation aus Chile ist da. Eine leidige Pflicht. Es war wirklich sehr gut, dass wir uns so freimütig ausgetauscht haben. Ich denke, das hat unser Verhältnis auch im Hinblick auf die Zukunft gefestigt. Ich erwarte Ihren Bericht sehr ungeduldig!»

In der Tür blieb Voyatzis noch einmal stehen, legte die rechte Hand auf den linken Türrahmen, drehte sich um. Es sah aus, als sei ihm etwas Entscheidendes eingefallen. Er lächelte Bowie augenzwinkernd an.

«Und bitte, grüßen Sie mir O'Shaugnessy ganz herzlich!», sagte der griechische Direktor, und dann, leiser, schon im Flur, fortgehend, immer leiser werdend, fügte er hinzu: «Er ist mir noch eine Revanche im Golf schuldig! Erinnern Sie ihn daran. Erinnern Sie ihn! Nicht vergessen ...»

***

Nach einer knappen halben Stunde weckte Bowie ein trommelndes, fern-dumpfes Geräusch. Er löste sich aus der Trance der letzten Stunden, erhob sich und versuchte, sich zu erinnern. Die Gestalt, das Gesicht, die Stimme von Direktor Voyatzis verblassten unverunversehens wie eine frische mit Wasserfarben hergestellte Skizze.

Bowie sah zu, wie der gerade niedergehende Platzregen die letzten Menschen, die noch unter Schirmen vor dem Bistro saßen, ins Innere trieb. Er genoss es, das Prasseln gegen die Scheiben zu hören, das noch drei, vier Minuten dauerte, bis es langsam nachließ und der zurückkehrende blaue Himmel nur noch ein seltener werdendes Tropfen von der Dachrinne übrig ließ. Er würde jetzt gehen, gleich, doch bevor er gehen würde, sagte ihm eine plötzliche Ahnung, würde er sich noch kurz ansehen, woran Voyatzis gearbeitet hatte. Er trat hinter den Schreibtisch und überflog die Papiere. Er brauchte keine halbe Minute, um festzustellen, *womit* sich der Direktor an diesem Vormittag beschäftigt hatte. *Zugleich* stellte er fest, dass es ihn schlagartig in den Bann zog: Voyatzis hatte nämlich, auf Dutzenden von Seiten, nichts anderes getan als – seine eigene Unterschrift zu üben.

‹Danke›, dachte Bowie. ‹Danke, Mr. Voyatzis.›

München, Passage 21. 9. 1999, 23:34 / ca. 40 Minuten später

Schlafwagenschaffner und Reisende nehmen zu typischen Unannehmlichkeiten ganz verschiedene Haltungen ein. Diese *grundsätzlichen* Unterschiede in der Beurteilung mehrfach reservierter Betten, zusammengebrochener Kaffeemaschinen, unabstellbare Eiseskälte produzierender Klimaanlagen und leer gekaufter Kühlschränke sind der hauptsächliche Grund für die zahlreichen Missverständnisse zwischen den Bewohnern beider Sphären, die sich im Schlafwagen schneiden.

Ausverkaufte Kühlschränke zum Beispiel verheißen dem abverkaufenden Schaffner die einfachste und gleichzeitig schönste und beste aller möglichen Abrechnungen: *«Es ist alles weg! Full House! Bonus!»*

Voll besetzte Betten machen ihn froh, weil er das «BESETZT»-

Leuchtzeichen an der Außenfront des Schlafwagens anschalten, ihn danach verschließen – und all die verstört durch die düsteren Gänge der Nachtzüge irrenden Reisenden auf ihrer Suche nach einem gekühlten Bett oder einem lauschigen Getränk *aussperren* kann. Die armen Schutzbefohlenen Merkurs können dann noch so lange an die kleine viereckige Glasscheibe klopfen: Sie müssen leider draußen bleiben, denn in einem Schlafwagen dürfen sich je nach Wagentyp maximal *x Personen + 1 Schaffner* aufhalten, sodass dieser es sich im legeren und streng verbotenen Unterhemd zusammen mit einigen Flaschen *Edelstoff* auf der ausgeklappten Schaffnerliege bequem machen kann, wo es ihm, laut offiziellem Reglement gestattet ist, *«während der Nachtstunden zu ruhen,* keinesfalls *aber zu schlafen»*.

Verspätungen schließlich, um die allerunangenehmste nervöse Komplikation zu nennen, die so ein Verkehrssystem befallen kann: *Verspätungen* erschrecken die Reisenden, gehen sofort an ihre Nerven, sind ihnen *unbegreiflich* und lassen die ganze Reise als gescheitert erscheinen – und nötigen sie, den hektisch und schwitzend herumrennenden Zugchef zu verfolgen und mit quengeliger Stimme zu löchern, was denn jetzt wieder los sei.

In den letzten Jahren der Neunziger hatten die Reisenden – wie zu allen Zeiten, seit es die Eisenbahn gibt – mit der drastischen Zunahme der Verspätungen zu kämpfen. Die Bahnen veröffentlichten im Gegenzug von Jahr zu Jahr Statistiken, die bewiesen, dass die Züge immer pünktlicher wurden, man näherte sich, statistisch gesehen, rasend der Hundert-Prozent-Pünktlichkeits-Marke. Die Reisenden waren trotzdem total sauer über die zunehmenden Verspätungen.

Pardell hatte dem Bundesbahn-Zugchef zugesehen, wie er den Bahnsteig rauf und runter gerannt war, Reisende vertröstet und geheime Nachrichten mit Gleiswärtern ausgetauscht hatte. Er hatte ihn mit der Fahrdienstleitung telefonieren, Anweisungen an die Mitarbeiter seines *Zugteams* brüllen und konsternierten alten Römerinnen mit fahriger Hand hoffnungsvolle Richtungen zuwedeln gesehen. Eine Verspätung von diesen Ausmaßen, die bald die Stunde vollmachen und auch dann noch gar nicht abzusehen sein würde, war für alle ein furchtbarer Stress. Außer für den Schlafwagenschaffner.

Der Schlafwagenschaffner trägt *keine* Verantwortung für den pünktlichen Verkehr eines Zuges. Er hat keine Pfeife, darin jedem Reisenden gleich.

Anders als jeder Reisende hat er es aber auch nicht im Geringsten eilig. Dienst ist Dienst, und bestenfalls bedeutet eine große Verspätung nichts anderes als die Gelegenheit, einfach *mehr* Arbeitsstunden aufzuschreiben. Eine Verspätung ist *bezahlte Freizeit*.

Pardell war ein Freund der Reisenden, wenn sie ihm freundlich begegneten. Er schlief *niemals* im Unterhemd auf der Schaffnerliege, und er pöbelte auch nicht herum, weil jemand um 3 Uhr morgens gerne ein *Köstliches Fertiggericht* erwärmt haben wollte.

Aber – seine Schwäche – Pardell *liebte* Verspätungen. Er liebte diese aufgeregte, ungeheuer lebendige Zeit einfach, die man geschenkt bekam, damit man rauchend und beobachtend und sorgenfrei zwischen den angestauten panischen Massen umhergehen konnte.

Niemals benahm er sich freundlicher zu alten Damen, aufmunternder zu Koffer schleppenden Männern im besten Alter, und nie wirkte er in den Augen jüngerer Frauen witziger, die sich zur Reise in solchen, wie festgezurrt auf ihren Gleisen stehenden Nachtzügen entschlossen und es schon bereut hatten. Ihm, Pardell, war es gleich, er war ja im Dienst und ein echter Engel, der in seiner nachtblauen Uniform tausendmal souveräner wirkte als der hektische Zugchef, obwohl er nicht die geringste Ahnung hatte. Oder eben deswegen.

Der Tag in München, den er halb verschlafen hatte, war bedeckt gewesen, aber noch warm, Altweibersommer. Inzwischen aber war es recht kühl geworden in der offenen Bahnhofshalle mit ihrer riesigen, immerwährenden Botschaft «GRUNDIG» auf der Innenseite der westlichen Glasfassade. Für einen Montagabend war der *Brenner-Express* erstaunlich gut gefüllt. Pardell schlenderte den Bahnsteig auf und ab, führte zwischendurch ein kurzes, kollegial-professionell gehaltenes Gespräch mit dem vielleicht fünfzigjährigen Zugchef, der ihm in aller Eile und geheimerweise mitteilte, dass irgendjemand die Weiche am Ausfahrtsgleis blockiert habe. Sabotage? Anschlag? Scherz? Man wusste es nicht, der Chef eilte davon. Pardell war schon ein paarmal mit ihm gefahren. Er mochte ihn. Angenehmer Franke. *Dange dia!*

Während die orange gekleideten Heinzelmännchen der Fahrdienstleitung heimlich mit einem Schweißbrenner das Stahlrohr entfernten, das jemand ziemlich geschickt in die Weichenmechanik gerammt hatte, sah sich Pardell die Menge an, die aus denen bestand, die abreisen wollten, und denen, die sie an den Bahnsteig gebracht hatten und sich eigentlich schon längst hätten verabschieden wollen. So eine Verspätung brachte interessante Effekte hervor. Paare, die gerade noch geweint hatten, standen gelangweilt, weil sie alle Küsse und Schwüre scheinbar schon aufgebraucht hatten und sich in unangenehmer Neutralität gegenüberstanden. Er sah verliebte Teenager, die ganz im Gegenteil von der Verlängerung des Abschieds begeistert waren und sich die Münder aussaugten, als wollten sie sich fressen.

Gemischte Gruppen, die ein Happening mit Dosenbier initiierten, und alte Menschen, die einander an den Händen hielten, gemeinsam die Köpfe schüttelten und sich immer wieder gegenseitig Formeln der Missbilligung zumurmelten ...

Pardell war heute Nacht auf dem Weg nach Neapel, wo er nicht zu sterben beabsichtigte.

Er hatte einige große Touren im Südwesten gehabt, war ein paarmal Paris–Madrid gefahren und hatte dort staunend sehr viel *Café Leche* bestellt und nicht verstanden, was die Kellner außer «Kommt sofort» noch so sagten, weil die Madrileños sehr schnell sprechen. Aber es war trotzdem sehr aufregend und schön gewesen. Nach der Rückkehr nach München hatte er sich zwei neue Romane aus Amledas Frühwerk besorgt, *Un velo de la Condesa Ruballero*, was er sich mit *Ein Schleier der Gräfin Ruballero* übersetzte, und *Die Gelasse der Humartiden aus der Calle Brusselo*, *Los calabozos de los Humartides de la calle Brusselo*. Er konnte Amleda gut lesen. Nur manchmal stieß er an unerbittliche idiomatische Grenzen. In der *Condesa* etwa hatte er auf Seite 266 eine Formulierung gefunden, die in seiner wörtlichen Lesart nichts anderes als *«der Schwanz des Schattens»* bedeutete. Dabei unterhielten sich da ältere Damen beim Bridgespiel, und das war definitiv nicht schweinisch gemeint. Es ärgerte ihn, dass er nicht dahinterkam – aber was für ein luxuriöser Ärger!

Er hatte einige normale mit seiner Mutter und einige wunderbare Telefongespräche mit Juliane gehabt, auch von Madrid aus, und Wert darauf gelegt, dass sie das Umgangsspanisch in der Kneipe möglichst gut mitbekam.

Noch war der Zeitpunkt des Wiedersehens nicht gekommen, und Pardells Planlosigkeit, was ihr, Juliane zu sagen wäre, beunruhigte ihn nur manchmal, zwischendurch.

Er hatte die Ortszeit von Buenos Aires inzwischen nicht nur automatisch im Kopf, sondern fest in einem weitläufigen Flügel seiner Seele angesiedelt, den nur Juliane bewohnte – aber er stellte sich seine *Authentic Panther* trotzdem nicht zurück, weil es lässig war. Er kam nicht zu spät. Er kam auch nicht zu früh, sondern einfach rechtzeitig. Er wurde nicht nervös, wenn ein Zug mitten auf einer stockdunklen Strecke stehen blieb, um eine mysteriöse Pause einzulegen. Er war ein perfekter Reisender geworden, weil es für ihn ganz gleich war, wohin er fuhr.

Er glaubte an den faserigen Enden des Schlafs, Julianes Stimme flüstern zu hören.

Aber er sehnte sich gleichzeitig sehr danach, die Frau wiederzusehen, deren Fotografie er immer noch zusammen mit dem vergessenen Brief Sallingers in seiner Sakkoinnentasche aufbewahrte, der ihm vor ein paar Wochen zu seinem Schrecken wieder in die Hände gefallen war. Blödes Teil.

Sie nur wiedersehen. Ein sicheres Gefühl sagte ihm, dass er ihre Fotografie mit der Telefonnummer noch nicht als Andenken in seinem Klemmbinder verschwinden lassen sollte. Jetzt fuhr er nach Neapel, aber bald würde er vielleicht wieder in Zürich sein, und dann würde er sie anrufen, die schöne Fremde, die verlockende Zürcherin, mit dieser unglaublichen Art, einen anzusehen ...

Irgendwie genoss er es auch, seine Sehnsüchte so weit aufgespannt zu fühlen. Es gab ihm ein Gefühl von realem *Raum*, er fühlte sich geborgen. Tief drinnen. Die Bahnhöfe, die schäbigen Hotelzimmer, die europäischen Lokale, die Blicke aus den vorübergleitenden Wagen waren zu einem Innenraum geworden, in dem er sich zu bewegen gelernt hatte.

Inzwischen hatte sich die Verspätung auf fast eine Stunde ausgedehnt, und viele Reisende saßen apathisch auf dem Bahnsteig herum oder warteten in den heruntergezogenen Abteilfenstern, ihre Oberkörper auf die verschränkten Arme gebettet. Die meisten trugen praktische Sweatshirts, die Pardell endgültig aus seiner Garderobe verbannt hatte. Auch das stimmte ihn fröhlich.

Plötzlich legte jemand von hinten eine schwere, entschiedene Hand auf Pardells Schulter. Der erschrak.

«Du bist Pardell?», fragte ein sehr kräftig wirkender Mann, knapp einen Kopf größer als Pardell, mit weißblonden Haaren, die an den Seiten des Schädels rasiert waren. Nachtblaue Uniform. Lächeln.

An der linken Hand sah man eine kleine, scheinbar aber recht tiefe Wunde, sie blutete. Sah böse aus.

«Hm, ja?», sagte Pardell, starrte auf die Wunde und fragte: «Hast du dich verletzt? Soll ich Verbandszeug holen?»

«Ich bin Marcel», sagte der Hüne, ohne auf Pardells Frage einzugehen, lächelte wieder und reichte ihm eine kräftige, sich beunruhigend sehnig anfühlende Hand.

«Leo», sagte Pardell und versuchte sich an einem möglichst männlichen Griff. Marcel Crutien quetschte ihm lächelnd die Hand.

«Hör mal», sagte er, «ich hab gehört, du spielst *Highlander*? Und du spielst hoch?»

«Weiß nicht, was du meinst», sagte Pardell wahrheitsgemäß.

«Bien sûr», sagte Crutien. «Selbstverständlich.» Crutien holte einen Flachmann aus dem Inneren des Sakkos und trank.

«Schluck Cognac?»

«Ich weiß nicht, sehr nett von dir. Es geht ja bis nach Neapel, der Wagen wird in Innsbruck auf einen Schlag belegt, ist bestimmt eine Reisegruppe, und wenn ich jetzt trinke, dann ...»

«Na, komm schon. Innsbruck kommt in zwei Stunden, und dass der Zug nach Neapel geht, steht auf der Anzeigetafel ...»

Pardell, der gerne trank, zumal mit Freunden, aber es nicht ausstehen konnte, wenn Männer zu ihm kamen und ihn überreden wollten zu trinken – dieser Pardell nahm schüchtern den Flachmann, wagte es kaum, den Ausguss mit der Handfläche abzuwischen, tat es dann doch, sehr zögerlich: und trank. Es brannte ziemlich. Schlechter Stoff.

«Ich habe gehört, du spielst hoch – das gefällt mir», sagte Crutien und lächelte ihn an, «aber treib es nicht zu weit.»

«Ich weiß nicht, was du meinst. *Was* soll ich nicht zu weit treiben?»

«Hat schon so manch einer seinen Kopf verloren, der es zu weit getrieben hat.»

«Den Kopf? Ist das ein Witz?»

«Für den Fall, dass du Interesse an anderen Aufgaben hast, vielleicht hätte ich da was für dich ...»

«Was für Aufgaben denn?»

«Jemandem gelegentlich mal einen Gefallen tun, vielleicht ...»

«Ich glaube, jetzt geht's dann los, ich werd mal in den Wagen gehen ...»

«Ja ...», sagte der unangenehme Hüne und lächelte wieder. «Eine beachtliche Erfahrung, in Furcht leben zu müssen. Nicht wahr?», wieder das Lächeln. «À bientôt. Bonne continuation, Leonard ...», sagte er. Dann verschwand er im Gewimmel der jetzt überall zusteigenden Reisenden, die sich so panisch benahmen, als ob sie nicht gerade alle unzählige trostlose Minuten vor sich hin gewartet hätten. Gerade hatte Pardell noch das leuchtende Weiß seines halb rasierten Schädels aufblitzen gesehen, und im nächsten Augenblick war er schon, wahrhaft geschmeidig, verschwunden.

Im Office stellte Pardell fest, dass nicht nur seine Hände ganz verschwitzt waren. Vielleicht gerade, weil seine Stimmung zuvor so erfüllt von Weite und Möglichkeit gewesen war, von Zuneigung und Sehnsucht, hatte ihn diese fünfminütige Begegnung getroffen wie ein zu großer Schluck eiskalten Wassers im Sommer, unter dem der Magen schmerzend aufzuckt.

Crutien war einer von denen, die einen Raum nur kurz betreten müssen, um die Zimmertemperatur frostig absinken zu lassen. Pardell erinnerte sich jetzt, einigermaßen panisch, dass er wohl schon von ihm gehört hatte. Man nannte ihn den *Legionär* – aber nur, wenn er nicht dabei war. *Warum* man ihn den *Legionär* nannte, wusste Pardell nicht, nur dass man ihn nicht so ansprach.

An die Beschreibung, die er gehört hatte, erinnerte er sich jetzt glasklar: groß, sehr kräftig, weißblond, an den Seiten geschoren. Hört niemals auf zu lächeln.

Das war er gewesen, der *Legionär*. Dieser Händedruck, Scheiße. Das war jemand, der sich *tatsächlich* geschmeidig bewegen konnte.

Jemand, der einem Wildfremden von hinten die Hand auf die Schulter legte, und der wagte es nicht, dagegen zu protestieren.

Das Gespräch war seltsam – ja, eigentlich, wenn er es sich eingestand, war es so dermaßen seltsam, dass es natürlich *kein* Zufall gewesen sein konnte. Crutien hatte ihm sagen wollen: ‹Hier bin ich. Ich weiß, wer du bist. Ich finde dich, wann und wo ich will. Und ich beende das Gespräch, nicht du!›

Pardell war ungeheuer erleichtert, als der *Brenner-Express* endlich, mit fast zweistündiger Verspätung, anfuhr. Er schwor sich, er schwor einen heiligen, noch niemals benutzten Schwur – er, Pardell, schwor bei Gott, dass er übermorgen früh, wenn er wieder zurück in München wäre, Sallinger aufsuchen und ihm den Umschlag geben würde. Mit dieser Art von *Compagnie-Typen* hatte er nichts im Sinn. Und Sallinger war auch so einer, harmloser vielleicht, aber dieselbe Sorte *Männerbekanntschaft*.

Er hatte eigentlich beabsichtigt gehabt, über diesen charmanten Gedanken zu grinsen, der seine Ironie direkt aus den Fünfzigerjahren bezog, aber es gelang ihm nicht. Als Kind hatte er einmal in einen Apfel gebissen, der im Schnee auf der Wiese bis in den Frühling hinein überdauert hatte und mit ihm ein Wurm. Der ekelhafte schaurige Geschmack war ihm wochenlang noch in der Schule oder sonst wo den Rücken heruntergelaufen. Wuah! Vielleicht war der Wurm auch frisch gewesen, Frühlingswurm, auf jeden Fall hatte sich der ekel-bittere Geschmack förmlich in Pardells kindliches Nervensystem eingefressen. Daran erinnerte ihn diese Begegnung vage.

München-Pasing kam näher, mit seinen tausend staubigen Lampen. An jedem Bahnhof konnte so einer zusteigen. Was heißt hier so einer? Mein Gott, er war ja schon völlig paranoid. Erst mal ein Bier.

Derart zitternd, brauchte er länger als sonst, um die Flasche *Augustiner Edelstoff* mit seinem Feuerzeug aufschnalzen zu lassen. Pasing. Der Zug stand wieder. Auf seinem Weg nach Neapel.

Neapel, Aufenthalt 22.9.1999, 14:14

Niemals Geld hervorholen. Niemals das Wort Lire aussprechen. Keine Zahlen erwähnen. Niemals so tun, als ob man nur wüsste, dass es eine Sache namens Geld, Geldscheine und schließlich *Lire* gäbe. Niemals lächeln. Niemals etwas anderes als «No, grazie» sagen. Niemals «Pronto?». Niemals aggressiv werden. Und niemals sentimental. Niemals überhaupt irgendwelche Gefühle zeigen.

Mit anderen, exemplarischen, einfachen Worten: sich niemals so benehmen wie Leonard Pardell gerade, vor vierzehn Minuten. Nicht so gut gelaunt wie Pardell bis vor zehn Minuten, und wenn schon gut gelaunt, dann nicht an der *Porteria degli' Cappuccini Armati*. Und vor allem *nicht* mit jemandem wie Sergy Alpin.

Das Leben ist hart.
Und Alpin,
Und Sergy Alpin
Ist härter als du.
Denn er ist gemein,
Und er ist schlau.
Er ist härter als du.
Und wenn du verlierst,
Sieht er nur zu.
Wahrer Schwanz,
Wahrer Schwanz
Der Möse ist er,
Alpin,
So schlau,

Alpin,
So gemein –
ein wahres Schwein.
Sei schlau, Freund,
Lass dich nie mit ihm ein:
Denn das Leben ist hart.
Und Alpin,
Und Sergy Alpin
Ist härter als du.
Du verlierst, und er sieht nur zu.

Das war Rapolitano. Der Ton des gegenwärtigen Napoli. Hart, wirklich, fett. Rapolitano. Es war das *Lied über ihn*. *Sergy Alpin.*

Der Spiegel in Alpins *Badezimmerflur* oder *Flurbadezimmer* oder *Flur, in dem eine Scheißwaschgelegenheit steht* oder *Längliche Toilette mit abgenutztem grünen Flurläufer und Haustür* – dieser Spiegel hatte einen ziemlichen Sprung. Alpin hatte einmal vor ein paar Wochen Eisenteile von einer durchorganisierten Baustelle in seinem Appartement zwischenlagern müssen. Da hatte es plötzlich diesen Sprung im Spiegel gegeben. Erst hatte er sich unglaublich geärgert, als die Sache mit den zwischengelagerten Eisenteilen und dem Spiegel passiert war. Dieser wahre Spiegel des Schwanzes. Den er einen halben heißen Nachmittag durch Gassen und über verfallene Treppchen und durch die Hinterzimmer stickiger Hammelschlachtereien geschleppt hatte, und das, ohne dass dieser Scheißspiegel dabei einen Scheißkratzer bekam. Dieser Spiegel, den er gemeinerweise beim Umzug einer reichen Familie im *Quartiere Rione Sanità* hatte mitgehen lassen. Gut, er hatte keinen Lohn für den ganzen Tag Kistenschlepperei bekommen, das wären so knappe 150000 Lire gewesen.

Nein, Alpin hatte sich lieber schlau mit dem Spiegel aus dem Staub gemacht. Diesem Spiegel, der locker seine satten 2000000 wert war. So musste man das machen. Alpin eben. Er hatte gemeinerweise einer stinkreichen Familie des uralten Schwanzes ein teures Erbstück geraubt, in dem sich all die Generationen *vorher* gespiegelt hatten. Einen echten Wertgegenstand.

Er war eben gemein *und* schlau. Wenn diese Idioten einen *solchen* Spiegel einfach weitab vom Lastwagen auf die Straße stellen, neben Kartons mit Abfall, altem, zerbrochenem Geschirr, depravierten Kindermöbeln, so als ob das Ding, dieser Spiegel der wahren Möse, einfach nur ein wertloses Billigteil wäre, und dann glaubten, sie könnten ihn mit lumpigen 150000 abspeisen ... *Nicht ihn.* Nicht *Sergy Alpin.*

Sei schlau, Freund,
Lass dich nie mit ihm ein:
Denn das Leben ist hart.
Doch Alpin,
Doch Sergy Alpin
Ist härter als du.
Du verlierst, und er sieht nur zu.

Die Kids würden sein Lied singen. Sie würden versuchen, es so zu singen wie er. So zu stehen wie er, wenn er es sang. Vor dem Spiegel mit dem Sprung in seinem Bad. Der Spiegel hatte es voll gebracht. Seit den Eisenteilen halt. Vorher, vor der Sache mit den Eisenteilen, war der Spiegel, wie soll man sagen, kein erfreulicher, nicht einmal ein neutraler Gegenstand in seinem Appartement gewesen. Der Hehler hatte einen sarkastischen Hustenanfall bekommen, als er den ‹Meisterspiegel›, so Alpin dem Hehler gegenüber, gesehen hatte.

Also hatte Alpin den Scheißspiegel eben einstweilen in seinem Bad aufgehängt. Bis er einen anderen Hehler gefunden haben würde, der nicht so ein betrügerischer Mistkerl wie Littero war. Amelio Littero. Hatte sich fast totgelacht. Leider nur fast. An die in den Wind geschlagenen 150000 Lire hatte Alpin jedes Mal denken müssen, wenn er aus Versehen in diesen fiesen Spiegel blickte – also vielleicht alle vierzehn Sekunden. Bis die Eisenteile kamen.

Der Sprung war's. Der Sprung hatte es gebracht. Seit Alpin mit dem Eisenteil aus Versehen einen tiefen, von oben nach unten durchgehenden, leicht schrägen, blitzgezackten Sprung in den Spiegel geschlagen und sich das Glas ein wenig verschoben hatte. Wahre Möse!

Als Alpin die Eisenteile zehn Tage später wieder aus dem Appartement entfernt hatte – sie hatten sich, wie man ihm versicherte, als unverkäuflich, weil veraltet, herausgestellt und mussten dem Schrotthändler zum Kilopreis überlassen werden, der sie dann, weil sie einfach bewährte alte Qualität waren, zum Tonnenpreis für das Kilo weiterverkaufte –, als er wieder freie Sicht in den gesprungenen Spiegel hatte, entdeckte er, dass er, Alpin, durch den Riss und das leicht verschobene Glas eine auffällige Ähnlichkeit mit *The Notorious B.I. G* bekommen hatte, bzw. mit einem *The Notorious B.I. G.* in einem Video von *The Notorious B.I. G.*, das er auf MTV gesehen hatte, vor Jahren, als *The Notorious B.I. G.* noch lebte. *The Notorious B.I. G.* war durch ein blödes Missgeschick ums Leben gekommen. Das machte ihn für Alpin auf dunkle Weise sympathisch. Dieser Sprung, er sah plötzlich auf die richtige Weise ... gefährlich aus, kühn, raffiniert, wenn er seine wippenden, bejahenden Handbewegungen machte, je nachdem, wo der Riss sein Gesicht in zwei Hälften teilte, sah das Ganze dann gefährlich oder fröhlich oder gemein oder schlau aus. Fand Alpin, während er zwischendurch vor dem Spiegel sein Lied übte, das *Lied über ihn, über Sergy Alpin.*

Insbesondere an guten Tagen sang er sein Lied. Leider waren die guten Tage eher selten. An den schlechten Tagen übte er das Lied für einen der guten. Heute, jetzt grade, war ein guter Tag.

Er ist Alpin, das wahre Schwein.
Sei schlau, Freund.

Lass dich nie mit ihm ein:
Denn das Leben ist hart.
Und Alpin,
Und Sergy Alpin
Ist härter als du.
Du verlierst, und er sieht nur zu.

Im Augenblick verkaufte Alpin sehr preisgünstige Zigaretten zu Sonderkonditionen. An Fremde. Sein Gebiet war die *Porteria degli Cappuccini Armati*. Wo es sehr selten Fremde gab. Und wenn, dann waren es meistens Nichtraucher. Die wenigen Fremden, die an der *Piazza degli Cappuccini Armati* auftauchten *und* rauchten, hatten meistens alle schon vorher sehr preisgünstige Zigaretten zu Sonderkonditionen gekauft. Das Geschäft war sehr mühsam. Aber dafür auch relativ risikolos. Wenn man sich auf die Sache verstand. Wenn man wusste, wo man die Ware einkaufte. Wenn man Kontakte hatte. Alpin hatte Kontakte. Er hatte vor drei Wochen eine ungeheuer günstige Ladung albanischer *Marlboro Lights* bekommen, die er stangenweise verkaufte. Für eine Stange hatte er 15000 bezahlt. Er verkaufte sie für 25000. 15000 war ein sehr guter Einkaufspreis.

«Pass auf, Alpin, wahrer Schwanz. Ich mach dir einen Vorschlag. Ich geb sie dir für 15000 pro Stange. Aber dafür nimmst du die ganze Ladung. Einverstanden? Ich biete diese Ware *nur dir* an. Von allen Söhnen der Hure wirst du der billigste sein. Einverstanden?»

Alpin war einverstanden gewesen. Es war eine deutliche Investition, aber ein unschlagbarer Rabatt. Er musste sich abschuften, aber es ging zweifellos aufwärts. Wie er diesen Engländer vorhin abgezogen hatte, das war erstklassig gewesen.

Doch Sergy Alpin
Ist härter als du.
Du verlierst, und er sieht nur zu.

Der Engländer war jemand, der sich unterhalten wollte. Der Interesse zeigte. Freundlicher Typ. Hatte die Geldscheine und alles nur so in der Tasche gehabt.

Du verlierst, und er sieht nur zu.

Alpin unterbrach sein Lied vor dem Spiegel mit dem genialen Sprung der Möse und sah sich noch einmal die Papiere durch, die er dem Engländer zusammen mit den beiden 50000ern abgenommen hatte, als der seine Taschen nach kleinen Scheinen durchsucht hatte und ihm erfreulicherweise etwas auf den Boden gefallen war, ein kleiner länglicher Korkenzieher, den Alpin grinsend aufhob und ihm darreichte. Der war nichts wert. Notizzettel. Ein Notizzettel mit dem Kopf des Hotels *Maximus* und einer Zimmernummer. Ein Notizzettel der *Compagnia di Wagone-Letto*, auf dem *‹Triumfo›* stand und eine kleine Skizze, eine Zeichnung des Wegs vom *Maximus* zum *Triumfo*. Alpin folgerte messerscharf: Der Engländer war mit dem Schlafwagen nach Neapel gekommen, wohnte im *Maximus* und aß im *Triumfo*. Er, Alpin, würde also die nächste Zeit das *Maximus* meiden, in dem er sowieso noch nie war, was sollte er auch übernachten, er hatte ja das Appartement. Das *Triumfo* zu meiden, das er nur vom Hörensagen kannte, war auch nicht schwer. Blieb noch *Wagone-Letto*. Er würde auch nicht Schlafwagen fahren. Wozu sollte er Neapel auch verlassen. Seine Stadt. Die Stadt seines Lieds.

Er hatte nicht immer sehr preisgünstige Zigaretten zu Sonderpreisen verkauft. Er hatte Verschiedenstes gemacht. Viel gelernt, als Hilfskraft bei einfacheren Raubzügen, Schmugglereien, als Schmierensteher bei harmlosen Einbrüchen und, sehr kurz, als Kaffeezubereiter in einer Espresso-Bar im spanischen Viertel. Er gestand sich nicht ein, dass ihm das eigentlich bisher am meisten Spaß gemacht hatte. Leider war er bald entlassen worden, weil seine Abrechnungen unausgewogen gewesen waren.

Zuletzt, vor seinem Schnäppchen mit den albanischen *Marlboro Lights*, war er eine Weile als ‹Schauspieler› in einer Truppe von Hütchenspielern beschäftigt gewesen. Seine Aufgabe bestand darin, unauffällig zwischen den unschlüssigen Zuschauern herumzustehen, als ‹Schauspieler› eben. Seine Rolle war dabei die: ein normaler, wertkonservativer Bürger, der von der Arbeit nach Hause geht, auf die Gruppe mit den Hütchenspielern und den anderen Zuschauern trifft, interessiert stehen bleibt und plötzlich – seinem scharfen Auge und seiner Gewitztheit vertrauend – auf den Gedanken kommt, 50000 Lire einzusetzen. Und der die enttäuschten Hütchenspieler mithilfe seines scharfen Blicks und seiner Gewitztheit spielend und schon bei der ersten Partie besiegt, 50000 gewinnt. Den Einsatz aber liegen lässt, also verdoppelt, wieder gewinnt, die ganzen 200000 setzt, abermals gewinnt und dann mit einer knappen halben Million von den empörten Hütchenspielern am Weiterspielen gehindert und vertrieben wird. Ist der ‹Schauspieler› gut, versucht irgendein Idiot, seinem Beispiel folgend, sein Glück, setzt 50000, gewinnt, verdoppelt, ermutigt, verliert daraufhin, setzt erneut, verliert erneut und so weiter. Der ‹Schauspieler› geht währenddessen an die nächste Ecke, verbirgt sich, und sobald neue Zuschauer unschlüssig vor den Hütchenspielern stehen, kommt er dazu und wiederholt seine Rolle.

Alpin war ein schlechter Schauspieler, allzu pathetisch, reißerisch, mit verdächtiger Begeisterung. Schlimmerweise aber verwechselte er manchmal die Hütchen, und sein Mitspieler musste sein ganzes Können aufwenden, um die Kugel noch unter das Hütchen zu bringen, auf das der unglückliche Alpin gedeutet hatte. Ein durchschnittliches Hütchenspielerteam brachte es vielleicht auf 500000 Gewinn am Tag. Die beiden Defizite Alpins zusammengenommen führten aber dazu, dass sein Team nur 100000 machte, an manchen Tagen gar nichts, im Gegenteil, Verluste, denn manche der Schlaueren der zu betrügenden Passanten setzten nur die ersten 50000 und verschwanden dann mit ihrem Gewinn. Alpin spürte eines Nachmittags, dass seine Tage als Schauspieler gezählt waren, und er beschloss, sich wenigstens mit dem vom Anführer gestellten Spielgeld, immerhin 400000 Lire, abzusetzen. Wegen dieses Diebstahls an seinen Kollegen konnte er sich eine ganze Weile nicht mehr im Westen des *Quartiere Spaniola* blicken lassen und hielt sich schlauerweise mehr in der Gegend zwischen Hafen und Bahnhof auf.

Denn er ist gemein,
Und er ist schlau.
Er ist härter als du.
Und wenn du verlierst,
Sieht er nur zu.

«Alpin, verdammter Idiot, hören Sie mit diesem Geschrei auf.» Draußen, vor der Tür, sein unmittelbarer Nachbar, Brastelli.

«Ich singe doch nur, ein bisschen Gesang. Rapolitano.»

«Sie Idiot, wenn Sie noch einen Ton singen – das soll Singen sein? Singen, Belcanto? –, dann komme ich rüber.»

Sergy Alpin wusste, dass Brastelli Drohungen dieser Art wahr zu machen pflegte. Er grinste verwegen in den Spiegel und strich sich über die von Bartstoppeln blauschattigen Wangen. Er würde eine Kleinigkeit essen gehen. Sollte Brastelli doch schreien. Er würde essen gehen und sich noch einmal genau die Papiere des Engländers durchsehen. Irgendwie hatte er das Gefühl, dass noch mehr drin war. Irgendwie. Wenn man eben gemein und schlau genug war.

Neapel – München, Telefonat 24.9.1999, 19:34

«Du wurdest überfallen?»

«Was heißt überfallen. Nein. Betrogen. Dreist. Es war in Palermo, dem italienischen Viertel, weißt du. Wenn du Pizza essen möchtest, dann geh dorthin.»

«Du wolltest Pizza essen?»

«Ich hatte in der Gegend zu tun. Ein Freund von mir wohnt da, und dem musste ich was vorbeibringen.»

«Leo, mein Süßer, bevor du mir erzählst, was mit diesem Freund ist, möchte ich das mit dem Überfall wissen.»

«Ja, Überfall, Trickbetrug war es eigentlich. Ich steige aus der Straßenbahn, es war ganz herrliches Wetter, und ich hatte wirklich unglaublich gute Laune. Auf dem Weg komme ich über einen, äh, Platz, und da steht so ein Typ, der mich fragt, ob ich Zigaretten brauche. Ich sage erst Nein danke, aber ich lächle, und das war wohl der Fehler. Man darf nie lächeln.»

«Ich darf das jetzt aber schon? Oder? Du bist ja vielleicht niedlich.»

«Also, ich *lächle*, der Typ fängt ein Gespräch an, ob ich nicht rauche und wieso nicht ... Genau hab ich es nicht verstanden, er hatte einen unglaublichen ... Akzent, fast Dialekt, aber so in der Art war das ...»

«Und du konntest dich nicht zurückhalten, dich zu unterhalten, oder? Wie sah der Typ denn aus?»

«Klein, fett, unrasiert, ziemlich nett eigentlich. So lustig, irgendwie. Er meint, die Zigaretten wären unglaublich billig. Eine Stange würde nur zwanzig kosten, normal sind nämlich fünfzig. Ich stimme ihm zu. Das war natürlich schwarze Ware. Es sind *Marlboro*, er hat die Stange in einer Plastiktüte versteckt und zeigt sie mir. Ich sage ihm, dass ich nur noch Zigaretten ohne Filter rauche. Er zögert einen Augenblick, grinst und meint, dass er die auch besorgen könnte, ich sollte nur kurz stehen bleiben, er ginge zu seinem Lager, das sei gleich ums Eck, und würde die andere Stange holen. Ich hab mich noch gewundert, aber er war wirklich gleich zurück, hat eine neue Plastiktüte in der Hand und redet auf mich ein, wirklich ziemlich nett, muss ich sagen. Ich denke mir, was soll's, ist ja wirklich billig, außerdem ist der andere irgendwie so niedlich, sagte ich ja schon. Ich suche also nach Geld, hatte aber nur zwei große Scheine zu, äh, hundert und leere meine Taschen aus, er erschrickt plötzlich, als ob er jemanden hinter mir sieht, ich erschrecke natürlich auch, Schwarzhandel ist verboten, und drehe mich um, dabei fallen mir die ganzen Zettel aus der Hand, auch die beiden Geldscheine lockern sich irgendwie, na ja, und da war natürlich niemand. Als ich mich umdrehe ...»

«Ist er weg. Das war's schon?»

«Nicht ganz. Du hast natürlich recht. Er war weg. Erstaunlich, dass jemand, der so klein und so dick ist, so schnell laufen kann. Alles weg, die meisten von meinen Zetteln, auch mein Schaffnerausweis, ist aber nicht schlimm, kann ich wiederkriegen. Das Geld ist natürlich auch weg. Aber ich hab so gute Laune. Ich hab es einfach vergessen, immerhin hatte ich einen Vorrat an Zigaretten, dachte ich. Dann war ich essen, ich ... äh, fahre zurück, gehe auf mein Zimmer, lege die Plastiktüte neben das Bett. Ich hatte noch Zigaretten. Dann ging ich abends noch mal aus, und als ich ein paar Stunden später wieder heimkomme, habe ich keine Zigaretten, mache die Tüte auf, und –»

«Und was?»

«Da war natürlich eine Stange *Marlboro* drin.»

«Sehr gut, er hat nur die Tüte gewechselt, klar.»

«Die Tüte ja. Ich gehe wieder runter, um mir in einer Bar Filterlose zu kaufen. Ich mag keine *Marlboro*.»

«Früher hast du immer *Camel* geraucht.»

«Die schmeckten ein bisschen nach Dope, das war der Grund, glaube ich. Alle, die kifften, rauchten *Camel*.»

«Hast du so viel gekifft?»

«Manchmal. Ich hatte nie was, und da war es günstig, *Camel* dabeizuhaben, für den Fall, dass einer grade Tabak brauchte, um ...»

«Was hast du mit den *Marlboro* gemacht?»

«Tja. Gestern komme ich sehr spät heim, und ich hatte schon wieder keine Zigaretten, und ich war zu müde, um unten welche zu holen. Dann dachte ich mir, ich würde mir jetzt eine Schachtel nehmen und den Rest irgendeinem Freund schenken, der *Marlboro* raucht. Kenn ich einige. Ich nehme die Stange raus, fühlt sich ganz normal an, das Plastik ist allerdings ziemlich fummelig, versaut, ganz schmierig. Ich reiße es auf. Der Plastikfaden, den ich ziehe, fühlt sich an wie ein in der Mitte längs durchgeschnittener Streifen Tesafilm.»

«Und?»

«Es sind keine *Marlboro* drin, was schon unangenehm genug gewesen wäre, sondern ein Stück Styropor, mit fünf eingeschlagenen, langen Nägeln auf jeder Schmalseite, ich denke für die Stabilität und das Gewicht. Das Ganze sieht ziemlich durchdacht aus. Das muss irgendjemand professionell und in großen Stückzahlen herstellen. Das Styropor ist sauber geschnitten, die Nägel exakt symmetrisch eingeschlagen.»

«Styropor. Das ist großartig. Du hast zweihundert für Styropor im Format einer Stange Zigaretten ausgegeben.»

«Du hast die riesigen Nägel vergessen, es sind acht Stück, vier auf jeder Seite. Die habe ich noch dazubekommen!»

«Toll. Dieser Typ macht seinen Job gut.»

«Kann man sagen.»

«Oh, Leo, ich liebe deine Geschichten! Aus Buenos Aires. Ich kann das immer noch nicht ganz glauben, dass du da drüben bist. – Leo, das sind so wundervolle Sachen, die du erlebst. Bei mir passiert nichts, Einöde.»

«...»

«Leo?»

«Klar. Einöde. Wer's glaubt. Aber ... es ist nur, ich erzähle dir eben gerne.»

«Wie spät ist es jetzt bei dir?»

«Halb vier, muss gleich los. Du, ich melde mich wieder.»

«O ja, auf bald. Ruf mich wieder an. Kuss!»

«Ich ... ja. Ich küsse dich auch. Ciao.»

Pardell lief zu seinem Wagen nach München. Wirklich sehr schade um das Foto. Aber Hauptsache, dass er Sallingers Umschlag los war, so empfand er. Er war froh, dass das Schicksal in Gestalt des kleinen, dicken Schlawiners ihm diese Bürde abgenommen hatte, und er fühlte sich ehrlich erleichtert. Er würde Sallinger bei Bedarf spielend etwas vorlügen können, jetzt, wo er den Brief tatsächlich nicht mehr hatte.

Wien, Passage 24.9.1999, 22:30

Reginald Bowie kannte von seinem Vorgänger, dem unseligen Agenten Braunschwique, wenig außer seiner Arbeit und seinen Nachforschungen und Notizen über das System des HERRN. Was für ein Mensch Braunschwique gewesen war, wusste er nicht. Den einzigen Anhaltspunkt bildete eine französische Zeitschrift für Angelwesen, *L'Ami du Pêcheur*, die in einer Schreibtischschublade unter einem Stapel Altpapier lag. Bowie blätterte sie manchmal durch, während er sich einen Tee machte, es gab schöne Fotostrecken mit Anglern, alle zwischen vierzig und fünfzig, die an Seen in Kanada, Westschottland und Feuerland standen, in der Abenddämmerung, in dunkler Herrgottsfrühe, nur beschienen vom neuesten Modell einer blauen Schein hervorbringenden Fischerlampe.

Während er auf seinen Informanten wartete, musste er an Braunschwique denken. Niemand in der Behörde wusste, wohin er so plötzlich verschwunden war, und es hatte Ärger mit der Abteilung für Pensionen gegeben. Hatte wohl genug und ist angeln gegangen, dachte Bowie, und er stellte sich den Schatten Braunschwiques an lang gestreckten, menschenleeren Seen vor, wie er in unvorhersehbarem Rhythmus und hohen Bögen Hunderte von Metern Angelschnur auswarf ... Sein Informant betrat das Café.

«Sagen Sie – haben Sie meinen Vorgänger gekannt? Braunschwique?»

«Ich kannte ihn. Nicht besonders gut – allerdings ...»

«Ja?»

«Nichts. Er war sehr müde, wenn ich mich recht erinnere.»

«Sie haben ihn auch ... beraten?»

«Leider nicht. Dann wäre er vielleicht noch da ...»

«Was denken Sie darüber?»

«Er ist gescheitert. Machen Sie nicht denselben Fehler wie er. Er wollte sich nicht helfen lassen.»

«Von Ihnen?»

«Vielleicht, Mr. Bowie, vielleicht.»

Bowie lächelte das entschlossene, allerdings kaum zu bemerkende Lächeln, das seit seinem Besuch bei Voyatzis immer häufiger die melancholischen Züge des Agenten erhellt hatte. Indien rückte näher. Die von Rot- und Gelbtönen durchwirkten, seidenumflatterten Tagträume von Madeline, die ihn am Bahnsteig von *Victoria Terminal* erwarten würde, traten hinter den präzisen nächtlichen Operationen zurück, die er vorausplante und immer wieder durchdachte, bei Tag und Nacht, während er schlief und während er seinen Tee zubereitete. Vor zwei Tagen, vor seiner Abfahrt nach Wien, hatte er den ersten Schritt getan, und seitdem spürte er das aus weiter Ferne herannahende Jahresende unentwegt – er hatte einen Horizont gesetzt, der so oder so nicht überschritten werden konnte, und plötzlich hatten die vergehenden Stunden eine Körnigkeit bekommen, als wären sie die Bröckchen eines gigantischen Stundenglases, einer von hier nach Indien aufgespannten Sanduhr, und als rasten sie an ihm vorüber in den Nächten und als könnte er ihren Vorbeiflug hören, morgens, wenn es ganz still war, ein feines vielstimmiges Singen, feinkörniges weißes Rauschen ...

«Ich habe einen Plan, zu dem ich Ihre Hilfe brauche.»

«Sie können sich auf mich verlassen, Mr. Bowie.» Marcel Crutien lächelte.

«Ich habe darüber nachgedacht, sehr lange, und ich glaube, Sie haben recht, Monsieur Crutien. Ich habe mir freie Hand verschafft.»

«Kaum zu glauben, dass Ihnen das gelungen ist. Was haben die Bürokraten dazu gesagt?»

«Die Bürokraten haben kooperiert», sagte Bowie und lächelte wieder. Er hatte keinen Grund, seinen Informanten darüber aufzuklären, auf welche Weise die Kooperation zustande gekommen war: Auf dem Schreibtisch von Direktor Voyatzis hatte er viele weiße Seiten mit dem Briefkopf der Behörde und den in lateinischer Schrift ausgeführten Übungsunterschriften des Griechen gefunden. Die meisten Seiten waren für seine Zwecke unbrauchbar, weil sie von oben bis unten vollgeschrieben und zum Teil auch mit Blümchen bemalt waren, auf ein paar hintereinanderfolgenden Blättern hatte Voyatzis auch offensichtlich versucht, ein Känguru zu zeichnen, man konnte es nicht genau erkennen, jedenfalls ein Beuteltier.

Aber es gab genug Seiten, auf denen der Grieche nur einmal und auch weit genug im unteren Drittel der Seite unterschrieben hatte, zum Großteil mit Bleistift, den man radieren und nachziehen konnte, es gab aber auch einige Seiten, auf denen Voyatzis seine schwungvolle Signatur selbst schon mit Füller angebracht hatte.

Bowie hatte darunter gelitten, einen infantilen Idioten zum Chef zu haben, solange er versucht hatte, diesen von irgendetwas zu überzeugen, das nicht für Idioten gemacht war. Das war aber sein Fehler gewesen, Bowie sah das jetzt ganz klar. Vor dem Schreibtisch von Voyatzis stehend und all die Übungsunterschriften auf weißen Blättern betrachtend, hatte er das auf einen Schlag begriffen.

Er nahm die Blätter vom Tisch, die einigermaßen brauchbar waren, und legte sie in seine Aktentasche, nahm sich noch etliche Briefumschläge und zwei Stempel, und dann verließ er die *DoppelEA*.

Den Text, den Direktor Voyatzis unterschreiben sollte, hatte er schon im Kopf gehabt, als er die Behörde betrat, also brauchte er, nachdem er wieder zu Hause war, keine zehn Minuten, bis er den Brief des Griechen an die Zollbehörde, Bereich Beschlagnahmungen/Depotverwaltung, fertig getippt und abgestempelt hatte. Dann hatte er mit einem Lineal eine Linie unter Voyatzis Unterschrift gezogen und darunter in Klammern den Namen des Griechen getippt.

Vor einer Weile nämlich hatte man auf dem Bahnhof von Antwerpen einen Koffer mit rund einem Kilo eines unheimlichen neuen Rauschgifts im Futter sichergestellt, einer Substanz mit dem Namen *Super Dylergic Acid Trithylamide*, abgekürzt: SDAT. Aber die Drogenszene nannte es: STAFF. STAFF war eine Art von Hightech-Droge auf LSD-Basis. Es war begehrt, weil schon eine kleine Messerspitze davon ausreichte, um einen starken Rausch herbeizuführen – man konnte auch ganze zwei Gramm zu sich nehmen, der Rausch war steigerbar, aber niemals tödlich. Es gab also keine Überdosis. Da es bei STAFF keine gravierende körperliche Suchtgefahr gab, war es bei den Dealern nicht sehr beliebt: edler Stoff. Sehr schwer herzustellen. Sehr teuer. Sehr selten.

Der Koffer war im Herbst letzten Jahres bei der Gepäckaufbewahrung abgegeben, aber nicht mehr abgeholt worden. Da die Wahrscheinlichkeit sehr klein war, dass der Besitzer des Koffers sein STAFF *vergessen* hatte, ging man davon aus, dass er irgendwann vergessen hatte einzuatmen. Jetzt dachte man, dass man nur noch den Mann oder die Frau finden musste, die einen Abgabezettel bei sich hatte, um zwei Schwerverbrechen auf einen Schlag zu lösen, denn man würde ihm den Koffer aushändigen, ihn verfolgen, festnehmen und dann wegen Mordes und Drogenbesitzes anklagen. Deswegen gab es den Stoff noch. Bowie hatte von Anfang an nichts davon gehalten. Niemand, der dachte, dass der Stoff in dem Koffer war, würde ihn abholen kommen. Jemand, der das nicht wusste und den Koffer also nicht aus diesem Grund abholen wollte, würde ihnen nichts nützen. Das war ein komplett schwachsinniger Plan. Voyatzis hatte ihn ‹*Operation Thermopylen*› genannt. Bowie war jetzt sehr froh darüber. Denn er würde sich in das debile Netz der ‹*Operation Thermopylen*› einfädeln und die Schwachsinnigkeit seiner Anlage als Matrix zu seiner eigenen Operation nehmen. Er würde den Stoff gegen eine andere Substanz austauschen. Der erste Brief des Griechen ermächtigte ihn, eine kleine Probe des STAFFs zu Forschungszwecken zu entnehmen. Bei der Gelegenheit würde er das STAFF aus der Asservatenkammer *ausleihen*.

Dann tippte er eine Anweisung, diesmal an die geheime Finanzkasse der *DoppelEA*, dem Agenten Bowie einen Geldbetrag von 145000 Euro in *französischen Francs* auszuhändigen, der höchste Betrag, den Voyatzis ohne vorherige Genehmigung durch das Kommissariat für Verkehr einem Agenten für verdeckte Operationen anweisen lassen konnte.

Bowie schrieb sich noch einige andere Vollmachten sowie seine sofortige Freistellung bis zum Jahresende. Am 7. Januar würde das Depot Revision machen, spätestens bis dahin musste die Operation erfolgreich abgeschlossen, das STAFF wieder an Ort und Stelle und das Geld wieder eingezahlt oder belegt ausgegeben sein, sonst wäre Bowie erledigt, und Voyatzis würde vermutlich, ohne zu wissen warum, zur UNO befördert werden.

Die erste Etappe war genommen. Bowie hatte sich gestern mit einem Lächeln das Geld geholt und hier in Wien, in einem Schließfach, deponiert. Jetzt käme der schwierigere zweite Schritt. Er wollte sich mit Crutien absprechen.

«Monsieur Marcel, wenn Sie, sagen wir, STAFF durch eine harmlosere und weniger wertvolle Substanz ersetzen wollten, was würden Sie dann nehmen?»

«Zucker, losen Zucker, Sie machen ihn nass, und anschließend zerreiben Sie ihn wieder. Das ist dann kaum zu unterscheiden. Soll ich Ihnen dabei helfen?»

«Nicht dabei. Ich brauche Ihre Hilfe später. Lassen Sie es mich erklären ...»

Crutien war es gewesen, der ihn überhaupt erst auf die Spur des HERRN gebracht hatte, vor knapp einem halben Jahr. Marcel Crutien, der ihm erzählt hatte, Legionär gewesen zu sein, nach einer unglücklichen Geschichte in Toulouse. Crutien, den eine merkwürdige stille Leidenschaft zu beherrschen schien. Bowie hatte von Anfang gespürt, dass ihre Begegnung kein Zufall war, Crutien hatte ihn offensichtlich gesucht, auch das war in Wien gewesen.

Crutien hatte ihm beigebracht, dass der europäische Drogenmarkt *in nuce*, und wie ein Spiegel, der die Zukunft zeigt, die globale Bürgerkriegssituation abbildete. In den Jahren 1995, 1996 hatte die albanische Mafia die Drogenmärkte von Zürich und Bern übernommen, unter den Libanesen, die sich dort seit ihrem Bürgerkrieg gehalten hatten, ein Blutbad angerichtet und sie vertrieben. Die herkömmliche, traditionelle Mafia hatte ihre Schwierigkeiten, verlegte sich, wie in Italien, im großen Stil auf legale Geschäfte, vor allem im Mediensektor. Der Krieg im Kosovo war vor vier Jahren vorbereitet worden – Drogen gegen Waffen, Drogengeld für Waffenkäufe. Es war immer derselbe Kreislauf – wenn irgendwo eine bestimmte Mafia den Drogenmarkt übernahm, konnte man sicher sein, dass es zwei, drei Jahre später in ihrer Heimat zu Unruhen kam. Niemanden hatte der Konflikt im Kosovo überrascht. Es war ein Automatismus – sobald irgendjemand Waffen benötigte, war er gezwungen, Drogen zu verkaufen –, Drogengelder konnte man am besten über Waffenkäufe waschen, um den Rest kümmerten sich diejenigen, die die Waffen besorgten – und die brachten das Geld zurück in die legale Wirtschaft. Die Organisation des HERRN war einer der riesigen, unaufhörlich pumpenden Vertriebswege, ein großer Filter und ein Transportsystem zugleich. Crutien hatte ihm das gezeigt. Und jetzt würde er, Bowie, darauf reagieren.

«Was genau haben Sie vor, Bowie?»

«Es ist einfach: Ich habe sehr viel STAFF, das ich an etlichen verschiedenen Punkten *verkaufen* werde. Und ich habe Geld. Mit diesem Geld *bestelle und kaufe* ich sehr viel STAFF. Wir müssen dann bloß sehen, auf welchen Wegen der Stoff wieder zusammenläuft. Wie ein Arzt, der radioaktives Material spritzt und so den Blutkreislauf verfolgen kann. Sie verstehen?»

Bowie sah, dass Crutien wusste, was das bedeutete. Bowie würde *echtes Material* einschleusen und *echtes Geld*. Er wollte aufs Ganze gehen, so oder so.

Sie schwiegen, Crutien holte sich einen kleinen Wein, Bowie bat ihn, ihm einen Sherry mitzubringen, er war jetzt nicht in Stimmung, sich mit dem widerlichen Kellner um heißes Wasser zu streiten. Crutien kam gelassen zurück, setzte sich, nahm eine *Gitane*.

«By the way. Ich hab mir diesen Pardell angesehen, aus München, diesen Springer. Sie haben ihn doch erwähnt, Mr. Bowie, letztes Mal, und mich nach ihm gefragt ...»

«Ja. Und?»

«Kommt mir nicht ganz sauber vor, der Junge.»

«Really?» Bowie, verblüfft.

«Ich habe gehört, dass er in eine Partie *Highlander* verwickelt ist und dass er jemandem ein Schwert gestohlen hat, der ihn seitdem verzweifelt sucht.»

«Schwert? Was ist das für ein Spiel?», fragte Bowie, der Mannschaftsspiele bevorzugte.

«Eine Art Kartenspiel, Sie verstehen, mit Spielkarten. Die Karten nennt man Schwerter.» Crutien nahm einen Schluck von seinem Rotwein, steckte sich die *Gitane* zwischen die Lippen und zündete sie an.

Bowie, der manchmal von riesigen, in der Hitze Ceylons brennenden Tabakfeldern träumte, über denen er mit einem Fallschirm abspringen durfte, starrte gierig auf die Glut.

«Könnte aber auch sein, dass er nur einer der typischen Verlierer ist, die sich geheimnisvoll geben, und in Wahrheit ist nichts dahinter. Ich hab ihm eine Geschichte erzählt und wollte sehen, wie er reagiert. Ziemlich kaltblütig für einen Mann, der noch keine dreißig ist und angeblich Student.»

«So, was studiert er denn?»

«Architektur.»

«Was haben Sie ihm erzählt?»

«Finstere Dinge habe ich ihm verheißen, Mr. Bowie ... finstere Dinge.»

«Was ist dieses ... *Highlander*? Wonach ist das benannt? Es ist – schottisch?»

«Nein, es gab da einen Film ...»

«Ach so, ich glaube, jetzt weiß ich ...»

«... und auch eine Fernsehserie. Es ist nach der Fernsehserie benannt. Es gibt noch ein paar andere verbotene Spiele in *TransEuroNacht*, die auch nach Fernsehserien benannt sind. Es gibt *Happy Days*, *Derrick* ...»

«Derrick? Das ist ein Spiel?»

«Ja. Man setzt dabei auf Wagennummern, und zwar muss man die Quersumme eines bestimmten auf den Bahnsteig vorgefahrenen Wagens hernehmen, und dann multipliziert man ...»

«Ja, schon gut. Wieso nimmt man Fernsehserien als Vorlage?»

«Vielleicht, weil das das Einzige ist, was alle kennen. Die Leute in der *Compagnie* kommen von überallher. Was machen die meisten in den Hotelzimmern? Fernsehen. *Derrick* kennt jeder.»

«Ist wohl wahr», sagte Bowie ziemlich beschwingt. Er mochte die überlegene Art des Oberinspektors aus München und hatte *Derrick* oft zusammen mit Madeline gesehen, nachdem sie sich geliebt hatten und einmal auch *währenddessen*, einmal ... In Indien war *Derrick* ein besonders großer Erfolg und sehr beliebt, galt allerdings als anrüchig, ja geradezu schweinisch und wurde immer sehr spät gezeigt. *Die Festmenüs des Herrn Borgelt*. Bowie hatte sich den, wie in Indien üblich, wortwörtlich übersetzten Titel dieser Folge gemerkt, und er musste lächeln, als er daran dachte, wie er Madeline fast über die ganzen sechzig Minuten dieser Folge hindurch langsam und köstlich und mit letzter Kraft sodomisiert hatte, um ihr dann auf ihre schweißbenetzten, glücklich zitternden Lippen und ihre schmeckende, durstige Zunge zu tropfen. Zu tröpfeln, weil er zuvor schon dreimal den Augenblick der Freude genossen hatte ... und wie sie dann beide schweißüberströmt eingedöst waren, während Derrick in den verbleibenden zehn Minuten wohl die Sache löste ...

«Wollen Sie wissen, worum es bei *Highlander* geht, oder nicht, Mr. Bowie?» Crutien war genervt, weil Bowie fast eine Minute verträumt in seinem Tee gerührt und ihn vollständig ignoriert hatte.

«Entschuldigen Sie, ich war grade nicht sehr aufmerksam, Sie haben recht. Bitte, ja.»

«*Highlander* ist eine Mischung aus Lotto und Poker. Also: Der Dealer gibt ein Päckchen Spielkarten aus, 52 Blatt. Die Karten sind eindeutig markiert. Jede Karte kostet eine glatte italienische Million.»

«Gute 200 Pfund Sterling, nicht schlecht», sagte Bowie.

«Das Blatt wird ausgegeben. Es wird ein Termin vereinbart, meistens kurz nach dem *Heiligen Abend*. Dann wird, mithilfe eines anderen Päckchens, eine Karte gezogen. Wenn jemand im Raum ist, der diese Karte hat, gehören ihm die ganzen 50000000 Lire.»

«Die ganzen?»

«Zwei Millionen gehören dem Dealer.»

«Das ist doch trivial.»

«Ist es nicht, es fehlt noch was. Also, die Karten werden im Zeitraum eines Monats ausgegeben, der Dealer hat das Päckchen bei sich, und wer ihn trifft, kann ihm eine Karte abkaufen, aber jeder nur eine, das ist wichtig. Niemand weiß also, wer noch alles mitspielt. Es sind ja meistens Schaffner, ab und zu spielt auch mal ein verkommener Kontrolleur mit. Der Trick bei der Sache ist – man kann sich diese Karten gegenseitig abjagen. Fragen Sie mich nicht, wie genau, es gibt so einen Stichwortsatz, den erfährt man vom Dealer. Einer fordert den anderen damit heraus ...»

«Und wenn der gar keine Karte hat?»

«Dann bemerkt er es natürlich nicht. Also, es ist eine Frage der Ehre, man muss sich zu erkennen geben. Jede Karte kann jede Karte schlagen. Ein Duell läuft so ab: Herausforderung durch den Stichwortsatz, warten Sie mal, irgendwas ... *‹Wie viele Züge halten in Orvieto?›* Dann sagt der Herausgeforderte: *‹Es kann nur einen geben›*. *‹Hoch oder tief?›*, fragt danach der Herausforderer. Der Gefragte muss sich entscheiden. Hat der Frager ein Ass, der andere einen Sechser, so gewinnt bei ‹tief› der mit dem Sechser, bei ‹hoch› der mit dem Ass. Sagt er ‹tief›, und der andere hat einen Vierer, hat er verloren. Das Ass ist die höchste Karte. Bei gleichen Werten kommt dann noch die Farbe dazu. Der Gewinner bekommt die Karte des anderen.»

«Ach so, verstehe, und je mehr Karten einer hat, desto leichter kann er an immer weitere Karten kommen.»

«Ja, er wird immer mächtiger. Idealerweise hat er ein Ass und eine Eins, dann ist er praktisch unschlagbar. Am Schluss des Jahres bleiben vier oder fünf Schaffner übrig. Es gibt einen Treffpunkt, zu Weihnachten, in irgendeinem Lokal der *Compagnie*. Eine Glücksfee zieht so lange eine Karte aus dem vollständigen Päckchen, bis der erste unter den Anwesenden die entsprechende von dem anderen Päckchen hat. Der bekommt die Kohle.»

«Hübsches kleines Spiel.»

«Es wird oft betrogen. Karten werden ausgetauscht, hin und her geschoben, manchmal tun sich zwei oder drei zusammen und versuchen eine krumme Tour. Jeder Austausch ist streng verboten. Es gibt Fanatiker, die das ganze Jahr über nichts anderes im Kopf haben und die nur an das Jahresende denken!»

«Hält einen wahrscheinlich fit, dieses *Highlander*, um jede Form von Paranoia zu pflegen. Wenn das das Hobby von diesem Pardell ist, kann man ihn abschreiben, denke ich ...», sagte Bowie und strahlte Crutien an. Der Agent hatte nicht das Geringste gegen Glücksspiele. Crutien hatte nicht das Geringste für Bowies Humor übrig.

«Ich werde jetzt gehen», er erhob sich, «ich muss einen Zug bekommen. Machen Sie's gut, Mr. Bowie ...»

Bowie sah Crutiens Gesicht wie im finsteren Licht der Dinge, die er Pardell angeblich erzählt hatte. Manchmal erschrak Bowie über die Gefährlichkeit, die Crutien in solchen Momenten ausstrahlte, genauso beißend ausdünstete wie den Geruch seiner seifigen schwarzen Zigaretten.

Was immer den düsteren Franzosen dazu bewogen hatte, ihm zu helfen, dem in aussichtslosem Kampf verstrickten Agenten einer schwachsinnigen und handlungsunfähigen Bürokratie beizustehen, was immer es war, das Crutien damit eigentlich bezweckte – Bowie, kein ängstlicher Mensch, war heilfroh darüber, ihn nicht zu seinem Feind, sondern zu seinem Verbündeten zu haben ...

Rotterdam – Salzburg 26. 9. 1999, 17:12

Ein enthusiastischer Zufall des Septemberdienstplans gab Pardell und seinem erotomanen Freund, dessen Familienname am Anfang des gerade zu Ende gehenden Jahrhunderts einer in den bulgarischen Rhodopen wachsenden Eichenart den Namen gegeben hatte, sodass die botanische *Community* sie seitdem als *Poliakoveiche* in ihren Büchern führte – der Dienstplan also gab Pardell und Poliakov heute die seltene und kostbare Gelegenheit, in Rotterdam zusammenzutreffen. Poliakov würde als Schaffner den Regelwagen nach Chur begleiten, Pardell einen Extraschlafwagen nach Salzburg. Sie würden die Strecke bis Mannheim teilen. Dort, in der Stadt der Aufklärung, würden sich ihre Wege wieder trennen. Pardell, der ein

Fax Poliakovs in der Dienstmappe entdeckt hatte, fand sich pünktlich um 17 Uhr in *Karel's Biss* ein, dem Lokal der *Compagnie*.

In *Karel's Biss* fehlte um 17 Uhr noch immer jede Spur von Poliakov. Pardell bestellte sich an der Theke einen Kaffee, suchte sich weiter hinten einen Tisch und sah seine Sammlung durch. Als er sich zwanzig Minuten später auf die Suche nach der Toilette machte, tauchte der Bulgare ungewöhnlich gut gelaunt auf, küsste ihn leidenschaftlich mehrmals auf Wangen und Mund. Seine Bartstoppeln kratzten den jungen Mann auf beeindruckende Weise.

«Poli, wie schön, aua, au! Du kratzt!»

«Leo, Süßester! Empfindlich wie Mädchen!»

«So? Was für Mädchen denn, Poli?»

«Wundervollste Frau! Rothaarig, so herrliche Figur und ...», anstatt fortzufahren, küsste der Bulgare Pardell noch einmal intensiv auf die Stirn, wozu er den pardellschen Kopf herunterzog und sich selbst streckte.

«Wie hast du sie kennengelernt?»

«Im Zug, vor ein paar Wochen. Ch'ab versprochen Besuch bei ihr in Rotterdam.»

«Ach, Schaffnerin?»

«Ne, Stadträtin. Sag, Leo, wo willst du hin? Doch nicht auf Toilette?»

«Allerdings. Bin gleich zurück», so Pardell, grinsend.

***

Fünf Minuten später kehrte Pardell, blass, leicht grünlich und zitternd zurück.

«Jo, Leo – ch'abe Idee von deine Erlebnis. Aber halt die Klappe!»

Karel, der Wirt, schätzte Kommentare zur hygienischen Situation seiner Toiletten ganz und gar nicht. Regelmäßig flogen irgendwelche Schlauberger aus dem Lokal, weil sie an der Theke herumgeturnt waren und *unverschämte* Wörter wie «Klostein», «Meister Proper», «Reinigungsfrau» und «Putzessig» benutzt hatten.

«Was willst du damit sagen, du Mistsau?», pflegte der wütende Böhme den Hinausgeworfenen auf Tschechisch hinterherzubrüllen. Dieser angebliche Wortlaut war aber ein Gerücht, das ein slowakischer Koch aufgebracht hatte. Karel war sehr kräftig, ehemaliger Profi in der zugegeben nicht überragenden niederländischen Eishockeyliga, und ganz gleich, *was* er nun tatsächlich brüllte, seine Handgriffe waren unmissverständlich. Letztlich wurde in *Karel's Biss* über kein anderes Thema ausgiebiger und unter größerer Geheimhaltung gesprochen als über die schwierige Toilettensituation.

«Weiß die *DoppelEA* von diesen Toilet... ja, ich sage das Wort ja schon nicht mehr ...», protestierte Pardell, mit seinen Empfindungen ringend.

«Leo, ist alles Frage von Standpunkt», sagte Poli ernsthaft und fuhr dann fort, nüchtern, abwägend, erklärend.

«Zum Beispiel ich, letzte Fahrt – ch'atte kein Wasser mehr und bin gefahren von wundervollem Marseille nach Parigi! War sehr, sehr warm in Wagen. Macht Ch'itze ch'ungrig? Weiß nicht, aber ch'atte sehr viele Reisende mit große Ch'unger. Aber kein Wasser! Konnte nicht abspülen!» Poliakov nahm einen Schluck *Amstel*, wischte sich mit dem Ärmel dünnen Schaum vom Mund.

«Weißt du, was du machst, wenn du ch'ast kein Wasser, aber sechzehn Gäste in Speisewagen zu Lunch, und achtzehn für Diner, kein Besteck mehr, kein Wasser? Kannst nicht abspülen, musst aber servieren?»

«Wieso hattest du denn kein Wasser?»

«Schließmuskel von Wassertank ist kaputt. Großer Auslauf! Kommt Techniker ch'eute Nacht in Zug, um zu reparieren. Also, Leo, was machst du in solche Fall?»

«Keine Ahnung. Ich schließe die Küche?»

Der Bulgare schüttelte bestürzt grinsend den Kopf, schrie: «Bist du verrückt!», und griff sich den Kaffeelöffel, der auf Pardells Unterteller lag. Der Löffel war verschmutzt – der weiß-braune Schaum des Tütenkaffees, den Karel, böhmische Volksweisen summend, mit lauwarmem Wasser übergoss und servierte, hatte ihn mit Rändern und krustigen Schlieren versehen, die sich Poliakov nun vor die Weckglasbrille hielt und mit dem Auge des faszinierten Forschers studierte.

Dann spuckte er vorsichtig, um die Verschwendung kostbaren Speichels zu vermeiden, auf den schlierenkrustigen Kaffeelöffel, zog einen Hemdzipfel aus einem den Saum der nachtblauen Schaffnerhose ganz leicht überragenden Slip, rieb den Löffel entschieden und ruckartig und hielt Pardell nach wenigen Augenblicken einen blitzenden und ästhetisch einwandfreien Löffel hin, geeignet, auf dem wackligen Rand einer balancierten Kaffeetasse vor die Augen jedes beliebigen Reisenden getragen zu werden.

«Mit ganz wenig Spucke und Ch'emd ich säubere dir komplettes Besteck von Wagen schneller als mit Wasser! Aber gut, es kommt ja Techniker und repariert. Willst du noch Kaffee, Leo?»

Pardell zögerte, nickte aber dann. Während sein bulgarischer Freund für sich selbst noch ein kleines *Amstel* (das *Augustiner* des Nordens) und für ihn einen weiteren Tütenkaffee besorgte, dachte er nach. Er verstand durchaus, weshalb Poliakov ihm diesen typischen Schaffnertrick verraten hatte: Schein und Sein sollten erläutert werden, und Leo erinnerte sich an einen der ersten Sätze Poliakovs, als sie sich kennenlernten, *«Dinge nicht immer sind, was scheinen»*.

Schein und Sein – alte Grundfrage der Architektur übrigens, nicht nur des Barocks. Abgesehen davon, begriff Pardell die Nützlichkeit dieses Tricks, wusste zugleich, dass er ihn, sobald es nötig wäre, zur Anwendung bringen würde. Er hatte schon öfter von Wassernotständen in irgendwelchen Schlafwagen gehört, die alle entweder mit großer Kälte (Vereisung!) oder mit großer Hitze (Verdörrung!) zu tun hatten.

Die Säuberung des Löffels mit Speichel förderte aber auch wieder sein Misstrauen, denn wenn er ehrlich war, wollte er zum Beispiel nicht wissen, was alles in seiner Tasse sein würde, die Poliakov ihm mitbrächte. Er spürte, dass er selbst, sollte er in Zukunft jemals wieder als gewöhnlicher Reisender in Zügen unterwegs sein, nur noch Getränke aus verschlossenen Flaschen zu sich nehmen würde.

Seit er Insider einer ganz bestimmten Sphäre geworden war, seit seinem Eintritt in die *Compagnie* also, ahnte er die Ausmaße von Schein und Sein im Allgemeinen. Er rechnete sein Insiderwissen einfach hoch, und diese Rechnung beunruhigte ihn, weil sie so offensichtlich aufging. Jeder machte irgendwas, jeder fälschte, bog hin, jeder machte sein Ding und grinste sich einen ab, während er dir seine alten Socken als das neueste Produkt aus der Weltraumforschung präsentierte. Er sah auf seine *Authentic Panther*. In Buenos Aires nahm man gerade seinen 15-Uhr-Mate. Wurde langsam Zeit aufzubrechen. Ihr Zug ging um kurz nach acht, 20 Uhr 12.

***

Nach 23 Uhr, nachdem sie die Formalitäten mit den wenigen Reisenden erledigt, einige Getränke verkauft und dem niederländischen Schaffner die Fahrkarten zum Abstempeln überreicht hatten, trafen sie sich bei Pardell in Abteil 61, nicht zuletzt, weil Poliakov sich danach sehnte, vom Münchener Personalbier zu trinken, von seinem geliebten *Augustiner Edelstoff*. Pardell hatte sich von ‹Zscht› in München ein paar Extraflaschen in die Kühlung legen lassen.

Sie tranken, rauchten und diskutierten verschiedene erotische Konstellationen. Poliakov erzählte lebhaft von der Rotterdamer Stadträtin, Pardell hörte zu, dachte seinerseits an den Zweiklang der Sehnsucht in seiner Seele, an Juliane in München, mit der er zärtliche, wehmütige Telefongespräche führte, und an die Frau, deren Fotografie ihm in Neapel geraubt worden war. Am liebsten hätte er Poliakov davon erzählt, von seiner Begegnung mit der schönen Fremden, von seiner Sehnsucht nach Juliane – aber plötzlich ...

Durch den Gang hörten sie ein unheimliches klirrendes Geräusch näher kommen. Ein Klirren, als nähere sich ihnen ein den Albträumen früherer Zeiten entstiegener Kinderschreck. Sie hörten auf zu sprechen. Pardell stand auf, trat vorsichtig an die Tür und warf einen zögerlichen Schatten auf die Dunkelheit des Flurs.

«Mann, was machst du mit den Ketten? Das sieht ja direkt ...», fragte Pardell, als der Fremde düster vor ihm stand. Die Ketten waren um seinen Leib geschlungen, schwere, oftmals benutzt aussehende großkalibrige Stahlketten. Er hatte einen großen, altmodischen Rucksack aus dunkelgrünem Leinen, der bauchig nach unten durchhing und schwer beladen schien, eine schwarze Umhängetasche aus Leder, offensichtlich für Werkzeug. Er trug Kleidung aus Armeebeständen, dunkelgrüne Hosen und darüber eine schwarze Jacke, runde, schwarze Strickmütze. Kurz rasierter Vollbart, düster funkelnde Augen. Erin Vanderhuld. Bei jeder Bewegung klirrte er leicht.

«Diese Ketten sind Werkzeuge für spezielle Praktik bei manche Muschi?», fragte der Bulgare.

«Selbstverteidigung?», so Pardells nächste Vermutung.

«Hört mal, ihr zwei Spaßvögel», er sprach mit starkem niederländischen Akzent, «hier gibt es Schwierigkeiten mit einem Wassertank?»

«Ja. Das bin ich», sagte Poliakov.

«Und was die Ketten angeht ... damit verschließe ich Wagen außer Dienst während der Reparatur. Vorschrift. Von innen und außen. Damit keine Unfälle passieren.» Er grinste verschlagen.

«Musst ch'aben solche Kerkerketten dafür? Reicht nicht Vorhängeschloss? Ch'abe oft in Leben verschlossene Türen gehabt aus wichtige, zärtliche Gründe, aber niemals solche Ungeheuer von Ketten.»

«Ich habe schon Gründe, aber zärtlich sind sie ganz sicher nicht.»

«Wie dann?», fragte Pardell.

«Ich werde verfolgt. Sie werden versuchen, mich nachts irgendwann in irgendeinem verlassenen Wagen zu stellen, um mich fertigzumachen. Wenn ich alleine unterwegs bin. Deswegen die Ketten. Da brauchen sie erst mal einen großen Seitenschneider, bis sie die aufhaben – das gibt mir Zeit.»

«Gibt Probleme mit Vaterschaftsklage? Deswegen Verfolgung?»

Der Bulgare irritierte Vanderhuld sichtlich. Pardell ahnte, dass der Mechaniker für Scherze, egal welcher, insbesondere aber erotischer Art, nicht der richtige Mann war. Er wollte allerdings dem Geheimnis des Kettenträgers auf die Spur kommen.

Die Reparatur des Wassertanks konnte noch warten, Vanderhuld sollte mit Poliakov bis nach Chur mitfahren und würde sich die ganze Nacht Zeit lassen können. Pardell lud ihn ein, sich zu ihnen auf die Couchgarnitur zu setzen, er nickte, setzte sich, und dann holte er eine hellgelbe, längliche Schachtel mit einem Hirsch und einem Jägerkreuz aus der Seitentasche seiner Lederjacke, nahm sich eine kleine, plump wirkende Zigarre heraus. *Deutsche Jagd, Klubformat*, bot die Zigarren den anderen an, aber keiner konnte sich entschließen, ebenfalls einen der Stumpen zu entzünden. Vanderhuld ließ die Zigarre im Munde, legte die Ketten ab, stellte die schwere, ölverschmierte Werkzeugtasche auf den Abteilboden. Poliakov entschuldigte sich. Er müsse kurz etwas nachprüfen, zog die Hose nach oben, stopfte das Hemd über dem *Edelstoff*-Ranzen zurecht, fragte, ob bei seiner Rückkehr Biere erwünscht wären. Pardell nickte.

«Trinke nicht», sagte Vanderhuld.

Poliakov verschwand. Pardell starrte missbilligend auf den Stumpen des Technikers, der sehr große, abscheulich riechende Rauchwolken produzierte.

«Also, sag noch mal. Wer verfolgt dich denn?»

«Ach, Junge. Das ist eine lange, fatale Geschichte. Und gefährlich. Jeder, der damit in Berührung kommt, begibt sich in Gefahr. Willst du das wirklich? Also gut.» Er nahm einen Zug von der Zigarre und blies eine vielgestaltige Rauchwolke in das Abteil.

«Als die Menschen noch in der Welt des Ptolemäus lebten, erklärten sie sich alles auf dieser Grundlage. Das weiß jeder, völlig klare Sache. Aber was ich mich einfach frage, ist: Was machen wir, wenn wir auch in einer ptolemäischen Welt leben? Die dachten genau das Gleiche damals, dass sie Bescheid wüssten. Was machen wir, wenn es jetzt genau dasselbe ist?»

Er holte ein Blatt Papier und hielt es Pardell energisch vor das Gesicht: «Wenn auf dem Blatt Leute wohnen, also flache Leute, verstehst du, die nur die Fläche kennen: Nehmen wir einfach an, es ist so, und da leben Leute.»

Er nahm einen Kugelschreiber und zeichnete ein Gewirr von Linien, die sich schnitten, sich voneinander entfernten, die sich verknäulten und lösten.

«Sagen wir, das ist die Welt von denen, die flache Welt mit ihrer Einteilung. Auf diesen Linien bewegen sich die Leute, die da leben! So weit klar?», fragte der Techniker. «Alles klar?»

Pardell nickte. Die Vehemenz und die überhastete Dringlichkeit sagten dem Hannoveraner, dass Vanderhuld das wohl schon oft durchdacht, aufgezeichnet und erklärt hatte, und schon oft wohl vergeblich.

«So, und jetzt brauch ich eine Gabel!»

Pardell holte ihm eine Gabel aus dem Office – als er den Besteckkasten öffnete, musste er kurz an Poliakovs Erläuterungen denken. Wo Poli nur blieb? Dieser Kerl war ihm entschieden unheimlich.

«Hier ist die Gabel.»

«So, und jetz kuck ma, was ich mache!», sagte Vanderhuld und bohrte die Gabel schräg durch das Blatt – als der erste Zinken halbwegs eingedrungen war, hielt er inne.

«So – jetzt haben wir das erste Ereignis zum Zeitpunkt x.» Er bohrte weiter, der zweite Zinken drang ein, «jetzt das zweite Ereignis, später», bohrte weiter, noch zwei weitere Ereignisse ausrufend, die gerade in der zeitlichen Reihenfolge stattfänden, denn die Gabel war fünfzinkig.

«So – kuck ma. Wir haben jetzt fünf verschiedene Ereignisse, an fünf verschiedenen Orten, zu fünf verschiedenen Zeitpunkten. Hier, kannst du sehen, wo irgendwelche Linien geschnitten sind. Wenn du jetzt einer von diese flache Leute bist, dann siehst du erst mal keine Verbindung. Dabei ist es die Gabel – alle diese fünf verschiedene, räumlich und zeitlich getrennte Ereignisse haben dieselbe Ursache!»

Vanderhuld reichte Pardell triumphierend das mit Linien bemalte und von fünf Gabelzinken durchstochene Papier.

«Um die Wahrheit zu sagen», so Pardell wahrheitsgemäß, «um die Wahrheit zu sagen, ich weiß wirklich nicht genau ... Darf ich den Zettel behalten übrigens?»

Vanderhuld verneinte nicht, aber leichtes Misstrauen, ja Verdacht glomm in seinen Augen auf. Pardell bemerkte das.

«Ich meine, es ist eine faszinierende Skizze, die ich gerne behalten würde, um intensiv darüber nachzudenken. Ja? Danke. Du sagtest vorhin, du würdest verfolgt? Richtig? Der Zusammenhang wird mir einfach nicht klar.»

Vanderhuld setzte sich zurück, sog imponierend an seiner Zigarre, starrte auf das Furnier an der Abteilwand.

«Vor etwa einem Jahr fand man zwischen Genua und Ventimiglia den Unterschenkel eines ungefähr vierzigjährigen Mannes, ausgezogen bis auf den Socken und den Schuh, und irgendwie ging die Polizei davon aus, dass es ein exhibitionistischer Selbstmörder gewesen war, der es sich in letzter Sekunde anders überlegt hat und versuchte davonzukommen und es eben grade noch so schaffte. Hinkend ...», sagte Vanderhuld.

«Fand man eine Blutspur vom Gleis dorthin, wohin der Selbstmörder gehinkt ist?»

«Das kann ich dir nicht sagen, gute Frage eigentlich. Kein Ahnung ...»

«Oder fand man eine Leiche, der ein Unterschenkel fehlte?»

«Nein. Wenn jemand weiß, was er tun muss, und sich auskennt, dann brauchst du vielleicht eine Stunde, um einen menschlichen Leichnam zu ... handlich zu machen. Jemand hat also einen Haufen von ... Teilen, und er fährt eine Große Tour, von Venti nach Marseille, klar, sagen wir über Paris, von da nach Kopenhagen. Und dann Kopenhagen–Dortmund. Und überall, alle zweihundert Kilometer lässt er ein Teil aus dem Fenster ... Ich meine, es gibt wahnsinnig einsame Landstriche dazwischen, und wenn er Glück hat, schnappt sich die Hand oder was für ein ... Teil es immer auch ist, ein Fuchs oder sonst irgendein Vieh. Was übrig bleibt, liegt möglicherweise zwei Wochen oder drei rum, verwest vor sich hin, bis es jemand findet. Und glaubst du, dass der halb verweste Teil eines ... sagen wir mal ... Schenkels oder was irgendwo in Südfrankreich und der zwei Wochen früher gefundene Teil vom Brustkorb in Dänemark oder so, dass da jemand noch einen Zusammenhang sieht?», fragte Vanderhuld düster und gab sich noch düsterer die Antwort: «Kann ich mir nicht wirklich vorstellen ...»

Poliakov kehrte zurück, kühle Tropfen auf seinem Hemd hinterlassende *Edelstoff*-Flaschen unter dem Arm und mit der Nachricht, dass alles in Ordnung sei: «Alles in Ordnung, bist du verrückt!»

Vanderhuld konnte Poliakov nicht ausstehen, das war offensichtlich. Pardell lächelte aufmunternd. Er redete viel, dieser Mechaniker. Er redete sehr viel. Pardell musste versuchen, ihn dazu zu bringen, auf den Punkt der Verfolgung zu kommen, die er vorhin erwähnt hatte.

«Setz dich mal, Poli. Äh, unser Freund ...»

«Erin!», sagte Vanderhuld düster und stolz, als wäre es ein Name verliehen von anderen, geheimen Mächten.

«Erin hier wollte mir grade was erzählen. Also, jetzt – wie war das?»

***

Vanderhuld benötigte keine zwanzig Minuten, um den neugierigen Pardell und den anfangs eher zurückhaltend interessierten, schließlich aber gleichfalls gefesselten Poliakov in ein Gewirr verschlungener Zusammenhänge einzuführen, in dem sich die beiden Zuhörer von Gestalten der Geschichte, der offiziellen wie der geheimen, von den Fährnissen verschollener Unternehmungen und Gruppierungen umringt sahen wie von den beißenden Wolken der *Deutschen Jagd, Klubformat*, die Vanderhuld gierig rauchte – ihr Zug hatte die Gegend von Hochneukirch im Niederrheinischen erreicht, als der Mechaniker, der zuvor locker und eher wenig zusammenhängende Einzelheiten zum Besten gegeben hatte, die verwirrend genug gewesen waren, plötzlich innehielt und eine Schlussfolgerung zog. Eine Folgerung. Keiner seiner beiden Zuhörer hätte das zu diesem Zeitpunkt erwartet.

«Also, was sehen wir daraus?», fragte er. «Was sehen wir daraus? Nagelmackers war kein Zufall. War kein Zufall, alles andere als ein Zufall.»

Das Lokal der *Compagnie* in Zürich war ja das *Nagelmacker's Inn*, wo Pardell manches meist sehr weiche Gemüsegratin verzehrt hatte. Er hatte sich nie gefragt, wer dieser Nagelmackers eigentlich war. Wer sollte das schon groß sein? Vielleicht der Wirt. Irgendjemand eben. Vanderhuld klärte diesen Irrtum auf.

«Georges Nagelmackers, der Gründer der *Compagnie*. Ein großer Mann. Oder vielleicht doch nicht so ein großer Mann, sondern ein groß gemachter? Das werden wir nachher besprechen. Erst wollen wir uns Nagelmackers selbst zuwenden.» Zu Pardells Leid holte er eine weitere *Deutsche Jagd, Klubformat* hervor, entzündete sie und stieß Rauch aus. Dann wandte er sich dem *Compagnie*-Gründer selbst zu.

Er *analysierte*. Er spaltete das Leben dieses Belgiers in zwei symmetrische Hälften – die eine war die offizielle, so wie Pardell sie in einer herkömmlichen Schrift über die Geschichte der *Wagons-Lits* hätte nachlesen können, die andere war die *geheime* Geschichte.

In dieser geheimen Geschichte erwies sich Nagelmackers als ein selbstverständlicher Teil des Streckennetzes universaler Verschwörungstheorien.

Nagelmackers, Sohn einer Lütticher Bankiersfamilie, machte 1869 eine Amerikareise, vorgeblich, um den Wunsch zu vergessen, seine Cousine zu heiraten. Dort in Amerika lernte er die *Pullman Cars* kennen, die allerersten Schlafwagen. Als er nach Europa zurückkam, gründete er, nach etlichen Anläufen, 1876 die *Compagnie*. Die ersten Schlafwagen wurden vor allem Postzügen mitgegeben, der Betrieb lief langsam an, auch Pullman kam nach Europa und versuchte, Schlafwagenläufe zu bekommen – aber die Gründung des *Orient-Express* 1883 markierte den Triumph Nagelmackers – seine Linien breiteten sich aus, ein bis dato einzigartiges Geflecht von Läufen entstand, die über alle Staatsgrenzen verkehrten, die den Orient mit dem Okzident, Istanbul mit London verbanden und den ganzen europäischen Kontinent mit einem Beziehungsreichtum, einem Netzwerk überzogen, wie es bis dahin niemals zuvor existiert habe.

«Und was war der einzige Grund von alledem?», fragte Vanderhuld – ließ seinen atemlosen Zuhörern allerdings keine Zeit, auf diese komplexe Frage zu antworten.

«Der Grund war Kontrolle!», schrie er. «Was war es denn von Anbeginn eigentlich? Ein Nachrichtensystem, das unkontrolliert von den unzähligen, konkurrierenden Eisenbahngesellschaften der einzelnen europäischen Länder agieren konnte. Ein Transportsystem für Wesen, ich sage bewusst nicht für Menschen, für Wesen, die bei Tage nicht reisen konnten, ein Kommunikationssystem über ungeheure Entfernungen, dessen Signale in der Nacht noch von großer Höhe, ja sogar aus dem All gesehen werden konnten, ein ...»

«Moment», sagte Pardell. «Wie meinst du das? Kommunikationssystem? So etwas wie Leuchtfeuer? Morsezeichen?»

«Punkt!», schrie Vanderhuld. «Punkt. Ich war nicht immer Mechaniker, mein Lieber, nicht immer. Ich habe die Aufnahmen gesehen. Wenn man all die damals neu gegründeten Linien zusammendenkt und sie gleichzeitig abfahren lässt, was meinst du, was man da erkennt?»

«Was man erkennt?», fragte Poli, nur noch halb belustigt.

«Sie alle bilden eine Figur, eine Art Kreuz auf dem nächtlichen Europa. Die sechs Enden des Kreuzes weisen auf sechs Städte.»

«Welche sechs Städte?»

«Was denkst du, wer Nagelmackers finanziert hat?»

«Welche sechs Städte, Erin?»

«Das weiß ich noch nicht.»

«Ich dachte, du hättest eine Aufnahme gesehen?»

«Ich weiß, dass Venedig eine Rolle spielt.»

Daraufhin erzählte Vanderhuld, dass Venedig der allererste Stützpunkt der Fremden, der *Venusier*, gewesen sei. Die Venusier hätten unter zwei Bedingungen auf Erden leben können – bei Dunkelheit und Feuchtigkeit. Das sei der Grund der Lagunen, der Kanäle, der ganzen auf Wasser gebauten Labyrinthik Venedigs. Ob sie, Poliakov und Pardell, noch niemals über den Karneval nachgedacht hätten? Und was der Karneval bedeute? Februar, wenn Karneval sei in Venedig, das wäre die Zeit, an der sie kommen würden. Alle wären gezwungen worden, Masken zu tragen – und so hätten sich die Fremden unerkannt zwischen den Menschen bewegen können –, sie sollten sich nur einmal vorstellen, wie die Gesichter aussehen würden, wenn diese Masken mit den großen, schrecklichen Nasen tatsächlich genau passen würden?

«Ja und, bist du verrückt!», schrie ein plötzlich begeisterter Poliakov und fuhr, an seinem Reißverschluss nestelnd, fort: «Was meinst du, was diese Venuskerle ch'aben Schwanz wie Rüssel von kleine indische Elefant!», und japsend vor Vergnügen ließ er aus dem Hosenschlitz seiner durchhängenden Uniformhose einen wackelnden Zeigefinger herausschauen.

«Deswegen es gibt so berühmte Liebhaber aus Venedig und andere erotische Geschichten!»

Pardell brauchte mehrere besänftigende Minuten, um Vanderhuld, der sich verdüstert erhoben hatte, zum Weitersprechen zu bringen. Er solle sich nicht ärgern, der Scherz des Bulgaren zeige nur, wie interessiert er in Wahrheit an Vanderhulds Einsichten sei. Poliakov lächelte erstaunt und nickte mit der Unschuldsmiene einer orthodoxen Ikone.

Vanderhuld setzte sich, fand seinen Faden auf der Stelle wieder und fuhr fort. Die Nachtzüge, die *Compagnie* – bei allem sei es darum gegangen, den Fremden zu ermöglichen, bei Nacht und schnell zu reisen, ihre Verbindungen und Netzwerke aufzubauen, sich auszubreiten, zu reagieren, die Menschen zu lähmen und zu blenden. Und Nagelmackers und alle, die seien von ihnen groß gemacht worden, von denen, die eigentlich die Strippen zogen. Was sie denn glaubten, wer Nagelmackers das Geld gegeben habe? Unter anderem niemand anders als die Rothschilds, die ihre Stützpunkte in London, Paris, Neapel, Berlin und Wien gehabt hätten, den zentralen Stützpunkten der *Compagnie* vor den Kriegen. Die Rothschilds seien die sechs Enden des Kreuzes. Woher aber hätten die Rothschilds ihr Geld gehabt? Eben.

«Ja, glaubt ihr denn, dass es ein Zufall war, dass der Friedensvertrag von Versailles in einem Schlafwagen unterzeichnet wurde und die französische Kapitulation im Zweiten Weltkrieg im gleichen Schlafwagen? Dem Wagen von Compiègne? Glaubt ihr das wirklich? Glaubt ihr, dass sich ein einzelner Mann auf dem gesamten europäischen Kontinent und mit solch rasender Geschwindigkeit hätte festsetzen können, wenn er nicht Unterstützung von ganz anderer Seite bekommen hätte?», sagte Vanderhuld, eindringlich, und er fuhr fort zu fragen, ob sie wirklich glaubten, Nagelmackers hätte gegen den Willen der Machthaber sein bewegliches Labyrinth aufbauen können, das niemand durchblickte außer einigen wenigen Eingeweihten?

«Was steht auf unseren Wagen? Hm? Das wisst ihr doch?»

Beide schüttelten erschöpft den Kopf, fühlten sich auch zu schwach, um Vanderhuld um eine Pause zu bitten.

«Was steht auf den Wagen? *TransEuroNacht*, *TransEuroNotte, Night, Nuit.* Aber es sind immer die gleichen Initialen, nämlich T-E-N. Und was ist TEN? Zehn! Der Rat der zehn Weisen von Zion! Und noch mehr: eins, null. An, aus. Die ganze Computertechnologie wurde hier vorbereitet. Es ging um nichts anderes als Kontrolle. Kontrolle über die Zeit, Kontrolle über die Menschen. Kontrolle über uns. Ich konnte euch nur Andeutungen machen, die ganze Wahrheit ist viel, viel umfangreicher – auch ich kenne sie nicht komplett, auch ich habe noch Fragen. Aber ich weiß genug, damit sie mich niemals kriegen werden, ich bin auf der Hut, ich passe auf. Und jetzt werde ich euch etwas zeigen.»

Er holte einen abgerissenen, einfachen Ordner aus seiner Tasche, in dem sich ein Stapel offensichtlich fotokopierter Zettel befand. Er nahm eine der Fotokopien heraus, legte den Ordner zurück und blickte Pardell und Poliakov sehr ernst an.

«Bevor ich euch das zeige, möchte ich euch warnen, Freunde. Wenn ihr gesehen habt, was auf diesem Dokument ist, wird euer Leben sich wahrscheinlich verändern ... Ich möchte, dass ihr euch das vorher überlegt. Alles, was ich euch anbieten kann, ist die Wahrheit ...»

«Kein Problem, bist du verrückt», schrie Poliakov und fügte dann leiser und mit Verschwörertonfall hinzu:

«Ich bin von Balkan. Dort wir ch'abe ch'istorische Praxis mit jede

Art von Verschwörungstheorie!» Dann schob er sich die Weckglasbrille zurecht, als gelte es, ein akademisches Fachgespräch zu bestehen. Er lächelte Vanderhuld kollegial an. Pardell hätte Poli erwürgen können, denn obwohl ihn Vanderhuld nervte, wollte er wissen, was auf dem Zettel war. Der Bulgare würde noch alles verderben.

Hierin täuschte sich Pardell. Nachdem Vanderhuld Poli ausreichend beäugt hatte, reichte er Pardell die Kopie. Es war offensichtlich ein mit Nadeln gedrucktes Word-Dokument. Die Überschrift war *Das Netz der zehn Weisen*. Darunter übereinander die Wörter TRANS EURO NACHT. Die Anfangsbuchstaben hatte jemand ungeschickt mit einem Filzstift eingekreist. Darunter standen das Akrostichon TEN und seine Spiegelung NET. Unter diesen beiden Wörtern waren Zeichen: ein Schneekristall, eine Hand, deren Zeigefinger nach links wies, und ein Totenkopf mit Gebein.

«Sehr interessant», sagte Pardell, «was sind das für Symbole?»

«Wenn du das geheime Akrostichon von TRANS EURO NACHT bildest, bekommst du die Zehn. TEN. Schreibst du TEN am Computer, markierst es und stellst, äh, oben die Schrift, äh, dieses *Wingdings* ein, dann bekommst du genau das: das sechsendige *Netz* der *zehn* Weisen, eine abgehackte Hand, die zugleich ein Wegweiser ist. Und – den Tod.»

Niemand sprach. Vanderhuld blickte düster auf die Wandtäfelung.

«Es gibt keinen Ausweg, wo sollen wir denn hin? Die Erde selbst ist ja schon eine Zuflucht – die Erde ist der letzte Planet, auf dem noch Leben herrscht. Die Schatten kommen näher. Dann wird kein Licht mehr sein, und die Fremden werden zurückkommen ... Was meint ihr denn, warum der Scheißeuro, den sie bald einführen, tatsächlich EURO heißt? Probier dasselbe mal mit EURO, geschrieben in *Wingdings*. Da geht dir ein Licht auf. Oder hast du es schon einmal versucht?», fragte er rhetorisch. Es hätte wohl die ganze Nacht so weitergehen können.

Pardell wollte das verhindern und etwas antworten, brauchte aber zu lange, denn Vanderhuld, der den Stumpen seiner *Deutschen*

Jagd in den in der Wand eingelassenen kleinen Mülleimer gestopft hatte, erhob sich schon, als hätten sie gerade mal ein paar Minuten über das Wetter geplaudert.

«Kannst du behalten, das Dokument. Kein Problem. Ich geh dann schon mal los, nach dem Wassertank sehen», sagte der Mechaniker merkwürdig entspannt, ja mehr noch, irgendwie tatendurstig, munter, kein bisschen erschöpft.

«Ja, geh, ich, äh, komme gleich nach ...», sagte der schwitzende Poliakov. Pardell winkte dem Techniker erschöpft einen schwachen Gruß hinterher, der kettenklirrend und Dampfwolken ausstoßend davonging.

«Bin am Ende. Bist du verrückt!»

«Ich weiß, was du meinst. Faszinierender Typ. Durchgedreht, aber interessant. Musstest du ihn so ärgern?»

«Ch'ab angech'öhrt viel von Frauen, was immer sprechen ganze Zeit über Gott und was Schwager von Freund von Cousin ch'at große Stellung in Automobilbranche. Aber solches Fantastisches. Niemals.»

«Es gibt nur ein Wort für diesen Mann: Sprechmaschine. Erstaunlich. Poli, kurbel doch bitte mal das Fenster runter.»

«Jetzt wäre recht Schnaps!»

«Gute Idee. Ich hab einen feinen Cognac im Koffer, einen *Duboigalant*.»

«Danke, Leo. Was für Name ch'at Cognac?»

«*Duboigalant* – konnte mir im *Gran' Tour* den Flachmann damit auffüllen lassen, jemand hatte ein kleines Fass da», sagte Pardell.

«Aha. Ist nett, danke, brauch dringend einen Schluck. Ch'ab noch Rendezvous später.»

«Und: Weiß die Glückliche schon davon?»

Nachdem sie getrunken hatten, umarmten sie sich, sprachen kein Wort mehr über den paranoiden Techniker, obwohl beide an ihn dachten, Poliakov, weil er überlegte, ob der ihm in die Quere kommen würde, Pardell, weil ihn der verzweifelte Redeschwall Vanderhulds an seine Arbeit über den ‹Fluchtweg› erinnert hatte. Als Poli gegangen war und den letzten Rest von Heiterkeit ihres gemeinsamen frühen Abends in Rotterdam mit sich genommen hatte, wurde er traurig. Vanderhulds Monolog war der Text eines Gefangenen gewesen, angesprochen gegen enorme, unsichtbare und deswegen unüberwindbare Kerkermauern.

Die Lächerlichkeit des Mechanikers war verschwunden – zurück blieb das Unausgesprochene hinter seinen vielen Worten, das im Abteil hing wie der beißende Rauch der *Deutschen Jagd*. Pardell fügte die Zeichnung mit den wirren Linien und dem fünffachen Stich der Gabelzinken und das «Dokument» mit den Akrostichen und den *Wingdings* seiner Sammlung bei. Er suchte ihnen einen Platz hinter dem Stich von Carcere IX. Diesem Stich hatte man den Beinamen *‹Das große Rad›* gegeben. Er war todmüde. Er fand keinen Schlaf.

***

Sie erreichten Mannheim gegen 4 Uhr morgens. Während Pardells Zug abgekoppelt und auf ein anderes Gleis gezogen wurde, verharrte Poliakovs Zug. Pardell löste die Blockierung der Tür, hielt sich mit der linken Hand fest, und während der Zug langsam aus dem Bahnhof rollte, sah er den Wagen seines Freundes. Regentropfen streiften sein Haar, sein Gesicht, seine Schultern und versickerten im nachtblauen Stoff der Uniform. Er wünschte Poliakov alles Liebe, sie hatten nicht darüber gesprochen, aber es war möglich, dass sie sich niemals mehr wiedersehen würden, denn Pardells Zeit in der *Compagnie* war in drei Monaten zu Ende.

Ferne auf dem Bahnsteig sah Pardell die dunkle, seltsam unsicher stehende Silhouette eines Menschen. Er trug einen dunklen Hut, dessen Ränder der Regen nach unten gedrückt hatte – er blickte deutlich zu Pardell hinüber. Machte einen merkwürdigen, ungelenken Schritt. Was war nur mit ihm? Dann entdeckte Pardell den Stock, auf den sich der Mann stützte. Er machte einen Schritt, hob den Stock leicht, und Pardell sah, was der Grund für den seltsamen Eindruck war. Er ging wie ein Mensch mit einer schlecht sitzenden Beinprothese. Das linke Bein musste es sein, wenn ihn nicht alles täuschte ...

München, Passage 27.9.1999, 14:50

Die Beziehung, die Katharina Willkens, seit mehr als acht Jahren Betreiberin der Bahnhofsbuchhandlung am Münchener Hauptbahnhof, zu Leonard Pardell hatte, war nicht eindeutig auf diejenige zwischen einer engagierten Händlerin und einem gern gesehenen Kunden beschränkt, der zwar regelmäßig kaufte, aber keineswegs viel Geld im Laden ließ.

Katharina hatte auch schon vielen ihrer Kunden Amleda Bradoglio empfohlen, sowohl vor als auch nach jenem Spätabend im April, an dem Leo fünf Minuten nach Ladenschluss hereingestürmt gekommen war und unbedingt – und wieder in größter Eile – «einen weiteren Roman» gewollt hatte, in der stillen Voraussetzung, sie könne sich natürlich an ihn erinnern und daran, was er zuletzt gekauft habe. Sie hatte beides tatsächlich erinnert, ließ ihre Abrechnung sein, strich sich ihre schwarzen, fein gekräuselten Haare hinters Ohr und ging, den Zeigefinger an den Lippen, zielstrebig zu dem Regal, holte *Antworten Sie, Don Ermano* heraus.

Was jemand liest, ist natürlich um vieles bezeichnender als das, was jemand schreibt, denn das kann von dem, was er selbst lesen möchte, auf alle erdenklichen Weisen verschieden sein. Ein Autor experimenteller Kurzlyrik kann ein enthusiastischer und sogar manischer Leser von Romanen von Charles Dickens sein. Und manchmal zeichnen sich die konventionellsten Zeitgeistzocker als

Leser durch eine profunde Kenntnis klassischer französischer Dramatik aus, Racine oder Corneille, können den *Cid* seitenweise auswendig herzitieren, obwohl sie selbst nicht mehr als eine Reihung von Markennamen und Körpersäften zusammenbringen.

Nicht, dass Katharina sehr oft irgendwelche Schriftsteller nach ihrer Lieblingslektüre befragt hätte. Einmal hatte ein weltberühmter amerikanischer Schriftsteller nach einem Buch über bayerische Radwanderwege gefragt. Er hatte eine Poetikvorlesung an der Universität in München gegeben und wollte mit dem Zug nach Frankfurt weiter, wo er einen bedeutenden Preis verliehen bekommen würde. Katharina hatte ein entsprechendes Buch dagehabt. Der amerikanische Schriftsteller war ein leicht rundlicher Mann mit weißen Haaren und schlechten Schuhen gewesen, der sehr freundlich war und ein liebenswürdig altmodisch klingendes Deutsch radebrechte. Seine Doktorarbeit hatte er angeblich über Kafka geschrieben, und jetzt wollte er einen Radwanderführer. Sie hatte sich dann knapp zwei Jahre später das nächste Buch dieses Autors besorgt und tatsächlich, kaum zu glauben, tatsächlich einen Satz entdeckt, wo die Heldin des Buches einem schwarzen Drogenhändler in Cincinnati von der *«landschaftlichen Schönheit des Radwegs zwischen Lech am Inn und Wasserburg»* erzählte. Übrigens hatte Katharina darauf verzichtet, das Buch des amerikanischen Autors groß zu bestellen, weil sie ahnte, dass es sich nicht besonders verkaufen würde, und tatsächlich verkaufte sich dieses Buch überhaupt nicht, und der Radwanderweg und alles andere versanken nach einer Weile in der milden Titelflut der nächsten Saison.

Katharina vergaß selten. Gemessen an der schier unglaublichen Vielzahl an Menschen, die in den acht Jahren bei ihr Bücher gekauft hatten, konnte sie sich an erstaunlich viele davon erinnern – was eben an den Büchern lag.

Sich an Leo Pardell zu erinnern war ihr schon deswegen nicht schwergefallen, weil er als Inkarnation leibhaftiger Panik in ihren Laden gestürzt war. Es war die typische Panik, die aus der Gemütsmischung vollkommener Bedürftigkeit und absoluter Ratlosigkeit zu entstehen pflegt, wenn sich auch noch Zeitknappheit dazumischt. Pardell war hereingestürzt, hatte nach einem Buch über Buenos Aires gefragt, aber kein Reiseführer, was dann, nun, vielleicht ein Roman, aber nicht irgendeiner, sondern einer, aus dem man die argentinische Hauptstadt tatsächlich kennenlerne, aber auch nicht schlicht als Beiwerk, wie soll man das ausdrücken, ein Buch, das wirklich *in* der Stadt spiele, aber eben nicht nur, das Buenos Aires von innen heraus beschreibe ...?

Wonach er, ohne es zu wissen, verlangt hatte, war nichts anderes als ein Roman von Amleda Bradoglio gewesen, und zufällig war die Bradoglio eine ihrer Lieblingsautorinnen. Pardell hatte ihren Vorschlag sehr glücklich angenommen und das Buch sofort gekauft. Obgleich Katharina natürlich froh über jedes Buch war, das über den Ladentisch ging, konnte sie nicht leugnen, dass es ihr besondere Freude machte, ihren eigenen Geschmack mit einem Kunden teilen zu können. Sie hatte einige Stammkunden und viel Laufkundschaft, und manchmal war es erstaunlich, was so bestellt und gekauft wurde.

Wie viel kann man von einem Kunden erfahren? Wie viel will man wissen? Katharina jedenfalls wusste von Pardell, dass er aus Hannover war, noch keine dreißig, dass er in Berlin Architektur studiert hatte und jetzt als Schlafwagenschaffner in München arbeitete, was Katharina ziemlich kurios fand, obwohl ihr als Bahnhofsbuchhändlerin die verschiedenen Spezies von Eisenbahnern natürlich einigermaßen geläufig waren. Er hatte ihr erzählt, dass er in der Nähe des Bahnhofs in der *Pension Scholl* wohnte, aber auch manchmal wochenlang weg war und sich in Paris oder Florenz oder Belgien aufhielt. Er hatte ihr von seinem Interesse an Piranesi erzählt. Er hatte ihr auch erklärt, welche Zigarettenmarke er bevorzugte.

Den Rest von dem, was sie von ihm wusste, also das eigentlich Wichtige, hatte sie sich gedacht. Sie wusste nach einer Weile einfach, nachdem sie sich drei-, viermal gesehen hatten, dass Pardells Tätigkeit in den Reihen der *Internationalen Schlafwagengesellschaft* keineswegs in einem strikten Sinne geplant gewesen war, dass es sich vielmehr um den berühmten ‹Plan B› handelte. Sie ahnte, dass sein Interesse an Buenos Aires einen zärtlichen Hintergrund haben musste, denn die Sehnsucht, die manchmal in seinen Augen stand, wenn er den Namen der Stadt nannte, in der Bradoglios Romane spielten, sprach Bände. Katharina hatte instinktiv angenommen, dass Leo in jemanden verliebt war, der sich im Augenblick dort aufhielt und mit dem er nicht anders in Kontakt treten konnte als durch das Medium der Bradoglio-Romane.

Gelegentlich warf er Katharina gewisse Blicke zu, die damit zu tun hatten, dass sie im pardellschen Universum einen durchaus erotischen Platz einnahm, eine Möglichkeit, wie der Seitenflügel eines weitläufigen Gebäudes, den man noch nie betreten und den eines Tages zu erkunden man sich vorgenommen hatte.

Sie fand die romantische Verwirrung, mit der er stets in ihren Laden kam, schon wieder *zu* niedlich. Also begegnete sie seinen charmanten und gelegentlich wie absichtlich leicht ungeschickten Schmeicheleien und dem Flirt, der sich zwischen ihnen entwickelt hatte, mit Wohlwollen – aber auch nicht mehr. Manchmal sah er sie mit so einem Hundeblick an, dass ihr nichts anderes übrig blieb, als das Gespräch lächelnd, aber zügig auf etwas Sachliches zu lenken.

Es war kurz vor ihrer Nachmittagspause, ihre Mitarbeiterin, die zwischen 15 und 20 Uhr bei ihr arbeitete, musste jeden Augenblick eintreffen, und draußen lockte ein sonniger Münchener Herbsttag. Sie hatte plötzlich Lust, Leo zu fragen, ob er einen Kaffee mit ihr trinken gehen wolle. Pardell sagte, gerne, allerdings sei er ziemlich müde, er sei die ganze Nacht nicht zum Schlafen gekommen, habe dann noch einen frühen Zug von Salzburg hierher nehmen müssen. Schon gut, sie könne sowieso nur eine knappe halbe Stunde.

In der nahen Schützenstraße hatten sie sich einen wackligen Plastiktisch in der Sonne gesucht, Katharina hatte einen Kaffee, Pardell ein Weißbier bestellt. Katharina interessierte sich für

Pardells Sammlung im roten, mittlerweile schon ziemlich angeschrammten Klemmbinder.

Pardell blätterte ihr mit Vergnügen die inzwischen auf gut über hundert Blätter angewachsene Kollektion vor. Es war ganz offensichtlich, dass sie zunehmend interessanter wurde, dass seine Assoziationen und die Verbindungen, die er zwischen verschiedenen Details zog, an Deutlichkeit und Prägnanz gewonnen hatten.

«Wissen Sie, ich hatte als Kind einmal so etwas Ähnliches. Ich hab alle möglichen Bilder und Ansichten gesammelt und mir irgendwelche Geschichten, die zwischen den einzelnen Orten spielen sollten, ausgedacht.»

«Wie schön. Haben Sie diese Sammlung noch?»

«Ja, ich glaub schon, irgendwo bei meiner Mutter. Hier, da hab ich ein Cover von Bradoglio kopiert, die Fassade hier schien mir irgendwie vergleichbar mit diesem Bahnhof, das hier.»

«Sie meinen diese Bögen?»

«Ja. Gotisch.»

«Die Frage habe ich mir oft gestellt, aus welchem Grund sehen die ersten Bahnhöfe so ... altmodisch aus? Es gab doch schon längst andere Bauformen zu der Zeit.»

«Ja, stimmt. Es ging wohl darum, denke ich, dem unerhört Neuen dieses Verkehrsmittels eine Fassade, eine Hülle zu geben, die vertraut und beruhigend wirkte. Das waren eben Nachbauten von Kathedralen, Schlössern und dergleichen. Ich denke, es ging um Tarnung, und irgendwie verbarg sich das Neue in diesem Fall hinter historischen Versatzstücken.»

Sie blätterten weiter, Katharina rauchte eine *Gauloises,* eine von acht, die sie sich noch jeden Tag genehmigte. Sie stießen auf eine Sammlung von Ansichten eines Bahnhofsinnenraums, dessen Pracht geradezu überwältigend war. Konnte nicht in Deutschland sein, wo die meisten Bahnhöfe, wie in München, den Zweiten Weltkrieg nicht überdauert hatten.

«Den kenne ich. Da war ich mal», sagte sie fröhlich.

«Wirklich?»

«Das ist ... Moment, das war, genau. Als wir an die Nordsee gefahren sind. Das ist Antwerpen, nicht wahr?»

«Ja, stimmt. Antwerpen, das ist der wundervollste Bahnhof, den ich kenne. Sehen Sie nur die Details am Dach, in der Glasrosette – wunderbare Formen ...»

«Ja, mein Gott, wie schade, dass unser Bahnhof so unglaublich ... hässlich ist. Die ganzen deutschen Städte sind so hässlich ...»

«Nun, Frau Willkens, das ist schon wahr. Ich bin ja in Hannover aufgewachsen, das total zerbombt war und heute dementsprechend aussieht. Aber was den Münchener Hauptbahnhof betrifft, der ist nicht so übel. Das Dach der Bahnsteighalle ist eine vergleichsweise kühne, bewusst moderne Konstruktion, die bis 1960 von Krupp errichtet wurde. Ein Fanal des Wiederaufbaus sozusagen. Die Decke mit nur *einer* zentralen Reihe von, ich glaube, neun Stützen, von gigantischen Hohlprofilen überspannt. Die nimmt der Nichtfachmann gar nicht wahr, weil sie zugleich die unverglasten, dabei hell beleuchteten Innenseiten der doppelten Oberlichtbänder bilden. Eigentlich genial.»

«So sehen Sie das?», sagte sie, mit einem ziemlich aufregenden ironischen Lächeln.

«Hm, ja», der heimlich von ihrem Lächeln entzückte Enthusiast.

«Dann ist es kein Wunder, dass ihr Architekten so scheußlich baut – wenn man das auch so sehen kann ...»

Sie blätterten weiter. Sie kamen von Bahnhöfen, seinen Zeichnungen und Skizzen zu Fotos von Leuten, die er heimlich gemacht hatte, und auf Fotos seiner Freunde. Dann stießen sie auf ein Detail aus den *Carceri* von Piranesi und eine Fotografie aus Neapel.

«Sehen Sie, vielleicht bin ich kein richtiger Architekt – weil ich immer mehr feststelle, dass ich die Sachen für sich genommen weniger spannend finde als die *Verbindung* zwischen den Sachen.

Schauen Sie mal, hier hab ich eine Ecke von einem alten Brunnen in Neapel aufgenommen, mir kam es auf diese kleine Verzierung an. An sich ist das trivial, nicht weiter ungewöhnlich, wenn auch ungewöhnlich gut ausgeführt. Hier hab ich ein Detail aus den *Carceri*, Blatt sechs – sehen Sie diesen Bogen, da, es ist ja nicht zu übersehen. Steht in einem völlig anderen Zusammenhang, ist aber dasselbe.»

«Das ist interessant.»

«Ja, schon. Aber jetzt passen Sie auf, das waren Sachen, die konnte ich blitzschnell herausfinden: Der Brunnen wurde 1775 eingeweiht, das stand drauf. Piranesi fuhr das erste Mal 1774 nach Neapel, also ein Jahr vorher. Das zweite Mal 1776, also ein Jahr nachdem der Brunnen gebaut worden war. Er hat hier gewohnt, im Haus seines Freundes Nicola Giobbe.» Pardell klappte das Detail des kopierten und eingeklebten Neapolitaner Stadtplans aus.

«Hier. Er hat immer da gewohnt.»

«Was ist das andere Kreuz?»

«Das ist der Standort des Brunnens, der für Piranesi bei seiner Rückkehr nach Neapel neu gebaut worden war. Also ...»

«Ich verstehe, Sie wollen andeuten, Piranesi hat den Brunnen natürlich bemerkt und in seine architektonische Fantasie eingebaut. Wie schön.»

«Wissen Sie, ich kann es nicht beweisen, wie sollte man das beweisen, außer er hätte es in einem Brief notiert. Das hat er aber nicht. An der Uni hätte ich das niemals benutzen können, es wäre unwissenschaftlich gewesen. Aber genau um diese Verbindungen geht es mir. Genau darum. Das war jetzt sogar noch ein einleuchtendes Beispiel, aber es gibt auch Details von Bahnhöfen und öffentlichen Gebäuden, Brücken, Straßenkonstellationen, verstehen Sie, die Verbindung mit den *Carceri* ist zufällig, was mir eben auffällt.»

«Und Sie waren in Neapel zuletzt?»

«Nein, Rotterdam bin ich heute Nacht gefahren. Rotterdam–Salzburg.»

«Stimmt, das haben Sie erwähnt. Mein Freund würde gerne Ende des Monats für eine Woche nach Capri.»

«Hm. Neapel. Letztes Mal bin ich tierisch hereingelegt worden.»

«Betrogen?»

«Ja, ich bin einem Trickbetrüger aufgesessen, er verkaufte Zigaretten, ich habe ihm eine Stange abgenommen. Im Inneren waren allerdings keine Schachteln, sondern Styropor. Es war eine Attrappe. Es war das Modell einer Stange Zigaretten.»

«Verstehe. Das sollte Ihnen doch eigentlich liegen? Architekten müssen doch auch Modelle basteln, oder irre ich mich?»

«Ja. Aber die kann man meistens leichter erkennen.»

«Sie würden ja auch niemals jemanden betrügen wollen, hab ich recht?»

«Nein, nicht in diesem Sinn, nein. Ich ...»

«Haben Sie ein schlechtes Gewissen?»

«Sieht man mir das an?», fragte Pardell, schamesrot, verlegen, in der Hoffnung, möglichst unschuldig auszusehen.

«Nein, ich mach nur Spaß. Es war nett, ich muss zurück in den Laden. Die beiden neuen Bücher von Amleda sind nächste Woche da.»

Sie verabschiedeten sich formlos, aber freundlich voneinander. Pardell blieb noch sitzen. Katharina entschied sich gegen die Fußgängerunterführung am Ende der Schützenstraße – sie würde noch den ganzen Tag im Laden zubringen und wollte so viel Zeit wie möglich im Freien verbringen. Sie ging zwischen den Autos durch, die als erster Schub des Berufsverkehrs die Luisenstraße verstopften. Die Trambahngleise in der Mitte der Straße wimmelten von Menschen, sie suchte sich ihren Weg, hielt kurz noch zwischen den Gleisen zweier Trambahnen, die aus verschiedenen Richtungen kamen. Es entspann sich ein Assoziationsfaden zwischen Pardell, dem Schlafwagenschaffner aus Hannover, der, wie sie, ein begeisterter Leser von Amleda geworden war, dem Gewirr des halben Dutzend stehender, abfahrender und ankommender weiß-blauer

Trambahnen auf der Luisenstraße und einer Kundin, etwa in Pardells Alter, die vor ein paar Tagen in ihren Laden gekommen war, um ihrerseits nach Büchern über Buenos Aires zu fragen. Katharina hatte ihr, wie damals Pardell, *Die Verliese des Lao-Lin* empfohlen, den wahrscheinlich besten Roman der Bradoglio. Die junge, auffallend hübsche Kundin, die sich bewegte, als ob sie Tänzerin wäre oder Aerobictrainerin, hatte das Buch durchgeblättert und sich entzückt darüber gezeigt, dass es auch eine Karte darin gab. Katharina verkaufte *Die Verliese des Lao-Lin* regelmäßig und hätte sich wahrscheinlich gar nicht an die junge Frau mit den roten Korkenzieherlocken erinnert, wenn diese nicht an der Kasse beiläufig erwähnt hätte, sie freue sich sehr über *Die Verliese ...*, vor allem über die Karte, ein guter Freund von ihr sei nämlich gerade in Buenos Aires, arbeite als Trambahnschaffner, und seine Geschichten hätten sie neugierig gemacht.

Katharina lief zügig über die andere Straßenseite, bevor der erste Schwung noch wartender Autos die Straße überschwemmen würde. Vielleicht trog sie ihr Gefühl in diesem Fall – wenn nicht, dann würde sie die junge Frau wahrscheinlich bald wiedersehen, und dann müsste sich eigentlich sehr leicht feststellen lassen, ohne etwas Verfängliches zu sagen, ob ihre Assoziation von gerade eben reiner Zufall war oder doch nicht.

München, Aufenthalt 27.9.1999, 15:02

«Herr Getzlaff, grüße Sie, nehmen Sie doch bitte Platz.»

«Herr Doktor Fangnase. Ich bin schon so gespannt, ehrlich.»

«Ich bin gespannt, wie Sie aufnehmen, was ich Ihnen zu sagen habe. Ich habe Sie darüber in Kenntnis gesetzt, dass wir vor ein paar Wochen einen amerikanischen Agenten ins Spiel gebracht haben?»

«Ja, klar, weiß ich. Hat er was. Gefunden? Den Onkel?»

«Herr Getzlaff, Sie haben vermutlich keine Vorstellung davon, wie viele Menschen namens Getzlaff in den Vereinigten Staaten von Amerika leben?»
«Viele?»

Getzlaff schauderte, es gruselte ihn, vielleicht waren es tatsächlich viele. Alles Betrüger wahrscheinlich, aber hartnäckige. Ängstlich blickte er den berühmten Detektiv an.

«Nun, es sind nicht Millionen. Warten Sie, Moment, hier habe ich die Akte.» Er reichte Getzlaff die *Akte Getzlaff*. Dass sie sich tatsächlich die Mühe gemacht hatten, eigens eine Akte für ihn anzulegen, schmeichelte Getzlaff ungeheuer. Aufgeregte Röte überkam seine Wangen. Er war schon stolz. Toll.

Obenauf lag der Ausdruck einer amerikanischen Website. Sogar in Englisch.

Getzlaff

Getzlaff is the 72,625th most popular last name (surname) in the United States; frequency is 0.000%; percentile is 88892

Getzlaffs Englisch war nicht brillant. ‹Noch nicht›, dachte er manchmal beim Einschlafen. Aber er konnte nach den ersten Schrecksekunden dann doch erkennen, dass diese Statistik besagte, dass ‹Getzlaff› ein unglaublich seltener Name war. Gott sei Dank. Dass von 88892 Leuten einer, ein Einziger nur, Getzlaff hieß. Wie in Kaiserslautern übrigens, da war er auch der Einzige. Im Gegenteil, Kaiserslautern war ja kleiner, in den USA war der Name also *noch* seltener. Das war doch sehr erfreulich.

«Sehen Sie, ich hab es gewusst. Der Name *ist* selten.»

«Nun, Herr Getzlaff, wissen Sie, wie viele Einwohner die USA haben? Nein? Im Augenblick so an die 290 Millionen. Das bedeutet, es gibt knapp 3000 Getzlaffs in den USA. 3000. Über den ganzen Kontinent verstreut.»

«Was soll das jetzt heißen? Ham die Ansprüche angemeldet?»

Luitpold Fangnase schwieg einen Moment. Er blickte eine dunkle Stelle auf dem Schreibtisch an, ein Astloch, das er immer dann anblickte, wenn er an einem Menschen zu verzweifeln drohte – er wusste, dass die Hauptschwierigkeit in der Arbeit eines seriösen Detektivs darin bestand, den Leuten auszureden, was sie glaubten. Die meisten Leute glaubten mehr oder weniger alles, wenn sie es aus irgendeinem Grund glauben wollten. Man musste vorsichtig sein, behutsam. Er wollte Getzlaff nicht die ganze Hoffnung rauben, aber ihn behutsam mit den Wahrscheinlichkeiten in seinem Fall vertraut machen. Er sollte sich nicht blinden Glaubens ruinieren. Das Geld würde ihm bestimmt bald ausgehen. Er tat ihm fast leid, auch wenn er Klienten gegenüber immer objektiv und emotionslos zu bleiben versuchte. Er hatte nur das Gefühl, dass Dieter Getzlaff dabei sein könnte, einen wirklichen Fehler zu begehen.

«Herr Getzlaff. Wir tun, was wir können. Mein Mann in den Staaten gibt sein Bestes. Wir prüfen das nach, das verspreche ich Ihnen. Sie können sich vorstellen, dass das alles allerdings nicht ganz ohne Aufwand zu haben ist.»

«Aber ja, natürlich.»

«Mit anderen Worten ... in knapp zwei Wochen müssten wir über eine Erweiterung Ihres Engagements sprechen. Es tut mir leid. Ich bitte Sie, überlegen Sie es sich gut, ob wir weiterarbeiten sollen! Lassen Sie sich ruhig Zeit.»

«Zeit brauch ich jetzt nicht. Ich hab ja noch das Auto. Das verkaufe ich einfach. Sofort. Das verkaufe ich, Herr Fangnase. Heute noch gebe ich eine Annonce auf und verkauf es. Das Geld krieg ich schon. Klar. Jetzt, wo wir so kurz vor dem Ziel sind! Das würd ich mir nie verzeihen, wenn ich jetzt aufgeben würde ... Machen Sie bitte weiter! Das muss klappen. Wenn das nicht klappt, dann hat alles überhaupt keinen Sinn gehabt. Dann ist Schluss! Dann werf ich mich vor den Zug! Ich meine es ernst. Machen Sie weiter, Doktor Fangnase!»

Paris, Passage 28.9.1999, 19:34

«Du hast etwas auf dem Herzen, Leo», stellte Quentin fest.

Pardell, den die ganze Nacht nicht nur viele, anspruchsvolle Reisende, sondern auch wie unzufriedene Katzen umherschleichende Schuldgefühle wach gehalten hatten, blickte von der Balustrade düster auf die Menge, die das *Gran' Tour* bevölkerte, als suche er dort nach einem Anhaltspunkt, wie er beginnen sollte. Die transatlantische Illusion quälte ihn. Sollte er sie abschaffen, Juliane die Wahrheit sagen? Aber warum alles komplizieren? Was machte es aus, dass die Schaffner, von denen er Juliane erzählte, keine Trambahnwagen begleiteten, sondern Schlafwagen, dass nicht das Liniennetz der Stadt Buenos Aires, sondern die Strecken des europäischen Kontinents befahren wurden?

In dem Paralleluniversum, das er für Juliane in den letzten Monaten entworfen hatte, gab es sogar einen Mann, der seinem geliebten Freund Quentin bis aufs Haar glich, und ein Lokal, das dem *Gran' Tour* bis auf den komplizierten Grundriss und die Deckenlampen nachgebaut war. Pardell hatte die europäische Landkarte perfekt auf den Stadtplan von Buenos Aires übertragen. Neapel war Palermo, Rotterdam war Retiro, Hamburg Recoleta – alles Hafenbezirke. München war das träumerische Flores, Zürich das edel klingende Villa Crespo und Paris das Barrio Caballito, das Amleda Bradoglio als besonders schön beschrieben hatte. Und er fuhr eben nicht acht Stunden lang vom Hafenviertel Palermo nach Flores und zurück, sondern in dreizehn Stunden von Neapel nach München. Und? Was er erlebte, erzählte er Juliane, was er sah, beschrieb er, was er fühlte, tja ... Das war es eben. Das Gefühl.

Er hatte es sich selbst strikt verboten, über die Möglichkeit nachzudenken, wieder und diesmal richtig mit Juliane zusammen sein zu können. Zumindest außerhalb der zärtlichen Minuten, an denen er morgens oder abends, an den unterschiedlichsten Orten, Sex mit sich selbst hatte. Seine Fantasie umfasste ja auch sehr, sehr deutliche Spuren der schönen Fremden und einiger anderer, flüchtigerer Bekanntschaften.

Er hatte es sich verboten, mit der Hoffnung zu spielen. Es war noch so viel Zeit gewesen, als er die transatlantische Illusion zwischen Juliane und sich zum Leben erweckt hatte. Doch die Monate schmolzen dahin, und der Zeitpunkt kam näher, an dem geplant war, das Paralleluniversum zu verlassen und in jeder Hinsicht nach München zurückzukehren. Dann würde er Juliane sehen. Er kannte das Haus, in dem sie wohnte, er hatte sich gelegentlich in der Nähe herumgetrieben, an den seidigen Maiabenden, den warmen Julitagen und den heißen Augustmorgen, und hatte mit seiner Sehnsucht und nicht selten mit seiner Begierde gerungen.

Statt sie zu besuchen, hatte er sie angerufen. Sie hatten in vier Monaten häufiger und länger telefoniert als vorher in fünf Jahren. Jetzt, wo es scheinbar nicht die geringste Möglichkeit gab, sich zu sehen, sprachen sie beide davon, wie schön es wäre, wenn sie sich endlich treffen könnten. Zum Abschied flüsterten sie einander Dinge zu, die zärtlicher wurden von Mal zu Mal und Pardell immer verwirrter und sehnsüchtiger zurückließen.

Sein Blick kehrte vom Treiben im *Gran' Tour* zurück. Quentin hatte geschwiegen. Er sah ihn aufmerksam an.

«Quentin, was soll ich tun? Soll ich Juliane die Wahrheit sagen?»

«Manchmal kann man die Wahrheit nicht einfach so sagen, Leo. Manchmal muss man lügen, um die Wahrheit erzählen zu können.»

«Warum?»

«Weil sie nicht verstanden würde. Weil sie zu kompliziert ist. Weil man noch nicht in der Lage ist, sie richtig zu erzählen. Oder alles zusammen. Hast du denn das Gefühl, du wärst dazu in der Lage?»

Da Pardell düster schwieg, fuhr er fort.

«Wenn ich die Situation richtig beurteile, dann hast du dich in chère Juliane verliebt? Oder? Liebe kann davon leben, dass es eine räumliche Distanz gibt, die unüberwindbar scheint. Ist es das, was dir Schwierigkeiten macht?»

«Ich weiß es nicht. Vielleicht findet sie gar nicht mich toll, sondern nur die Tatsache, dass ich in Argentinien bin und mich da unten durchschlage.»

«Ach so. Dann willst du also für immer in Argentinien bleiben?»

«Nein, aber am Ende des Jahres, das war ausgemacht, komme ich sowieso zurück. Dann müsste ich nichts erklären. Oder erst irgendwann später.»

«Glaubst du das in der Tat? Du glaubst, dass du am Neujahrsmorgen oder wann immer Monsieur Eichhorn ...», Quentins Stimme bekam plötzlich einen kecken, liebevollen Tonfall, «wann immer also Eichhorn le Grand dich ankommen lässt, dass du dann deine Uniform ausziehen, ‹Adieu› sagen und ein Taxi nehmen wirst, um dann zu Juliane zu sagen: ‹Meine Liebe, ich bin zurück. Allerdings nicht aus *Argentine*, sondern aus der Rue de Goethe. Ich habe dich neun Monate lang angelogen, tut mir leid ...›»

«Was soll ich denn dann tun?»

«Ich kann es dir nicht sagen. Ich kann dich nur auf gewisse Dinge aufmerksam machen. Sieh sie dir an», sagte Quentin traurig, auf die Bevölkerung des *Gran' Tour* deutend, «sieh sie dir an – es gibt ganz wenige unter ihnen, die keine Schwierigkeiten hätten. Wir sind zu oft weg von zu Hause. Wir pflegen kurze Aufenthalte. Andererseits erleben wir zu viel, sehen zu viele Menschen. Das ist schwierig. Niemand wird gezwungen, so zu leben, niemand wird gezwungen, verbotene Spiele zu spielen, aber ...»

«Es ist eine Männerwelt. Deswegen», sagte Pardell sanft, resignierend.

«Vielleicht. In einer Männerwelt musst du versuchen, das Weibliche in dir zu erhalten, es zu suchen und zu pflegen, sonst bist du verloren, und dein Herz verhärtet sich, und du richtest dich ein in diese Verhärtung.»

«Du meinst, ich soll es ihr sagen?»

«Die Frage ist – was ist diese große Reise für dich? Als wir uns kennenlernten, warst du verängstigt. Durcheinander, aber interessant. Du warst deswegen so wundervoll, weil die *Compagnie* für dich wahrhaftig eine Rettung zu sein schien, ein wirklicher Fluchtweg», bei *Fluchtweg* nickte er Pardell lächelnd zu, «aber jetzt? Was kannst du jetzt schon noch lernen? Was suchst du noch?»

«Ich weiß nicht, was du meinst, Quentin.»

«Du hast doch wahrscheinlich nur Angst davor, dass du aussteigen müsstest. Du hast dich eingerichtet. Du willst Juliane, aber du willst weiter derjenige bleiben, der sie anruft, wann er will.»

Pardell erwiderte nichts.

«Was würdest du tun, wenn sie möchte, dass du auf der Stelle aufhörst und bei ihr in München bleibst?»

«Na ja, so einfach ist das nicht. Ich habe mich schließlich verpflichtet. Ich kann jetzt nicht so einfach ...» Pardell ließ ab. Quentin setzte sich zurück, nippte von seinem *Pierre Ferrand* und blickte ihn mit einer Ironie an, die man Fremden gegenüber pflegt, die man aus Sympathie binnen weniger Augenblicke durchschaut hat.

«Wir alle hier in der *Compagnie* sind ein wenig wie Menschen, die sich plötzlich als die Gefangenen ihrer eigenen Unterschrift vorfinden, Gefangene einer Lebenslage, die vorbei ist und die sie dennoch immer noch gefangen hält.» Quentins Stimme hatte einen hohen Ton angenommen. Er sprach schnell, flüssig, aber was er sagte, hatte nichts Geläufiges. Quentin sprach über Männerwelten, über Sphären ohne Ausweg. Er sprach von der *Legion Etrangers*, der Fremdenlegion, über das Militär, über Gefängnisse jeder Art und wie man versucht, ihnen zu entfliehen.

Als er endete, hatte er Tränen in den Augen. Pardell begriff, dass Quentin irgendwo zwischen seiner Erzählung über sich selbst gesprochen hatte.

Unten in der Menge im *Gran' Tour* hatte er einen schwarzen Zigarettenverkäufer ausgemacht, der sich verloren an einem winzigen Weinglas festhielt. Es gab so viele andere. Zwischen ihnen allen bewegte er sich. Vielleicht war es Zeit auszusteigen. Sein Zug ging in fünfzig Minuten. Vielleicht würden sie bald Abschied nehmen. Vielleicht nicht.

«Du musst dich beeilen», sagte Quentin zu Pardell. «Du kommst zu spät, mein Lieber.»

Paris, Aufenthalt 28. 9. 1999, 21:50

«Intelligenztests vor Einstellung – die führen nicht dazu, dass die Leute intelligenter werden, sondern dass sie trainieren, *diese* Art von Test möglichst gut zu bestehen –, also, wenn man so etwas durchführen will, muss man eine indirekte Strategie wählen. Aber ehrlich gesagt, ich bin mir nicht sicher, dass wir bei *TransEuroNacht* mit solchen Methoden irgendetwas erreichen, das ist doch von Grund auf alles faul. Nein. Ja, meinetwegen, mailen Sie es mir rüber ...»

Bertrand Lagrange, Chefkontrolleur der *Wagons-Lits*, loggte sich aus der PC-to-Phone-Software aus, ließ den Kopfhörer allerdings in seinem Ohr. Er blickte auf die Bildschirmoberfläche seines Macs – im rechten oberen Eck hatte er sich vor einiger Zeit eine Uhr installiert, die ihm nicht nur digital die Pariser, sondern auch, etwas kleiner, die Ortszeit von Montreal, Kanada, zeigte. Er hatte sich um 18 Uhr 30 Westküstenzeit verabredet, und es blieben ihm noch fünfzehn Minuten bis dahin. Das Gespräch würde einiges Geschick erfordern, denn es war ihm bis jetzt noch nicht gelungen, die Datenmenge, mit deren Sammlung und Systematisierung er heimlich vor einem guten Jahr begonnen hatte, die entscheidende Grundlage zu geben: Ihm fehlte der Schlüssel, um verlässliche Analysen treffen zu können. Genau diese Analysen erwartete man aber von ihm.

Der Schlüssel lag in Eichhorns Büro. Er kannte Eichhorn, er wusste, dass der in Lagrange nur eine Gefahr für die *Compagnie* sah – Eichhorn würde nicht kooperieren, natürlich nicht. Eichhorn, der ihm persönlich vollkommen gleichgültig war, widersetzte sich seit Jahren, verzögerte die Datenerfassung, die Lagrange begonnen hatte, und desinformierte ihn. Leider fehlten Lagrange die Mittel, ihn zu überreden oder zu zwingen. Er hatte nach irgendeinem brauchbaren schwarzen Detail in Eichhorns Biografie gesucht, hatte aber nichts gefunden. Bis Oktober war noch Zeit, bis dahin würde er jemanden finden müssen, der ein besonderes eigenes Interesse daran haben würde, ihm die Kurstabellen mit den Schaffneraufstellungen zu besorgen, Eichhorn und etliche andere durften davon auf keinen Fall etwas mitbekommen, das könnte die Reibungslosigkeit des Projekts gefährden und damit das Projekt selbst. Er brauchte die Informationen aus München dringend – aber diskret.

Seine Kontrolleure lieferten ihm regelmäßig Annäherungswerte, die auf systematischen Stichproben beruhten, bislang aber war es ihm und seinem EDV-Spezialisten nicht gelungen, darauf eine geeignete mathematische Darstellung der Grundfrage – *wie viele Wagen verkehren auf welchen Strecken mit wie vielen Schaffnern und wie vielen Reisenden wie lange?* – aufzubauen.

Außer Eichhorn wusste das niemand, und Lagrange bezweifelte übrigens, dass es Eichhorn tatsächlich *wusste*. Vielmehr verstand er das System Eichhorns als eine Mischung aus langjährig ausgebildeter Routine, Intuition, Improvisation und einem kaum mehr zu überbietenden Maß an Fanatismus. Was sich als Idealismus, Traditionsbewusstsein, Bewahrung alter Werte und Nostalgie gab, der ganze träumerische Komplex von *TransEuroNacht*, war ein großes Lügengebäude, in dem sich manische, verlogene Egoisten wie Eichhorn verkrochen hatten.

Fast jeder in der *Compagnie* hielt Lagrange einerseits für korrupt, andererseits für einen penibel, ja pedantisch vorgehenden Beamten. Die scheinbare Widersprüchlichkeit dieser beiden Seiten hatte ihm einen unheimlichen, düsteren Ruf verschafft. Er war nicht korrupt, sondern flexibel, er wusste, dass ein guter Mann durchaus seine Schwächen haben konnte, und er hatte sich seit seinem Aufstieg vom geschmeidigen Fahrdienstleiter der Sektion Genua immer daran gehalten, sich mit niemandem einzulassen, dessen Ruf nicht nur gut, sondern auch tatsächlich *berechtigt* war. Man warf ihm vor, er decke Korruption, Unterschlagung, Manipulationen. Man fürchtete ihn, weil er es in den Jahren seiner Laufbahn verstanden hatte, seine eigenen Interessen spielend hinter den Interessen der *Compagnie* zu verbergen. Seine Beziehungen zu den dunkel ausfransenden Rändern des europäischen Nachtzugsystems waren das eine und beruhten eher auf konstruktiver Koexistenz. Sein eigentliches Interesse galt alleine dem Verkehr selbst und hatte sich in den letzten fünfzehn Jahren, seit er von den Möglichkeiten der Digitalisierung erfahren hatte, zu einem komplexen Traum von Perfektion und Effizienz gewandelt.

Während er sich einen Zigarillo suchte und entzündete, erinnerte er sich an seine ersten Jahre in Genua, wo er es vom Schaffner zum Buchhalter, zum Stellvertreter und schließlich zum Dienststellenleiter geschafft hatte – die Betriebsverluste durch Diebstahl, vorgetäuschte Materialschäden, Unterschlagung und dergleichen verringerten sich in zwei Jahren um über 60 Prozent, aber nicht, weil er versucht hatte, natürliche Vorgänge wie Diebstahl und Unterschlagung *an sich* zu bekämpfen. Das war nämlich nicht möglich. Er hatte vielmehr dafür gesorgt, dass sich diejenigen durchsetzten, die von ihm kontrollierbar waren. Wenn sich Unterschlagung nicht vermeiden ließ, dann wollte er wissen, wer sie beging. Er ordnete die Verhältnisse, spielte die einzelnen Akteure gegeneinander aus, erzielte so etwas wie ein vages Gleichgewicht labiler Kräfte – und wohin er kam, wie weit ihn sein Weg auch führte, er vertraute niemals nur der einen Seite und niemals derjenigen, die zu harmlos, zu solide, zu interesselos zu sein schien. Mittlerweile wusste er genau, was er wollte, und seine Absichten und Interessen hatten jenes abstrakte und kühle Niveau erreicht, das ihm die Architektur der Rechner in seinem Büro gewiesen hatte, jene perfekte Mischung aus Einzelheit und Ganzem, nach der er so lange gesucht hatte.

In seinen frühen Jahren war er noch geneigt gewesen, allem bis in das letzte Detail hinabzusteigen, war einem Perfektionismus verpflichtet gewesen, der sich selbst so sehr genügte, dass man in seinem Windschatten unbemerkt die Grenzen und die Extreme jeder Sache ausloten konnte, um sie besser zu verstehen. Aber er hatte sich zu sehr im Detail verloren. Was hieß – das hatte er sich früher immer gefragt –, was hieß etwa Verspätung? Was sollte das sein?

Eine Verspätung war nichts anderes als das, was ein Fehlbestand auf irgendeinem Schlafwagen war. Was war ein Fehlbestand? Wie konnte es zu einer Unmöglichkeit wie einem Fehlbestand kommen?

Es begann immer irgendwo, ein Schaffner, der ein wenig zu spät aufstand, der daraufhin ein wenig zu überhastet in seine Sektion kam, kleine Unaufmerksamkeiten beging, der den Bestandszettel vielleicht nur um ein Kleines zu unleserlich ausfüllte, sich vielleicht verschrieb, sodass der nächste wiederum länger brauchte, nicht richtig zählen konnte, müde wurde, nicht genau kontrollierte und etwas übersah, eine Kleinigkeit, die sich fortsetzte, selbst die Bruchteile, die fehlten, blieben erhalten, irgendwo, nichts verschwand, dachte Lagrange.

Irgendwann, vielleicht Wochen, viele Schaffner später, irgendwann fehlte eine Flasche Bier, und keiner wusste, wie das hatte geschehen können. Wie das möglich war. Eine ganze Flasche Bier, einfach verschwunden, nicht zu erklären. Zusammengesetzt aus unzähligen kleinen Unachtsamkeiten, aus Brüchen und kleinen nachlässigen Splittern. So ging es mit allem. Niemand begriff so scharf wie Lagrange, dass alles tatsächlich zusammenhing, dass sich alles aufaddierte. Die zwei Sekunden, die ein Bahnsteigschaffner in St. Moritz zu spät anpfiff, addierten sich zu Nachlässigkeiten von Lokführern auf norditalienischen Strecken, bahnten sich ihren Weg zu Zeitschlampereien in Südfrankreich, trieben weiter, Ungenauigkeiten, überall, ach, was soll das schon machen ... Sekunden addierten sich, zogen ihre Bahn negativer Informationen durch die Verkehrssysteme, sammelten ihresgleichen um sich, ohne Unterlass.

Lagrange ging an das Fenster, nahm seinen Zigarillo in die Linke, blickte zwischen den schmalen Eisenstreben des Gitters hinab auf die Bahnsteige, die jetzt im Dunkel lagen; letzte Streckenarbeiter eilten orangefarben vorüber, Reisende, die den Nachtzug nach München nehmen würden, strebten wunderbar klein und überschaubar Gleis 17 zu.

Er blies Rauch gegen die Scheibe. Er glaubte in diesem Augenblick, die durch Europa rasende irre Meute all der achtlos verschwendeten Sekunden spüren zu können, die Nachlässigkeiten, die sich anreicherten, sich vielleicht gerade an irgendeinem Ort der kritischen Masse näherten, zu groß geworden waren, um noch länger im Verborgenen zu bleiben, hinausbrachen in die Wirklichkeit eines harmlos und ungefährdet wirkenden Bahnhofs, vielleicht Roveredo, vielleicht in Tschechien, auf dem Balkan, vielleicht Hoek van Holland, und plötzlich die Ordnungssysteme durchbrachen, plötzlich, jetzt, die Verspätung, die Entgleisung, das Unglück heraufbeschworen ... Lagrange zuckte, er hatte das Stechen in seinem Kniegelenk gespürt, einen genau definierten Schmerz, er konnte es fühlen wie andere ein herannahendes Gewitter, wenn es wieder irgendwo so weit war, und das quälte ihn, das setzte ihm heimlich zu, das Stechen, die Unruhe, der Schmerz, das wissende Fühlen.

Er musste diese Dinge verschweigen, zurückhalten, im Schatten agieren. Er würde ihn kleinkriegen, noch in diesem Jahr. Denn auch die Fehler, die Eichhorn machte, summierten sich, und irgendwann bald würde er sie ihm summiert nachweisen, ihm zeigen, wie sehr er sich verrechnet hatte. Lagrange konnte Eichhorns Nachlässigkeiten, seine Manipulationen, Überschreitungen spüren, er spürte den anderen im Südosten unten in München. Der wartende *Orient-Express* auf Voie 17 hatte eine Nervenbahn aufgetan, eine Verbindung hergestellt. Er war Eichhorn voraus, er konnte es über die Schwellen und Gleise und Weichen bis hinunter nach München spüren – diesmal war er ihm einen Zug voraus.

Auf dem Bahnsteig stand jetzt der Schaffner. Mindestens fünf Minuten zu spät am Bahnsteig. Fünf Minuten zu spät in *TransEuro-Nacht*.

Paris – München 28.9.1999, 22:20

Pardell hatte gerade noch auf seine *Authentic Panther* gesehen und wollte sie mit einer Uhr auf dem Bahnhof vergleichen. Er suchte nach einem Zifferblatt, entdeckte zunächst aber nur ein letztes schwach erleuchtetes Fenster, an dem er einen groß gewachsenen, weißhaarigen Mann stehen sehen konnte, der nach unten auf den Bahnsteig blickte. Irgendwo in diesen Stockwerken, wusste Pardell, befanden sich die Büros der Kontrolleure. Vor ein paar Wochen, in Italien, irgendwo zwischen den Hügeln Bolognas und der Ebene Nogaras, war er zum ersten Mal kontrolliert worden, war von einem behänden jüngeren Mann, einem Schweizer der Sprache nach, nach der Anzahl der Reisenden befragt worden, hatte einige Abteile öffnen müssen, um zu zeigen, dass er kein Bett schwarz verkauft hatte. Sein Gepäck wurde kontrolliert, ob er nicht eine zu große Menge an Lebensmitteln oder Kaffeepulver dabeihatte, die er unter der Hand verkaufte. Die Toiletten wurden kontrolliert, der Wäschezettel nachgeprüft. Das Ganze dauerte über eine Stunde, Pardell war sehr nervös, wurde auch tatsächlich wegen einiger seiner studentisch-freizügigen Angewohnheiten beim Ausfüllen der Reisedokumente gerügt, blieb ansonsten aber vorwurfsfrei und war heilfroh, als der Kontrolleur in Nogara ausstieg, auf dem Bahnsteig noch seine Kursbücher checkte, um nachzuprüfen, welchen Nachtzug er als nächsten erreichen könnte, und ihn schon vergessen zu haben schien, als der Zug unter der näselnden Stimme des Ansagers von Nogara schon in Richtung München weiterfuhr, mit einer betriebsbedingten Verspätung von acht Minuten und vierzehn Sekunden.

Als sich der hagere Mann vom Fenster abwandte, erreichte der Minutenzeiger der großen Bahnhofsuhr das zweite Viertel. Pardell dachte daran, dass er am nächsten Morgen in München wieder seine Buchhändlerin besuchen würde. Er dachte an Julianes Stimme und den immerwährenden schmerzvollen Rausch seiner Sehnsucht nach der schönen Fremden. Die Gedanken durchschwammen ihn wie die Reisenden, die sich jetzt dicht um die Eingangstüren der Wagen drängten.

***

In Straßburg stiegen einige Reisende zu, darunter ein älteres Ehepaar, das sich auf der Stelle, offensichtlich mit den Umständen eines europäischen Schlafwagens vertraut, zurückzog. Als er an das Abteil kam, um Pässe und Fahrkarten zu holen, blickte ihn der ältere amerikanische Herr längere Zeit an. Er bestellte eine Flasche Wasser. Als er zurückkam, fixierte er Pardell, der zügig den Flur entlangschritt. Seine Miene erstarrte.

«My god, it's him!», flüsterte der ältere amerikanische Herr, als wiese er einen Zuhörer mit einiger Dringlichkeit auf ein gefährliches und geheimes Detail aus einer schwierig zu erklärenden Vergangenheit hin. Der Zuhörer war seine Frau, und die wusste auf der Stelle, wer mit ‹it's him› gemeint war.

«Sorry?», fragte Pardell und balancierte das braune leicht gerippte Kunststofftablett, auf dem sich eine Flasche *Apollinaris* und ein konisch zulaufendes Saftglas befanden, über eine stählerne-ungelenke Schwankung des Wagens und überlegte. Er hatte – auch wenn die Äußerung offenbar nicht an ihn gerichtet gewesen war – sehr genau verstanden, und seine Nachfrage sollte ihm die nötigen zwei oder drei Sekunden bringen, mit deren Hilfe er das durch den schwarzen, scheinbar homogenen Raum seiner eigenen Erinnerung schwebende Gesicht des Greises an der Hand nehmen und in sein Zimmerchen führen könnte, dorthin, wohin es gehörte. Er achtete auf das in Schieflage gekommene Tablett und dachte zunächst an den fröhlichen Kaffeezubereiter einer kleinen Bar in Neapel, aber an dem hätte die große Hornbrille absurd und abstoßend ausgesehen, der sprach zudem kein Englisch. Aber der ferne Anhauch von Espresso, das dampfende Atmen des Wohlgeruchs in jener Bar, befeuerte seine mnemonische Anstrengung – immer noch beobachtete er vornehmlich den zitternden Stand des Mineralwassers und des Glases –, und die Warze eines flüchtigen Bekannten aus Padua nahm für Zehntelsekunden auf der Nase des Greises Platz, musste allerdings dem komischen, dauerhaften Nystagmus eines Angestellten der österreichischen Bundesbahn weichen, der Pardell mysteriöse Codes zuzwinkerte *(«Samakomplätt?»)* – und aus diesem unwillkürlichen Augenzwinkern des zwinkernden Österreichers fiel plötzlich ein Lichtstrahl, durchdrang den Raum von Pardells Gedächtnis und gab ihm den freien Blick auf eine der wichtigsten Episoden seines bisherigen Berufslebens frei. Ein Vorhang hob sich. Pardell saß (während er mit dem Tablett neben dem zitternden amerikanischen Greis stand) in der ersten Reihe.

Die Szene wird von drei Beteiligten gegeben: seiner ehemaligen Chefin Laura Beilbinder von *Berlin Touristik Beilbinder*, ihm selbst und einem auf dem Fernseher seiner Chefin vorbeiflimmernden Amateurvideo. Frau Beilbinder und er sehen es sich an. Das Video besitzt keine Tonspur, eine alte, eigentlich längst ausgemusterte Technik, und es beginnt wie ein vielleicht typisches Amateurvideo von einer Berliner Stadtrundfahrt, zeigt die Fassade der Humboldt-

Universität, die Straße Unter den Linden, die Neue Wache. Plötzlich aber richtet sich der Fokus ruckartig auf den Innenraum, sie kippt, man sieht schreiende Senioren, man hört allerdings nicht, was sie schreien. Einige klopfen panisch gegen die Scheiben, andere fuchteln panisch mit ihren Armen. Der Fokus kippt erneut. Man sieht Damen, die vorüberstürzen. Ein unglaublicher Aufruhr. Mittendrin für einige Sekunden, unbeweglich, das grinsende Gesicht Leonard Pardells, das Mikrofon des Busses in der Hand. Dann fällt die Kamera auf den Flur und wird unzählige Male mit Füßen getreten.

Seine Chefin spult das Band zurück, bis der amüsierte Pardell wieder auftaucht, dann drückt sie die Pausetaste. Ihr Gesicht wirkt nicht amüsiert.

Pardell schwitzt stark, milde gesagt.

«Was haben Sie gemacht?», fragt sie, sieht aber nicht den leibhaftigen, sondern den im Grinsen erstarrten Pardell auf dem Bildschirm an.

«Nichts, nur einen Witz. Ich habe nur einen Witz gemacht», sagt der wirkliche zerknirscht. Der andere grinst weiterhin.

«Witz?»

«Ich habe geschildert, wie DDR-Grenztruppen früher mit Touristen umgegangen sind. Die Untersuchungsmethoden. Das war alles. Ich habe vielleicht nicht deutlich gemacht, dass es ein Witz war, und plötzlich hat sich das so verselbstständigt, und ...»

«Leo, ich habe Sie immer gemocht. Das ist der einzige Grund, warum ich Sie nicht verklage. Wir konnten das noch einmal hinbiegen, wir sagten, es wäre nur ein Verständigungsproblem gewesen, das auf Ihr miserables Englisch zurückzuführen ist. Wir gaben Gutscheine aus und spendierten ein paar Wochenenden in Paris und Rom. Zum Glück sind wir hier nicht in Amerika. Die Schadenersatzklagen wären so groß wie das Berliner Haushaltsdefizit. Warum haben Sie das getan?»

Pardell zuckt leicht mit den Schultern. Dabei lächelt er. Das gibt ihm einen fragenden Ausdruck, den man nicht anders als deplatziert bezeichnen kann.

«Sie sind wirklich ein trauriger Fall, Herr Leo. Raus.»

Der amerikanische Greis war in diesem Bus gewesen, es war vor einem guten Jahr gewesen, offensichtlich liebten er und seine Frau Europa und hatten sich von ihrem grauenvollen Erlebnis im Sightseeingbus von *Berlin Touristik Beilbinder* nicht abschrecken lassen. Es musste einen Aspekt von Grauen besitzen, dass ausgerechnet Pardell ihnen als Nachtschaffner auf einsamer Strecke wiederbegegnete, wie man ihn in den Werken gewisser amerikanischer Horrorschriftsteller findet. Pardell bemühte sich, so unschuldig und harmlos und fröhlich zu wirken, wie es ging – aber der Greis zog sich auf der Stelle, ohne das Wasser entgegenzunehmen, in sein Abteil zurück und verriegelte es. *Der Stadtführer des Schreckens kehrt zurück.* Man hörte besorgtes amerikanisches Flüstern.

Pardell ging gelassen zum Office, holte sich eine *Parisienne Quarré* und steckte sie sich lächelnd an. Er hatte Frau Beilbinder damals keine Antwort gegeben, weil er sie nicht gewusst hatte. Sie wäre zu einfach gewesen. Sie lautete: «Weil ich keinen anderen Ausweg mehr hatte. Weil ich nicht wusste, wie ich sonst hier rauskommen soll.»

Wie klar ihm sein enges Leben in Berlin und seine Irrtümer jetzt erschienen. Er hatte gelernt, den komplizierten Diskant der Schienen zu verstehen, war manche Nacht ganz aufgelöst in die Mysterien der Hauptbahnhöfe und die Wunder der Reise, die ihm seinen Sinn für Architektur, *für den Raum* wiedergegeben hatten. Er lebte köstlich von Freundschaften mit Menschen wie Quentin, die er selten sah. Hatte sich in einer Nacht in eine Fremde verliebt, die er wohl nie wiedersehen würde, und über Monate seine erste große Liebe zumindest wiederentdeckt – und empfand keinen Widerspruch zwischen diesen beiden Richtungen. Er war glücklich.

Seit langer Zeit war er wirklich glücklich. Das Leben, das er jetzt führte, hatte er gesucht. Das war die einzig mögliche Antwort auf Frau Beilbinders Frage. Er hatte erst schmählich rausfliegen müssen, um sie geben zu können. Der amerikanische Greis und seine Frau, die ihn fürchteten und jetzt vielleicht zitternd und schlaflos und in den Kleidern auf ihren Betten lagen, waren nötig gewesen, damit Pardell das begriff.

Seltsam leicht war ihm plötzlich, so als ob die späte Antwort auf Frau Beilbinders Frage auch für ihn selbst fällig gewesen wäre und er damit so etwas wie eine Absolution erhalten hatte und endlich wieder einen klaren Blick. In gut fünf Stunden würde er in München sein. Dann würde er Juliane anrufen und ihr die Wahrheit sagen.

Neapel, Passage 29.9.1999, 17:45

Das Vorhaben, mit dem Sergy Alpin das fatale Scheitern seines Zigarettenhandels auf der *Porteria degli Cappuccini Armati* wettmachen wollte, hatte nicht funktioniert. Der Zigarettenhandel war nicht daran gescheitert, dass er Styroporimitate statt Zigaretten verkauft hatte, sondern daran, dass Alpin von den dortigen Fischhändlern vertrieben worden war, und zwar nicht wegen des illegalen Handels, sondern wegen Alpins zwischenzeitlicher Gesangsübungen.

Das Leben ist hart.
Und Alpin,
Und Sergy Alpin
Ist härter als du.

Es war zu Handgreiflichkeiten gekommen, und als er es dennoch am nächsten Tag gewagt hatte, wieder aufzutauchen, war er mit Muscheln und Fischköpfen beworfen worden, man hatte ihm mit der Polizei gedroht, und Alpin hatte es vorgezogen, sein Geschäft auf eine neue Grundlage zu stellen. Außerdem war mit diesen Zigaretten des Schwanzes sowieso kein Geld zu machen, er hatte fast nichts verkauft. Also besorgte er sich neues Material, und diesmal waren es keine Genussmittel. Alpin hatte beschlossen, seinem Endziel näher zu rücken, und war in die Medienbranche übergewechselt. Unterhaltungsindustrie.

Denn er ist gemein,
Und er ist schlau.
Er ist härter als du.
Und wenn du verlierst,
Sieht er nur zu.

Aber, es hatte nicht funktioniert. Vor zwei Tagen war er bei dem Versuch, schwedische Pornos aus den Siebzigerjahren in den Kneipen rund um die *Stazione Centrale* und auf der *Via Umberto* zu verkaufen, übel zugerichtet worden. Man hatte gezielt und treffsicher in seinen Unterleib getreten, ihm den linken Arm fast ausgekugelt, das billige Material abgenommen, auf einen Haufen geworfen und angezündet. Man hatte ihn *kleinen Fettsack* genannt.

Nun gut, er war etwa 1,60 groß, zirka 94 Kilo schwer, hatte eine auffällige Neigung zum Doppelkinn, einen blauschattenden, niemals zu glättenden Bartwuchs auf seinen Wangen, ebenso schwarz wie sein dichtes, zur Talgigkeit neigendes Haar. Er hatte ein höchst lebendiges, sehr variables rundes Gesicht, mit Grübchen an allen möglichen Stellen. Einen verzagten und von unaussprechlichen und folglich ungelösten Rätseln durchgeistigten Blick. Zudem hatte er ausgeprägten Appetit auf Nahrungsmittel jeder Art, insbesondere dann, wenn sie sehr süß, sehr scharf, sehr fett, sehr preisgünstig oder alles zusammen waren.

Obwohl Alpin an besagtem schlimmen Abend kein einziges Video verkaufen konnte, obwohl sich in den Hüllen der alten Schwedenpornos nur Ausschussleervideotapes aus einer Fabrik nahe Rosenheim befunden hatten (Alpin selbst besaß keinen Videorekorder und hatte den faszinierenden Schilderungen des Verkäufers, was auf ihnen zu sehen wäre, blinden Glauben geschenkt), obwohl also eigentlich nichts geschehen war, als dass ein fünfunddreißigjähriger dicker kleiner Mann mit schlauen und gemeinen Absichten harmloseste Dinge nicht einmal getan, sondern vergeblich versucht hatte, sie zu tun, hatte man ihn übel zugerichtet.

Die Ursache dieser Katastrophe lag in Alpins Verkaufsstrategie. Er betrat ein Lokal, dabei trug er den klassischen, weiten schwarzen Kurzmantel, in dessen Innenfutter die Filmkassetten eingehängt waren. Der Mantel war leider etwas zu lang, aber dafür nicht weit genug, sein vormaliger Besitzer war ein tschechischer Leptosome gewesen, der in Florenz dem Verkauf klerikaler Erotika nachgegangen war, sodass die Videotapes unter dem Mantel hervorragten wie Ziegelsteine. Auf die Frage, was er da habe, sagte Alpin: «Mutter Gottes, wirklicher Stoff der Möse *(«ver'mente materiale della cuna»)*, schwedisch. Bist du alt genug, Hübscher *(«bello»)*?», öffnete dabei zu seiner eigenen Erleichterung den engen, bis zu seinen Füßen reichenden Mantel und wies stolz auf die mösenrot-schamhaargelb-spermabeigen Coverdarstellungen.

Selten ging die Reaktion der derart mit den scheinbaren Schwedenpornos konfrontierten Männer über ein Aufnicken hinaus. Sehr selten fragte ihn jemand, wie viel sie kosten sollten. Der Preis war die schwache Stelle im Schwedenpornoprojekt Alpins. Er hatte sie für 8000 Lire pro Stück angekauft, obgleich sie definitiv für nicht mehr als 8000 Lire zu verkaufen waren. Er wollte sich aber zunächst, schlau, wie er war, einen treuen Kundenkreis aufbauen, um dann später gemeinerweise die Preise langsam, aber kontinuierlich zu erhöhen.

«15000!», sagte Alpin entschieden, rechnete damit, heruntergehandelt zu werden – sah sich aber mit sofortigem Desinteresse konfrontiert, wollte noch etwas sagen, vielleicht etwas Gemeines, aber es fiel ihm nichts ein, so bestellte er einen Espresso, schaufelte drei gehäufte Löffel Zucker hinein, schlürfte das Köstliche-Heiße-Süße hinunter und ging in das nächste Lokal, wo sich das Geschehen wiederholte. Schließlich aber, in einer winzig kleinen Trattoria und wegen der unzähligen *süßen* Espressi kurz vor Überzucker und Herzstillstand, stieß er auf das nachhaltige Interesse einer Gruppe von drei jüngeren Männern in sehr guten Anzügen.

«Interessant, Kleiner. Schwedisch, sagst du? 15000? Geht gut, das Zeug?», fragte ihn einer der drei, ein gut gebauter typischer Neapolitaner mit einem kreisrunden Raverbärtchen und einem gewinnenden Lächeln.

«Joh, das Zeug reißen mir die Schwänze förmlich aus den Händen!», improvisierte Alpin schlau.

«Ach wirklich, Alter, sach ma', wie viel du so verkauft hast, die letzten Tage?», fragte der mit dem Raverbärtchen lächelnd.

Alpin zögerte, wusste nicht, was er sagen sollte, nicht zu wenig, nicht zu viel, auf jeden Fall musste es doch eine eindeutige Ziffer sein.

«So um die vierzig Stück waren's heute, weiß nich genau, zählen is nich meine Stärke?», dabei zwinkerte er den Raverbärtigen vertrauensvoll an und bestellte ausnahmsweise einen Caffè Corretto.

«Und alle für 15000? Da hast ja schön was losgemacht, die Tage, Alter. Pass auf, ich steh auf dieses Zeug, bei der wahrhaftigen Möse, das ist meine Leidenschaft, Freund. Lass uns nach draußen gehen, und ich kuck mir mal durch, was du hast.»

Alpin ließ sich von den drei, von denen nur das Raverbärtchen sprach, dafür aber in der geschmeidigen, ermutigenden Sprache der Pornografie, in die Mitte nehmen, simulierte dabei geschickt die Gelassenheit eines erfolgreichen Schwarzhändlers, wunderte sich nicht übermäßig über die durchaus fühlbare Dringlichkeit, mit der ihm einer der beiden anderen, ein typischer gut gebauter Neapolitaner mit einem brillantierten Ohrring, seinen Arm um die Schultern gelegt hatte.

Als sie draußen waren, meinte das Raverbärtchen, das unaufhörlich weitersprach: «Ja, Freund, verstehste, ich steh nich auf die alten Spanner, wenn ich mir das Zeug ansehe, verstehste, kann ich nich brauchen, die Idioten des kranken Schwanzes *(«imbecili di cazzo malato»)*, Mutter Gottes, was für Arschlöcher, lass uns da rüber, nich hier vor dem Café, is mir echt zu dämlich. Nein, komm, Freund, weißt du, ich steh wirklich drauf, ich will mir die Scheiße in aller Ruhe durchsehen, ja hier rüber, da gibt's so 'ne Treppe, pass auf, ja, da oben, pass auf, Federico, ich glaube, hier ist es gut, feines Plätzchen der Möse!»

Die Vierergruppe, mit ihrem sorglosen Zentrum in Gestalt von Sergy Alpin, befand sich mittlerweile auf dem kleinen terrassierten Platz in der Mitte einer schmalen Treppe, die die Via Umberto mit der Viale della Lingua del Santo Francesco verband. Alpin machte sich daran, seinen Mantel zu öffnen, spürte aber plötzlich, wie der vom Raverbärtchen Federico genannte Dritte, ein typischer gut gebauter Neapolitaner mit einem goldenen Kreuz an einem Kettchen auf der Brust, ihm aus dem Mantel half – nein, nicht aus dem Mantel half! Er setzte ein aufgesprungenes Messer an die Rückennaht an, schlitzte den Mantel bis zum Kragen auf, fasste die beiden losen Hälften, riss sie vollends auseinander, streifte sie halb über Alpins kurze, dicke Arme, während der mit dem Ohrring Alpin mit einem schmalen Totschläger einen empfindsamen Schlag in den Nacken versetzte. Dann stieß er ihn zu Boden und trat ihm, ohne zu zögern, in die Seite, in die schwammigen Hüften, traf ihn am Kopf (um den Alpin seine Hände gelegt hatte); schließlich beschäftigte er sich mit Alpins Unterleib. Währenddessen sprach das Raverbärtchen weiter und erklärte dem wimmernden kleinen Mann die Sachlage.

«Also, fauliger Schwanz des Schweins *(«cazzo malizoso di porco»)*, wahrscheinlich bis du sowieso zu blöd, das zu kapieren, aber du musst dich einfach anstrengen, Wichser, verstehst du, sonst werden wir dir richtig wehtun, stinkender Urin einer Drecksau, alles klar?

Du verkaufst hier nicht einfach irgendeinen Scheiß, ohne uns zu fragen, wie kommst du dazu? Was denkst du dir? Du schuldest uns fünfzig Prozent deiner Einnahmen, sagen wir, damit es in deinen Schweineschädel *(«testa di porco»)* reingeht, erst mal für die letzten Tage 1000000 Lire. In Zukunft kaufst du deinen Scheiß bei uns, wir machen einen klaren Preis. Du schaffst es, diese Scheiße für 15000 loszuwerden, wie du Sohn der schleimigen Möse das schaffst, weiß der wahre Schwanz, aber was soll's, du kaufst sie bei uns für nur 10000. Das ist sehr billig, Rabatt der Möse, kapiert. Du nimmst gleich ein bisschen mehr, weil's so günstig ist. Sagen wir 2000 Stück? Wenn's grade billig ist, muss man zugreifen, oder, Schwanz?»

Hier trat der mit dem Ohrring zum letzten Mal in Alpins Unterleib, der mit dem Goldkreuz hatte mithilfe der Mantelfetzen und einem original ZIPPO-Lighter ein erstaunliches Feuer entfacht, in dem die imaginäre schwedische Pornografie ausgelöscht und vernichtet wurde.

«Also, wir sehen uns in fünf Tagen, du musst ja erst mal alles zusammensuchen, nicht wahr, du bist ja nicht so gut im Zählen, fünf Tage sind fair, fünf Tage, wenn du in fünf Tagen nicht bei uns auftauchst und deine Schulden bezahlst, gibt es Probleme, lösbare Probleme, verstehst du, kleines fettes Schwein! Was du heute Abend erlebt hast, dies kleine Feuer der Möse hier, das war eine *Unterhaltung*. Wenn du in fünf Tagen nicht deinen Vertragspflichten nachkommst, wirst du sehen, was *Problemlösung* heißt.»

Die drei gingen gelassen die Treppe nach unten, um in der Trattoria noch eine Kleinigkeit zu trinken. Sie ließen den benommenen Alpin zurück, auf dessen Gesicht sich kleinere Rinnsale trocknenden Bluts im flackernden Licht des gelogenen schwedisch-pornografischen Feuers dunkelorange färbten.

***

Alpin wusste, dass er in drei Tagen genauso wenig in der Lage sein würde, seine Schulden zu begleichen, wie jetzt und dass es deswegen unvermeidbar war, die Trattoria seiner Feinde deutlich vor Verstreichen der Frist aufzusuchen und um eine Verlängerung zu bitten.

Sonst wären die Folgen seiner Zahlungsunfähigkeit schrecklich. Man würde ihn grillen. Man würde ihn einbetonieren. Man würde ihn zu passivem Analverkehr zwingen.

Als er die Trattoria betrat, die unterhalb des spanischen Viertels in einer belebten Straße lag, die er von seinen meist vergeblichen Besuchen bei Amelio Littero her kannte, wusste er sofort, wie ernst die ganze Sache war. Das Lokal wimmelte von erfolglosen Gaunern wie ihm, es war ein Kommen und Gehen kleiner Schmuggler, unwichtiger betrügerischer Ladenbesitzer und lausiger Zuhälter. Auf den Stühlen saßen die Besitzer kleiner Cafés, die mit ihren Schutzgeldern in Verzug geraten waren, wie im Wartesaal einer Behörde. Halb Neapel war hier. Kein gutes Zeichen.

An der Theke entdeckte er einen Bekannten, Fausto Buttone, einen nervösen Taschendieb, der sein Glück für gewöhnlich bei den Besuchern des Nationalmuseums versuchte, das leider wegen der vielen Taschendiebe wahnsinnig wenig Besucher hatte. Fausto war schlecht gelaunt, hatte ein kleines Weinglas vor sich stehen und kaute ansonsten, den Blick auf die große stählerne Kaffeemaschine hinter dem Tresen gerichtet, manisch an seinen Fingernägeln.

«Fausto, wahrer Schwanz – wie geht's?»

«Mann, Alpin, halt bloß die Klappe!», zischte Fausto zwischen den Fingern seiner linken Hand und seinen Zähnen hervor, «halt bloß die Klappe. Weißu nich, was läuft? Der Padrone is pleite! Schau dich um, bei der wahren Möse – sie machen uns alle fertig. Die Russkis!»

Fausto erzählte Alpin, angeblich, er wusste es nicht genau, angeblich habe der Padrone im August irgendwo in Deutschland oder in der Schweiz einen gravierenden Verlust erlitten, und da die großen Geschäfte sowieso beschissen liefen, seit die Russen und die anderen Brüder des Schwanzes aus dem Osten überall mitmischten, habe man sich in der Not darauf besonnen, die ureigenen Leute wieder stärker zur Kasse zu bitten. Das Ganze sei quasi eine mafiainterne Staatsaktion, wie wenn irgendein Staatskonzern im Scheißmailand pleiteginge und man von Sizilien bis Bergamo die Steuern erhöhen würde.

«Verstehsu?», zischte Fausto und riss sich so brutal ein Stück Nagel von einem Finger, dass Zusehen schon wehtat.

Alpin verstand den nervösen Fausto durchaus. Natürlich, er musste doch bloß einen Blick ins Lokal werfen, um zu verstehen. Das hier war das Letzte, was ihnen eingefallen war. Der Padrone war pleite, und jetzt sollte er, Sergy, dafür bluten, wie all die anderen Idioten um ihn herum. Zum Glück war er schlau. Und er war auch gemein. Er überlegte, während er darauf wartete, vorgelassen zu werden, und dazu vier sehr süße Cappuccini zu sich nahm, wie er aus dieser ganzen Schweinerei seinen Nutzen ziehen sollte.

Nachdem er ungefähr eine Stunde gewartet hatte, entdeckte er auf der Toilette ein Flugblatt, das die Leute des Padrone aufgehängt hatten. Es war vom Stil ganz und gar wie ein altmodisches Fahndungsplakat gehalten, es zeigte zentral die vergrößerte Schwarz-Weiß-Fotografie einer Frau, darunter stand, dass sie gesucht würde. Alpin kannte diese Fotografie. Es war die gleiche Fotografie, die er dem Engländer zusammen mit seinem Ausweis und dem Umschlag mit der Spielkarte Ende September gestohlen hatte.

Alpin hatte geahnt, dass ihm diese verschiedenen Dokumente irgendwann von Nutzen sein würden, aber dass es so bald sein würde, war fast ein Wunder.

Er drängelte sich vor, gelangte schließlich vor einen Bevollmächtigten des Padrone, den er leise, nervös schwitzend, davon in Kenntnis setzte, dass er bedauerlicherweise nicht in der Lage sei, in drei Tagen seine Schulden zu bedienen, allerdings kenne er die Frau auf dem Plakat.

Ungläubiges Schweigen, man forderte ihn auf, sich genauer zu erklären. Alpin sagte, er kenne jemanden, der diese Frau gut, ja wahrscheinlich sogar sehr gut kenne, und er wisse auch, wo er nach diesem jemand suchen müsse. Es gab ein paar Lacher vonseiten der jungen, gut aussehenden Mafiosi, die ihn vor zwei Tagen so entsetzlich misshandelt hatten. Der Stellvertreter allerdings hörte ihm zu, befragte ihn genauer und schien nach einigen Minuten bereit, Alpin Glauben zu schenken. Ihn zu belügen würde sich dieser kleine Wichser ja wohl kaum erlauben.

***

Als Alpin fünfzehn Minuten später die Trattoria verließ, hatte er folgende hervorragende Abmachung geschlossen – er brachte ihnen bis in acht Wochen die Frau, oder er bezahlte 50000000 Lire. In beiden Fällen wären sie quitt. Und er sollte nicht einmal daran denken, was sie mit ihm anstellen würden, wenn er nicht einen von beiden Punkten erfüllen würde. Er verließ das Lokal. Er hatte Pardells Ausweis, er hatte einen Zettel mit dem Namen und der Adresse des *Triumfo*, und er hatte das Foto der Frau. Das musste reichen. Er musste zunächst das *Triumfo* finden, was leicht war. Dann Pardell, diesen Engländer. Wenn er ihn haben würde, würde er auch an die Frau kommen. Es war für einige Leute Zeit, sich warm anzuziehen, denn jetzt würde es ernst – Alpin war unterwegs, und wenn er erst mal unterwegs war, gemein und schlau, wie er war, dann ...

Alpin,
So schlau,
Alpin,
So gemein –
Ein wahres Schwein.
Sei schlau, Freund,
Lass dich nie mit ihm ein:

Denn das Leben ist hart.
Und Alpin,
Und Sergy Alpin
Ist härter als du.
Du verlierst, und er sieht nur zu.

München – München, Telefonat 29. 9. 1999, 21:30

«Was hast du an?»

«Ein Höschen. T-Shirt.»

«Welche Farbe hat dein Höschen?»

«Rötlich.»

«Rötlich ... Ist es rot?»

«Hmm ...»

«Richtig rot?»

«Ja, tiefrot. Satin.»

«Wie ist es geschnitten?»

«Es hat ... es hat kleine Rüschen.»

«Rüschen?»

«Ja, es erinnert ein bisschen an Wäsche so aus den Zwanzigern.»

«Wie fühlt es sich an ... auf deiner Haut?»

«Es ist weich, und ...»

«Fühlst du es grade, fasst du es an?»

«Möchtest du, dass ich es anfasse ...»

«Ja ...»

«Also, es ist weich, in einer Richtung glatt, es fühlt sich straff an, und ...»

«Ich muss daran denken, wie ich das erste Mal an deine Unterhose gefasst habe, weißt du noch, du hattest eine knallenge Jeans an, wir lagen irgendwo, auf der Party von Volker, weißt du noch, und ...»

«Und du hast deine Hand unter meine Jeans gequetscht und am Stoff gerubbelt ...»

«Ja, ich fühlte ein paar von deinen … Schamhaaren, die durch den Stoff des Höschens gingen … und ich spürte, wie weich es dann wurde, wenn man … und feucht …»

«…»

«Juliane …?»

«Ja …»

«Magst du es nicht, wenn ich …»

«Doch, sehr, aber ich, ich mag es … mir ist nur ganz warm, ich habe, ich bin auch grade sehr weich … und ich … ich muss … es ist schon spät …»

«Hier ist es … fast noch Nachmittag. Ich fühle mich frisch, richtig frisch. Ich könnte noch Stunden …»

«Warte mal, das Handy klingelt. Mist!»

«Ich hab es in der Leitung gehört.»

«Ja, ist sicher wegen, äh, des neuen Jobs …»

«Der geheimnisvolle neue Job. Okay, bevor du auflegst. Gibst du mir einen Kuss?»

«Wohin du willst. Hörst du?»

«Überallhin?»

«Ja … mein Hidalgo. Bis bald, ich geh dann gleich schlafen …»

«Bis bald …»

Das Klicken von Julianes Apparat fand sein sofortiges Echo in einem pulsierenden Stakkato von Herzschlägen und pochendem Andrang blutvoller Leidenschaft. Sie zog sich jetzt aus. Er war Luftlinie 400, allenfalls 500 Meter von Juliane entfernt. Näher war er ihr in all den Jahren nur in der einen Stunde am Hauptbahnhof gekommen. Sie zog sich jetzt aus.

Es war kein Zufall, dass er bei der *Fetten Fanny* vorher noch zwei seifige Cognacs getrunken hatte und zu einer Telefonzelle im Obergeschoss der U-Bahn Fraunhoferstraße gefahren war, die sich in der Nähe von Julianes Haus befand.

In seiner Kehle strömten Panik und Geilheit zusammen, die immer mehr anwuchsen und sich innig mischten. Er würde klingeln, es tut mir leid, aber ich konnte nicht anders. Oh, Liebste. Ich musste dich sehen. Ja, von weit her, ich wollte es dir schon sagen, aber eben grade, als du aufgelegt hast, ich hatte ein solches Verlangen, eine solche ... Sehnsucht, mein Gott, Juliane, dich fühlen, ich wollte dich ... spüren ... verzeih mir ... ja, dass du nur da bist, ich ... ich dich auch ...

Voll ähnlicher Gedanken, voller dicht gedrängter Bilder, die sich als Gedanken ausgaben, hatte Pardell den Weg von der Telefonzelle zu Julianes Haus zurückgelegt. Er sah, dass in ihrem Schlafzimmer kein Licht brannte. Im zweiten Stock kamen ihm leise Zweifel, aber seine Sehnsucht und der Rausch und das Blut ließen ihn auch die letzten Treppenstufen nehmen.

Fatalerweise kulminierte seine Skepsis erst zwischen dem ersten und dem zweiten Klingeln. Er hatte das erste Mal geklingelt, dem Klingeln zugehört, gespürt, dass das ganze Vorhaben dem Gegenteil einer guten Idee entsprungen war. Aber er war in der Bewegung erstarrt und hatte seine rechte Hand beobachtet, die zum zweiten Mal klingelte.

Er war wie ein Kind, das am Bahndamm spielt.

Er stand vor Julianes Wohnungstür. Juliane dachte, er wäre in Argentinien, aber er stand vor ihrer Tür, mit einer Erektion, die wie nichts in sich zusammenfiel, als er darüber nachdachte, und er hatte gerade eben zum zweiten Mal geklingelt. Und so, als ob das an sich nicht schon aberwitzig genug wäre, musste er sich mit aller Macht daran erinnern, wie er als Kind in der Sonne an einem Bahndamm spielte.

Die Sonne hat im Obstgarten unter dem Bahndamm zahlreiches schwarzfleckiges Fallobst aus dem letzten Schnee auftauchen lassen. Darin versunken, gefrorene Äpfel zu suchen, bemerkt das Kind den heranrasenden, letzte Warnsignale hervorstoßenden Zug erst sehr spät. Es steht und starrt auf die eigene Ohnmacht ebenso gebannt wie auf die Front der Lok, die jetzt noch 250 Meter entfernt ist. Es ist erstarrt. 200 Meter.

Er hörte schnelle Schritte, zunächst gedämpft, barfuß, dann klackend, wie von in der Schnelle angezogenen Schuhen mit Pfennigabsätzen.

Die Lok pfeift zum dritten Mal, 150 Meter.

Pardell hörte Julianes Stimme, Augenblick, Augenblick, komme gleich, Moment.

Auf unheimliche und wahnsinnige Weise die Lok anstarrend, presst das Kind die kleine Faust, so fest es geht, um den einen kalten Apfel, den es auf den Gleisen gefunden hat. 100 Meter.

Näher kommende, klackende Schritte im Flur. Unendlich langsam begriff Pardell, dass er jetzt ...

Mit dem letzten Pfiff der Lok bemerkt das Kind, wie seine Beine gleichzeitig eine andere Bewegung begonnen haben, es setzt den zweiten Fuß außerhalb der Gleise, bleibt aber erneut stehen. Fünfzig Meter.

Er lief zäh wie in einem furchtbaren Traum nach oben, weil Juliane vermutlich zuerst nach unten blicken würde, das würde ihm etwas mehr Zeit geben.

Plötzlich der Fall, plötzlich das Gefühl, gelähmt und so schwer wie ein im Sturz begriffener Stein zu sein. Das Kind rollt den Bahndamm hinunter, unendlich langsam scheinbar, es kugelt, spürt die kühle Feuchtigkeit zwischen dem Gras, sieht, rollend, immer wieder den vorüberrasenden Zug, eine Explosion von Energie, Farben und Lärm.

Die Tür öffnete sich, Pardell, zwischen dem dritten und dem vierten Stock zwischen den weiß lackierten Streben des Geländers verborgen, blieb das Herz stehen.

Als der Zug vorüber war, lag das Kind am Fuß des Damms. Die Finger seiner kleinen Faust hatten sich durch die Haut und tief in das kalte Fleisch des Apfels gegraben. Sein ganzer Körper tat weh, vor Erschöpfung – Erschöpfung von der Starre, von der Gebanntheit, von der Gravitation, von der Begegnung mit der Eigengesetzlichkeit des Mechanischen – dem Zug. Das Kind konnte nicht einmal weinen: Zu groß war sein Entsetzen darüber, was ihm widerfahren war. Zu groß seine Sorge, dass es sein Großvater oder seine Mutter möglicherweise gesehen hatten. Sie hätten etwas Wahres und Wirkliches gesehen, in das es, das Kind, verwickelt gewesen war. Das Kind sorgte sich so sehr, weil es fühlte, die Erwachsenen würden dieser Art Wahrheit viel hilfloser gegenüberstehen als es selbst.

Pardell verbarg sich auf der Treppe, wo er die Tür durchs Geländer sehen konnte. Sie würde aufmachen, und dann würde er *Überraschung* rufen.

Dann öffnete sich die Tür ganz.

Er sah Juliane. Er roch Parfüm, das sich mit dem Geruch ihrer Haut zu einem unglaublichen, präsenten, warmen Duft verbunden hatte, der den Hausflur verzauberte.

Sie trug keine rote Satinunterhose und kein T-Shirt, sah eigentlich ganz und gar nicht wie eine Frau aus, die gerade hatte schlafen gehen wollen. Sie trug allerdings Unterwäsche, und die war tatsächlich rot. Man konnte es durch das Negligé hindurch sehen. Sie trug rosafarben schimmernde, halterlose Strümpfe und rote High Heels. Dunkelroter Spitzenbody, der ihre Brustwarzen kaum bedeckte. Sie war sorgfältig, aufwendig und sehr aufreizend, fast grell, geschminkt, was er bei ihr noch nie gesehen hatte. Ihre Haare waren straff nach hinten gelegt und zu einem Knoten aufgetürmt, um den Hals hatte sie ein dunkelrotes Samtband, und in der rechten Hand, in der rechten Hand hielt sie eine kleine, vielleicht 70 Zentimeter lange Reitgerte.

***

Er hatte sich natürlich nicht gemeldet, und Juliane war kopfschüttelnd in die Wohnung gegangen. Er war langsam, wie tot, hinuntergegangen, hatte die Haustür geöffnet.

Trat ins Freie. Überquerte die Straße. Drehte sich um. Er sah, wie ein Taxi vor dem Haus hielt. Ein vielleicht fünfzigjähriger, ziemlich gedrungener Mann mit grauen Haaren stieg aus, in der rechten Hand hielt er eine schwarze Rose. Dann ging er schnell ins Haus, blickte kurz auf die Uhr, in Eile. Nach etwa drei Minuten ging in Julianes Schlafzimmer Licht an, sie trat ans Fenster, Pardell verbarg sich, aber sie hätte ihn sowieso nicht gesehen, denn sie hatte den Kopf nach hinten gedreht, als ob sie jemanden ansähe oder ihm zuhörte. Das Letzte, was Pardell sah, war, wie Juliane, die das Negligé abgelegt hatte, die Jalousien im Schlafzimmer herunterließ.

Paris - München 1.10.1999, 20:47

Der Würger hatte die unvorhergesehene Wendung der ganzen Angelegenheit *Grande Complication* – aus der zögerlichen Rückkehr seines Humors heraus – die ‹Fischbein-Variante› getauft. Die ‹Fischbein-Variante› verfolgte der Würger seit gut zwei Wochen, seit dem Abend im *Fauve Chien*, wo er sich mit William Fischbein lustlos und trübe getroffen hatte. Was Fischbein erzählt hatte, hatte ihn zunächst so sehr interessiert wie die Frage, welche kosmischen Staubsorten es auf der dunklen Seite des Mondes zu finden gibt, nämlich kein bisschen.

Dann allerdings hatte plötzlich ein genialischer, ja fast unheimlich beseelter Geist von Fischbeins Rede Besitz ergriffen. Dieser Geist war in die seit der Baden-Badener Verfinsterung stillliegende Mechanik seines ehemals brillanten Verstandes gefahren. Während Fischbein noch gesprochen hatte, spürte der Würger, wie sich Zahnräder langsam in Bewegung setzten, wie er wieder anfing zu *sehen*, zu *hören*, zu *schmecken* – wie sein Verstand und sein Assoziationsvermögen in Bewegung gerieten und anfingen, Gedanken hervorzubringen.

Nach einer Viertelstunde war er damals am Münchener Hauptbahnhof angekommen, sein Verstand arbeitete. Angeschlagen zwar, deutlich angekratzt, auch im Innern leicht beschädigt – aber es lief wieder.

Fischbeins Erzählung, dass diese erwähnte *Lochkartentechnik* (Lochkarten? Was erzählt der Mann?) durch den Anblick von *Zugfahrkarten* entstanden sei, von Fahrkarten nämlich, in die die Zugschaffner bestimmte Codes eingestanzt hatten, hatte ihn auf eine Idee gebracht, die sich als geradezu sagenhaft beflügelnd herausstellen sollte.

Er hatte einfach eins und zwei zusammengezählt. Er hatte an den Umschlag gedacht, den er in Baden-Baden ersteigert hatte – in diesem Umschlag hatten sich eine Fahrkarte, *Baden-Baden–Paris*, 1. Klasse, und die Reservierung für den Scheißschlafwagen, Single, befunden. Da er, wenn es irgendwie ging, mit dem Auto fuhr (seinen Führerschein würde er in ein paar Jahren wieder in Händen halten) oder flog, da er die Eisenbahn mied, wo irgend möglich, hatte er dem Umstand, dass man ihm eine Schlafwagenreservierung zugespielt hatte, keine oder doch nur geringe Aufmerksamkeit geschenkt.

Die ‹Fischbein-Variante› hatte ihm klargemacht, dass er seine Reise durch Europa, seine Reise durch die vielen Städte, die er in den Wochen zuvor gemacht hatte, diese Reise, die eine *Grand Tour* gemeiner Scherze und hinterhältiger Verhöhnungen gewesen war: dass er diese Reise entlang der Hauptstädte des europäischen Nachtfernverkehrs gemacht hatte. Das war der Zusammenhang! Auf dem Hauptbahnhof in München hatte er den letzten geöffneten Serviceschalter gestürmt und, fast schon wieder der alte, unerträgliche Würger, nach *Schlafwagen* gefragt, nach einem Kursbuch, Fahrplan, Beschreibung, Karte, was immer, her damit, ich hab es eilig!

Er bekam ein schmales Heft, das Kursbuch mit allen Regelverbindungen von *TransEuroNacht* und allen saisonabhängigen Sonderläufen, den Sommerreisezügen, Pilgerzügen usw.

Über jeder Verbindung befand sich eine Grafik, die den Zugverlauf beschrieb. Er überflog das Kursbuch im Taxi, kaum zu Hause holte er aus dem Gartenhaus eine Schere und Klebstoff – die der Gärtner dazu benutzte, Schösslingen im Gewächshaus von eigener Hand Schildchen zu basteln, die er auf starken Karton klebte.

Er *wusste*, dass er fündig werden würde. Er holte sich eine Flasche vorzüglichen Cognacs aus dem Salon, krempelte sich die Ärmel hoch, holte ein Wasserglas, schenkte sich ein, setzte sich in die Küche. Alle Städte, in denen er gewesen war, lagen am Anfang oder am Ende einer Schlafwagenverbindung. Außer Baden-Baden, aber das war logisch, man wollte ihn dazwischen haben, Baden-Baden lag dazwischen, zwischen einigen Läufen übrigens. *Amsterdam–Milano, München–Paris* u. a. Er schnitt die Grafiken aus, so fein es irgendwie ging. Er wollte sie zusammenkleben, um eine Karte zu bekommen. Da aber die einzelnen Grafiken alle gleich groß waren, unabhängig von der wirklichen Länge der Strecken, wies die Europakarte, die er auf diese Weise, schneidend und klebend und das halbe Herz eines *Menuet XO* austrinkend, erstellte, verschobene Proportionen auf, eine seltsame sphärische Verschiebung im Vergleich zur geografischen Wirklichkeit.

Er konnte jetzt seine eigenen Bewegungen nachvollziehen. Die Organisation, die ihn verarscht und gedemütigt hatte, die Scheißkerle, die seine Uhr hatten, hatten mit *Schlafwagen* zu tun. Wie hatte er nur so vernagelt sein können! Alle Städte lagen irgendwo in *TransEuroNacht*, und alle die Lokale, in denen er gewesen war, waren entweder auf irgendeinem Bahnhof oder in Bahnhofsnähe gewesen!

Sein Instinkt sagte ihm, dass er nur denjenigen finden musste, der in diesem Schlafwagen nach Paris gewesen war, und dass der ihn dann zu seiner Uhr führen würde.

Unglaublich hochgestimmt, unglaublich lebendig, rannte er nach oben, packte sich eilig seinen Uhrenkoffer, nahm 10000 in bar aus dem Safe, sicherte den Koffer mit einer Handschelle und rief sich ein Taxi.

Bevor er das Fahrplanheft zerschnitten hatte, hatte er gesehen, dass in fünfundvierzig Minuten ein Schlafwagen nach Rotterdam ging, der aus Salzburg kam. Er trat dem hohlwangigen niederländischen Schaffner, der mit seiner Reservierungsliste aufrecht vor seinem Wagen stand, mit einer Entschlossenheit entgegen, als müsse der Mann auf der Stelle alles gestehen.

Er war über zehn Tage unterwegs gewesen, übrigens ohne seiner Sekretärin irgendwelche Hinweise gegeben zu haben. Bechthold würde schon klarkommen, er würde ihm später, wenn er die *Ziffer* in Händen halten würde, eine Gehaltserhöhung anbieten.

Wo er in seiner ersten Tour *geflogen* war, nahm er jetzt den Zug, das kostete unendlich mehr Zeit, aber er *sah* plötzlich. Er war geflogen und hatte deswegen nichts kapiert. Er musste in das Medium der anderen eintauchen. Nachtzüge, Schlafwagen.

Er hatte schnell herausgefunden, wie der Nachtverkehr, das System von *TransEuroNacht* organisiert war. Er hatte erfahren, dass es verschiedene Schlafwagengesellschaften gab, die *Mitropa*, Ostblockgesellschaften und eben die *Compagnie*, die größte und komplexeste unter ihnen. Er hatte herausgefunden, dass der Schlafwagen, den er in Baden-Baden versäumt hatte, *Wagons-Lits* war. Er betrat die *Compagnie* und ihre Sphäre mit mächtigen Schritten, und er sog an ihren Ausflüssen und Säften. Er suchte die einzelnen Sektionen, begriff, wie weitverstreut sie waren. Dann suchte er nach Zentralen. Er musste irgendwie herausbekommen, wer auf diesem Wagen gewesen war, den er versäumt hatte.

Er gab sehr viel Geld aus, gab unglaublich vielen Leuten, Schaffnern, Putzern, Sektionsangestellten Geld. Er schmierte sich durch. In Genua vor einer Woche hatte man ihm dann endlich den Tipp gegeben, nach Paris zu fahren. Dort säße das Kontrollorgan. Es sei zwar rein intern tätig; aber er solle sich dennoch dort an einen Signore Lagrange wenden. Wenn ihm jemand helfen könne, dann der.

***

Er war vor einer guten Stunde an der *Gare de l'Est* angekommen, hatte sich natürlich an der Place Vendôme einquartiert und sich umgezogen. Er legte den dunklen Anzug von *James Pool* an, den er besonders liebte. Er wählte noch einmal die *Patek Phillippe*, mit der er schon aus München gekommen und die er vorhin am Bahnhof sorgfältig abgeglichen hatte, sie war vier Sekunden zu spät gewesen.

Er fuhr zurück zum Bahnhof, aber er brauchte eine Weile, bis er sich in den verwinkelten Räumen hinter und über der Haupthalle der Gare zurechtgefunden hatte. Er fragte sich durch. Überall bemüht, möglichst dezent und höflich aufzutreten. Das Kontrollorgan hieß *Centre de la Documentation et de l'Organisation du Contrôle de la Route. CEDOC.* Das suchte er. Und fand es.

Die Büros waren spärlich besetzt. Im Flügel von Lagranges Büro allerdings brannte noch Licht. Der Würger klopfte. Er hatte viel Geld dabei, seinen Uhrenkoffer und sonst nichts außer seiner Entschlossenheit. Er spürte, dass er immer noch angeschlagen war, er erlebte ein Zwischenhoch. Er würde sein Ziel erreichen. Niemand würde bemerken, dass es mit letzter Kraft sein würde. Auf dem Milchglas der Tür prangten zwei athletische goldene Raubkatzen, die ein Oval bildeten. Jemand sagte «Entrez». Er trat ein.

***

Von den ersten Sätzen an, die der Würger in brauchbarem, wenn auch etwas eingerostetem Französisch von sich gab, interessierte sich Lagrange für ihn. Er spürte den Willen dieses Mannes – er sah, dass der Anzug gute 2500 englische Pfund gekostet haben dürfte. Dieser große, aufgeschwemmte, rotgesichtige Deutsche war es gewohnt, dass man ihm zuhörte, oder vielmehr, war es gewohnt gewesen, und irgendein Ereignis, irgendeine Irritation hatte diese

Selbstverständlichkeit unterminiert. Nach einer guten Viertelstunde, nachdem sie ins Deutsche hinübergewechselt waren, das Lagrange beherrschte, wusste er, was er wissen musste. Dieser Reichhausen, sogar Baron, schau an, dieser Reichhausen also wollte, aus irgendeinem Grund, einen bestimmten Schaffner finden. Er kannte sich aus, war aber niemals *Compagnie* gewesen.

Lagrange interessierte nicht, was er von dem Schaffner wollte. Ihn interessierten die immer noch deutliche Kraft, die Entschlossenheit und die offensichtlich nicht ganz legale Konstellation.

«Warum, wenn Sie etwas, diesen ‹Gegenstand›, von dem Sie gesprochen haben, in diesem Schlafwagen verloren haben wollen, warum also verständigen Sie nicht die Polizei?», hatte er gefragt, und der Würger hatte daraufhin gelächelt, eine Pause gemacht und geantwortet.

«Ach, die Polizei. Sind doch alle unterbezahlt, die könnten auf die Idee kommen, mich nach Geld zu fragen. Sie müssen wissen, ich bin bedauerlicherweise ein ziemlich schwerer Brocken. Lockt viele Fliegen an.»

Darauf hatte Lagrange nicht geantwortet. Er hatte den Blick vom Würger fort und zärtlich auf sein neues Notebook gerichtet. Es war heute gekommen. Es war wundervoll. Pentium Prozessor. *Unglaubliche* 200 MHz. Lagrange lächelte, dann blickte er den Würger an.

«Das ist eine sehr schöne Uhr, die Sie da tragen.»

«Es ist eine *Patek* ... Interessieren Sie sich für Uhren?»

«Nein, Spielzeug. Aber trotzdem. Wie spät haben Sie's? Das würde mich interessieren?»

«Auf die Sekunde?»

«Ja, wenn Sie können», Lagrange grinste.

«Es ist 21 Uhr 28 Minuten und 12 Sekunden.»

«Falsch!», schrie Lagrange, der auf die Uhr auf der Oberfläche seines Rechners blickte, die er vor zwei Stunden mit der Atomuhr abgeglichen hatte. «Ce n'est pas correct. Es ist 21 Uhr, 27 Minuten und 45 Sekunden! Ich sage doch, Spielzeug.»

«Ich habe meine *Patek* vorhin, als ich angekommen bin, gestellt, vor fünf Stunden. Ihre Uhr geht falsch, ganz sicher.»

«Ihr kleines Ding aus Gold! Klar. Der *clock generator* dieses Rechners gibt einen Takt von 200000 Schwingungen pro Sekunde vor. Die *clock rate* erreicht eine Frequenz, von der jede Mechanik nur träumen kann, und je höher die Frequenz ...»

«In Ordnung. Nach meiner *Patek* wird die von der Kirche vor dem Bahnhof in elf, zehn, neun ...», und der Würger zählte weiter die Sekunden bis zum zweifachen Halb-zehn-Uhr-Schlag der Glocke herunter, «drei, zwei, eins – jetzt halb schlagen!»

Sie schwiegen, und etwas, eine Zehntelsekunde vielleicht verzögert, unterlegte die Glocke von St. Laurent das gekrähte «Jetzt» des Würgers mit einem zweifachen fern-leisen Baritonschlag, während Lagranges Uhr auf dem Notebook geduldige 67 Sekunden hinterherbummelte.

Lagrange lächelte frostig, stellte seine Uhr neu, würde dazu kein Wort mehr sagen. War ihm recht, dieses Arschloch. Konnte er grade brauchen, so jemanden. Sehr komisch. In zwei Wochen würde der große Millenniumstest seiner Rechenanlage stattfinden. Das zählte. Und Eichhorns Liste. Dieser großkotzige Baron von sowieso würde sie ihm besorgen, Er drehte sich wieder dem Würger zu. Klappte das Notebook zu.

«Es gibt eine Möglichkeit, an den Namen zu kommen. Leider kann ich Ihnen selbst damit nicht dienen. Sie liegt in München. Sie sind aus München, oder, haben Sie doch erzählt?»

«Allerdings.»

Lagrange erklärte dem Würger die Lage. Den Namen könne man nur in München einsehen, in einer Akte, einer Liste, einer Art codiertem, universalem Dienstplan. Lagrange erwähnte, dass sie beide, er und Monsieur Le Baron, aus irgendeinem merkwürdigen Zufall das Gleiche begehrten. Zufälle müsse man nützen.

«Wenn Sie es ernst meinen – dann nur zu. Wenn Sie sich beeilen, dann bekommen Sie noch den Schlafwagen nach München. Niemand kennt Sie. Sie wären ideal. Ich habe einen Nachschlüssel hier. Wenn Sie im Büro überrascht werden sollten, kommt niemand auf den Gedanken, dass ich damit zu tun habe. Aber gegen 4 Uhr morgens ist da niemand mehr.»

«Wieso fahren Sie nicht selbst?»

«Was für eine Frage.»

«Warum trauen Sie mir, ausgerechnet, warum schicken Sie nicht einen von Ihren Leuten, jemanden, der sich auskennt?»

«Vielleicht brauche ich jemanden, der sich *nicht* auskennt? Vielleicht will ich, dass das jemand macht, der sich *nicht* für die *Compagnie* interessiert? Im Übrigen traue ich Ihnen keineswegs. Sie können den Namen vielleicht finden und sich mit der Liste aus dem Staub machen. Aber Sie finden diesen Mann nicht. Sie brauchen Permis. Sie müssen sich bewegen können. Ich könnte Eichhorn, so heißt der Monsieur unten in München, auch zwingen, mir die Akte auszuliefern. Er würde aber versuchen, alles zu verzögern, ich kenne ihn. Ich will mir diesen Ärger sparen. Eigentlich kommen Sie mir wie gerufen.»

«Das höre ich nicht oft.»

«Umso besser. Sie werden sich ein bisschen strafbar machen, das ist Ihnen klar. Ich habe Sie überdies nie gesehen, was Sie mir bringen, werde ich zur Kenntnis nehmen, aber es ist alles ausschließlich Ihre Idee.»

«Einverstanden.»

«Holen Sie mir diese Liste aus München – dann kriegen Sie von mir einen Freifahrtschein mit allen Schikanen bis Jahresende und können diesen Schaffner aufstöbern. Würde Ihnen das entgegenkommen?»

«Wann geht der Zug nach München?»

«In achtunddreißig Minuten. Nach meiner Uhr.»

«Gut. Geben Sie mir den Schlüssel. Ich fahre auf der Stelle zurück, nehme mir ein Zimmer am Bahnhof und beobachte die Lage. Ich erledige das, sobald es geht. Dann kriegen Sie Ihre Unterlagen und ich meinen Permis.»

«Einverstanden.»

«Wir sehen uns in spätestens vierzehn Tagen.»

«Gute Reise, Monsieur Le Baron.»

Zürich – Narbonne 4.10.1999, 22:18

Im Treppenhaus des *Grand Hôtel Celeste Frères Jambert*, im Jargon der *Compagnie* nur das *Celeste* genannt, hingen unzählige alte Fotografien, die unspektakuläre Pariser Motive zeigten, alle mehr oder weniger aus der frühen Nachkriegszeit. Pardell hatte diese Bilder schon viele Male gesehen, hatte sie aber nicht beachtet, wie man in Wohnungen von Leuten, die man nicht besonders ausstehen kann, an Postkarten vorübergeht, die sie als Erinnerung an irgendwelche Urlaube an den Spiegel gesteckt haben.

Pardell hatte einige Pendeltouren zwischen Zürich und Narbonne zugewiesen bekommen. In Narbonne drohte ihm die Verkommenheit des *Grand Hôtel Celeste*, wie einem empfindlichen Kind eine verhasste, unsaubere Schultoilette. Das *Celeste* war vor mehreren Tausend Jahren tatsächlich ein Grandhotel gewesen. Es war älter als die *Compagnie*. Aber mit ihr würde es vermutlich zu existieren aufhören.

Das *Celeste* in Narbonne, das *Bäderhotel Freilauf* in München, das *Arcimboldo* in Ventimiglia, das *Maximus* in Neapel, sie alle waren in ihren Anfängen erstklassige Häuser gewesen, aber durch eine

Mischung unglücklicher Zufälle und desaströser ökonomischer Fehlentscheidungen heruntergewirtschaftet worden und wurden – irgendwann – mit einem für die *Compagnie* vorteilhaften Vertrag vor der endgültigen Vernichtung gerettet. Die *Compagnie* buchte eine beträchtliche Mindestzahl von Übernachtungen im Jahr, bekam dafür enormen Rabatt; die Hotels hatten einen Garantieumsatz, mussten sich nicht mehr wirklich um andere Gäste bemühen, verkamen noch weiter, verloren jedes Interesse an eigentlichem Tourismus, wurden selten renoviert und glichen irgendwann den Gespenstern von Hotels, Luftspiegelungen in der Atmosphäre einer überhitzten, glorreichen Vergangenheit.

Manchmal sah Pardell zwei oder drei Rucksacktouristen unsicher den Meldezettel ausfüllen, während ihr Gepäck fragend auf dem abgelaufenen, dunkelbraunen Teppich des Foyers stand. Es waren meistens Pärchen, die sich wegen der Aussicht auf Sex ohne Zweige, Piniennadeln und neugierige Insekten zu einer Nacht im *Celeste* entschlossen hatten – und die nicht ahnten, dass die immerhin noch zu erbringenden 230 Francs sie zwar vor den ersten beiden fiesen Unannehmlichkeiten, aber nicht unbedingt vor der letzteren retten würde.

Der alte Portier des *Celeste* war einer von den Menschen, die in der Wartestube des pardellschen Bewusstseins saßen wie Statisten mit zwei oder drei Sätzen – seit er in der *Compagnie* war, hatte sich dieser spezielle Raum gefüllt, Menschen, die immer wieder ihre kleinen Auftritte hatten, die Pardell hinnahm, ohne zu wissen, ob er sie jemals wiedersehen würde – oder sie ihn. Einmal, im April, als Pardell von Paris gekommen war und zwei ganze Tage Aufenthalt gehabt hatte, bevor er nach München zurückfuhr, hatten sie sich ein wenig unterhalten.

«Ja, Paris. Einmal war ich in Paris, nach dem Krieg, Monsieur. Ein Mal. Aber seitdem bin ich nicht mehr weggekommen, hatte auch keine Lust, was soll's. Nummer 13, und das Bad ist die 16, bitte.»

Das war das Einzige, was Pardell von ihm zu sagen gewusst hätte: dass er Portier in einem Hotel war, das voller banaler Fotos von Paris hing, dass er aber nur einmal selbst dort gewesen war. Also praktisch nichts. Jetzt schien es ihm, es wäre mehr, als er über sich selbst zu sagen gewusst hätte, so deprimiert war er zuweilen.

Pardell versuchte, den wirklichen Gästen wenn möglich nicht zu begegnen, was sich leichter anhört, als es war. Die Zimmer im *Celeste* waren nämlich auf je verschiedene Weise verkommen. In dem einen Zimmer gab es ein funktionierendes, riesiges Bett, aber das Bad war unbrauchbar; in dem nächsten Zimmer gab es ein Bad, aber keinen Kleiderschrank; und dort, wo es einen Kleiderschrank gab, hatten sich Nagetiere der Matratze angenommen. Statt die unzähligen, differenzierten Schäden in den auf vier Stockwerke verteilten Zimmern zu reparieren, wechselte man an allen Zimmern und Suiten die Schlösser aus, behielt die Anhänger mit den Ziffern allerdings bei, um den Schein zu wahren, und wahrscheinlich auch, um die Mehrkosten für neue ziffernlose Anhänger zu vermeiden. Als Gast bekam man mehr oder weniger benachbarte Nummern zugeteilt – in der einen schlief man, in der anderen konnte man seine Uniform aufhängen, in der dritten duschte man. Der Portier – der einzige, von dem Pardell wusste – war schon alt, hatte ein schlechtes Gedächtnis und verwechselte die Nummern, wenn viel los war, das heißt, wenn sich mehr als drei Gäste gleichzeitig im Haus aufhielten. Einmal war ein sangesfreudiger athletischer Däne in dem Zimmer unter die Dusche gegangen, in dem Pardell einen strapaziösen Nachmittag im *Nagelmacker's Inn* auszuschlafen versucht hatte. Der Däne duschte sich ausgiebig und sang, Pardell träumte von Matrosen, die, mehrstimmig singend, an einer imaginären, irgendwie gelblich schimmernden Limmat saßen – bis der Springer von einer koreanischen Studentin geweckt wurde, in deren Zimmer das Wasser des Dänen eingelaufen war. Der Däne hatte von dem Leck nichts bemerkt und war schon an den Strand gegangen, als die Koreanerin Pardell am Arm zog, kreischte und ihn fast vollständig auf den widerwärtigen Teppichboden gezerrt hätte, ins Feuchte.

Als Pardell sich jetzt mit einem fast leeren Wagen, ein Single von Zürich nach Nîmes, zwei Touristen von Lausanne nach Narbonne, auf der zweiten von vier Hinfahrten befand und mit Grauen an das *Celeste* dachte, an das geheime Leben der Insekten dort, an das bunte Glas der lang gezogenen Kuppel des ehemals vornehmen Treppenhauses, fiel ihm ein, dass er, obgleich mit vielen Zimmern vertraut, noch niemals im vierten Stock geschlafen hatte. Vielleicht lag das an undichten Dächern? Vielleicht gab es dort oben überhaupt keine Möbel mehr, vielleicht hausten dort Nachtraubvögel, Fledermäuse, Gespenster. Am Genfer Hauptbahnhof hatten sie eine halbe Stunde Aufenthalt, er verschloss das Office und ging im Bahnhofsbüfett einen *Crème* trinken. Es war ein milder Abend, und über den Bahnhof flanierten unzählige Besucher, die keineswegs die Absicht hatten zu verreisen, die vielmehr die Reisen der anderen, die Reise überhaupt besuchen und beobachten wollten. Er rechnete später, als der Zug kurz vor seiner Abfahrt aus Genf stand, nicht mehr mit Gästen, hatte überdies keine Reservierung vorliegen, blieb aber bis zum Ausrollen des Zuges auf dem Plafond, lehnte sich hinaus, blickte zurück auf die Menschen, auf das hereinscheinende Licht des städtischen Lebens, von dem er sich jeden Augenblick entfernte, selbst auf dem besten Weg, nichts anderes als ein melancholischer Reisender zu werden, jemand, der lieber bliebe, aber das niemals tun kann.

Die Nacht verlief bemerkenswert ruhig, und Pardell betrat das *Celeste* gegen zehn Uhr. Der alte Portier begrüßte ihn kaum, sah auf die Platte der Rezeption, murmelte vor sich hin, gab dem Springer den Universalschlüssel mit den Ziffern 2–4. Pardell beschloss sofort, daraus zur Probe Nummer 42 zu machen, ging nach oben, die Sonne stieß durch das Glas im Treppenhaus und verhieß Pardell, für den Fall, dass er sich schlafen legen wollte, frühe Hitze und schwere Träume. Stockwerk um Stockwerk sah Pardell auf die Fotografien von Paris, sah die Ziffern auf den Türen, die lichtdurchbrochenen Überreste des alten *Celeste*, kam nach oben, wo er noch niemals gewesen war. Auf der Treppe vom dritten Stock zum vierten stieß er auf das einzige Porträtfoto, das er jemals hier gesehen hatte, ein Gruppenfoto. Vier stehende Männer, mit schwarzen, dreiteiligen Anzügen. Über der Gruppe ein eigentümlich winziges Hirschgeweih. Er setzte seinen Weg fort, verharrte drei Treppenstufen weiter, ging zurück, stellte seine beiden Koffer ab und betrachtete das Foto ausführlicher. Irgendetwas Ungewöhnliches war an der Haltung der vier Männer, einer, der einzige mit Schnurrbart noch dazu, trug absurderweise eine Maske, die Larve eines seltsamen Karnevals. Der Gesichtsausdruck der Männer schwankte zwischen der auf alten Fotografien nicht ungewöhnlichen Steifheit und einer sonderbaren Entschlossenheit, die er sich nicht erklären konnte. Am merkwürdigsten war der zweite von rechts, der seinen linken Arm hinter seinem Rücken verborgen hielt und auf irgendwie verwegene Weise aus tief liegenden Augen dem Objektiv der Kamera entgegenblickte. Wenn es ein Gruppenfoto sein sollte, dann stellte sich die Frage, was für eine Gruppe das war. Wo kamen sie her, wo gingen sie hin? Was hatte sie zusammengebracht?

Die plötzliche Fülle dieser Fragen ermüdete Pardell auf der Stelle, dieses Bild passte zu gut ins *Celeste* und seine überflüssige, nutzlose Labyrinthik, also ging er nach oben, Nummer 42. Der Raum unterschied sich in nichts von denen, die er schon kannte, er war nur um einiges größer, das Badezimmer war irgendwann demontiert worden, aber er konnte sich in 44 waschen. Als er zurückkam, öffnete er das Fenster, das nicht auf den kleinen Bahnhofsplatz ging, sondern in Richtung Mittelmeer lag, das ganz ferne dort zu vermuten war, wo das Blau des Himmels in blässlichem Glanz den Horizont berührte. Wider Erwarten schlief Pardell schnell ein, träumte die gewöhnlichen unspezifischen Tagesträume von Routen, Ereignissen, Hemmnissen, Verspätungen, falsch gestellten Weichen und erwachte kurz vor Dienstbeginn, es dämmerte schon. Die zerschlissenen Vorhänge bewegten sich leicht. Das Erste, woran Pardell nach der panisch-rituellen Überprüfung der Zeit (18 Uhr 20, er hatte also noch eine gute Stunde) dachte, war das Bild im Treppenhaus. Er unterdrückte das Bedürfnis, auf der Stelle hinzugehen.

Als der Zug gegen 2 Uhr morgens wieder auf dem Hauptbahnhof in Genf zum Stehen kam, wusste Pardell, was ihn irritiert hatte. Er hatte die ganze einsame, todlangweilige Rückfahrt über das Bild und das *Celeste*, über die Zimmer und den Portier nachgedacht, wieder an das Bild und es gegen das Licht des Foyers gehalten, es gedreht und gewendet. In Genf stand er müßig vor dem Wagen. In einiger Entfernung, in einem gerade noch einzusehenden Seitenflügel, sah Pardell ein junges, glückliches Paar, das versuchte, miteinander Passbilder in einem Fotoautomaten zu machen, und das Schwierigkeiten hatte, die vielen Beine unterzubringen, es erinnerte von ferne an zwei Menschen, die sich als Pferd verkleidet hatten.

«Es ist der Portier. Der Zweite von links, das ist der Portier, natürlich, vierzig Jahre jünger. Das ist es.»

Am nächsten Abend war der Wagen noch leerer; es gab *eine* Reservierung von Lausanne nach Sète, aber in Lausanne stieg dann doch niemand zu, auch in Genf nicht, und die Reservierung verfiel. Pardell hatte nichts zu tun, konnte schlafen, fühlte aber keine Müdigkeit, sondern Langeweile. Als er dann am Morgen wieder im Foyer des *Celeste* stand und der Portier ihm zunickend den Schlüssel gab, diesmal war es Nummer 36, blieb er stehen.

«Entschuldigen Sie, Monsieur, ich habe mich vorgestern ein wenig umgesehen, im Treppenhaus, und das Foto entdeckt, das oben hängt. Ich hoffe, das ist nicht unhöflich, aber kann es sein, dass Sie das sind, auf dem Bild, der Zweite von links?»

«Ach, das Bild. Wollte es immer abhängen, aber –»

«Ich hatte mich gefragt, wer –»

«Meine Brüder und ich. Zehn Jahre nach dem Krieg. War nicht einfach, nach dem Krieg.»

«Ihre Brüder haben hier auch gearbeitet?»

«Das will ich meinen. Georges kümmerte sich um die Gäste, brachte das Gepäck rüber zum Bahnhof, holte die Sachen auf dem Markt, mit dem Wagen, er war der Einzige, der fahren konnte, Lucien war hier, war früher Portier, Jacques kümmerte sich um alles andere, Buchhaltung, und ich war Koch, ich war eigentlich Koch, früher. Dieses Hotel hat große Zeiten gesehen, Monsieur. Vor dem Krieg. Sind Sie nicht müde?»

Pardell war es nicht. Der Alte schien von zwiespältigen Empfindungen beherrscht, wollte scheinbar etwas erzählen, andererseits für sich bleiben. Er war wohl immer allein und nicht mehr gewohnt, sich zu unterhalten, führte nur noch imaginäre Gespräche.

«Ich gehe erst mal nach oben, vielleicht haben wir nachher Zeit. Ich bin hier so oft, und da würde es mich interessieren, vielleicht ...», sagte Pardell und fotografierte beim Hochgehen das kuriose Bild mit seiner treuen, viel geliebten *Minox*.

* * *

«Wann ist das passiert?»

«1942. Unsere Mutter wusste nicht, was aus uns werden würde, das war das Schlimmste, ihre schlimmste Sorge, vor allem um uns zwei Jüngere. Es war ein ungeheures Glück, dass wir vier alle hier arbeiten konnten. Der Patron war ungeheuer freundlich zu uns, wir waren ihm wie Söhne –»

«Sonst hätte er Ihnen ja auch nicht das Hotel hinterlassen.»

«Ja, das war ... Wissen Sie, das war wirklich eine Geschichte. Der Patron hatte einen Bruder, der sich nicht hier ... Der sich nicht für das Haus interessierte, er hatte ein Geschäft in ... der war früh schon nach Paris gegangen. Es gab damals ... die Mafia war sehr schlimm, sie, sie haben ihn umgebracht, aber der Patron war schlauer als sie.»

«Kannten Sie den Bruder des Patrons?»

«Nein, ich nicht, nur Georges hat ihn einmal gesehen, viel früher einmal, aus irgendeinem Grund. Aber sonst keiner von uns vieren, er interessierte sich gar nicht für das Haus, er hätte es verkauft, ganz sicher, egal an wen ...»

Der Portier hatte Pardell erzählt, dass damals Grundstücke oder Gebäude, die keinen Erben hatten, öffentlich versteigert wurden, jemand in der Gemeinde war von der Mafia geschmiert, und die kam auf diese Weise billig an die Sachen heran. Der Patron hatte Krebs und wusste, dass er nicht mehr lange leben würde, er war sehr vorsichtig und fürchtete, die Mafia könnte seinen Bruder ausfindig machen und ermorden – den Letzten der Familie. Also fügte er in sein Testament die Klausel ein, dass das Hotel an die vier halbwaisen Brüder gehen würde, die im Hotel arbeiteten und die wie seine Kinder waren – falls sein Bruder eines unnatürlichen Todes sterben sollte. Damit habe er seinen Bruder zu schützen versucht. Aber anscheinend habe die Mafia nichts von dem Testament gewusst. Kaum war der Patron tot, habe man die Leiche seines Bruders gefunden. In der Seine, zwanzig Kilometer außerhalb von Paris. Im Februar 1956 sei das gewesen. Ein machetenartiges Küchenmesser habe dem armen Mann die Stirn gespalten.

Der Zug fuhr in den Bahnhof von Avignon ein, es hatte angefangen zu regnen, so öffnete Pardell zwar die Tür des Plafonds, lehnte sich aber nur ein wenig hinaus. Er dachte an die vier Brüder. Links, der mit der komischen Larve, die er «zum Spaß» aufgesetzt habe, das war Georges, den hätten sie ausbezahlt nach jenem schrecklichen Ereignis, er sei nach Amerika gegangen, und man hätte nie wieder etwas von ihm gehört. Sein letzter Bruder sei vor zehn Jahren «umgekommen». Der Alte hatte dann nichts mehr erzählt, sondern war verstummt und in die Küche gegangen, wo Pardell ihn später am Abend noch rumoren hörte, wetzen und scheppern, mit nutzlos gewordenem altem Gerät.

Der Herbst hatte die letzten Touristen vertrieben, nicht nur aus dem *Celeste*. Niemand zeigte sich, der mit Pardell hätte fahren wollen. Er schloss die Tür, setzte sich in den gelben Schein des Schaffnersitzes, es war die langweiligste, ereignisloseste Tour, die er jemals hinter sich gebracht hatte. Der Regen parodierte mit leiser Gleichförmigkeit die Geräusche der Schienen.

Als er kurz vor der Abfahrt noch einmal nach dem Bild hatte sehen wollen, war es verschwunden, der Alte hatte es wohl abgehängt, während Pardell in der Innenstadt eine Kleinigkeit gegessen und ein paar Postkarten mit alten Motiven gekauft hatte, darunter auch eine mit einem Foto des Hotels, vor dem Krieg, das den Paris-Bildern *im* Hotel irgendwie ähnelte. Draußen blitzten die Lichter eines kleineren Bahnhofs nördlich von Avignon auf, als versuchten ein paar Verspätete, Schnappschüsse eines Zuges zu machen, den sie nicht mehr erreichen würden.

Als Pardell wieder in Zürich war, schrieb er eine der Postkarten an Quentin in Paris, an die Adresse des *Gran' Tour*. Er kündigte seine Ankunft in ein paar Tagen an, er würde morgen Abend zunächst nach Wien fahren, zwei Tage Aufenthalt einlegen, danach nach Paris. Er verschrieb sich und musste die Adresse ins linke obere Eck quetschen. Sein Blick fiel auf die dort in kleiner Schrift gehaltene Beschreibung des Motivs. «Narbonne, 1934. Photographie Adolphe Jambert. Photographien jeder Art, 24, rue Salomon. Paris.»

Er dachte sich nichts dabei, wie man sich nichts dabei denkt, wenn man zerstreut in Wartesälen sitzt und Plakate liest, die auf Veranstaltungen hinweisen, die vor zwanzig Jahren oder noch länger stattgefunden haben.

***

Manchmal, wenn er sehr müde war, überkamen ihn einfach so die Tränen, und er musste sich immer erst wieder erinnern, warum. So sehr hatte er den ‹Besuch› bei Juliane verdrängt, indem er ihn zu einer sofortigen, nicht mehr zu hinterfragenden Tatsache gemacht hatte. Er dachte nicht darüber nach. Manchmal durchgeisterte ihn die wilde Jagd der Augenblicke in München. Nicht darüber nachdenken. Er hatte es sich selbst kaputt gemacht. Er liebte sie. Sie war eine Nutte, und nicht das war so schrecklich, sondern dass er, mit diesem Wissen um sie, niemals würde entschuldigen können, dass er sie so lange so schrecklich belogen hatte. Er hatte sie verloren. Er hatte ein verbotenes Spiel gespielt, und das war nicht gut gegangen, das ging niemals gut.

Jetzt, nachdem er die Reiseunterlagen fertig geschrieben hatte, musste er aufstehen. Er weinte mittlerweile sehr sachlich, nahm sich ein Küchentuch aus dem Office, löschte das Licht, soweit es ging, setzte sich auf die Liege. Es tat ihm so weh. Er liebte sie so.

Er hatte sie nicht mehr gesprochen, was schrecklich gewesen war, vier Wochen schon. Er würde sie nie mehr sprechen, was als Vorstellung so *unglaublich* war, dass er kurz danach aufhörte zu weinen und nur noch schluchzte. Würde sich gleich legen, ist doch alles in Ordnung. Wenn nur die Traurigkeit nicht so groß wäre. Wo bin ich? Ich will heim. Wo bin ich nur ...

In einem weniger metaphysischen Sinn stellten sich die Frage, wo Pardell nun eigentlich war, einige Menschen. Zur Zeit seiner Abreise nach Argentinien, im April, waren die beiden wichtigsten seine Mutter und Juliane gewesen. Im Laufe der letzten Monate waren interessanterweise noch ein paar dazugekommen. Doch wie es seiner Mutter und Juliane, auch *wenn* sie es versucht hätten, unmöglich gewesen wäre, ihn zu finden – schluchzend, auf einer Schaffnerliege in einem *TransEuroNacht*-Schlafwagen –, so waren die anderen nicht nur tatsächlich in der Lage dazu – sondern auch schon auf dem Weg ...

München, Aufenthalt 5.10.1999, 11:08

«Herr, ja, hm, Herr Getzlaff. Hierher, bitte», sagte Getzlaffs Kundenbetreuer und deutete auf einen Plastikstuhl mit grünem Sitzpolster.

«Schön, dass wir uns wieder mal sehen können. Geht's gut bei Ihnen?» Währenddessen dachte er nur: ‹Getzlaff, Getzlaff, woran erinnert mich der Name bloß?›

Dieter Getzlaff war nervös. Er war noch nie gezwungen gewesen, mit seinem Kundenbetreuer zu sprechen. Er hatte sich alles genau überlegt. Aber der Herr war ja sehr nett.

«Danke», sagte Getzlaff und setzte sich steif auf den genau zu steifem Sitzen gemachten, nur *scheinbar* bequemen Kundenstuhl und fuhr dann fort: «Es ist nur. Ich bräuchte Geld.»

«Herr Getzlaff, gut, dass Sie diesen wunden Punkt gleich offensiv ansteuern. Das Soll auf Ihrem Girokonto macht mir Sorgen.»

«Das ist vorübergehend. Ich hatte Ausgaben.»

«Das habe ich mir schon gedacht, dass Sie Ausgaben hatten. Moment, am Computer kann ich das sehen, passen Sie auf, hier. Im Augenblick steht Ihr Konto mit 12349, na ja, sagen wir 12000 im Soll, die paar 100 Mark. Das ist ja so schon direkt bedrohlich.»

«Ja, aber ich kann es bald zurückzahlen!»

«Das ist es, wenn ich das sagen darf, was mir Sorgen macht. Also, ähm. Sie haben einen monatlichen Nettoverdienst von, Moment, zirka 3000 Mark, Fixkosten von 2500. Sie hätten also 500 Mark im Monat. Da bräuchten sie zwei Jahre, vorausgesetzt, sie kommen damit aus. Sie sind, Moment, bei der Internationalen Schlafwagen- und Touristik-Gesellschaft, der ISTG-München beschäftigt? Als Schaffner.»

«Ja.»

«Sie wissen, dass die ISTG übernahmegefährdet ist?»

«Was?»

«Ja, ich will Sie nicht beunruhigen, aber das ist die Wahrheit.»

«Ich versteh kein Wort. Ich brauch einen Kredit.»

«Dem kann ich nur zustimmen. Wir müssen umschulden!»

«Umschulden?»

«Herr Getzlaff, wir schaffen das schon.»

«Wie viel Geld wär das dann? Ich bräucht dringend 20000.»

«Noch drauf? Was wollen Sie denn damit finanzieren? Eine Einbauküche? Eine Weltreise? Einen neuen Wagen?»

«Nein, ich hab das Auto schon verkauft. Aber es hat nicht lang hergehalten.»

«Wollten Sie Ihre Liquidität schonen?»

«Der Dollar ist so stark im Augenblick.»

«Verstehe, die Euroschwäche. Herr Getzlaff, ich weiß nicht recht. Das sieht alles nicht gut aus. Erwarten Sie denn irgendwelche außergewöhnlichen Einkünfte in absehbarer Zeit?»

Getzlaff nickte begeistert und begann dann, seinem Kundenbetreuer auf sehr komplizierte Weise die Geschichte seiner Familie, seines Großonkels, dessen anfänglicher Armut und der Konsequenz in Form von Auswanderung zu erzählen. Er erwähnte die *FAZ*, Staubohm, Dr. Fangnase, die statistische Verteilung seines Namens in den USA und die gigantische Größenordnung des Ketchup-Geschäfts. Ketchup. Nur für Europa zum Beispiel würde die *Getzlaff-Company* ausnahmsweise Curry-Ketchup herstellen. Das habe er gelesen. So ein Unternehmen sei das. Ketchup. Getzlaffs Kundenbetreuer hörte irgendwann nur noch *Ketchup*. Er war wie benommen von Getzlaffs fantastischem, hoffnungsvollen Gerede. Überhörte die einmal zwischendurch mit plötzlicher Verdüsterung ausgesprochene Warnung, er werde sich umbringen, wenn es nicht klappe. Er werde sich das Leben nehmen. Dann fasste sich Getzlaff wieder. Kam zum hoffnungsvollen Ende seines Berichts.

«Und natürlich – wenn dann alles klar ist, gebe ich sofort die blöde Schaffnerei auf. Das wird toll. Erst mal Las Vegas! Bald ist 2000, und das ist kein Zufall, das wird *mein* Jahr, das wird ein Jahr, ich habe es genau im Gefühl. Alles sauber gewischt. Wird alles sauber gewischt. Die ganzen, alles, diese ganzen Unreinheiten ...», Getzlaff lief zu unerwarteter Hochform auf, war fast ein Prediger der durch den Eintritt des Millenniums zu erwartenden globalen wie auch privaten Säuberungseffekte. Alles werde reingewaschen, neu, gewischt, und wenn es noch so verkrustet wäre ...

Das war das Letzte, was der Kundenbetreuer von Getzlaff zu hören bekam. Dass er den Kredit dennoch bewilligte – man muss das überraschend nennen –, lag daran, dass er die Beschreibung des großen Säuberns und Abwischens durch das bevorstehende Millennium auf einen Schlag selbst als sehr erlösend empfand. ‹Klar›, dachte der Kundenberater ganz für sich, ‹klar, wie das Ketchup, wie das Ketchup! Daher kenn ich dem seinen Namen. Getzlaff! Wie das Ketchup.›

Paris, Passage 5.10.1999, 18:12

Der zweite Einbruch in seinem Leben, aber diesmal war nur eine Kleinigkeit schiefgegangen: dass er sein Taschentuch, mit dem Monogramm *FvR* und den fünf Kronen, in Eichhorns Büro verloren hatte. Er wusste, dass er es dabeigehabt hatte, denn in das Taschentuch hatte er Lagranges Schlüssel eingewickelt. Er hatte das Taschentuch auch noch gehabt, als er aufgeschlossen hatte, und es dann wieder eingesteckt. Zwischendurch, nachdem er alles gefunden und sich darangemacht hatte, die Dokumente zu kopieren, hatte er sich die Stirn gewischt und das Taschentuch herausgenommen. Als er wieder in seinem Hotel war, fehlte es. Er wusste nicht, ob er sich darüber Sorgen machen sollte – und beschloss, es einfach zu vergessen. Gesetzt den Fall natürlich, dass man so etwas überhaupt tun kann: beschließen, etwas zu vergessen, und dass ‹Vergessen› nicht vielmehr etwas ist, das jede *Absicht* dazu aus sich heraus unmöglich macht.

Bis auf das vergessene Taschentuch also war alles glattgegangen in der Münchener Sektion der *Wagons-Lits*, die er kurz nach 4 Uhr morgens betreten hatte. Er hatte die Sektion einige Tage observiert, weil er den Angaben Lagranges nicht einfach blind vertrauen, sondern sich einen eigenen Eindruck machen wollte.

Unmittelbar zuvor hatte er Stunden schräg gegenüber gewartet, dreißig Meter von der Überdachung von Gleis 11, in der Deckung einer Lastwagenrampe und einiger übereinandergestapelter Europaletten. Es war kalt und feucht gewesen, der Würger hatte feststellen müssen, dass das Wasser aus den Pfützen langsam die exquisiten Brandsohlen seiner in London von Meister Ian McDonovan handgenähten Schuhe durchdrang, seine Lieblingsschuhe, die er allerdings schon zu lange getragen hatte, ohne ihnen eine Pause zu gönnen. Selten gab es einen Laut von der Bayerstraße, gelegentlich kam der eine oder andere Trinker vorbei, der irgendetwas in der zugigen Haupthalle gesucht hatte. Der Würger duckte sich jedes Mal, verbarg sich hinter einer dreckigen Plastikplane, wie schon die ganze Nacht hindurch, wenn sich irgendetwas an der Tür der Sektion getan hatte. Er hatte das Kommen und Gehen beobachtet, misstrauisch und aufgeregt. Sein Herz hatte jedes Mal ungesund heftig geschlagen. Er hatte einige unauffällige Männer kommen, eine knappe Stunde später in nachtblauer Uniform als Schaffner heraustreten und zusammen mit einem dürren, schimpfenden Münchener im Blaumann auf einem beladenen Elektrokarren zum Dienst fahren sehen. Der Elektrokarren kam in der Regel nach zwanzig Minuten zurück, leer und ohne Schaffner. Die letzten drei Schaffner traten kurz vor 23 Uhr gemeinsam ihren Dienst an, mussten allerdings nicht gefahren werden, ihr Zug stand nebenan auf Gleis 11, ein später Nachtzug, der *Brenner-Express* nach Florenz, mit Kursschlafwagen nach Genua und Venedig. Es wimmelte auf einen Schlag von aufgeregten Reisenden, und der Würger, der langsam erbärmlich zu frieren begann und dazu die eklige Feuchtigkeit in seinen Schuhen spürte, wurde nervös und sah mit großer Erleichterung, wie dieser lange, dicht bevölkerte Zug mit all seinen Sitzwagen, Liege- und Schlafwagen abfuhr. Danach begann nicht nur Gleis 11, sondern der ganze Bahnhof langsam zu verwaisen, und eine gute Stunde danach – der Würger wusste das, weil er alle fünf Minuten auf seine *Patek Phillippe* blickte – war der schimpfende, dürre Mann ohne seinen Blaumann herausgetreten und hatte sich, vor sich hin murmelnd, mit einem alten Fahrrad, das er schwankend die Treppen zur Bayerstraße hinuntergetragen hatte, davongemacht. In der Sektion brannte immer noch Licht.

Dann hatte das Warten begonnen, und der Würger, der keine Übung darin hatte zu warten, kämpfte mit der Unbehaglichkeit der feuchten Kälte und der Lächerlichkeit seiner Lage. Er, Friedrich Baron von Reichhausen, war nicht nur dabei, seine Zulassung aufs Spiel zu setzen, während er wie ein Penner in der feuchten Kälte einer Münchener Oktobernacht stand und darauf wartete, dass das Licht in einem Büro ausging und irgendein Mann die Sektion einer Eisenbahngesellschaft verließ. Er gab sich her, für jemand anderen, den er nicht einmal mochte, eine Straftat zu begehen, um später an den Namen eines Mannes zu kommen, der ihn vielleicht irgendwann zu seiner Uhr führen würde.

Er hatte im Hotel eine halbe Flasche *Pruniet Family Reserve XO* zu sich genommen und die restliche Flasche langsam, Schluck für Schluck, in seinem blöden Versteck ausgetrunken. Er liebte die pfeffrige Schärfe dieses Cognacs. Gegen halb 4 Uhr war die Flasche leer, der Würger war zwar betrunken, aber nicht genug, musste sich an etwas festhalten …

Die Uhr. *Ziffer à Grande Complication 1924*. Er stand hier, weil er die Uhr brauchte, die Uhr haben musste, deren Ticken er manchmal hören zu können glaubte, in deren vollendete Mechanik er tollkühn unzählige Nächte im Traum gesprungen war, um sich, an ihre ländergroßen Zahnräder geklammert, bis an den Himmel und zu den Sternen hinauftragen zu lassen ...

Auf den Blättern, die Josef Krumbholz im Sommer 1946 für ihn gezeichnet hatte, befanden sich neben den Zeichnungen von den Zifferblättern der Uhren auch vereinfachte Detailansichten aus dem Inneren ihrer Werke. Das Prinzip einer mechanischen Uhr war einfach zu verstehen gewesen: Es gab ein Kraftzentrum. In den Armbanduhren, deren minimalistische Perfektion den einfachen Handwerker Josef Krumbholz zu einer mit einer ungeübten Zunge um ihren Ausdruck ringenden Begeisterung anfeuerte, war das eine Spiralfeder. Die zieht man auf, man spannt sie, wie einen Bogen ja, so ungefähr. Bei großen Uhren hatte man dafür Gewichte genommen. Dann kam die *Hemmung*. Josef skizzierte Friedrich die Ankerhemmung, die Erfindung eines Engländers, Graham. Die Hemmung übertrug die Kraft des Antriebs auf das Schwingsystem, auf die Unruh, dazu rastete immer wieder ein winzig kleiner Anker in ein Zahnrad ein und löste sich erst nach einer bestimmten Zeit, einem Intervall abhängig von der Kraft der Feder und dem mechanischen Widerstand der Hemmung. Dann kam die Unruh – die Unruh regelte den *Gang* der Werke, indem sie fünfmal pro Sekunde hin- und herschwang und so die Zeit exakt aufteilte und den Takt vorgab. Josef versuchte, ihm eine *Tourbillon* zu beschreiben, die Unruh, die der legendäre Abraham-Louis Breguet konstruiert hatte. Dann das Zeigerwerk und wie die Zeiger mithilfe der Krone verstellt wurden.

«Verstehst du das, Fritzi?», fragte Josef immer wieder.

«Ja», sagte Friedrich ganz ernst, «ja, ich versteh das», und Josef lachte, strich ihm über den Kopf und nannte ihn einen wahren «Tausendsassa».

«Jedes Teil von einer Mechanik möcht für sich selbst funktionieren», erklärte er ihm immer wieder, «aß muss so gut arbejden, als war's allein fer sich. Und wär's noch so klein. Es braucht sein Spiel und seine Freiheit. Aß doch die Semmel noch! Aß doch!»

Friedrich verbarg nicht nur die Zeichnungen vor seinem Großvater, sondern auch seine Freundschaft mit dem Josef. Für den Großvater war Josef nur ein «Bittschön», einer von den Flüchtlingen, die man beherbergen musste, ob man wollte oder nicht. Habenichtse aus dem Osten. Friedrich fürchtete seinen Großvater Franz Feldmayer, der ihn, seit er mit Mama auf das Gut gekommen war, mit unheimlicher Neutralität behandelte. Anfangs hatte er ihn überhaupt nicht verstanden, weil er, wie alle anderen, nur Bairisch sprach. Sogar Mama sprach jetzt so.

Friedrich hatte zwar immer noch seinen pommerschen Akzent, aber im Laufe der Jahre hatte er das Bairische natürlich zu verstehen gelernt. Aber er fürchtete sich mehr davor, dass sein Großvater ihn schlicht ignorierte, als dass er ihn ausschimpfte, etwa weil er schon wieder an den Zwinger mit den Jagdhunden gegangen war und sie gefüttert hatte – die Hunde waren aber kein Spielzeug, sie waren dazu da zu arbeiten, *Host mi? Du host da nix verlorn!*. Das geht dich nichts an.

Solange seine Mutter mit ihm zusammen auf Gut Dreieck gelebt hatte, in einer kleinen Flucht von Zimmern im Rückgebäude des Gutshofs, war das Leben zwar immer noch fremd gewesen, und er hatte sich nach Ganzkow gesehnt und nach Fleck und nach seinem Vater, aber seine Mutter hatte ihn getröstet, und dann war es wieder gegangen. Warum ist Großvater nur so merkwürdig? Er ist eben so.

Alle drei, vier Wochen kam ein Brief von seinem Vater, der als Leutnant an der Ostfront stand, im Kaukasus. An seinem Geburtstag 1942, als er sechs Jahre alt geworden war, gab ihm Mama am Morgen einen Brief mit einem Foto, sein Vater auf einem wunderschönen Pferd, lachend, salutierend, ein anderes Pferd links war nur angeschnitten, und so stellte er sich das vor, sein Vater ritt auf einem Pferd, und bald wäre der Krieg vorbei, das schrieb er. Genau eine Woche später, am 19. August, nahm sein Vater beim Angriff der deutschen Truppen auf die russische Stadt Stalingrad teil.

Im September kam der Würger in die Knabenschule, in Tölz. Gegen den Willen seines Großvaters fuhr ihn seine Mutter anfangs mit dem Auto. Die Schule war ihm fremd, die anderen Knaben lachten über seinen Akzent. Er schwieg und hatte die besten Zensuren seiner Klasse.

Kurz vor Ende der Weihnachtsferien, am 5. Januar 1943, erreichte ein eiliger Missionär des Oberkommandos der Wehrmacht Gut Dreieck, betrat das Haus, überreichte seiner Mutter ein offizielles Schreiben, sagte: «Frau von Reichhausen, Ihr Mann ist gefallen, Sieg Heil», und verschwand zügig. Er hatte noch eine Menge Post auszutragen.

Bevor seine Mutter eine Woche später nach Ganzkow fuhr, nahm sie Friedrich, der das alles nicht richtig mitbekommen hatte, zu sich. Sie hatte schrecklich verweinte Augen, sie ging in die Knie, Friedrich roch Lippenstift, Puder und Parfüm, als sie ihn umarmte, er liebte den Geruch seiner Mutter, wenn sie ausging und sich zurechtgemacht hatte. Sie küsste ihn und wollte, dass er ihr etwas versprach, das musst du mir versprechen. Sie sagte ihm, er sei jetzt der Baron von Reichhausen auf Ganzkow und er solle immer daran denken, dass sie bald wieder zu Hause seien. Sie fahre und bereite alles vor, und er müsse nachkommen. Aber, sie brach ab und fasste ihre Stimme, aber er müsse ihr jetzt versprechen, niemals, er dürfe niemals eine Uniform tragen, niemals Soldat werden. Er versprach es, schaffte es nicht, nicht zu weinen, versprach es und wartete von da an, dass sie zurückkam. Er verstand nicht wirklich, was sie gemeint hatte, er war doch ein Kind. Aber er merkte sich ihre Worte.

Der Frühling kam. Seine Mutter schrieb ihm. Er schrieb ihr zurück. Es wurde Sommer, und die Verhältnisse auf Ganzkow waren noch nicht vollständig geordnet. Seine Mutter schrieb ihm, sie würden sich bald wiedersehen. Sie habe noch ein paar Dinge zu erledigen, in Lübeck und in Dresden. Ihr letzter Brief erreichte ihn zu seinem siebten Geburtstag.

Die Jahre danach hatte er gebannt vor Schrecken verbracht. Aber er hatte sich daran gewöhnt. Die Furcht vor der Indifferenz seines Großvaters hielt ihn auf eine merkwürdige Weise bei Bewusstsein. Sein Großvater war das Weiß in seinem Leben, die Farbe missbilligender Gleichgültigkeit, und Friedrich versuchte, irgendwie in der Kälte dieses Mannes zu überleben.

Kurz vor Kriegsende, im Winter 44, fiel sein Onkel, der Bruder seiner Mutter, den er nur ein paarmal gesehen hatte, bei Hitlers Ardennenoffensive. Im April 1945 wurde seine Mutter für tot erklärt, vermutlich beim Luftangriff auf Dresden am 13. Februar 1945 umgekommen. Sein Großvater war eine Woche lang leise schluchzend in der Bibliothek gesessen. Danach blickte ihn der alte Feldmayer wieder an. Gegen seinen Willen war Friedrich nun der Erbe. Er trug den verhassten Namen, er war einer von denen, die den Krieg angezettelt hatten, Krautjunker, aber er würde erben. Er würde ihn formen müssen. Das sagte dieser Blick.

Es kamen die Amerikaner. Dann kamen irgendwann die Flüchtlinge aus dem Sudetenland. Als Josef Krumbholz sein Freund und der lächelnde Meister seiner Träume wurde, war es, als erwachte er plötzlich in einem Sommer fiebernden, zögerlichen Glücks – Josef und er, und auch die Zwillingsmädchen, mit denen er sich angefreundet hatte, waren hier fremd. Sie waren sich ähnlich. Im Alten Sudhaus war er zu Hause, und das musste er verheimlichen, weil der Großvater die Bittschöns nicht mochte. Er durfte nicht darüber sprechen, dass er auch ein Bittschön war.

Friedrich wusste nicht, wie reich sein Großvater war, dass ihm ganze Straßenzüge in München und Augsburg gehört hatten, die jetzt zerbombt waren und mit deren Wiederaufbau er sich schon beschäftigte, und dass er sein Erbe war. Er wusste es *noch* nicht.

Er lernte einen Mann kennen, dem man fünfzig Kilo Gepäck für die Flucht zugestanden hatte und der mit einem Rucksack und einem Lederkoffer in einem schäbigen Zimmer gestrandet war. Das Schwerste in seinem Gepäck war das Werkzeug. Nicht nur das feine Uhrmacherwerkzeug, sondern auch größere Feilen, Sägen, Hämmer und dergleichen mehr.

Der Krumbholz Josef, der jede Mechanik im weiten Umkreis reparieren konnte, der dann verschmitzt grinste und meinte, das Entscheidende «mecht das Öl auf gewisse Stellen sein» – und der ihm abends mit dem Kohlestift unerreichbare Wunderwerke der Mechanik zu erklären versuchte und ihm etwas anderes viel mehr erklärte dabei, nämlich, wie es möglich war, nicht zu verzweifeln, wenn es etwas gab, das man liebte ...

Der Würger war im Stehen ein wenig eingenickt und fast hingestürzt. Seine Beine schmerzten, sein Rücken tat weh. Die quälende Langeweile war noch schlimmer als im Kasino in Baden-Baden – als er das Geräusch einer Tür hörte, die zugesperrt wurde. Sein Herz tat einen entsetzten Sprung. Ein kleinerer Mann mit Cordhut und altmodischem Trenchcoat machte sich an der Tür zu schaffen. Die Lichter in der Sektion waren erloschen. Der kleine Mann ging die Treppen zur Bayerstraße hinunter und blieb einmal mitten in der Bewegung stehen, um etwas in einen Mülleimer zu werfen. Absurderweise dachte der Würger daran, dass er sich ansehen sollte, was es gewesen war. Er wartete, noch immer zweifelnd, dann schlich er sich langsam, mit feuchten Sohlen, an die Tür. Er entdeckte eine Klingel, starrte sie an. Dann entschied er zu klingeln. Es war so still um ihn herum, dass er von fern das Klingeln aus dem Inneren der Sektion hören konnte. Aber niemand kam, um aufzumachen. Er klingelte noch einmal. Nichts. Während er den sorgsam in das Taschentuch eingewickelten Schlüssel herausnahm, fiel sein Blick auf ein etwa zwanzig Zentimeter großes dunkelblaues Emailschild, auf dem zwei verblasste goldene Raubkatzen zu sehen waren. Er sah sie sich einen kleinen Augenblick an.

Dann hatte er auf seine *Patek Phillippe* geblickt. Es war 4 Uhr 07 gewesen, als er eintrat.

***

Es war kurz vor 18 Uhr desselben Tages, als er wieder auf der *Gare de l'Est* war. In Paris war es deutlich wärmer als in München, ein schöner, tiefblauer Herbsttag, er war viel zu warm angezogen und schwitzte leicht, wischte sich immer wieder über die Glatze, todmüde, aber zufrieden und spürbar von frischen Kräften belebt. Nur das Taschentuch fehlte, mit dem er sich die Stirn hatte wischen wollen. Er stellte mit einigem Vergnügen fest, dass seine *Patek*, die er vor zwei Tagen gestellt hatte, mit der großen Bahnhofsuhr bis auf die Differenz von nicht einmal sechs Sekunden übereinstimmte, wobei es immer noch die Frage war, ob *seine* Uhr nicht möglicherweise genauer ging.

Er wählte den Weg in den westlichen Flügel, fand das Treppenhaus auf der Stelle wieder und stand nach fünfzehn Minuten vor Lagrange, der im Vorraum gerade mit einigen jungen Mitarbeitern an den Rechnern stand. Überall lagen Ausdrucke herum, stapelweise Sicherungsdisketten, Netzwerkpläne an den Wänden. Billige Musik aus einem kleinen Radio.

Der Würger stand einen Augenblick in der Tür, dann entdeckte ihn Lagrange, nickte ihm zu und nahm ihn in sein Büro mit.

«Wir planen heute Nacht einen wichtigen Test unserer Rechenanlage. Das Jahr-2000-Problem. Davon gehört?»

«Nein, interessiere mich nicht für dieses Zeug.»

«Ich erinnere mich ...», dabei wies Lagrange grinsend auf die *Patek* des Würgers. Sie setzten sich. Der Würger gab Lagrange die Liste.

«Wir werden, um es kurz zu sagen, so tun, als ob heute Nacht Silvester wäre. Mal sehen, wie unsere Rechner das finden werden», sagte Lagrange, während er sich flüchtig die etwa fünfzig Seiten starke Liste durchsah. Der Würger hatte bei der Erwähnung des Jahresendes deutlich aufgezuckt, versuchte, sich hinter einer schnellen Frage zu verbergen.

«Wo liegt das Problem?»

«Das Problem liegt darin, dass die Leute, die die allerersten Programme geschrieben haben, wohl offensichtlich nicht damit gerechnet hatten, dass man ihre Programme im Jahr 2000 noch benutzen würde. Diese Programme sind aber die Basis geworden.»

«Und?»

«Die Jahreszahlen sind dort nur zweistellig ausgeführt. Niemand weiß, ob die Rechner das neue Jahr nicht für 1900 halten werden. Wenn das geschieht, dann können wir ...»

«Was?»

«Nichts, es wird gut gehen. Wird die letzte Probe sein. Ich bin davon überzeugt, dass man sich daran erinnern wird, gerade weil nichts geschieht und damit sehr viel! Aber gut, ich muss wieder nach vorn. Sind Sie heute Nacht auf irgendwelche Schwierigkeiten gestoßen, Monsieur Reichhausen?»

«Nicht im Geringsten. Um die Wahrheit zu sagen, es war kinderleicht. Diese Liste lag genau da, wo Sie vermuteten. Der Schrank war nicht verschlossen. Ich hatte nicht den Eindruck, dass sie besonders geheim ist.»

«Das ist sie auch nicht wirklich.»

«Warum haben Sie sie dann von jemandem wie mir *stehlen* lassen? Wozu das Risiko? Sie kennen mich überhaupt nicht.»

«Nun, ich will es mal so sagen: Dass ich mich für diese Daten interessiere, geht niemanden was an. Es wäre sogar schädlich, wenn jemand davon erfährt. Nehmen Sie einen Zigarillo?»

Der Würger schüttelte den Kopf. Lagrange fuhr fort, während er das Streichholz ausschüttelte und in den Aschenbecher mit holländischem Brauereilogo warf.

«Verstehen Sie. Ich will dieses Interesse nicht erklären müssen. Und da ich das deutliche Gefühl habe, dass es Ihnen ähnlich geht, dass Sie Ihrerseits ungern gewisse Dinge öffentlich gemacht sähen, fand ich, dass wir gut zusammenpassen. Ich weiß, was Sie wollen, aber nicht, warum. Sie wissen, was ich will, aber nicht, wozu. Ich bin sicher, dass Ihnen das einleuchtet. Und ... haben Sie die Sachen schon durchgesehen?»

«Ja, aber ich dachte, Sie könnten mir dabei helfen. Ich will wissen, wie der Schaffner heißt, der auf diesem Schlafwagen war», sagte der Würger und zeigte Lagrange die Reservierung, die er in Baden-Baden ersteigert hatte. Lagrange warf einen Blick darauf, nickte, gab die Zugdaten in seinen Rechner und erhielt den *compagnieinternen* Code. Dann suchte er in Eichhorns Liste nach der Entsprechung, schlug eine Weile hin und her und entdeckte dann nach etwa fünf Minuten Pardells Namen.

«Ich hab ihn gefunden. *Pardell, Leonard.* Schon mal gehört?»

«Nein, nie. Wie kann ich ihn finden?», fragte der Würger, aufgeregter, als ihm angenehm war, und, da Lagrange ihn nur lächelnd anblickte: «Wo steckt der grade?»

«Sehen Sie, das ist das Problem. Das ist ein *Springer*. Er könnte überall sein. Er hat keinen festen Standort, das heißt, er hat einen, aber der ist vermutlich nur nominell, warten Sie ... in München sogar. Sie können da nachsehen, aber ich glaube nicht, dass Sie ihn finden. Sie haben zwar den Namen, aber Sie wissen nicht, wo er steckt. Es gibt nur einen, der es Ihnen sagen könnte, und der wird es ganz bestimmt nicht tun.»

«Gibt es keinen Dienstplan?»

«Es gibt natürlich einen Dienstplan. Aber Fahrten, die *Springer* erledigen, werden immer erst nachträglich eingetragen. Damit hält sich der Fahrdienstleiter alles offen, arbeitsrechtlich gesehen. Fragen Sie mich nicht, wie ich das finde ... ich finde das zum Kotzen.»

«Verstehe», lähmende Erschöpfung, neuerlich. Alles umsonst.

«Sie haben gute Chancen, ihn dennoch zu finden, vorausgesetzt ...»

«Vorausgesetzt was?»

«Vorausgesetzt, Sie treten in die *Compagnie* ein. Ich habe Ihnen einen Permis versprochen, bis Jahresende. Zeit genug für Sie. Ich biete Ihnen an, *Freier Kontrolleur* zu werden, ohne Gehalt zwar, aber mit allen Privilegien. Ich werde der Einzige sein, der davon weiß. Das ist die Möglichkeit, die ich sehe. Sie hilft Ihnen, und ich senke meine Personalkosten! Das wäre die erste Bedingung.»

«Das ist kein Problem, ich brauche Ihr Geld nicht», sagte der Würger. Die Sprache verstand er. «Die zweite Bedingung?»

«Nun, die dürfte dann auch keine Schwierigkeit darstellen.»

Lagrange grinste den Würger wieder an. Er hatte eine Leidenschaft dafür, Pointen zu setzen, die außer ihm selbst niemand schätzte. Und er genoss diesen Augenblick. Die zweite Bedingung hatte er sich gestern Nacht überlegt. Der fette Deutsche würde nicht darauf eingehen. Sie war unannehmbar.

«Die zweite Bedingung, nun – ich würde gerne, dass Sie mir ein Pfand dalassen. Ein Pfand, damit Sie auch schön artig sind.»

«Ich verstehe schon. Wie viel wollen Sie?», knurrte der Würger. Der Typ war simpler gestrickt, als er gedacht hatte. Wollte einfach nur Geld.

«Ihre Uhr. Ich werde Sie mir ans Handgelenk binden und schön drauf aufpassen.»

Der Würger sagte nichts. Das Blut war ihm ins Gesicht geschossen, und Stränge dünnen, flexiblen Eises hatten sich sekundenschnell sein Rückgrat hochgeschlängelt. Auf einen Schlag war er wieder ganz der Alte – er würde den Schädel dieses Monsieurs an die Wand klatschen, dass sein blödes Hirn runterlief.

Lagrange genoss die böse Erregung, in die er den Würger versetzt hatte. Der Würger sah das. Er durfte sich nicht mehr so viel anmerken lassen. Er durfte Lagrange auf keinen Fall zeigen, wie sehr er an dieser *Patek* hing oder wie wertvoll sie war. Wie unter einem Vorhang blutroten Regens, mit rasendem Puls, aber äußerlich so unbewegt wie möglich, zögerte er nicht länger, nahm die Uhr ab und gab sie Lagrange, der sie sich mit absichtlich schlecht gespielter Gleichgültigkeit anlegte.

«Oh, die hat ja sogar einen Sekundenzeiger!», sagte er. Er war vollkommen verblüfft, denn eigentlich hatte er den fetten Deutschen auf diese Weise loswerden wollen. Wie alt war der Typ? Vielleicht sechzig, Ende sechzig, fünfzehn Jahre älter als er selbst, mindestens. Alkoholiker, das sah man. Musste reich sein.

«Sehen Sie, ich dachte schon, dass Sie kein Problem damit haben würden. Sie müssen jetzt bloß noch nach unten gehen. In der Halle ist ein Fotoautomat. Da gehen Sie hin, machen Passfotos von sich, kommen wieder hoch, und ich bereite in der Zwischenzeit Ihren Permis vor – wenn Sie möchten, kann ich Ihnen sogar einen Decknamen geben!»

Zu Lagranges Erstaunen hatte er den deutschen Baron, der sich während seines Vorschlags wieder zu beleben schien, mit dieser Aufforderung und der lächerlichen Aussicht auf einen Decknamen keineswegs noch mehr düpiert. Im Gegenteil, dieser riesengroße, aufgeschwemmte alte Sack belebte sich plötzlich, starrte ihn herausfordernd an und war nicht im Geringsten gekränkt. Er schien intensiv an etwas zu denken, ließ sich Zeit zu antworten, dann nickte er, grinste, fuhr sich über die Glatze und sagte: «Einverstanden. Sie haben die Uhr, ich bekomme diesen Permis. Wenn der Uhr etwas passiert, werden Sie das bereuen. Wissen Sie, wie man mich in der Legion nannte? Man nannte mich den Würger. Mit der Garotte, das liebte ich. Nennen Sie mich so: der Würger. L'égorgeur.»

Der Würger, der als *Freier Kontrolleur* mit dem Decknamen ‹der Würger› in *TransEuroNacht* unterwegs sein wollte, stand auf und verließ Lagranges Büro. Lagrange nahm sich einen Zigarillo. Legion? An Lächerlichkeit war das ja wohl kaum zu überbieten.

Der Alte war durchgedreht. Er hatte ihm tatsächlich die Uhr

übergeben. Er musste wirklich reich sein. Reichtum war für Lagrange eine unter allen Umständen zu achtende Größe. Was immer diesen reichen, lächerlichen Mann dazu gebracht hatte, sich auf all die unerfreulichen Umstände dieser Angelegenheit einzulassen – da es so weit gekommen war, würde Bertrand Lagrange seine Vorstellungen respektieren. Lagrange war damit immer am besten gefahren – die Leute machen lassen, was sie wollten, wenn er davon irgendwie profitierte. Er hatte in dieser Hinsicht immer die besten Erfahrungen gemacht. ‹Bertrand, gut gemacht›, dachte er und blickte noch einmal auf die goldene Uhr. Dann nahm er sich einen der orangen Formularkartons und begann, ihn mit einer zügigen, präzisen Handschrift zu bedecken. *Contrôleur de la route, Nom de code: «L'égorgeur».*

***

Der Würger war niemals in der Legion gewesen. Er hatte sich diese Geschichte in einem unschuldigen Augenblick selbstentwerfender Inspiration ausgedacht, vor vielen, vielen Jahren. Seitdem hatte er sich manchmal zum Spaß ‹der Würger› genannt, während des Studiums war das sein Spitzname gewesen. Später, als junger Anwalt und schwerreicher Erbe, der gerade anfing, sich einen Namen als Sammler zu machen, und dessen plötzliches Auftauchen auf den wichtigen Auktionen in Genf, Amsterdam und London von interessierter Seite beobachtet wurde, gebrauchte er ihn, um seinem entschlossenen, manchmal verbissenen Auftreten einen gewissen herben Charme zu verleihen. 1963, als er sich bei Habsburg, Feldman, St. Moritz ein spektakuläres Duell mit dem alten Lord F'orterdowghn geliefert hatte, war es genau um die weggegebene *Patek Phillippe* gegangen, den Chronographe Modell 130, ein 34er-Baujahr. Der Würger, der dort zum ersten Mal gesteigert hatte, bekam den Zuschlag für den damals sehr beachtlichen, inzwischen lächerlichen Preis von 28000 Schweizer Franken. Danach, beim Empfang, den das Auktionshaus allen Käufern bereitete, war eine Gruppe alter Sammler auf den groß gewachsenen Mann zugegangen, darunter der alte F'orterdowghn und der Erbe seines Titels, F'orterdowghn junior, der schwule Lord. Man hatte ihm gratuliert und ihn schlicht gefragt, wer er sei. Reichhausen hatte jedem von ihnen seine Karte ausgehändigt und dann, verschmitzt lächelnd und augenzwinkernd, gesagt: «Aber, Messieurs – in der Legion nannte man mich den *Würger*», und all die Herren und die Damen hatten amüsiert darüber gelacht. Was für ein witziger, gut aussehender junger Mann er doch gewesen war ...

Die Jahre vergingen, Reichhausens Kanzlei prosperierte, sein Einfluss und seine Einblicke, sein Insiderwissen und seine Geschicklichkeit, sich am Rande des Legalen entlangzuhangeln, nahmen kontinuierlich zu, und spätestens mit dem Boom für mechanische Armbanduhren, der in den Achtzigerjahren einsetzte und die Auseinandersetzungen zwischen den wirklichen Sammlern an Schärfe gewinnen ließ, war es mit allem Charme vorbei. Reichhausen hatte sich durch ein paar hinterhältige Manöver, bei denen ihm erstmals die geniale Dr. Erika Bloch geholfen hatte, die letzten Sympathien seiner Konkurrenten verspielt, war endgültig zum ‹Würger› geworden und dieser Name zu einer Drohung, wenn Reichhausen ihn, und zu einem Schimpfwort, wenn andere ihn benutzten. Dem Würger war die Geschichte von der Legion und diesen absonderlichen Dingen zu einem fraglosen Teil seiner Wirklichkeit geworden, und er hatte aufgehört, darüber nachzudenken und sich zu erinnern, dass sie ja eine reine Erfindung gewesen war ...

Vorhin, im Büro von Lagrange, als der, wohl um sich über ihn lustig zu machen, den *Codenamen* erwähnte, da war es ihm wieder eingefallen. Die Erinnerung an diese reine und unschuldige Erfindung seinerseits, die Erinnerung an einen frühen Sommer der Befreiung und dem absoluten Gefühl, tun zu können, was man wollte, hingehen zu können, wohin man wollte – und die neuerliche Wiederaufnahme dieser Erfindung oben im Büro von Lagrange hatten sich übereinandergelegt und einen von klarem strahlenden Licht erfüllten Tunnel in die Textur der Zeit gerissen.

Mai 1961. Seine seit einem Jahr verwitwete Großmutter war gestorben. Der junge Baron hatte sich mit Vergnügen vom Bestattungsunternehmer übers Ohr hauen lassen. Das Jahr nach dem Tod seines Großvaters war finanziell noch schwieriger gewesen, da seine Großmutter, in der Panik, ihrem Mann eine schlechte Witwe zu sein, sein Taschengeld absurd klein gehalten hatte.

Er hatte sein Erbe angetreten, das bei Weitem größer war, als er es selbst für möglich gehalten hätte, war danach für zwei Wochen nach Cannes gefahren und hatte sich im *Carlton* einquartiert. Bei der Wahl des Hotels war er alleine nach dem Preis gegangen, er hatte dem Taxifahrer am Bahnhof den Auftrag gegeben, ihn *à l'hôtel le plus chèr* zu bringen. Das *Carlton*. Es kostete pro Nacht etwa so viel, wie er in Heidelberg im Monat für sein Zimmer bezahlte. Er ließ sich jeden Morgen die Rechnung an den Frühstückstisch bringen, bezahlte sie bar und gab Trinkgelder, die ihm sehr bald die Sympathien der Angestellten einbrachten und einen heftigen Streit darum auslösten, wer den jungen Baron bedienen dürfe. Jeder einzelne Franc, der aus dem Vermögen seines Großvaters stammte und den er auf den Tisch legte, bereitete ihm Vergnügen. Jeder einzelne. Die Dinge, die er dafür erwarb, und die Räumlichkeiten, in denen er dafür geduldet wurde, bedeuteten ihm weniger als die schiere sinnliche Gewissheit, das Geld seines Großvaters dafür hergeben zu dürfen ...

Er trank, ging schwimmen, trank mehr, ging schwimmen, speiste fürstlich, ließ sich einen Anzug machen und verspielte Unsummen in der Spielbank. Er nahm sich einen Wagen, fuhr ins Hinterland von Cannes, setzte sich auf Anhöhen, entzündete kleine Feuer, schürte sie und sah ihnen zu, bis sie in den ersten Morgenstunden verglommen. Er war frei, und er war ratlos – er hatte so viel Geld, dass er es durch Hotelzimmer und solchen Schnickschnack niemals würde ausgeben können. Er musste sich einen Plan machen, musste lernen, das Geld *systematisch* auszugeben. Aber er wusste nicht, wie. Eines Nachts, als er sehr traurig war, erinnerte er sich an Josef Krumbholz, an die Tage um seinen Geburtstag 1946. Das Manual, die Zeichnungen, die Josef für ihn gemacht hatte. Er schöpfte tiefe Zuversicht aus dieser Erinnerung. Er könnte doch versuchen, sich eine der Uhren zu besorgen, die Josef ihm damals erklärt hatte.

Am nächsten Tag beschloss er, nach Heidelberg zurückzufahren, wo er im 6. Semester Jura stand und unter den besten fünf seines Jahrgangs rangierte. Merkwürdigerweise nahm er zurück wieder ein Abteil 2. Klasse. Irgendwie war sein Deutsch gebrochen und klamm, ungelenk und grob und hatte einen unerklärlichen französischen Akzent bekommen; im Spiegel der Zugtoilette entdeckte er verwitterte Züge um seinen Mund, und seine Augen wurden auffällig von einer dunklen Nervosität umspielt, wie sie Menschen eigentümlich ist, die lebensbedrohende Anstrengungen bewältigt haben. Sein Gesicht war sonnenverbrannt, das Haar an der Stirn blond, sein Körper vom täglichen Schwimmen durchtrainiert – und als er in sein Abteil zurückging, wo eine ältere französische Dame und ein junges, schönes Fräulein aus Würzburg Platz genommen hatten, fühlte er deutlich, dass er die Abteiltür aufstemmte wie jemand, der sehr lange keinen Zivilanzug mehr getragen hatte, was ihn nicht hinderte, in diesem aber gerade besonders interessant auszusehen. Er war fort gewesen, und jetzt kam er endlich zurück. Es kam ihm vor, als habe er Deutsch seit Jahren nicht mehr gesprochen.

«Ich war fünf Jahre nicht mehr in Deutschland. Ich war in der Legion», war zu Reichhausens Verblüffung auch das Erste, das er dem schönen Fräulein aus Würzburg auf ihre Frage, wohin es denn bei ihm gehe, zur Antwort gab.

«Ich weiß noch nicht, wohin ich gehen werde. Ich weiß es nicht, gnädiges Fräulein. Ich war fünf Jahre nicht mehr in Deutschland», sagte der junge Baron noch einmal, fühlte seine Muskeln vom vielen Schwimmen straff und seinen Geist auf unglaubliche Weise belebt. Er erzählte ihr nicht, dass er im *Carlton* gewohnt und dass er sich nahezu jede Nacht betrunken und manches Mal ratlos geweint hatte. Er erzählte ihr, dass er noch nicht wisse, was er tun werde, dass er überlege, vielleicht Jura in Heidelberg zu studieren, vielleicht würde er auch auf einem Schiff anheuern – es sei alles offen ...

Das schöne Fräulein trennte sich zwei Jahre später von ihm, nachdem sie eine Liebesbeziehung gelebt hatten, in der sturmfackelgleiche Briefe und glühende Telegramme, die den Briefen hinterhergeschickt wurden, eine wichtige Rolle spielten, ein junger Lateinlehrer, eine missglückte Verlobung und ein in einem Würzburger Platzregen ruiniertes Modellkleid von *Coco Chanel*, das niemals getragen worden ist. Das schöne Fräulein wollte nicht käuflich sein (und war es auch nicht), und der junge Baron – verwirrt von der ersten, vollkommenen Zuneigung zu einem lebenden Menschen und seiner Unfähigkeit, eine Form dafür zu finden – verstand nicht, warum sie, die er innig und verzweifelt liebte und so entschlossen, als gelte es, einen Feind zu erdrosseln, nicht verstand, dass er das Geld ausgab, ja förmlich hinauswarf, um ein guter Mensch zu sein, ein anderer Mensch, als sein Großvater gewesen war ...

Um über diese Trennung hinwegzukommen, fasste Reichhausen eine Promotion an der LMU München ins Auge. Er schloss sie zwei Jahre später *summa cum laude* ab. Er ließ sich in München als Anwalt nieder, machte sich an den Aufbau *seiner* Sammlung, was schwieriger war, als er gedacht hatte, und keineswegs eine reine Frage des Geldes. Er verkaufte Gut Dreieck, er verkaufte das Mobiliar, die Gemälde, die Wälder und die Straßenzüge. Er legte das Geld an. Er heiratete eine andere, gleichfalls sehr schöne junge Frau, die im Gegensatz zum schönen Fräulein aus Würzburg großen Wert auf sein Vermögen legte. Nach der Scheidung, die ihn viel von dem Geld seines Großvaters kostete, erwarb er die Villa in Bogenhausen, warf sich in die Arbeit und auf seine Sammlung – beides mit großem Erfolg. Bei der Abwicklung seines eigenen Erbes hatte er Kaltblütigkeit und Rationalität bewiesen. Instinktiv hatte er die richtige Methode des Umgangs mit großen, komplexen Erbschaften angewandt – zunächst einmal den Kern zu lokalisieren und dann von innen nach außen zu gehen. Das war, was er konnte, und das war, was er tat.

Mechanische Armbanduhren wurden damals kaum gehandelt, alle Welt war von den Quarzuhren fasziniert. Er brauchte ein paar Monate, bis er die erste der Uhren aus Josefs Manual bei einem Händler in Sion auftrieb. Es war die *Zenith* gewesen. Es hatte ihm große Freude gemacht, sie zu suchen, und noch bei der Heimfahrt in seinem nagelneuen weinroten Mercedes-Cabrio 280 SE dachte er nur noch daran, dass er jetzt *auch die anderen Uhren* suchen würde, jede einzelne. Er kaufte. Seiner wachsenden Sammlung mechanischer Armbanduhren führte er Stück um Stück zu, pirschte sich dabei beständig an die ‹legendären fünf› aus Josefs Manual heran, dem verborgenen Kern seiner Sammlung, der seit dem 21. April 1992 der Vollständigkeit nahe war – dem Tag, an dem es ihm gelungen war, die *Lange & Söhne Platinuhr* mit dem originalen Platinband zu erwerben, in dem das berühmte 9×11»-Werk von *Niton Genf* mit Breguetspirale arbeitete ... Das hieß, seine Sammlung war vollständig – bis auf die *Ziffer à Grande Complication*.

Doktor hatte ihm all die Jahre geholfen. Sie teilte auf ihre Weise seine schreckliche Begierde nach der mythischen Uhr. Sie hatte dort Erfolg, wo man Sensibilität und Höflichkeit brauchte. Irgendwann war Reichhausen so einflussreich, dass es ohnedies keine Rolle mehr spielte, wie er sich benahm, und Doktor im Schatten, den er warf, unbemerkt operieren konnte.

Reichhausen war zum Würger geworden, ohne es selbst bemerkt zu haben. Der Geist des Großvaters schien besiegt. Sein Geld aber lebte und vermehrte sich immer weiter, und irgendwann hatte Reichhausen den Sinn dieses vergeblichen Kampfes gegen das Geld seines Großvaters aus den Augen verloren – die schiere Form, sein *‹Man nannte mich den Würger›* hatte das Kommando übernommen und seinen jugendlichen, rebellischen Geist in einen fernen Kerker abkommandiert. In diesem nächtlichen Verlies war er sicher gewesen, er war im Laufe der Jahre immer tiefer und tiefer hinabgestiegen, und wie auf dem Weg zu einem mysteriösen Fass Amontillado hatte er dabei getrunken und getrunken. Manches Mal hatte er gehört, was es in Kerkern zu hören gibt – laute Schmerzensschreie und leise Seufzer der Verzweiflung waren an sein Ohr gedrungen, aber so gedämpft und von so weit entfernt, dass es unmöglich gewesen war zu sagen, ob man die Menschen kannte oder nicht, die man da hörte ...

Der Blitzschlag des Fotoautomaten erfasste ihn schmerzhaft, als ob er geschlafen hätte, während er hinter dem dunkelgrauen Vorhang die Wirklichkeit des großen Bahnhofs zurückkehren spürte, die Stimmen und die eiligen Schritte Vorübergehender, die Durchsagen auf Französisch und die scharfen Pfiffe der Zugführer. Dann fiel ihm das Schmerzlichste wieder ein: Er hatte gerade eben die *Patek Phillippe* als Pfand weggegeben. Er würde sie sich zurückholen. Wenn er die *Ziffer* hätte, würde er sie sich zurückholen.

FÜNFTER TEIL

Die spürbare Nähe des Heiligen Jahrs

Paris, Aufenthalt 28.10.1999, 18:34

Gestern war die Sommerzeit zu Ende gegangen. Pardell hatte zu seinem Erstaunen erlebt, wie um 2 Uhr morgens – gerade auf dem Weg nach Straßburg – die Bremsen auf offener Strecke zu kreischen begannen und den Zug einfach stilllegten. Eine Stunde lang stand man, um die Fahrpläne einzuhalten und nicht *zu früh* anzukommen. Denn man duldet in der Welt der Eisenbahn zwar Verspätungen – aber zu früh ankommen, das war nicht einmal in Kriegszeiten erlaubt. Pardell hatte seine argentinische *Panther Authentic* mit dem unguten Gefühl höherer Sinnlosigkeit gleichfalls eine Stunde zurückgestellt. Es gab ihm zu denken – niemand hatte ihm das vorher gesagt. Wieso auch: Er war im Zug. Der Zug hielt. Pardell gleich mit. Fertig.

Daran zeigt sich zum Beispiel, dass Schlafwagenschaffner kein Ausbildungsberuf ist, sieht man von den obligatorischen Einweisungs- und Ausbildungsfahrten zu Beginn ab, die weniger Anforderungen an die Intelligenz als an die Geduld stellen, das Geschwafel des Ausbilders zu ertragen, der ein möglichst anspruchsvolles Bild von der Tätigkeit zu entwerfen versucht, in die er einführt.

Unter den Mitgliedern der *Compagnie* waren folglich kaum je zwei, die ursprünglich dasselbe gelernt oder studiert hatten. *«Wie kamst* du *eigentlich zur Compagnie?»*, war die am häufigsten gestellte Frage zwischen fremden Schaffnern. Die jeweilige Antwort war unmöglich vorherzusehen. Es gab ebenso ehemalige Altgriechischdozenten aus Österreich wie griechische Makler, die sich einmal zu viel an der Olivenbörse verspekuliert hatten. Renegaten der industriellen Automatisierung aus Deutschland. In die Legalität gewechselte Kleinkriminelle, die ein paar Jahre unterwegs sein wollten, um ihre Situation abkühlen zu lassen. Verarmte italienische Fürstensöhne. Spielsüchtige belgische Metzger. Untergetauchte französische Kollaborateure, die es schon fast in die Pension geschafft hatten, und altlinke Politologiestudenten der Siebzigerjahre, denen es vor dem Marsch durch die Institutionen gegraust hatte und die es deswegen vorgezogen hatten, zwischen Hoek van Holland und Stuttgart oder Paris und Barcelona hin und her zu fahren, während sie Walter Benjamin lasen und auf den ausklappbaren Schreibbrettern der Schaffnersitze komplizierte Briefe an Freundinnen kritzelten, die Französisch- und Geschichtslehrerinnen geworden waren.

Der Weg, der Pardell von Berlin nach *TransEuroNacht* geführt hatte, war sozusagen der reguläre gewesen, so unwahrscheinlich er sich dem Ex-Stadtführer auch dargestellt hatte. Solche wie ihn, versprengte Teile ratloser akademischer Jugend, hatte man schon öfter gesehen.

Inzwischen war er zweifellos angekommen. Nichts von dem, was er in den letzten Monaten erlebt hatte, Schönes wie Schlimmes, wäre ohne die *Compagnie* und *TransEuroNacht* möglich gewesen und ließ sich davon so wenig trennen wie komplizierte Motive von ihrem Hintergrund. Deswegen interessierte er sich für die Geschichten anderer Schaffner aller Generationen und befragte sie, wenn sich die Gelegenheit dazu ergab, nach ihren Wegen und Lebensläufen. Vielleicht, weil es langsam Zeit war nachzusehen, wo die Ausgänge lagen.

«Wie kamst *du* eigentlich in die *Compagnie*, Gregor?»

«Ach weißt du, das war noch interessant», sagte Lopomski.

Pardell und Lopomski, der uralte Dirigent des legendären *Indian-Mail-Chors*, saßen an diesem Oktoberabend im *Gran' Tour* zusammen. Pardell, der aus Mailand gekommen war und morgen Nacht nach Wien fahren würde, war später mit Quentin verabredet. Lopomski, den er flüchtig kannte und etwas skurril fand, hatte sich mit einer Tasse Kamillentee zu ihm gesetzt, während Pardell, der bis in den späten Nachmittag hinein in seinem Hotel geschlafen hatte, ein umfangreiches spätes Frühstück zu sich nahm, in dessen Zentrum eine Schale Milchkaffee und Eier mit schwarz gebrutzeltem Bacon standen.

Lopomski erzählte weitschweifig davon, wie er, der eigentlich Schauspieler gewesen war, Schlafwagenschaffner wurde. Pardell kaute die Eier, knusperte den Bacon und konnte ihm nicht immer folgen.

«Weißt du, nein, es war so», sagte Lopomski, «sie wollte mich heiraten. Mir war angst und bange.»

«Wer jetzt?», fragte Pardell.

«Mathilde, sie war recht herrlich, aber es gibt doch Gasthöfe für die Liebe, wozu heiraten, hab ich gesagt. Na ja. Das war in Stendal. Nach dem Krieg. 1947. Es stand eine Komödie von Helwig auf dem Spielplan, *Die Flitterwochen*, vielleicht hast du's mal gelesen, schönes Stück.»

«Nein, leider nicht», sagte Pardell wahrheitsgemäß.

«Ich hatte die Rolle des ‹Dr. Stribel›», legte Lopomski nach, aber auch da fiel bei Pardell nicht der Groschen.

«Na ja. Ich hab die Premiere eh nicht erlebt, denn es hat mich also wegen Mathilde mitten während der Proben weitergezogen, vielleicht weil es so symbolisch gewesen sein mochte, das Stück, mein ich, na ja, ein Schwank. Es war noch vor der Spielzeit, wir haben geprobt in den Theaterferien, August, und ich hab den Intendanten gefragt, ob er mich gehen lässt, er sagte: Ja, schon, aber nur mit einem Ersatz.

Ich hab schon gedacht, es wäre alles zu spät und ich käm unter die Haube, weil die Mathilde so arg darauf bestanden hat und ich ihr nicht widerstehen konnte, weil sie so recht herrlich war. Da hat der

Oberspielleiter, Heinrich hat der geheißen, einen jungen Mann aus der Buchhaltung aufgetrieben. Der hat die Rolle von dem ‹Dr. Stribel› übernommen.»

«Aha», so Pardell, «kaum zu glauben.»

Er mochte Lopomski, der den Jargon eines pfiffigen Mannes der Fünfzigerjahre sprach. Er hatte es zu akzeptieren gelernt, dass man, während Lopomski einen Witz erzählte, aufstehen, ein Gläschen vom Hauswein des *Gran' Tour* trinken und immer noch rechtzeitig zur Pointe zurück sein konnte.

«Das wirft dich nicht vom Hocker?», fragte Lopomski zweifelnd.

«Doch, doch», sagte Pardell und sah nach unten. Unten stand eine sehr schöne blonde Frau mit schwarzer Sonnenbrille und Trenchcoat. Seit dem Desaster mit Juliane, dem vorläufigen Tiefstand seiner verkorksten erotischen Biografie, hatte er nicht mehr gewagt, eine der vielen Frauen auf Reisen anzusprechen, die seinen Weg gekreuzt hatten. Die Erinnerung an Juliane im Hausflur, so schön und so schrecklich zugleich, kochte dann immer hoch und quälte ihn durch sein Begehren und durch den Schrecken, sich Juliane vorzustellen in den Armen eines alten ... nein, das war alles furchtbar. Also wandte er den Blick von der blonden Frau im Erdgeschoss unterhalb der Galerie ab und hörte lieber wieder Lopomski zu. Der war auf so angenehme Art langweilig, dass seine Geschichte wie Balsam wirkte. Später war er ja auch noch mit Quentin verabredet, da würde es dann lebhafter. Lopomski fuhr fort.

«Ich hatte mir das so überlegt, dass ich dachte, na hör mal, habe ich gedacht, hör mal, Lopomski, was verdienen musst du. Also. Was fangen wir jetzt an? Und dann hab ich gedacht, Rumfahren wär nicht schlecht. Ich hatte so einen Spezi, der war bei der Eisenbahn in Speyer gelandet. Wo wir zusammen gastiert haben, in Stralsund, eine Saison kurz vor dem Krieg, hab ich ihm mal aus der Patsche geholfen, wie er sich mit so einem Goldstern eingelassen hatte, von wegen einer Vaterschaft, aber das Kind war von einem Matrosen, und es war gelogen, da hab ich behauptet, es möchte vielleicht auch von mir sein, Herr Richter. Hat ihr aber nichts geschadet, weil sie später den Gerichtsdiener geheiratet hat. Das war mir schon ein Ganove, der Egon.

Na ja, nach der Pension hab ich ihn besucht, und wie wir uns einen hinter die Binde gießen, hab ich gesagt, hör mal, Egon, möchtest du mir nicht einen Gefallen tun, wie ich ein bisschen rumfahren könnte. Da war ich eine Woche später schon in Basel bei der Sektion und bin nach Paris gefahren. Nur einmal hab ich noch eine Rolle gehabt, aber soll ich dir sagen, was ich da erfahren hab, war noch mal richtig interessant ...», doch dann brach Lopomski ab.

«Was hat er denn?», fragte er erstaunt. Er wollte gerade zur eigentlichen Pointe seiner Geschichte kommen, aber während seiner letzten Worte war Pardell, der zwischendurch immer wieder das Treiben unten im Erdgeschoss beobachtet hatte, plötzlich erstarrt. Eine nervöse Blässe hatte sich seiner Gesichtsfarbe bemächtigt.

‹Wen hat er denn gesehen?›, fragte sich Lopomski, ‹einen Geist?›

Da war Pardell schon aufgestanden, hatte sich kurz entschuldigt und auf den Weg nach unten gemacht.

***

Es war für Oxana nicht schwierig gewesen, das Lokal der *Compagnie* zu finden, von dem ihr Pardell bei ihrem Abschied an der *Gare de l'Est* erzählt hatte. Sie hatte damit gerechnet, dass es groß wäre. Die tatsächlichen Ausmaße allerdings waren verblüffend.

Die Galerien, Seitenflügel, Erker und Treppenhäuser waren so unübersichtlich, dass man, um einen Teil abzusuchen, den Rest des übervölkerten Lokals viel zu lange aus den Augen lassen musste. Die Chancen, hier jemanden auf gut Glück zu finden, waren schlecht. Und sie hatte ihre Gründe, sich erst einmal nicht nach Leo durchzufragen. Je weniger Leuten sie auffiel, desto besser.

Da sie ihn selbst wohl nicht finden würde, musste sie sich von ihm finden lassen. Also hatte sie sich zunächst einfach in den Eingangsbereich gestellt und gewartet, hatte aufmerksam herumgeblickt, die größte Aufmerksamkeit allerdings auf kunstvolles *Nicht-in-Augen-Sehen* gelegt. Sie spürte, dass viele Augenpaare, von nah und fern, sie anblickten, von vielen Stellen des Raums aus, und sie spürte die Fantasien, die dieser Anblick in den zu den Augenpaaren gehörenden Gehirnen wachsen ließ.

Sie hatte sich danach im linken Flügel in der Nähe der Küche aufgehalten, hatte sich wiederum einfach hingestellt und gewartet, ob sie entdeckt würde. Dabei hatte sie sich kurz mit einem Kellner unterhalten, der eine Pause hatte und sie fragte, ob sie nicht mit ihm spazieren gehen wolle. Was? Spazieren gehen? Nicht verstehen, nein, danke. Nicht wollen. Sprechen schlecht Französisch. Dann war sie weitergegangen.

Als Pardell sie zum ersten Mal gesehen hatte, stand sie schon seit etwa fünfzehn Minuten im Zentrum des besagten Seitenflügels. Wegen ihrer blonden Perücke und der Sonnenbrille hatte er sie nicht auf den ersten Blick erkannt. Sie hatte reflexhaft, als Schatten am Rande ihres Gesichtsfeldes, bemerkt, dass jemand in der oberen Galerie aufgestanden war. Als sie dorthin blickte, sah sie aber nur noch einen Greis mit großen Ohren alleine an einem Tisch sitzen und an einer Tasse schlürfen, aus der der winzige grüne Karton eines Teebeutels hing.

Oxana suchte also Pardell. Ein Umstand, den anders als erstaunlich zu nennen schwerfällt, wenn man daran denkt, dass sie sich nur ein einziges Mal gesehen hatten, im Schlafwagen von Baden-Baden nach Paris, bei ihrer Flucht mit dem Koffer des Italieners, und sie ihm bei dieser Gelegenheit nicht nur eine erlogene Geschichte über sich selbst, sondern ihm auch noch erzählt hatte, sie wolle auf der Stelle zurück in die Schweiz. Dort habe sie eine Wohnung. Dann hatte sie ihm mit dankbarem Blick eines ihrer Fotos gegeben und eine Zürcher Fantasietelefonnummer draufgeschrieben.

In Wahrheit war sie in Paris geblieben, und es war kein einfacher Aufenthalt gewesen. Sie kannte die Stadt nicht gut, wusste von ein paar Leuten, die ihr vielleicht weiterhelfen konnten, aber um Kontakt mit ihnen aufzunehmen, hatte sie Umwege gewählt, immer wieder unregelmäßige Pausen eingelegt, in denen sie abgetaucht war, um nachzudenken, was sie jetzt tun solle.

Seit Sascha sie vor Jahren als Fremdsprachensekretärin eingestellt und nach Berlin geholt, seit sie Anatol als Beschützer vor Saschas verräterischen Machenschaften gewonnen und ihn nur wenig später mit einer gut gefüllten Tasche Bargelds verlassen hatte, hatte sie noch einige andere schwer enttäuscht. Sie war berüchtigt, und sie wusste, wie eng die Verbindungen waren, die Leute wie Anatol mit anderen neuen Russen in den Metropolen des Westens pflegten.

In der Nähe von Pigalle, gegenüber ein paar preisgünstigen Sexshops und Pornokinos, hatte sie sich ein schlichtes Hotel gesucht, in dem ansonsten sparsame Vertreter und unerschrockene Busreisende abstiegen. Auf ihrem Zimmer hatte sie den Koffer des Italieners geöffnet, hatte wie unter Schock angefangen zu zählen und ungläubig festgestellt, wie viel Geld sie hatte. So viel, dass sie auf jeden ihrer Schritte würde achten müssen, als führte er sie über brüchiges Eis.

Sie hatte herausgefunden, dass nicht polizeilich nach ihr gefahndet wurde, was günstig war, andererseits aber wohl bedeutete, dass der Mörder, den sie in Baden-Baden mit Stromschlägen niedergestreckt hatte, ihr Foto besaß. Das Geld gehörte wahrscheinlich der Mafia, der guten alten aus Süditalien.

Zu ihrem Geld hatten die Mafias der Welt, ganz gleich, ob sie traditionelle oder eher progressive Organisationen waren, alle das gleiche Verhältnis – ein recht enges nämlich, das keine Auslegungsspielräume zuließ. Würde sie jemand finden, würde es keine Diskussion geben. Dann wäre es vorbei.

Es gab eine ganze Reihe von Dingen zu bedenken und komplizierte Operationen auszuführen, bei denen sie Hilfe brauchte. Sie wusste aber nicht, wem sie hier trauen konnte, und hatte das mühselig und langsam herausfinden müssen, sich dabei stets abgesichert und einen Kontakt lieber vorzeitig abgebrochen, als nur das kleinste Risiko einzugehen. Denn die Welt war klein und konnte das manchmal auf die unangenehmste Weise unter Beweis stellen.

Nach knapp zwei Monaten Überlegungen und Vorbereitungen wusste sie jetzt, was sie tun wollte, aber dazu brauchte sie einen Helfer, dem sie vertrauen konnte. Käufliche Helfer verkehrten aber in den Kreisen, die sie meiden musste. Sie war durch eine Reihe von Zufällen an sehr viel Geld gekommen. Mehr, als sie gebraucht hätte, um neu anzufangen. Sie wollte diesen Neuanfang, und sie würde ihn auch nicht durch Kleinigkeiten gefährden. Sie brauchte einen Helfer, dem sie vertrauen konnte.

Es war ihr immer wieder nur der junge Mann eingefallen, den sie im Schlafwagen nach Paris kennengelernt hatte. Er war seit langer Zeit der erste Mensch, den belogen zu haben sie wirklich bedauerte. Er war so selbstverständlich nett zu ihr gewesen, so ernsthaft darum bemüht, sie vor ihrem erfundenen Ehemann zu schützen, und dabei sah man ihm an, dass er ihr keineswegs sorglos beistand. Er wirkte ziemlich nervös. Vielleicht war er ein wenig naiv, aber sie hätte ihn nicht belügen, sondern sich ausschweigen sollen.

Er hatte ihr sehr aufmerksam zugehört, und schon während sie, aufgeregt und noch unter dem Schock der Vorfälle in *Brenner's Parkhotel*, ihre erfundene Geschichte erzählte, bedauerte sie es, ihn belügen zu müssen. Er war anders als die Männer gewesen, denen sie in den letzten Jahren etwas vorgemacht hatte. Oxana, die geläufige und kluge Lügnerin, die, wie jeder gute Lügner, zu sich selbst immer ehrlich war, sah sich für einen Moment wie von außen agieren, sah, wie sie wahrscheinlich das Richtige tat, um noch einmal davonzukommen – während sich ihre Seele erschöpft nach einer Zuflucht sehnte.

Das Richtige tun. Das mit Zürich war ein Fehler gewesen, denn eine überflüssige Lüge produzierte notwendigerweise neue Lügen, wenn man sie nicht eingestand, und neue Lügen machten alles immer noch komplizierter. Früher war sie ja immer auf Nimmerwiedersehen verschwunden, die Lügen hatten ihr sogar geholfen, sich zu konzentrieren, während sie jemanden ins Auge fasste und gleichzeitig schon ihre Fluchtpläne schmiedete.

Wenn er sie überhaupt inmitten des Gewimmels im *Gran' Tour* entdecken würde und wenn er auch noch bereit wäre, ihr zuzuhören und ihr zu helfen, dann würde sie ihm die Wahrheit sagen müssen. Auf eine schrecklich ferne Weise verspürte sie den Wunsch ihrer vor Einsamkeit kranken Seele, er möge sie doch nicht finden.

***

Der Augenblick, in dem Pardell in der schönen blonden Frau trotz der Sonnenbrille keine andere als die erkannte, die er damals auf der Fahrt nach Paris kennengelernt hatte, war wie eine stille Explosion gewesen. Wenn sie hier war, dann doch nur, weil sie ihn sehen wollte. Während Pardell durch das Treppenhaus lief, das die Galerie, auf der er mit Lopomski gesessen hatte, mit dem Erdgeschoss verband, überlegte er fieberhaft, was das bedeuten könnte. Pardell hatte die Macht des Zufalls als wesentlichen Baumeister seiner Biografie zu akzeptieren gelernt – aber wenn die Anwesenheit dieser Reisenden im *Gran' Tour* ein Zufall war, dann jedenfalls ein glücklicher, zwingender, einmaliger Zufall.

Er hatte ihr damals, trotz der bedrohlichen Anwesenheit von Oberschaffner Hoppmann, das letzte freie und eigentlich reservierte Abteil im Wagen gegeben. Er war sehr nervös, weil er fürchtete, ein durch den *Geruch des Irregulären* aus dem Schlaf erwachter

Hoppmann könne plötzlich in Trainingsanzughose im Flur stehen und irgendwas in der Art von *«Pettl, was machst denn da? Ja, bist du wahnsinnig? Was ist da los? Da muss man jetzt gleich den Zugchef holen, aber sofort!»* brüllen. Hoppmann hatte sich aber nicht blicken lassen.

Damals war sie schwarzhaarig gewesen wie auf der gestohlenen Fotografie. Sie hatten miteinander gesprochen. Sie hatten die Abteiltür geschlossen gehabt. Sie war auf der Flucht vor ihrem brutalen Mann, der hatte ihren Pass. Sie weinte auch ein paar Tränen, und sie tat Pardell nicht bloß leid. Er war, auch ohne die Tränen, ergriffen von dem Unglück, das ihre schönen Züge verdunkelt hatte. Er hatte auf der Stelle gewusst, dass er ihr beistehen würde, selbstverständlich. Sie hatte kein anderes Gepäck als ihre Handtasche und diesen Aktenkoffer gehabt. Sie musste unbedingt verborgen bleiben, und Pardell hatte ihr das Abteil überlassen, ohne eine Bettkarte auszustellen oder sie in die Unterlagen einzutragen. Wäre irgendwo ein *Contrôleur de la route* zugestiegen, wäre es kompliziert und unangenehm geworden. Ein Controlleur öffnete jedes Abteil, das auf der Laufkarte nicht als belegt vermerkt war. Zum Glück hatte er die Reservierungsliste noch nicht eingeklebt, also hatte er später in der Nacht eine zweite, parallele Laufkarte geschrieben, wo Oxanas Abteil eingetragen war, würde ein Controlleur zusteigen, könnte er sagen, er sei gerade dabei, die Bettkarte zu schreiben. Irgendwie so was, hatte er gedacht, auch wenn das unangenehme Grundgefühl eines unplanbaren Risikos die ganze Nacht nicht vergangen war und er kein Auge zugetan hatte. Aber sie hatte ihn angerührt, und er wachte über sie, rauchte und stellte sich vor, wie sie in schwarzseidiger, für einen jungen Mann seiner Provenienz unbegreiflich verlockender Unterwäsche lag und schlief. Es brannte nur das Licht im Office und in der Mitte des Wagens eine der Lampen.

Am Morgen hatten sie noch einmal kurz miteinander gesprochen, kurz vor der Einfahrt in den Bahnhof. Sie hatte ihm aufrichtig gedankt. Er hatte ihr vom *Gran' Tour* erzählt, wo er gleich zu frühstücken beabsichtige. Sie hatte gesagt, dass sie nach Zürich zurückfahre, und plötzlich hatte er ein Foto von ihr in der Hand gehalten, mit einer Telefonnummer hintendrauf, ein Foto, das sie zufällig in ihrer Handtasche gehabt hatte, und als er wieder aufgeblickt hatte, so erinnerte er sich, war der Zug bereits unter dem Dach des Bahnhofs gestanden und sie schon irgendwo verschwunden.

In den Wochen danach hatte er mit der Möglichkeit gespielt, sie tatsächlich anzurufen. Auf den Bahnsteigen kleiner Bahnhöfe, irgendwo unter den spätsommerlichen Nachthimmeln, wenn er gespannt war, wer mit ihm fahren würde, hatte er sich zwischendurch immer wieder ihr Foto angesehen, war den Schwüngen ihrer eleganten Handschrift gefolgt und hatte seine Aufregung mit der Entscheidung beruhigt und zugleich angestachelt, dass er es dem Zufall und der eichhornschen Dienstplangestaltung überlassen würde – *wenn* er wieder nach Zürich kommen würde, würde er es wagen und sie anrufen. Dann war ihm in Neapel das Foto zusammen mit den anderen Papieren gestohlen worden, von dem dicken Betrüger, was sehr bedauerlich gewesen war. Und dann war die Sache mit Juliane passiert und er in Verzweiflung darüber verfallen, dass er es wohl einfach vermurkst hatte. Das hatte alles andere überdeckt.

Es war nicht so, dass er Oxana, deren Namen er noch gar nicht kannte, vergessen hatte, ganz im Gegenteil. Aber sie war ein Phantasma gewesen, ein aufregender, schillernder Traum, eine zehn Jahre ältere, erfahrene Frau, die duftend und köstlich in einem Abteil schlief, an das zu klopfen man niemals wagen würde, obwohl man ahnte, dass man in ihren Armen die Erlösung von der Sehnsucht finden könnte, die einem das Herz zerfaserte.

Und plötzlich stand sie da. Nicht er hatte nach ihr gesucht, aber dennoch stand sie plötzlich im Pariser Lokal der *Compagnie*. Vielleicht würde sie sich jeden Augenblick umdrehen, dann würde sie ihn kommen sehen. Sollte er dann versuchen, überrascht zu wirken? Und dann, was weiter? Er hatte sich nicht bei ihr gemeldet. Das Foto war gestohlen worden. Er würde behaupten, dass er es *verloren* hatte. War es aber eine gute Idee, ihr damit zu suggerieren, dass er das Foto wochenlang mit sich herumgetragen hatte? Aus Angst, dass sie plötzlich verschwinden würde, ging er schneller, und die Überlegungen, was er denn sagen sollte, verwirrten ihn, dazu kam der ferne Gedanke, dass er noch nie eine Verabredung mit Quentin versäumt hatte. Aber als er hinter ihr stand und sie sich tatsächlich umdrehte und ihn ruhig und verehrungswürdig anblickte, wusste er, dass er entschlossen und bereit war, ihr zu helfen, was immer es auch sein mochte. Er war ein Ritter, ganz klar, und diese Klarheit faszinierte ihn derart, dass er nichts anderes herausbrachte als: «Äh ...» Er war ein Ritter, nur die ritterliche Begrüßung einer Dame musste er noch üben.

Der Ex-Schauspieler Gregor Lopomski beobachtete diese Szene von oben, und er wäre nicht Lopomski gewesen, hätte er nicht nach wenigen Augenblicken gewusst, dass weder er noch Quentin Pardell heute wiedersehen würden.

Er beobachtete, kleine Schlucke von seinem Kamillentee nehmend, wie Leo auf die schöne Blonde zuging. Wie sie sich umdrehte. Wie sie sich ansahen. Kurzes Schweigen. Leo schien blass. Sie sprach mit ihm. Er hatte die Augen aufgerissen, hörte ihr atemlos zu.

Lopomskis Methode, sich in die Seelenzustände anderer hineinzudenken, bestand darin, den jeweiligen Gesichtsausdruck nachzuahmen und zu sehen, welche Gedanken und Empfindungen sich bei ihm einstellten.

Also riss Lopomski seine Augen auf, öffnete den Mund, atemlos, beugte seinen Oberkörper leicht vor, senkte den Kopf, lauschte der Stimme der blonden Frau, die in der Imagination ihrerseits ein wenig nervös in sein linkes Ohr sprach.

Lopomski spielte Pardell, und er stellte sich vor zu hören, was die Blonde sagte. Fünf Minuten knapp sprach sie, dann nickte Pardell mehrmals und bahnte einen Weg durch die Bevölkerung des *Gran' Tour*, die Frau folgte ihm. Sie steuerten auf einen der kleinen Nebenausgänge zu. Dann waren sie fort.

Lopomski war nicht überrascht. Er kannte die Sache zwischen Frauen und Männern, und mit gewissen geflüsterten Botschaften und Nebenausgängen kannte er sich aus. Wenn das auf einen zukommt, wusste er, lehnt man nicht ab.

Aber er bedauerte, dass er Pardell seine Geschichte nicht hatte zu Ende erzählen können. Der eigentliche Witz kam ja am Ende. Lopomskis letzte Rolle nämlich war eine Nebenfigur in einer Folge einer damals in den Siebzigern angelaufenen Fernsehserie gewesen. Der Titel der Folge war *Der Koffer aus Salzburg*. Da hatte sich ein Kreis für ihn geschlossen.

«Du wirst es nicht glauben mögen, aber als ich da hinkomm, das wurde in München gedreht, treff ich den Schauspieler, der die Hauptrolle hat, und wie ich mir seinen Namen genau anseh und sein Gesicht, plötzlich dämmert es mir, und ich hab nur gedacht, Lopomski, hab ich mir gedacht, wie das Leben so spielt!» Das hätte Lopomski so ungefähr gesagt, wenn Pardell geblieben wäre.

Der Koffer aus Salzburg war die zwölfte Folge der innovativen Krimiserie *Derrick* gewesen, von der damals noch niemand ahnte, wie erfolgreich und legendär sie einmal sein würde. Lopomski spielte darin einen Mann, der vor Aufregung stirbt. So weit, so gut. Erstaunlich war nur, dass die Partie des namengebenden Helden, Oberinspektor Stephan Derrick, von einem Schauspieler dargestellt wurde, der ursprünglich die Absicht gehabt hatte, Buchhalter zu werden, und dessen Schauspielerkarriere sich einem großen Zufall verdankte – und zwar der Rolle des ‹Dr. Stiebel› in Helwigs Schwank *Die Flitterwochen*, 1947 im Theater des märkischen Stendal. Dort war überraschend jemand ausgefallen. Und der Buchhalterlehrling Horst Tappert hatte sich überreden lassen einzuspringen.

Wien, Aufenthalt 18.11.1999, 17:20

Er war in Zürich gewesen, in Straßburg, Rotterdam, Mailand. Jetzt war er in Wien. Er war ein exzeptioneller *Contrôleur de la Route*. Er hatte einen Decknamen, man nannte ihn ‹den Würger›, und er suchte schwachsinnigerweise einen sogenannten *Springer*, einen Aushilfsschaffner namens ‹Pardell, Leonard› – der sich irgendwo zwischen diesen europäischen Städten aufhalten musste.

Das Einzige, was ihn im Augenblick noch mit München und seiner Kanzlei verband, war der Umstand, dass es ihm seit Wochen nicht gelungen war, mit Dr. Joachim Bechthold, seinem Assistenten, zu telefonieren.

Er hatte seiner Sekretärin mitgeteilt, dass er für den Rest des Jahres verreisen müsse, mit unbekanntem Ziel. Seine Sekretärin hatte mitstenografiert, und als sie «... Ende des Jahres» geschrieben hatte, hatte sie aufgeblickt, geschluckt, feuchte Augen bekommen und ihn ungläubig angeblickt. Zu seiner Verblüffung, denn er hatte selbstverständlich angenommen, seine Sekretärin könne ihn nicht ausstehen, fragte sie ihn, ob er Probleme habe, ihr sei seine Veränderung in den letzten Monaten ohnedies aufgefallen, und jetzt wolle er für so lange Zeit ‹verreisen›, wolle nicht einmal sagen, wohin. Ob sie ihm irgendwie helfen könne?

«Nein, mein Kind, das können Sie nicht.» Er hatte sie noch niemals «mein Kind» genannt. Beide starrten sich verblüfft an. Der Würger wurde rot, grummelte etwas und versuchte vergeblich, die Luft für eine auf die Schnelle herausgepresste Obszönität zu finden. Er sagte seiner Sekretärin, sie solle einfach nur Bechthold informieren, dass er ihm eine Vollmacht ausgestellt und in seinem, Bechtholds, Tresor deponiert habe.

Das kam dem Würger selbst ungeheuerlich vor, und obwohl er seit seiner Parisreise ausführlich darüber nachgedacht und keine bessere Lösung gefunden hatte, wurde ihm bei seinen schlichten Worten, die seine gesamte berufliche Existenz praktisch in Bechtholds Hände gaben, für einen Moment himmelangst. Er musste sich daran erinnern, dass er Bechthold zwar einerseits für hochintelligent und fachlich durchaus versiert hielt, andererseits für einen schleimigen Kriecher und Pedanten.

Das Recht war ein verwirrender Palast, seine wechselnden Bewohner verwirrt, lüstern, verzweifelt, und sie belogen sich selbst. Wer sich eingestand, was er suchte, verstand dieses Gebäude auf andere Weise, er verstand es, die Winkel und Ecken, die Zwischengeschosse zu finden und die geheimen Treppenhäuser, auf die es ankam.

Bechthold hatte nichts davon. Auch in diesen blödsinnigen Berichten, die sein sogenannter Detektiv über ihn anfertigte, fand sich noch immer nicht die geringste gefährliche Leidenschaft, es war alles harmlos, gewöhnlich, karrierebewusst. Mit seinen zweiundvierzig Jahren war Bechthold ein unbeschriebenes Blatt, und unter so etwas, so rein und wertvoll es auch sein mochte, setzte man keine Blankounterschrift. Außer man hatte keine andere Wahl. Der Würger hatte keine.

Als er München am Abend dann, mit seinem um die *Patek Phillippe*, dem ‹Pfand›, erleichterten Uhrenkoffer und kleinem Gepäck, in Richtung Zürich verlassen hatte, beschloss er, Bechthold am nächsten Abend anzurufen. Leider war der Assistent nicht zu erreichen gewesen, der Würger hatte es danach immer wieder aufgeschoben. Inzwischen war es ihm fast egal.

Der Würger, der sich in den *Wagons-Lits*-Sektionen und den Lokalen der *Compagnie* herumgetrieben hatte, der im *Nagelmacker's Inn* und wieder einmal in *Karel's Biss* in Rotterdam gewesen war, der bald jede zweite Nacht in irgendeinem 1.-Klasse-Abteil verbrachte und angezogen und schlaflos auf den hellblau und weiß gemachten Betten lag, bis irgendwo ein weiterer kalter oder milder europäischer Novembermorgen dämmerte und die lauernden hämischen

Schatten seines Großvaters vertrieb – der Würger war zweifellos auf großer Fahrt.

Er hatte mit Schaffnern gesprochen, mit Putzern und mit sehr geschäftstüchtigen Kneipenwirten. Er hatte sich nickend mit anderen Kontrolleuren verständigt und sich in Toilettenvorräumen, in Bahnhofsbüfetts und schmierigen Büros mit ihnen darüber ausgetauscht, welcher der Sektionschefs oder Magaziner irgendwo etwas wissen könnte. Bislang gab es keine verdammte Spur zu diesem Pardell, aber der Würger hatte ja immer noch Zeit. In den Städten, in denen er meistens ein oder zwei Tage Aufenthalt nahm, wohnte er nach wie vor in großzügigen Hotels. In Wien war er natürlich im *Sacher* abgestiegen.

Die Hotels waren das Einzige in seinem Leben, das sich gleich geblieben war. Zu seiner leisen Beunruhigung brauchte er ihre universal luxuriöse Atmosphäre immer mehr als Gedächtnisstütze, die ihm trotz seiner nachlassenden Kräfte erlaubte, sich an die Form des schwerreichen Barons Friedrich Jasper von Reichhausen, des Anwalts und fanatischen Uhrensammlers zu erinnern. *TransEuro-Nacht* nagte an ihm. Er trank unsystematisch und selbst für seine Verhältnisse übermäßig. Er dachte oft daran, dass er sich gerne mit Doktor ausgetauscht hätte, aber das war ja unmöglich, solange er die *Ziffer* noch nicht in Händen hielt. Seine Uhr.

***

Im *Café Anzenburger*, von dem er gerade kam, hatte ihm ein holländischer Schaffner, dem die Haare speckig über den Mantel seines Trenchcoats hingen, für 150 Mark den Hinweis gegeben, dass er sich am günstigsten im *Gran' Tour* nach diesem Pardell erkundigen sollte. Und wenn nicht da, im *Triumfo*. Er habe gehört, Pardell spiele eine undurchsichtige Rolle bei einer Partie *Highlander*, einem verbotenen Glücksspiel. Die Partie würde am 26. Dezember zu Ende gehen. Spätestens in Neapel könne er ihn dort also wahrscheinlich stellen.

Das wäre reichlich spät gewesen, und der Würger wollte auf jeden Fall heute Nacht nach Paris. Auf dem Weg zurück ins *Sacher* (dass er so viel zu Fuß ging, war auch neu und hatte dazu geführt, dass er erstaunliche acht Kilo abgenommen hatte) beobachtete er, in einer Ecke von *Wien-West*, nahe des Seitenausgangs, wie zwei abgerissene Kerle an einige ebenso abgerissene andere, darunter auch zwei Asiaten, einen Wurf Welpen, die sie in einen Jutesack gesteckt hatten, verkauften. Er blieb stehen, sah zu, wie zwei Hunde den Besitzer wechselten, es schienen Eurasier zu sein, mit Gesichtern wie Teddybären, viel zu jung, um verkauft zu werden, keine zwei Monate, schätzte der Würger.

Um den Nachtzug nach Paris zu bekommen, musste er sich beeilen. Er blieb stehen, sah zu, wie der dritte, ein besonders hübscher, allerdings rassefremder weißer Welpe an einen der Asiaten verkauft wurde. Wenn der Asiate die chinesische Küche schätzte, hatte er ohnedies nicht vor zu züchten, sondern zuzubereiten.

Die Gruppe zerstreute sich, und die beiden abgerissenen Kerle, ein dürrer und ein dreckig wirkender kleinerer Mann, blieben zurück und zählten das Geld. Der letzte Welpe, ein grau-schwarzes sehr kleines Tier, saß unschlüssig auf dem Sims, tapste, wäre beinah heruntergefallen.

Der Würger sah, wie die beiden Kerle, nachdem sie das Geld geteilt hatten, den übrig gebliebenen Welpen stießen und auf die widerwärtigste Weise lachten. Dann nahm ihn einer der beiden, der Dreckige, der die ganze Zeit so widerlich gegrinst hatte, brutal am Hinterlauf. Der Welpe gab ein fassungsloses Jaulen von sich, der Dreckige hob ihn grinsend hoch – und besah ihn sich, wie man sich Schlachtvieh besieht. Der Dürre grinste auch.

Der Würger, der sich fest vorgenommen hatte, so unauffällig wie nur irgend möglich zu bleiben, sah sich außerstande, weiter zuzusehen. Er ging finster und vor Abscheu zitternd auf die beiden zu.

«Lassen Sie das Tier zufrieden!»

«Do schau mal, wer ist das denn?», sagte der Dreckige und ließ den Arm mit dem Hund sinken. Der riesige Typ war interessanter, war echt interessant.

«Was will er denn?», fragte der Dürre.

«Sie verletzen das Tier, wenn Sie es so brutal anfassen.»

«Geh schau her, Fettsack!», sagte der Dreckige und ließ die größte Klinge eines großen Schweizer Messers aufschnappen. «Schau her! Wie isses denn damit?» Er fuhr mit der Klinge über den Rücken des Welpen.

«Aber wir können das Viecherl auch an die Wand klatschen, wenn dir das lieber ist.»

«Hören Sie schon auf. Was wollen Sie?»

«Was meint er denn?», fragte der Dürre.

«Waß a net. Was meinst du denn?», frech grinsend und seine widerliche Hand um den Hals des Welpen legend, der Dreckige. Er drückte zum Spaß ein wenig zu, der Welpe jaulte erbärmlichst.

«Was kostet das Tier?»

«Ach so jetzt. So einer ist das. Willst ihn wohl selber allemachen? Oder willst ihn reinstecken? Is eh wurscht. Tausend!», sagte der Dreckige.

Beide starrten ungläubig und zwinkerten sich aus den Augenwinkeln an, als Reichhausen, ohne zu zögern, seine Brieftasche herausnahm und nicht, wie sie erwartet hatten, 1000 Schillinge, sondern fünf 200-Mark-Scheine herausnahm und dem Dreckigen hinhielt. Der grinste blöde, nahm das Geld, drehte sich weg, um es still für sich anzusehen, zu zählen und sanft zu berühren. Der Dürre, der dabei zusehen und es auch berühren wollte, packte den Welpen im Genick, reichte ihn dem Würger wie einen beliebigen Gegenstand und drehte ihm dann gleichfalls den Rücken zu.

Der Würger nahm den Welpen auf den Arm, und sie beide, der Hund und er selbst, zitterten erbärmlich. Entgegen seiner und anderer Leute Meinung über ihn war er nicht dafür disponiert, sich der harten Strahlung menschlicher Niedertracht auszusetzen. Sein Herz machte ihm zu schaffen, und eine uralte, wieder zum Leben erwachte Traurigkeit breitete sich in bleiernen Wellen in seinem Körper aus. In der linken Hand den Uhrenkoffer, auf dem rechten Arm den Welpen, der angefangen hatte, ihm die Fingerkuppen abzulecken, ging er Richtung Hotel. Musste ins Hotel zurück. Er konnte den kleinen Hund ja schlecht mitnehmen, er würde ihn auf das Zimmer bringen, notfalls musste er eben den Portier bestechen. Er würde dem kleinen Hund notfalls ein Zimmer mieten und ihn in ein paar Tagen nachholen lassen, wenn er wieder in München wäre.

Er nahm wieder den Ostausgang des Bahnhofs, betrat den kleinen Platz, den er zuvor überquert hatte – er war menschenleer, an der Bushaltestelle stand einsam eine Frau und las in einer großformatigen Zeitschrift. Sie blickte kurz auf, als der Würger an ihr vorüberging, und als sie den kleinen Hund sah, lächelte sie. Sie mochte, wie fast jeder Mensch, Tierbabys.

Eine knappe Minute später blickte sie wieder hoch. Zwei widerlich aussehende Kerle gingen schweigend und zielstrebig an ihr vorbei, in die Richtung, in die auch der groß gewachsene Herr mit dem niedlichen Hund verschwunden war.

***

Der Dürre hielt den Dreckigen am Arm.

«Schau hin, da, jetzt ist er stehen geblieben. Hat wohl keine Luft mehr, der alte Sack. Hast dein Spielzeug?»

«Frisch, wie immer», sagte der Dürre und zeigte grinsend einen großen Totschläger.

Ohne weiter zu zögern, lief der Dreckige los und holte den Würger, der sich auf die Lehne einer Bank gestützt hatte, mühelos ein.

«Sie, hören Sie, tut mir leid. Mir machen das Geschäft rückgängig. Mir brauchen den Hund doch selber.»

«Sehen Sie zu, dass Sie verschwinden, Sie Scheißkerl», sagte der Würger und baute sich vor dem Dreckigen auf. Der beschrieb einen Bogen um die Bank. Der Würger drehte sich mit ihm und blickte ihn mit heiß glühenden Augen an. Sein Kopf schien, trotz der nebligen Dunkelheit, vor Zorn förmlich zu leuchten.

«So, ein Scheißkerl bin ich. Und was bist du, Fettsack?»

«Was denn?», knurrte der Würger.

«Du bist im Arsch!»

***

Sie brauchten keine fünf Minuten, um sicher zu sein, dass sie das, was der Würger, der leise ächzend, das Gesicht in einer kleinen Pfütze, auf den Steinen lag, an Wertsachen bei sich trug, gefunden hatten. Das Portemonnaie, mit sensationellen 15000 Mark, die sieben verschiedenen Kreditkarten, seine goldene Krawattennadel. Da der Würger in den letzten Wochen abgenommen hatte, ließ sich sein Siegelring spielend ablösen.

Die Uhr. Der Würger trug die *Zenith Chronomètre, Kaliber 135*, das legendäre Kaliber 135, deren Werk vielen Kennern als das schönste Handaufzugswerk überhaupt gilt, dem Dreckigen und dem Dürren, da die Gestaltung seines Zifferblattes ein Äußerstes an Dezenz und klassischer Prägnanz darstellt, allerdings nichts Besonderes zu sein schien. Der Dürre nahm sie an sich, wog sie, sie war viel zu leicht, er schnaubte empört, steckte sie aber in die Tasche, die würde er dem blöden Sohn von seinem saudummen Bruder schenken, der hatte nächsten Monat Geburtstag, da konnte er was hermachen damit.

«Jetzt schau mer uns den Koffer an, geh weg da, du Mistviech. Dir dreh ich gleich den Kragen um», sagte der Dürre.

«Das kannst nachher machen. Lass das Hunderl. Also, was ist mit dem Koffer?»

«Is angekettet.»

«Kannst ihn aufbrechen?»

«Na, keine Chance, auf die Schnelle nicht. Der is richtig massiv.»

«Was muss ihn sich der Scheißkerl auch ans Handgelenk ketten, der Trottel, der verdammte. Gib mir das Messer ...»

«Was willst machen? Willst ihm ... Du willst ihm die Hand abschneiden?»

«Freilich, dem werd ich helfen, der Sau. Wozu hab ich die Säge drin? Gib her jetzt!»

Der Dreckige zückte das Schweizer Messer. Er war sich nicht sicher, ob das wirklich funktionieren würde. Der Knochen war doch zu dick. Na ja, probieren muss man's, sonst ärgert man sich nachher. Er klappte die Säge auf und streckte dem Dürren, der lüstern grinste und weiterhin leise auf den bewusstlosen Würger einschimpfte und ihn trat, das Messer hin. Als der Dürre zugreifen wollte, kurz bevor seine Hände sich um den Griff geschlossen hatten, fing der Hund an zu bellen.

«Geh, jetzt dreh ich dir den Hals um ...», schrie der Dürre.

«Wart, ich fang ihn, Mistviech ...», unterstützte ihn der Dreckige. Der Welpe aber, in Todesangst, entwischte ihnen und blieb fünfzig Meter weiter bellend stehen – vor einer Gruppe schlecht gelaunter Wiener Rentner, die im *Café Anzenburger* gerade ihre Einspänner und Mokkas zu sich genommen hatten, wobei sie sich über den Niedergang des Traditionsfußballvereins *Rapid Wien*, das schlechte Wetter, die fatalen unterirdischen Wasseradern und den allgemeinen Verfall der Menschlichkeit und der Sitten unterhalten hatten.

Der kleine kläffende Hund erregte ihre Aufmerksamkeit, wobei sich ihre Gruppe sofort in Hundehasser, die es satthatten, ihr Leben lang in Scheißhaufen zu treten, und in engagierte Tierschützer spaltete, die wussten, dass man von Tieren, insbesondere Hunden, niemals so bis ins Mark enttäuscht wurde wie von Menschen.

«He, nehmt's euren Köter da weg – Das arme Tier – Hallo, ist das Ihr Hund – Saubande, rücksichtslose – Tierquäler, holt's die Gendarmerie – Hallo», schrien die Rentner durcheinander und bildeten einen Chor der Entrüstung, der sich bedrohlich, mit Regenschirmen, Schnauzbärten, Tirolerhüten und einer sich ausbreitenden Sauwut, dem Dreckigen und dem Dürren näherte. Die sahen, was da auf sie zukam, und spürten sofort, dass sie diesem keifenden, schlecht gelaunten, pensionierten Chor erregter Rachegeister nicht gewachsen waren. Der Dürre begriff schneller als der Dreckige und rannte, sich noch einmal umsehend, den Weg zurück zum Bahnhof, um auf der Stelle irgendeinen letzten Vorstadtzug zu nehmen. Wenn er darüber nachdachte: Was Besseres hätte ihm sowieso nicht passieren können, er hatte ja das Geld und die anderen Sachen. Jetzt musste er wenigstens nicht teilen, das war den Schrecken wert, dachte er, stolperte über eine leere Dose Zipferbier, wäre fast gefallen und rannte strauchelnd weiter. Der Dreckige kam abgeschlagen hinterher. Er hatte immer schon gewusst, dass der Dürre, der Verbrecher, ihn irgendwann bescheißen würde.

Von dem Geschrei der Rentner war der Würger wieder erwacht. Der Welpe, der Angst vor den Rentnern hatte, kam winselnd heran. Die Rentner beugten sich über den Würger, rüttelten an ihm, fragten ihn, ob man die Samariter holen solle, die Gendarmen, die Kriminaler, ob er hingefallen sei, was mit dem armen Tier passieren sollte und dergleichen. Der Würger, schwer angeschlagen, mit einer blutenden Wunde am Hinterkopf, erhob sich schwankend, nahm den Hund an sich, stammelte etwas Unverständliches und ging langsamen, schweren Schritts in Richtung *Sacher*. Die Rentner konnten alle nur den Kopf schütteln.

Paris, Aufenthalt 21.11.1999, 22:15

Vielleicht folgte sie ihm aus einem letzten Rest altgewohnten Misstrauens heraus, dachte Oxana, während sie Duquesneys großartigen Bahnhof, die *Gare de l'Est*, vom Westeingang her betrat. Der Nachtzug D 261 von Paris nach München ging um 22 Uhr 27. Aneinandergereiht lagen die Bahnsteige vor ihr, die meisten bereits verwaist.

Leos Zug war einer der letzten internationalen, die die *Gare* heute noch verlassen würden. Das erschöpfte Zischen großer Loks, die vom Netz genommen, das Scheppern der Mülltonnen, die geleert wurden, und die Rufe der Putzer und Müllmänner, die sich fröhliche Scherze und Anzüglichkeiten auf Arabisch zuriefen, erfüllten die weitläufige Halle der *Gare*. Es gab kaum mehr Reisende, und deswegen hielt sich Oxana hinter einem der großen frei stehenden Fahrplankästen verborgen, um Leo zuzusehen, wie er tatsächlich am Ende des Bahnsteigs vor seinem Schlafwagen stand und den Zug entlangblickte. Er war weit weg, aber sie sah ihn deutlich genug.

Die letzten Jahre hatte sie davon gelebt und sich immer wieder dadurch gerettet, *Männer* zu beobachten, sie einzuschätzen und die richtigen Schlussfolgerungen zu ziehen. Allerdings hatte sie das getan, um diese Männer anschließend auszurauben, und sie hatte glücklicherweise keinen von ihnen je wiedergesehen.

Die Beobachtung eines jungen, ihr nahezu unbekannten Mannes, mit dem sie sich verbündet hatte und den sie unbedingt wiedersehen musste, verwirrte sie. Es war so, als seien ihr im Lauf der Jahre die Organe dafür abhandengekommen, festzustellen, ob sie jemandem vertrauen konnte oder nicht.

Leo stand ruhig vor dem Wagen, und Oxana sah jetzt, wie er ein älteres Paar begrüßte, wie er die Dokumente entgegennahm, freundlich nickte, beim Gepäck half, im Wagen verschwand und nach einer kurzen Weile wieder in der anderen, näher liegenden Tür auftauchte und sich schwungvoll vom Plafond schwang.

Er blickte auf seine Uhr. Oxana hatte gleich bemerkt, dass sie vier Stunden nachgestellt war, Leo aber erst später gefragt, was das zu bedeuten habe – Pardell hatte es die *Amleda-Zeit* genannt. Sein Zug würde in zehn Minuten abfahren, und Oxana wunderte sich, dass er den Schlafwagen alleine ließ, den Zug hinunterlief, nochmals auf die Uhr sah, sich dann, bevor er den Anfang des Bahnsteigs erreicht hatte, noch einmal kurz umdrehte und dann schnell Richtung Ostflügel lief. Oxana folgte ihm, in hundert Metern Abstand. Bei

Bahnsteig 14 bog er ein, dort stand ebenfalls ein Nachtzug. Oxana verbarg sich hinter den zusammengeketteten Plastikstuhlbergen eines der Bahnhofsbistros und sah, wie Pardell, den Kopf nach vorne gereckt, zum Schlafwagen lief. Der Zug fuhr nach Hamburg, allerdings erst in zwanzig Minuten. Vor diesem Schlafwagen stand gleichfalls ein Schaffner in blauer Uniform, um einiges älter als Pardell, klein, ziemlicher Bierbauch, Halbglatze, Hornbrille, südslawischer Typ – als er Leo kommen sah, schmiss er die Arme in die Luft, zeigte mit großer Geste auf sein linkes Handgelenk, wohl um anzudeuten, dass er schon auf ihn gewartet habe. Dann umarmten sich beide heftig, der kleine Bierbäuchige umfasste Leos Kopf mit seinen Händen und küsste ihn leidenschaftlich auf den Mund.

Sie tauschten ein paar Worte, Leo wies schon wieder in Richtung seines sechs Gleise weiter auf ihn wartenden Zuges. Der mit dem Bierbauch hatte ihn jetzt vertraulich am Arm gefasst und flüsterte Leo etwas ins Ohr. Leo grinste, dann küssten sie sich noch einmal, winkten einander zu, Leo rannte zurück, Oxana blieb, wo sie war. Sie hörte von ferne den Pfiff und die leise Ansage aus den Lautsprechern, und kurz danach sah sie den Zug sich schon ein gutes Stück außerhalb der Bahnhofskonstruktion auf einer nach rechts wegdriftenden Spur in die Nacht schlängeln.

***

Es regnete. Oxana mochte das Geräusch von Autos, die in einiger Entfernung durch Pfützen spritzten, und sie mochte die Spiegelungen der Laternen auf den nassen Straßen, und als sie die *Gare* verließ, beschloss sie, den Boulevard Strasbourg zu nehmen und einen weiten Bogen zu ihrem Hotel zurück zu machen. Sie wollte sich bewegen, denn die kleine Szene, die sie vorhin gesehen hatte, beschäftigte sie.

Ihre Ratlosigkeit, wie genau sie mit der Zuneigung umgehen sollte, die sie für Leo empfand, war gemildert worden. Er hatte einen Freund getroffen, und die ungestellte Freude, die der Bierbäuchige bei Leos Anblick gezeigt hatte, die fünfminütige überschwängliche Begeisterung beider und ihre Vertrautheit hatten sie beeindruckt.

Erst beim dritten Mal hatte sie Leo gefragt, ob er ihr helfen könne. Er hatte nicht gezögert, ihr sofort Ja zu sagen. Das hätte sie abgeschreckt, wenn es nur jugendlich-selbstmörderisch oder schlicht dumm gewesen wäre. Das war es aber nicht. Es lag ein Vertrauen darin, das sich Leo ehrlich erworben zu haben schien: Er sagte ihr, ja, selbstverständlich, kleine Pause, es sei kein Problem, er habe gute Freunde, und die würden ihnen beiden helfen.

Oxana war überrascht gewesen, dass er in dieser Antwort zwei Schritte auf einmal gemacht hatte. Er hatte gesagt, dass seine Freunde *ihnen beiden* helfen würden. Sie war skeptisch gewesen, hatte einige, entscheidende Dinge verschwiegen, aber Leo hatte sich von ihrer zögerlichen Kühle nicht irritieren lassen, hatte weitererzählt, und irgendwann hatte sie angefangen, nach und nach die Lage zu skizzieren, an manchen Punkten ein wenig zurückgenommen und abgeschwächt, aber in der Sache immer korrekt. Sie verabredeten sich, um ‹zu arbeiten›, wie Leo das nannte, zu überlegen, wie man Oxanas Transit am günstigsten organisieren könnte.

Die Vorbereitungen schritten langsam voran, weil Leo sie nicht beliebig oft besuchen konnte. Er hatte seinen Chef in München zwar gebeten, ihm, wenn möglich, Touren mit Destination Paris zu geben – aber notwendigerweise fuhr er dann meist am gleichen oder am nächsten Abend wieder woandershin.

In den Wochen seit ihrem Besuch im *Gran' Tour* hatte Oxana Pardell fünfmal gesehen. Fünfmal war er wie verabredet am späten Nachmittag in ihr Hotel gekommen, meistens todmüde, weil er ja morgens angekommen war, nach einer schlaflosen Nacht, sich in seinem Hotel nur ein wenig hingelegt hatte. Die paar Stunden bis zur Abfahrt hatte er mit ihr verbracht oder war bis lange in die

Nacht geblieben und dann irgendwann todmüde in sein eigenes Hotel gewankt.

Einmal war er eingeschlafen. Er hatte sich auf die Tagesdecke des Bettes gelegt und geraucht, Oxana hatte erzählt und erst nach einer kurzen Weile bemerkt, dass er eingeschlafen war.

Um ihn nicht aufzuwecken, hatte sie nicht versucht, die Decke unter ihm hervorzuziehen, sondern einfach ihren Trenchcoat über ihn gelegt. Er schlief arglos und sehr tief. Als sie sich über sein Gesicht beugte, sah sie, dass seine Augen unter den Lidern sekundenschnell zuckten.

Seit sie eine Diebin war, hatte der Eintritt des *Rapid Eye Movements* den Abschied von einem Mann markiert, hatte sich Oxana spätestens dann mit wertvollen Uhren und anderem Schmuck, Bargeld und auch schon mal mit den Papieren und den Schlüsseln eines nagelneuen *Porsche-Cabriolets* fortgeschlichen.

Als Leo einschlief, als sei er hier auf diesem Bett im *Lebenden Pferd* und nirgendwo anders als unter ihrem Mantel zu Hause und geborgen, da spürte sie plötzlich eine ungeheure Erleichterung, nicht auf der Stelle fortgehen zu müssen. Sie hatte sich wieder auf den Stuhl gesetzt, um seinem Schlaf zuzusehen und über ihn nachzudenken.

Dann hatte sie gelesen, geraucht und sich fast so, nur etwas leiser, benommen, als wäre sie alleine.

Als er nach ein paar Stunden aufgewacht war, hatte er sie mit großen erschreckten Augen angesehen, sie hatten einen langen Blick getauscht, und dann hatte er sich entspannt auf das Kissen zurückfallen lassen, eine Zigarette genommen, und sie hatten kurz darauf weitergesprochen, so als wäre es ihm das Normalste auf der Welt, in ihrer Gegenwart zu schlafen.

Er schlief im Anzug, auf ihrem Bett, schlief einfach und sah sehr schön aus. Das hatte sie plötzlich empfunden, und sie genoss es, wie es jede menschliche Seele genießt, sich einer Empfindung der Schönheit hingeben zu können. Die nächsten Tage danach noch war sie erfüllt gewesen von der Wohltat dieses fremden Schlafs, der sich ihr, ohne zu zweifeln, anvertraut hatte.

Sie kreuzte den Boulevard, auf die rechte Seite hinüber, war jetzt weit südlich ihres Hotels, würde an den Tuilerien vorüber und dann wieder nach Norden ins Neunte zurückgehen.

Oxana genoss den Spaziergang. Die Tage verbrachte sie im Hotel, las und hatte angefangen, sich mit Leos spanischer Grammatik zu beschäftigen. Spanisch erschien ihr, die sie seit ihrem zehnten Lebensjahr Französisch sprach, leicht, sie fand sich gut zurecht, und die Tage zogen zwischen grauem Himmel im Fenster und einbrechender Dämmerung dahin. Erst wenn es Nacht war, zog sie sich an, um spazieren zu gehen.

Vermutlich war ihre Vorsicht übertrieben, aber auf eine Weise machte es ihr Spaß, wie die Gefangene eines romantischen Märchens ausschließlich nachts und nur noch mit Kopftuch und Sonnenbrille aus dem Hotel zu gehen und durch das 9. Arrondissement zu laufen.

Ihr Hotel war eine solide und sehr diskrete Absteige, die den schönen Namen *Auberge du Cheval vivant* trug, *Gasthof zum lebenden Pferd.*

Leo hatte über die Bedeutung dieses Namens spekuliert, war nicht weitergekommen und hatte eines Abends einfach die Betreiberin gefragt, die die ganze Zeit unten in der Halle saß, einen strengen schwarzen Scheitel trug und Mentholzigaretten rauchte. Er hatte von dieser die rätselhafte Antwort erhalten, das sei einfach, ihr verstorbener Mann sei in Chantilly geboren, deswegen.

Oxana hatte ihm, von der Treppe aus, zugesehen, wie er sich mit ihr unterhielt und wie er dabei sämtliche Regeln unauffälligen Verhaltens ignorierte oder brach. Keine Namen nennen, nicht den Beruf, nicht, wo man herkam, und nicht, wo man hinging.

Wenn die Wirtin jemals nach ihm gefragt werden würde, wäre sie in der Lage gewesen, seinen halben Lebenslauf zu dokumentieren.

«Warum machst du das?», hatte sie ihn danach gefragt.

«Was denn?»

«Spuren hinterlassen.»

«Das ist interessant, dass du das sagst», sagte er dann und zeigte ihr seinen Klemmbinder, der seine Bewegungen und Beobachtungen in *TransEuroNacht* dokumentierte. Sie hatte sich die Sammlung unschlüssig durchgesehen.

«Du hebst dir alles auf, damit du deinen Weg kannst nachvollziehen eines Tages. Ich aber habe alles vernichtet», sagte sie lächelnd.

«Was meinst du?»

Sie erzählte ihm von der Nacht in der Pension am Bayerischen Platz in Berlin. Als sie nicht nur begriffen hatte, worauf die Fremdsprachensekretärinnentätigkeit hinauslaufen würde, sondern auch, dass sie ihre Spuren verwischen musste, alles, womit sie erpressbar gewesen wäre, musste weg – und wie sie sämtliche Fotos ihrer Familie, von ihrem Verlobten, im Frack, mit Geige unterm Arm, vernichtet hatte, ihr Adressbuch, aus dem sie die Seiten einzeln herausgerissen und verbrannt hatte, und sämtliche Zettel und Briefe, auf denen irgendwelche Namen und Straßen oder Telefonnummern gestanden hatten.

«Wieso hast du das getan?»

«Einfach, damit hätte jemand irgendwann meine Familie und meine Freunde finden können. Dann wäre ich erpressbar gewesen, verstehst du? Einzige Sache, die ich behalten habe, war letzte *Prawda*, die ich gekauft habe in St. Petersburg vor dem Abflug. Leider war sie in meinem Gepäck im Hotel, in Baden-Baden ... Mehr gibt es nicht über mich. Niemand kann meine Familie und Freunde finden, und damit auch mich nicht.»

Sie hatte ihm nicht verraten, was genau in Baden-Baden geschehen, und auch nicht, wie groß die Summe war, die sie den Italienern abgejagt hatte, aber sie hatte ihm von Sascha und Anatol erzählt.

Sie hatte ihm erzählt, sie sei auf der Flucht vor diesen gewalttätigen und unzurechnungsfähigen Männern. Das war aufwühlend genug gewesen für Pardell. Sie habe gespart, wolle das Geld nun außer Landes bringen, auf verschiedene Konten, wolle ihrer Familie einen gewissen Teil zukommen lassen. Überdies brauche sie neue Papiere, man habe ihr alles abgenommen. Sie wolle weit weg.

«Wohin?»

«Wohin würdest du gehen?», hatte sie ihn gefragt.

«Buenos Aires», hatte er auf der Stelle geantwortet. Und dann hatte er von Amleda Bradoglio erzählt. Er erzählte nicht, dass er Amledas Bücher dazu benutzt hatte, um Juliane, von der er auch nichts erzählt hatte, seinen Aufenthalt in einem fantastischen Buenos Aires vorzuspielen.

Es war eine so zweifelsfreie Antwort gewesen, dass Oxana sich intuitiv sofort dafür entschieden hatte – zumal sie wusste, dass Argentinien günstige rechtliche Voraussetzungen für ihren Aufenthalt bot. Leo war von der Vorstellung begeistert, Oxana nach Argentinien zu verhelfen.

Das war so die Art ihrer ersten Gespräche im *Gasthof zum lebenden Pferd* gewesen. Sie erzählten sich vieles, und einiges andere erzählten sie sich nicht. Sie tranken manchmal Rotwein zusammen, und manchmal kochte Oxana Tee. Sie waren wie Verschwörer. Gelegentlich erzählte Leo irgendeine Geschichte, die er irgendwo mit irgendjemandem oder alleine erlebt hatte, in diese Erzählungen flocht er wie nebenbei die Dinge ein, die er für Oxana unternahm.

Pardell hatte mit Quentins Hilfe, den er ihr in den liebevollsten Worten beschrieben hatte, und ausgehend vom schier unerschöpflichen logistischen und personellen Reichtum des *Gran' Tour* Wege und Verbindungen aufgetan, die harmloser schienen, als sie vielleicht waren – aber die ihnen jedenfalls offenstanden. Er hatte die alten und neuen Schmuggelwege des internationalen Nachtzugverkehrs ausgelotet, um Oxanas Transit zu realisieren. Im

Wesentlichen bestand er darin, Devisen in kleineren Portionen in die Schweiz zu schmuggeln, Oxana brauchbare Papiere zu besorgen – die natürlich wiederum Geld kosteten – und Bargeld auf sicheren Wegen zu ihrer Familie nach Russland zu bringen.

Pardell zeigte sich fasziniert von den verborgenen Aspekten von *TransEuroNacht*. Er hatte einmal davon gesprochen, dass dort vielleicht seine eigentliche Begabung läge.

«Denk mal an Einstein. Der konnte, äh, Geige spielen. Aber wenn man ihn auf ein Konservatorium geschickt hätte, also, was ich sagen will, ich glaube, Architektur ist für mich wie Musik für einen mathematisch begabten Menschen. Ich glaube, ich bin ganz gut, aber das ist es nicht ganz.» Er machte eine triumphierende Pause.

«Aber jetzt, Oxana, ich finde, in dem, was ich jetzt für dich tue, bin ich richtig gut!»

«Worin? Geldwäsche? Handel mit falschen Papieren? Du willst ein Einstein von Schmuggel werden? Nicht dein Ernst ...»

«Nein, Agent. Keine Ahnung, wie man das nennt. Nachrichtendienst. Ich habe das deutliche Gefühl, das ist eine Branche mit Zukunft.» Das war natürlich ein Spaß. Denn ernst gemeint wäre das genauso glaubhaft gewesen wie jemand, der es gewagt hat, in der Straßenbahn schwarzzufahren, und deshalb plötzlich anfängt, sich für einen genialen Trickbetrüger zu halten.

***

Als Oxana die *Place de la Bourse* erreichte, musste sie seufzen. Es war wirklich gut gewesen, ihn vorhin zu sehen. Ihn mit einem Freund zu sehen. Er hatte so zu Hause gewirkt auf dem riesigen, nächtlich leeren Bahnhof. Es war überdies schön gewesen, wie sehr sich der andere gefreut hatte, ihn zu sehen.

Sie wollte noch nicht wieder ins *Lebende Pferd* zurück und nahm einen Umweg über die Rue Chauchat, die sie auf die Rue de Provence brachte, vorbei an den vielen arabischen und jüdischen Bäckern, von denen einige geöffnet hatten. Sie blieb vor den Schaufenstern stehen, in denen dicke Männer geschäftig waren. Niemand konnte sie hinter den schwarzen Scheiben entdecken. Oxana sah ihnen zu und versuchte, sich alles genau einzuprägen, dachte auch viel an Petersburg, an die Orte dort, an denen sie gelebt hatte, die Opernaufführungen, für die ihr Verlobter eine Karte hatte besorgen können. Das kapitulierende Geräusch des Boilers in der elterlichen Gemeinschaftswohnung, wenn man frühmorgens duschte und das Wasser auf einen Schlag eiskalt wurde.

Wenn alles gut ging, würde sie Europa kurz nach Weihnachten verlassen. Sie würde zwischen den ungezählten Reisenden verschwinden, die zu dieser Zeit zu ihren Familien heim- oder zurückkehrten, und sie würde nicht auffallen. Sie war sich nicht sicher, ob Leo mit ihr kommen würde, und ging deswegen nicht davon aus, obwohl die Vorstellung sie beschäftigte, nicht erst seit vorhin, seit sie ihn am Bahnsteig beobachtet und plötzlich ganz sicher gewusst hatte, dass sie ihm vertraute ...

Im Hotel vorher hatten sie sich geküsst. Ein Kuss ist nicht alles. Aber ein Kuss, ein wirklicher Kuss – der nicht oft gelingt – und vielleicht selten zweimal mit demselben Menschen, ein wirklicher Kuss bedeutet etwas. Man wird sich immer an ihn erinnern. Noch während man ihn erlebt, erinnert man sich an ihn.

Es sollte ein Abschiedskuss sein, ein neutraler Abschiedskuss, schließlich war es eine Art Geschäft, das beide miteinander hatten, sie umarmten sich, und sie umarmten sich einen Moment länger, als es nötig gewesen wäre, sie hatte gewusst, dass sie sich jetzt küssen würden, aber nicht, wie sehr sie sich plötzlich darüber freute, dass seine Umarmung nicht schwächer wurde und er wusste, dass er sie umarmen sollte und auch genau, wie, und weil sie in diesem

Moment ihre eigene Verzweiflung darüber spürte, was für ein Leben sie geführt hatte, dass es schrecklich gewesen war und dass sie nicht länger so leben wollte. Es war ein richtiger Kuss gewesen, und sie war ihm auch überhaupt nicht gefolgt, weil sie ihm misstraut hatte, sondern weil sie ihn noch einmal sehen wollte, weil sie ihn schön fand und liebenswert und weil es ein wirklicher Kuss gewesen war, und so wusste sie, dass sie beide sich würden schenken können, wonach sie verlangten, dass es kein Geschäft war und dass es herrlich wäre, wenn er mit ihr gehen würde ...

Straßburg, Passage 1.12.1999, 22:45

Reginald Bowie hatte gelernt, einen nervösen, suchenden Engel in der Masse eines großen Bahnhofs zu entdecken, kaum dass der die Szene betreten hatte.

‹Da drüben. Das ist der Engel. Noch ganz frisch dabei. Wenn der ein Erzengel werden will, dann muss er sich Mühe geben, muss sich anstrengen, das Gedächtnis, er ist nervös, zweifellos, nervös, muss sich Mühe geben, die Vorstellungskraft trainieren, muss die Liste, die Karte des HERRN, endlich auswendig lernen, musste sie endlich in seinen Schädel bekommen. Aber er hat sie immer noch nicht in seinem Kopf, hat sie nicht. Ist unsicher, dreht sich hin und her, wer soll uns denn sehen, wer denn? Ich bin doch schon hier, ja, sieh mich an. Sieh mich an, gut so, ich bin es, Regi, ich blicke dir in die Augen, sieh doch, ja, ich bin es, komm her. Nicht erschrecken. Gut so ...›

Der groß gewachsene Mann, Anfang zwanzig, mit starker Akne, steuerte, noch unsicher, auf ihn zu. Bowie hob leicht den Arm. Der Junge, dem die nachtblaue Uniform ein wenig zu klein war, fasste sich mit der linken, von Bakterien bevölkerten Hand prüfend an die rot und gelb blühenden Auswürfe auf seiner Wange und starrte Bowie jetzt unmissverständlich, zugleich aber zweifelnd an. Bowie zwinkerte und lächelte unter dem Bart, der seit einigen Wochen immer wieder sein Gesicht bedeckte. Er faltete die Hände aufeinander und verbeugte sich kurz vor dem nervösen, jungen Schaffner, der ihn weiter anstarrte und jetzt ein paar misshandelte Brocken Englisch hören ließ. Bowie lächelte, nickte und wies mit dem Kopf auf die Glastür der Haupthalle. Der junge Schaffner folgte ihm, nachdem er einen nervösen Blick auf seine Uhr geworfen hatte.

Bowie hatte sich als *Inder* verkleidet, das heißt, er trug Kleidung, die ein durchschnittlicher Europäer als *indische Kleidung* bezeichnet, ein durchschnittlicher Inder aber als merkwürdigen Aufzug empfunden hätte, von einem eklektischen Geschmack aus Versatzstücken zusammengestellt, die irgendwo auf dem riesigen indischen Subkontinent getragen wurden. Der Turban gehörte den Sikhs, der Sari war im eleganten Bengalen geschneidert worden, und der moosgrüne Umhang war vielleicht allenfalls von indischer Mode inspiriert, stammte aber aus den *Galeries Lafayette* in Toulouse und war eigentlich für mollige Damen gedacht.

An Bowie aber, zusammen mit dem rot-gelben Kastenzeichen, das ihn als Angehörigen der ‹Prashnuahverti›, der Wurstbrater- und Fleischspießdreherkaste, auswies, dem sehr geschickt und täuschend echt angebrachten Theatervollbart, den er in einem kuriosen Trödelladen in der Rue Lamourcine gekauft hatte, und seiner ebenfalls dort erworbenen großen Tropfensonnenbrille, wirkte er für europäische Verhältnisse so derart *originalindisch*, wie man einen Mann mit Baskenmütze, *Armani*-Jackett und bayerischen Lederhosen auf dem Vorplatz von *Victoria Terminal* mühelos als einwandfreien *Europäer* identifiziert haben würde. Bowie hatte seinem Englisch den Akzent eines gebildeten Bewohners Bombays gegeben und war unter dieser vollkommenen Tarnung seit Wochen unterwegs. Er nannte sich *Mr. Subbulakshmi*.

Mr. Subbulakshmi verfügte über ein Kilogramm reinsten STAFFs von vorzüglicher Qualität. Marcel Crutien, sein Informant, ohne den Bowies Plan zweifellos scheitern würde, Crutien also, sein einziger Verbündeter, hatte ihn grob mit dem Auftreten vertraut gemacht, das einem Dealer vom Format des Mr. Subbulakshmi das geläufigste sei. Neben verschiedenen Bezeichnungen für Mengen sei das Entscheidende der Kosename, den der Dealer seiner Ware gab. (*«Der Kosename?»*, so Bowie, ungläubig. *«Ja, damit symbolisiert der Dealer seine Verbundenheit mit dem Wirkstoff»*, war Crutiens sachliche Erläuterung.)

Bowie hatte eine Weile darüber nachdenken müssen – er hatte sich das Weiß des Pulvers und das Farbspektrum seiner Wirkungen vorgestellt, und für einen kleinen, aber realen Moment hatte er überlegt, dass er es vielleicht probieren sollte, bevor es zum Verkauf kam. Komischerweise hatte ihn nur der Gedanke an Madeline davon abgehalten, sich eine Prise des STAFFs in seinen Tee zu geben – denn vielleicht wäre die Erfahrung so erstaunlich, dass er sie mit ihr zusammen machen sollte.

Dann hatte er sich an einen Nachmittag erinnert, vor vier Jahren, im Januar würden es vier Jahre sein, als er Madelines kleines weißes Kaninchen eingefangen hatte. Sie hatten sich gerade erst kennengelernt, nannten sich noch Mr. Bowie und, bedauerlicherweise, Mrs. Spike. Mrs. Spike gab einen Tee in ihrem Garten und lud Bowie dazu ein, der gerade an die Eisenbahnpolizeischule von Bombay (was für eine *Karriere*!) gekommen war. Die Eisenbahn ist noch vor der Filmindustrie der größte Arbeitgeber Indiens. *«Die Eisenbahn hat einen großen Bauch»*, sagten indische Eisenbahner, die stolz und zuversichtlich auf ihre sieben männlichen Nachkommen blicken, nachdem ihre Frauen wehklagten, was nur aus all diesen Kindern werden solle. Willkommen im Klub, Regi!

Bowie stellte fest, dass die Frau seines obersten Chefs einen Garten ihr eigen nannte, der die Bezeichnung Park verdiente, und er bekam einen realistischen Eindruck von dem Prestige, das ein wirklich hoher Eisenbahnmanager in Indien wohl genießen musste.

Die Teegesellschaft saß unter Affenbrotbäumen zusammen, und

Bowie war an diesem Nachmittag, seinem vierten oder fünften Tag in Indien, so über die Maßen aufgedreht, geblendet, von duftender Luft und leuchtenden Farben – und dem Jetlag – verwirrt, dass er sich darauf beschränkte, seinen Tee (genau den Tee, den er jetzt immer noch trank) zu trinken, höflich zu lächeln und seine Gastgeberin zu beobachten, die ihrem Garten an Schönheit wenig nachstand. Und wohl auch nicht an Prestigewert.

Hinter den Bäumen standen ein paar Kleintierställe. Tauben, Fasane, Wachteln, edle, unglaublich hübsche, pludrige Hühner und ein großer Stall mit Kaninchen. Ein kleines Mädchen fragte, ob es die Kaninchen füttern dürfte, und Bowie sah, wie Madeline dem Kind prompt ein Schälchen mit Nüssen in die Hand drückte und ihm zulächelte, von Mädchen zu Mädchen sozusagen. Oh, war sie hinreißend gewesen, diese schwarzhaarige, hellhäutige Frau von vierzig, deren Haut porenlos und schimmernd war und die so viel Energie, Eleganz und Wildheit ausstrahlte.

Zehn Minuten nachdem das Mädchen losgegangen war, um die Kaninchen zu füttern, beobachtete eine verblüffte Teegesellschaft, wie Reginald Bowie – in früheren Tagen ja wendiger Mittelfeldcrack mit leider notorischer Abschlussschwäche bei *Hartlepool United* – einem Haken schlagenden weißen Kaninchen über den Rasen von Mrs. Spikes Park hinterherjagte und es tatsächlich auch erwischte, bevor es in undurchdringlichen Büschen verschwinden konnte. Er war etwas außer Atem, hatte aber das Kaninchen sehr elegant am Genick gepackt und brachte es zurück in seinen Stall. Man applaudierte ihm amüsiert, als er an den Tisch zurückkam und sich verlegen lächelnd eine Pfeife anzündete. Mrs. Spike hatte ihn fasziniert, fast erschrocken angeblickt, und als die Gesellschaft sich am frühen Abend in bester Laune auflöste, hatte sie ihn als Letzten verabschiedet, ihm in die Augen gesehen und leise, aber bestimmt gesagt: «Ich finde wendige, sportliche Männer so attraktiv, Mr. Bowie.» Das war der Anfang gewesen. Ohne das Kaninchen wäre es vielleicht nie dazu gekommen. Das Kaninchen war es gewesen ...

Mr. Subbulakshmi verkaufte aufgrund dieser zärtlichen Erinnerung einen Stoff, dem er den Kosenamen ‹Weißes Kaninchen› gegeben hatte. ‹White Rabbit›.

Der hochgewachsene Jüngling mit seinen Hautproblemen war der letzte einer langen Reihe von Abnehmern seiner Drogenpäckchen. Mr. Bowie, der von der Bildfläche verschwunden war, hatte sich entschlossen, mit dem Feuer zu spielen und Mr. Subbulakshmi zu rufen.

Mr. Subbulakshmi war die Gelassenheit in Person. Er lächelte beständig, sprach leise, aber vernehmlich, nannte dem jungen Mann die Menge, lobte die Qualität und forderte dann einen Preis, der so atemberaubend niedrig war, als wäre er bereits Teil eines durch die Droge herbeigeführten glücklichen Traums. Der junge Einkäufer war so verblüfft, dass er seinen Mund eine Weile offen stehen ließ und nachprüfte, ob seine Akne immer noch da war.

«Sie sollten nicht kratzen, junger Mann», so Mr. Subbulakshmi weise, «sonst entzündet es sich.»

«Na ja, es ist im Winter, wenn keine Sonne scheint, da ist es immer besonders schlimm ...», sagte der junge Schaffner niedergeschlagen, ließ sofort vom Kratzen ab, war ziemlich verlegen, verzog das Gesicht jämmerlich und zuckte mit den Schultern. Mr. Subbulakshmi lächelte und nickte. Der Junge grinste jetzt.

«Ich habe nicht gewusst, dass Sie Inder sind. Ist der Stoff aus Indien?»

«Das *Weiße Kaninchen* ist aus vielen Ländern», so Mr. Subbulakshmi rätselhaft. «Wollen Sie es kaufen?» Er hatte die zwanzig Gramm in einen rosafarbenen Luftballon gefüllt, den er jetzt aus dem Inneren seines Umhangs holte und dem jungen Engel vor die Nase hielt.

«Klar», nickte der, «gibt gerade in der letzten Zeit 'ne Riesennachfrage nach dem Zeug. Und ist echt gut, ehrlich?»

«Ich verspreche, dass Ihre Kunden werden sein zufrieden. *Weißes Kaninchen* schenkt sehr tiefe Träume ...»

Das Geschäft kam zustande, und Mr. Subbulakshmi erhielt im Gegenzug nicht nur die Summe von 8000 sFr, sondern auch andere wichtige Informationen: Er erfuhr, für die Aussicht auf weitere Geschäfte, den Namen des jungen Schaffners, Nokkioleinen, ein Finne, Vorname Pinoo, der für die Sektion Kopenhagen unterwegs war und das STAFF heute Nacht dorthin mitnehmen würde, um es an den Erzengel weiterzuleiten, der ihn geschickt hatte. Er erzählte ihm, wo sich die drei möglichen Treffpunkte in *Strasbourg Central* und seiner Nähe befanden, erfuhr den Namen von zwei Lokalen in Ufernähe, lächelte dazu und nickte. Dann bot er Pinoo lächelnd einen 200-sFr-Schein, der junge Mann nahm ihn nach kurzem Zögern und wollte schon wieder an seinen Auswürfen herumdrücken. Mr. Subbulakshmi runzelte die Stirn, schüttelte lächelnd den Kopf.

«Sagen Sie Ihrem ... Erzengel einen schönen Gruß von mir ...»

«Und wer sind Sie?»

«Mein Name ist Mr. Subbulakshmi. Ich habe große Vorratung von *Weißes Kaninchen* ... Merken Sie sich: Mr. Subbulakshmi.»

Pinoo verstaute den Luftballon in seiner Uniform, blickte sich nervös um und löste sich aus dem Schatten der Telefonzellen, neben denen sie verhandelt hatten. Weiter unten war die Einfahrt zu einer Parkgarage. Er warf einen Blick auf einen Wagen, der gerade langsam herauskam, aber in die andere Richtung hinunterfuhr. Dann drehte er sich um, zog den Kragen hoch, nickte Mr. Subbulakshmi zu und verschwand. Sein Zug würde in fünfundzwanzig Minuten abfahren. Mr. Subbulakshmi blieb draußen stehen und sah ihm nach. Es hatte angefangen, leicht zu schneien, einzelne, verirrte Schneeflocken, die er wegen der Sonnenbrille nicht sah, aber an seinen Händen spürte. Er streckte sie lächelnd aus.

Seit er Indien verlassen hatte (also das Hotelzimmer, das Madeline und er miteinander geteilt hatten ...), war er niemals glücklicher gewesen als in diesen letzten Wochen. Seine sehnsüchtige Melancholie hatte sich aufgelöst in einen Beziehungsreichtum von Rollen, Masken und Stimmen, mit denen er zu sprechen und in denen er zu leben gelernt hatte, dass ihm die Nächte, in denen er als *Viele Verschiedene* durch die Bahnhöfe und über die Zuglinien gestreift war, und die Stunden bei Tage, in denen er planend und zusammenfassend und wieder als Reginald Bowie auf seinen Hotelzimmern lag, wie ein einziger großer Traum des Aufbruchs erschienen waren.

Der Finne war ein kleiner Fisch gewesen, Bowie kannte seinen Erzengel, einen eleganten Dänen, Streckenbuchhalter in Kopenhagen – und zwar deswegen, weil er bei diesem Dänen selbst das STAFF bestellt hatte. Vor gut einem Monat war das gewesen. Dem Dänen gegenüber hatte er sich als Sizilianer ausgegeben, und er hatte sich dazu nur unwesentlich verkleiden müssen, schwarzer Ledermantel, gegelte Haare, schwarzes Hemd, rote Krawatte und aufgeklebter schwarzer Schnurrbart. Im Übrigen hatte er bar vorausbezahlt, was jeden Zweifel an seiner Glaubwürdigkeit vertrieb. 16000 sFr. für zwanzig Gramm.

Sein Lehrer Sundström hatte ihm einmal gesagt, dass man, wenn man über einen richtigen, gut funktionierenden Markt gehe und herausfinden wolle, wo man eine bestimmte Sache am besten kaufen könne, sich einfach so verhalten müsse, als würde man genau die gleiche Sache verkaufen wollen. Man müsse durch die Reihen gehen wie ein Marktschreier und könne sicher sein, dass jeder, der mit einem konkurriere, sofort seinerseits losschreie und einen zu unterbieten oder schlechtzumachen versuche. So könne man sich in kürzester Zeit einen guten Überblick über die Preise und das Angebot machen.

Bowie hatte beschlossen, einen Markt für STAFF herzustellen und sowohl Anbieter als auch Käufer zu sein. Ihm ging es um die Verteilungswege, das Distributionssystem, das *System des HERRN*, auf dessen Spur ihn sein Informant gebracht hatte. Er wollte herausfinden, welche Wege der Stoff nahm, er wollte die

Orte, die Menschen, die Zeitabläufe und die Hierarchien kennenlernen. Bowie, der immer noch als *Mr. Subbulakshmi* auf der spärlich beleuchteten Rue du Kehl stand und seine Hände lächelnd nach den ersten Schneeflocken ausstreckte, hatte viel verstanden, sehr viel, und seine Fähigkeit, unter einer Menge von Reisenden einen jungen, unerfahrenen Engel auszumachen, der nach seinem Kontaktmann suchte und dessen Blick auffällig unauffällig umherschweifte, um zwischendurch nervös auf die Uhr zu blicken, war nur ein sehr kleiner Aspekt.

Er hatte das System des HERRN mit Nachrichten versorgt, hatte Geld und Drogen eingeschleust und die Gegengabe des Einblicks bekommen. Zu seiner Verblüffung war das System des HERRN wie eine der zahllosen Lotterien aufgebaut, die man im Umkreis von *Victoria Terminal* oder den Bahnhöfen von Ahmedabad oder Bangalore spielte, Spiele, die sich seit den Fünfzigerjahren auch in der westlichen Welt verbreitet hatten. Der erste Spieler, der Erfinder, der Pilot oder eben der *Herr*, gibt eine bestimmte Anzahl von Losen aus – er *verkauft* die Lose. Jeder, der *ein* Los erwirbt, erwirbt das Recht, eine bestimmte Zahl von Losen der zweiten Generation auszugeben, die er seinerseits verkaufen darf, jeder in der dritten Generation macht es ebenso und so fort. Irgendwann sind die Lose verbrannt. Obwohl jedermann weiß, dass die letzte Generation, also diejenigen, die keine Käufer mehr für ihre Lose finden, betrogen ist, wird es gerne gespielt. Es hofft einfach jeder, dass er früh genug einsteigt, und wenn er selbst einmal zu spät kam, wird er vielleicht, wenn er clever genug ist, nach einer gewissen Zeit eine eigene neue Lotterie eröffnen.

Die Linien dieser Lotterien überschneiden sich, Lose werden gerne hin und her getauscht, verbilligt abgetreten oder absichtlich aus dem Rennen genommen und was unbegründeter menschlicher Optimismus an Erfindungen mehr hervorbringt, die im Ergebnis dann zu vollkommener Unübersichtlichkeit führen. Das System des HERRN funktionierte offensichtlich ähnlich: Es gab eine Grundarchitektur, die von der *Karte des HERRN* dokumentiert wurde, Orte, Straßenkreuzungen, belebte Nachtlokale, Schließfächer, Garderobenschränke in irgendwelchen Sektionen der *Compagnie* und dergleichen mehr. Die Karte des HERRN musste man teuer erwerben, nachdem man sich als loyal genug erwiesen hatte. Wenn man die Karte erwarb, war man ein Engel und bekam das Recht, seinerseits Leute anzuwerben, die Hilfsdienste für einen erledigten. Man selbst arbeitete für einen Erzengel und musste das meiste an diesen abgeben, und der wiederum hatte einen über sich und so fort. Man begann erst dann zu verdienen, wenn andere für einen arbeiteten – das gab diesem System die Dynamik, die Unübersichtlichkeit des Wachstums und der Ausbreitung. Bowie war nicht nur als Sizilianer, sondern auch als Baske, Gotländer, Lette und Prager unterwegs gewesen, hatte das STAFF, das er aus dem Lager der Zollfahndung gestohlen hatte, in vielen Verkleidungen verkauft, hatte bestellt und mit dem Geld bezahlt, das ihm die Signatur des Griechen eingebracht hatte. Er hatte wieder verkauft, hatte eine unglaubliche Geschicklichkeit darin erworben, sich auf den engen Toiletten der Schlafwagen von einem hustenden Portugiesen in einen stotternden Österreicher zu verwandeln und inmitten dieser Scharaden und Verwandlungen den Überblick zu behalten. Pinoo Nokkioleinen war Nummer 187, der Treffpunkt hier in Straßburg war Nummer 234. Bowie hatte seine eigene, umgedrehte Lotterie eröffnet, und jetzt waren die Vorbereitungen abgeschlossen. Das STAFF war vollständig im Umlauf, in Einheiten à zwanzig Gramm. Er hatte an den verschiedensten Orten, den Knotenpunkten der Nachtlinien, Bestellungen für 100-Gramm-Einheiten aufgegeben und an anderen Orten 100-Gramm-Einheiten zum Verkauf angeboten. Immer neue Namen, neue Plätze, neue Verbindungen waren ihm genannt worden, und Bowie hatte, in einer Bewegung auf das Jahresende hin, die Mengen langsam gesteigert. Am 28. Dezember 1999 würde er als *Mr. Subbulakshmi* ein Kilo erwerben, das ganze Kilo zurückkaufen. Er hatte seine Angebote und seine maskierten

Auftritte über Europa verteilt, und wenn er sich nicht täuschte, dann müsste die Logik des Systems ihn auf diese Weise mit dem Kopf des Ganzen zusammenbringen. Er würde sich dann nicht nur einen gewaltigen Überblick über die Architektur des HERRN verschafft haben, sondern einen der obersten Engel oder vielleicht sogar den HERRN selbst stellen können – so viel Geld würde man keinem kleinen Engel anvertrauen. Der Luftballon war das letzte Element einer Reihe immer größer werdender Dominosteinchen, und Pinoo, der arme, junge Mann mit seiner schrecklichen nördlichen Akne, trug es zuverlässig an seinen Platz.

Er hatte das weiße Kaninchen losgeschickt, es schlug Haken und rannte immer tiefer hinab in seinen Bau. Bowie brauchte ihm jetzt nur noch zu folgen, und wenn es ihm gelang, würde er bald wieder Madelines Gesicht sehen, die Farben und Gerüche Indiens ... ihres köstlichen Körpers.

Während Bowie, alias *Mr. Subbulakshmi*, die Schneeflocken auf seine ausgestreckten Hände schneien und lächelnd schmelzen ließ, bog langsam ein großer Mercedes in die Rue du Kehl. Die Scheinwerfer erfassten Mr. Subbulakshmi, und die Fahrerin, eine holländische Abgeordnete des Europäischen Parlaments, sah zu ihrer großen Verblüffung einen Inder mit Sonnenbrille, der lächelnd neben einer Telefonzelle stand und offensichtlich betete, die Handflächen nach oben gedreht, während sich auf seinem roten Turban zahllose Schneeflocken zu einem andächtigen, vorweihnachtlichen kleinen Hügel angehäuft hatten. ‹Das ist Europa›, dachte die Parlamentarierin, wie in einem unvorhersehbaren Augenblick plötzlicher Inspiration, ‹das ist es ...› – und während sie in die Einfahrt zur Tiefgarage einbog, machte sie sich im Kopf eine Notiz für ihren Redenschreiber: Telekommunikation/Indien/Religiosität/Schneefall/Europa.

Zürich, Passage 3.12.1999, 15:20

Das Hotelzimmer in Zürich, in dem Pardell aufwachte, war von den fernen Tönen eines Klaviers erfüllt. Er schlief auch jetzt noch gerne bei offenem Fenster, und irgendjemand im Nachbarhaus über den Hof hatte während der frühen Stunden des Vormittags geübt und viele Male den *Rosaroten Panther* durch Pardells Träume schleichen lassen, allerdings einen von rheumatischen Synkopen geplagten, unglücklichen Vetter des weltbekannten komischen Raubtiers. Pardell hatte dabei von einer großen surrealen Suche nach Dingen geträumt, die an diversen Orten Europas verloren worden waren: ein mit Zeitungspapier eingeschlagener Karton, der handgemachte florentinische Schuhe beinhaltete und der auf einem Bahnsteig von *Bruxelles-Midi* stehen gelassen worden war. Belgische Pralinen, die auf einem bulgarisch-griechischen Grenzbahnhof unter hellenischer Sonne vor sich hin schmolzen. Ein irgendwann in den Dreißigerjahren aus dem *Orient-Express* gefallener Mokkalöffel der türkischen *Wagons-Lits*, den der Großvater eines serbischen Dichters in der Nähe des Dörfchens Sicevo an der Adria neben den Gleisen fand. Ein in Hoek van Holland liegendes braunledernes Etui mit edlen orientalischen Zigaretten, die ihm ein anonym bleibender zerstreuter Traumschaffner auf dem Französischen Bahnhof von Basel anbieten wollte.

Wohin sein träumendes Auge blickte, worüber er rätselte und welche Räume sich zwischen den verlorenen Dingen auch spannten, überall schlich das grinsende Panthertier vorbei, huschte seine wacklige, höchst lebendige Schwanzspitze durch das Bild oder fassten seine Tatzen die Kanten einer Stahlsäule, hinter der der Panther sich verbarg, sodass man nur zweimal fünf übereinanderliegende rosafarbene Tupfen sah. Der letzte Traumgegenstand war ein altmodisches nachtblaues Cape, das im Wind des Mittelmeers davonflatterte. Als er erwachte, konnte er sich an nichts mehr erinnern. Er konnte nur daran denken, dass es Oxana gab.

Der Klavierspieler oder die Klavierspielerin hörte bald nach seinem Erwachen auf, Mancinis Thema zu üben. Aber scheinbar hatte die Imprägnierung seiner Träume ausgereicht, denn Pardell summte das Thema nicht nur unter der Dusche, sondern auch, als er sich anzog. Er pfiff es auf der Treppe, und dann klopfte er den Takt des Panthers auf dem Tresen des *Nagelmacker's Inn*, während er zusah, wie ihm der Kellner einen großen Schümlikaffee zubereitete. Auf der Straße spazierte er danach im flexiblen Takt des rosaroten Panthers. Und er betrat, das Thema skandierend, ein eher einfaches Antiquariat in der Nähe, in dem er schon öfter eingekauft hatte. Meistens Abbildungen von Bahnhöfen und Eisenbahnmotiven und dergleichen, es gab da etwa mehrere Drehständer mit altmodischen Postkarten zu vier Schweizer Franken. Einer dieser Ständer beherbergte eine ganze Flut von Schwarz-Weiß-Postkarten berühmter Reisender der *Wagons-Lits*. Nostalgische Erinnerungen an die große Zeit des Schlafwagens: Orson Welles, auf abwesende Art lächelnd, mit Zigarre, weißem Anzug und Strohhut, zusammen mit einer wundervollen schwarzhaarigen Frau, zwischen vielen Koffern. Hemingway. Camus. Gardel, seitlich abgelichtet. Sophia Loren, beim Einsteigen in einen Schlafwagen, sich für den Fotografen auf dem Trittbrett umdrehend.

Es waren sehr viele Postkarten und sehr viele berühmte Schlafwagenreisende. Von einem aber gab es auffällig viele Fotografien – Sigmund Freud. Die Flucht vor den Nazis hatte ihn zu einem bedeutenden Reisenden gemacht. Freud, wie er abgeholt wurde, Freud umringt von Bewunderern auf Bahnsteigen, Freud mit seiner Tochter Anna und schließlich Freud, schon im Schlafwagen, sich aus dem Fenster beugend, um Blumen entgegenzunehmen, Blumen zum Abschied, als er Wien für immer verließ. Wien – London.

Er nahm die Postkarte, auf der Freud die Blumen bekam. Das Foto berührte ihn. Abschied. Abschied nehmen müssen. Blumen.

Lachen. Winken. Der Pfiff, der Zeitpunkt der Abfahrt. Die Pünktlichkeit des Abschieds. Und man kann nicht zurück. Es war eine sehr schöne Postkarte.

Pardell kaufte sie zweimal, ging zurück ins *Nagelmacker's* und suchte sich einen ruhigen Tisch, weit hinten, wo zwei Schweizer eine Partie Schach spielten und sich dabei einen psychologisch versierten Kampf lieferten.

«Weiß zieht und setzt matt», sagte der eine.

«Weiß wählt der Lakai, Schwarz ist die Farbe des Meisters!»

«Das soll ein Sprichwort sein?»

«Das isch Kinäsisch, du Ignorant», erwiderte der andere.

So rangen sie miteinander, während Pardell die eine Postkarte der Sammlung seines Klemmbinders hinzufügte und überlegte, was er auf die Rückseite der anderen draufschreiben sollte, die er Oxana an die Adresse des *Gasthofs zum lebendigen Pferd* schicken würde. Viel Platz war ja nicht.

Platzmangel auf der Rückseite einer Postkarte, gepaart mit großen Gefühlen und einer wirbelnden Menge köstlicher Erinnerungen und Bilder, die man beschreiben möchte, führen zu einem Verdichtungsdruck, der in seiner höchsten Form aus dem Staub der Tage den Edelstein der Poesie pressen kann. Diesem Druck unterlag Pardells schwelgende, verliebte, erotische Prosa, und er fing an, mühsam und Wort für Wort abwägend, zu schreiben.

Er war mit Oxana zusammen in den Städten ihres Schlafs, ihrer Lust und ihres Erwachens gewesen, er hatte mit ihr aus Fenstern geblickt, hinter denen sie für eine Nacht und einen Tag miteinander gewohnt hatten.

Draußen hatte der Tag vor sich hin gedämmert, es hatte geregnet, und sie setzten keinen Schritt vor die Tür. Oxana hatte Kerzen angezündet, sie tranken Tee, Pardell nickte immer wieder ein wenig ein, weil sie sich die ganze Nacht geliebt hatten und er über dreißig Stunden schlaflos gewesen war. Wenn er aufwachte, dann beugte sich Oxana langsam über ihn und küsste ihn samtig und verschwenderisch und zart. Ihre Haare kitzelten ihn auf das Köstlichste. Er genoss ihre Haut, streichelte ihren kühlen und samtigen Po, widmete sich fasziniert ihren Brüsten, ihre Brustwarzen schmeckten salzig und süß. Dann küssten sie sich wieder, und er hätte fast geweint vor lauter Begierde.

Vermutlich würde es nicht mehr geben als diese Nacht. Sie hatte einmal kurz und mehr im Spaß darüber gesprochen, ob Pardell nicht doch nach Argentinien mitkommen sollte, aber das wurde ihnen schnell zu vage, es lag so viel dazwischen, was erst noch getan werden musste, Nächte und Touren und Tricks, die sie sich überlegt hatten, um das Geld unauffällig und in kleinen Einheiten, um das Risiko zu minimieren, in die Schweiz zu schaffen.

Was war das für ein Glück gewesen. Nicht nur, weil sie so schön war, sondern weil sie noch viel schöner geworden war, als sie sich küssten, als er sie ausziehen musste und sich niederkniete und sie überall küsste und auf seine Arme nahm und sie ihm nicht zu schwer war und ihn so fragend und fast ängstlich ansah wie ein Mädchen, ob er jetzt mit ihr schlafen werde, und sie sich dann liebten – er fühlte, wie sehr sie es genoss, was ihn noch erregter machte, was ihr gefiel und sie noch schöner machte, so unendlich viel schöner, so, wie er noch nie jemanden gesehen hatte. Kurz hatte er an Juliane gedacht, dass er sich bei ihr melden würde und ihr alles erzählen und sich mit ihr versöhnen würde, aber dann murmelte Oxana halb im Schlaf etwas Zärtliches, und er musste sein Ohr nahe an ihre Lippen legen, um sie zu verstehen.

Als sie eingeschlafen war und er sie ansah, war das Glück über ihn gekommen. Zuvor war er mit der Euphorie und dem Schmerz ihrer

Körper beschäftigt gewesen und dieser schrecklichen Sehnsucht nach ihr, der Sehnsucht, so tief und so lebendig und so vollkommen in sie einzudringen, dass es fast wehgetan hatte.

Was das Glück über ihn brachte, war das klare und untrügliche Gefühl, einem anderen Menschen ganz und gar zustimmen zu können. Sie anzusehen, wie sie schlief, und nichts im Herzen zu spüren, als Wohlwollen, Zärtlichkeit und Erfüllung, das hatte ihm einen solchen Frieden gegeben, dass der grau vor sich hin regnende Nachmittag und all seine Fahrten und die Menschen, die er getroffen, die Freunde, die er gewonnen hatte, die Frauen, mit denen er zusammen gewesen war, und seine Verzweiflung und seine Hoffnung sich um diesen Augenblick des Friedens legten wie Perlmutt und ihn einschlossen und zu etwas Kostbarem machten, das immer ein Teil seines Lebens bleiben würde. Vielleicht würden sich Oxana und er bald trennen müssen. Die schimmernde Perle dieses Augenblicks würde mit ihm gehen.

Die Postkarte war bis ins letzte Eck vollgeschrieben, und Pardell, der wie im Rausch gedichtet hatte, blickte träumerisch auf, nahm einen Schluck Schümli und sah den beiden Schachspielern zu, die sich in einer komplizierten Endspielsituation befanden und zäh miteinander rangen.

«Berührt, geführt!»

«Berührt?», fragte der Schwarze.

«I han's genau g'sähe», sagte, wie aus der Pistole geschossen, der Weiße.

«Dann nimm das Rösseli doch, nimm es», sagte der Schwarze grinsend und schlug danach mit seinem verbliebenen Springer den letzten Läufer des Weißen.

Pardell, der in den letzten Jahren nur gelegentlich mit Sarah und anderen Freunden ein zeitgenössisches Brettspiel mit dem Namen

Die Siedler von Catan gespielt hatte und von Schach eigentlich nur die Regeln kannte, lächelte die Spieler an, und selbst als der Weiße ihn grob anschnauzte, was es da zu glotzen gäb, lächelte er noch. Er war so erfüllt, dass er niemandem böse sein konnte.

Er blickte auf seine *Authentic Steele*. Er fuhr außer Dienst zurück nach München, und es war Zeit. Ernster las er sich also noch einmal das in winzig kleiner Schrift *Gedichtete* durch. Es war faszinierend, wie viel er auf dem kleinen Format der Postkarte untergebracht hatte und was für ein Blödsinn es war. Er öffnete den Klemmbinder und tauschte die eng mit Blödsinn beschriebene Freud-Postkarte gegen die noch unbeschriebene aus.

«Ich liebe dich», schrieb er drauf.

Dann kaufte er sich an der Theke eine Briefmarke, und als er eine halbe Stunde später mit seinem Gepäck zum Hauptbahnhof ging, warf er sie herzklopfend ein, denn es war das erste Mal, dass er diesen schwierigsten aller Sätze ausgesprochen oder geschrieben hatte.

In München würde er morgen Abend einen Kontaktmann aus dem Osten treffen, mit dem ihn Emir, der Kellner aus dem *Gran' Tour*, zusammengebracht hatte. Der würde sich um Oxanas neue Papiere kümmern, oder eigentlich nicht Oxanas, sondern *Jacquelines* neue Papiere, denn diesen Vornamen hatte Oxana sich gewünscht. Ihren neuen Nachnamen sollte sich Pardell überlegen, und er hatte schon ein paar Buchstaben im Sinn, die er nur noch drehen und wenden musste ...

In einer knappen Woche würde er einen riesigen Sonderzug nach Lourdes begleiten, der den Namen ‹*Heiliges Jahr*› trug. Oxana würde er erst in einer guten Woche wiedersehen, und dann würde es vielleicht schon das letzte Mal sein. Vielleicht aber auch nicht. Vielleicht nicht.

Triest, Passage 8.12.1999, 10:16

Ein bärtiger Tramp mit Wollmütze und einem dreckigen, zum Teil in Fetzen hängenden Trenchcoat, einem kleinen, niedlichen Hund, den er an einem auffälligen edlen Halsband mit sich führte, und einem verdächtig solide wirkenden Schmuckkoffer – beides vermutlich gestohlen – versuchte, sich Zutritt zum *Bourbona Grand Hotel Astoria* zu verschaffen. Er kam allerdings nicht so weit, eine der beiden großen gläsernen Drehtüren zu betreten, sondern wurde noch auf dem roten Teppich von einem Portier abgefangen. Diese Art von Penner hatte in seinem Hotel nicht das Geringste verloren. Der arme kleine Hund allerdings, der konnte einem wirklich leidtun.

***

Unter den Vorteilen großer und klassisch geführter Hotels gibt es unter anderem den, dass ihre Direktionen bemüht sind, eine möglichst umfangreiche Auswahl internationaler Presse zur Verfügung zu stellen, sodass Gäste, die etwa im *Bristol Grand Hotel* in Split frühstücken, den Ausgang der Bürgermeisterwahlen in Stockholm im *Dagens Nyheter* nachvollziehen können, so als befänden sie sich zu Hause.

Nach längerer Abwesenheit beginnt man, sich selbst für Blätter zu interessieren, die ihre Auflagen durch die Schilderung menschlichen Unglücks und unmenschlicher Bestialität, durch die Abbildung weiblicher Körper, die Darstellung märchenhaften Reichtums oder traumatischer Beziehungsprobleme von Berühmtheiten der Unterhaltungsindustrie erzielen – wenn sie nur in der Muttersprache geschrieben sind. Genauso aber, wie sich ein sensibler Gräzist aus Berlin vielleicht angewidert (aber eben doch irgendwie neugierig) durch die aberwitzigen Verkrustungen der *B. Z.* wühlen mag, während er auf dem *Paseo del Municipio* in Sevilla sitzt, muss sich ein anderer fassungslos mit dem unlesbaren Deutsch und dem Fehlen großformatiger Fotos im Sportteil der *Süddeutschen Zeitung* herumquälen, weil während seines Mallorca-Urlaubs die *BILD*-Zeitung grauenvollerweise morgens immer schon ausverkauft ist.

In einem *Grand Hotel* hingegen kann man sich sicher sein, die Zeitung zu finden, die man sucht – vorausgesetzt, man wird in das Hotel hineingelassen. Der Würger, den der aufmerksame und unbestechliche Portier des *Bourbona Grand Hotel Astoria* in Triest nicht hineinließ, hatte tatsächlich ausschließlich die Absicht gehabt, eine Münchener Zeitung zu lesen.

Der Würger las für gewöhnlich neben Uhrenzeitschriften und der *FAZ* wenig andere Pressepublikationen und hatte selbst diese sporadischen Lektüren gänzlich vernachlässigt, seit er sich auf der Suche nach der *Ziffer à Grande Complication* befand, seit er Lagrange zu Diensten gewesen und der entschlossene Verfolger eines Schaffners mit Namen *Pardell, Leonard* geworden war.

Seit er zu einem mit Haftbefehl gesuchten *Penner* geworden war, dessen einziger Besitz in einem bis zum Jahresende befristeten *Permis de la route* der *Wagons-Lits*, einem leeren Uhrenkoffer, einer letzten sehr wertvollen mechanischen Armbanduhr und einem Eurasierwelpen bestand, hatte er, so oft es ging, versucht, die Münchener Presse zu verfolgen. Er hatte in Wien damit angefangen.

Seit dem Überfall waren vierzig Tage vergangen. Der Würger vermochte nicht genau den Hergang zu rekonstruieren – zwischen seinem Einschreiten am Bahnhof, wo er den beiden Scheusalen den Welpen abgekauft hatte, und seinem Erwachen lag ungefähr eine Stunde, von der der Würger nicht sagen konnte, was in ihr vorgefallen war. Er war aufgewacht, er war stark verwundet gewesen, hatte geblutet und unglaubliches Kopfweh gehabt. Der kleine Hund hatte dagesessen. Rentner waren um ihn herumgetobt. Seine *Zénith Chro-*

nomètre, die er am Handgelenk getragen hatte, war weg. Ebenso sein Geld und seine Kreditkarten. Nur der Permis in der Hemdtasche war noch da und der an sein Handgelenk gefesselte Koffer.

Er hatte sich ins *Sacher* zurückgeschleppt, mit dem Eurasier auf dem Arm und so angeschlagen, dass ihn der Portier nur für betrunken hielt. Als er die Platzwunde am Hinterkopf des Würgers entdeckte, hatte er ihn vorsichtig gefragt, ob der Herr Baron einen Arzt wünsche. Der Würger wollte nichts von einem Arzt wissen, er sei nur ausgerutscht vorhin, auf einer Bananenschale. Er brauche keinen Arzt, sondern ein Schüsselchen Wasser für den Hund und etwas zu essen. Was Herrn Barons Hund zu essen wünsche? Das war eine gute Frage, die den Würger zunächst in Ratlosigkeit stürzte. Was frisst so ein Welpe? Der Portier telefonierte nach einem bestimmten Hausmechaniker, der ein Hundekenner war und zu salzlos gekochtem Rinderpansen riet, klein geschnitten und mit Haferflocken vermischt. Der Würger bestellte für sich selbst eine milde Flasche *Louis Royer XO*, Pflaster, Desinfektionsmittel und eine Mullbinde. Dann schleppte er sich auf sein Zimmer. Es war 1 Uhr und 16 Minuten gewesen, als das Essen für den Hund und die Wundarzneien für Körper und Geist des Würgers auf dessen Suite eintrafen. Übrigens auch das ein Zeichen, dass er sich damals in einem Spitzenhotel befand.

Während der Eurasier fraß, der Würger sich fluchend die Wunde säuberte und dazwischen große Schlucke vom Cognac nahm, dachte er über die neue Lage nach, deren katastrophales Zentrum natürlich der Verlust der *Zénith* war. Allerdings glaubte er nicht, dass die Räuber Sammler waren, also würden sie versuchen, sie loszuwerden, und irgendwann würde sie auftauchen – und sie war ein absolut identifizierbares Stück, mit der Seriennummer 07. Die Chancen, sie zurückzubekommen, waren zwar schlecht, aber immerhin *gab* es Chancen. Er würde dann richtig über die *Zénith* nachdenken, wenn er die *Ziffer* in Händen halten würde.

Die restlichen Umstände seiner neuen Lage waren unangenehm,

aber nicht dramatisch. Er würde telefonisch seine Kreditkarten sperren und sich morgens von seiner Sekretärin Geld anweisen lassen. Dann fiel ihm ein, dass es Samstag war. Er könnte versuchen, sich vom Hotel Geld zu leihen, aber damit würde er ein zwielichtiges Faktum schaffen. Würde sich mit dem Direktor besprechen müssen. Früher hätte er so etwas in fünf Minuten abgefrühstückt, und der Direktor wäre anschließend noch dankbar gewesen, ihm seinen Dienstwagen zur Verfügung stellen zu dürfen. Aber es war nicht mehr früher. Es war jetzt.

Der Cognac linderte die Schmerzen in seinem Schädel, und der Würger zog sich mühsam die Schuhe aus, knöpfte sich das Hemd auf und ließ sich aufs Bett fallen, ohne die Tagesdecke herunterzunehmen. Er brachte sich erschöpft in Seitenlage, wegen der Wunde. Sie hätten ihn umbringen können, aber er hatte Glück gehabt. Glück. War dennoch schlecht beieinander. Er schlief ein und vergaß, sich um zwei wichtige Dinge zu kümmern. Er ließ seine Kreditkarten nicht sperren. Er brachte den Welpen nicht vor die Tür.

In der Nacht hatte er Albträume. Sein Großvater trat auf und starrte ihn an, sagte kein Wort, starrte ihn nur an, ewig lange, dann trat er zurück, der Würger blickte ängstlich in frühmorgendliche Dunkelheit, doch stand dort plötzlich Bechthold und sah ihn mit dem Gesicht seines Großvaters an, aber es war der Assistent, und plötzlich war der Würger in einem Wald, in dem er nach einem Hund suchte, ohne ihn finden zu können, und er wollte schreien, aber dann kam wieder die drückende Atmosphäre der Ohnmacht über ihn, als er niedergeschlagen wurde, als er versuchte aufzustehen und es nicht fertigbrachte ...

Hinter dem Portier, der ihn morgens weckte, stand ein besorgt wirkendes italienisches Zimmermädchen. Als der Würger seinen ersten schmerzerfüllten Seufzer von sich gab, er also *nicht* tot war, drehte sich der Portier kurz um und wies das Zimmermädchen an, die Spuren des Scheißhaufens vom Teppich zu entfernen. Er fragte den Würger, ob alles in Ordnung sei, der bejahte unglaubwürdig, setzte sich auf und schickte den Portier griesgrämig mit der Bestellung eines Champagnerfrühstücks hinaus. Dann sah er dem Zimmermädchen zu, das shampoonierte und bürstete und, als es fertig war, den Würger anblickte und *Pulito* sagte, wieder nickte und auf den Eurasierwelpen deutete, der ängstlich in einer Ecke saß. Der Würger begriff den Zusammenhang nicht, nickte ebenfalls und sagte, *genau, Pulito, so heißt er, mein Hund. Pulito!* Das Zimmermädchen verließ ihn, und als sie die Tür hinter sich zugemacht hatte, tippte sie sich kopfschüttelnd an die Stirn. *Pazzo! Durchgedreht!*

Der Würger hatte die Karten sperren lassen, viele Stunden zu spät allerdings, hatte gewartet und sich mit *Pulito* beschäftigt. Denn so hieß er jetzt. Pulito. Er war mühsam Gassi gegangen, hatte dem Hund ausgefeilte Menüs beim Zimmerservice bestellt, hatte seinen Schlaf bewacht, hatte sich eine Bürste bringen lassen und ihn ungeschickt gekämmt, und irgendwie fand er Trost darin, Pulito von sich selbst zu erzählen und von ihren gemeinsamen Plänen.

«Erst lassen wir uns Geld schicken, und dann fahren wir nach München zurück. Dann kannst du in den Garten laufen, hehe, der Gärtner wird fluchen, aber im Ernst, pinkel überallhin. Meine blöde Nachbarin hat Katzen – *Katzen!*», sagte er zu Pulito, der sich sehr schnell auch die Herzen der Zimmermädchen, Portiers, Köche und Kellner erobert hatte.

Als sie sich in einem der vorzüglichen Restaurants des *Sacher* sehen ließen, Pulito mit seinem Teddybärgesicht und der Würger, riesengroß, die Visage eines Alkoholikers, verfettet, mit einem blutdurchtränkten Verband am Hinterkopf und irgendwie total durch den Wind, erregten sie auf der Stelle die Aufmerksamkeit alter, tierliebender Damen. Sie kamen an ihren Tisch, sprachen ausschließlich mit dem Hund und ignorierten den Würger. Einmal gab eine uralte ungarische Gräfin dem Würger einen 1000-Schilling-Schein – *«Für das orme Hunderl»*, sagte sie mit zitternder Stimme und fügte die Warnung an, das Geld nicht zu versaufen.

Am Montagmorgen telefonierte der Würger als Erstes mit München. Seine Sekretärin war sehr sonderbar. Zwischendurch sprach sie mit jemand anderem, aber nicht mit Bechthold, der sei nicht da, hatte sie gesagt. Sie notierte die Angaben des Würgers und versprach ihm, dass das Geld am späten Abend per Moneytransfer in Wien sei, wo sagten Sie noch mal, im *Sacher*, jawohl. Geht klar, Chef. Gut. Bis dann. Dann legte sie auf, als ob sie froh wäre, den glühend heißen Telefonhörer endlich aus der Hand geben zu dürfen.

Er war guter Dinge. Seine Wunde tat kaum noch weh, hatte sich wohl entschlossen zu verheilen. Er rasierte sich. Dann dachte er darüber nach, welche von den beiden Uhren, die er noch bei sich hatte, er heute anlegen sollte. Er entschied sich für die *Audemars Piguet*, einen wundervollen goldenen 30-Minuten-Chronografen, 13"-Ankerwerk mit Schaltrad. Die mit einer Breguetspirale ausgestattete Uhr stammte aus dem Jahr 1932, besaß auch eine Mondphase. Der Josef hatte bei ihr vor allem die Präzision und Robustheit der Stoppuhr gelobt. Die *Lange & Söhne* legte er in den Safe seiner Suite. Ohne Uhr konnte er nicht aus dem Haus, aber der eine Überfall hatte ihn verunsichert. Im Safe war sie sicher.

Er würde den leeren Uhrenkoffer an seinem Handgelenk mitnehmen. Auch wenn er leer war. Durfte sich da keine Schwäche erlauben. Vielleicht bekäme er die *Ziffer*, und dann hätte er ihn nicht dabei, so erklärte er sich faselnd den Umstand, dass er sich ohne seinen Koffer nackt und verloren fühlte.

Er zog sich einen sauberen Anzug, ein sauberes Hemd und seine Lieblingsschuhe aus London an. Der Trenchcoat war ziemlich schmutzig und auch ein wenig zerrissen, aber das war egal. Dann ging er, wie jeden Morgen, mit dem Uhrenköfferchen nach unten. Allerdings nahm er jetzt die Treppe, weil Pulito den Fahrstuhl nicht ausstehen konnte.

Unten an der Rezeption begrüßte man ihn wie gewöhnlich sehr freundlich – man kannte Reichhausen von früher, man hatte das nachgeprüft. Man musste sehen, dass alles diskret ablief. Sein momentaner Kontostand im *Sacher* betrug minus 420000 Schilling, gute 60000 Mark, 30000 Euro, und noch hatte die Direktion keinen Grund, daran zu zweifeln, dass Reichhausen das *Sacher* verlassen würde, *nachdem* er sein Konto ausgeglichen hatte. Allerdings waren die Veränderungen an seiner Person augenfällig. Aber gut, jemand, der es sich immer noch leisten konnte, fast zwei Wochen in der *Carmen-Suite* zu wohnen (22000 öS pro Nacht), dem konnte es nicht wirklich schlecht gehen, auch wenn er den Eindruck eines verwahrlosten Menschen machte. Das *Sacher* hatte die *Rolling Stones* überlebt – also würde es mit Leichtigkeit auch diesen preußischen Aristokraten mit seinem zugegeben süßen Welpen überleben.

Als er an der Rezeption vorüberging, fiel sein Blick auf die säuberlich auf einem schmalen Mahagonitisch angeordneten Tageszeitungen. Pulito beschnupperte intensiv das eine Bein des Tisches, und der Würger sah keinen Grund, ihn zu zerren. Also ließ er Pulito schnuppern. Seine Augen wanderten über die Titelblätter von *Le Monde*, der *Indian Times* vom Vortag, des *Kopenhaven Dagbladet*, des *Corriere dello Sport*, der *Frankfurter Rundschau* und schließlich der Münchener *Abendzeitung*. Fast wären sie weitergewandert, wohin auch immer, vielleicht zum *Observer*, der danebenlag, aber sie taten es nicht. Schließlich hatte er gerade mit München telefoniert.

Er beugte sich über die *Abendzeitung*. Die Schlagzeile war gehoben boulevardesk: *Münchener Promi-Anwalt der Unterschlagung verdächtigt*. Pulito hatte nicht zu Ende geschnuppert, als dem Würger in einer plötzlichen, kurzfristigen Rückkehr seines lichtschnellen Verstandes klar wurde, warum seine Sekretärin so merkwürdig gewesen war, am Telefon vorhin. Er begriff, warum sie nicht alleine gewesen war, während er mit ihr telefonierte. Er hatte ihr gesagt, dass er im *Sacher* war, und sie hatte es natürlich auf der Stelle weitergesagt. Und jetzt stand er doch tatsächlich nirgendwo anders als im *Sacher*. Es wurde ihm heiß und kalt.

Er nahm die *Abendzeitung* an sich, winkte dem Portier, er möge sie auf seine Rechnung setzen, und verließ die Lobby, um mit seinem Hund Gassi zu gehen. An diesem Morgen aber beschleunigte er seinen Schritt, und als Pulito Schwierigkeiten mit seinem Tempo hatte, nahm er ihn auf den Arm. Fünfzehn Minuten nachdem der Würger das *Sacher* derart verlassen hatte, trafen tatsächlich auch schon Beamte der Wiener Polizei ein, die den Auftrag hatten, ihn zu einem Gespräch abzuholen, um das das Münchener Betrugsdezernat die Wiener Kollegen gebeten hatte.

Er war zum Westbahnhof gerannt. Schrecklicherweise lag seine *Lange & Söhne* noch immer im Safe der *Carmen-Suite*. Er konnte dennoch nicht zurück. Alles, was er jetzt noch hatte, waren sein leerer Uhrenkoffer, der *Permis de la route* und sein Hund. Und die Uhr an seinem Handgelenk, die *Audemars Piguet*, die letzte aus Josefs Manual, die er noch besaß. Er hatte kein Geld, keinen Pass, nicht einmal Gepäck, von dem leeren Uhrenkoffer abgesehen. Er musste weg, aber sein *Permis* galt nur für internationale Nachtzüge.

Er verbarg sich den ganzen Tag in der Nähe des Bahnhofs und las sich den Artikel in der *Abendzeitung* immer wieder durch. Es gab sogar ein altes Foto von ihm, aufgenommen bei einem Vortrag, den er einmal, vor Jahren, im Vatikan gehalten hatte, über römisches Erbschaftsrecht. In dem Artikel stand, die *Abendzeitung* habe erfahren, der Würger hätte einen, Zitat, «unschätzbar wertvollen Gegenstand aus dem Erbe der Industriellenfamilie Niel (...) unterschlagen». Die Polizei habe ihre Ermittlungen gerade aufgenommen. Noch sei nichts bewiesen. Der Assistent Reichhausens, Dr. Joachim Bechthold, habe alle Vorwürfe gegenüber seinem Chef als rückhaltlos und absurd bezeichnet. Der Würger war angerührt von seinem so oft geschmähten Assistenten. Bechthold würde ihn da rausholen. Jetzt musste er nur noch versuchen unterzutauchen. In seinem *TransEuroNacht*-Fahrplan entdeckte er den ersten Schlafwagen des heutigen Tages. *Wien–Verona*, der ging um 18 Uhr 28. Pulito würde er unter seinem Trenchcoat verbergen. Das würde schon gehen. Außerdem war die *Lange & Söhne* im *Sacher* ja sicher im Safe. Das würde sich alles klären.

Er hatte den Schlafwagen genommen. Es ging alles glatt, der Schaffner war ein freundlicher Student aus Wien, Aushilfsschaffner, der sich ob der plötzlichen Anwesenheit eines *Contrôlleur de la route* ziemlich erschrak, zumal der Würger furchterregend aussah. Seine Wunde am Hinterkopf hatte angefangen zu eitern, und das Erste, was der Würger von dem Jungen wollte, nachdem er Pulito heimlich im Abteil verstaut hatte, war Verbandszeug. Der Junge war sehr freundlich, hatte wohl auch Angst, dass ihm der Würger irgendwelche Schwierigkeiten machen würde: zu Recht.

Denn während der Zug Richtung Salzburg raste, um die Strecke über den Brenner zu nehmen, wurde dem Würger klar, dass er den Studenten in *Wagons-Lits*-Uniform würde bestehlen müssen. Wollte er irgendwie durchkommen, brauchte er Geld. Er schlug die Verbindungen in seinem Kursbuch nach und entdeckte, dass er in Bozen/Bolzano, das man gegen 3 Uhr morgens erreichen würde, noch den Nachtzug von Straßburg nach Triest nehmen könnte, der fünfzehn Minuten später die schönste Stadt Südtirols passieren würde. Zehn Minuten vor Ankunft in Bozen rief er den Schaffner zu sich, der es seinetwegen die ganze Nacht nicht wagte, ein Auge zuzutun. Er hatte Pulito unter seinem Trenchcoat. Der Student kam. Der Würger bat ihn, das Abteil komplett umzugestalten. Das Abteil war als Double gebaut, und der Student sollte ein vorschriftsgemäßes Dreierabteil daraus machen. Das brauchte circa zehn Minuten, der Zug lief in Bozen ein, der Würger schlich den Gang entlang. Als der Student fertig war, hatte der Zug Bozen schon wieder verlassen. Und der Würger hatte aus dem Office, das der Student unvorsichtigerweise offen gelassen hatte, seinen Kellnergeldbeutel gestohlen und war ausgestiegen.

Als er danach den Schlafwagen *Straßburg–Triest* enterte, verfügte er immerhin wieder über Bargeld. Es waren Hunderte Schillinge, Zigtausende Lire, einige Dutzend Francs und ein paar Mark. Im Ganzen an die 500 Mark. Es tat ihm sehr leid um den jungen Mann. Allerdings hatte er sich alles in sein Kursbuch notiert, den

Zug, den Namen des Schaffners. Er würde ihm das Geld zurückgeben. Später dann. Er würde ihm ein Vielfaches geben.

In Triest hatten der Würger und Pulito sich versteckt gehalten, waren sparsam gewesen, so gut es ging, hatten das Billigste getrunken, Pulito hatte sich mehr oder weniger nur von Delikatessdöschen ernährt. Aber Triest war immer noch zu teuer. Er konnte kaum schlafen, auf den Bänken, die er sich suchte. Seine Kleidung war völlig derangiert. Es war kalt. Am Bahnhof hatte er sich gegen die Kälte und um seine nässende Wunde zu schützen, eine billige Wollmütze gekauft. Er sah ungepflegt aus und roch stark nach Alkohol. Also hatte er endlich beschlossen, einen Schlafwagen nach Süditalien zu nehmen, wo es billiger war und wahrscheinlich wärmer. Es ging einer nach Palermo. Den würde er nehmen. Vorher würde er versuchen, noch einmal an die *Abendzeitung* zu kommen. Im besten Haus am Platz würde er sie bestimmt finden. Allerdings ließ man ihn nicht ein. Das *Bourbona Grand Hotel Astoria* legte keinen Wert auf seinen Besuch.

Er war immer noch auf der Suche nach der *Ziffer à Grande Complication 1924*. Vor Silvester würde er nicht aufgeben. Niemals. Das sagte er sich und Pulito immer wieder, auch als er gedemütigt in eine kleine Straße einbog, um sich irgendwo hinzusetzen und auszuruhen. *Noch geben wir nicht auf, nicht wahr, mein Kleiner, noch nicht ...*

München OstBhf. – Lourdes 10.12.1999, 12:15

«Würstchen?»

«Nein, danke, ich krieg hier im Zug kein Fleisch mehr runter.»

«Bist du seekrank? Du wärst nicht der Erste, ehrlich. So mancher hat seine Tage als Schaffner zwischen handfestem *Wagons-Lits*-Porzellan beendet, mit einem verhornten Knie, das eisern auf den Spülhebel gedrückt blieb. Mann, haben hier manche schon abgereihert! Vor ein paar Jahren gab es einen Typen, Portugiese glaub ich, der aber für Amsterdam fuhr, dem ging es richtig dreckig, der kam aus dem Scheißhaus manchmal überhaupt nicht mehr raus, na ja, und bei so einer Tour ist er einmal zwischendurch aus Erschöpfung eingeschlafen, sein Arm hing versehentlich in der Schüssel, und, keine Ahnung wie, irgendwie ist während des Schlafs sein Knie vom Hebel abgerutscht, der Verschluss kam wieder nach oben, klemmte ihm den Arm ein, er verheddert sich, kann sich nicht mehr bewegen und kommt einfach nicht mehr an den Hebel. Sie mussten die Toilette auf dem Hauptbahnhof von Antwerpen aufbrechen. Verdammte Scheiße, das war echt ein Brüller», sagte Bacharach jubilierend.

Das Wasser hatte angefangen zu kochen, und während seiner letzten Worte hatte der Dampf die immer noch kühle Luft im Office angefüllt, ließ es lauwarm von den Armaturen tropfen, drang unter die Kunststoffverkleidungen der Schränke und in das Innere der Spanplatten und hatte die oberschwäbische Landschaft hinter einer gleichfalls perlenden, tropfenden Nebelschicht, die sich auf das Fensterglas gelegt hatte, verschwinden lassen. Bacharach grinste Pardell aufmunternd an, während er Würstchen um Würstchen den 100° im Inneren des Topfes übergab.

«Nein, ich bin nicht seekrank», sagte Pardell, «ich habe mir vor einigen Monaten, zwischen München und Neapel, gegen Bolzano, ausnahmsweise ein *Feines Rahmschweinegeschnetzeltes* warm gemacht. Ich hatte Hunger und vergessen, mir am Bahnhof was zu besorgen. Nachdem ich ungefähr ein Viertel davon gegessen hatte, stieß ich mit meiner Gabel auf etwas Hartes.»

«Was war es? Ein Stein?»

«Ein Zahn.»

«Volltreffer!»

«Ein Zahn, und was immer für ein Zahn es war, ich glaube, es war nicht der Zahn eines Schweins. Seitdem rühre ich das Zeug, das wir an die Reisenden verkaufen, nicht mehr an.»

Immer, wenn er an den Zahn im Schweinegeschnetzelten dachte, fuhr Pardell ein Gruseln über den Rücken. Er nahm sich eine *Parisienne* und zog düster an ihr, mischte den Rauch des Tabaks mit dem Dampf des Kochwassers.

Bacharach, der die Herdplatte wieder ausgeschaltet und das erste der Würstchen geschickt aus dem mittlerweile suppig schimmernden Kochwasser gefischt hatte, hielt es, auf die Gabel gespießt, zwischen sich und Pardell. Es nahm den klaren Umriss eines Präparats an. Bacharachs Augen funkelten gleichermaßen vor Faszination wie vor Heißhunger.

«Wer weiß, was in diesem Würstchen drin ist?», Bacharach, unerschrocken neugierig in jeder Hinsicht.

«Ich will es gar nicht wissen», murmelte leicht angewidert Pardell.

«Wirklich nicht? Ich würde es für mein Leben gern wissen! Kuck ma!» Bacharach biss ab, hielt das Würstchen neuerlich hoch, während er kaute und gleichzeitig lächelte. Pardell bemerkte den rosafarbenen Querschnitt des Würstchens.

«Weißt du, was der Brüller ist? Du hast einen Zahn gefunden, und deswegen hast du keinen Bock auf Fleisch. Dabei ist das, wovor du dich gruseln solltest, das, was du nicht siehst!»

«Was meinst du damit? Hormone?»

«Hormone, klar. Die tun Hormone ins Essen, damit uns Titten wachsen. Poliakov würde sich freuen, der Lüstling!»

«Kennst du Poli gut?»

«Nur vom Sehen. Nicht mein Fall, der Typ.»

«Ich mag ihn sehr, sehr gern», sagte Pardell.

«Na, dann freu dich, wenn ich mich nicht irre, kriegen wir in Pforzheim Verstärkung aus Hamburg.»

«Wirklich? Auch mit Pilgern? Noch mehr Nonnen?»

«Na ja, ein paar wenigstens wird der alte Ficker ja doch übrig gelassen haben.»

«Das ist toll. Ehrlich. In Pforzheim?»

«Ja, aber nicht nur Poli, die Sackratte, sondern auch noch ein Zug aus Frankfurt, einer aus Kopenhagen, einer aus Brüssel, einer aus ...»

«Alles Pilgerzüge?»

«Jo. Soweit ich weiß, geht es nicht nur um die Pilgerfahrt, sondern auch um einen Eintrag ins *Guinnessbuch der Rekorde*. Nächstes Jahr feiern die Katholiken ihr *Heiliges Jahr*. Die wollen dem Papst eine Freude machen, glaube ich.»

Vom Gang des Liegewagens drang wieder einer der Rosenkränze herüber. Bis zum Mittagessen waren es noch zwei Stunden, wobei es für einen Teil der Pilger ohnedies nichts zu essen geben würde, sondern nur ein spezielles, besonders übel schmeckendes Heilwasser. Sie verschärften ihre Pilgerfahrt zur Madonna von Lourdes durch striktes Fasten. Pardell und Bacharach hatten zum Spaß einen Schluck von dem Heilwasser genommen, *St.-Blasius-Quelle*, gelblich trüb und schwappig stand es in den Gläsern. Es schmeckte, als ob man die alten Socken eines asketischen Pilgers vier Wochen in Wasser eingeweicht hätte.

Nachdem sie die *St.-Blasius-Quelle* mit *Edelstoff* nachgespült hatten (ohne den muffigen Geschmack gänzlich von ihren Gaumen zu bekommen), aß Bacharach zwei weitere Würstchen, dann wischte er sich den Mund mit einer Papierserviette, auf der die goldenen Raubkatzen prangten. Sein Grinsen war sinister.

«Pardell, Mann. Du bist also Pardell. Du bist der Kerl, der Sallinger auf so eine verschissen schlaue Weise seine *Highlander*-Karte geklaut hat? Is mir 'ne Ehre!» Er grinste wieder und fügte dann ernster hinzu: «Ich konnte diesen Hillbilly-Schwachkopf nie leiden. Wer steht denn heute noch ernsthaft auf Iggy Pop?»

Pardell litt unter der Erwähnung Sallingers – sobald irgendwo *Pardell* draufstand, war seit einiger Zeit für jedes zweite Mitglied der *Compagnie* offensichtlich *Sallinger* drin. Er war es gleichzeitig leid, die Sache *und* seinen Überdruss zu erklären. Wenn diese schwachsinnige Spielkarte wirklich so eine Bedeutung für Sallinger haben würde, dann hätte Sallinger doch zweifellos irgendetwas Entschiedenes unternommen, um sie zurückzubekommen. Also, verdammt.

«Ja, Sallinger. Is' drauf geschissen, ehrlich.» Diese in Ausdruck und Direktheit recht unpardellische Antwort stellte Bacharach zufrieden. Er nickte, kaute und freute sich sichtlich. Während Pardell intensiv darüber nachdachte, was man jetzt besprechen könnte, ohne wieder auf Sallinger zu kommen, reflektierte ein kleinerer Teil seines Bewusstseins den Umstand, dass dieser Bacharach schon wieder einer von diesen total bescheuerten, eigentlich unerträglichen Typen war, die die *Compagnie* offensichtlich anzog. Er war herrlich.

«Eine Frage nur, Wik: Wenn das hier ein Guinnessbuchversuch für katholische Lourdespilger ist – was macht dann dieser eine gut gefüllte Waggon mit *Japanerinnen* hier in dieser außerplanmäßigen Zugkomposition? Sind die auch katholisch?»

«Gute Frage!»

«Meines Wissens gibt es etwa 150000 Katholiken in Japan», sagte Pardell, «lass es meinetwegen auch 300000 sein. Das sind zwei spezielle Promille der Bevölkerung!»

«Jo!», schrie Bacharach. «Jojo! Das ist genauso wie der unwahrscheinliche Zahn, den du im *Schweinegeschnetzelten* gefunden hast! Super! Das ist echt ein Brüller!», er schlug Pardell mehrmals auf die Schulter. Dann fasste er sich, mit vom Lachen leicht heiserer Stimme.

«Und jetzt Schluss, Mann – ich bin hier der dienstältere Schaffner, und ich sage dir: Wenn wir jetzt nicht anfangen, den ekelhaften Schweinefraß des *Pauschalmittagessens* und die Hunderte von Portionen *St.-Blasius-Quelle* vorzubereiten, dann werden wir gleich gigamäßig abkacken, wenn sich die hungrigen Mäuler der Pilger auf unseren armen, kleinen, besenreinen Speisewagen stürzen werden ...»

***

Der Pilgersonderzug nach Lourdes war in vielerlei Hinsicht der merkwürdigste aller Züge, die Pardell als Mitglied der *Compagnie* jemals begleitet hatte, und das lag hauptsächlich an den geistlichen Reisenden und den Umständen und Gründen ihrer Tour zum weltberühmten katholischen Wallfahrtsort.

Pardell hatte sich entschlossen, nach dem Servieren des kargen Essens ein wenig umherzustreifen, nach Kollegen zu suchen und sich die Pilger anzusehen. Im Laufe des Nachmittags und des frühen Abends lernte er Pilger mit den verschiedensten frommen Komplikationen kennen. Es gab böhmische Pilger, die sich verpflichtet hatten, während der ganzen Reise zu schweigen. Stumm und unheimlich war es in ihrem Waggon, zumal der Schaffner, ein Prager Bohemien, der ein lustiges, geschmeidiges Deutsch sprach, wie absichtlich sehr laut und sehr lustig war und ungeheuer viel redete und Witze riss, so als wolle er die wahrhaftige Frömmigkeit der Pilger wie ein teuflischer Quälgeist auf die Probe stellen, der sich im Office des Liegewagens eingenistet hatte. Pardell sah Pilger aus Polen, die während stundenlanger Rosenkränze mit ihren Mobiltelefonen auf den Toiletten verschwanden. Ungarische Pilger, die den weitesten Weg hinter sich gebracht hatten und sehr erschöpft aussahen, kaum beteten, aber sichtlich litten. Pilger aus einigen Teilen Österreichs, mit sehr vielen schlecht gelaunten Rentnern darunter, die jeden Schaffner anstarrten, als wäre der persönlich schuld an dem Komplott dieses siebenunddreißigstündigen Martyriums, in das man sie vermittelt hatte. Es gab Pilger aus Bayern, die keinen Alkohol trinken, sondern sich ausschließlich an der *St.-Blasius-Quelle* laben durften und die vor den Toiletten lange Schlangen bildeten, weil die Toiletten von den Polen mit den Mobiltelefonen besetzt waren.

Pardell, der zwar immer noch Mitglied der Lutherischen Landeskirche von Niedersachsen war, aber keineswegs religiös und mit den Erscheinungsformen des Katholizismus ausschließlich über sein Studium bekannt, zeigte sich fasziniert. Er hatte den Katholizismus immer für dasjenige historische Moment gehalten, das die Kathedralen errichtet und etwa die imaginäre Fluchtbewegung aus der Kathedrale eines Piranesi ausgelöst hatte – aber er kannte keine Katholiken, außer vielleicht den Papst und einen oder zwei besonders konservative Kardinäle, die alle paar Monate mit einer intelligenten Aussage zu Abtreibung oder Homosexualität in den Nachrichten auftauchten. Jetzt bewegte er sich erstmals *zwischen* Katholiken, hörte Rosenkränze und *Gegrüßet-seiest-du-Marias* in einigen europäischen Sprachen, sah Menschen, die fasteten, und andere, die schwiegen. In einem extra mit Plastikfolie ausgelegten Abteil saßen sogar Selbstgeißler, wenn Pardell richtig verstanden hatte. Sie hatten die Vorhänge vorgezogen, allerdings konnte er mit einigem Grauen die leise prasselnden Schläge vernehmen und das Aufseufzen der Flagellanten. Bei den Flagellanten fiel ihm ein, dass das einzige *Katholische*, das ihm nicht gleichgültig oder unzeitgemäß schien, eine amerikanische Sängerin war. Madonna Louise Ciccone. Er dachte an ein Foto aus einer Werbeserie. Madonna in einem nächtlichen Garten mit einem unglaublichen weißen Abendkleid – von unten angestrahlt: die Geburt der Aphrodite. Er hatte dieses Bild in einer *Vogue* gesehen, die bei seiner Mutter herumgelegen hatte. Es war zu einem in manchen Nächten wiederkehrenden Phantasma geworden. Letztlich war der Katholizismus für Pardell dadurch etwas geworden, das über kurz oder lang eine faszinierende, schwül-bedrückend-erotische Atmosphäre erzeugte. Leider war unter den Pilgerinnen, die Pardell traf, keine so schön wie die Ciccone. Eher im Gegenteil.

Sehr beachtenswert allerdings waren die Japanerinnen, die nicht zu den Pilgern gehörten, sondern deren Reiseveranstalter sie günstig für einen Trip nach Südfrankreich mit im Sonderzug untergebracht hatte. Sie saßen still und aufmerksam herum, fotografierten vor Schwäche torkelnde Pilger oder kosteten kichernd von der *St.-Blasius-Quelle*, die Pardell ihnen anbot, und verzogen dann in bizarrem Mienenspiel ihre Gesichter. Seit er Mitglied der *Compagnie* war, hatte Pardell die Japaner und die Japanerinnen lieb gewonnen. Die Unerschütterlichkeit, mit der sie es ertrugen, dass die Nebenumstände einer Reise diese selbst aufsaugten und vernichteten, gefiel ihm. Außerdem gingen sie einem *niemals* auf den Geist. Sie beschwerten sich praktisch nie und hatten aus irgendwelchen Gründen keine unmöglich zu befriedigenden Ansprüche. Sie verschliefen nicht, und man musste sich keine Sorgen machen, dass man vergessen könnte, sie zu wecken. Er mochte vor allem ihr Interesse an Dingen, die ihn überhaupt nicht interessierten, das entspannte ihn jetzt irgendwie. Vielleicht lag das daran, dachte Pardell manchmal, dass er den Stadtführerjob los war – denn damals, als Guide der Firma *Beilbinder*, war er massiv mit den allerrätselhaftesten Interessen konfrontiert worden und hatte versuchen müssen, diese irgendwie zu befriedigen, was ihn sehr angestrengt hatte. Jetzt fühlte er sich frei, und je freier man sich fühlt, desto toleranter und nachsichtiger wird man.

***

Gegen 16 Uhr hatte man Pforzheim erreicht, einen großen Güterbahnhof außerhalb der weltberühmten Stadt des deutschen Modeschmucks und des Versandhandels. Auf den strohigen Grasbüscheln lag ein wenig Schnee, und es war herrlich, nicht aussteigen zu müssen, zumal es schon wieder angefangen hatte, dunkel zu werden. Pardell hatte hervorragende Laune. Bacharach hatte Glühwein heiß gemacht, und der zimtige Duft des Getränks, die von ferne heranklingenden Litaneien der Abendandacht und die bevorstehende Ankunft von Poliakov verbanden sich zu einer Mischung aus Spannung, Vorfreude und Behaglichkeit, die Pardell tatsächlich an die Zeit zwischen Weihnachten und Silvester erinnerte, wie er sie früher immer verbracht hatte, bei seiner Mutter in Hannover, angenehm gelangweilt und neugierig, wen von früher man vielleicht in der Stadt treffen würde. Einmal hatte er Juliane getroffen, das war allerdings schon einige Jahre her, und sie beide hatten sich unglaublich darüber gefreut. Juliane. War dieses Jahr wohl nicht nach Hause gefahren. Ob ihre Eltern wussten, dass sie ...? Nein, niemals. Nicht Papa Ahlenbrook, mein Gott, dieser alte, schlecht gelaunte Sack, wenn der wüsste, womit seine Tochter ihr Geld verdiente.

Er vermisste Juliane. Aber wenn er jetzt an sie dachte, war es wie jemand, der sich gerade von einer langwierigen Krankheit erholt, an die Zeiten erinnert, als er ans Bett gefesselt war und unfähig, auch nur einmal aufzustehen, um wenigstens einen kleinen Spaziergang zu machen. Er war froh, dass Juliane ihn wenigstens an einem aufregenden Ort am anderen Ende der Welt, in Buenos Aires, vermutete und dass sie nicht wusste, dass er wusste, dass sie eine Nutte geworden war. Es hatte wehgetan, aber es war jetzt in Ordnung. Oxana hatte ihn mit ihrer Zärtlichkeit versöhnt. Sie war so unglaublich zärtlich zu ihm gewesen, und er hatte es genossen, zärtlich zu ihr zu sein. Oxana. Jetzt dachte er an die Schmugglerreise, die sie beide unternehmen würden. Er dachte an das Geld. An das Risiko. An Oxanas Mund und ihr Gesicht. Daran, wie sehr er den Sex mit ihr genoss, diese unberechenbaren, honigtropfenden, sorglosen Nachmittage, die sie miteinander verbracht hatten. Er dachte an Argentinien, wohin er vielleicht bald mit ihr aufbrechen würde, und irgendwie war Argentinien ein Land, in dem es niemals Abend wurde oder immer tiefe Nacht war ...

Die Ankunft der Wagen aus dem Norden, von Hamburg, Amsterdam, Kopenhagen und Brüssel, riss ihn aus seinen an den Spitzen schon in Schlaf und Traum getauchten Gedanken. Poliakov! Poli war da! Jetzt würde das Rangieren losgehen, und spätestens in einer Stunde würde man ein solides Gespräch über Botanik führen!

***

Einige Stunden später, kurz nach Mitternacht, schliefen die Guinnessbuch-Pilger und lagen ächzend auf den Pritschen der Liegewagen, gequält von lang gezogenen Albträumen. In diesen stapften sie durch dürre Wüsten, jagten gerösteten Traumschweinen hinterher, die Semmelknödel in ihren Mäulern trugen, oder durchquerten ein unwirtliches Trauminselreich, auf dem man sich vorsehen musste, nicht von geysirartigen Fontänen vollgespritzt zu werden, die verdächtig nach *St.-Blasius-Quelle* muffften. Einzig ein voll besetzter Waggon mit flämischen Pilgern, die ein Schlaflosigkeitsgelübde abgelegt hatten, hielt sich mit einem «Who's who»-Ratespiel aus den Themengebieten Hilfsheilige und Sekundärmärtyrer wach und pumpte sich aus einer großen Thermoskanne mit Ausguss literweise pardellisierten Kaffee.

Pardell und Poliakov hatten sich auf das Herzlichste begrüßt, wobei Poliakov den sich sträubenden Pardell so intensiv geküsst hatte, dass sie von ferne einem ambiguen Liebespaar glichen. Danach besprachen sie in Pardells Office die jüngsten Ereignisse. Pardell erzählte von Oxana, flüsternd, schwärmend, was dem Bulgaren vor Rührung, Zustimmung und gleichzeitiger leichter, sozusagen idealistischer Eifersucht fast die Tränen in die Augen trieb. Pardell erwähnte den bevorstehenden Schmuggel im Schlafwagen nach Zürich. Poliakov gab ihm sachlich den Rat, Oxana am besten nicht in einem separaten, sondern in demjenigen Abteil mitzunehmen, in dem er selbst sich einquartieren würde, für gewöhnlich nahm man da das letzte, Abteil 61.

«Du ch'ast unten deine Sachen, ch'ast Sitzgarnitur, und Bett oben ist ausgeklappt und verrammelt mit viele Polster. Dort legst du sie ab, Leo, bist du verrückt: Du lässt Licht an und Tür offen. Zöllner sehen niemals nach an solches Platz. Das Offene immer ist bestes Versteck», sagte er, grinste dann und erzählte etwas von kalifornischen Mädchen, die er auf diese Weise durch halb Europa transportiert habe, in einem Sommer vor vielen, vielen Jahren, als er noch jung gewesen sei, jung und schön ...

Ihr Pilgerzug sollte auf einem Güterbahnhof in der Nähe von Paris vervollständigt werden, den sie in einer knappen Stunde, um halb 2 Uhr morgens, erreichen würden. Sie passierten die Gegend von Châlons-en-Champagne, die Heizung arbeitete auf Hochtouren, die schmalen Fenster waren angelaufen, und Pardell rieb immer wieder mit einem Geschirrtuch eine Stelle frei, um auf weite, schneelose Ebenen zu blicken, die im Mondlicht dämmerten. Der Zug fuhr langsam auf seinem Nebengleis, und irgendwann kam er kurz zum Stehen. Weit vorne sah Pardell die ersten Straßen eines Dorfes, ein paar Häuser und gelb leuchtende Straßenlaternen. In keinem der Häuser brannte Licht, nur in einem Eckhaus im Erdgeschoss, sodass Pardell versucht war, es für eine Kneipe zu halten. Er genoss Poliakovs Anwesenheit.

«Weißt du was, Poli. Manchmal, wenn ich irgendwo hinkomme, wo ich noch niemals war, ganz gleich, wo – meinetwegen das Dorf da vorne –, habe ich das Gefühl, ich könnte meine Koffer nehmen, das Office abschließen, aus dem Wagen aussteigen und den Bahndamm runterlaufen, wenn es sein müsste. Ich würde in die Kneipe gehen und sehen, wo ich übernachten kann und was sich sonst noch ergäbe», sagte Pardell. «Mein Gott, als ich in München, damals, im April, hängen geblieben bin, war ich so verzweifelt. Ich fühlte nichts als Panik. Die ganze Zeit schon vorher, noch in Berlin, Panik. Das war alles ...», er brach ab. Es gab keinen Grund, die kostbare Zeit mit seinem bulgarischen Freund durch die Erinnerung an dieses Sammelsurium aus unbrauchbar gewordenen Plänen und komplizierten Fluchtwegkonstruktionen zu verschwenden, die schon deswegen hatten scheitern müssen, weil Intelligenz und Fantasie in ihnen verhängnisvollerweise die Plätze getauscht hatten.

«Also, was ich meine ist – ich habe das Gefühl, jetzt wäre ich so weit für Argentinien. Das Ganze war eine *Große Tour* zum Aufwärmen.»

«Was, soll ch'eißen, du verschwindest tatsächlich? Kann ich nicht glauben das – bist du verrückt?»

«Es ist nur eine Idee. Eine Möglichkeit. Ich weiß es noch nicht genau.» Sie schwiegen, tranken, sahen auf den frei gewischten Fleck im Fenster. Dann hörten sie die Kupplungen knirschen, die Lok zog an, und der ganze Zug bewegte sich wieder Meter für Meter weiter Richtung Lourdes.

***

Eine gute Stunde hinter Paris, kurz nach halb 3 Uhr, waren die beiden immer noch wach. Pardell hatte zwischendurch Kaffee gekocht, und während sie ihn im Licht des Office schlürften, hatte der Duft des Getränks sich wohl im Zug ausgebreitet, und so wurden sie immer wieder von nervösen oder deprimierten Pilgern aufgesucht. Pardell verkaufte Kaffee, einige Wasser und eine ganze Menge Bier. Bier, das heimlich getrunken wurde.

«Manchmal frage ich mich, ob man von all den Gesichtern, die man sieht, nicht genug bekommen kann.»

«Ist klare Sache für Forschernatur.»

«Du meinst *Naturforscher*?», fragte Pardell.

«Ja, auch», sagte Poliakov. «Mensch ch'at immer gewohnt in Verbundenheit, an ein Ort, mit ein Geschichte und ein Verch'alten, was nur manchmal, an gewisse Tage, veränderlich war. Aber normalerweise, Mensch immer ch'at gelebt an dieselbe Ort. Immer ch'at gekannt dieselbe Leute. Pass auf, in Jahr, ist Beispiel, in Jahr 1880, in Europa. Wie viele Mensche ch'at getroffen *ein* Mensch in Laufe von Leben körperlich, in ein und dieselbe Raum?»

«Keine Ahnung. Wie viel? 10000?»

«Im Schnitt, man ch'at errechnet: 750.»

«Das ist nicht, warte mal, Augenblick. Das ist nicht sehr viel. Im ganzen Leben?»

«Jetzt gleiche Frage für Mensch in 1980.»

«Keine Ahnung. Sag's mir!»

«Ch'underttausend!», sagte Poliakov. «Das bedeutet ungeheuerliche Stress für moderne Mensch. Früher war Leben anders – Menschen, mit denen man ch'atte zu schaffen, *kannte* man, waren Schwester von Bekannter von Schwägerin oder solche Dinge. Waren auch schwierige Umstände für gewisse Interessen», sagte er, grinste zuversichtlich und rückte sich die Weckglasbrille auf akademische Weise zurecht. Er fuhr fort, eine Flasche *Edelstoff* in der rechten Hand, deren Zeigefinger er folgernd über den Flaschenhals gespreizt hatte.

«Ch'eute man sieht ungech'eure Menge von Mitmensch – aber man ist nicht bekannt, sondern jeder ist *einsam*», sagte er, «und Einsamkeit macht sehr bedürfnisreich, wie sagt man ...»

«Bedürftig?», schlug Pardell vor. Er hing seinem bulgarischen Freund an den Lippen – wie sollte er es nur aushalten, ohne Polis universal-gebildeten Wahnwitz?

«Bedürftig, danke, Leo», Poliakov nickte, nahm einen Schluck von dem Kaffee und wischte sich die sensiblen Lippen mit seinem Hemdsärmel.

«Menschen sind bedürftig. Einsam und bedürftig. Wer das ch'at begriffen, Leo, kommt überall durch. Man muss nehmen manches Mal Rücksicht, manches Mal man muss sein sehr entschieden – Menschen sehnen sich nach Leuten, die zu Hause sind und die ihnen geben Sicherch'eit.»

«Und wer ist zu Hause in der Welt?»

«Derjenige mit wirkliche Interesse! Wenn ich daran denke, was ohne Frauen geworden wäre aus armen Enkel von Jaromir Poliakov ...», sagte der bulgarische Liebhaber der Frauen und blickte in weite Fernen.

«Jaromir, das war der Naturforscher?»

«Ja.»

«Vermisst du die *Natur*?»

«Wieso? Bin ich nicht Natur, sind Frauen nicht Natur, bist du nicht Natur? Was meinst du, Leo?»

«Ich meine, dass du dich die ganze Zeit auf Bahnhöfen, in Zügen, scheußlichen Hotelzimmern in Großstädten und verrauchten Lokalen herumtreibst.»

«Wo endet Natur? Wo fängt an technische Zivilisation? Das ist schwierige Frage ...», sagte Poliakov sachlich. Er schlürfte seine Kaffeetasse leer und stellte sie auf das Blech der Ablage.

«Ich würde sagen, das ist ziemlich eindeutig. Ein Fahrplan ist nicht einfach gewachsen, sondern er wurde gemacht. Die Maßstäbe, die ihm zugrunde liegen, sind keine natürlichen, sondern ...»

«Soll ich dir erzählen Geschichte?»

«Über eine Frau?»

«Über Eisenbahn. Du weißt, Leo, dass Spurbreite von Eisenbahnen in USA und in Kanada beträgt 4 Fuß 8,5 Zoll. Ist derselbe Spurabstand wie in Abendland. Genau 1435 Millimeter.»

«Ich weiß. Das ist eine sehr ungewöhnliche Zahl», sagte Pardell.

«Warum? Weil Eisenbahnen so in England gebaut worden sind, und Engländer ch'aben erfunden Eisenbahn. Und so es wurde Standard, in Europa, in USA, in Indien, überhaupt fast überall.»

«Warum hatten die Engländer sie so gebaut?»

«Weil erste Eisenbahnen von gleiche Leute gebaut worden waren, welche ch'atten gebaut vorher Straßenbahnlinien. Und Straßenbahnen ch'atten genau diese Spurbreite.»

«Und warum hatten die Straßenbahnen diese Spurbreite?», fragte Pardell. Nicht wirklich genervt von der Umständlichkeit, mit der Poli die Geschichte erzählte, oder nur ein wenig.

«Weil sie», so der jedes Detail auskostende Poliakov, mit unschuldigem Tonfall, «weil sie ch'atten verwendet dieselben Werkbänke und Werkzeuge wie bei Bau von Kutschen, welche auch ch'atten diesen Radabstand. Aber warum – bevor du fragst –, warum ch'atten Kutschen genau dieses Radabstand? Weil Kutschräder sonst zu Bruch gegangen wären beim Fahren auf gewissen Fernstraßen in England, weil diese Straßen Rillen von diese Breite ch'atten.»

Jetzt waren sie also bei den Rillen auf altenglischen Fernstraßen angelangt, und der bulgarische Verführer gab seine Geschichte zum Besten, der Pardell, ob er wollte oder nicht, folgen musste, ganz so, als säße er selbst auf einer der erwähnten Kutschen auf den erwähnten englischen Straßen und müsste zusehen, dass seine Reifen nicht brächen, während er dem poliakovschen Anfeuerungen aus dem Wageninneren zu folgen versuchte.

Poliakov stellte die rhetorische Frage, wer diese offenbar alten Straßen gebaut habe? Er gab sich selbst die Antwort: Die ersten Fernstraßen in England, wie überall in ganz Europa, waren vom Imperium Romanum für seine Legionen gebaut worden und immer noch in Gebrauch. Und die Furchen in den Straßen? Die ursprünglichen Furchen stammten von römischen Streitwagen, von Streitwagen, die überall im Römischen Reich den gleichen Radabstand hatten. Poliakov erwähnte, dass es noch in Bulgarien ebensolche alten Römerstraßen gegeben habe und zum Teil noch gäbe und dass sich dort dieselben Rillen fänden. Er resümierte also, dass die Standard-Eisenbahn-Spurbreite in Europa, Nordamerika und Indien, 4 Fuß 8,5 Zoll, abgeleitet sei von der Standard-Spurbreite für römisch-imperiale Streitwagen.

Nachdem Poliakov diese erstaunliche Herleitung einer weltweiten industriellen und verkehrstechnischen Norm aus der römischen Antike abgeschlossen hatte, grinste er verwegen, schrie *«Bist du verrückt»*, öffnete eine Flasche *Edelstoff* und nahm einen tiefen Zug. Seine Finger spielten danach auf dem braunen Glas. Er blickte so unschuldig drein wie möglich. Pardell war allerdings noch nicht zufrieden, natürlich nicht.

«So weit in Ordnung», sagte er, «aber wo bitte ist die Natur? Du wolltest mir etwas über Technik *und* Natur erzählen. Also?»

«Kluger Leo!», schrie Poliakov. «Natur wir finden dort, wo wir fragen nach dem Grund für Breite von Streitwagen von Römische Imperium.» Kunstpause.

«Römische Streitwagen waren genau so breit gemacht, dass sie boten Platz für zwei Armeepferde, und das ist einziger Grund für diese Maß – die doppelte Breite von durchschnittlichem antiken PFERDEARSCH!», schrie Poliakov und strahlte Pardell an.

Sie mussten dann schlafen gehen, denn sie würden beide früh aufzustehen haben, um den Pilgern das von der *Compagnie* oder der *katholischen Kirche* oder dem *Guinnessbuch* genormte und bereits abgepackte Inklusiv-Pilgerfrühstück zu servieren.

***

Nachdem sie die Strapazen des Vormittags, die letzten Rosenkränze und unzählige aufgeregte Fragen, ob man pünktlich in Lourdes ankommen werde, über sich hatten ergehen lassen. Nachdem sie in den Wagen geschlafen und sich schließlich zu einem gemeinsamen Abendessen im Bahnhofsrestaurant des Wallfahrtsorts getroffen hatten, um festzustellen, dass man in Lourdes auf noch dreistere Weise geprellt wurde als in den Touristenbistros von Saint-Germain-des-Prés. Nachdem sie ihre Abrechnungen gemacht und die sehr wenigen Reisenden, die zurückfuhren, versorgt hatten. Nachdem sie die Gegend von Metz hinter sich gelassen hatten und auf Straßburg zurasten – nachdem all das geschehen war, trafen sich Pardell und Poliakov, Bacharach und ein Dutzend weiterer Schaffner aus allen Ländern von *TransEuroNacht* zu einem auf der Schiene seltenen, in diesem Falle dem Pilgerrekordversuch geschuldeten Großzusammentreffen im Stil des *Gran' Tour*. Den Raum bot ihnen der ungarische Speisewagen. Pardell machte ein letztes Foto von seiner gut gelaunten Besatzung, in deren Mitte ein strahlender, seinen *Edelstoff*-Ranzen stolz nach vorne reckender Poliakov prangte. Den Film würde er morgen früh in München auf der Stelle zum Entwickeln bringen.

In der Speisewagenrunde ging es ausgesprochen europäisch zu. In dem universalen, von Enthusiasmus, Improvisationsvermögen und *Edelstoff* geprägten Jargon der *Compagnie* erzählte man sich Witze, die Franzosen über Belgier, Kroaten über Slowenen, Österreicher über Deutsche rissen. Man lachte über slowakische Redensarten, die das Verhältnis der Tschechen zum Hausschwein in einem ungünstigen Licht erscheinen lassen, erfuhr andererseits von der tschechischen Ansicht, Polnisch klänge so, wie wenn jemand mit schrecklichem deutschen Akzent sehr schlechtes Russisch spräche.

Immer tiefer drang man so in das ein, was man lebendige alteuropäische Wirklichkeit nennen darf und was sich vielgestaltiger und lebendiger zeigte, je feingliedriger und lokaler die Themenfelder wurden. Man erfuhr nicht nur, wie abschätzig die schwedischen Hälsingborger über die dänischen Helsingärer zu reden pflegen, sondern wurde auch mit der berüchtigten Liste von Hilfsflüchen bekannt gemacht, die sich alle auf die Einwohner von Cartagena beziehen und die von den Bürgern Murcias ausgestoßen werden, wenn sie unter akuten Stoffwechselproblemen leiden.

Ganz still vor kindlichem Staunen wurde es im fröhlichen Speisewagen, als Poliakov Andeutungen über die legendäre Rolle machte, die die unbeschreiblichen Mösen der Mädchen von Bikonlik in den zum Feierabend ausgetauschten Grußformeln junger rhodopischer Schäfer spielen. Polis Worte waren reine Poesie und schufen, als er geendet hatte, die richtige Stimmung, um eine kleine Besinnungspause einzulegen und einander zuzutrinken, wobei sich jeder der Schaffner der Freundschaft und des Wohlwollens der übrigen versicherte.

Manch einer dachte vielleicht noch still an die sagenhaften Bikonlikmuschis, als der glänzend gelaunte Niederländer Wik Bacharach wie nebenbei erwähnte, apropos, er habe letztes Mal auf einem kurzen Spaziergang über einen rumänischen Kirchhof einen fabelhaften Witz gelesen.

Was, wurde gefragt. Gelesen? Witz? Kirchhof? Rumänien?

«Ja, kuck ma», sagte Bacharach, «ich hab mich mit einem Kumpel auf dem Kirchhof getroffen. Und als wir zurückgehen, sehe ich *drei frische Gräber* nebeneinander. Völlig identisch alle drei.»

«Drei Brüder!», schrie ein vorlauter, ungeduldiger Österreicher, wurde aber zischend zurechtgewiesen, Bacharach nicht zu unterbrechen. Der nahm sich qualvoll lange Zeit.

«Ich schau mir also den ersten Grabstein an: ‹Hier liegt Roman Simlescu, der größte Hütchenspieler aller Zeiten.› Ich gehe zum zweiten ...»

«Und da steht ...», der Österreicher wieder.

«Maul halten», wurde geschrien, ein besonders empfindlicher Elsässer drohte ihm Schläge an, wenn er Bacharach den blöden Witz nicht endlich erzählen lasse. Verdammt.

«Auf dem zweiten Grabstein steht: ‹Oder hier?›, ich gehe weiter, kuck auf den dritten Grabstein, und da steht: ‹Oder vielleicht hier?›»

Das mit der leichten Verzögerung des wahren Witzes aufbrandende vielstimmig europäische Gelächter der Schaffner gab Poliakov und Pardell die Gelegenheit, unauffällig zu verschwinden. Es blieben ihnen nur noch fünfzehn Minuten bis Pforzheim. Höchste Zeit, Abschied zu nehmen.

Sie gingen in den Wagen des Bulgaren und stellten sich ins Office. Poliakov holte eine schmale, reisetaugliche Flasche Slibowitz und schenkte zwei Wassergläser halb voll.

«Gleich wir trinken Brüderschaft, wie Schuljungen, aber sag mal Leo, mein Kleiner, woch'in wirst du gehen? Kannst du gebrauchen Rat von gute Freund?»

«Ich weiß es noch nicht.»

«Kein Studium?»

«Vielleicht. Aber um die Wahrheit zu sagen, Poli – mit den *Car-*

ceri bin ich durch. Und über die *Theorie und Praxis einer Bauvorschrift des 18. Jahrhunderts* kann ein anderer nachdenken. Ich glaube, ich bin kein Architekt und kein Kunsthistoriker. Ich bin jemand, der nach Argentinien möchte ...»

«Muss geben unglaubliche Frauen dort, in Argentinien», sagte der Bulgare mit einem Blick, in dem das wahre Kreuz des poliakovschen Südens zu funkeln schien, ein so sehnsüchtiges und tief melancholisches «Bist du verrückt ...» schickte er mit leiser, sonorer Stimme hinterher.

«Ach, Poli! Hör auf, ich muss weinen! Ich bin so froh, dich kennengelernt zu haben, ich weiß gar nicht, wie ...»

Der Bulgare wehrte verlegen ab, blickte zu Boden, stutzte, ließ dann ein verlegenes «Scheiße, fast ich ch'ätte vergessen!» hören, beugte sich plötzlich freudestrahlend über seinen kleinen orangefarbenen Koffer, der neben dem Kühlschrank stand, und nahm einen sehr schmalen, hellbraunen Band ohne Schutzumschlag heraus. Auf dem Titel blasse kyrillische Buchstaben.

Pardell konnte deswegen nicht erkennen, dass es sich um die wichtigste Publikation von Prof. Dr. Petr Poliakov aus dem Jahr 1962 handelte, eine systematische Schrift über eine Varianz des im bulgarischen Pirin-Gebirge vorkommenden Edelweiß, erschienen in der Schriftenreihe der Bulgarischen Akademie der Wissenschaften.

«Ich wollte dir noch was geben. Weißt du, mein Vater Petr war unglücklichste Mensch. Ch'at niemals gech'abt Chance gegen seinen Vater – Opa Jaromir ist gewesen bulgarische Linné, so berühmt! Aber, er – also Papa – ch'at entdeckt Varianz von Edelweiß. Ch'ier, ch'ab selbst gepflückt einmal als kleine Junge bei Wanderung mit ihm. Berg ch'eißt Vihren, 3000 m hoch. Edelweiß wächst nur in Monate Juli und August.»

Poliakov schlug den schmalen Band in der Mitte auf und holte tatsächlich ein dort verwahrtes, getrocknetes Edelweiß heraus. Er schluchzte erst so leicht wie möglich, und als es sich nicht mehr verbergen ließ, schluchzte er mehrmals sehr pathetisch und schnäuzte sich anschließend in ein Geschirrtuch.

«Ch'ier, für bekloptes *Klemmbinder*! Als Erinnerung. Ch'abe selbst gepflückt, 18. Juli 1962.»

Pardells Brustkorb fühlte sich warm, bewegt, von kräftiger Luft beatmet an, als er das Edelweiß entgegennahm. Es roch staubig und ein wenig auch nach sehr altem Schweiß. Poliakov schob sich die Weckglasbrille zurecht, schniefte noch einmal, legte das Gesicht in typische poliakovsche Runzeln und grinste Pardell schon wieder verschlagen an.

«Aber Bestes kommt noch! Weißt du, wie ist lateinische Name von Blume, systematischer Name?»

«Sag's mir!»

«*Leontopodium pirini poliakum!* Warte, ich schreib es dir auf», sagte Poliakov, trennte ein leeres Blatt aus dem technischen Manual für die Bedienung des Heizungssystems, das er als Topfunterleger benutzte, und schrieb den Namen auf, schrieb auch das Datum des Fundes dazu und den Ort, reichte ihm die Blume und die Seite.

Sie nahmen die Gläser, kreuzten die Arme und tranken in einem Zug, was Pardell ziemlich mitnahm. Dann wurde er, noch ein wenig benommen, von Poliakov leidenschaftlich auf den Mund geküsst, wobei sich Poliakovs *Edelstoff*-Ranzen zärtlich und sinnlich an sein Becken schmiegte.

Er musste dennoch los. Über die Gleise des Güterbahnhofs Pforzheim, in seiner nachtblauen Uniform, leicht betrunken, haltlos vor widerstreitenden Gefühlen und dennoch katzengleich geschickt darin, über Gleise und Schotter und Schwellen zu seinen seit zehn Minuten abgekoppelten Schlaf- und Liegewagen zu eilen. Das alles mit dem Klemmbinder unter dem Arm, dessen letztes Fundstück die Blume eines bulgarischen Berggipfels war, die einen vieldeutigen, schönen Namen trug.

Starnberg, Aufenthalt 15.12.1999, 21:32

Nachdem er zum vierten oder fünften Mal an diesem Abend vergeblich versucht hatte, Reichhausen in seiner Bogenhausener Villa zu erreichen, legte Direktor Fischbein auf und ahnte, dass er den Würger so bald nicht würde sprechen können. Er hatte es, seit dieser absurde, allerdings doch beunruhigende Artikel in der *Abendzeitung* erschienen war, natürlich immer wieder auch in der Kanzlei versucht, gleichfalls vergeblich. Die Sekretärin versicherte, sie wisse selbst nicht, wo sich der Baron aufhalte. Dr. Bechthold, sein Assistent, habe die Geschäfte vollständig übernommen, ob Fischbein mit dem sprechen wolle? Nein, wollte er nicht, danke.

Fischbein hatte den Würger seit ihrem gemeinsamen Essen im *Fauve Chien* weder gesehen noch gesprochen, und dabei hätte er sich wirklich gerne mit ihm ausgetauscht.

Seine eigenen Nachforschungen hatten ihn an einen delikaten Punkt gebracht, eine Grenze, die Fischbein bislang selten überschritten oder auch nur berührt hatte. Es war die Grenze, an die man im Gespräch mit älteren Deutschen durch eine bestimmte Frage gelangte, sie lautete: «Was haben Sie eigentlich während des Krieges gemacht?» Instinktiv stellte Direktor Fischbein sie hauptsächlich Menschen, die darauf Dinge erwidern konnten wie «im Sandkasten gespielt» oder «studiert» oder «Volkssturm, in den letzten Tagen noch, es war ja alles ein Wahnsinn».

William Fischbein war ein diskreter Mensch. Sein Vater war Kaufmann, der im Auftrag einer argentinischen Reederei 1950 nach London gezogen war. Er heiratete eine junge Frau aus Wales, seine Mutter. Als William 1952 geboren wurde, um als Brite aufzuwachsen und weder Spanisch noch Jiddisch noch Deutsch zu lernen, die Sprachen, die in seiner Familie gesprochen worden waren, existierte

Argentinien nur noch in den Erzählungen seines Vaters, und als Mrs. Thatcher den Generälen die Falklands wieder abnahm, hatte er keinen Moment Zweifel daran, dass das in Ordnung ging, auch wenn ‹Krieg› keinerlei erhabene Gefühle in ihm auslöste. Nicht zuletzt als Versicherer hatte er gegen alle Formen organisierter Zerstörung starke Bedenken.

William studierte auf Vorschlag seines Vaters drei Semester Internationales Recht in Hamburg, wofür er dann doch Deutsch büffelte, war 1979 für die *Manchester Global* nach Frankfurt gegangen und schließlich Mitte der Achtziger als Vorstand für Altbestände in die Zentrale der *Münchener Privat Securität* eingetreten, nachdem die *Manchester Global* diese kleine, aber sehr exquisite Versicherungsgesellschaft übernommen hatte. Der Altbestände-Posten war nicht nur fachlich, sondern vor allem gesellschaftlich durchaus anspruchsvoll. Er erforderte Geschick, Diskretion – und Vertrauen. Die *Münchener Privat* hatte eine Reihe großer privater Besitzungen versichert, viele davon in Kontinuität seit der Firmengründung im Jahre 1907. Diese Vermögen besaßen Niveau, waren *Old Money*, und einige wurden von der Kanzlei von Reichhausen verwaltet. So hatte Fischbein den Würger ziemlich bald, und keineswegs nur zu seinem Vergnügen, kennengelernt. Aber er hatte auch den Würger gemeistert.

Eigentlich, so waren sich alle einig, einschließlich Fischbein selbst, musste er in den nächsten zwei Jahren Vorstandsvorsitzender werden, und dann hätte er sogar noch Chancen, für ein paar Jahre in den Vorstand der *Manchester Global* aufzurücken, und das wäre natürlich ...

Die Geschäftsbeziehung der *Münchener Privat* zu Alfred Niel bestand offiziell seit 1949. Damals war Alfred Niel dreiundvierzig Jahre alt gewesen, hatte seine erste, noch ziemlich kleine Fabrik in Pasing gegründet, den Ausgangspunkt einer nachkriegsdeutschen Erfolgsgeschichte, die sich auf dem Niveau eines Max Grundig bewegte, in der Öffentlichkeit allerdings geringere Aufmerksamkeit erregte, weil Niel auf Bauteile spezialisiert war, die in den Endprodukten anderer Firmen ihre Verwendung fanden. Niel begriff als einer der Ersten, was EDV bedeuten würde. In den zimmergroßen Rechnern der Siebzigerjahre arbeiteten seine sehr zuverlässigen Bauteile, und man fand sie heute immer noch in den Großrechenanlagen, die das französische Wirtschaftsministerium benutzte oder die NASA. Das hatte Fischbein einem Firmenprospekt entnommen. Eben eine Erfolgsgeschichte.

Aber wann hatte sie genau begonnen? Die erste Firma war 1952 im Handelsregister eingetragen worden, «zum Zweck der Herstellung elektrischer Bauteile für Rechenmaschinen».

Was hatte Alfred Niel während des Krieges gemacht? Dieser Frage war Fischbein in den letzten Wochen nachgegangen. Er hatte das, wie bei Versicherungen üblich, gut funktionierende Archiv mit einer umfassenden Recherche beauftragt und sich danach mit zunehmendem Interesse durch gut hundert Seiten mit Zeitungsberichten, Interviews und firmeninternen Dossiers gearbeitet, allerdings war er auf immer noch mehr Fragen gestoßen, seine Untersuchungen und Nachforschungen hatten sich verzweigt und hatten ihn in die unterschiedlichsten Richtungen geführt – an deren Enden bislang Fragezeichen standen.

Alfred Niel war im Jahr 1909 in Metz geboren worden. Er war der zweite Sohn eines Tischlermeisters. Alfred besuchte das Polytechnikum seiner Heimatstadt, ging dann nach Berlin, um dort, an der Technischen Universität, Maschinenbau zu studieren. Eine 1933 begonnene Promotion brach er ab, um – und hier hatte sich für Fischbein ein erster Kreis geschlossen – als Ingenieur bei der *Deutschen Hollerith Maschinen Gesellschaft*, kurz *Dehomag*, zu arbeiten. einer hundertprozentigen Tochter der amerikanischen IBM. Die Lochkarten, die Fischbein in dem Paket gefunden hatte, waren *Hollerith-Karten*, und Fischbein war davon ausgegangen, dass Niel sie als Andenken behalten hatte. Die *Dehomag* war die Tochter einer amerikanischen Mutter, weshalb Niel nach dem Krieg offensichtlich auch keine Schwierigkeiten gehabt hatte, im amerikanisch besetzten Bayern eine Zulassung zu bekommen, als er sich hatte selbstständig machen wollen.

Eine Schwierigkeit stellte die Frage dar, woher Niel das Kapital genommen hatte, denn er war ein einfacher Angestellter der *Dehomag* gewesen, der vielleicht ganz gut verdient hatte, der ein Vermögen anzuhäufen aber sicherlich nicht in der Lage gewesen wäre. Das väterliche Erbe war nicht der Rede wert, Niel hatte auch keine anderen Verwandten, und einen Bankkredit zur Firmengründung hatte er nicht aufgenommen. Es gab auch keine Fremdbeteiligung an der Firma – bis auf eine Ausnahme, ein Mann namens Wettlbeck hielt bis 1959 5% des Betriebskapitals und wurde von Niel dann mit einer ziemlich hohen Summe abgefunden. Mehr wusste er nicht.

Woher hatte Niel also das Kapital? Max Grundig, Betreiber eines Elektrogeschäfts in Baden-Baden, hatte 1945 einen vergessenen Güterwaggon mit nagelneuen Volksempfängern auf einem Abstellgleis in Rastatt entdeckt, wer weiß wie an sich gebracht und auf dieser Grundlage angefangen, *Grundig*-Radios herzustellen. Das war eine bekannte Geschichte. Aber Niel? Also weiter ...

Es hatte ihn nicht viel Mühe gekostet, herauszufinden, was für eine Firma die *Dehomag* gewesen war. Jetzt versuchte er gerade zu verstehen, wo genau Niel tätig gewesen war, und je weiter er vordrang, desto unübersichtlicher wurde die Sache.

Die *Dehomag* hatte das Monopol auf die Hollerith-Maschinen, die Vorfahren der Computer, und überall dort, wo man große Mengen von Dingen nach den verschiedensten Kriterien erfassen wollte, revolutionierte die Hollerith-Maschine die Verfahren. Es waren klassische Mechaniken, bei denen elektrische Impulse zum Zählen benutzt wurden, sie waren, so hatte sich Dr. Bach vom Deutschen Museum ausgedrückt, technologische Zwitter.

Das Dritte Reich sei der größte Kunde der *Dehomag* gewesen, denn das Dritte Reich hatte ein eminentes Interesse daran gehabt, große Mengen von Dingen nach den verschiedensten Kriterien zu erfassen und immer wieder neu zu sortieren, «und eben nicht nur Dinge», wie Dr. Bach vor ein paar Tagen zu ihm gesagt hatte.

«Was meinen Sie damit?»

«Was meine ich wohl damit?»

Fischbein hatte verstanden. Die systematische Vernichtung von sechs Millionen Menschen war eine logistische Meisterleistung gewesen, nur zu realisieren mithilfe der höchstentwickelten Daten verarbeitenden Technologie der Zeit – Erfassung durch Lochkarten. Vernetzung mit dem Transportsystem, das hieß, Eisenbahn. Planvolle, ja grauenvollerweise sogar ökonomisch sinnvolle Koordination der Vernichtung.

Soweit er sehen konnte, gab es Hollerith-Maschinen überall, auf den Standesämtern, den Finanzämtern und auch in den Versicherungen und Banken. In jedem KZ. Er hatte Abrechnungen der *Münchener Privat* über den Ankauf von drei Hollerith-Maschinen aus den Jahren 1931 bis 1939 gefunden. Ein Riesengeschäft.

In einem Interview, das die *Frankfurter Allgemeine Zeitung* 1977 zum fünfundzwanzigjährigen Jubiläum der Nielwerke mit Dr. h. c. Niel abdruckte, erklärte der Firmengründer, er sei als «junger Ingenieur im Außen- und Wartungsdienst der *Dehomag*» beschäftigt gewesen und habe «bei den praktischen Problemen von Fehleranfälligkeit und Verschleiß, mit denen ich konfrontiert war, viel gelernt. Ich hatte die Universität satt und wünschte mir Praxis als Ingenieur. Meine Tätigkeit bei der *Dehomag* war ein reines Glück.»

Fischbein hatte herausgefunden oder vielmehr gefolgert, dass Niel in Wahrheit seine vielversprechende universitäre Laufbahn aufgegeben hatte und dem Angebot der *Dehomag* gefolgt war, weil eine viel jüngere, damals gerade volljährig gewordene Frau im sechsten Monat von ihm schwanger war – Johanna Müller, die Tochter seiner Vermieterin in Berlin-Charlottenburg, Uhlandstraße 65.

Fischbein hörte ein auffahrendes Knacken im Kamin und danach das leise knirschende Geräusch eines abrollenden Holzscheits. Er stand auf, sah dem Geschehen im Kamin für einen Moment zu, nahm die schmiedeeiserne Zange, legte das davongerollte Scheit wieder zurück und ließ es sich dann nicht nehmen, mit dem Schürhaken in der Glut zu stochern und sich über sie zu beugen, bis sein Gesicht in der Hitze glühte und er zurücktreten musste. Draußen neigten sich die regentropfenden Fichten im Wind gegen die Fenster seines Arbeitszimmers. Fischbein holte sich ein Glas Sherry, nippte, setzte sich damit in den großen, dunkelrot bezogenen Sessel vor dem Kamin, beschloss, Holz nachzulegen, und dann freute er sich am Funken sprühenden Knacken der fünf Jahre gelagerten Birkenscheite. Er überlegte, ob er eine Platte auflegen sollte, entschied sich für das Streichquartett in Es-Dur, op. 127, das Beethoven dem russischen Fürsten Galitzin gewidmet hatte. Er hörte sich den ersten Satz an, lauschte darauf, wie sich das Rauschen der Bäume, das Lodern der Birkenscheite und die Musik miteinander verbanden und ihn friedlich in ihrer Mitte aufnahmen. Er versank in den langsamen Atemzügen des *maestoso*. Er dachte an die Recherchen in der Angelegenheit Niel, die ihn viel weiter geführt hatten, als er geplant hatte. Wohin sie ihn jetzt schon geführt hatten, beunruhigte ihn. Die Prüfung der südamerikanischen Unterlagen und Dokumente des alten Niel sollte Reichhausen und ihm den Rücken freihalten. Die Entdeckung der Lochkarten hatte dem Ganzen eine neue Richtung gegeben, und jetzt stand Fischbein an der Grenze, die zu überschreiten er sich immer gescheut hatte, oder vielmehr, er hatte sie schon überschritten und war einerseits neugierig, andererseits verunsichert, ob er weitergehen sollte oder ob es besser wäre, die ganze Sache zu vergessen, abzuwarten, bis Reichhausen wieder aufgetaucht wäre, und einfach die Versicherungssumme auszukehren, wenn nötig.

***

Fischbein blieb in seinem Sessel, bis der Sherry getrunken, bis die Platte mit dem Beethovenquartett längst zu Ende, bis die neuen Scheite schließlich heruntergebrannt waren. Er war müde, wollte weiterarbeiten, wollte aber zugleich wieder vor die Grenze zurück. Er wünschte, die Frage «Was haben Sie während des Krieges gemacht?» nicht gestellt zu haben, aber wenn er wissen wollte, was Alfred Niel in die Lage versetzt haben könnte, seine Firma zu gründen, musste er wissen, was dieser während des Krieges gemacht hatte. Es quälte ihn. Er hatte den alten Niel persönlich kennengelernt, beim Empfang zu dessen achtzigstem Geburtstag, 1990 war das gewesen, und Alfred Niel war ganz der unangefochtene Patriarch des Erfolges, der sanft lächelnd zwischen unzähligen Enkeln saß, von seinen Töchtern umschwärmt, von seinen Söhnen gestützt, von seinen obersten Angestellten demütig beglückwünscht und von Politikern, voran dem bayerischen Ministerpräsidenten, geehrt. Fischbein verspürte bei der Vorstellung, nicht nur diese Erinnerung, sondern noch viel mehr auf irgendeine Weise *umschreiben* zu müssen, pures Unbehagen. Er starrte in die Glut, spielte mit dem Gedanken, wieder Holz nachzulegen. Auf das Dach prasselte ein Regenschauer. Es war inzwischen kurz vor Mitternacht, morgen hatte er sich freigenommen, genau deswegen. Er stand auf, ging unschlüssig zurück an seinen Arbeitstisch, sah sich die Lochkarten noch einmal an. Sie waren alle von einer Serie, allerdings unterschiedlich beschriftet und gelocht. Ihnen allen gleich war die linke obere Codierung, ‹DSK›, dazu eine Ziffernkombination. Er würde jetzt versuchen herauszufinden, was ‹DSK› hieß, und dann würde er schlafen gehen.

Nach einer Stunde wusste er, was ‹DSK› bedeutete, nämlich *‹Devisenschutzkommando›*. Nach einer weiteren, was dessen Aufgabe gewesen war: Es hatte, grob gesagt, die Aufgabe, für Göring Kunstwerke und Wertgegenstände sicherzustellen, vor allem in Frankreich, und für Görings oder andere Sammlungen vorzubereiten, also zu erfassen und zu katalogisieren. Ohne es zu bemerken und es gewollt zu haben, war er nun plötzlich weit hinter der Grenze.

Das Devisenschutzkommando hatte eine große, relativ autonom arbeitende Zentrale in der Nähe des *Anhalter Bahnhofs* in Berlin. Niel hatte in einem Interview mit der *Berliner Morgenpost* zum Anlass der Verleihung der Berliner Ehrenbürgerwürde erwähnt, er habe früher in der Nähe des *Anhalter Bahnhofs* gearbeitet, um Maschinen der *Dehomag* zu warten. Das passte zusammen. Passte alles zusammen. Die *Dehomag*, das hatte Fischbein gelesen, stellte ihre Ingenieure für die Wartung und den Betrieb der Lochkartenmaschinen zur Verfügung. Niel kam, wenn seine Informationen stimmten, im Juni 45 nach München, seine Frau und die Kinder waren schon im März aus dem zerbombten Berlin nach Süddeutschland geflohen.

Fischbein beschloss, sein körperliches Unbehagen, das er inzwischen wieder deutlich spürte, durch einen weiteren Sherry zu besänftigen. Es war kurz vor 3 Uhr morgens. Während seines Studiums in London hatte er oft bis 4, 5 Uhr morgens die Bücher eines kleinen Wäschereibetreibers oder Bäckers, dem am nächsten Tag eine Prüfung ins Haus stand, durchgesehen und, so gut es ging, in Ordnung gebracht, und diese Erinnerung machte ihm Mut, es auf seine alten Tage noch einmal mit sich selbst als Zwanzigjährigem aufzunehmen. Er las weiter.

***

«Herr Direkter», seine Haushälterin sprach mit freundlichem bayerischen Akzent, «Herr Direkter – Sie sind ja noch wach? Was ist denn los? Soll i Ihnen des Frühstück machen?»

«Ja, ich glaube, das wäre eine wundervolle Idee.»

«Was haben S' denn bloß gemacht, so lang?»

«Ich habe», sagte Fischbein ernst, «ich habe etwas herausgefunden.»

«Was Schlimmes?»

«Weiß nicht. Ich komme gleich runter, ich nehme vorher noch kurz ein Bad.»

Was er herausgefunden hatte, *war* schlimm. Fischbein wusste das. Es waren zwei Dinge. Er hatte herausgefunden, was sich am Kriegsende wahrscheinlich bei Alfred Niel zugetragen hatte. Und er hatte herausgefunden, dass er selbst ein Feigling war. Sogar noch weniger als ein Feigling, einfach nur jemand, der seiner eigenen Bequemlichkeit einen viel höheren Stellenwert einräumte, als er zu den Zeiten gedacht hatte, als sie nicht bedroht gewesen war.

Fischbein war bislang davon ausgegangen, dass das Dritte Reich ein homogenes, totalitär kontrolliertes System des Grauens gewesen war, über das *Adolf Hitler* mit absoluter Macht geherrscht hatte. Mit voranschreitender Lektüre über den tatsächlichen Aufbau des Dritten Reichs war ihm die Unübersichtlichkeit, Verworrenheit und Heterogenität dieser Herrschaft klar geworden. Jeder der mehr als ein Dutzend obersten Funktionäre, wie Bormann, Speer, Göring, Rosenberg und wie sie alle hießen, herrschte auf *seinem* Territorium – jeder versuchte, seinen eigenen gierigen oder fanatischen Weg zu gehen, jeder konkurrierte mit den anderen, und Hitler war so etwas wie ein Schiedsrichter, der diesen Wettstreit seiner unmittelbaren Untergebenen förderte, denn durch den Streit zwischen ihnen blieb er stets die entscheidende Instanz. Es gab zum Beispiel eine große Konkurrenz auf dem Gebiet der Beschlagnahmungen, Sicherstellungen oder eben dem einfachen Raub von Kunst und Wertgegenständen. Fast jeder der großen Nazis hatte seine Bevollmächtigten, Beauftragten und Kommandos – Experten und Räuber, die sich gegenseitig blockierten, die Allianzen schlossen und Intrigen schmiedeten.

So verworren die Lage im Einzelnen offensichtlich gewesen war, so führte doch jede der unzähligen Institutionen gewissenhaft Buch über ihre Eingänge, Erwerbungen, Veräußerungen. Die Art eines Gegenstands, sein Herkunftsort, Gewicht, sein Wert und einige andere Kriterien wurden genau erfasst.

Zur Archivierung wurden die Hollerith-Lochkarten benutzt. Überall. Wo Hollerith-Maschinen arbeiteten, arbeiteten auch ‹zivile› unbeteiligte Ingenieure von *Dehomag* und IBM, die die Maschinen warteten. Niel war der Ingenieur für die Hollerith-Maschinen des Devisenschutzkommandos. Insgesamt befanden sich in deren Depot an die 9000 Einzelstücke, zum Teil waren das Neueingänge, zum Teil wurden sie aber auch von Göring dort eingelagert, bis der Krieg gewonnen wäre. Alfred Niel hatte wohl, kurz vor Kriegsende, bevor er seiner Familie nach Süddeutschland folgte, einige dieser Gegenstände, siebenundachtzig, um genau zu sein (zumindest gab es im Ganzen siebenundachtzig Lochkarten), für sich selbst aussortiert und die Lochkarten mitgenommen, sodass niemandem dort der Raub auffiel.

Fischbein hatte herausgefunden, dass jede der Lochkarten zwei gemeinsame Merkmale hatte. Er wusste nicht, was diese beiden Merkmale waren, aber er hatte jede Abteilung mit einem dünnen Holzspan durchstochen, und nur bei zwei Löchern von über sechzig möglichen war der Span durchgedrungen. Das war das eine.

Gravierender aber war ein erstaunlicher Fund in den argentinischen Unterlagen. Dort fand sich eine *Auslandsversicherungspolice* der *Münchener Privat* über siebenundachtzig Gegenstände, die Dinge wie Uhren, Ringe, Miniaturen umfasste. Dinge, die sehr wertvoll und relativ klein und leicht waren. Das Erstaunliche war, dass die Versicherungspolice auf das Jahr 1937 ausgestellt war. Von einem Sachbearbeiter namens Wettlbeck. Es fanden sich in den Münchener Hauptbüchern keine Belege dafür, und das Ganze war eine mehr oder weniger leicht zu erkennende Fälschung. Wie das Ganze nach Argentinien gekommen war, wusste er nicht. Wie Niel die Dinge zu Geld gemacht hatte, auch nicht. Das war aber auch schon egal.

Niel hatte mithilfe der Lochkarten eine Sammlung gewisser Gegenstände zusammengestellt, war nach München gefahren, hatte sich Herrn Wettlbeck gesucht, und der hatte, für eine Beteiligung an der Firma Niel, die Versicherungspolice vordatiert – mit ihr hätte man nachweisen können, dass die Wertgegenstände alle schon vor dem Krieg im Besitz von Niel gewesen waren, dass sie also keine Beutekunst, sondern vielleicht eine Erbschaft waren. Soweit Fischbein gesehen hatte, waren außer der Uhr, die Reichhausen suchte, noch ein juwelenbesetztes Medaillon aus dem 17. Jahrhundert und ein silberner Salzstreuer im nielschen Besitz geblieben, in einem Schließfach in Luxemburg.

Er jedenfalls hatte beschlossen, die Ergebnisse dieser faszinierenden und grauenvollen Nacht auf sich beruhen zu lassen. Er würde die *Münchener Privat* nicht in Schwierigkeiten bringen. Er würde einfach nicht mehr darüber nachdenken. Jetzt wusste er, was er wissen wollte, und damit gut. Er würde einfach warten, bis Reichhausen zurück wäre, und damit wäre die Sache abgeschlossen. Als er aus der Wanne stieg, wunderte er sich, dass diese Entscheidung die erhoffte Wirkung auf sein Wohlbefinden nicht hatte. Im Gegenteil.

Die Aussicht, trotz seiner Erschöpfung nicht einschlafen zu können, deprimierte ihn, mehr noch, sie machte ihm Angst. Worüber würde er nachdenken, wenn nicht über Alfred Niel, Göring und eine absolute Buchhaltung, die noch nach fünfzig Jahren von einem beliebigen anderen Buchhalter bis ins Detail nachvollzogen werden konnte – warum musste dieser Buchhalter ausgerechnet Fischbein sein?

Zum ersten Mal seit vielen Jahren dachte er daran, dass sein damaliger Londoner Chef ihn ganz bewusst nach Frankfurt, später nach München geschickt hatte. Nicht nur, weil er mühelos Deutsch sprach.

Er öffnete das angelaufene große Badezimmerfenster und beugte sich in die kühle Luft hinaus. Der See, den man von dieser Seite aus sehen konnte, spiegelte die trübe Morgensonne bleiern wider. Der Dampf seines Badewassers drang hinaus, während er sich freihändig die Krawatte band. Sein Chef, Roger McFerith, hatte sehr deutlich ausgeführt, dass er Fischbein mit seinem Potenzial besten Gewissens nach Hongkong, New York oder Seattle schicken könnte. Allerdings werde Fischbein selbst feststellen, dass er in Deutschland gewisse Standortvorteile habe. Solange man dort anstelle historischen Bewusstseins einen großen, dumpfen Schuldkomplex sitzen habe, sei Fischbein dort genau richtig, niemand könne es sich leisten, in den Verdacht zu geraten, Antisemit zu sein. Fischbein, der keine Beziehung zum Judentum hatte, hatte sich zwar darüber gewundert, akzeptierte die Versetzung nach Frankfurt allerdings gerne. Er mochte die Deutschen und stellte nach und nach fest, dass ihn die Deutschen wiederum nicht nur bloß mochten – sie *liebten* ihn.

Nach ein paar Wochen beherrschte er das Spiel, das gespielt wurde, wenn er mit wichtigen Geschäftspartnern und deren Familien in Kontakt kam – nach dem Abendessen, wenn es Zeit wurde, die *human interests* zu pflegen, gab es den Punkt, an dem er dem ganzen, schweigenden Tisch erzählte, dass seine Familie ursprünglich aus *Clahovice*, deutsch *Klatowitz*, in Galizien stamme.

Er wusste, dass es das Beste war, an dieser Stelle kurz innezuhalten, die Wellen stiller Panik sich ausbreiten zu lassen – und *dann* die Geschichte von Großvater Santiago, dem jüdischen Antiquar aus Urdinarrain, zu erzählen. Welch unglaubliche Erleichterung das jedes Mal für alle war! Ach, schon vor sieben Generationen? Wie sehr man diese Erleichterung auf der Stelle spürte und auch das lebhafte, verbindliche Interesse, das darauf folgte, und wie schnell man so *wirkliche* Freundschaften schloss, wie sehr einen alle mochten, wirklich mochten, wie sie den Juden Fischbein hoch schätzten, mit seinem wundervollen, sorglos auszusprechenden britischen Vornamen. Wie sympathisch er allen war, Fischbein, der Jude, dessen Familie zugleich niemand jemals ein Haar hatte krümmen wollen, außer einmal einer Gruppe fanatischer, früher Peronisten in den Zwanzigerjahren, ja, da sein Großvater im Viertel als Parteigänger der Bürgerlichen bekannt war, habe man ihm die Scheiben eingeschmissen. Tolle Geschichte, ist eben wirklich ein Weltvolk, überall zu Hause, faszinierend ...

Ja, Fischbein war *sehr* beliebt, wurde häufig eingeladen, auch der alte Niel hatte ihn wohlwollend empfangen, und er hatte sich recht nett mit einem seiner Söhne unterhalten, wäre fast dem bayerischen Ministerpräsidenten vorgestellt worden, der dann später an seinem Erbrochenen sterben sollte.

Man hatte ihn gemocht in Deutschland, von Anfang an, besonders in München mochte man ihn, und Fischbein, der sich gerade erbärmlich und verloren vorkam, spürte eine tiefe, todtraurige Verzweiflung über sich selbst, der wissend und gerne und immer virtuoser mitgespielt hatte und sich nicht nur irgendwann die Geschichte mit dem peronistischen Überfall, sondern auch viele andere, kleinere Details ausgedacht hatte, um seinen Zuhörern einen Gefallen zu tun ...

Dann fiel ihm, inmitten seiner Trübnis, ein anderer Tonfall, eine einzige andere Erfahrung ein: Der Einzige aus der Münchener Gesellschaft, der ihn von Anfang an gleichbleibend und rücksichtslos beleidigt hatte, war Friedrich Baron von Reichhausen gewesen, der sich selbst absurderweise – Fischbein wusste davon – den *Würger* nannte.

Er fühlte sich so müde, dass auch der heutige freie Tag, den er sich genommen hatte, daran nichts ändern würde. Kein Schläfchen am Nachmittag und kein Abend in seiner Sauna würden das wieder hinkriegen.

Als er am Frühstückstisch saß, hatte er nicht einmal mehr die Kraft umzurühren. Er starrte verblüfft auf den Kaffeelöffel. Er wollte kein Ei und keinen Bacon und auch keinen Kaffee.

Er hätte stattdessen gerne mit Reichhausen gesprochen. Sehr gerne. Aber das war nicht möglich.

Messina, Passage 20.12.1999, 8:05

Die 1933 in Straßburg gebaute Uhr, die den Campanile von Messina schmückt, ist nicht nur die größte astronomische Uhr der Welt, zu deren Fertigung Großuhrenbauer aus vielen Ländern ihr Können beigetragen hatten, sondern sie ist auch eine der schönsten. Pünktlich zu Mittag tritt eine Unzahl von Figuren aus ihr. Sie stellen die Planeten, die drei Geister der Zeit, die Dämonen von Erinnerung und Vergessen und eine Vielzahl anderer Allegorien menschlicher und göttlicher Mächte und Kräfte dar. Sie alle bewegen sich in einer verblüffend komplexen Weise umeinander herum, lösen sich, bilden Paare, die sich wieder trennen, um neue Konstellationen einzugehen, ein wahres Feuerwerk an Einfällen. Es gibt Komplikationen jeder Art, stählerne Bäume, die aus dem reinen Nichts wachsen, erblühen und ihre mechanischen Blätter verlieren, symbolische Eklipsen, vorüberfliegende Vögel aus bemaltem Blech und unzählige andere Details, die, alle zusammen, mit dem Tanz der Figuren ein atemberaubendes mechanisches Großwunder bilden, das niemand vergisst, der es einmal gesehen hat.

Leider funktionierte die astronomische Uhr Messinas im Winter 1999 nicht und bewegte sich kein bisschen. In der Stadt selbst erzählte man irgendetwas von einem Baurat, der eines Tages nicht mehr in seinem Büro erschienen war. Das Geld aus Brüssel für die Reparatur war auch verschwunden. Deswegen ging die Uhr nicht, und deswegen schlug ihre Glocke auch nicht achtmal, als Pulito angefangen hatte, das Ohr des Würgers abzulecken.

Pulito liebte des Würgers Ohr. Es war angenehm temperiert, roch sehr gut und war wohlschmeckend; vor allem aber mochte er es, weil das Lecken in des Würgers Ohr die definitiv besten Resultate brachte: das rasend schnelle Aufwachen des Barons aus jedem Schlaf, und sei er noch so tief und berauscht und schmerzlich …

… Das habe ich dir doch gesagt, ich habe es dir gesagt, es tut mir leid … das wollte ich nicht!, flehte der Würger die verhärtete Maske seines Großvaters an, die ihn stumm bis auf den Grund seiner Seele zu verwerfen schien.

Dann riss dieses Drohbild ab, die Zeit des Traums lief zurück, und Fritz saß wieder in der Bibliothek von Gut Dreieck. Seit er Josefs Schüler geworden war und seine Einsamkeit und die Furcht, für immer verlassen zu sein, Milderung erfahren hatten, hatte er sich Nacht für Nacht, von den tickenden Spiralwirbeln und kreisenden Umlaufbahnen der Zahnräderchen träumend, mit der Frage beschäftigt, wie er das Herz seines Großvaters gewinnen könnte. Er musste etwas tun, dachte Friedrich, damit er sähe, was er alles fertigbrächte, und da sein eigener Geburtstag näher rückte, der 12. August, verwob sich dem Jungen dieses Datum in einer merkwürdigen Verschiebung mit der Idee, seinem Großvater etwas zu schenken. Seinen eigenen Geburtstag umzukehren. Das würde den Großvater bestimmt freuen. Nur, was es sein sollte, wusste er nicht, bis zu einem Nachmittag Ende Juli. Wie jeden Tag machte er seine Schularbeiten in der Bibliothek, dem stillsten Ort im ganzen Haus. Draußen spielte der Sommer prächtig mit allem, was er zu bieten hatte, Himmel, Licht, Schwalben und jungen Katzen, und Friedrich konnte sich nicht konzentrieren. Es war viel zu still im Zimmer, so still, dass man sein eigenes Blut rauschen hören konnte, wenn man den Atem anhielt. Plötzlich, während er wieder einmal seinem Blutkreislauf nachzulauschen versuchte, fiel sein Blick auf die große Uhr, die auf dem Kaminsims der Bibliothek stand. Sie war immer schon da gestanden, aber sie gab kein Geräusch von sich. Sie ging nicht. Das war ihm noch nie aufgefallen, aber jetzt sah er es plötzlich, und gleichzeitig wusste er, was er seinem Großvater schenken würde. Er würde die Uhr reparieren. Er war begeistert von dieser Idee, und als er eine Stunde später mit seinen Hausaufgaben fertig war, lief er hinaus und dachte nur noch an seinen Plan. Er musste sich nur noch das Werkzeug ausleihen, er durfte aber niemandem etwas sagen, nicht einmal dem Josef. Am Abend sagte ihm der Josef, dass er morgen Nacht erst spät zurückkomme, weil er auf einem weit entfernten Bauernhof zu tun habe, die Dreschmaschine «mecht repariert» sein. Friedrich nickte still. Das würde die Nacht sein. Josef war nicht da, Friedrich würde sich am frühen Nachmittag zum Josef schleichen, er wusste ja, wo der den Schlüssel für die Tür versteckte, er würde sich das Uhrmacherwerkzeug holen und dann die Uhr reparieren und das Werkzeug zurückbringen, dann könnte er sie seinem Großvater am Sonntag zeigen und ihm erklären, wie er sie repariert hatte. Den ganzen Tag in der Schule hatte er unheimliches Herzklopfen, Panik und Vorfreude, der Kitzel seines großartigen Plans fuhr ihm über die Haut, wenn er daran dachte, wie sehr alle staunen würden über ihn, und vielleicht würden sein Großvater und Josef auch Freunde, und es würde ganz herrlich sein. Sein Großvater war tagsüber in München, und niemand ahnte etwas. Es gelang ihm sehr leicht, nach dem Mittagessen das Werkzeug zu holen, dann ging er wie jeden Tag in die Bibliothek. Anstatt aber seine Hausaufgaben zu machen, öffnete er mit pochendem Herzen die Uhr, hob den Deckel ab, nahm atemlos einen der Schraubenzieher und begann vorsichtig, das Werk abzutragen. Und so wie Josef es machte, legte er die Einzelteile auf sein Taschentuch. Die Mechanik war ungeheuer faszinierend, Friedrich verlor sich minutenweise in der Anordnung einzelner Teile, er musste sich alles genau merken, aber das würde gut gehen, die Uhr schien ihm viel einfacher als diejenigen, die Josef ihm erklärt hatte. Kurz vor dem Abendessen war die Uhr auseinandergebaut, er legte eine Tischdecke über die Einzelteile, lief ins Speisezimmer, Großvater war noch nicht da, sie aßen, er sagte, er sei noch nicht fertig mit den Hausaufgaben und ging in die Bibliothek zurück. Doch schon auf dem Weg zurück wurde ihm mulmig. Er konnte sich plötzlich nicht mehr richtig erinnern, wie die Uhr aufgebaut gewesen war, na ja, das würde sich geben, wenn er die Einzelteile wieder sähe, aber auch als das der Fall war und Fritz sich mit hochrotem Kopf über die verwirrende Sammlung beugte, fiel ihm nichts mehr ein.

Er versuchte, das ein oder andere Zahnrad mit seinem durch den Mittelpunkt getriebenen Metallstift in eines der Lager einzusetzen, aber das Ergebnis war erschreckend. Die Feder ließ sich nicht mehr spannen, die verschiedenen Anker griffen nicht, Zahnräder wollten sich nicht einpassen, standen nicht gerade im Lager, sondern waren geneigt, und je länger Friedrich an ihnen herumprobierte, desto panischer wurde er, bis ihm, als es schon dunkel geworden war, die Tränen herunterliefen und er große Angst bekam. Er ging zitternd und zum Schein ins Bett, und als er sicher war, dass ihn niemand bemerken würde, lief er hinaus, zum Sudhaus. Es war schon fast zehn Uhr abends, so spät war er noch nie alleine draußen gewesen. Im Sudhaus brannte noch Licht, er stürzte hinein, die Tränen liefen ihm übers Gesicht, als er dem von achtzehnstündiger Arbeit völlig erschöpften Josef alles eingestand. Der verfluchte ihn heftig und ernst gemeint, denn sein Werkzeug war ihm heilig, sprach dann schon milder vom Teufel, den Fritz im Leib hätte, und dass sie jetzt schnell ins Haus gehen müssten, die Einzelteile holen und das Gehäuse. Der Josef würde versuchen, sie in der Nacht wieder zusammenzusetzen.

Friedrich verging fast vor Aufregung und Angst, als sie beide durch eine hinten gelegene Tür in einen Keller des Gutshofs, die Josef geschickt geöffnet hatte, ins Haus kamen, in die Bibliothek schlichen. Eine halbe Stunde später war alles so weit geschafft, und der Josef machte sich fluchend an die Arbeit, fluchend vor allem deswegen, weil Fritz da höchstwahrscheinlich eine Louis-quinze-Pendule aus der Mitte des 18. Jahrhunderts zerlegt hatte, die Signatur E. C. Coutourier legte das nahe. Josef versuchte mit zusammengebissenen Zähnen, das sündteure Stück in einem Kampf gegen die knapper werdenden Morgenstunden in den alten Zustand zurückzuversetzen.

Friedrich lag in furchtsamem, an seinen Rändern in Wahnsinn getauchtem Selbstgespräch in seinem Bett und konnte nicht schlafen, fantasierte nur und hörte, wie sein Großvater sehr spät nach

Hause kam. Es würde alles gut werden, der Josef würde die Uhr reparieren, dann würde der Großvater sich trotzdem freuen, und alles würde gut werden. Alles würde wieder gut werden. Es wurde nicht gut.

Wie immer häufiger, seit die Suche nach der *Ziffer* zu einer Flucht geworden war, eskalierte der Albtraum des Würgers in den Geschehnissen dieser Tage, der Augenblick des Schmerzes und der Verzweiflung kam über ihn, der unmögliche Augenblick, als Fritz begriff, was er angerichtet hatte und dass nichts mehr zu retten war, es nichts mehr zu sagen und zu erklären gab und er von seinem Großvater nichts anderes mehr sehen würde als die feindselige, eiskalte Maske eines Menschen, der einen anderen ein für alle Mal verstößt ... Dann zerstob der Traum, und er fuhr aus dem Schlaf. Pulito hatte ihn aufgeweckt.

Er schnappte nach Atem, konnte sich schon nicht mehr an das schreckliche Ende erinnern, sah nur noch die steinerne Maske seines Großvaters vor sich, dann nicht mehr, schlug die Augen auf, sein Gesicht schweißnass. Das Erste, was er dachte: Pulito. Dann: der Koffer mit der letzten seiner Uhren an seinem Handgelenk. Alles da.

«Das Ohr, lass. Mein Kleiner. Du bist da. Ich auch, natürlich, du hast Hunger», sagte er mit leiser, zitternder Stimme und drückte seinen kleinen Hund an seine Wange.

«Warte, das werden wir gleich haben. Du musst nur leise sein, sei still. Nein, leise, nicht bellen. Nein, ich habe doch gesagt, *nicht* bellen.»

Es half nichts, Pulito freute sich so ungeheuer, dass der Würger jetzt wach war und dass er endlich etwas bekommen würde, er musste einfach bellen. Der Würger nahm ihn hoch, versuchte, ihn milde zu besänftigen, und da der kleine Hund nicht aufhörte, jetzt anfing, vorfreudig zu jaulen, steckte ihn der Würger in seine Jacke und zog den Reißverschluss hoch. Die Dunkelheit, die Wärme, der beruhigende Geruch ließen Pulito verstummen. Der Würger schlich zur Tür, öffnete sie und sah den Gang hinunter, ob irgendjemand das Bellen gehört haben konnte. Er sah niemanden. Er holte die Dose mit dem Delikatesshundefutter und leerte, was in ihr war, in den Napf, zog den Reißverschluss auf, nahm Pulito heraus, setzte ihn vor den Napf und sah ihm vergnügt zu. Während der Hund fraß, ging er wie an jedem Morgen seit dem fatalen Wiener Zusammentreffen im November zum Spiegel.

Er fuhr sich prüfend über den dichten grauen Vollbart, blickte sich in die Augen. Grinste probehalber und entblößte die Zähne. Legte die Hände an die Ohren und zog an ihnen. Dabei machte er ein prustendes, schwer atmendes, gegen Ende pfeifendes Geräusch. Er nahm noch einmal den Artikel aus der *Abendzeitung* und hielt sein Foto, so gut es ging, neben sein Spiegelbild. In dem Artikel war von einem sehr erfolgreichen Rechtsanwalt aus alter Familie die Rede, einem Spezialisten für Erbschaftsrecht, bekannt für seinen durchweg exquisiten Geschmack.

Dann prüfte er tastend die Platzwunde am Hinterkopf, konnte sich nicht zurückhalten zu kratzen und riss aufseufzend ein kleines Stück Schorf ab. Er hielt es sich belustigt vor die Augen und warf es schließlich ins rissige und von Sprüngen durchzackte Waschbecken. Er würde die Mütze weiterhin tragen müssen, zum Schutz und um die Verletzung zu verbergen. Spätestens wenn er die Mütze aufsetzte, sah er aus wie ein Penner. Niemand, der nur das Foto aus der *Abendzeitung* kannte, würde ihn erkennen. Er selbst erkannte sich nicht einmal. Er bewegte sich jetzt im Schatten, und er würde so lange wie nur irgend möglich dort bleiben. Er würde sich nachts und im Dunklen der Linien aufhalten. *TransEuroNacht.*

In der Flasche *Vecchia Romagna*, die er gestern gekauft hatte, waren noch drei, vier Schluck, ausreichend, um ihm die nötige frühmorgendliche Klarheit zu geben und seinen fuselig gewordenen Kater so zu befrieden, dass er sich schlafen legte. Pulito hatte den Napf leer gefressen, stellte sich seinem Freund an die Seite, der Würger nahm ihn auf den Arm, kraulte ihm den Nacken und forschte dem seifigen Geschmack des Weinbrands in seinem Gaumen nach.

Hinter dem Fenster verhangenes Grau, Wolken so verquollen, als hätte der Himmel die ganze Nacht billigen Grappa gesoffen. Es war nicht kalt, um die zehn Grad, drückend, die befremdliche dunstige Schwere des sizilianischen Winters. Vermutlich würde es am frühen Nachmittag ein Gewitter geben. Bald war Weihnachten. Da war hier unten zum Glück alles ausgestorben.

Es graute ihm vor der Fähre, die er wieder würde nehmen müssen. Vor dem verzweifelten Knirschen der Achsen beim Verladenwerden. Vor der schwankenden, stillen Unruhe während der Überfahrt und den Drohungen der See. Aber er musste Messina verlassen. Pulito durchbringen. Er musste nach Neapel. Wenn er wenigstens einen normalen Zug nehmen könnte, wäre es leichter. So käme er wieder spät in der Nacht an, müsste wieder ein billiges, am besten sogar mieses Hotel finden und dann nach diesem Kerl suchen. Littero. Amelio Littero. Der würde ihm seine letzte Uhr abnehmen, die *Audemars Piguet*. Es musste sein, ohne jedes Geld würde er überhaupt keine Chance mehr haben. Er brauchte ein paar Tausender in die Hand. Bei dem Gedanken wurde ihm mehr als übel, denn noch niemals hatte er eine seiner Uhren freiwillig veräußert, außer 1975 die gefälschte *Jaeger Le Coultre, Kaliber 11-436*, Baujahr 1938, die er sich in Kopenhagen hatte andrehen lassen und die dann irgendein Amerikaner gekauft hatte. Doktor hatte ihm damals, allerdings unter leisem Protest, geholfen. Ach, Doktor ...

Der Würger hatte das Beste aus seiner Lage gemacht. Da seine Lage beschissen war, war das Beste, das er aus ihr machen konnte, nicht gerade berauschend. Der Würger war ein Penner geworden, der sich in sizilianischen Städten herumschlich.

Das Schleichen machte seinem Hund ziemlichen Spaß. Neben

dem Ohrlecken, Fressen, Schlafen, Riechen und allgemeinen Spielen war Schleichen das Liebste, was Pulito tat, und was *Schleichen* betraf, kam er wirklich auf seine Kosten. Wo er hinkam, versuchte der Würger, sich möglichst unauffällig zu benehmen. In Palermo hatte er festgestellt, dass es das Unauffälligste für einen Mann in seiner Lage und mit seinem verkommenen Aussehen war zu betteln.

Also war er Bettler geworden, der zwar kaum etwas einheimste, und wenn, dann von freundlichen älteren Touristen aus Skandinavien und Deutschland und nur unter der Bedingung, das Geld für den *armen* Hund zu verwenden, der sich aber unter dem Mantel dieser erbärmlichen Existenz sicher fühlen und verbergen konnte. Ein böses Schicksal hatte ihn aller Hilfsmittel und seiner wenigen Verbündeten beraubt. Der äußerst wertvolle Kern seiner Sammlung hatte sich in ein paar Wochen in Luft aufgelöst. Seine Chance, die mythische Uhr zu finden, die theoretisch immer noch bestand, war nun *sehr* klein. Eigentlich hatte er keine mehr. Was wollte er also noch? Wieso hatte er nicht schon längst aufgegeben? Wieso war er nicht einfach nach München gefahren und hatte sich den Behörden gestellt?

Es war immer noch die gleiche, manchmal atemberaubende Sehnsucht, wenn er nachts aufwachte und sich vorstellte, dass die *Ziffer* irgendwo da draußen war, dass ihre Mechanik arbeitete und sich selbsttätig, Sekunde für Sekunde, unbeschreibbar präzise, dem Augenblick näherte, in dem ein vor über siebzig Jahren entworfener und mit der Hand hergestellter Schalter 1,2 Millimeter nach oben rutschen würde und ...

Er hatte seinen kleinen Hund, den er so lieb gewonnen hatte, dass ihm manchmal das Herz stockte bei der Vorstellung, es könne ihm etwas zustoßen – und er fühlte wahre Sehnsucht, die alte, jahrzehntelang betäubt gewesene Gefährtin seiner Kindheit. Sie war erwacht. Wann immer das geschehen war ... aber sie war wieder erwacht. Seine Suche nach der *Ziffer*, als er geglaubt hatte, sie erreichen zu können, war einem reinen Instinkt der Habgier geschuldet gewesen, ein Reflex, den er für Interesse gehalten hatte.

Jetzt aber war ihr Stern wieder an seinem Nachthimmel aufgegangen, und obwohl es unmöglich war, zu den Sternen zu fliegen, war es nicht unmöglich, von ihnen zu träumen. So war es einfach. Deswegen würde er vor Mitternacht des Silvestertages nicht aufgeben.

Was dann kommen würde, wusste er nicht. Er würde in Schwierigkeiten sein. Früher hatte er immer Doktor angerufen.

‹Ich bin in Schwierigkeiten, Doktor!›, dachte er in imaginärem, vertrautem Zwiegespräch.

‹Das habe ich mir schon gedacht, Baron›, sagte Doktor.

«Das haben Sie sich gedacht ...», murmelte der Würger, lächelte abwesend, versunken, die Hand zärtlich im Fell des Hundes. Doktors Stimme verklang. Er senkte seinen Blick vom verkaterten Himmel auf den Hinterhof: Ein Koch, oder was er war, warf eine erstaunliche Menge rosafarbener Mülltüten auf eine von anderen rosa Mülltüten berstende Tonne. Er konnte hören, dass der Koch, oder was er war, ein Lied sang. Ein fröhliches sizilianisches Lied, das davon handelte, wie sich ein junger Mann wegen eines ehrbaren Mädchens erschießen lässt und in den letzten Augenblicken, bevor er seinen Geist aufgibt, daran denkt, wie schön das Rot ihrer Lippen ist, die er niemals wird küssen können ...

Paris, Aufenthalte – Passagen (div.) 23.12.1999, 15:52

An der Tür der Pariser Wohnung, die von Quentin Finistère seit über fünfunddreißig Jahren bewohnt wurde, befand sich seit seinem Einzug im Mai 1964 das Namensschild seiner Vormieter. Es war keineswegs auffällig oder irgendwie absonderlich, sondern höchst gewöhnlich. *M. & Mme. Georges Léfas.*

In den ersten Wochen nach seinem Einzug hatte Quentin nicht daran gedacht, es durch sein eigenes auszutauschen. Er war viel unterwegs gewesen, nicht nur im Schlafwagen. Er spielte zu der Zeit gerne – und er war einer derjenigen gewesen, auf den das alte Sprichwort zutraf: *Glück im Spiel, Geld für die Liebe*. Den Sommer 64 hatte er an der See verbracht, und als er zurückkam, froh, wieder in Paris zu sein, hatte er sich darüber gefreut, zu *M. & Mme. Georges Léfas* zu kommen, es war so gewesen, als hätten die beiden sich den Sommer über um die Wohnung gekümmert, ein unsichtbares Ehepaar friedfertiger Hausgeister, das ihn stumm, aber herzlich willkommen hieß. Er hatte das Namensschild behalten – und es hatte sich hin und wieder als nützlich erwiesen, da Quentin doch in einiger Regelmäßigkeit bei Frauen und Männern zärtliche Gefühle zu wecken pflegte, die zu erwidern ihm nicht immer möglich und denen sich diskret zu entziehen ein fremder Name am Klingelschild hilfreich gewesen war.

Er hatte sich immer Mühe gegeben, nicht grob und nicht allzu abweisend zu sein, und *M. & Mme. Georges Léfas* hatten ihm manches Mal diskret dabei geholfen, seine Intimsphäre und die absolute Ruhe seines Schlafzimmers zu wahren. Sein Schlafzimmer ging auf den sehr stillen Hinterhof des Hauses in der Rue Livingston und war vermutlich einer der stillsten Orte im Inneren von Paris, denn Quentin hatte genau darauf, auf seine Stille und Abgeschiedenheit, höchste Sorgfalt verwendet. Der für ein Schlafzimmer ungewöhnlich große Raum besaß ein schmales, zweiflügeliges Fenster, das Quentin hinter hohen, von der Decke reichenden Vorhängen aus dunkelrotem, zweifach genommenem Samt lichtlos und dämpfend verschwinden lassen konnte. Die Tür zum großen, bis auf eine Garderobe gänzlich leeren Flur war leicht gepolstert und mit dem gleichen Samt überzogen. Der Raum war vollständig mit einem schwarzen, weichen Teppich ausgelegt. Außer einem sehr großen, meist mit nachtblauer Bettwäsche bezogenen Bett aus Ebenholz, einer flachen lang gestreckten Kommode, die ihm als Nachtkästchen diente, und zwei sich gegenüberstehenden niedrigen mit dunkelbeigem Leder bezogenen Sesseln war er leer. Diese Leere gab dem Raum die Großzügigkeit eines eleganten Salons, in dem man Gäste empfängt. Auch wenn Quentin durchaus Gäste in seinem Schlafzimmer gehabt hatte und, wenn auch immer seltener, immer noch hatte, so war er doch die meiste Zeit allein. Er schätzte Übernachtungsbesuch nicht. Er liebte es, alleine zu erwachen, und er schickte in einer heillosen, feuchten Regennacht einen empfindsamen jungen Dichter eher auf die Couch in seinem Ankleidezimmer, wenn er es nicht über das Herz brachte, ihn auf die Straße zu setzen. Aber wenn er die Liebe genießen sollte, musste er danach alleine sein. Und er brauchte Stille.

Neben Schlafzimmer und Ankleidezimmer hatte die Wohnung noch eine Küche und ein kleines Bad. Das Wohnzimmer hatte Quentin niemals bezogen, er hatte es unmöbliert und unrenoviert gelassen und benutzte es mehr oder weniger als große Abstellkammer. Quentin hielt sich eigentlich, wenn er zu Hause war, ausschließlich in seinem Schlafzimmer auf. Er aß auswärts, machte sich in der Küche allenfalls Kaffee, aber auch das eher selten, und brauchte ansonsten nur noch Platz für seine Kleiderschränke, weil er es nicht ausstehen konnte, mit getragenen Kleidern im gleichen Raum schlafen zu müssen.

Quentin war sein ganzes Leben auf Reisen gewesen. Bevor er sich in den nachtblauen Verstecken der *Compagnie* verborgen hatte, war er gleichfalls gereist, nicht von Stadt zu Stadt, sondern von Mensch zu Mensch, von Phantasma zu Phantasma: Er war Hochstapler gewesen, ein zärtlicher junger Mann, dem gewisse Dinge zu leichtgefallen waren, als dass er ihrem verbotenen Charme hätte widerstehen können. Kurz bevor man ihn zweifellos erwischt und eingesperrt hätte, setzte er sich ab und trat, um zu verschwinden, in die *Compagnie* ein, wie es so viele vor ihm aus den verschiedensten Gründen getan hatten. Nicht jedem allerdings war es gelungen, verschwunden zu bleiben ...

Er hatte sich spielend in *TransEuroNacht* zurechtgefunden, und die Unbequemlichkeiten der Schaffnerliegen, der manchmal arg heruntergekommenen Hotels sowie das Fluidum der Schlaflosigkeit und Übermüdung hatten ihm nichts anhaben können – nicht zuletzt, weil jenseits von *TransEuroNacht* die Stille seines Schlafzimmers auf ihn wartete. Hier hatte er zu jeder Tages- und Nachtzeit Schlaf gefunden. Auf dem Bett liegend, war er die Linien seines Lebens, die Streckennetze von Vergangenheit und Gegenwart nachgefahren und hatte, was ihm das größte Vergnügen war, das er kannte, über Menschen nachgedacht, über Gesichter, Gesten, hatte sich an Tonfälle und Erzählungen erinnert. Manchmal hatte es ihn sonderbar angerührt, welches Glück es für ihn war, hinter diesen Gedanken an andere zu verschwinden ...

Er war sehr früh aus dem *Gran' Tour* nach Hause gekommen. Am Abend hatte er nur kurz seinen Bruder Hubert besucht. Er hatte Hubert vor einigen Wochen gebeten, ihm bei einer Kleinigkeit behilflich zu sein. Es handelte sich um einen kleinen Anhänger aus vergoldeter Bronze an einer goldenen Kette – der Anhänger stellte eine schmale, kräftige Raubkatze vor, einen Panther oder Leoparden, und war aus einem Abzeichen gemacht, das die *Compagnie* bis in die frühen Sechzigerjahre hinein verliehen hatte, sobald ein Schaffner seine zweitausendste Tour hinter sich gebracht hatte. Sammler der Eisenbahn- und Schlafwagengeschichte schätzten solche kleinen Abzeichen, Ehrengaben und Uniformteile, und sie waren selten zu bekommen. Der Anhänger war ein Geschenk gewesen, und irgendwie hatte ihn Quentin in der letzten Zeit öfter in den Fingern gehabt, nachgesonnen und beschlossen, ihn Leo zu schenken.

Quentin hatte das Abzeichen bei einem Goldschmied zu einem Anhänger umgestalten und auf seiner Rückseite ‹*Pour Leo de son ami Quentin*› in kleinen Buchstaben eingravieren lassen. Der Anhänger war etwa fünf Zentimeter groß, eine der klassischen Heraldik von Kraft und Gewandtheit entsprungene Katze.

Quentin, der es liebte, dem Regen im Hinterhof zuzuhören, war gerade aufgestanden, hatte sich noch nicht angezogen, sondern saß in Pyjama und seinem wattierten Morgenmantel aus dunkelblauer Seide in einem der beiden Ledersessel, ließ die Kette durch die Finger gleiten, besah den Leoparden und trank einen starken morgendlichen Kaffee.

Seit fünfundzwanzig Jahren liebte er jemanden, und seit zwanzig Jahren hatte man sich nicht mehr gesehen. Fünf Jahre waren sie zusammen gewesen – man hatte sich lose getrennt, ohne zu erwarten, dass es für so lange sein würde.

Wenn er Leo zum Abschied den kleinen Leoparden schenken würde, dann auch mit dem Gefühl, dass es an der Zeit wäre, sich von gewissen Dingen zu lösen. Leo würde er heute Abend zum letzten Mal sehen. Er war grade erst angekommen (so empfand Quentin das), und er würde der erste seiner lieben Freunde sein, der Abschied nahm, aber sicherlich nicht der letzte. Er hatte das Gefühl, als würden M. & Mme. Georges Léfas möglicherweise bald wieder seine Wohnung hüten müssen. Da war noch etwas offen, und man war alt geworden darüber ...

Quentin hatte einige ihrer gemeinsamen Freunde zusammengetrommelt, dafür gesorgt, dass Lompomski da sein würde, Emir, der Spieler, und schon vor einigen Wochen, als klar war, dass Pardell am 23. Dezember zum letzten Mal in Paris sein würde, hatte er arrangiert, dass auch Erwin Erfurt ins *Gran' Tour* kommen würde. Die beiden hatten sich einmal gesehen und ansonsten immer verpasst, doch Quentin hatte Erfurt von Pardell und Pardell von Erfurt erzählt. Quentin hatte diese fragile Freundschaft vermittelt, also das getan, was er am besten konnte. Dann beschloss er, heute den dunkelgrauen Anzug mit einem zart hellblauen Hemd und seiner roten Lieblingskrawatte zu tragen. Und weil es so ein besonderer Tag war, würde er sich an der *Gare du Nord* bei Ahmed eine kleine rote Nelke für sein Knopfloch besorgen.

***

Einen Venezianer machen nennt man eine sehr schlaue und besonders gemeine neapolitanische Betrugsvariante, bei der man denjenigen, den man auszunehmen beabsichtigt, zunächst großzügig einlädt, um sein Vertrauen zu gewinnen, und ihn dann um ein Vielfaches der eingesetzten Summe prellt.

Um *einen Venezianer der wahren Möse* zu machen, lade man das zukünftige Opfer in das beste zur Verfügung stehende Restaurant ein, geize an nichts, nicht am Wein, nicht an der Vorspeise und schon gar nicht an Kaffee, Zigarren und Cognacs. Man erscheine als wohlhabend und großzügig. Später bitte man um einen kleineren Betrag, den man auf das Korrekteste zurückzahle. Danach aber spiele man eine dringende auf unvorhersehbaren Komplikationen beruhende Notsituation vor – und verlange nach einer großen Summe oder einer gepflegten Limousine, die man aufgrund der Erfahrungen, die das Opfer vorher mit einem gemacht hat, sofort anvertraut bekommen wird. Dieses Gut nehme man in Empfang, um auf Nimmerwiedersehen damit zu verschwinden.

Sergy Alpin, der sich selbst trotz seines zugegeben spritzigen und unkonventionellen Stils gerne der klassischen Schule des Betrugs zurechnete, versuchte seit Wochen immer wieder, *einen Venezianer zu machen*, hatte sich allerdings nicht nur nicht bereichern können, sondern, im Gegenteil, starke Verluste erlitten.

Denn Alpin war unterwegs, und von den verschiedenen Leuten, die er großzügig eingeladen hatte, hatte er keinen je zum zweiten Mal gesehen. Er hatte noch kein Gefühl für Reisen entwickelt, im Gegenteil, die Städte, in die er kam, machten ihm Angst, und er klammerte sich an seine Versuche, *einen Venezianer zu machen*, wie ein erschöpfter Surfer an sein Board. Ihm war hundeelend, das Geld ging ihm aus, weil er praktisch die ganze Zeit für zwei bezahlte, kein Schwanz konnte eine vernünftige Sprache, also Italienisch oder Napolitano oder zur Not auch noch Spanisch. Ihm war elend. In den

Nächten lag er auf unbequemen Pritschen in schäbigen Liegewagen, fand keinen Schlaf, zusammen mit irgendwelchen Leuten, die auf ihren Geldbeuteln schliefen und mit denen man sich meistens nicht unterhalten konnte, der Kaffee im Zug war unbeschreiblich, außer in den italienischen Wagen, wo es richtige Kaffeemaschinen gab. Er lag auf diesen Pritschen des Schwanzes und starrte auf die vorbeiziehenden Lichter kleinerer Bahnhöfe und beobachtete das Geschehen auf den Bahnsteigen der größeren. Das Einzige, was schön gewesen war, war die Reise durch die Alpen gewesen – Sergy hatte sich niemals zuvor nördlich von Rom aufgehalten. Sein Name war Alpin. Aber er war niemals in den Alpen gewesen. Aus irgendwelchen Gründen hatte ihm das Schild von ‹Innsbruck› am besten gefallen. Daran dachte er, um sich Hoffnung zu machen.

Wenn ihn der Padrone erst zu seinem Partner gemacht hatte, würde er nach Innsbruck fahren, sich ein richtiges Hotel der Möse nehmen, es würde *Hotel Alpen* heißen, und es wäre ein wenig so, als ob es heimlich *Hotel Alpin* heißen würde, und jeder würde ihm zuzwinkern und ihn fragen, ob Signore Alpin vielleicht gerne einen Cappuccino trinken wollte ... Fließend waren die Übergänge zwischen seinen Träumen von einer fantastischen Zukunft mitsamt seinem Arbeitsurlaub in den Alpen und seinen Erzählungen darüber, mit den verschiedenen Leuten, die er auf Kaffee und Bier, Brötchen und Wein einlud und denen er möglichst cool von den großen Geschäften, die zu überwachen der Padrone ihm aufgetragen hätte, berichtete, «jo, wahrer Schwanz», erzählte er, «der Padrone, verstehst du – er braucht mich, alle anderen wollen ihn nur bescheißen, aber ich ... Sag mal, kennst du Rap? Rapolitano?»

Doch bevor er nur beginnen konnte, zur Probe das Lied über ihn, über Sergy Alpin, anzusingen, hatten sich die Typen, die sich von ihm hatten einladen lassen, bereits wieder genervt abgewandt, zum einen, weil mehr als vielleicht noch ein Kaffee oder noch ein Bier nicht drin zu sein schienen, zum anderen, weil schon die ersten Silben, das enthusiastische

«Das Leben ist hart,
Und Alpin,
Und Sergy Alpin
Ist härter als du.
Denn er ist gemein,
Und er ist ...»,

jedem von ihnen auf den Geist gingen und niemand warten wollte, bis Alpin erst richtig in Fahrt gekommen wäre.

«Lass bleiben, lass bleiben, ich muss weiter, danke für den Kaffee, bis dann ...», sagten sie und verschwanden.

« ... Und er ist schlau.
Er ist härter als du.
Und wenn du verlierst,
Sieht er nur zu ...»,

murmelte Alpin dann noch, trübsinnig vor sich hin blickend. Es stand nicht gut um Sergy, und selbst der grundlegende Optimismus, der sich mit Bestellung süßer, heißer koffeinhaltiger Getränke stets breitzumachen gepflegt hatte, wurde von Tasse zu Tasse schwächer. Wenn er nicht jemanden einlud, um *einen Venezianer zu machen*, war er alleine, niemand sprach Italienisch, kaum jemand verstand Sergys elastisches Englisch, das er sich mithilfe der Texte von *The Notorious B.I.G.* und verschiedenen anderen *Gangstas* angeeignet hatte. Niemand interessierte sich für den kleinen, dicken Mann, der trotz der feuchten Kälte des Jahresendes mit billigen dünnen Klamotten herumlief, einer weiten dunkelbraunen Hose, darüber einem schwarzen, an den Ellbogen glänzenden Sakko, grünem Hemd, ehemals weißem T-Shirt, darüber sein dichter blauschattiger Dreitagebart. Alpin eben. Frierend.

Er hatte sich die letzten fünf Tage mit feuchten Schuhen zwischen den vielen großen Bahnhöfen von Paris herumgetrieben, hatte nach italienischen Lokalen gesucht, sogenannten ‹Ristorantes›, die aber sehr oft von Bewohnern des Balkans betrieben wurden, die ihn nicht verstanden. Er hatte Pardells zerschlissenen *Wagons-Lits*-Ausweis durch Sektionen und Putzstellen getragen, ihn begriffsstutzigen Mitarbeitern der Gepäckaufbewahrung gezeigt und Beamte der SNCF an überfüllten Fahrkartenschaltern damit genervt. Niemand verstand ihn, niemand wollte ihn verstehen, niemand, den er gefragt hatte, wollte diesen Engländer jemals gesehen haben. Pardell war der Joker, auf den Alpin bei seinem Deal mit dem Padrone blind gesetzt hatte. Ohne ihn war er verloren, würde im Norden bleiben müssen, heimlich, versteckt, würde niemals zurückkehren können nach Neapel, ganz zu schweigen davon, dass er es auch nie schaffen würde, in die Alpen zu fahren, um den glamourösen Urlaub zu machen, von dem er seit dem Passieren des Brenners träumte.

Es gab in Paris noch zwei Möglichkeiten – die eine war die *Gare de l'Est* und die andere ein Lokal, das ihm jemand vor zwei Tagen genannt hatte, Alpin hatte es sich auf einem Kassenzettel notiert: *Grande Turo, Gran Turismo* oder irgendetwas in der Art. Aber er war misstrauisch, er war bislang jedes Mal bitter enttäuscht worden, überdies musste er sich überlegen, wo er die Nacht verbringen sollte, wenn er in Paris bliebe.

Wo sollte er jetzt hingehen? Er war den Nachmittag in der Nähe der *Gare de Lyon* herumgestanden, hatte bei *McDonald's* gegessen, das zwar unbeschreiblich scheußlichen Fraß verkaufte, aber billig war. Alpin kannte sich nicht aus, er wusste nicht, wo die Lokale waren, die ihn willkommen geheißen hätten. Er musste intensiv nachdenken, einen Plan machen, und währenddessen las er sich, um sich für den Fall zu tarnen, dass ihn jemand beobachtete, den Abfahrtsfahrplan der *Gare de Lyon* durch …

«18:19 RER 81040 St-Germain-en-Laye Paris Châtelet/L. Hal 18:22 – Paris Auber 18:24 – Charles de Gaulle Et 18:27 Defense Ratp 18:32 –

Nanterre Prefec. RER 18:34 – Nanterre Univers. RER 18:36 – Rueil Malmaison Ratp 18:40 – Vesinet le Pecq 18:47 – St-Germain-en-Laye – 18:51»

… und das war wider Erwarten sehr deprimierend, denn Alpin hatte von diesen Städten des Schwanzes noch niemals gehört …

«TGV 6011 Marseille-St-Charles Avignon TGV 20:57 – Marseille-St-Charles 21:30 – 18:20 TGV 6127 Toulon Avignon TGV 20:57 – Marseille-St-Charles 21:30 – Toulon 22:21».

Das sagte ihm alles nichts. Er ließ das Nachdenken über den so dringend benötigten Plan sein. Er dachte über die augenblickliche Situation nach. Was hieß es, sich an einem Ort zu befinden, den man kaum oder gar nicht kennt und an dem es nur Verbindungen zu Orten gibt, die man auch nicht kennt? Nichts anderes, als dass man verloren war.

Er stand vor dem sinnlosen Abfahrtsplan der *Gare de Lyon*, und es war ihm wie einem Schlafwandler, der im Nachthemd bis auf die Via Umberto gelaufen ist und plötzlich aufwacht, sieht, wie ihn jedermann anstarrt, und nicht weiß, wo er sich verstecken soll. Alpin musste plötzlich an den gesprungenen Spiegel in seinem Appartement denken, vor dem er immer sein Lied geübt hatte, und die aufbrandende Wirklichkeit um ihn herum, die Tatsache, dass er noch über 200 Francs und einige Liremünzen verfügte, dass er es niemals, selbst wenn er diesen Engländer finden würde, dass er es niemals rechtzeitig nach Neapel zurückschaffen würde, war plötzlich so übermächtig und grauenvoll, dass sein optimistischer Betrügergeist auf der Stelle kapitulierte. Wieso hatte er sich nur darauf eingelassen? Wieso war er so alleine und verloren? Er bedeckte sein stoppeliges Gesicht mit seinen kleinen haarigen Händen. Die Stirn sank auf das Plexiglas des Fahrplans, und er begann zu schluchzen. Er spürte, dass die Verzweiflung, die ihm so oft mit seiner Vernichtung gedroht hatte, zurückgekommen war. Sollten die Arschlöcher des Schwanzes ihn ruhig auslachen, sollten sie sich doch verziehen, wenn er versuchte, *einen Venezianer zu machen*, er würde sie alle noch kriegen, er würde es ihnen allen zeigen ...

Wahrer Schwanz
Der Möse ist er,
Alpin,
So schlau,
Alpin,
So gemein –
Ein wahres Schwein.
Sei schlau, Freund,
Lass dich nie mit ihm ein:
Denn das Leben ist hart ...
Denn das Leben ist hart ...

rappte Alpin zwischen Schüben dicker Tränen und literweise Rotz. Er machte auf die vorübergehenden Menschen auf dem Bahnhof einen sehr erbärmlichen Eindruck, und manche verlangsamten ihren Schritt, fragten sich, ob sie ihm helfen könnten, verneinten das und gingen weiter. Nur ein einziger blieb stehen.

Nur ein einziger. Aber es ist ja bekannt, dass ein einziger die Rettung bringen kann, wenn er im *richtigen Augenblick* erscheint und wenn er selbst eben der richtige Mensch dafür und in der Lage ist, einem anderen zu helfen.

«Kann ich Ihnen helfen?», fragte niemand anderes als Erwin Erfurt und legte die tellergroße Hand auf Alpins Schulter. Erfurts Italienisch war einfach gehalten, aber vertrauenerweckend akzentfrei und sicher.

«Kann ich Ihnen helfen? Brauchen Sie eine Auskunft?»

Man kann den Umstand, dass Erfurt am 23. Dezember 1999 kurz nach 18 Uhr über die *Gare de Lyon* lief, und zwar mit der Absicht, die

U-Bahn zur Station *Rue Poissonière* zu nehmen, um anschließend im *Gran' Tour* das Wiedersehen mit Pardell und kurz darauf auch schon wieder den Abschied von ihm zu feiern, nichts anderes als einen erstaunlichen Zufall nennen. Es genügt zu sagen, dass er mit seiner Leidenschaft für die italienische Oper zu tun hatte, einem Bekannten Erfurts, der passenderweise einen Plattenladen in der Nähe der Place d'Italie betrieb, dem Wunsch des schwerathletischen Schaffners, Pardell eine CD mit einer bestimmten Aufnahme des Falstaff zu schenken, und einigen anderen, noch unbedeutenderen Dingen, etwa einem bestimmten Internet-Café in der Nähe der *Gare de Lyon*, in dem sich Erfurt gerne aufhielt, um zu surfen. Diese Komplikation verschiedener Umstände führte dazu, dass der sanftmütige Asiate aus Thüringen seine schwere Hand leicht auf Alpins Schulter legte und fragte, ob er ihm helfen könne. Erfurt war dabei bereits in die hoffnungsvoll strahlende nachtblaue Uniform der *Compagnie* gekleidet, und Sergy erkannte diesen Farbton auf der Stelle.

Erfurt war in einem Land geboren worden, in dem die Lokführer über komplizierte Weichen fuhren, die nach Durchfahrt gestellt werden mussten, ohne dass Weichensteller zur Stelle gewesen wären. Einem Land, in dem Lokführer in so einer Situation dann eben langsam über die Weiche rollten, von der Lok absprangen, zurückliefen, die Weiche stellten, ihrem Gefährt hinterherliefen, aufsprangen und dann korrekt weiterfuhren, als ob sich das Verfahren genau so gehörte.

Einem Land, aus dem niemand ausreisen durfte, wenn nicht sicher war, dass er auf jeden Fall wiederkommen würde, weshalb unglaublich viele nichts lieber wollten als abhauen, obwohl sie unter normalen Umständen vielleicht lieber zu Hause geblieben wären.

Es war ein kompliziertes Land gewesen. Erfurt empfand zwar nicht den geringsten Wunsch, auf irgendeine Weise dorthin zurückzugelangen, war sich aber sicher, dass die frühe Konfrontation mit dieser Kompliziertheit ihm eine Leichtigkeit des Verstehens absurder Situationen geschenkt hatte, mit der er in seinem zweiten Leben gut durch die Welt kam.

Er begriff nach kurzer Zeit, dass Alpins Suche eine Schnapsidee gewesen war, aber er verstand ihre berauschende Wirkung auf den Geist des hoffnungslos eingekerkerten Schlawiners und Rappers. Und so gerne er Pardell noch einmal gesehen hätte, so lieb ihm dieser ferne, unbekannte Freund auch geworden war, so deutlich war ihm zugleich, dass er sich um Sergy Alpin zu kümmern hatte, der gerade dabei war, Pardell und sich selbst in heillose Schwierigkeiten zu bringen.

Alpin seinerseits hatte sofort Vertrauen zu Erfurt gefasst, beabsichtigte ab der fünften Minute ihres Gesprächs, diesen enorm gut gebauten Chinesen, der ein hervorragendes Hochitalienisch sprach, an den bevorstehenden großen Gewinnen zu beteiligen. In den Reihen des Padrone würde man von Alpin und seinem treuen Gefolgsmann, dem ‹Chinesen›, sprechen, irgendwas in der Art. Der ‹Chinese› würde ihre Feinde einfach in die Luft heben und schütteln oder in den Schwitzkasten nehmen und zudrücken, und Alpin würde eine rauchen und ihren Feind, den der ‹Chinese› total im Griff hatte, fragen, *wer* jetzt der faulige Schwanz eines Schweins war? Der ‹Chinese› würde wie sein großer Bruder sein. Alpin war der Kluge und der ‹Chinese› der Starke. Zusammen wären sie unschlagbar.

Erfurt begriff schnell, dass Alpin, im Gegensatz zur Aussage seines *Lieds über ihn, über Sergy Alpin* keineswegs hart und auch nicht schlau und definitiv alles andere als gemein war. Alpin erklärte ihm irrsinnig kompliziert, wen er in Paris suchte, was er vorhatte, warum er das Geld brauchte und wie er an das Foto der schönen Frau gekommen war. Alpin erzählte nichts von seinem Versagen als schauspielernder Hütchenspieler und verlor auch kein Wort über die gefälschten schwedischen Pornovideos – aber Erfurt dachte sich etwas in der Preisklasse und fügte es still hinzu.

Erfurt erinnerte sich, dass Quentin ihm die Geschichte von den Styroporzigaretten und dem Taschendiebstahl erzählt hatte, die Pardell in Neapel widerfahren war. Zweifellos stand er dem Taschendieb von damals gegenüber.

Poliakov wiederum hatte Erfurt vor ein paar Wochen erzählt, dass ihr gemeinsamer Freund Pardell genau wegen dieses Diebstahls in erheblichen latenten Schwierigkeiten stecke – aus irgendwelchen Gründen hatte Pardell damals eine Spielkarte in der Innentasche seines Sakkos mit sich herumgetragen, die in einer im März angelaufenen Partie *Highlander* eine Rolle spielte. Erfurt interessierte sich nicht für die verbotenen Spiele der *Compagnie*, aber er wusste genug über die Regeln, die Risiken und die Chancen. Er wusste, dass die Partie *Highlander* vor ihrem Ende und die Ziehung des Gewinners kurz bevorstand. Am zweiten Weihnachtsfeiertag, im *Triumfo* in Neapel.

«Sag mal», unterbrach Erfurt den immer noch schniefenden Alpin, über dem aber schon wieder die Sonne der Zuversicht aufzugehen begann, «sag mal, äh, Sergy. Dieser Typ und die Frau da mal ganz nebenbei – darüber können wir uns später noch unterhalten. Du besitzt nicht zufällig eine *Spielkarte*?»

«Eine Spielkarte? Zum Spielen?»

«Eine einzelne Spielkarte in einem Briefumschlag?»

Der verblüffte Alpin blinzelte zunächst ungläubig, strich sich über den Dreitagebart und kam nach einer Weile zu dem Schluss, diese Frage bejahen zu müssen, denn tatsächlich steckte die Spielkarte nirgendwo anders als im Rahmen des gespaltenen Spiegels in Alpins Appartement. Er hatte sie als Glücksbringer behalten.

«Ja, wahre Möse, diese Karte des Schwanzes ist mein Glücksbringer! Woher weißt du das?» Alpin nahm das alles als glückhafte, schicksalhafte Wendung. Der Tag, an dem er den ‹Chinesen› traf. Damit fing alles an. Von wem redest du? Von Alpin? Was, *dem* Alpin? Ja, Mann, ich rede über *ihn* ...

Mittlerweile war es 19 Uhr 30. Erfurt, der diese Nacht zufällig den Schlafwagen *Paris–Mailand* um 22 Uhr 10 vom Bahnhof Bercy fahren würde, konnte diesen kleinen Mann nicht allein lassen, er konnte ihn aber auch auf keinen Fall ins *Gran' Tour* mitnehmen, das hätte ihn wahrscheinlich zu sehr durcheinandergebracht und ihm oder Leo doch noch Schwierigkeiten bereitet. Also würde er Leo nicht mehr sehen. Das war nun wohl einfach so.

Das Beste würde es sein, auf der Stelle nach Bercy zu fahren und Alpin mitzunehmen, der ihn fröhlich angrinste und verschlagen auf den Zehenspitzen wippte und den letzten Rotz hochschniefte. Erfurt deutete ihm also an, dass es eine Möglichkeit gäbe, an sehr viel Geld zu kommen, allerdings müsse Alpin ihm folgen, ja, es ginge nach Italien, er, Erfurt, werde ihn heimlich und unentgeltlich mitnehmen. Ihn durchschmuggeln. *‹Durchschmuggeln›* gefiel Alpin. Er spürte, dass der ‹Chinese› kein Zufall sein konnte und dass es an der Zeit war, die Macht des Schicksals zu prüfen. Er willigte ein und reichte Erfurt pathetisch die Hand.

***

«Leoliebling – weißt du, wer mich vorige Woche angerufen hat?»

«Wer?»

«Juliane Ahlenbrook.»

«Juliane?!»

«Ja, sie hat erst ein bisschen rumgedruckst. Sie wollte wissen, wo du steckst, und ich wusste erst gar nicht, was ich sagen sollte.»

«Und ... was hast du ihr gesagt?»

«Habt ihr euch gestritten? Ich hab nicht gewusst, dass ihr euch wieder seht, ich meine, dass ihr Kontakt habt.»

«Was hast du ihr denn gesagt?»

«Leoliebling, was meinst du damit? Was soll ich ihr gesagt haben? Hätte ich sie anlügen sollen? Ich hab ihr gesagt, dass du einen Kurs in Buenos Aires gemacht hast und jetzt bei diesem Unternehmen ein Praktikum machst, an der Küste, und ...»

«Was hat sie gesagt?»

«Oh, sie hat sich sehr gefreut, dass es dir gut geht.»

«Hat sie auch was über sich erzählt?»

«Nein, nicht direkt. Sie meinte nur, dass sie in letzter Zeit in Arbeit ertrunken sei, und jetzt würde sie ein paar Wochen Urlaub machen. Sie klang sehr gut, hat mir gefallen, ich mochte sie früher schon. Schade, dass ihr ...»

«Mama, ja.»

«Schon gut, ich bin schon still.»

Er hörte seine Mutter leicht kichern, ihr liebevolles, friedliches, wohlmeinendes Kichern. Pardell machte eine Pause. Das würde jetzt nicht einfach werden.

«Mama? Es kann sein, dass ich noch in Argentinien bleibe.»

«Gott, Leo, das hab ich mir schon gedacht. Ich hab doch gemerkt, wie glücklich du warst, die letzten Wochen. Es läuft gut in dieser Firma?»

«Du ... hast nichts dagegen?»

«Nein, wie sollte ich, mein Liebling. Wenn es dir gut geht? Sag mal – hast du dich vielleicht verliebt?»

«Ich, hm ... nein, also, was heißt ...»

«Das habe ich dir so gewünscht. Aber eines musst du mir versprechen ...»

«Was denn?»

«Bekomm ich für das nächste Jahr deine Telefonnummer? Du hast doch mittlerweile ein Telefon?»

«Nein, das stimmt, es gibt noch keine Nummer, und im Büro, äh, das geht nicht, ich will das auch nicht. Aber bald natürlich, ich ziehe um, nach, äh, weiter in die Stadt rein oder nach Buenos zurück, und da ...»

«Soso, da gibt's dann Telefone. Rudolf macht schon immer Witze drüber.»

«Rudolf?»

«Ja natürlich. Du kennst ihn doch, Rudolf.»

«Ist das der Grafiker?»

«Das weißt du doch. Er arbeitet bei der EXPO, ja. Wir sind schon ganz aufgeregt, es dauert nicht mehr lang, dann geht's los. Da fällt mir ein, er wollte dich mal bitten, ob du bei dir unten irgendwo in ein Reisebüro gehen könntest, um dich mal zu erkundigen, wie in Argentinien das Pauschalangebot für die EXPO ist. Ob das klappt, weil ...»

«Ja, ja, das kann ich machen, aber ...»

«Was denn?»

«Bist du immer noch mit dem zusammen? Das war doch schon, als ich noch in Berlin war?»

«Leoliebling, wir sind seit vier Jahren zusammen!»

«Ist das schon so lang ...?»

«...»

«Mama? Bist du noch dran?»

«Was hast du denn gegen ihn?»

«Nichts, nein, der war sehr nett. Ich wundere mich nur, sonst waren deine Freunde immer ...»

«Leo, wir reden ein anderes Mal drüber, wenn mehr Zeit ist ...»

«Ich hab noch ... Wenn es wegen der Telefonkosten ist, das ist kein Problem, ich kann es mir leisten, und ich wollte dich noch ...»

«... Wir gehen ins Theater. Ja ...», sie hielt den Hörer deutlich weg und sprach zu jemandem im Hintergrund, der eine wohlklingende, gut gelaunte Männerstimme hatte, Pardell verstand nur «Ich komm schon ...», und mit einem fröhlichen Kichern war ihre Stimme wieder am Hörer, dunkel, beschwichtigend, unglaublich gut gelaunt.

«Also, mein Kleiner. Frohe Weihnachten, ich bin so froh, dass du wenigstens anrufen konntest. Drück dich! Auf bald, hab dich ganz lieb!»

Abgesehen davon, dass seine Mutter nach Pardells trügerischer Erinnerung (sie war tatsächlich seit über fünf Jahren Abonnentin des Niedersächsischen Staatstheaters) früher *nie* ins Theater gegangen war, schockierte ihn dieses Gespräch aus verschiedenen Gründen.

Juliane hatte seine Mutter angerufen, und entweder dachte Juliane jetzt, dass er seine Mutter angelogen hatte oder sie. Und da er ihr, Juliane, nur Schönes und Aufregendes erzählt hatte und es eigentlich bei seinen Geschichten vom Leben als Straßenbahnschaffner in Buenos Aires wenig gab, das man einer sorgenvollen Mutter nicht hätte zumuten können, konnte Juliane nur den Schluss ziehen, dass sie es war, die er aus irgendwelchen Gründen belogen hatte – und schlimmerweise war das ja auch die Wahrheit. Er würde Juliane nicht nur nie wiedersehen, sondern sie würde ihn auch noch als schwachsinnigen Lügner in Erinnerung behalten. Das war hart.

Hart war auch der Umstand, dass sich die beiden einzigen Menschen aus seinem Leben vor *TransEuroNacht*, die für ihn weit entfernt wie Planeten schienen, ohne sein Zutun so leicht verständigt hatten. Juliane hatte einfach seine Mutter angerufen. Klar.

Zum ersten Mal, seit er denken oder sich erinnern konnte, kam ihm plötzlich der Gedanke, dass Barbara Pardell möglicherweise *tatsächlich* ein eigenes Leben haben könnte. Jede Trennung, jeder neue Freund, all die Auf und Abs im Leben seiner wunderschönen gerade mal fünfzigjährigen Mutter hatte er so verstanden, dass sie alle irgendwie immer mit ihrer Sorge um ihn, ihren Sohn zu tun gehabt hatten. Er hatte sich darüber nicht gefreut, im Gegenteil, er hatte das immer als Last empfunden. Jetzt aber empfand er eine Mischung aus Verblüffung und schockierter Erleichterung. Sie war gar nicht die Verlängerung seiner eigenen existenziellen Dramatik, und wenn sie es jemals gewesen war, war sie es jedenfalls nicht mehr. Er war frei, das hatte er sich immer gewünscht. Schrecklicherweise war die Folge, dass seine Mutter jetzt auch frei war, dass auch sie ein eigenes Leben führte, in dem er *vorkam*. Er war schockiert.

Der Umstand, dass sie offensichtlich auch noch seit langer Zeit eine feste und glückliche Beziehung hatte und er davon nicht wirklich etwas gewusst hatte, verstärkte seine Unruhe. Jetzt war ihm plötzlich klar, dass seine Mutter seit Jahren ein eigenes Leben führte, das keinesfalls zu 90 Prozent aus der Sorge um ihn bestand. Er fragte sich, warum er sich nicht erleichtert fühlte, dass seine Mutter ihn jedenfalls an nichts hindern wollte, warum er sich nicht frei fühlte und ungebunden und endlich erlöst, so als wäre er es, der immer noch etwas von seiner Mutter wollte und nicht sie von ihm.

Darüber grübelnd, begann er zu packen und sein Zimmer aufzuräumen. Er ging noch einmal alles durch. Die Koffer waren alle schon bei der Gepäckabgabe, natürlich waren sie das, die Gepäckscheine waren in der Hemdtasche unter der Weste. Oxana würde an der *Gare de l'Est* warten. Für den Fall, dass ihr jemand folgte, würde sie auf jeden Fall erst in den Regionalzug nach Reims steigen, dann hinten aussteigen, illegalerweise über den verbotenen Querbahnsteig laufen und bei ihm auf der Rückseite einsteigen, ganz kurz vor Abfahrt. Er würde sie sicher nach Zürich bringen ...

Wenn sie es am Bahnhof reibungslos schaffen würden, und nichts sprach dagegen, war der Rest der Reise dann nur noch eine Formalität.

Es war kurz nach 19 Uhr, als er das Hotel verließ. Ihm war heiß, als er mit seinem kleinen Gepäck auf die Straße trat, sich mit einer Hand den Mantel zuknöpfte und sich dann für den Weg zum *Gran' Tour* noch eine *Parisienne* ansteckte. Er hatte unglaubliche Lust zu rauchen, weil er so aufgeregt und vorfreudig auf die Fülle der Ereignisse war, die ihm in den nächsten Nächten bevorstanden. Sein letzter Aufenthalt in Paris für lange Zeit. Während er zügig über das Trottoir lief, dachte er daran, wie er in Buenos Aires daran denken würde, wie er jetzt durch Paris lief, und erlebte eine kleine, schwindelig machende Turbulenz existenziellen Glücks ...

***

Der Sallinger Perry hatte Aufenthalt in Paris, würde morgen nach Prag fahren und von Prag weiter nach Rom. Er lag auf dem Bett, die Arme hinter dem Kopf, rauchte eine *Marlboro*, wobei ihm der Rauch manchmal unangenehm in die Augen geriet und er tränend zwinkern musste. Er dachte an Erlebnisse im Oberbayern der späten Siebzigerjahre, eine Landschaft, die Menschen wie Sallinger hervorgebracht hatte, Menschen, die wussten, dass das vierzig Kilometer entfernte München eine Millionenstadt war, in der einem nichts geschenkt wurde, und dass es einem Weichei niemals gelingen würde, es dort zu *schaffen*. Man kannte keinen Schwanz. Die Typen, lauter Preußen, sprachen Hochdeutsch. Überall wurde man beim Dopekauf beschissen. München war ein schwieriges Pflaster.

Sallinger war der Einzige aus seiner Gang, der es dauerhaft in München ausgehalten hatte. Wenn er alle zwei Wochen am Wochenende nach Hause fuhr, war er jemand. Das war er sowieso. München! Er kannte Paris, Florenz, Madrid, Mailand (bzw. die Bahnhofsviertel dieser Städte).

Sallinger war das, was man in den Achtzigern einen *total coolen Fonsi* genannt hatte. Er hatte Koteletten. Er trug verdammt coole Cowboystiefel, Karohemden und Collegejacken. Abgesehen von der nachtblauen Uniform der *Compagnie*, hatte sich nie etwas anderes als *Levi's* über seinen inzwischen leicht aufgeschwemmten, ehemals einwandfreien Knackarsch gelegt. Unerschütterlich trug er sehr große Sonnenbrillen in Tropfenform. Er besaß seit zwanzig Jahren einen 74er *Spider* in Rot und seit zehn Jahren einen *Aston Martin*, Baujahr 1962, in Racinggrün. Das einzige Manko Sallingers: Er beherrschte sein *Zippo*-Feuerzeug nicht. Totale Fehlanzeige.

Kein einziger der unzähligen kleinen, zauberhaften Tricks, die man mit einem *Zippo*-Feuerzeug machen kann, gelang ihm – und das, obwohl er dauernd übte. Das ständige Üben hatte ihn seit den Achtzigerjahren, die er als Kfz-Mechaniker in einer *Alfa Romeo*-Werkstatt in Au, Oberbayern, zugebracht hatte, zu einem wirklich starken Raucher gemacht, der seine zwei Schachteln *Marlboro* am

Tag wegzog. Wenn die Tricks endlich klappen, dann rauch ich weniger, fühlte Sallinger mehr, als er es dachte.

Sein Traum war es, nach Berlin abzuhauen. Neukölln, die Gegend, in der Iggy Pop seine WG mit David Bowie gehabt hatte. Das neue Berlin interessierte ihn nicht, abgesehen davon, dass er auch nichts von ihm wusste. War nicht sein Ding, Techno und dieser ganze Scheiß. Er stand auf richtige Musik. Schließlich war Sallinger grade mal einundvierzig geworden. Wenn er nachts mit dem *Zippo* auf dem Bett lag und geistesabwesend Tricks übte, rauchte und den Fernseher oder eine Iggy-Pop-Scheibe laufen ließ, dachte er mit vager, unbestimmter Hoffnung daran, wie er das *Pinguin* betreten, wie er sein *Zippo* herausholen und sich seine schon im Mundwinkel befindliche *Marlboro* mit einem Trick anstecken würde ...

Bis es so weit sein würde allerdings, das wusste er, brauchte er Geld. Denn er beabsichtigte, in Berlin keiner festen Beschäftigung nachzugehen, wo gibt's denn so was, in Berlin leben und arbeiten, das wäre ja noch schöner. In Berlin arbeitete man nicht, sondern man hing ab, und Sallinger hatte nicht vor, mit dieser schönen Gepflogenheit zu brechen. Deswegen hatte er sich auf diesen Scheiß mit der Partie *Highlander* überhaupt eingelassen, zu der ihn Luk Pepping, sein belgischer Bekannter, überredet hatte. Hatte alles nicht funktioniert. Aber Pardell wollte ihn offensichtlich bis zum Schluss verarschen. Hatte sich gedacht, er könnte seine Karte einfach so einstreichen. Aber nicht mit ihm. Heute würde er diesen Flachwichser kriegen. Wenn Pardell dachte, er könnte mit seiner Karte einfach nach Neapel ins *Triumfo* und abzocken, dann hatte er sich aber ziemlich geschnitten.

Sallinger hatte in den Achtzigern Schlägereien vor dörflichen Diskotheken bestritten und sehr oft als Sieger den Platz vor dem nächsten Whisky Cola eingenommen, während der andere noch mit ausgeschlagenen Zähnen blutend zwischen den Reihen von Opel Mantas, topgepflegten 3er BMWs und weißen Golf GTIs lag. Wenn es sein musste, würde er dem Fonsi ganz klar eine aufs Maul hauen. Er nahm sich das kleine Stilett vom Nachttisch, ließ die Klinge aufschnappen und grinste. Es wusste sicher, dass Pardell und ein paar andere Schwachköpfe sich gegen 20 Uhr im *Gran' Tour* trafen, einem Laden, der ihm für gewöhnlich zu uncool war. Heute würde er wieder mal ins *Gran' Tour* schauen.

***

«Was ich nicht verstehe, ist, wo Hervé bleibt. Er müsste längst hier sein. Sein Zug geht doch kurz nach zehn», sagte Quentin zu Lopomski. Tatsächlich war es inzwischen kurz vor 21 Uhr. Sie hatten alle zusammen gegessen, *Bœf Stroganoff forestière*, hatten zwei Flaschen eines passablen Burgunders getrunken, dann war Pardell nach unten gegangen, um sich von ein paar anderen Bekannten zu verabschieden, und Quentin sah ihm zu, wie er anstieß, wie er Hände schüttelte, wie ihm auf die Schulter geklopft wurde. Quentin, Lopomski und Emir saßen oben, auf der Galerie. Dass Erfurt nicht einmal angerufen hatte, beunruhigte Quentin.

«Irgendeine Nachricht von Erwin?», fragte Pardell, als er von seiner großen und belebenden Abschiedsrunde zurück war.

«Nichts. Das ist ungewöhnlich, es muss ihm etwas Erhebliches dazwischengekommen sein. Aber ich glaube nicht, dass wir uns Sorgen machen müssen. Erwin kann auf sich aufpassen.»

«Das ist schade, ich hätte ihn so gerne noch gesehen. Grüßt du ihn ganz lieb von mir?»

«Bien sûr. Es wird Zeit.»

Alle standen auf, wünschten Pardell Glück für seine Tour in die Schweiz. Silvesterwünsche wurden getauscht, und Pardell versprach gerührt wiederzukommen. Sobald er wieder in Paris sei, wolle er vorbeikommen, ganz sicher.

Quentin nickte, lächelte. Er machte sich klar, dass er Pardell wohl zum letzten Male sah. Pardell würde sich, wo immer er hinginge und was immer er täte, zurechtfinden – sein Körper und sein Geist würden sich wieder an den Tag gewöhnen und vielleicht an die Sesshaftigkeit. Das *Gran' Tour* und alles andere, er selbst, würden eine Erinnerung werden – er sah Leo in ein paar Jahren, irgendwann, Freunden oder Geliebten oder Kindern davon erzählen. Vielleicht würde er sich auch, wenn er irgendwann wieder nach Paris kommen würde, in die Nähe wagen oder würde jemanden hinführen, würde sagen, sieh hin, dort ist das *Gran' Tour*, ja, das ist das Lokal, von dem ich dir erzählt habe.

Er beobachtete ihn, wie er sich von den anderen verabschiedete. Und als er sich als Letztem Quentin zuwandte, lächelnd, schluckend, ängstlich, was geschehen würde, bekam auch Quentin Angst, weil er spürte, dass er ihn nicht gehen lassen wollte. Pardell blicke ihm nur kurz, sehr kurz in die Augen, dann umarmten sie sich, Quentin spürte Pardells wundervolle, lebendige Nachgiebigkeit, schloss seine Arme fester um ihn.

«Leo, mir bricht das Herz, aber ich fürchte, wir müssen jetzt Abschied nehmen. Es ist höchste Zeit. Ich möchte dir noch etwas geben, vor der Tür. Ich bring dich raus.»

«Quentin, warte, ich gehe erst noch auf die Toilette. Bin gleich zurück.»

Pardell eilte mit roten Wangen und hellwach durch die Reihen des *Gran' Tour* und entschied, noch einmal nach oben zu gehen, in den ersten Stock, dessen Toiletten sich an der Stelle früherer Garküchen befanden und von großzügiger Anlage waren. Er wollte sich noch einmal das Gesicht waschen, und dort oben konnte man sich bei dem lustigen *Chef des toilettes* für fünfzehn Francs ein frisches Handtuch leihen. Außerdem waren diese Toiletten abgelegen, meistens ziemlich leer, und Pardell wollte vor der entscheidenden Nacht noch einmal kurz alleine sein und in aller Ruhe pinkeln.

Tatsächlich war niemand da, Pardell postierte sich vor einer Schüssel und begutachtete nachdenklich sein Organ.

Kurz darauf betrat jemand die Toilette, stellte sich direkt neben Pardell, pinkelte seinerseits sehr kurz, mit hohem Druck. Es war fast mehr wie eine Art Marke, die er setzte. Pardell löste den Blick aus seiner Schüssel und warf einen seitlichen Blick auf seinen Nachbarn, blickte zurück, stutzte, pinkelte weiter. Irgendwas stimmte nicht.

«Hast dir die Haare rasiert, Fonsi?», fragte Sallinger gemütlich. Die Anmache auf der Toilette war ein Klassiker. Das gefiel ihm, da kannte er sich aus.

«Ach Gott, du bist das ... Wir haben uns ja ewig nicht gesehen, wie geht's dir denn?», fragte Pardell peinlich berührt, machte den Reißverschluss zu und drehte sich Sallinger verlegen zu.

«Machen wir's kurz, Fonsi.»

«Kurz?»

«Ich mein nicht deinen bescheuerten Haarschnitt. Von mir aus kannst du dir deine Koteletten rauf bis hinters Ohr rasieren – is okay, Fonsi. Aber bei dem Brief, da friert's mich, das kannst du dir merken.»

«Ach, der Brief, ja, den hab ich ganz vergessen.»

«Wie läufst du hier ein? Vergessen? Vergessen, was denn, Fonsi, so was vergisst man nicht.»

«Hör mal, äh, Perry, das ist jetzt wirklich ein ungünstiger Augenblick. Es tut mir alles leid, ich hab diesen Brief eingeworfen, ehrlich, oder abgegeben damals. Ist da etwas schiefgegangen? Ich kann jetzt wirklich keinen Ärger gebrauchen.»

«Du willst Ärger?»

«Nein, ich will keinen Ärger, ich ...»

«Wenn du Ärger brauchst, dann war des genau des Richtige, des kann ich dir sagen. Ärger. Du hast jetzt nämlich einen tierischen Ärger.» Sallinger packte den zitternden Pardell und stieß ihn gegen die Schulter.

«Jetzt rück die Scheißkarte raus.» Seine Stimme war von glühender Wut erfüllt.

«Hör mal, Perry, ich müsste jetzt dringend los, der Zug, das verstehst du doch sicher ...»

«Wenn du mir nicht die Karte rüberlangst, dann fährt der ohne dich ab.»

Pardell spürte deutlich, dass Sallinger nicht scherzte. Der eine Stoß, den er ihm versetzt hatte, hatte Pardell auf der Stelle klargemacht, dass Sallinger, im Gegensatz zu ihm, durchaus Übung darin hatte, jemanden zu stoßen. Sallinger wirkte sehnig. Entschlossen. Sehr wütend. Pardell versuchte, ihm die Sachlage zu erklären, ohne dabei allzu ängstlich zu klingen. Er wies abermals auf den Zug hin, den er dringend bekommen müsse. Es tue ihm ja auch leid, wenn mit dem Brief etwas schiefgegangen sei. Er müsse dann aber wirklich gehen jetzt.

Sallinger schnalzte ihm mit der rechten Hand ins Gesicht. Pardell wollte schreien, war aber gelähmt. Sallinger grinste. Schlug ihm noch einmal sachlich ins Gesicht. Langsam wurde er echt sauer. Pardell sah verstohlen und mit Tränen des Schmerzes in seinen Augen auf seine *Panther*. Die Tränen waren ihm unangenehm. Er musste jetzt dringend los. Gar nicht auszumalen, wenn der Zug ohne ihn abfahren würde. Oxana verloren und verraten. Er riss sich zusammen und krähte mehr, als er schrie: «Lass mich jetzt gehen! Hilfe!» Sallinger lachte, schlug ihm noch einmal ins Gesicht, packte ihn dann unangenehm deutlich am Sakko und presste ihn an die Wand, schrie herum, dass er ihn auch ein wenig in eine der Kloschüsseln tauchen könnte, zur Erfrischung, wenn er sich jetzt nicht bald erinnerte, wo der Brief sei.

Als die Tür aufging, starrten beide hin, Sallinger ärgerlich, Pardell auf Hilfe hoffend. Es war allerdings ausgerechnet Gregor Lopomski. Lopomski, der so alt und dürr aussah wie eine Spinnwebe.

«Was habt ihr denn miteinander?», fragte Lopomski.

«Verzieh dich, Opa. Schau, dass du Land gewinnst», sagte Sallinger.

«Ich hatte mal einen Freund, der war eine Zeit lang in Soest als unberechenbarer Gewalttäter engagiert, der hat immer zu mir gesagt, Gregor, hat er gesagt, Gregor, wenn du dich realistisch streiten willst, musst du erst mal wissen, worüber.»

Sallinger ließ Pardell stehen, wandte sich Lopomski zu, der ihm furchtlos und zitternd gleichzeitig entgegentrat. Ausgerechnet der klappigste Mensch im ganzen *Gran' Tour* war gekommen, um ihm zu helfen. Hoffnungslos. Sallinger begann, Lopomski anzuschreien, er wolle ihm nicht wehtun, allerdings wäre es jetzt Zeit zu gehen. Lopomski widersetzte sich, Sallinger packte ihn am Handgelenk, Lopomski zeterte, Sallinger schrie. Lopomski rief mit dünner, zitternder Greisenstimme um Hilfe, Pardell schrie, verdammt, lass ihn los, packte Sallinger an der Schulter, der sich nicht um ihn kümmerte, Lopomski zeterte weiter, Sallinger fluchte, jetzt richtig in Fahrt. Plötzlich zeterte Lopomski nicht mehr, sondern gab nur einen gurgelnden Laut von sich, fasste sich an die Brust, sackte zusammen, und Sallinger hielt einen röchelnden Greis in den Armen, der wohl gerade… *«Oh mein Gott, er stirbt, er stirbt»*, schrie Pardell, Sallinger wurde kreideweiß, Lopomski röchelte noch einmal, und dann war nichts mehr von ihm zu vernehmen. Pardell rannte zur Tür, rief um Hilfe, nach einem Arzt, der *Chef des toilettes* kam, einige andere Schaffner stürzten dazu. Auf dem Klo hielt ein völlig perplexer Sallinger einen toten Greisenkörper in den Armen.

Inmitten des Tumults trat Quentin an Pardell heran.

«Mein Gott, Quentin, es ist furchtbar, es ist ganz schrecklich. Lopomski kam herein und wollte mir helfen, und dieser Wahnsinnige da …»

Quentin, der Pardells Koffer mit nach oben genommen hatte, fasste ihn unter den Arm, mahnte ihn mit entschiedenem Ton, sie sollten verschwinden, es sei alles in Ordnung, er bringe ihn hinaus.

Pardell, der gerade Lopomskis Tod mit angesehen hatte, grauste es. Er war von Entsetzen ganz klamm und willenlos, und Quentin konnte ihn fast mühelos in einen Seitenflügel des *Gran' Tour* schieben, wo sich ein Fluchtweg befand, der die beiden auf die Rue du Paradis brachte. In der Nähe befand sich ein Taxistand, Quentin dirigierte Pardell auf dem nassen Trottoir dorthin, schob ihn in ein Taxi, gab dem Fahrer Anweisung, ihn sofort zur *Gare d'Austerlitz* zu bringen, und gab ihm einen 200-Franc-Schein. Pardell hatte das Fenster heruntergekurbelt und blickte ihn fassungslos an.

«Wie kann das sein, Quentin? Sag mir, was ...?»

Anstatt ihm zu antworten, beugte Quentin sich zu ihm nach unten, sagte: «Mach dir keine Sorgen, Leo. Er ist nicht tot. Vertrau mir!», und gab ihm einen sanften Kuss auf den Mund, der Leo noch mehr verwirrte. Dann gab er ihm das Etui mit dem goldenen Leoparden. Ein letzter Blick. «Du musst jetzt los, Leo! Frohe Weihnachten!»

«Allez-y!», rief er zum Taxifahrer. Quentin winkte, auf seinen Stock gestützt, nur im Anzug. Pardell, den Kopf in die Kälte des Fahrtwinds hängend, sah, dass er fror. Dann bog das Taxi nach links. Und da sahen sie sich zum letzten Mal.

Quentin bezweifelte, ob er Pardell jemals würde erzählen können, dass Lopomskis Repertoire seit seinem spektakulären Gastspiel in Krefeld, wo er die Nebenrolle eines Gärtners, der auf offener Bühne ermordet wird, so überzeugend gespielt hatte, dass mehrere Vorstellungen von hinzuspringenden Ärzten aus dem Publikum unterbrochen worden waren, auch den Tod umfasste. Und dass Lopomski dieses Kunststück schon mehrere Male erfolgreich vorgeführt hatte.

Lopomski war nicht tot. Quentin schluchzte trotzdem. Wenn er schluchzte, dann aber nicht aus Kummer. Leo ging, er sollte gehen, natürlich. Ein Abschied. Quentin fühlte mit diesem Abschied – und es hatte so viele in seinem Leben gegeben –, dass für ihn die Zeit einer Rückkehr, einer Ankunft gekommen war. Plötzlich. Von einer Sekunde auf die andere. Jetzt sah er es klar, er hatte keinen Zweifel. *Quentins Liebe.* Es war allerhöchste Eisenbahn.

Neapel, Aufenthalt 23.12.1999, 22:34

Der Würger war nie wirklich ein kaltblütiger Mensch gewesen. Er war sich seiner selbst einfach nur sehr bewusst gewesen – und er hatte, seit sein Großvater tot war, immer die Mittel besessen, sich dieses Bewusstsein auch leisten zu können.

Sein Bewusstsein war immer noch wach. Aber er konnte es nicht mehr bezahlen. Das war schmerzhaft. Also stellte er sich schläfrig, er stellte sich blind und blöd. Er hatte die letzte seiner Uhren verkauft, die wundervolle *Audemars Piguet*.

Amelio Littero hatte gelacht, hatte auf der Stelle, in ziemlich gutem Englisch behauptet, er kaufe keine Fälschungen. Der Würger hatte mitgespielt. Er brauchte das Geld und durfte sich diese Tatsache nicht so vollkommen anmerken lassen. Die *Audemars Piguet* war ihre guten 100000 Mark wert. Eher 120000. Vom ersten Satz des Hehlers, seiner widerlichen, gelangweilten, heiser krächzenden Art, seinem dauernden Gelächter an war dem Würger klar, dass er bestenfalls 10000 bekommen würde. Er verhielt sich richtig. Er erzählte etwas Schwachsinniges von den Steinen im Uhrwerk, die könne man herauslösen, sei ihm gesagt worden, und das Gold, kurz und gut – 20000000 Lire, das sei der Preis.

Littero lachte. Lachte und sagte 8000000. Der Würger tat so blöd wie möglich, sagte wie ein Idiot, 20000000 müssten es sein, das wäre der Preis. Schließlich gab ihm der Hehler grinsend 12000000 Lire, 12000 Mark. Das Geld holte der junge schmierige Gehilfe Litteros aus einem Nebenraum.

Er war nie kaltblütig gewesen. Nein, es war nur das Geld gewesen. Das Geld hatte sein Blut gekühlt. Das Geld hatte unter ihm geruht, wie in dem Eiskeller auf Gut Dreieck das Eis. Es hatte seine Leidenschaften und seine Seele fortwährend mit Kälte versorgt und hatte seine Erinnerung daran eingefroren, wie die Polizei den Krumbholz Josef in die Stube gebracht hatte.

Der Großvater war nach Hause gekommen, hatte vor dem Schlafen seinen üblichen Rundgang gemacht und das Fehlen der Uhr aus der Bibliothek sofort bemerkt. Er weckte seinen Verwalter, ließ ihn nach Tölz fahren und die Polizei holen.

Gute zwei Stunden später, um 7 Uhr morgens, entdeckte die Polizei die Uhr in der Unterkunft des Heimatvertriebenen Krumbholz. Er war in der Nacht in das Haus eingedrungen und hatte die Uhr gestohlen.

Friedrich erwachte von dem Lärm, den die Polizisten im Haus unten machten, er stieg aus dem Bett, schlich die Treppe hinunter. Da stand der Josef, der nur eine Hose über dem Nachthemd trug, zwischen zwei Polizisten und vor dem Großvater.

«Ich mecht se nich gestohlen ham. Se mechten doch den Fritzi fragen, bittschön ...»

«Was hat mein Enkel mit der Sache zu tun?», fragte der Großvater, mit einem Ton, dass Fritz auf der Treppe das Blut gefror. Er rannte in sein Bett zurück.

Kurz danach holte ihn ein Dienstmädchen.

Zitternd stand er jetzt vor all den Männern, draußen war es schon hell, die Dienstmädchen lugten durch den Spalt zur Küche. Friedrich wollte sterben. Er brachte kein Wort heraus ...

«Bittschön», sagte der Josef, der sah, wie viel Angst Fritz hatte, «er hat se mir gebracht, weil er se ...» – da hielt er inne. Seufzte. Und dann bat er den Großvater, alleine mit ihm sprechen zu können.

Fritzi wurde wieder auf sein Zimmer geschickt. Nach einer Weile hörte er, wie die Polizisten gingen, und sah sie mit den Fahrrädern über den Hof fahren. Ohne den Josef.

Am nächsten Vormittag wurde er geweckt, er bekam kein Frühstück, sondern musste vorher zum alten Feldmayer.

«Was war da los?», fragte der streng. Er schien ehrlich interessiert zu sein. «Die Wahrheit will ich wissen!», sagte er. Und: «Schau mir in die Augen.»

Fritz blickte weinend zu Boden, konnte ihm nicht in die Augen blicken. Er hatte so unglaubliche Angst. Er stritt alles ab. Er wisse von nichts, er kenne den Krumbholz doch gar nicht.

Sein Großvater sah ihn an und sagte kein Wort. Fünf Minuten, während der Fritzi weinte und sich unendlich schämte und seine Lüge immer flehender bekräftigte und beschwor und sich auch dafür schämte, dass er trotz allem froh war, nicht auf der Stelle bestraft zu werden.

Was immer der Josef seinem Großvater erzählt hatte, er war schon nicht mehr da, als Fritz sich am Abend vage um das Sudhaus herumdrückte, das er niemals mehr betreten wollte. Kein Licht, am nächsten Abend auch nicht. Der Josef war weg. Über die Angelegenheit wurde nicht mehr gesprochen, aber das Küchenmädchen erzählte Fritz ein paar Tage später, dass der Großvater den Bittschön auf der Stelle rausgeschmissen hätte.

Sein Großvater hatte nie wieder ein längeres Gespräch mit ihm geführt. Er hatte *genau gewusst*, dass Fritz gelogen hatte. Das war der Grund gewesen. Er konnte den Krumbholz natürlich nicht länger dulden, aber er hatte ihn auch nicht angezeigt, Fritz hätte die Wahrheit ruhig sagen können, darum war es gegangen, sein Großvater verachtete nichts so sehr wie einen feigen Lügner, dem man es noch dazu ansah, dass er log. Das war nur erbärmlich. Friedrich wusste das so genau, wie sein Großvater wusste, dass er feige gelogen hatte – und er schämte sich abgrundtief dafür. Eine Scham so groß, wie sie nur ein Kind empfinden kann.

Im Herbst kam er auf ein Internat in der Schweiz. Wahrscheinlich war er der einzige Neuschüler, der zum Schulbeginn 1946 frohen Mutes von den Emmener Mauern umfangen wurde. Der fünfjährige Aufenthalt auf Dreieck war die ideale Voraussetzung, um auf einem Institut wie Schloss Emmen zu reüssieren. Drei seiner Mitschüler wurden in der Erbfolge verschiedener europäischer Königshäuser unter den ersten fünf Plätzen geführt. Es war eine Schule für junge Menschen aus den besten Kreisen, und sie lag natürlich nicht zufällig in der neutralen Schweiz.

Das pädagogische Modell von Schloss Emmen stand in bester altfränkischer Tradition und verband absolute Schlichtheit der Wohnbereiche mit einem luxuriösen System der Repression. Er und seine Mitschüler würden die Führungselite Nachkriegseuropas stellen, und die Schule sollte ihnen zu diesem Zweck den Schneid abkaufen, ihnen das Gefühl von Verdammnis geben, um sie dann kurz vor Ende zu begnadigen: War alles nicht so gemeint. Hier sind die Schlüssel.

Friedrich Jasper war präpariert, er hatte kein Problem, eine schlicht gehaltene Gemeinschaftsdusche zu benutzen, um es mal so zu sagen. Vor allem aber war er es gewohnt, sich mit sich selbst zu beschäftigen – ein großer Vorteil auf Schloss Emmen.

Seine schulischen Leistungen waren unverändert brillant. Das Einzige, das ihn mit seiner Vergangenheit zu verbinden schien, war der wachsende, kräftiger und vielschichtiger werdende Hass auf seinen Großvater.

Er wurde kühner, wenn er in den Ferien nach Dreieck kam. Seine pure körperliche Überlegenheit war zu offensichtlich, um den alten Mann noch zu fürchten, aber er mied seine Nähe, hielt die Aufenthalte so kurz wie möglich, kehrte meist schon vor dem Ferienende nach Emmen zurück.

Nach dem glänzend bestandenen Abitur schrieb er sich in Heidelberg in Jus ein, denn selbstverständlich würde er Rechtsanwalt werden, wie sein Vater. Sein monatliches Taschengeld war lächerlich, aber das war ihm egal. Er blieb konstant unter den ersten fünf seines Jahrgangs, obwohl er nebenbei arbeitete. Seine Verzweiflung war vergangen – oder nein, sie war einfach präzise und hart genug geworden, um eine große Karriere auf ihr aufzubauen.

Er hatte später manchmal an alles gedacht, an den Sommer 46 und was geschehen war. Aber er hatte sich nie das erbärmliche Ende der Geschichte erzählt, weil er nicht kaltblütig genug war. Nicht einmal das viele Geld hatte ihm da geholfen. Das wusste er, als er sich nach dem Geschäft mit Littero, seinen kleinen Hund an sich gepresst, zitternd an eine Mauer lehnen musste, nahe daran, sich zu übergeben. Am Ende.

Er hatte später manchmal an alles gedacht, an den Sommer und was geschehen war. Aber er hatte sich nie das eigentümliche Ende der Geschichte erzählt, weil er nicht leichtgläubig genug war. Nicht einmal das viele Geld hatte ihm da geholfen. Da wusste er, daß er sich nach dem Gespräch mit Urrera, seinen kleinen Hund an sich gepresst, zitternd an eine Mauer lehnen musste, nahe daran, sich zu übergeben. Am Ende.

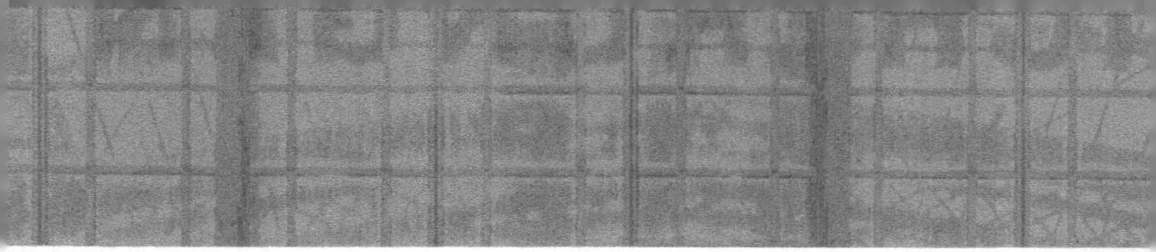

SECHSTER TEIL

Die Große Complication in der Nacht zum 21. Jahrhundert

Brüssel, Aufenthalt 26.12.1999, 18:45

Langsamkeit und Pünktlichkeit *müssen* sich nicht ausschließen. Was auf den ersten Blick wie eine Weisheit des Ostens klingt, das konnte man im bürokratischen System der *Europäischen Union* praktiziert erleben. Darin unterschied sich *Brüssel* wesentlich von Indien. Indien war langsam und *unpünktlich*. Brüssel nicht.

Pünktlich vor dem ersten Weihnachtsabend, am 24. Dezember um 11 Uhr 40, hatte an Bowies Appartement ein *HyperExpressMessenger* geklingelt und ihm ein Paket überbracht, auf dem vermerkt war, dass es an diesem Tag spätestens bis 12 Uhr ausgeliefert sein musste.

Bowie, der schon vor zwei Wochen das kleine Paket von Madeline erhalten hatte – mit Tee, einem liebevollen Begleitbrief und einem weiteren Brief, den er erst Silvester um Mitternacht öffnen durfte –, erwartete keine Pakete.

Da es von einem HXM ausgeliefert wurde, war es wohl ohnedies etwas Offizielles und konnte eigentlich nur von der *DoppelEA* sein. Ihm lief ein eiskalter Schauer den Rücken hinunter. Vielleicht war alles aufgeflogen, und er war suspendiert und angeklagt ... aber dann würde man wohl kein Paket schicken. Also öffnete er es mit gemischten Gefühlen und war umso überraschter, als er feststellte, dass es doch ein Weihnachtspaket war. Aber von niemand anderem als Direktor Spiro Voyatzis stammte.

Es enthielt folgende Dinge: eine Flasche vierzig Jahre alten griechischen Weinbrands in einer Schmuckbox aus gebranntem Ton. Eine Denkschrift der *Australisch-Griechischen Gesellschaft* über die kulturhistorische Bedeutung der Olive. Mehrere Grußkarten und Begleitbriefe, die den Kopf von Voyatzis trugen. Ein wohl versehentlich beigelegter Prospekt über steuerfreie Geldanlagen auf einer Insel irgendwo im Pazifik.

Der erstaunlichste Teil des Pakets allerdings war die offiziell, mit Stempel und Siegel beglaubigte Kopie eines vom griechischen Direktor abgefassten, gut vierhundert Seiten starken Berichts für den Europäischen Kommissar für Verkehr. Ein richtiger Ziegelstein.

Noch am Heiligen Abend selbst hatte Bowie mit der Lektüre angefangen. Es war harte Kost. Bowie trank selten, und wenn, dann immer mäßig, aber auf Seite 27 überkam ihn eine unabweisbare Sehnsucht danach, die Flasche Weinbrand zu öffnen.

***

Zwei Tage später hatte sich Reginald durch gut die Hälfte von Voyatzis Bericht gequält. Es war der zweite Weihnachtstag, und Bowie hatte Kopfweh, weil er während der Lektüre den ganzen Weinbrand getrunken hatte und gestern Nacht sehr spät und beschwipst ins Bett gefallen war.

Es war früher Abend. Er war beim Chinesen essen gewesen, hatte noch einmal den zärtlichen Weihnachtsbrief Madelines gelesen und verfolgte bei einer Kanne frischen Tees *BBC World-Service*, die englischen Fußballergebnisse.

Von der *Premier Division*, die wohl schon wieder von *Manchester United* für sich entschieden werden würde, ging es langsam hinab in die *first*, die *second league*. Gerne erinnerte sich Bowie in solchen Augenblicken an den legendären Sieg vom 24. August 1988. *Pools* hatte *Manchester United* geschlagen. Es war ein Freundschaftsspiel gewesen, aber trotzdem. Bei *Pools* hatten Viv Anderson, der energische Paul McGrath, Mike Duxbury, der unvergessliche Lee Sharpe und schließlich Chris Turner gespielt, der jetzige Präsident des Klubs. Sechs zu eins für *Pools*! Das war ein Spiel gewesen! Jetzt kamen die Ergebnisse der dritten Liga. Er stellte die Tasse ab, öffnete gespannt seinen Mund.

«Carlisle	–	*Rochdale*	*1:2*
Cheltenham	–	*Exeter*	*3:1»,*

sagte die BBC-Sprecherin und fuhr fort:

«Darlington	–	*Hull*	*0:0*
Halifax	–	*Lincoln*	*3:0*
Hartlepool	–	*York*	*2:1*
Leyton O…»			

– Oh, wunderbar. Wunderbar. Das war genau die Information, auf die Bowie gewartet hatte. Draußen pfiff seit Tagen starker Wind um die Häuser. Es war recht stimmungsvoll, ein Weihnachten, wie Bowie es aus dem guten alten Hartlepool kannte.

Er stellte das Radio leiser. Es war doch immer wieder erstaunlich, wie nachhaltig einen der Umstand beleben konnte, dass die eigene Mannschaft gewonnen hatte. *Pools* kam schon klar – natürlich. Also!

Bowie las weiter. Direktor Voyatzis war gerade dabei, die allgemeine Situation des europäischen Schienennachtverkehrs zu erläutern. Es war stinklangweilig und bizarr, vor allem als Voyatzis bis ins letzte Detail schilderte, warum er persönlich immer schon für eine Vergrößerung der Euronorm für die in den Schlaf- und Liegewagen anzubringenden Zugverlaufsschilder eingetreten sei. *«Mit einer Heraufsetzung der Euronorm auf 401 mal 257 Millimeter»*, so schrieb Voyatzis, *«würde sich die Fläche der Zugverlaufsschilder um 34981 Millimeter vergrößern lassen. Dadurch könnten mehr kleinere Haltebahnhöfe auf den Schildern Platz finden, als das bislang möglich war.»*

Nachdem sich Bowie zwischen Grauen und Gelächter gut 25 Seiten weitergearbeitet hatte, kam er endlich zu dem Teil, der sich auf *seinen* Bericht bezog.

Zu seiner Verblüffung, zu seiner *wirklichen* Verblüffung unterstützte Voyatzis die Vorschläge des Agenten nicht nur, er pries sie als hervorragend. Als unbedingt unterstützenswert. Als sehr vielversprechend. Dann wies Voyatzis darauf hin, dass wesentliche Elemente des Plans von Agent Braunschwique von Voyatzis selbst stammten oder doch zumindest angeregt worden seien.

Bowie erstarrte. *Braunschwiques* Plan? Braunschwique hatte den gleichen Plan gehabt wie er selbst? Das war nicht möglich.

Nachdem er die Grußkarten und die Begleitbriefe gelesen hatte, wurde ihm klar, dass sich Voyatzis tatsächlich nicht auf Bowies Bericht bezogen hatte, sondern auf den seines Vorgängers. Braunschwique hatte seinen Bericht im Februar 1998 eingereicht, hinten gab es ein Register mit Kopien von Eingangsstempeln und Aktenvorgängen. Donnerstag, 13. Februar 1998. Voyatzis und die *DoppelEA* hatten also fast zwei Jahre gebraucht. Bowie hatte das Amt von Braunschwique geerbt, und deswegen war ihm das Paket wohl zugestellt worden. Zwei Jahre!

Die richtigen Folgerungen daraus zu ziehen war schwierig. Aus Voyatzis' Beschreibungen und Erläuterungen wusste er jetzt also, dass Braunschwique tatsächlich vorgehabt hatte, als Käufer von Drogen aufzutreten, um dadurch das Schmuggelsystem auszuforschen und seinen Kopf enttarnen und festsetzen zu können. Braunschwique hatte Geld beantragt, und Voyatzis empfahl zwei Jahre später die Genehmigung dieser operativen Gelder. Braunschwique aber war seit Herbst letzten Jahres verschwunden. Das alles war rätselhaft.

Vielleicht war es Braunschwique irgendwann zu blöd geworden, und er hatte beschlossen, nicht länger auf das Okay aus Brüssel zu warten, hatte es auf eigene Faust probiert – genau wie Bowie!

Das war wirklich überraschend. Sein Informant und einziger Verbündeter Marcel Crutien hatte ihm, Bowie, doch erzählt, Braunschwique habe sich gerade nicht zu einer groß angelegten verdeckten Aktion überreden lassen, er, Crutien, habe es immer wieder versucht, aber Braunschwique sei unbelehrbar gewesen. Dann sei er verschwunden.

Das bedeutete, so folgerte Bowie, dass Braunschwique sich *insgeheim* doch für diese verdeckte Aktion entschieden hatte – *ohne* Crutien Bescheid zu geben. Vielleicht misstraute er Crutien, und dieses Misstrauen hatte er dann mit seinem ... Verschwinden bezahlt. Bowie wurde es gruselig, als er sich ausmalte, dass Braunschwique wahrscheinlich doch nicht an einem stillen See angelte, und wenn, dann allenfalls als Köder. Er blickte düster auf die Anglerzeitschrift *L'Ami du Pêcheur*, die er im Schreibtisch Braunschwiques gefunden hatte und in der er gelegentlich, er wusste selbst nicht, warum, gelesen hatte. Auf dem Cover die Fotografie eines herrlichen Sees in wundervoller, menschenleerer Landschaft ...

Morgen würde er in die Schweiz fahren – übermorgen wäre das große Zusammentreffen. Ihm wurde angst und bange. Zum Glück war sein Informant an seiner Seite. Es würde schon alles gut gehen.

Bowie stellte wieder das Radio an, es war kurz vor 23 Uhr. Nachrichten hören. *BBC World-Service* meldete, dass ein schweres Sturmtief über Mitteleuropa, Frankreich, Schweiz, Deutschland, hereingebrochen sei. Die Ausmaße der ersten Schäden durch Hurrikan *Lothar* seien noch nicht abzusehen, allerdings könne man schon jetzt sagen, dass sie enorm sein würden.

Innsbruck, Aufenthalt 27.12.1999, 5:20

So war Alpin doch noch zu einem richtigen Weihnachten gekommen und war von Geschenken überhäuft, die das günstige Schicksal ihm gemacht hatte. Wie lange hatte er keinen Kamm mehr besessen, ganz abgesehen davon, dass er noch *nie* einen Kamm von

Ferragamo gehabt hatte! Was für ein Vergnügen es war, sich die feine Pomade in das Haar zu streifen, den Kamm aus der Innentasche des Sakkos zu nehmen und sich wieder und wieder zu kämmen. Der Spiegel auf der Toilette des Innsbrucker Hauptbahnhofs war großzügig. Er blickte sich selbst begeistert und vorfreudig entgegen; die Müdigkeit hatte ihm Ringe unter die Augen gemalt, die ihn recht attraktiv machten, fand Alpin. Gefährlich und weltläufig. Es war noch tiefe Nacht gewesen, als er aus dem Schlafwagen gestiegen war – zusammen mit dem Gepäck seines Mitreisenden, der sich mit einer Valium betäubt hatte und unaufweckbar schlief. Alpin erschien das wie ein letzter Beweis seiner Glückssträhne, die ihn zum Abschluss auch noch neu einkleiden wollte.

Seit Alpin den *Chinesen* getroffen hatte, seinen geheimnisvollen, plötzlich aus dem reinen Nichts aufgetauchten Freund, klappte alles wie am Schnürchen. Während er sich reichlich von der duftenden Pomade in sein dichtes schwarzes Haar strich, dachte er zärtlich an den *Chinesen*, an Erwin Erfurt, dessen geschmeidiges Italienisch ihn sicher von Paris nach Mailand geführt hatte.

Der Chinese hatte ihm in Mailand ein Hotelzimmer für die Nacht und für den nächsten Tag eine Karte nach Neapel besorgt und ihn dann, in dem Bahnhofsbüfett von *Milano Centrale*, genauestens angewiesen, wie er sich beim Finale der Partie *Highlander* benehmen sollte. Alpin hatte ihm sehr ernst und so aufmerksam wie möglich zugehört, sogar vergessen, sein aufgeweichtes Thunfisch-Tomaten-Sandwich zu verspeisen, was ihm zu seinem tiefen Bedauern erst im Zug nach Neapel eingefallen war. Alpin hatte eine große Tour hinter sich, die ihm, so fühlte er, den letzten Schliff gegeben hatte. Staunend sah er, wie der Zug dem Vulkan näher kam, wie sich das öde, weitläufige Land vor Neapel langsam anfüllte mit den Vorstädten und Hochhaussiedlungen, wie sich der Schienenstrang, dem er aus dem Fenster gebeugt voranblickte, mehrmals verdoppelte, sich wieder zu einem vereinigte und, zwischen Wohnhäusern hindurchführend, die zum Hafen hinunter gebaut waren, schließlich in der Halle von *Napoli Centrale* endete. Er hatte sich zwei Tage im Bahnhof versteckt, und als er ihn schließlich verließ, sah er sich vorsichtig um, ob ihn jemand entdeckt hatte oder verfolgte. Er beschloss, ein Taxi zu nehmen. Das hatte er noch nie getan, zumindest nicht, um sich damit chauffieren zu lassen, und er erreichte, nachdem er sich zu seinem eigenen Appartement hatte fahren lassen und die Karte vom Spiegel genommen hatte, kurz nach 14 Uhr das Lokal. Allen Mut zusammennehmend, betrat er den Speisesaal, fragte den Kellner nach dem Hinterzimmer, und als er ihm die Karte präsentieren konnte, durfte er passieren. *Das Letzte Zusammentreffen.*

Neben dem Chef des Spiels, einem alten Korsen, der einen vor sich hin qualmenden Zigarrenstummel im Mund hielt und Alpin gleichgültig über seine Halbbrille hinweg musterte, hatten sich noch sieben andere Spieler eingefunden. Als das Spiel ausgegeben worden war, waren es zweiundfünfzig gewesen – aber was sehr leicht klingt, erfordert, um es zu spielen, große Geschicklichkeit, Strategie, Kühnheit im richtigen Augenblick und viel, viel Erfahrung, und all die Glücksritter vom Schlage eines Sallinger, die eine Karte mit der strikten Absicht erworben hatten, die Regeln zu brechen, waren mehr oder weniger zügig von den wirklichen Könnern von *Highlander* zur Strecke gebracht worden. Um *Highlander* wirklich gut zu spielen, muss man das anfängliche Rededuell schnell und flüssig beherrschen: Denn nur während dieses Rededuells kommt man in die Lage, den Gegner und seinen Charakter zu verstehen und zu erahnen, ob er hoch oder tief spielen würde, ob er über mehr als eine Karte verfügte oder nicht. Man muss das Gespräch im richtigen Augenblick abbrechen und die Frage stellen. Oder man muss versuchen, es so lange wie möglich hinauszuziehen, um selbst derjenige zu sein, der bestimmt, ob hoch oder tief gespielt wird. Nicht selten unterhalten sich zwei misstrauische, erfahrene Spieler von *Highlander* eine ganze Stunde lang und brechen das Duell schließlich unvermittelt ab.

Alpin stellte sich schüchtern in eine Ecke, die *Karo 9* in der Hand, und sah sich die Spieler an, die es bis hierher geschafft hatten. Jeder von ihnen hatte mindestens fünf Karten erobert. Einer, ein Spanier, den die anderen *Gonzo* nannten, ein vierschrötiger Mann mit hageren Wangen und einem nervösen Zucken des linken Auges, hatte in dieser Partie die meisten Schwerter eingesammelt, viele andere Spieler *enthauptet*, darunter übrigens auch Luk Pepping, den belgischen Bekannten Sallingers. Gonzo hielt ein Blatt von fünfzehn Karten in seiner Hand. Er war dennoch ziemlich schlecht gelaunt, denn wäre die Partie noch einen Monat länger gelaufen, er hätte mit diesem Blatt zwangsläufig noch den einen oder anderen Meister erledigt, dessen Karten eingeheimst und seine Chancen bei der Ziehung vergrößert. Neben Gonzo gab es einen Holländer mit fünf, einen gemütlich wirkenden Speisewagenkellner aus der Schweiz mit acht Karten und noch ein paar andere. Vor Alpins Ankunft galten fünf Karten als verschwunden. Der Spielleiter nahm Alpins *Karo 9* zur Kenntnis und korrigierte die Verlustkarten auf vier, steckte Alpins Karte zurück in den Stapel. Es war so weit. Er mischte den Stapel, dann nahm er eine Klingel in die Hand, und eine junge Küchenhilfe, der man die Augen verbunden hatte, wurde hereingeführt. Der Spielleiter fasste die Partie zusammen, erwähnte zwei Vergehen gegen die Regeln des Spiels und wünschte schließlich allen Beteiligten Glück.

Glück. Alpin hatte tatsächlich Glück gehabt. Ein so strahlendes Glück, dass er noch danach durch seinen Lichtschein wie betäubt durch den milden, grauen neapolitanischen Wintertag ging und seine Angelegenheiten regelte. Er bezahlte seine Schulden beim Padrone und seinem Anhang. Die Atmosphäre dieser Menschen zu atmen war ihm unerwartet widerwärtig geworden. Es ging alles sehr schnell. Alpin blieben 5000000 Lire von der Gewinnsumme übrig. Er schwebte, wie in Trance, noch einmal in sein Appartement und holte sich seine CDs, ein paar Familienfotos und packte sich einen kleinen Koffer mit der Sorgfalt voll, mit der man ein Bündel für die Kleidersammlung schnürt. Er warf einen letzten Blick in den gesprungenen Spiegel, vor dem er immer sein Lied geübt hatte. Dann beeilte er sich, zum Bahnhof zu kommen. Er verließ sein geliebtes Neapel zum zweiten Mal – er würde woanders sein Glück suchen. Das hatte ihm der *Chinese* während ihres nächtlichen Gesprächs zwischen Paris und *Dijon-Ville* klargemacht. Er würde es im Norden versuchen. In den Alpen. Klare Sache. Musste es nur wollen.

Er hatte am Abend den Schlafwagenzug nach München genommen, den *Brenner-Express*. Er war wach gelegen und hatte nachgedacht. Hatte an den *Chinesen* gedacht, an sein Glück im *Triumfo*. Er war quitt, und er war frei. In Rom war jemand zugestiegen. Alpin bekam mit, wie er beim Schaffner versuchte, ein Singleabteil zu bekommen, aber der Zug war voll, außer bei Alpin, da gab es noch zwei freie Betten.

Alpin hatte über seinen unfreiwilligen Mitreisenden nachgedacht, der ihn noch im Bahnhof mit offensichtlichster Verachtung angeblickt hatte, mit jener genervten Peinlichkeit, die Alpin seit seinen frühesten Tagen kannte – so hatte ihn die Welt immer schon angeblickt. Und er hatte sich an der Welt dafür gerächt, indem er sie betrogen hatte. Er hatte zumindest versucht, sie zu betrügen. Er hatte sich Mühe gegeben. Er hatte nie aufgegeben, niemals. Er hatte es den Arschlöchern, die ihn hatten fertigmachen wollen, gezeigt. Und jetzt traf er auf einen anderen, der ihm, was Größe und Statur anging, fast auf das Vollkommenste glich und ihm doch mit derselben Verachtung begegnete wie alle anderen auch, dieser Verachtung, der Alpin seit jeher mit seiner geduckten, gleichsam schielenden Körperhaltung, seiner Verschlagenheit, seiner gemeinen Entschlossenheit ausgewichen war. Was unterschied die beiden? Die Kleidung. Hauptsächlich. Das war alles.

Diese Einsicht, die Stimulanz der Schlaflosigkeit, die spürbare, schiere Ungewissheit, was ihn in den nächsten Wochen, ja eigentlich

Monaten erwarten würde, und eine nahezu unerklärliche, allerdings alpintypische Vorfreude darüber brachten ihn kurz nach dem Brenner auf die Idee, sich die Kleider dieses Fremden anzueignen.

Er hörte auf die fernen, undeutlichen Stimmen der österreichischen Schaffner, die über den Flur eilten. Er hörte auf die tiefen, valiumgetränkten Atemzüge seines abschätzigen Mitreisenden. Er schnalzte mit der Zunge, er stieß spitze, helle kleine Rufe aus, hey, wach auf, wach auf, komm, was ist los, wach auf ... aber der andere schlief weiter. Alpin sah das Sakko im kränkelnden Grün der Notbeleuchtung, seinen Faltenwurf, die edle Eleganz seines Stoffs. Die Hose. Die Sammlung feiner Dinge, die über den Abteilboden verteilt waren, zwischen dem stabilen Glanz der Koffer. Er stieg zügig, aber dennoch vorsichtig aus dem Bett. Er wusste genau, was er jetzt tun würde. Er würde zurückgrinsen.

Vierundzwanzig Minuten später stand er, komplett neu eingekleidet, auf einem Bahnsteig des Hauptbahnhofs von Innsbruck. Selten hatte er sich besser gefühlt! Niemals hatte er es für möglich gehalten, dass seiner Figur ein *Armani*-Anzug passen würde! Das Hemd saß wie angegossen, der Koffer passte farblich zu seinem neuen Mantel, wie bequem diese Schuhe waren! Der Schlips war ein Gedicht, das Sakko ein fein glänzender, weicher Traum, und diese Schuhe, diese Schuhe, von, Moment mal, er bückte sich, hob den Fuß, drehte ihn schwer schnaufend – er war allerdings, trotz der feinen Kleidung, immer noch sehr dick und konnte nicht auf die Sohle blicken. War auch egal jetzt, diese Schuhe trugen sich auf jeden Fall, als ob sie neu wären, als ob noch niemals ein Fuß des Schwanzes seinen Schweiß auf das weiche, nachgiebige Alpakainlett hätte triefen lassen.

Auf der Toilette entdeckte Alpin all die weiteren Dinge, die Hemden von *Van Laack*, einen Anzug von *Cerruti*, die schönen Schlipse von *Versace* und *Gucci*, das Necessaire! Die Brieftasche: ‹Jobst von Lohoff›. Schon wieder ein Engländer! Diese Engländer brachten ihm Glück, gar keine Frage.

Er spürte es: Diesmal war er auf der richtigen Seite! Diesmal würde ihm, Alpin, das *Gelächter der Möse* winken!

Welchen Ort hatte er betreten? Nicht nur Innsbruck. Nicht nur den Bahnhofsvorplatz, die Hauptstraße, die paar Seitenstraßen, die er staunend, ja fast seines neapolitanischen Betrügeratems beraubt, mit den Koffern und dem Necessaire entlangging: Er hatte die Alpen betreten. Zum ersten Mal in seinem Leben sah er seinen gemeinen Betrügeratem als fröhlichen weißen Nebel vor sich in der Luft schweben. Unter seinen Füßen knirschte der Rollsplitt.

‹Das sind die Alpen›, dachte Alpin, und fast wäre er ausgerutscht. Er stellte noch einmal die Koffer ab, drehte sich und seinen Blick, der leicht von der verblüfften Wolke seines Atems getrübt war, durch die strahlende frühmorgendliche Bläue um ihn herum. Die aufgehende Sonne. Die ernüchternde, wohltuende Kälte. Die Alpen. ‹Ich bin Alpin. Ich bin in den Alpen ...› Ohne es genauer sagen zu können, begriff Alpin, dass nicht nur sein Name, sondern vielleicht er selbst tatsächlich mit der Milde und Nachsicht dieses Orts rechnen durfte, so wie er es sich erhofft hatte.

Ein Kaffee wäre nicht schlecht. Ein kleiner, zuckerdurchtränkter Cappuccino. Biskuit dazu. Er sah das Schild eines kleinen Lokals am Ende der Straße, das irgendwie nach Kaffeebar aussah, das sich aber, während Alpin, sein wundervolles, neues Gepäck schleppend, näher kam, als Eisdiele herausstellte. *Gelateria.* Mit jedem weiteren der Buchstaben, die er sich vorbuchstabierte, denn Lesen war seine Stärke nie gewesen, mit jeder Silbe verließ er die Welt des Zweifels und trat in die Welt der Gewissheit ein. Er buchstabierte sich: N – A – P – O – L – I. Moment. ‹*Gelateria ... Napoli.*› Er fühlte einen heißen Stoß plötzlicher heimwehkranker Tränen und trat, mit einigen Schwierigkeiten wegen der Koffer, durch die schwere gläserne Eingangstür.

Fast niemand im Raum. Außer ... kein Mensch da. Bis auf ...

Guilia. Vor zwei Wochen hatte sie die Trauerkleidung abgelegt und ein erstes, noch zurückhaltendes, dunkelgrünes Kleid angezogen.

Die Erinnerung an ihre Mutter war immer noch deutlich, aber die Tränen und Seufzer der letzten sieben Monate waren verschwunden. Giulia war alleine. Und sie konnte nicht den Rest ihres Lebens in Schwarz herumlaufen, jetzt war sie fünfundzwanzig, sie hatte ihre Mutter die letzten vier Jahre gepflegt und den Laden geführt. Das war jetzt vorbei.

So früh am Morgen kam selten jemand in das Eiscafé, zumal im Winter. Vier Jahre lang war, wen sie kennengelernt oder überhaupt auch nur gesehen hatte, mehr oder weniger durch diese Tür gegangen. Vier Jahre hatte sie ausschließlich beobachtet, hatte sich die Leute angesehen, freundlich, immer leicht übermüdet. Es waren viele gewesen. Aber keiner hatte ihr so gut gefallen wie der.

Er trug einen fabelhaften Anzug, sehr geschmackvoll. Allerdings sah Guilia sofort, dass es nicht *sein* Geschmack war. Also wahrscheinlich nicht sein Anzug. Sein Gepäck, die monetäre Schwere und Exklusivität des edlen Leders überforderte ihn doch. Er war die Kälte in den Alpen wohl nicht gewohnt, denn er schniefte. Nachdem er das Gepäck umständlich um den kleinen Tisch herum verteilt hatte, beobachtete er es mit ungewöhnlicher, zweifelnder Scheu, so als müsste es jeden Augenblick zu sprechen anfangen.

Jetzt holte er einen Kamm aus der Innentasche des Sakkos und kämmte sich die Haare nach hinten, den Kamm hatte er vor fünfzehn Minuten gekauft, so sah es jedenfalls aus. Seine Wangen waren vom dichten Schatten seines Bartes bläulich. Er war verkleidet.

Sie ging zu seinem Tisch. Als er sie näher kommen sah, wurde er ernst und blickte ihr möglichst finster entgegen. Er rückte auf dem Stuhl hin und her, versuchte, sehr gerade zu sitzen, vielleicht um größer zu wirken. Sie war ganz freundlich und entspannt.

«Was kann ich für dich tun?»

«Cappuccino?»

«Klar ...»

Er setzte sich wieder zurück, und auch sein ganzer Körper entspannte sich. Mittlerweile stand ihm der Schweiß triefend auf der Stirn, Guilia ahnte, dass sich die Achseln seines fabelhaften Anzugs bald dunkel färben würden. Sein Blick: schüchtern, lebendig, vorsichtig, sehr aufmerksam, er hatte den Tisch, das, was draufstand, das Fensterbord, die Plastikblumen, die Eiskarte mit dem Foto des Hafens von Neapel, mit dem Vulkan in der rechten oberen Ecke, so genau studiert wie nie jemand zuvor. Neapolitaner, wahrscheinlich. Seine Lippen bewegten sich, er sang leise, wie ein Kind singt, das gute Laune hat und nicht weiß, wieso.

Das Leben ist hart,
Doch Alpin,
Doch Sergy Alpin
Ist härter als du.
Denn er ist gemein,
Und er ist schlau.
Er ist härter als du.
Und wenn du verlierst,
Sieht er nur zu.

Jetzt blickte er auf, vielleicht weil er spürte, dass sie ihn beobachtete. Sein Blick war von solcher, wenn auch ängstlich-misstrauisch verbrämter Lebendigkeit, dass sie schlucken musste – er hatte sofort gesehen, dass sie ihn beobachtet hatte, er hatte sie ertappt. Sie wurde rot, aber etwas hinderte sie daran, ihren Blick abzuwenden. Sollte er doch sehen, dass sie rot geworden war. Sollte er es sehen. Jetzt lächelte er. Seine Augen lächelten. Sie zwinkerte, lächelte ihrerseits, drehte sich zur Kaffeemaschine, nahm den Filter, schlug den Kaffeesatz heraus, füllte ihn neu, drückte den Kaffee fest und schraubte den Filter ein. Die ganze Zeit spürte sie jetzt seinen Blick auf ihrem Rücken, fühlte seinen aufmerksamen, wachen, lebendigen Blick, und das gefiel ihr. Sein Lächeln war so sanft gewesen.

Wahrer Schwanz
Der Möse ist er,
Alpin,
So schlau,
Alpin,
So gemein –
Ein wahres Schwein.
Sei schlau, Freund,
Lass dich nie mit ihm ein.

Der Kaffee tropfte in die Tasse, Guilia schäumte die Milch. Das Vergnügen, das sie dabei empfand, hatte eindeutig mit dem kleinen, kräftigen Mann zu tun, zu dem sie sich jetzt in wenigen Augenblicken umdrehen würde, um ihm den Cappuccino zu bringen. Er war ein richtiger Kerl. Nicht zu groß. Seine Augen waren so lebendig. Wahrscheinlich war er nicht der Hellste, aber das machte nichts – er war niedlich und sanftmütig. Plötzlich wusste sie, dass er seinen Cappuccino sehr süß mochte. Sie wusste es. Eine Kleinigkeit. Aber während sie, den Kopf tief gebeugt, still und sehr vorfreudig lächelnd, drei Löffel Zucker in den frischen Kaffee rührte, spürte sie, welche Wärme diese Kleinigkeit ausstrahlte, wie diese Wärme sich vervielfachte und einen sekundenlangen, erstaunlichen Funkenregen von Assoziationen in ihr auslöste, der, nachdem er verstäubt war, das deutliche Gefühl hinterließ, dass sie ihm gerne öfter einen Cappuccino machen würde. Sie schaufelte zärtlich die Milch in die Tasse, drehte sich um und sah, wie er aus dem feinen Stoff seiner Anzughose genau in diesem Augenblick ein riesiges, schmuddeliges, wahrscheinlich uraltes, rot-weiß kariertes Taschentuch zog und sich schnäuzte. Jetzt war sie sich sicher, dass der Anzug eine Verkleidung war. Er steckte das Taschentuch wieder ein und sah ihr lächelnd entgegen. Seine Augen konnten sich nicht verkleiden.

«Ich habe in Neapel auch in einer Kaffeebar gearbeitet, es war eine wundervolle Bar», sagte er lächelnd, als sie die Tasse auf sein Tischchen stellte.

«Ach wirklich? Hast du die Arbeit gemocht?»

«Ja, schon. Ist aber lange her. Jetzt musste ich weg aus Neapel.»

«Schwierigkeiten?»

«Oh, ja, allerdings. Aber mein Freund, der Chinese, und ich – wir haben alles klargemacht.»

«Was waren das für Schwierigkeiten?»

«Ach, weißt du, sie hatten mit einem Engländer zu tun und ... Was soll's.»

«Du bist viel rumgekommen? Chinesen, Engländer ... In welcher Branche warst du?»

«Musikbranche. Rapolitano. Aber jetzt nicht mehr, nur noch als Hobby. Will wieder an der Bar arbeiten.»

«Willst du in Innsbruck bleiben?»

«Kann sein. Ja. Gefällt mir hier. Ich heiße Alpin, das ist komisch, wirklich. Ich war noch nie in den Alpen.»

«Alpin. Und wie noch?»

«Sergy. Mein Vater war ein Surfer!»

Denn das Leben ist hart,
Doch Alpin,
Doch Sergy Alpin
Ist härter als du.
Du verlierst, und er sieht nur zu.

«Willst du nicht deinen Cappuccino trinken? Er wird kalt.»

«Hm, ja. Der ist ja ...»

«Ich dachte, dass du ihn schön süß mögen würdest.»

«Ja, stimmt, schmeckt wunderbar, wahrhaftige Mö...» Er brach ab. Blickte vom weißen, braun gesprenkelten Rund der Tasse auf und sah Guilia an. Nahm noch einen Schluck und schloss die Augen.

Wie sie ihn ansah, hatte ihn noch niemals jemand angesehen, dachte er. Dann dachte er nichts mehr, denn er hatte sich aufgelöst. Es gab ihn gar nicht mehr ... Er hatte sich aufgelöst, ein weißes Kristall im weiten Ozean eines wahrhaftigen Cappuccino. Er war von braunen, süßen, berauschenden, heißen Sechs-Meter-Wellen besten Kaffees umströmt, sie brandeten auf ihn zu, er wählte sich eine aus, schwamm auf ihren Kamm zu, konnte nichts falsch machen, nichts, schwamm weiter, bis die Gischt seinen weichen Rücken besprühte und er jetzt nur noch, nachlässig kraulend, ihrer Dünung folgen musste, um jetzt, tatsächlich, es ging so einfach, er spürte den Druck unter seinen Füßen, es war so einfach gegangen, jetzt spürte er den magischen Widerstand unter dem Brett, er stand schon, die Dünung trieb ihn auf den Kamm, eine einzige Drehung, er war oben, konnte sich aufrichten, der Druck, er ritt diese braune, unbeschreibliche, süße, wahnsinnig heiße Welle, er ritt sie wahrhaftig, und sie trug ihn direkt zu Guilia. Er strandete dort, nach der Welle seines Lebens, vor ihren Füßen. Strandete. Das war es also. Alpin.

München, Aufenthalt 27.12.1999, 11:15

«Also ich sehe das richtig, dass Sie eine Beschwerde einreichen wollen, eine Reklamation? Sie haben etwas verloren, Ihnen kam etwas abhanden, Sie möchten es zurück? Sehe ich das so weit richtig, habe ich das korrekt ausgedrückt? Verlorene Dinge? Gestohlen? Von *Armani* sogar. Wissen Sie, ich persönlich trage niemals so hochwertige Kleidung. *Armani!* Hier im Büro erschiene mir das reichlich übertrieben, ich muss ja sogar ...», hier lachte Eichhorn und zwinkerte mit dem rechten Auge, aber nur kurz. «Ich muss ja sogar manchmal selbst mit Hand anlegen, zum Teil doch recht schmierig hier.» Eichhorn machte eine Pause, hatte sich in seiner Haltung nicht geändert, sondern nur mit den Augen geblinzelt!

Lohoff überlegte, ob es wahr sein konnte. Nein, es konnte nicht wahr sein, ausgeschlossen. Ausgeschlossen, dass dieser weißhaarige Mann, der, als er sein Büro betreten hatte, mitten in der Bewegung stehen geblieben war wie ein verdammter Autist, der ihn ständig anzwinkerte – dass *das* wirklich wahr war. Diesen kleinen Mann konnte es nicht geben! Noch nie in den letzten sechs Monaten seit seinem kometenhaften Aufstieg, seiner Blitzkarriere, seinem sensationellen Debüt, hatte jemand *so* mit ihm gesprochen.

Ausgenommen fünf Minuten vorher der widerliche Typ im Blaumann, der irgendeinen großen, nassen Teppich zusammenrollte und unentwegt auf Bairisch fluchte. Er hatte ihn zu dem kleinen weißhaarigen Mann geschickt. Es war das Ekelhafteste, das ihm seit sechs Monaten passiert war, also eigentlich noch nie.

«Das muss ja ungeheuer schwierig sein, solche teuren Kleider in so einer ungewöhnlichen Größe zu finden. Ich tue mich da auch immer ungeheuer schwer. Ehrlich», hatte der weißhaarige Witzbold dann irgendwann gesagt, und Lohoff hatte sich vorgestellt, wie er ihn an den Schreibtisch fesseln und ihm jedes einzelne Haar ausreißen würde, jedes einzeln, da würde man sehen, wie witzig er dann noch war, jedes Haar, einzeln.

«Aber, mein lieber junger Freund, sosehr ich den Diebstahl Ihrer schönen Kleider bedaure, desto schmerzlicher ist es mir einzugestehen, dass es mir unmöglich ist, dieses Verbrechen zu rächen. Sie verstehen. Mir sind die Hände gebunden. Sie müssen sich an die Bahnhofspolizei wenden.»

«Der Schaffner sagte, ich sollte hierherkommen.»

«Ach, der Schaffner. Er hat es sicher gut gemeint. Aber leider ... Die Polizei finden Sie ganz leicht, das Gleis runter, und dann müssen Sie sich links halten. Am besten fragen Sie dann einfach noch einmal nach. Und ein gutes neues Jahr!»

***

«In dem Koffer von *Prada* war ein Anzug von *Ralph Lauren*, ein Hemd von *Van Laack*, eine wunderbare Krawatte von *Armani*, Socken von *Yves Saint-Laurent*, Schuhe von *Prada*. In meinem Koffer von *Aigner* befanden sich noch ein Anzug von *Valentino*, Hemden von *Versace* und *Van Laack*, drei Krawatten von *Armani* und eine von *Versace*, Socken von *Saint-Laurent* und *Van Laack* und noch ein Paar Schuhe von *Gucci*. Die *Gucci*-Schuhe waren noch nicht getragen, sie waren nagelneu. Ich werde ihm die Eier absägen, absägen, nicht abschneiden, dafür ist er viel zu minderwertig, ich werde sie ihm absägen, langsam, Millimeter für Millimeter, ich nehme eine grobe Holzsäge, nachdem ich ihn nackt auf den Herd gefesselt habe und die Platten einschalte, ritze ich ihm das Skrotum. Mache zwischendurch eine Pause, rauche eine Zigarette, drehe die Platten etwas höher und schärfe ihm ein, wenn er überleben wolle, dürfe er keinen Mucks von sich geben – obwohl ihn niemand hören kann, niemand kann dich hören –, aber dennoch, keinen Mucks! Seine Stimme sei so vulgär, und ich müsste ihm sonst an die Kehle – dazu nehme ich das lange, schmale Fleischermesser, ich zeige es ihm, stecke die Spitze leicht in sein linkes Nasenloch und hebe es ein wenig an, bis das Knorpelfleisch ...»

Er setzte ab, drehte sich vom Bildschirm weg und starrte auf den neu aufgestellten Konferenztisch an der hinteren Wand neben dem Eingang zum Pool. Auf seinen fünf mal zwei Metern hatte er die Geschenke aufgehäuft, die er von seinen Eltern zu Weihnachten bekommen hatte. Es waren sehr kostbare Dinge, die auszusuchen und zu besorgen das letzte Vierteljahr im Leben seiner Mutter bestimmt und mit Freuden und kleinen, anspornenden Niederlagen erfüllt hatte. Sie war, um die Geschenke für ihren geliebten Schatz zu besorgen, in vielen Städten der Welt gewesen, sogar bis nach Schanghai geflogen, um ihm von einem dortigen Kult-Apotheker eine Sammlung bewährter chinesischer Naturheilmittel zusammenstellen zu lassen. Lohoff wusste, dass die Aufgabe,

Weihnachtsgeschenke für ihre Familie zu besorgen, das Letzte war, was ihrem ansonsten von reinem Konsumwahn geprägten Leben einen wirklichen spirituellen Sinn geben konnte.

Seiner armen Mutter dürfte er nichts von dem Raub erzählen. Sie könnte das nicht überstehen, kein Wort, er würde schweigen müssen. Deswegen schrieb er. Um seiner Mutter kein Wort sagen zu müssen von den schrecklichen Dingen, die ihm widerfahren waren.

Während er weiterschrieb, dachte er noch einmal daran, wie er in den stinkenden Kleidern dieses widerlichen Kerls, der mit ihm im Abteil gewesen war, zur Polizei und danach zum Taxistand hatte gehen müssen. Wie er sich in diesen Fetzen zu seiner Bank hatte fahren lassen, zu seiner Wohnung gegangen war, im Flur die alte Fotze aus dem zweiten Stock getroffen hatte, von dieser schwachsinnigen Unternehmensberatung: Jeder Augenblick dieses Albtraums stand ihm noch vor Augen. Wie sie lächelnd heruntergekommen war und er sich – *in diesen Kleidern* – hatte zur Seite stellen müssen, weil er zu dick ...

‹Ich komme nicht in die Hölle, ich bin schon drin!›, dachte Lohoff und schrieb den letzten Satz seiner Short-Story.

«Ich komme nicht in die Hölle. Ich bin schon drin!»

Er wählte Vainsteiners geheime Direktdurchwahl in die Redaktion, auf deren großzügig dimensionierter *Payroll* er stand.

«Bitte?», sagte der Herausgeber, der am Display Lohoffs Nummer erkannt hatte. «Herr Lohoff?»

«Ich habe etwas fertig. Ich schicke es Ihnen als E-Mail!»

«Oh, das höre ich gern. Da ist mir was weggebrochen, eine Besprechung des Cassirer-Kongresses, wir suchen händeringend nach einem Aufmacher. Aber was erzähle ich Ihnen», wehrte der die meiste Zeit alleine in seinem Büro sitzende und deswegen in der letzten Zeit zu Selbstgesprächen neigende Vainsteiner ab.

Als Lohoff in die hinten liegende, offene Küche von *DeCremona* ging, um sich eine Valium zu genehmigen, das Kopfweh war durch das Gespräch mit dem blöden Vainsteiner noch *schlimmer* geworden, überlegte er – bei diesem Kopfweh –, in was für einer Welt er leben, mit was für Leuten er sprechen musste! Leuten, die Artikel über Kassierer-Kongresse druckten! Kassierer! Fast hätte er ein wenig geweint. Fast! ‹Mama, du glaubst nicht ...›, hörte er sich schon sagen, doch bevor er in Sils anrief, außerdem dürfte er sowieso kein Wort sagen, um sie nicht zu beunruhigen, wählte er die Nummer desjenigen, der ihn mit den Stoffen versorgte, ohne die seine sensible, hasserfüllte, sanfte Seele nicht sein konnte.

«Rudi? Ich bin es. Ja, kam heute Morgen zurück, musste nach Weihnachten meine Therapeutin in Rom sehen, ja. War die vollkommene Scheiße. Ehrlich. Irgend so ein Arsch hat mir im Zug die Sachen geklaut. Ja, bis auf den letzten Schlips. Es war furchtbar. Kannst du mir was vorbeibringen? Für sechs Blaue. Großartig. Wie lange brauchst du? Zwei Stunden? O Mann, beeil dich. Ich hab's wirklich nötig.»

Er mixte sich einen Wodka Martini. Er würde mit Sils telefonieren und sich dann noch kurz hinlegen. Bis Salat kommen und ihn die weiße Fee in seiner Begleitung wecken und trösten würde.

München, Passage 27.12.1999, 17:00

Unmittelbar vor dem Treffen mit Oxana hatte Pardell die Fotos aus dem Drogeriemarkt im Untergeschoss des Münchener Hauptbahnhofs abgeholt. Die Verkäuferinnen dort trugen weiße Schürzen, waren permanent gestresst und legten Wert auf aufgeklebte Fingernägel in verschiedenen Farben. Eine dort, deren Namen Pardell nicht kannte, hatte es ihm sehr angetan, er hatte manchmal sehr zärtlich an sie gedacht. Sie hatte kurze knallrot gefärbte Haare, war relativ klein, solariumbraun, und zwischen ihr und Pardell hatte es so etwas wie einen kleinen Flirt auf Raten gegeben. Als er seinen letzten Film dort abholte, dachte er einen kurzen Moment, dass es schön wäre, sich von ihr zu verabschieden, ‹Ich kenne Ihren Namen nicht, Mademoiselle, aber wir werden uns trotzdem nie wiedersehen!› zu sagen und die Spannungen dieses überraschenden Augenblicks zu genießen. Aber er war dann zu schüchtern. In knapp zwei Stunden ging ihr Flug! Also nahm er die Fotos, sagte Auf Wiedersehen und fand Oxana kurz danach, wie verabredet, in dem Restaurant im nördlichen Flügel des Bahnhofs. Sie sahen sich in die Augen, Oxana wirkte sehr aufgeräumt. Pardell wollte ihr, trotz der Eile, zuerst ein Foto zeigen.

«Ach, das ist er? Der große Poliakov?», fragte Oxana.

«Ja.»

«Ach so ...»

«Schon mal gesehen? Sag bloß?»

«Nein ... noch nie», sie lächelte und log.

«Sieht er nicht schön aus?»

«Schön bescheuert vielleicht», sie gab ihm das Foto zurück und sah Pardell zu, wie er die Fotos zurück in den Umschlag tat und hinten in seinen roten Klemmbinder legte. Dann wurde sie wieder ernst.

«Dein Geld liegt in diesem Schließfach.» Sie schob ihm einen Schlüssel zu, ließ aber ihre Hand neben ihm liegen. Sie blickte Pardell nicht an. Er legte seine Hand auf den Schlüssel, nahm ihn aber nicht. Blickte Oxana an.

«Danke. Ich ...»

«Leo, wenn du möchtest – sollst du mitkommen, aber das verpflichtet dich zu nichts. Du musst ja nicht für immer bleiben. Hast du Lust?» Oxana sah an Pardell vorbei, hielt ihren ironischen Blick auf irgendein Geschehen am Eingang des Restaurants gerichtet, lächelte ganz leicht.

«Ich habe darüber nachgedacht, ob du mich das fragen würdest», sagte Pardell. Oxana zog ihre Hand zurück.

«Und?» sie sah ihn immer noch nicht an. Die Beine übereinandergeschlagen, die Hände ineinandergefaltet auf dem dunklen Nylon ihrer Strümpfe.

«Ich war mir nicht sicher.»

«Du bist trotzdem gekommen?»

«Ich hab keine Sekunde überlegt. Ich wusste, dass ich dich wenigstens noch einmal sehen wollte. Wenigstens noch ein Mal. Was sollte ich mit dem bisschen Geld», sagte er pathetisch.

«Du Spinner ...»

Sie drehte ihm den Kopf zu. Pardell erschrak über die Röte ihrer Wangen. Über die entschiedene Zärtlichkeit, mit der sie ihn ansah. Er hatte von diesem Blick geträumt, von der zärtlichen Milde, mit der sie ihn irgendwann anblickte, wenn sie ein paar Stunden miteinander gewesen waren und sich so mühelos in allem verstanden hatten ...

«Du ... bist sehr lieb, Leo. Pass auf, ich schlag dir vor: Du kommst mit mir nach Argentinien. Wir machen Urlaub, den bezahle ich, als Geschenk, zum Dank für deine Hilfe. Ich hätte es nicht geschafft ohne dich. Dann kannst du sehen, ob du bleibst oder nicht. Was willst du machen?»

«Ich möchte mitgehen ...», er schluchzte leicht, weil er die Wahrheit gesagt hatte. Er hatte in den letzten Monaten so viel gelogen, dass ihn dieser Satz richtig ergriff.

«In fünfzehn Minuten geht die S-Bahn, die wir erwischen sollten.»

«Gut. Ich habe mein Gepäck in der Sektion. Das muss ich noch holen, dann lauf ich zum Schließfach, hole den Umschlag. Ist doch in einem Umschlag? Klar. Dann komme ich unten an die S-Bahn-Station? Pass auf, es kann sein, dass in der Sektion noch irgendwas zu machen ist, und ich will nicht, dass jemand spitzkriegt, dass ich den Dienst heute Nacht einfach sausen lasse. Wenn ich es nicht schaffe, dann nimm die S-Bahn, und ich nehme die nächste in zwanzig Minuten. In Ordnung?»

«...»

«Was denn?»

«Ich muss dir noch etwas sagen ... bevor wir ... bevor du dich endgültig entscheidest.»

«Oxana?»

«Es ist nicht so einfach zu sagen ... aber du musst es wissen, und ...»

«Wir haben keine Zeit. Ist es etwas *Schlimmes*?»

«Nein, überhaupt nicht, nein, im Gegenteil, aber ...»

«Hast du Angst, dass ich nicht wiederkomme? Pass auf ...»

Pardell nahm den Klemmbinder heraus, streichelte über die faserigen Ecken und die kleinen Krater, die Gravur der letzten Monate – er schlug ihn auf, ließ die ungleichmäßig starken Seiten durch seine Finger laufen, wie er es oft getan hatte. Er liebte den leichten Widerstand, den Geruch aus unzähligen Städten und Passagen und Lokalen Europas, der sich in ihnen angesammelt hatte. Er gab Oxana den Binder.

«Oxana. Ich habe es dir schon mal gezeigt. Es ist das, woran mir am allermeisten liegt – mein Tagebuch, mein Skizzenbuch, die Aufzeichnungen über die beste Zeit meines Lebens. Ich will, dass du es nimmst. Damit du dir keine Sorgen machst. Ich gebe dir meine Uhr, glaub mir, ich bitte dich. Meine Uhr. Die habe ich seit zehn Jahren, das habe ich dir erzählt. Die Uhr – sie war ... sie hat mich die ganze Zeit begleitet. Und sie zeigt schon die richtige Zeit: argentinisch. Nimm sie. Und ich gebe dir noch was – das ist mir sehr wichtig.»

Er fasste sich um den Hals und zog sich den Anhänger mit dem goldenen Leoparden, den Quentin ihm zum Abschied geschenkt hatte, über den Kopf. Er sah sie an, ob er das dürfe, sie blickte ihn furchtvoll an, aber erlaubte ihm, ihr den Leoparden umzuhängen.

«Den hat Quentin mir geschenkt. Du weißt, wie viel Quentin mir bedeutet. Bewahr alles für mich auf, bis nachher. Es ist mein Pfand.»

Er stand auf. Sie gab ihm ihre beiden Hände, er beugte sich über den Tisch, und sie küssten sich, zum ersten Mal nicht im Stillen eines Abteils oder eines Hotelzimmers. Er spürte die kühle Feuchtigkeit ihrer frisch geschminkten Lippen. Es war sehr aufregend, dieser erste Kuss in der Öffentlichkeit, er war wie die Erfüllung eines Versprechens, das andere ihm vor langer Zeit gegeben hatten, ohne es zu wissen. Er roch ihr Haar, spürte das leise Zittern, das ihre Mundwinkel bewegte. Sah ihr noch einmal in die Augen. Die ihn die ganze Zeit während des Kusses so zärtlich angesehen hatten wie noch keines Menschen Augen zuvor, dachte er. Er fühlte sich trotz der Kürze der Berührung in diesem Blick geborgen. Aufgefunden in diesen Augen. Er hatte jemanden gefunden. Er war gefunden worden.

An der Glastür drehte er sich noch einmal um, sah, wie sie sich die Lippen nachzog, dann ihr Portemonnaie herausnahm, um zu bezahlen. Er war so aufgeregt und brennend wach, dass er, obwohl er schon fünfzig Meter entfernt war, jede ihrer Gesten, jede Bewegung ihrer Finger, jeden Augenaufschlag wahrnehmen zu können glaubte. Jetzt, als er sie aus dieser Entfernung sah, fühlte er sich ihr näher als zuvor. Die Frau, mit der er gehen würde.

Als er sich umgedreht und das Restaurant zügig verlassen hatte, sah Oxana auf. Sie sah ihn gehen. Legte das Geld auf den Tisch, ohne den Blick von ihm zu lassen. Er war so jung. Nicht mehr so jung, wie er war, als sie sich kennengelernt hatten.

Oh, sie hatte ihn gern. Sie hatte ihn sofort gemocht. Er war so furchtlos und wusste nicht, wie furchtlos er war. Er lebte, und er hatte keine Ahnung, wie gut er das konnte. Sie liebte seine Augen, seine sanften, unerfahrenen, furchtlosen Augen. Morgen würde sie ihm sagen, was geschehen war. Nach der Reise. Nichts Schlimmes ...

München, Aufenthalt 27.12.1999, 17:15

«Herr Salat. Ich gehe jetzt noch mal raus, der Kollege bleibt hier. Ich gehe mir noch einen Kaffee holen. In der Zwischenzeit können Sie darüber nachdenken, ob Ihnen doch noch wer einfällt, der sie beliefert hat. Oder nicht.»

Salat. Angeschlagen. Am Nachmittag festgenommen. Am Arsch. Träumte den Traum einer Zigarette, hatte zu lange nichts geraucht. Ein Zug hätte schon gereicht. Er war schweißnass. Ein Zug wenigstens. Vielleicht schon das klickende Geräusch seines Feuerzeugs und der Geruch von ein wenig Benzin. Das Knistern, wenn sich die Kippe entflammte. Der erste, fein nach oben steigende und sich dabei kräuselnde Rauch. Endlich die wohltuende Wirkung des Nikotins. Endlich eine Zigarette. Er erinnerte sich an die 2000 Mark, die seine Eltern ihm vor ein paar Monaten überwiesen hatten, weil er es endlich geschafft hatte, das Rauchen aufzugeben. Es war ihm nicht schwergefallen, seiner Mutter die Illusion zu geben, er hätte aufgehört. Am Telefon. Er hatte es dem schwachsinnigen Lohoff hundertmal gesagt, dass er ihn zurzeit nicht anrufen sollte, nicht, um Zeug zu bestellen. Also überhaupt nicht anrufen. Wieso konnte er nicht vorbeikommen? Oder ihm schreiben. Na ja, schreiben. Scheißidiot. Lohoff. War auch noch Schriftsteller. Schmierte irgendwelches Sadozeug für Tageszeitungen und so Magazine. Hatte Geld. War natürlich sofort draußen, klar, Anwalt, Getue, und draußen war er. Er, Salat, saß hier rum, bis er verfaulen würde. Musste etwas unternehmen. Wollten Namen. Unmöglich konnte er den Namen von ... Niemals, danach wäre er erledigt. Das würde ... Salat niemals verzeihen. Er konnte nicht. Sonst hätte er ausgeschissen. Wäre der Kontakt im Arsch. So wie mit Leo. Leo würde ihm nie wieder irgendeinen Gefallen tun. Leo würde ihm nie wieder was leihen oder überlassen. Die Beziehung zu Leo war echt ruiniert. Leo. War ja lustigerweise auch Schlafwagenschaffner geworden. Ob er's noch war? Leo. Hm ...

Der Kommissar, der kein Kommissar war, sondern Oberinspektor, kam mit einem grünen Becher, in dem kein Kaffee, sondern Glühwein war, wieder zurück. Der andere Polizist sah kurz auf, sagte auf Bairisch: «Gute Idee», und ging seinerseits hinaus, um sich einen Glühwein zu holen.

Der Oberinspektor schlürfte. Setzte sich. Sah Salat an. Fing wieder an, auf ihn einzureden. Er hatte es schon so unglaublich oft gesagt. Salat kam langsam auf einen richtig fiesen Horrortrip, wenn das so weiterging. Er musste diesem Idioten etwas geben.

Leo. War ja sowieso schon hinüber, die Beziehung. Eben, das hatte er grade schon gedacht. Leo hasste ihn bestimmt. Kleinlicher Typ, aber nicht unsympathisch. Ehrlich. Aber man konnte es gar nicht mehr schlimmer machen. Schade, aber es war so. Also. Außerdem hatte Leo mit Drogen nicht das Geringste zu tun, grade, dass er früher mal an ein paar Tüten gezogen hatte, das war's schon. Bei Leo würden sie nichts finden. Sie würden ihn irgendwo stellen, durchsuchen, er hätte natürlich nichts bei sich. Sie würden ihn laufen lassen. Beobachten vielleicht. War auch Schaffner, das war überhaupt plausibel. Das würde ihm, Salat, Zeit geben, sich mit seinem wirklichen Lieferanten in Verbindung zu setzen. Seine Sachen ordnen. Weg aus München. Raus. Gut, für die fünf Gramm Koks käme was auf ihn zu. Aber dann.

Salat räusperte sich. Der Oberinspektor verstummte auf der Stelle und blickte ihn erwartungsvoll an. Hatte wohl auch keine Lust, die ganze Nacht hier rumzuhocken.

«Bitte, Herr Salat? Wollten S' was sagen?»

«Könnte ich eine Zigarette kriegen?»

«Fällt Ihnen was ein?»

«Ja.»

Der Oberinspektor reichte ihm ein Päckchen sehr alter *Gauloises Blondes* hinüber, sehr alt, weil der Oberinspektor selbst seit Jahren nicht mehr rauchte und diese Zigaretten nur für den Standardgunstbeweis der klassischen Verhörtechnik benutzte. Aber selbst unter Verbrechern rauchten immer weniger Leute. Deswegen reichte ihm so eine Schachtel oft ein Dreivierteljahr. Da waren die Kippen dann natürlich strohtrocken. Spielte aber keine Rolle, die wurden trotzdem immer gerne genommen. Salat rauchte. Inhalierte. Stieß den Rauch durch die Nase aus. Entspannte sich.

«Also?»

«Der Name meines Lieferanten ist Pardell. Leonard Pardell. Kenn ich noch aus der Schule, da war er schon dick im Geschäft. Ohne festen Wohnsitz, glaube ich. Arbeitet bei der *Wagons-Lits*, in München. Mehr weiß ich nicht.»

«Hab ich noch nie gehört, den Namen.»

«Eben. Das ist ein Profi. Normalerweise bin ich gar nicht sein Niveau. Hatte Glück mit der Beziehung, weil wir uns eben noch von der Schule kannten. Als Schaffner kann der das Zeug kiloweise schmuggeln. Wenn Sie den kriegen, haben Sie einen dicken Brocken. Glauben Sie mir. Ich will doch aus der Sache rauskommen. Ehrlich. Suchen Sie nach Pardell!»

Salat war richtig glaubhaft. Das machte die wunderbare Kippe. Es war so herrlich, dass er jetzt rauchen durfte. Er durfte rauchen, also leistete er sein Bestes. So war er eben, Salat. Er gab, wenn man ihm gab.

Keine zehn Minuten später ging ein Fahndungsaufruf raus: an den Grenzschutz, den Zoll, die Eisenbahnpolizei – und natürlich die Flughäfen. «Pardell, Leonard – wird gesucht wegen des Verdachts auf Verstoß ge...»

Salat bedauerte das, als er draußen auf der Straße war. Scheiße. Es tat ihm leid. Ehrlich. Es tat ihm so leid.

München, Passage 27.12.1999, 17:35

Als Pardell die Sektion betrat, herrschte dort schreckliche Aufregung. Zscht stürzte mit bedrohlichen Atemstößen auf ihn zu.

«Pardell, du verdammter Penner, wo treibst du dich rum. Auf jetzt. Pack dich zusammen. Was stellst du dir vor? Ich werd noch wahnsinnig mit euch.»

«Moment, Herr Blandner. Da liegt ein Missverständnis vor. Mein Zug geht in zwei Stunden ... Ich wollte nur mein Gepäck holen, ich gehe noch was trinken und komme dann später direkt auf den Wagen.»

«Hast du Trottel noch alle beinander? Du musst gleich fahren. Auf der Stelle.»

«Ich weiß wirklich nicht, wie Sie darauf kommen. Sie täuschen sich, Blandner.»

«Ach, Pardell. Mir fällt ein Stein vom Herzen. Blandner, lassen Sie ab, ich werde es ihm erklären.»

«Was wollen Sie mir erklären, Herr Eichhorn?»

«Sie müssen los! Wenn das so weitergeht, dann nehme ich noch heute Nacht die Uniform! Sturmwarnung, Euer Ehren! Meine Züge sind mir entgleist! Ist aber auch kein Wunder, denn stellen Sie sich vor, Herr Pardell, wir hatten auch noch einen Ausfall! Ein Kollege von Ihnen ist von uns gegangen. Herr Getzlaff, können Sie sich erinnern?»

«Getzlaff? Wie das Ketchup? Meinen Sie den? Was ist mit dem? Ist der krank geworden?»

«Hat gekündigt. Hat wohl, wenn ich ihn recht verstanden habe, irgendwas geerbt. Schwerreich jetzt der Mann. Sie müssen für ihn einspringen.»

«Er hat geerbt?»

«Ja, sagte er. Er sprach vom gerechten Erbteil für all sein jahrelanges Leiden. Na ja, ich habe nicht weiter nachgefragt, der Arme, er wird schon wissen, was er meint. Hat gekündigt. Fristlos. Auf der Stelle in die Vereinigten Staaten von Amerika abgeflogen. Unterschriften leisten. Sagte was von Las Vegas. Also. Pardell!»

«Ich wollte eigentlich nur mein Gepäck holen.»

«Ihr Gepäck ist auf schon auf dem Wagen.»

«Was?»

«Ja, ich weiß. Zur Not hätte ich Sie hinterhergeschickt. Sie müssen sich jetzt sputen! Der Zug geht gleich. Ich habe Ihnen die Unterlagen zusammengelegt. Blandner, fahren Sie schon mal den E-Karren vor!»

«Ich weiß nicht, was ich davon halten soll.»

«Das zu wissen ist auch mir nicht vergönnt. Ich höre gerade, da kommt ein Fax an. Wahrscheinlich etwas Wichtiges, Eiliges, ich muss es gleich lesen. Viel Glück, junger Freund!»

***

Auf dem E-Karren neben Zscht, der ein *TransEuroNacht*-Pandämonium auf den seltsam ruhigen Pardell herunterbeschwor, sah er auf die erste Bahnsteiguhr, an der sie vorbeikamen. Der Flug nach Buenos Aires ging bald, aber es war noch Zeit. Keine Sorge.

«Sagen Sie, Blandner, was ist das für ein Dienst, ich habe nicht die geringste Ahnung?»

«Verdammt, was soll das für ein Dienst sein? Was soll es sein? Was stellst du dir vor? An Schah von Persien wirst halt kutschieren, du Trottel.»

Blandner holte ein ehemals weißes, jetzt aber von Rotz, Schmiere und Blut versautes Taschentuch hervor, breitete es aus, ließ dabei kurz das Lenkrad los und hätte fast einen Fahrplankasten gerammt. Pardell sah ihm zu, wie man Zscht eben zusah, und entdeckte ein gesticktes Monogramm. Er konnte es nicht genau erkennen, sah aber, dass ein Kranz von Sternchen oder dergleichen über den Buchstaben eingestickt war. Pardell konnte sich nicht vorstellen, wo Zscht das Taschentuch herhatte, und vergaß diese Frage auch, weil Zscht, nachdem er sich geschnäuzt hatte, seine Beschimpfung sofort wieder aufnahm.

Er beschuldigte Pardell schlimmer Vergehen und abscheulicher Angewohnheiten – je mehr er schimpfte, je wütender der verzweifelte Magaziner wurde, desto ruhiger wurde Pardell. Eine seltsame Ruhe angesichts der Tatsache, dass er neben einem volltrunkenen Choleriker auf einem dahinrasenden Elektrokarren inmitten eines weihnachtlich hektischen Großbahnhofs saß und Gefahr lief, die wichtigste S-Bahn seines Lebens zu versäumen.

Er hörte gelassen zu und entnahm seinen Worten, dass seine Aufgabe darin bestehen würde, diesen einen leeren Wagen *«Sohnserves»* Richtung Triest zu begleiten. Da unten müsse er dann weitersehen. Stehe alles in den Papieren, verdammt. Jetzt sei schon der Hurrikan von der Klimakatastrophe da, und er müsse solche Deppen über den Bahnhof chauffieren.

«Verstehst», schrie er Pardell an, «die Holzkisten ist von einem *entgleisten* Zug, und du Penner jammerst hier rum! Entgleist, das musst dir merken, entgleisen sollst!»

Sie erreichten den dienstfreien Schlafwagen. Blandner ließ Pardell absteigen. Dann kümmerte er sich um die Holzkiste. Er wies Pardell darauf hin, dass er, Blandner, die Holzkiste nicht kontrolliert habe, verdammt, nicht einmal kontrolliert, wegen des Hurrikans von der Klimakatastrophe. Pardell müsse das tun. Das müsse das Erste sein, was er tue. Pardell lächelte. Er stieg in den Wagen und blickte auf die von Adern durchfurchten zähen Unterarme des Magaziners, deren Sehnen hervortraten, als er die schwere Holzkiste wie nichts vom Wagen hob und zu ihm hoch auf den Plafond wuchtete. Pardell sah lächelnd, wie der Magaziner davonfuhr. Der Schlafwagen außer Dienst, im Vokabular der *Compagnie* ‹Sans Service› (was Blandner wie ‹*Sohnserves*› aussprach), war der erste oder letzte Wagen des Zuges. Nach ihm kam nur noch die Lok, und er stand weit jenseits der Überdachung. Das war gut so – es würde keine herumirrenden Reisenden geben, und die Eisenbahnschaffner würden den Wagen auf der Suche nach ungestempelten Fahrkarten nicht durchqueren. Sein Fehlen würde also zunächst nicht auffallen, vielleicht erst am Zielbahnhof. Dann würde er schon weit über dem Atlantik sein ...

Oxana hatte seine Uhr, aber er wusste, dass noch genügend Zeit war, und er wollte Blandner nicht den geringsten Anlass geben, eventuell bis zur Abfahrt des Zuges am Fuß des Bahnsteigs in der Halle zu warten, was er angeblich manchmal tat, wenn er einem Schaffner besonders misstraute.

Pardells Gepäck stand tatsächlich im Office. Sehr gut. Es war genügend Zeit. Die Heizung arbeitete. Er beschloss, interessehalber doch noch schnell einen Blick auf die Holzkiste zu werfen. Nahm den Schlüssel für das Vorhängeschloss aus der Dienstmappe, öffnete es. Auf den ersten Blick alles in Ordnung. Die unzähligen Kaffeebeutel und Schnäpse schienen vollzählig, also hob er den oberen Kasten heraus, nur einmal kurz, um zu sehen, was darunter war. Darunter lag der gelbe Durchschlag. Bevor er sein Gepäck nehmen und gehen würde, beschloss er, sich schnell noch einen Instant-Espresso zu machen, ließ Wasser aus dem Kocher ab, damit es schneller ging. Als das Wasser nach einer Minute heiß war, spülte er die Tasse aus, schüttete das Pulver hinein und spürte, dass er ungewöhnlich gute Laune hatte. Er nahm eines der Zuckerpäckchen, schüttelte es, ließ die weiße kristalline Substanz in die dunkelbraune Flüssigkeit rieseln, rührte um, trank und bemerkte zunächst gar nicht, dass sein Espresso kein bisschen süß schmeckte. Er leerte den Rest mit einem Schluck, sah in die Tasse, auf deren Grund sich kein Zuckerrest befand, schnalzte mit der Zunge und stellte die Tasse wieder ab.

Er musste sich jetzt beeilen. Er nahm sein Gepäck. Er würde rennen. Aber er würde es locker schaffen. Allerdings rannte er nirgendwohin. Denn es stand jemand in der Tür des Office und blickte ihn lächelnd an.

Ein mittelalter Mann, braun gebrannt, mit einem für diese Jahreszeit ungewöhnlichen hellbraunen, ziemlich teuer wirkenden Anzug, weißem Hemd mit offenem Kragen, schmal-ovaler Sonnenbrille. In seinem rechten Ohr glänzte ein kleiner goldener Ohrring. Pardell war es fast, als strahle er Wärme ab, so sehr dachte man bei seinem Anblick sofort an das Mediterrane, den Süden, den Geruch von Haut, die einen ganzen Tag in der Sonne gelegen und das erdige Aroma immerwährenden Sommers angenommen hatte. Er hatte dunkle Haare, kurz, an den Schläfen ausgebleicht. Man ahnte eine abendliche Landstraße, irgendwo zwischen Nîmes und Montpellier, über deren immer noch heißem Asphalt die Luft trunken flimmerte und Fantasien hatte.

«Verzeihen Sie. Ich glaube, Sie können mir helfen.»

«Nein, tut mir leid. Dieser Wagen fährt außer Dienst. Außerdem habe ich jetzt grade überhaupt keine Zeit.»

«Keine Zeit? Wie soll ich das verstehen?»

«Wie Sie das verstehen sollen? Ich muss weg.»

«Ich bin ein Reisender. Ich bin unterwegs. Sie sind ein Schaffner.»

«Das stimmt schon. Hören Sie, ich will nicht unhöflich sein, gar nicht. Ich muss nur dringend, also ... gut, schnell. Wie kann ich Ihnen denn helfen?»

«Kommen wir pünktlich an?»

Etliche Minuten *vor* einer Abfahrt, noch weit vor dem ersten kleinen Bahnhof, viele Stunden und Hunderte Schienenkilometer vom Ziel entfernt, offenbart diese Frage ein grenzenlos magisches Verständnis von den Systemen des Verkehrs.

Für einen Eisenbahnschaffner ist diese Frage die komplizierteste und nervenaufreibendste, denn es ist diejenige, die ihm am häufigsten gestellt wird und zu der er am wenigstens sagen kann. Es ist sozusagen *Die Frage*. Jeder Schaffner hat seinen Stil, mit diesem unausweichlichen Missverhältnis zwischen Häufigkeit und Datenbasis klarzukommen, auf dem *Die Frage* aufbaut. Die meisten Kollegen reagierten grummelnd, unhöflich nuschelnd oder auch schon mal sauer. Keiner aber reagierte auf *Die Frage* schrecklicher als: tja, wer wohl?

Pardell erinnerte sich mit komischem Grauen daran, wie sein Ausbilder, Oberschaffner Hoppmann, einer älteren Reisenden, die *Die Frage* gestellt hatte, einen fünfzehnminütigen Vortrag über das Wesen der Eisenbahn hielt, über die Erfahrungsferne der Direktion in Frankfurt, die ja aber auch nur eine Unterdirektion der Pariser Hauptdirektion sei, und dort habe man grundsätzlich keine Ahnung von nichts, *«nicht, da ist man abgehoben, die Direktion, ja bitte, die Sekretärin kocht einen Kaffee und braucht einen Minirock, ja, aber dass man amal die Praktiker fragt, amal hier unten hinschaut – nix! Wenn'st dich auf die da oben valasst, da bist du valassen!»*

Die Reisende war aus Belgien und verstand nicht so gut, was er ihr mit seinem Münchener Akzent erklärte. Deswegen fragte Hoppmann nach: *«Verstehen Sie? Verstehen Sie des? Ha? Das muss man verstehen, ja, freilich, Verständnis, nicht wahr, ein Verständnis, das man hat, das ist die Sache, und dass man versteht, verstehen Sie? Ha? Dass man stehen-bleibt, Stehen-*Bleiben. *Nicht davonlaufen, ja, wo rennen S' denn hin, jetzt bleiben S' halt da!»* Hoppmann war einfach unschlagbar. Als er die Frau in die Flucht geschlagen hatte, sagte er zu Pardell: *«Ja, Pottil, was schaust denn so? Fürs Schauen wirst nicht bezahlt, mir sind doch nicht im Schaugeschäft, schau, dass d'noch amal zammkehrst. Zusammenkehren!*

Kennst den, Pottl? Auf der Baustelle, zwei Türken. Kehrt's ihr zamm?, fragt man, verstehst? Kehrt's ihr zamm? Nein, nix zammkehren, sag'n die Türken: mir schaufeln! Ha! Des ist komisch! Des is echt komisch.»

Pardell, der gerade dabei war, die Sphäre zu verlassen, in die ihn der widerliche Oberschaffner vor acht Monaten eingeführt hatte, lächelte den Fremden an. Er würde sich nie wieder solche ekelhaften Witze anhören müssen. Er hatte so viele gute gehört. Er lächelte wieder.

Der Fremde lächelte zurück.

Pardell lächelte nicht mehr. Die Augen des Fremden lagen plötzlich tief verborgen hinter den Gläsern der Sonnenbrille. Wenn es da Augen gab. Eine rätselhafte Schwäche überkam ihn bei diesem Gedanken. Der Fremde wiederholte seine Frage, aber sie drang schwach wie ein Echo zu ihm. Etwas wiederholte sich, das sich nicht wiederholen konnte, weil es nie passiert war.

Er musste sich an der Spüle festhalten, stellte den Koffer wieder ab. Konnte nicht gehen. Wollte doch. Musste doch. Die Zeit. Konnte nicht. Versuchte, den Fremden zu fixieren, sah unscharf und von ferne, dass der seine Frage offensichtlich noch einmal stellte. Pardell hörte nichts mehr. Keinen Laut.

Plötzlich war es vollkommen still geworden. Als wäre Pardell irgendwie *dazwischen*gefallen. Er wollte etwas wie «Entschuldigen Sie, könnten Sie Ihre Frage vielleicht noch einmal wiederholen?» sagen, öffnete den Mund, sprach, hörte auf zu sprechen, weil er nicht einmal sich selbst hörte. Grauenvolleres hatte er nie erlebt, und es passierte tatsächlich, er war plötzlich aus etwas herausgefallen, von dem er nicht gewusst hatte, dass es so fundamental gewesen war.

Salzburg, Aufenthalt 27.12.1999, 19:20

«Was meinst, Moni, wollen wir noch ins Kino heut' Abend?», fragte Enrico Staubohm seinen Schatz, und obgleich er sich die größte Mühe gab, so sorglos und zärtlich zu klingen wie ein junger Ehemann auf Flitterwochen, konnte er seine Mattigkeit und Niedergeschlagenheit kaum verbergen. Er saß müde vor einem Glas Champagner, auf einem sehr bequemen, mit roter Chiffonseide überzogenen Sessel. Er trug nur ein großes Badetuch, und seine Hand spielte abwesend mit seinem Brusthaar. Moni war im Bad, er hörte, wie sie fröhlich pritschelte und summte – sie hatte sich gewünscht, über Silvester ein paar Tage wegzufahren, jetzt, wo sie wieder Zeit füreinander haben würden.

Sie hatten sich für die romantische Stadt Salzburg entschieden, und Moni hatte sich um ein Hotel und Fahrkarten und Schillinge gekümmert. Als sie am Bahnhof angekommen waren, hatten sie ein Taxi genommen, und Moni hatte dem Fahrer selbstbewusst und mit einem absolut entzückenden Lächeln eine Adresse zugeflüstert. Zehn Minuten später sah Staubohm mit einiger Besorgnis, wie die zwei Groom des *Ritz Carlton Salzburg*, des besten Hotels am Platz, ihr schmales Gepäck aus dem Taxi luden und Moni und ihm voran auf ihre Juniorsuite trugen. Moni hatte ihm auf dem Flur noch heimlich zwei 100-Schilling-Scheine in die Hand gedrückt, die er den beiden Gepäckträgern, einem dicken, der schwitzte, und einem dünnen, der keuchte, als Trinkgeld geben sollte.

Staubohms Herz schlug, als sie beide alleine waren. Es schlug vor Begehren. Weil es wieder einer der Momente war, in denen der Umstand, dass er mit der schönsten und klügsten Frau der Welt verheiratet war, ihm fast schmerzhaft deutlich wurde. Sein Herz schlug andererseits bei dem Gedanken an die Kosten dieses Urlaubs. Staubohm hatte nie gezögert, das Geld, das er mit dem *Büro Staubohm* verdiente, für sie beide auszugeben, und es gab nichts Schöneres für ihn, als Moni mit Blumen, Theaterkarten (britische Kriminal- und Boulevardtheaterstücke!), einer Einladung zum Abendessen oder edler Unterwäsche zu überraschen. Er selbst brauchte wenig, er hatte ja alles.

Er würde die Rechnung übernehmen und Moni nichts sagen. Staubohm hatte seit Beendigung der *Untersuchung Niel* berufliche

Probleme. Oder besser, Probleme mit seinem Beruf. Er war ein lausiger Detektiv, das wusste er jetzt. Alles, was er über diesen Bechthold, den unbekannten Schlaumeier, herausgefunden hatte, hätte jeder andere wahrscheinlich in kürzerer Zeit recherchiert, und abgesehen davon war es völlig banal gewesen und offensichtlich unbrauchbar. Es war ihm nicht gelungen, zum Kern vorzudringen. Mister X hatte sich einfach nicht mehr gemeldet. Die Rechnungen waren bezahlt worden, aber mehr auch nicht. Er hatte Mister X enttäuscht, von Dr. Fangnase ganz zu schweigen, der angeblich gerade wieder so einen absolut überraschenden Treffer gelandet hatte, irgendeine große Erbschaftsangelegenheit in den Staaten, Staubohm hatte im *Ermittler* flüchtig davon gelesen.

So einen Auftrag würde er so schnell wohl nicht mehr bekommen, vielleicht nie mehr – und was würde dann anderes bleiben, als mit den *Familienzusammenführungen* weiterzumachen? Irgendwo bei ‹Of... › würde es weitergehen – wenn Staubohm weitermachen würde. Genau das aber hatte er nicht vor. Er hatte keine Lust mehr, arme, vertrauensselige Rentnerinnen zu betrügen und schwachköpfige junge Familienväter, die den Traum eines Reihenhauses träumten. Er konnte das nicht mehr, das erstmalige Gefühl von Loyalität hatte ihn verwandelt. Er hatte keine Lust mehr auf sein staubiges Betrügerbüro. Und vor allem würde er es nicht mehr ertragen, Moni die Büroschlampe spielen zu lassen. Das ging nicht mehr.

Gut, das Honorar von der *Untersuchung Niel* würde vielleicht noch ein Vierteljahr reichen, wenn sie sparten (und das *Ritz Carlton* eine zwar schöne, aber unverhältnismäßige Ausnahme bleiben würde), vielleicht auch ein knappes halbes Jahr. Aber dann? Staubohm würde sich einen Job suchen, wenn es sein müsste, würde er sogar wieder in den Paketdienst zurückgehen. Er schämte sich, seiner Frau nichts Besseres bieten zu können. Dann riss er sich zusammen, er wollte Moni den Aufenthalt in diesem wundervollen Hotel nicht vermiesen.

«Was meinst jetzt, Süße, Kino? Oder was willst du machen?»

«Ich will dir was zeigen ...», sagte Moni, die mit hochgesteckten Haaren und im Bademantel aus dem Bad trat. Trotz seines Kummers spürte Staubohm, als er ihre duftende, frisch gebadete Erscheinung in der Badezimmertür sah, wie er langsam einen Steifen bekam.

«So, was willst du mir denn zeigen?», sagte er mit trockener Stimme, sich räuspernd, auf jene Art erregt, die Moni immer zu entzücktem Kichern veranlasste, wenn er dann gierig über sie herfiel.

«Nicht, was du denkst, Süßer. Noch nicht. Ich will nicht ins Kino, wir essen auf dem Zimmer, lassen uns was hochkommen. Bestell uns was, ich hätte gern irgendwas mit Geflügel, und Tiramisu, Trauben und Fenchel, hm, und eine Suppe, Fisch wär schön, Felchen oder so was, Weißwein, und vielleicht bestellst gleich noch eine Flasche von dem Champagner, mein Süßer. Und zum Essen den besten Roten.»

Staubohm stand zwar sofort auf und nahm das Telefon, blickte dabei aber so verzweifelt, dass Moni ihm den Hörer wieder aus der Hand nahm, ihm die Arme um die Schultern legte und sanft in die Augen blickte.

«Enrico, ich weiß, dass du dir Sorgen machst. Jetzt pass auf – du bist eingeladen. Verstehst? Du hast so hart gearbeitet die letzten Monate, und ich lad dich jetzt ein.»

«Moni, das kommt nicht infrage, das ...» Sie legte ihre Arme enger um ihn, sagte, er solle sich heute keine Gedanken machen, sondern das Essen bestellen. Dann ging sie zurück ins Bad, um sich summend anzuziehen.

Nach einer guten Stunde hatten sie die zweite Flasche *Pommery* fast ausgetrunken, eine Flasche *Barbera* stand schon geöffnet auf dem Tisch, und sie sahen dem Souschef und dem Stift zu, beide in weißen Jacketts mit schwarzer Fliege, wie sie die Vorspeise anrichteten, Brotkörbchen, drei rote Rosen, gesalzene Butter, Buttermesser auf dem Tisch platzierten und einen guten Appetit wünschten.

«So, jetzt können wir anfangen. Prost, mein Süßer», sagte Moni zu ihrem verunsicherten Ehemann. Dann erzählte sie ihm, was ihm in aller Ausführlichkeit zu erzählen sie nach Salzburg gefahren waren.

Zu sagen, dass Staubohm während des Essens die meiste Zeit der Mund offen stand und dass er auch überhaupt nicht zum Essen kam, dafür aber praktisch alleine zwei Flaschen *Barbera* trank, ohne betrunken zu werden, wäre genau die richtige Beschreibung. Aber bei dem, was Moni, seine *Absolutmoni*, ihm zu erzählen hatte, wäre noch ganz anderen Leuten der Mund offen gestanden: Es war nämlich nichts anderes als absolut sensationell.

München – Destination unbekannt

Als der Zug München-Ost passierte, war der braun gebrannte Reisende verschwunden, aber die unbegreifliche Glocke aus Stille, die sich mit seiner Ankunft über Pardell gelegt hatte, war immer noch da. Das Flimmern, das auf dem Gesicht des Reisenden begonnen hatte, wanderte wie eine Welle, die allen Schall schluckte, in Zeitlupe den Flur des Schlafwagens entlang. Die Wände, der Fußboden, das Fensterglas wellten sich flexibel und geschmeidig, als wären sie aus Weichgummi. Pardell – der keinen Laut hörte – sah starr vor Entsetzen zu, wie das schallschluckende Flimmern langsam die hintere Eingangstür erreichte und wie sich das mahagonifurnierte Holz wellte wie ein lose aufgehängter Seidenstoff, in dem der Wind spielt. Dann war das Flimmern hinter der Tür verschwunden, und Pardell musste sich vorstellen, wie sich der Stahl der Lok wellte und sich flimmernd verbog und wie die Welle die Schienen erfasste, weiterdrang, immer weiter, und die ganze Welt mit Schweigen und Flimmern erfüllte. Keine Sekunde hatte er das Gefühl zu träumen. Und wenn es ein Traum war, dann dauerte er schon fast dreißig Jahre. Er versuchte noch einmal, seine eigene Stimme zu hören, und da ihm in seiner Panik nichts Besseres einfiel, wiederholte er die Frage des braun gebrannten Reisenden. *‹Kommen wir pünktlich an?›* Nichts. Er schrie die Frage. Hörte nicht einmal ein Säuseln. Der Zug fuhr über eine Weiche, und der Wagen ruckelte lautlos, wie auf Samt, als hätte die flimmernde Welle alles mit unsichtbarer, universaler Watte ausgefüllt. Er war ganz klamm vor Panik – sein Geist war dabei vollkommen klar, vielleicht zu klar, fühlte sich fast schon glasig an. Nach einer Weile – wie lang? – hatte er jedes Gefühl für die Zeit verloren, und er fragte sich ernsthaft, wie lange der lautlose Zug schon unterwegs war. Wo befanden sie sich? Salzburg? Schon weiter östlich? Wie spät war es? Seine *Authentic Panther Steel* hatte er Oxana gegeben. Aber das schien ihm Stunden her zu sein. Stunden, seit er Oxana verlassen hatte. Stunden, seit er den Schlafwagen betreten hatte. Als seine Verzweiflung groß genug war, um seine Panik zu überwinden, machte er einen Schritt. Bewegen konnte er sich ganz normal. Er konnte zwar seine Schritte nicht hören, aber er konnte gehen, wenn ihn auch jede seiner lautlosen Bewegungen ungeheuer anstrengte. Er setzte sich auf den Schaffnersitz und blickte den lautlosen Flur entlang.

Er wusste nicht einmal, wohin der Wagen genau ging. Richtung Triest. Süden. Osten. Im Office lagen die Reiseunterlagen. Aber er hatte keine Kraft, um nachzusehen. Die Stille wurde ebenso unerträglich wie sein Verharren auf dem Schaffnersitz. Er schloss die Augen und versuchte, sich mit höchster Anstrengung ein Geräusch *vorzustellen*. Das erwies sich als sehr schwierig. Er suchte in seinem Gedächtnis nach vertrauten Geräuschen, aber irgendwie gelang es ihm nicht, sich ihren Klang tatsächlich in Erinnerung zu rufen. Er dachte an den Klang einer großen Glocke. Aber anstatt des Klangs *sah* er nur eine Glocke. Dann versuchte er es anders herum, aber zunächst musste er ungeheuer viel Kraft aufbringen, um sein Gehirn *umzudrehen*. Er stellte sich Menschen vor, wie sie sprachen, aber aus ihren Mündern kamen gleichsam stumme Sprechblasen. Er presste seine Augenlider zusammen, hielt sich am Schaffnersitz fest, und wäre es nicht unhintergehbar still gewesen, hätte er sich selbst ächzen und stöhnen hören können.

Nach einer Weile, die lang und kurz zugleich war, weil sie aus unendlich klein gehackten Augenblicken bestand, geschah etwas Ungeheuerliches: Es war wie eine weiß glühende Nadelspitze, die sich nachts langsam aus großer Entfernung nähert, wie die *Enterprise*, die aus sternenlosem Universum als weißer Punkt mit doppelter Lichtgeschwindigkeit heranschwebt. Es war ein winziges Geräusch, und Pardell konnte es *sehen*, während er es ganz leise hörte.

Er strengte sich noch mehr an, die Nadelspitze kam lauter werdend näher, das winzige Geräusch war eine leise Stimme, da redete jemand. Er presste die Lider zusammen, stöhnte, knirschte mit den Zähnen und konzentrierte sich so sehr auf die näher kommende Nadelspitze der Stimme, dass er zu fühlen glaubte, wie sich unter seinem Schädelknochen die Hirnlappen schmerzend verdichteten. Die Nadelspitze wurde näher kommend zu einem aufrecht stehenden, rechteckigen Brikett, das glühte, und die Stimme war jetzt fast so laut, dass er sie verstehen konnte. Er musste sich nur noch mehr konzentrieren, musste alles geben, ein erster Tropfen Blut rann von seiner Unterlippe, weil er sich gebissen hatte, er rang unhörbar nach Atem, hörte seine seufzenden Ächzer nicht, das Einzige, was er hörte, war die glühende Stimme, die näher kam, näher, komm, näher, du, musst, näher, komm, komm, aufmachen. ...u muss... aug... fma..., du musst d... Au... ...mach...

«Du musst deine Augen aufmachen», sagte die Stimme plötzlich ganz deutlich. «Du musst deine Augen aufmachen! Mach deine Augen auf, Leo! Mach sie auf!»

Er riss sie mit letzter Kraft auf. Der Wagen war dunkel. Am anderen Ende war eine strahlend erhellte Abteiltür geöffnet. Die Stimme kam aus dem Abteil. Es war sehr ungewöhnlich, dass im ganzen Wagen der Strom ausfiel, nur nicht in einem Abteil, aber das würde er nachher prüfen. Er stand auf. Er fühlte sich noch immer schwach, als wäre er stundenlang geschwommen, aber es ging ihm viel besser als vorher. Aus der Abteiltür kam jetzt nicht nur die eine Stimme, die ihm gesagt hatte, er solle seine Augen aufmachen, sondern noch einige andere, es klang, als wäre das Abteil mit unzähligen Menschen bevölkert, was rein physikalisch unmöglich war. Durch die totale Finsternis des Wagens ging er langsam und vorsichtig den Flur hinunter. Die Strahlkraft der Tür nahm immer mehr zu, die Menge der Stimmen schwoll mit jedem Schritt an. Er erreichte sie. Er trat, ohne zu zögern, in das Abteil.

Es war schwer zu sagen, wie lange er durch den Schock von Lärm und Licht betäubt war, ein paar Sekunden vielleicht nur, aber er fühlte unendliche Erleichterung, als sich seine Wahrnehmung langsam wiederherstellte, und sie wurde noch größer, als er den Ort erkannte, an dem er sich befand: das *Gran' Tour*. Er saß alleine an Quentins Tisch, auf der Galerie: ein Traum, er hatte nur einen Albtraum gehabt!

Er war zwischendurch eingenickt, was bei seiner Erschöpfung auch kein Wunder war. Denn er hatte die letzten Tage kaum geschlafen und befand sich – eine direkte Folge der Schlaflosigkeit – in einem Zustand hochfliegender Angespanntheit, die auch diese Art von Kurzschlaf hervorbrachte. Pardell hatte mit Staunen zur Kenntnis genommen, wie viel Stoff man in wenigen Minuten verträumen und wie leicht und vollständig man zugleich erwachen konnte, wenn man schon vierzig Stunden nicht mehr geschlafen hatte.

Vor sich auf dem Tisch stand ein Schälchen mit Milchkaffee, der immer noch warm war. Seine *Authentic Panther* sagte ihm, dass kaum zehn Minuten vergangen waren, aber er hatte in dieser Zeit einen Riesenalbtraum von der heute Nacht bevorstehenden Tour mit Oxana gehabt. Er hatte von einem typischen bösen Traumdämon in Gestalt des Sallinger Perry geträumt, damit hatte der Albtraum angefangen, sich in rasender Bewegung, die eigentliche Fahrt überspringend, nach München vorangearbeitet, hatte geträumt, dass Oxana und er sich trafen. Dann hatte es die schlafwagentypische Zuspitzung gegeben, er war aus irgendwelchen Gründen auf einem Wagen. Eichhorn. Blandner hatte geschimpft. Alles war grotesk und bizarr gewesen. Er hatte zu Oxana gehen wollen, die doch auf ihn wartete, aber plötzlich war er gelähmt gewesen ... und alles wurde zunehmend dunkel, je näher er dem Aufwachen kam, desto verworrener und undeutlicher wurde seine Erinnerung an den Albtraum, bis es nur noch die von Panik erfüllte Trauer darüber gab, dass alles verloren war und er das Flugzeug und Oxana nicht mehr würde erreichen können – dann war er aufgewacht.

Er fühlte sich unbeschreiblich erleichtert. Zugleich war er fasziniert von den illusionären Künsten und den hyperrealistischen Effekten, die diese Träume hervorbrachten – solch einen unglaublichen Schnitt allerdings hatte er noch nie geträumt, er wäre der Kunst eines versierten Regisseurs würdig gewesen, jene Film-im-Film- und geschickt in die Handlung eingeflochtenen Traumsequenz-Effekte, die Pardell immer schon fasziniert hatten. Die Regisseure erzielten sie, indem sie *den Beginn des Effekts* verheimlichten und von ihm durch anderes ablenkten, durch scheinbar normale Darstellungsweise: Sie ließen den Helden wie jeden Morgen aufstehen, eine Reihe sich steigernder Empfindungen fühlen oder immer absurder werdende Abenteuer erleben, und dann, plötzlich, in der größten Krise, erwachte der Held schweißgebadet im Bett. Als Zuschauer bemerkte man *nur* das Ende, niemals den Anfang einer solchen fantastischen Einfügung, und das Erste, was man macht, ist zurückzudenken, um herauszufinden, an welcher Stelle der Trick angefangen hat.

Toll! Was für ein Traum! Was für ein Schnitt, wie der Schnitt in *Das Schweigen der Lämmer*, «... von den großen Schnitten aller Zeiten wahrscheinlich derjenige, der am ehesten Susan Sontags Idee von Camp entspricht», hatte eine gewisse Claudia Raupl in der *Ber-*

liner Zeitung geschrieben, es war absolut faszinierend, dass Pardell sich daran erinnern konnte, er hatte diesen Text vor einigen Jahren in einem Café am Savigny-Platz gelesen und ihn auf der Stelle vergessen, da er mit keinem Wort verstanden hatte, was die Autorin meinte. Und jetzt konnte er sich plötzlich, obwohl er seitdem logischerweise nie mehr an diesen Text gedacht hatte, nicht nur Wort für Wort an ihn erinnern, sondern er sah, wenn er die Augen schloss, die Seite in der *Berliner Zeitung* so bildlich vor sich, als würde er sie direkt in der Hand halten. Er machte die Augen staunend wieder auf.

Zweifellos hatten die letzten Wochen, in denen Oxana und er die Transitaktion geplant und die logistischen Vorbereitungen getroffen hatten, Fähigkeiten freigesetzt, von deren Existenz er nicht einmal geträumt hatte. Er schloss wieder die Augen und sah sich die Zeitungsseite an. Links neben der Kritik war eine sarkastische Glosse über das notwendige Scheitern des *Potsdamer Platzes* in Berlin, einer Brache des Kalten Krieges, die zu dieser Zeit neu bebaut werden sollte. Am unteren Rand befand sich die Anzeige eines Ladens, der italienische Designermöbel mit kleinen Fehlern anbot, zum Beispiel ein Ledersofa für nur 3490 Mark. Pardell konnte problemlos die Seitenzahl und auch das Erscheinungsdatum lesen: Montag, 30. März 1992, Pardell, gerade einundzwanzig geworden, war ein gutes halbes Jahr in Berlin, das zweite Semester fing gerade an. Er hatte sich verliebt, und in dem Café wartete er auf seine neue Geliebte Heike, die er im *Einführung in die Statik*-Seminar kennengelernt hatte. Er hatte seit über einem Jahr oder länger nicht mehr an Heike gedacht, aber jetzt glaubte er, sich an jedes beliebige Detail erinnern zu können, zum Beispiel daran, dass rechts neben dem kleinen Mülleimerchen in Heikes Kreuzberger Badezimmer ein Loch in der Rigipswand gewesen war, das zu verschließen er ihr während des Vierteljahrs ihrer Affäre versprochen hatte.

Ohne sich im Geringsten anstrengen zu müssen, sah er sich um. Es war eine jener schlauchartigen Toiletten, die man in den frühen

Neunzigern zu hübschen, weiß gefliesten Badezimmern umgebaut hatte. Auf dem Schränkchen die für ein Mädchenbadezimmer typische Sammlung: modische Parfüms, Monatsbindenpackungen in fröhlichem Design, verschiedene farbige Haargummis. Eine Rundbürste mit unzähligen von Heikes dunkelblonden Haaren und ein Fläschchen Kontaktlinsenflüssigkeit mit der Aufschrift *Softwear Saline*. Und dabei war sich Pardell nicht einmal bewusst gewesen, dass Heike überhaupt eine Sehschwäche hatte. Das Einzige, woran sich Pardell im Zusammenhang mit Heike immer erinnert hatte, waren Nachmittage frustrierender Ringkämpfe in Zeitlupe, in denen er, seine Finger in Heikes Muschi und ihrem Po, vergeblich versucht hatte, ihren Kopf, der erstaunlich widerständig war, in die Nähe seiner sehnsüchtig wartenden Erektion zu bringen.

Abgesehen davon hatten sie sich eigentlich ganz gut verstanden, bis Heike ihm eines Nachmittags traurig und sachlich zugleich erzählte, ihr Freund, der etliche Jahre älter als sie sei und gerade sein Medizinstudium abschließe, komme von einer AIP-Stelle aus Chicago zurück. Pardell hatte überhaupt nicht gewusst, dass sie einen Freund hatte – er war, wenn er ehrlich war, eigentlich eher darüber erleichtert. «Ach so, aber sag mal – bläst du wenigstens deinem Freund gelegentlich einen?», war das Erste, was Pardell dazu sagte (der grade zum ersten Mal gegenüber einer Frau die Existenz von Fellatio erwähnt hatte). Er hatte einen Scherz machen wollen, log er stammelnd, als er sah, dass Heike blass wurde und ihn aus wütenden Augenschlitzen anstarrte: «Wieso fragst du mich nicht gleich, ob mich wenigstens mein Freund in den Arsch ficken darf?» Es war schrecklich gewesen. Sie hatte ihn rausgeworfen, und noch auf der Treppe hatte Pardell, der bislang ein rein sexuelles Interesse an ihr gehabt hatte, festgestellt, dass er sich offensichtlich auf einen Schlag unendlich in sie verliebt hatte und es ihm gar nicht mehr nur um ihren Po und um ihren großen, weichen Mund ging ...

Er öffnete wieder die Augen. Diese Präzision der Erinnerung. Das alles war einfach umwerfend. Ein paar exjugoslawische Schaffner standen zusammen und sangen eine Volksweise, wahrscheinlich, um einen Namenstag zu feiern, denn das Refrainwort jeder Zeile war ‹*Dragan*›, und es gab einen Schaffner, der nicht sang, sondern nur verlegen dastand und den Sängern zunickte. Pardell verspürte Lust, mit ihnen zu trinken, und fast wäre er hinübergegangen, aber er wusste nicht genau, wann der Wagen abfahren würde. Er konnte auch leider nicht genau sehen, wo diese Wagen hinfuhren, sein Wagen fuhr ab, er hielt die Tür auf und beugte sich hinaus und sah sie noch stehen, unter gelblichen Scheinwerfern, mit der Flasche und den Gläsern und wie sie sich wieder trennten, um zu ihren Wagen zu kommen, die gleich alle abfahren würden ...

Oxana war vorausgefahren. Es war alles nach Plan verlaufen, Oxanas Schweizer Pass war auf der Strecke vorbeigebracht worden, wie vereinbart in Straßburg, ein Gepäckträger hatte ihn gebracht und den Umschlag mit den zwanzigtausend Schweizer Franken entgegengenommen, der Pass war teuer gewesen, aber perfekt, sie waren in Zürich angekommen, Oxana war zu ihrer Bank gefahren, ihr Nummernkonto war schon vorbereitet, er hatte die Nummer vollständig vor Augen, es war wahnsinnig, jede einzelne Stelle, ausgeführt auf den Namen ihres neuen Passes, es galt, die letzten Dokumente zu unterschreiben, die Vollmachten für Argentinien, wo sie das Geld abheben konnte. Währenddessen hatte Leo die verschiedenen Gepäckstücke und Schließfächer ausgeleert oder aufgelöst, die sie angelegt hatten, das hatte zwei Stunden gedauert. Oxana war schon nach München weitergefahren. Sie würde am Nachmittag die Flugtickets abholen. Leo hatte das Geld zur Bank gebracht, eingezahlt und den Beleg behalten. Am nächsten späten Nachmittag würden sie sich in München treffen, sie würde ihm seinen Anteil geben und er ihr den Beleg.

Dann würde man sehen. Er wusste nicht, was geschehen würde.

Es war ihm jetzt auch egal. Bei dem Gedanken daran, wie es gewesen war, als sie miteinander geschlafen hatten, vergaß er sich ganz und gar, musste sich setzen und festhalten.

Zum ersten Mal war er nicht einfach mehr oder weniger befriedigend oder gekonnt seinem Geschlechtsorgan hinterhergelaufen. Als er mit Oxana in dem Abteil war und sie kein Licht angemacht hatten und es klar war, dass sie jetzt miteinander schlafen würden, da war er überhaupt nicht in der Verfassung für Sex. Er war sehr nervös, er hatte auch immer noch Angst, dass man sie erwischen könnte, obwohl der Transit einfach und durch die vielen Vorbereitungsfahrten fast risikolos geworden war. Aber er wollte mit ihr schlafen, und sie wollte mit ihm schlafen. Und so kam es. Zum ersten Mal hatte er gefickt. Zum ersten Mal betrachtete er seine Erektion mit sachlichem Interesse, was ihm gleichzeitig ungeheures Vergnügen bereitete. Weil er Oxana ficken wollte – deswegen musste er so hart sein. Nicht anders herum. Er musste so hart sein, weil er damit eindringen wollte ... Dieses deutliche Gefühl war ungeheuer intim, auch, weil er es zum ersten Mal erlebte, es verwirrte ihn und geilte ihn noch mehr auf und machte ihn noch sachlicher, und dabei sahen sie sich in die Augen, und er blickte nicht weg und spürte, wie sein Atem heftiger wurde, noch während sie sich ansahen, bis er doch tatsächlich hörte, dass er japste und lallte, und sie nahm einen ersten, frühen Tropfen auf ihre Lippen und lächelte ihn aus der schwarz-weißen Dämmerung heraus an, und er fasste ihren Kopf so zärtlich, und dann küsste er sie sehr lange und schenkte ihr, was er hatte, und dabei, selbst bei der zunehmenden Erschöpfung, verstanden sie sich, und Oxana wusste, was er dachte, und er ahnte, was sie dachte, sie wollte, dass er kam, das spürte er von den ersten Augenblicken an, noch bevor sie sich berührt oder nur ausgezogen hatten ... Das verdunkelte Abteil war ein herrlicher Ort dafür, sie hatten vorher schon miteinander geschlafen, aber er war zu schüchtern gewesen und zu erregt, fast besinnungslos, und das erste Mal hatten sie sich nur geküsst, aber sie zu küssen war so unglaublich schön gewesen, sie hatten durch den Kuss miteinander gesprochen, hatten sich gegrüßt, hatten sich zum ersten Mal berührt und sich einander überall willkommen geheißen ...

Er würde nicht mit ihr nach Argentinien gehen – das wusste er, während er sagte, dass er mit ihr kommen wolle –, er musste es sagen, obwohl es eine Lüge war, nein, keine Lüge, denn er begehrte sie so sehr, dass die Idee, nicht jede weitere Sekunde auf Erden mit ihr zu verbringen, unerträglich war. Es war unmöglich, und es würde so sein. Bahnhofslichter schossen vorbei, manchmal lag die weiße Haut seiner Geliebten unter dem bläulich elektrischen Zucken der Lok, es war feucht und stürmte und regnete, hatte er es überhaupt schon gesagt, und manchmal waren ihre Gesichter, die sich schweigend ansahen, in fernes Neonlicht getaucht ... es war so intim gewesen, und er hielt diese Intimität noch nicht aus ... er hatte sie ausgehalten, aber er hatte trotzdem Angst, sie noch einmal ... sie war so schön. Er hatte ihr so gerne geholfen und so selbstverständlich, weil es ihn berauscht hatte, ihr *wirklich* helfen zu können, und nicht nur dadurch, dass man beim Umzug Bücherkisten schleppen half ... und er hatte mit ihr gefickt, weil er sie ehren wollte, weil er ihr seine Bewunderung ausdrücken wollte und seinen Respekt ... diese Mischung hatte ihn so scharf gemacht, das war es gewesen ... diese Nacht mit ihr war das Beste, das er je erlebt hatte ... und es war vorbei ... und gerade deshalb war es aufregend, dass jetzt alles Licht verloschen war und, obwohl immer noch die Lichter kleiner Bahnhöfe den Wagen für blitzende Sekunden erhellten, er ihr Gesicht nicht mehr sehen konnte. Oxana war weit fort. Er wusste nicht genau, wo sie war. Auf dem Boden, um ihn herum und unter der schwarzen, ebenmäßigen Oberfläche wälzten sich Ströme schwarzer Flüssigkeiten um und um. Und natürlich war er traurig. O verdammt, war er traurig. Er hatte sich vorgestellt, dass Oxana ihn vermisste. Nur für einen Augenblick, dass sie sich vorstellte, wo er sei, und diese Vorstellung schlug ihm das Herz blutig, denn dadurch sah er sich selbst, ganz alleine und verloren, wie in Trance, wie gelähmt, sogar das Gehör gelähmt, man hört etwas, aber man hört nichts, es gibt Stimmen, und du verstehst sie sogar, aber dann verstehst du nicht, *was* du verstanden hast …

Frühling. Später März. Es war kalt, aber ein sehr schöner Tag. Auf den Straßen gab es überall noch dicke Spritzer von altem Eis an den schattigen Ecken, und wenn man herumlief, knirschte der Rollsplitt unter den Schuhen.

Seine Mutter und er waren nicht in Hannover, sondern außerhalb, in Großburgwedel, ihre Eltern lebten da. Leo war vier Jahre alt. Nach dem Essen war er nach draußen gegangen und von seiner Mutter ermahnt worden, auf keinen Fall, *auf keinen Fall* am Bahngleis zu spielen. Er hatte es versprochen.

Er wollte nur die Äpfel aufsammeln und sie anschließend auftauen. Seine Mutter taute immer Sachen auf, mittags, Fischstäbchen mussten zum Beispiel aufgetaut werden, weil immer so wenig Zeit war. Es gab so viele Apfelbäume auf dem Grundstück vor dem Haus, die Äpfel waren überall verteilt, und sie waren alle gefroren. Es machte Spaß, je mehr Äpfel er hatte, desto interessanter wurde es, er würde einen großen Apfelberg auftürmen, das Wort allein war schon toll, Apfelberg, und die Kreise, in denen er das buschige braune Gras absuchte, wurden immer größer.

Plötzlich entdeckte er einen wunderbaren Apfel. Er sah ganz unversehrt aus, und als er ihn aufhob und begutachtete, versank er in seine Makellosigkeit. Er fühlte den eiskalten Apfel in seiner Hand und blickte langsam nach oben. Die Lok war schon so nah, dass er die Spritzer der Insekten auf der Scheibe des Lokführers sehen konnte. Er sah das entsetzte Gesicht des Lokführers, sah, dass das Hemd, das er trug, hellblau war. Er sah die kleinsten Kratzer auf den stählernen Kupplungsbolzen der Lok. Er hatte jetzt alle Zeit, sie sich genau anzusehen. Die Lok raste in Zeitlupe auf ihn zu – Pardell verspürte weder die Angst, die er damals verspürt hatte, noch die schreckliche Gebanntheit: Er war wie losgelöst, interesselos, hob langsam seine linke Hand und sagte: *«Halt.»*

Die Lok erstarrte augenblicklich und alles andere mit ihr. Pardell blickte sich um. Es war perfekt. Es war perfekt erstarrt. Aus einem der Apfelbäume war gerade ein Sperling abgestrichen. Er hing in ein paar Metern Entfernung vom Geäst in der Luft. Mitten im Flug erstarrt. Pardell machte einen Schritt, es ging, aber dass man kein Wort hören konnte, machte es am Anfang ein wenig schwierig. Pardell ging noch einen Schritt auf die Lok zu. Er berührte den Kupplungsbolzen.

Das war also die Lok. Er könnte sie sich jetzt ansehen. Plötzlich aber kam ihm ein ganz anderer Gedanke, der noch viel faszinierender war, eine stärkere Strahlung hatte. Er blickte zum Haus hinüber. Von der Stelle auf dem Gleis, an der er jetzt stand, konnte man das Haus sehen. Das große Fenster links war das Fenster des Wohnzimmers, in dem seine Mutter mit ihren Eltern zusammen saß. Die Lok war erstarrt. Alles war erstarrt. Es war überhaupt nicht die Lok, um die es hier ging. Ihn beschäftigte eine ganz andere Frage ...

Er verließ das Gleis, ohne sich noch einmal umzudrehen. Die Eingangstür war offen, im Wohnzimmer sah er, was er geahnt hatte. Es gab ihm einen Stich im Bewusstsein oder im Körper wie das plötzliche Wissen, *dass* man kommen wird, nicht sofort, aber dass man kommen wird, so ähnlich, er wusste, dass er jetzt nur im Wohnzimmer bleiben musste, zwischen den erstarrten Figuren, seine Großmutter stand erstarrt in der Küche, in der Hand die Kaffeekanne, aus der ein erstarrter brauner Strahl herauskam, ein gefrorener kleiner *Kaffeefall*. Er musste nur bleiben.

Seine Mutter blickte zum Fenster hinaus, ihr Gesicht sah total erschreckt und traurig aus. Er blieb vor ihr stehen, mit dem Rücken zum Fenster, er konzentrierte sich, denn er hörte, was sie sagte, obwohl alles erstarrt war, konnte er hören, was sie sagte: «Wenn Leo was passiert, dann bring ich mich auch um!»

Das hatte sie gesagt: *Dann bring ich mich auch um!*

Er fühlte unbeschreibliche Erleichterung, er würde wahrscheinlich eine Woche lang heulen, aber jetzt war die Empfindung, sich endlich erinnern zu können, überwältigend. Es war wie eine Rückwärtsbombe vom großen Turm: ein Sprung, der einen erst erschreckt, und plötzlich, wenn man sich wieder erinnert hat, dass man sich nicht wehtun kann, weil man in ein herrliches Wasserbecken stürzen wird, erfährt man in den Sekunden vor dem Aufprall diese herrliche lustvolle Qual des freien Falls ...

Dann bring ich mich auch *um!* Deswegen hatte er immer wieder von der Lok geträumt und war so traurig gewesen, die Traurigkeit hatte diesen Satz seiner Mutter eingesperrt gehalten, unten, seine Traurigkeit war ein Verlies gewesen. Wie klar ihm alles war und wie ergreifend dieser Augenblick. Dafür hatte sich seine ganze Mühsal gelohnt – für diesen Moment der Klarheit.

Dieser unglaubliche Augenblick hielt noch etwas an – aber plötzlich zeigten sich an ihm entlanglaufende Haarrisse. Wenn er diesen Satz seiner Mutter tatsächlich gehört hatte, dann müsste er hier irgendwo im Raum sein. Ein kleines Kind, das *gehört*, das Gehörte aber vergessen hatte und sich jetzt erinnerte.

Er konnte sich selbst nirgendwo entdecken. Aber wenn seine Erinnerung richtig wäre, dann hätte er sich im Raum befinden müssen. Die Klarheit trübte sich ein, und dieses Gefühl war schrecklich, sie drohte zu zerbrechen, und darunter wäre nur schwarzes, wimmelndes Chaos.

Dann fiel ihm etwas Entscheidendes ein – er war ja hier. Er war eingetreten, und so, wie er vorhin in seiner jetzigen Gestalt auf dem Gleis gestanden hatte, war er jetzt hier. Das war einfach. Er fasste sich wieder. Aber nur kurz – denn er wusste, wie er es nachprüfen könnte. Ihm entfuhr ein tiefes Stöhnen, als er den Gedanken gedacht und sich währenddessen seiner schrecklichen Schwerkraft bewusst geworden war. Er musste sich jetzt nur umdrehen und so wie seine Mutter zum Wohnzimmerfenster hinaussehen. Wenn er in Wahrheit im Wohnzimmer gewesen wäre, würde er weder einen Zug noch einen ... noch einen kleinen Jungen auf den Gleisen sehen. Er musste sich nur umdrehen, und er hatte endlich die Antwort auf die Frage, was mit seinem Vater sei. Er musste sich nur umdrehen.

Er konnte nichts dagegen tun, sich umzudrehen, denn es war kein Umdrehen mehr, es war eher, als würde er, der Länge nach gefesselt, einen Abhang hinunterrollen, langsam zwar, aber unweigerlich. Er drehte sich sehr langsam, aber beständig, er würde aus dem Fenster blicken, er drehte sich langsam in diesen Blick, und während er sich drehte ... Er fühlte, wie sein Atem zu stocken begann, denn wenn er auf den Gleisen einen kleinen Jungen, wenn er ... *sich selbst* auf den Gleisen stehen sähe, dann ... denn der Blick, das wusste er plötzlich genau, wenn er gleich einen Blick auf sich selbst, dann wäre alles ... dann wäre das der Augenblick ... auf den er, vielleicht hatte er auf diesen Augenblick ... unablässig drehte er sich weiter, und er wollte nicht, auf keinen Fall, auf keinen Fall wollte er durch dieses Fenster blicken, durch das er jetzt ... gleich ... bitte nicht ... jetzt ... aus.

Unter ihm ging der gleichmäßige, gedämpfte Atem der Schienen. Er lag auf der Schaffnerliege. Es brannte die Beleuchtung im Office rechts neben ihm. Weiter unten im Flur, im vorderen Drittel des Wagens, stand eine Abteiltür offen, aus der gedämpftes Licht, Leselicht fiel. Wenn sich der Zug nicht gerade in einem Tunnel befand, wonach es eigentlich nicht klang, dann war es tief in der Nacht und der Endbahnhof noch weit.

Nach einer kleinen Weile setzte er sich auf. Eine Zigarette wäre schön. Im Office war nichts. Vermutlich hatte er sie in dem Abteil vergessen, deswegen brannte auch das Licht.

Pardell sah mit Erleichterung das gelbe Päckchen seiner *Parisienne Quarrée* auf der Couch liegen, wollte es sich nehmen.

Dann bemerkte er erst, dass er in dem halbdunklen Abteil nicht alleine war. Aber er erschrak nicht. Es war der sommerlich gekleidete Reisende. Er saß lässig auf der Couchgarnitur, an der schwarzen Fensterscheibe, den linken Arm auf der Lehne, mit übereinandergeschlagenen Beinen. Sein weißes Hemd war ein wenig aufgeknöpft, die Brust darunter dunkel und sehnig. Pardell sah, dass der Reisende geflochtene braune Mokassins trug. Keine Socken. Sein Leinenanzug warf viele knitterige Falten. Pardell roch den Anhauch eines exzellenten, schwer-zimtigen Parfüms. Es war ihm allerdings unmöglich, sein Gesicht zu erkennen, immer wenn Pardell es versuchte, verschwammen die Gesichtszüge des Reisenden wie in einem Vexierbild.

«Setz dich, Leo», sagte er. Eine dunkle Stimme.

«Danke», sagte Pardell. «Ich bleibe lieber stehen.»

«Tja», sagte der Reisende, «da wären wir also.»

«Ich hätte nicht gedacht, dass du so ... jung bist», sagte Pardell – und nach einer Weile: «Das alles ist nicht real, oder?»

«Da fragst du gerade den Richtigen: Ich habe keine Ahnung», der Reisende stand auf, Pardell fühlte einen sanften warmen Luftzug, der von ihm ausging, und starrte ihn fassungslos an, denn er wollte ihm tausend Fragen stellen, und nicht tausend, sondern die eine Frage, sie brannte ihm schmerzhaft auf den Lippen, brannte in seinen Augen, aber es war ihm immer noch unmöglich, sein Gesicht zu fixieren, und das beschäftigte Pardell so, dass er kein Wort herausbrachte.

«Hm, hör mal ...», sagte der Reisende nach einer Weile freundlich. «Ich könnte noch einen Augenblick länger bleiben, aber das wäre nicht gut. Ich weiß, du hast wahnsinnig viele Fragen an mich, die dir gerade nicht einfallen oder über die Lippen kommen. Das ist mit allen wichtigen Fragen so. Mach dir keine Sorgen, Leo. Ich werde jetzt gehen.»

Was geschah jetzt? Ein Abschied? Kann man sich von jemandem verabschieden, dessen Gesicht man nicht gesehen hat? Nein, das kann man nicht, ahnte Leo. Das ist vermutlich unmöglich. Das ist ganz unmöglich. Es war auch nicht mehr dunkel genug, denn jetzt begann das Tageslicht einzuströmen – aber anders, als es für gewöhnlich geschah. Pardell, auf der Sitzgarnitur eines Schlafwagens Typ AB33 liegend und am ganzen Körper zerschlagen, als wäre er acht Monate im *Bagno* gewesen, *sah* den Aufgang der Sonne, obwohl sich ihr Licht nur durch den Spalt ausbreiten konnte, den die Jalousie vor dem Abteilfenster gelassen hatte. Er konnte zusehen, wie das Sonnenlicht mit gezackten Fingern Stücke aus der Dunkelheit des Abteils herausbrach, die Nacht von den Dingen kratzte. Ohne sich zu bewegen, blinzelte er in das aus dem Spalt fallende Licht, sah vage, dass der Zug eine Küste entlangfuhr. Dann schlief er wieder ein. Er wusste, dass er am Leben war. Dass der Rausch tatsächlich zu Ende war, aber er war zu erschöpft, um darüber traurig zu sein, oder vielleicht war er auch gar nicht traurig ...

Als er zwei Stunden später erwachte, stand der Zug – er setzte sich ächzend auf. Das Kopfweh war nicht der Rede wert, er war nur sehr erschöpft. Er schob die Jalousie des Abteils hoch und sah einen fast sommerlichen Himmel, lichtblau und wolkenlos. Weit unten eine felsige Küste. Kleine weiße Möwenflecke. Es gab keinen richtigen Bahnsteig, sondern nur das Gleis und den Schotter. Ein Abstellgleis auf einer Klippe. An irgendeinem Meer. Sah wunderschön aus ...

Neapel – München, Telefonat 28.12.1999, 13:06

«Bechthold? Ich bin es.»

«Wer?»

«Reichhausen!»

«Mein Gott, wo stecken Sie? Haben Sie diesen Artikel gelesen? Wo sind Sie?»

«Italien ... Warten Sie mal, Augenblick ... Pulito, mein Kleiner, bleib doch hier, nein ... Moment mal, Bechthold, ich muss da kurz was klären ...»

Bechthold hörte des Würgers Stimme, etwas entfernt – er sprach mit jemandem. Obgleich die Verbindung nicht besonders war, hörte Bechthold den Würger auf eine unbekannte, unerwartete Weise sprechen. Wie mit einem Kind. Im Hintergrund waren Straßengeräusche zu hören, knatternd, bewegt und regellos.

Der Würger hatte Pulito am Kragen gepackt, der gerade einer lebenslustigen älteren Dame zu folgen beabsichtigt hatte, und ihn noch kurz vor Betreten der Straße erwischt, wo sich die Vespas Rennen lieferten. Er stand an einer Telefonzelle an der Via Umberto. Pulito setzte er auf den umklappbaren Kasten mit den Telefonbüchern, dann warf er Kleingeld nach.

«Bechthold?»

«Ja?»

«Ich brauche Ihre Hilfe.»

«Worum geht es genau?»

«Worum es geht?»

«Ich meine, wie ...?»

«Bechthold, ich meine es ernst. Sie müssen mir helfen!»

«...»

«Bechthold?»

«Was genau soll ich für Sie tun, Herr von Reichhausen?»

«Man unterstellt mir, dass ich eine Uhr gestohlen hätte, aber das ist Blödsinn, ich weiß nicht, was jetzt wieder in der Zeitung stand. Ich habe es versucht, das gebe ich zu, aber mehr nicht, ich habe sie nie in der Hand gehabt, nie. Verstehen Sie? Also, Bechthold, ich bin wirklich froh, dass wir uns endlich sprechen. Mein Gott, bin ich froh. Sie werden mich da rausholen. Ich hab das Ding ja nicht. Wir müssen uns treffen, irgendwie kriegen wir das hin. Bechthold, Mann, Sie machen das schon ...»

«...»

«Bechthold, reden Sie doch, ich weiß nicht, wie lange das Kleingeld noch reicht. Ich hab nicht mehr so viel.»

«Wo sollen wir uns treffen?»

«Nicht in München, überhaupt nicht in Deutschland. Kommen Sie ... Der *Brenner*.»

«Wann?»

«Nehmen Sie den Zug, an Silvester, da ist nichts los, da stört uns niemand. München Hauptbahnhof 17 Uhr 32, *Brenner* 21 Uhr 12. Wir treffen uns in der großen Cafeteria, diesem Bahnhofsrestaurant, das es da gibt. Um Viertel nach neun. Sie machen das schon. In Ordnung?»

«...»

«Bechthold?»

«Ich werde sehen, was ich tun kann, Herr Baron», sagte Bechthold sehr ernst. Hörte noch, wie der Würger zweifelnd und flehend sagte oder lallte, «gut, in Ordnung, also, bis Silvester».

Und dann legte er auf. Ernst. Sehr ernst, ja verdüstert.

Bechthold wusste nicht, dass der Würger seine Insignien abgelegt hatte und ein Penner geworden war.

Der Würger wiederum wusste nicht, dass das Gespräch, das er mit Bechthold geführt hatte, kein intimes Zwiegespräch gewesen war, sondern dass sein Assistent höchst aufmerksame Zuhörer in Gestalt zweier Fahnder der Kriminalpolizei München gehabt hatte.

***

Die beiden Fahnder, die mitgehört hatten, nickten sich grinsend zu, machten Notizen und bestellten dann einen internationalen Haftbefehl, sie waren ja Fahnder. Ein offensichtlich sehr gut unterrichteter anonymer Anrufer hatte die *Abendzeitung* und dadurch die Fahnder vor ein paar Wochen auf den Plan gebracht, sie hatten in der Kanzlei ermittelt, Bechthold war nach drei, vier präzisen Fragen zusammengebrochen und hatte den Sachverhalt mehr oder weniger bestätigt, überdies hatte er sich zur Zusammenarbeit bereit erklärt.

Reichhausen hatte die *Ziffer à Grande Complication 1924* – die sich den Vermutungen nach in einem Schließfach in Zürich befunden hatte – aus dem Vermögen der Familie Niel entwendet und war mit dieser unschätzbar wertvollen Uhr geflohen und untergetaucht. Soweit sich rekonstruieren ließ, war er seit Monaten unterwegs, in ganz Europa, ein Mann auf der Flucht.

Jetzt, da seine Unterschlagung aufgeflogen war, plante er wahrscheinlich, sich nach Südamerika abzusetzen, behauptete die *Abendzeitung*. Ein fanatischer Sammler. Ein Spinner, der für seine Leidenschaft über Leichen gehen würde. Ein Alkoholiker, der angetrunken zu erbitterter Gewalttätigkeit neigte. Es lag die Aussage eines Polizeimeisters aus Pfaffenhofen vom 21. April 1999 vor, in der dieser angegeben hatte, beim Versuch, dem volltrunkenen Adeligen zwecks Unterbringung in einer Ausnüchterungszelle seine Armbanduhr abzunehmen, von diesem mehrere Male in die linke Hand gebissen worden zu sein.

Alleine seine weitreichenden Beziehungen hatten wahrscheinlich eine sofortige Anzeige wegen Verletzung eines Beamten im Dienst verhindert. Der Mann war gefährlich, und ob er sich wirklich stellen wollte, würde man ja sehen.

Das war die augenblickliche Sachlage. Die Fahnder würden den Assistenten begleiten. Fände sich die Uhr bei Reichhausen, wäre die Sache klar, und man würde den *«gefallenen Promi-Vollstrecker»* auf der Stelle festnehmen und in Handschellen nach München-Stadelheim bringen. Bechthold hatte sich einverstanden erklärt. Es war nicht einfach, eine Kanzlei abzuhören, da musste man einen wahren Papierkrieg führen, bis man die Genehmigung bekam, aber es hatte sich gelohnt: Jetzt war der Fisch ins Netz gegangen. Sie hatten beide ausgesprochen gute Laune.

«Werden wir amal sehen, Kurt, wen von uns beiden der beißt!»

«Ich tippe auf dich, Fritz. Du schmeckst besser.»

«A propos: Geh'ma was essen?»

«Logisch.»

«Salamanderbad?»

«Gute Idee. Zigarette?»

«Gern.»

«Da schau her, bedien dich!»

«Glück brauchst im Leben und eine *Salem Nummer 6.*»

«Feuer?»

«Danke, Kurt.»

«Bitte.»

«An Silvester hör ich auf.»

«Das hast letztes Jahr auch gesagt.»

«Wirst schon sehen, Fritz. Lass dich überraschen.»

Rijeka, Passage 28.12.1999, 16:23

«Hallo, Mama, ich wollte mich nur kurz melden vor Silvester. Nein, ich bin nicht in Buenos Aires. Ich bin auch nicht in Argentinien, ich war überhaupt nicht in Argentinien.

Nein, das war gelogen.

Was?

Viel unterwegs, viel unterwegs, und wenn nicht, dann meistens in München, und sehr oft war ich auch in Paris.

Paris, ja.

Nein, viel mehr als die Bahnhöfe und ein paar Kneipen waren es nicht.

Aber ich habe viele herrliche Freunde gewonnen. Meine liebsten

Freunde sind ein sechzig Jahre alter Homosexueller, ein ehemaliger Heiratsschwindler übrigens, der erotomanische Enkel des bulgarischen Linné und ein Chinese aus Thüringen, den ich aber nur einmal getroffen habe.

Nette Leute, ja.

Wo ich im Augenblick bin? Kann ich nicht genau sagen, ich hab noch kein Schild gefunden. Irgendwo auf dem Balkan.

Recht mild.

Am Meer, Adria. Musste eine halbe Stunde herumrennen, um eine Telefonkarte kaufen zu können.

Warum ich hier bin? Das erzähl ich dir ein anderes Mal, ist eine längere Geschichte. Hör mal, Mama, eine Sache noch: Ich weiß zwar nicht genau, wie ich hergekommen bin, aber ich hatte einen ziemlichen, einen wahnsinnigen Drogenrausch – keine Ahnung, was das war.

Woher? Ach, ich hab's in der *Holzkiste* gefunden.

Ich kann jetzt nicht erklären, was die *Holzkiste* ist. Das spielt auch keine Rolle. Ich wollte nur sagen, dass ich ebendiesen unglaublichen Drogenrausch hatte und mich wieder an diesen Nachmittag erinnern kann, den Nachmittag, an dem ich auf dem Bahngleis gespielt hab.

Ich konnte mich wieder erinnern. Durch die Drogen.

Du hast gesagt: ‹Wenn Leo was passiert, dann bring ich mich auch um.› Stimmt's? ‹Wenn Leo was passiert, dann bring ich mich *auch* um.› Hab ich recht? Sag, dass ich recht habe, sag es ...!»

Während des Freizeichens überlegte er, was er seiner Mutter denn nun wirklich sagen wollte. Ob er nicht vielleicht besser wieder auflegen sollte. Aber er blieb ruhig. Ließ es klingeln. Siebenmal. Dann nahm jemand ab, der nicht seine Mutter war. Rudolf. Der Weltausstellungsgrafiker.

«Hallo, hier ist Leo. Hallo. Ja, wir haben uns ewig nicht gesprochen, stimmt.

Gut. Dir? Das freut mich.

Bei mir? Ja, ziemlich viel los in letzter Zeit, ich glaub, ich brauch bald mal Urlaub. Ja, das argentinische Nachtleben. Klar.

Ist sie da? Das wäre nett. Danke dir.»

Rudolf übergab den Hörer, und er hörte die glücklichste Stimme seiner Mutter, die er jemals gehört hatte.

«Leoliebling, das ist wundervoll, dass du anrufst. Das ist Zauberei. Ich hab gerade zu Rudolf gesagt, was ich dafür geben würde, wenn du da wärst! Du bist der Erste, der es erfährt!»

«Was denn?»

«Also, wir haben schon lang darüber nachgedacht, aber ... Und Rudolf hatte ja erst noch die Scheidung zu verdauen, und überhaupt war es ... aber. Wir werden heiraten ... und ... Leo? Bist du noch dran?»

Pardell war noch dran. Und er sprach auch mit seiner Mutter. Allerdings konnte sie ihn unter all den Tränen, die in der Sekunde aus ihm gebrochen waren, als er sie so glücklich sprechen hörte, nicht verstehen. Er weinte und lachte und schniefte. Nach einer Weile hatte er sich wieder einigermaßen gefangen.

«Geht es dir gut, Leo?»

«Ja. Es ist nur, das freut mich so für dich! Mir geht es sehr gut. Ich muss dir so viel erzählen, wenn ich ... wieder zurück bin, bald ...»

«Aber, ich dachte ... Bald?»

«Ja. Bald. Ich brauch mal Urlaub von Argentinien. Ich besuch euch in den nächsten Wochen.»

«Hast du ... Ist was passiert?»

«Nein. Ja, viel. Aber nichts Schlimmes. Nichts Schlimmes. Ich hab dich lieb. Bitte grüß Rudolf von mir. Ich muss jetzt los, wirklich. Bis bald, Mama.»

Dann legte er auf. Passenderweise hatte ein kleiner adriatischer Windstoß gerade die Wolkendecke aufgerissen und zeigte ein Blau von jener unvergleichlichen Qualität, die nur der zu sehen und zu schätzen vermag, der diese Farbe selbst mit seinem Herzen und seinen geistigen Kräften anzumischen in der Lage ist. Die ganze wundervolle, gelb und rot leuchtende Habsburgerstadt, so ortlos sie ihm auch vorkam, erschien ihm plötzlich so unglaublich schön, dass er auf die Frage eines Erstbesten, ob er bleiben wolle, auf der Stelle mit einem enthusiastischen *Ja* geantwortet hätte. Aber es fragte niemand. Und er blieb auch nicht. Er nahm einen regionalen Zug nach Triest. Rijeka war eine kleine Stadt an der Adria, die er freiwillig niemals besucht hätte.

An nichts erinnerte man sich deutlicher und sehnsuchtsvoller, als an Orte – das wusste Pardell inzwischen –, als an Orte, in die man nie gewollt hatte und in denen man trotzdem gerne geblieben wäre …

München, Aufenthalt 28.12.1999, 22:10

Geschichten aus *TransEuroNacht* unterscheiden sich vielleicht in manchem von Erzählungen aus der Welt der Kaninchenzucht, der Welt der Uhrmacherei, des Inkassowesens oder anderen faszinierenden Welten, und es gibt nichts, was nicht nach einer Weile faszinierend wäre – aber mit allen anderen Geschichten teilen sie den schlichten Umstand, dass sie beginnen und enden müssen.

Sie können in der weit entfernten Vergangenheit eisiger balkanischer Winter spielen, in denen die mythischen Helden Hunderte Liter kochenden Wassers auf zugefrorene serbische Weichen schütten mussten, während sie der Zug im Schritttempo passierte, um nach unzähligen anderen Unannehmlichkeiten, abgefrorenen Daumen und berstenden Toiletten, doch noch mit zweiunddreißig Stunden Verspätung nach Istanbul zu gelangen …

Diese Geschichten können mit spanischen Sommern während der Dreißigerjahre zu tun haben, in denen man weltberühmte amerikanische Schriftsteller beförderte, von Paris nach Madrid, *welt-*

berühmte Schriftsteller, von denen alle glaubten, sie wüssten, über wen sie redeten, aber – wenn man den großen Menschen persönlich kennengelernt hat, noch dazu in diesem unglaublich heißen Sommer von 36, dann ...

Wo immer diese Geschichten aber auch ihren Anfang nahmen, sie alle mussten irgendwann enden. Gustav Eichhorns Geschichte in *TransEuroNacht* würde jetzt zu Ende gehen.

Den Tafelspitz würde er vermissen. Die reguläre wöchentliche Speisekarte des *Salamanderbad.* Alles. Ihm war gar nicht klar gewesen, wie traurig er war. Erst als Carola ihm die Speisekarte gebracht hatte, die Karte, die er vielleicht selbst schon oft in Händen gehalten hatte, hatte er es gewusst. Es waren die Spuren vieler Finger auf den kartonierten Seiten der Karte gewesen, die mikroskopischen Spritzer ungezählter Gulaschsuppen.

Alles war wie immer: das in Papierservietten eingerollte Besteck, das zerfledderte Brotkörbchen. Die Tage seiner Einsamkeit schienen zwischen die freundliche Gleichgültigkeit der Dinge gestreut wie die Brotkrümel auf der Tischdecke, die er vor sich zu einem kleinen Häufchen zusammengesucht hatte, um sie mit seinen Fingern wieder auseinanderzustreuen. Er dachte an die Strände, an denen er vor vielen Jahren gewesen war, an die himmelhohen Sommer. Er dachte an den Menschen, den er auch heute Nacht nicht sehen würde.

Als er sein Büro betrat, versuchte er es sich dabei gleichzeitig *vorzustellen*. Dass er es zum letzten Mal tat. Oder fast zum letzten Mal.

Am Nachmittag hatte er die Fähnchen mit den Ziffern der Springer und der Schaffner abgenommen. Er hatte sie herausgezupft und auf seinen Schreibtisch gelegt. Die Saison war vorbei. Die Fähnchen bedeuteten nichts mehr.

Er hatte darauf verzichtet, Licht im Büro anzumachen. Die Blitze von der Bayerstraße durchfurchten minütlich den Raum. Er nahm sich einen Cognac und stellte sich ans Fenster, um den Trambahnen zuzusehen. Die Menschen zu beobachten, wie sie darauf warteten fortzukommen. Weiterzukommen. Verkehr.

Lange, schon vor seiner Volksschulzeit, hatten ihn die alten Straßenbahnsysteme der großen Städte fasziniert – mit ihrer wohlgeordneten, überall hinreichenden Streckenführung, ihrem Zueinanderfinden an kalkulierten Treff- und Kreuzungspunkten, in der flüssigen und ruhigen Fahrt der liebevoll gestalteten Wagen, die das Bild der Stadt belebten und verschönerten. Alles in allem: ein System freier, nie ermüdender Bewegtheit, einem kaum überschaubaren Chaos mühevoller Wege abgenötigt und doch überlegen und zugleich angemessen in es eingepasst. Während seines Studiums war ihm die Entsprechung zwischen dem Verstehen einer philosophischen Systematik mit ihren vielerlei Sphären und Linien der Gedanken und der Fähigkeit, sich ein solches Bahnsystem in der gleichzeitigen Bewegung auf allen seinen Linien zu vergegenwärtigen, fast bedrängend deutlich gewesen.

Ob er ein guter Philosoph geworden wäre, hatte er sich nie gefragt. Der Wechsel zwischen seiner Assistentenstelle und der Fahrdienstleitung bei der *Compagnie* war ja fliegend gewesen, und Eichhorn hatte nie das Gefühl gehabt, die Philosophie wirklich aufgegeben zu haben, denn sie bedeutete für ihn nicht den Hörsaal, das Assistentenzimmer oder den Eintrag seiner paar Veranstaltungen im Vorlesungsverzeichnis, obwohl er stolz auf diese Dinge gewesen war und sie ernst genommen hatte. Philosophie war ein unregelmäßig von städtischen Geräuschen belebtes Hotelzimmer, das freundliche Dunkelheit und die Einsamkeit einiger nächtlicher Stunden bot. Erfüllt von den Routen der anderen, beschäftigt mit den faszinierenden, vielfältigen Konsequenzen, die *eine* Entscheidung irgendwann später an *verschiedenen* Orten haben konnte, hatte er nachgedacht. Nur nachgedacht. Das war es gewesen.

Ebenso wenig, wie er wieder ins *Salamanderbad* gehen wollte, wollte er im *Bäderhotel Freilauf* wohnen bleiben. Er wollte nicht der

Rentner Eichhorn werden, ein gerne gesehenes Gespenst, das während des Essens mathematische Kreuzworträtsel löste. Nein.

Der zukünftige Eigentümer der *Compagnie*, der kanadische *Cronatic*-Konzern, hatte ihm eine großzügige Abfindung angeboten. Die *Wagons-Lits* würde ab dem 1.2.2000 Teil eines Mischkonzerns der Hotellerie-, Gastronomie- und Tourismusbranche sein, ein Ereignis übrigens, das Beobachter des Marktes schon seit einiger Zeit erwartet hatten. *TransEuroNacht* stand kurz vor dem Ende – in absehbarer Zeit würden die klassischen Regelschlafwagen der Vergangenheit angehören. Die einzelnen Wettbewerber, die *Wagons-Lits*, die *Mitropa*, die osteuropäischen Gesellschaften und vermutlich ein paar andere, die neu entstehen würden, würden mit den Bahnen jede einzelne Strecke neu verhandeln. Jede Strecke würde für sich selbst profitabel zu werden haben. Das hieß über kurz oder lang, dass wenig benutzte, unprofitable Läufe gestrichen werden würden – die Hauptstrecken, *Berlin–Zürich*, *London–Paris* und dergleichen, würden von reinen Schlafwagenzügen neuester Bauart bedient werden. Züge, die nicht mehr offen wie die Züge und Wagen alter Prägung, sondern geschlossen wie Flugzeuge funktionierten und in denen man mit viel weniger Personal viel mehr Reisende befördern konnte. Die ersten hatten ihren Dienst probeweise schon aufgenommen. Neben dieser Modernisierung würde es einen Ausbau des *Nostalgiezug-Geschäfts* geben, um sich auch aus dem Marktsegment des *Luxus-Event-Tourismus* größere Anteile zu sichern. Nostalgie und Hightech. Darauf lief es hinaus.

Der 684 Seiten lange Bericht, den Bertrand Lagrange im Auftrag von *Cronatic* in den letzten zwei Jahren erarbeitet hatte, zeigte, in welchem Umfang Einsparungen bei Personal, Wagenmaterial und Infrastruktur möglich waren. Vorausgesetzt: Neuorganisation, Transparenz und vollständige Digitalisierung. Die Sektionen in Deutschland sollten geschlossen, die in anderen Ländern reduziert werden, um die Effektivität zu steigern.

Eichhorn hatte den lagrangeschen Bericht vor einer knappen Woche erhalten, wie nebenbei, «... zu Ihrer Information. Hochachtungsvoll. Bertrand Lagrange». Lagrange hatte ihm Zeit geben wollen, den Bericht auf sich wirken zu lassen. Er hatte gewirkt, von der ersten Seite an. Das war alles schlagend. Glänzend recherchiert. Unwiderlegbar dargestellt. Vor zwei Tagen, im perfekten Timing, war dann von Mr. Sylvain Deckard, dem Bevollmächtigten der *Cronatic* in Europa, das Abfindungsangebot gekommen. Deckard hatte die Sektion sehr zurückhaltend betreten, unerwartet höflich, der Mann.

Die angebotene Abfindungssumme war sehr hoch. Deckard hatte Wert darauf gelegt zu betonen, dass Lagrange, der einen neu geschaffenen Vorstandsposten bei der *Cronatic* übernehmen würde, sich sehr dafür eingesetzt hätte, Eichhorn über die Maßen großzügig und anerkennend entgegenzukommen – deswegen falle das Angebot so hoch aus. Eichhorn hatte nicht gezögert, es anzunehmen.

Nachdem er den Auflösungsvertrag unterschrieben hatte, hatte Deckard sich geräuspert, ihm für seine Kooperation gedankt und ihm dann, im Namen von Lagrange, ein kleines, edles Kästchen aus Rosenholz übergeben. Das sei ein persönliches Abschiedsgeschenk des neuen Vorstandsmitgliedes Bertrand Lagrange. Das Kästchen enthielt eine unbeschreiblich schöne goldene *Patek Phillippe*. Eichhorn erschrak förmlich, so eine Uhr war ein Vermögen wert. Und die schenkte ihm niemand anderes als ausgerechnet Lagrange. Es war einfach nicht zu fassen.

Seine Fehleinschätzung der Lage und der eigentlichen Absicht seines Kontrahenten in Paris hätte größer nicht sein können. Vor allem, weil Lagrange ihn offensichtlich gar nicht als *Kontrahenten*, sondern nur als Hindernis betrachtet hatte, über dessen Verschwinden man einfach nur erleichtert war. Er, Eichhorn, war wahrscheinlich jahrelang schon gar nicht mehr im Spiel gewesen, ohne das zu ahnen. Er war wirklich von gestern gewesen. Jetzt war er von vorgestern. Zeit abzutreten.

Eichhorn hatte sichergestellt, dass Blandner weiterbeschäftigt werden würde, und hatte für einige ältere Schaffner die Abfindungen verhandelt. Mr. Deckard war ihm in jedem Punkt entgegengekommen. Die anderen Schaffner, Reguläre und Springer gleichermaßen, würden zunächst weiterfahren und nach und nach und *sozialverträglich* reduziert werden.

Draußen hatte ein schnell fallender, scharf-kalter Regen eingesetzt.

Eichhorn würde an einen anderen Ort gehen. Er ging zum Schreibtisch, nahm die wundervolle Uhr aus dem Kästchen, wunderte sich noch einmal über Lagrange, legte sie zurück und verschloss es. Dann holte er den reichlichen Vorrat an Tabletten aus der Schublade. Der Mensch, an den er jetzt dachte, der geliebte Mensch, hatte immer schon gesagt, dass sie ihn eines Tages noch umbringen würden. Bei dem Gedanken kam ein sanftes Lächeln auf Eichhorns ruhiges Gesicht. Er öffnete die erste Ampulle. Draußen fuhren die Straßenbahnen. Wie oft hatte er dieses Ploppen gehört, allerdings hatte er immer nur eine Tablette herausgenommen, nicht alle auf einmal. Er schüttete die Tabletten auf den Schreibtisch. Er nahm die zweite Ampulle, leerte sie, leerte die dritte. Es war ein erstaunlicher Haufen, ausreichend für die Nächte eines halben Jahres. Ein Geräusch an der Tür ließ ihn mit der leeren Ampulle in der Hand erstarren.

«Gust', irgendwann werden dich diese Koffeintabletten noch umbringen.»

«Wenn sie es nicht schon haben. Du bist zweifellos eine jenseitige Erscheinung.»

«Wenn du mich anständig würdest begrüßen, könntest du dich vom Gegenteil überzeugen.»

«Vielleicht wäre ich lieber tot, wenn ich dich dann noch weiter sehen könnte?»

«Vielleicht wäre es mir lieber, ich wäre nur deine Illusion, wenn du mich dafür umarmst?»

«Komm her, Quentin, lass dich umarmen, komm her!»

Sie umarmten sich, viel zu hastig und schüchtern und ängstlich. Dann gab es einen Augenblick staunenden Schweigens. Beide genossen sie die Dunkelheit, in der sie ihre Rührung, das leichte Zittern, das beide überkommen hatte, die übermäßige, hilflose Freude über ihr Wiedersehen verbergen konnten.

«Was hattest du mit den Koffeintabletten vor?»

«Ich wollte sie gerade wegschmeißen. Und vorher wollte ich einfach sehen, wie viele es sind, die ich *nicht* nehmen werde. Wenn ich ehrlich bin, habe ich sie immer gehasst. Schluss damit.»

«Steigen wir aus?»

«Ja. Es ist Zeit. Das Office absperren nicht vergessen. Die Schlüssel in die Isar. Wie habe ich von dir geträumt.»

«Wie es so geht, Liebster. Noch letzte Woche wusste ich, was uns getrennt hat und warum wir nicht zusammen waren. Ich kann mich nicht mehr erinnern, es kommt mir abscheulich und kleinherzig vor. Ich habe den Leoparden verschenkt.»

«Wann?»

«Vorgestern.»

«Das war sehr traurig. Als ich ihn dir geschenkt habe.»

«Zürich. 23. Juli 1976. Gleis 14. 22 Uhr 19.»

«Ja.» Eichhorn spürte eine vergessene, ersehnte Schwäche in seiner Stimme.

«All die Jahre habe ich dran gedacht. Ich habe so oft an dich gedacht, und ich war so traurig. Oft.»

«Ich bin zurück.»

«Das ist so ... Ich ...»

«Ja?»

«Ja ...»

«Was denn?»

«Bleibst du ... möchtest du. Bei mir?»

«*Bäderhotel Freilauf*, Zimmer 243. Immer noch?»

«243. Ich hab nie woanders gewohnt, nur einmal vor ein paar Jahren, als die Etage renoviert wurde.»

«Erinnerst du dich an unsere erste Nacht, 65, weißt du, als wir so über die Maßen betrunken waren, auf diesem, wie hieß das, *Carneval Blanc*?»

«Weißer Fasching. Ja, das weiß ich noch. Das weiß ich noch.»

«Was gibt's da zu grinsen?»

«Oh, du warst so aufregend und unverschämt und dreist und hinreißend, Quentin!»

«Was hätte ich tun sollen? Ich hab genau gesehen, dass dieser eine Italiener es auf dich abgesehen hatte, weißt du, der als Rita Hayworth verkleidet war, hübscher Bursche!»

«Ach, das hast du dir eingebildet. Kein Wort wahr ... aber, sag ...»

«Was denn?»

«Bleibst du?»

«Wenn ich darf. Natürlich.»

Quentin und Eichhorn saßen nebeneinander, sie hielten sich an den Händen. Quentins Hände waren immer noch kalt, so wie früher, und Eichhorn barg sie mit den seinen, die breit, weich, warm und geschickt waren. Sie saßen nebeneinander, blickten auf die blauen Blitze der Trambahnen. Ihre Herzen schlugen, ihr Atem ging schnell, und so, als lägen die Tage ihrer jugendlichen, stürmischen Liebe nicht so lange zurück, wie sie es taten, waren sie miteinander, wie sie immer gewesen waren – Quentin war von einer Reise zurückgekehrt, und Eichhorn nahm ihn in den Arm, wärmte seine Hände, beschützte seine verletzliche abenteuerliche Seele.

«Das Millennium wird unseres.»

«Ja, das wird es, Quentin.»

«Was werden wir tun?»

«Wir gehen nach Hause.»

«C'est où? Où va t'on?»

«On verra. Wir können überallhin.»

«Wir werden einen Garten haben?»

«Ja, einen Garten.»
«Wir werden dort leben.»
«Ja, wir werden dort leben.»
«Du und ich.»

Dann, nachdem er ihre beiden eigentlichen Namen, *Du und Ich*, so sanft und so langsam und so klar wie möglich ausgesprochen hatte, drehte sich Quentin, ernst, zart, ängstlichen Blicks zu Eichhorn, seine linke Hand löste sich, umfasste zart Eichhorns Hinterkopf, griff vorsichtig durch sein weißes, dünnes Altmännerhaar. Eichhorn legte seinen linken Arm um Quentins Schulter, fest, zog ihn näher heran. Ihre Lippen wollten sich berühren, als hätten sie sich noch nie berührt. Langsamer, als Blätter alter, in die Wolken gewachsener Bäume im Herbst zu Boden sinken, viel langsamer kamen sie einander immer näher.

Triest, Aufenthalt 29.12.1999, 20:42

Als Oberinspektor Stephan Derrick im Jahr 1974 seinen ersten Fall mit dem mysteriösen Titel *Waldweg* löste, trug er dieselbe Armbanduhr wie in seinem letzten Fall, der im Original *Ein Mord und lauter nette Leute* hieß und im September 1999 produziert worden war. Die italienische Synchronfassung, die die *RAI* am letzten Donnerstag des 20. Jahrhunderts um 20 Uhr 30 ausstrahlte, lautete, etwas frei ins Italienische übersetzt, *Le rose de la Domina*.

Aber auch in *Die Rosen der Domina* sah Derrick auf seine goldene Rolex *Oyster Perpetual* und wusste, dass es wieder einmal Zeit war, seinen Assistenten Harry Klein auf den Dienstparkplatz hinter dem Präsidium zu schicken. Die legendäre *Oyster* mit Automatikaufzug von Rolex!

1926 hatte der geniale Uhrmacher Hans Wilsdorf, ein Mann aus dem fränkischen Städtchen Kulmbach, der in London seit 1905 einen Uhrengroßhandel betrieb, ein Patent für ein Uhrengehäuse mit verschraubter Krone angemeldet. Zum Beweis, dass es vollkommen gegen Einwirkungen von außen geschützt war, band er dieses neue Kaliber der Stenotypistin Mercedes Gleitze ans Handgelenk, die daraufhin mit der Uhr den Ärmelkanal durchschwamm. Als sie erschöpft an den Strand Nordfrankreichs trat, konnte sie mit der einwandfrei funktionierenden *Oyster* selbst feststellen, dass sie fabelhafte 15 Stunden und 15 Minuten gebraucht hatte. Die Kundschaft von *Horlogerie exquise* und ihrem Markenkürzel *Rolex* sollte nicht auf englische Kanalschwimmerinnen beschränkt bleiben. Im Gegenteil – wer überhaupt weiß, dass es so etwas wie mechanische Armbanduhren gibt, kennt die Marke, niemand würde ablehnen, eine Rolex geschenkt zu bekommen, und überall auf der Welt ist eine echte Rolex so gut wie Bargeld, weshalb es auch von keiner anderen Marke so viele Fälschungen gibt. Das ist das, was das Tragen einer Rolex auch wieder so unwahrscheinlich schwierig macht. Es ist eine Uhr für Menschen, die zeigen wollen, dass sie sich etwas leisten können, das andere nachzumachen und zu fälschen versuchen. Die Echtheit der Rolex ist für die meisten ihrer Träger nicht ihrer fantastischen Technik oder ihrer Schönheit oder Originalität wegen wichtig, sondern, weil es so viele Fälschungen gibt. Dabei lässt sie ihr oft etwas plumpes Design – Massigkeit, Massivität, vereint mit dem zeitgeschmäcklerischen und modischen Beiwerk vieler Rolex-Modelle – manchmal leider recht arm und billig aussehen. Wenn man sich aber dazu entschließt, eine Rolex zu tragen, dann muss man es in etwa so tun, wie Derrick das getan hat. Mit selbstverständlichem Understatement. Ledermäntel. Getönte Tropfenbrillen. Und auf keinen Fall jemals erwähnen, dass man eine Rolex trägt. Auf die Frage «Was ist das für eine Uhr?» würde Derrick immer nur antworten: «Eine Uhr, die sehr genau geht!»

Inspettore Derrick sah also auf seine knapp 30000 Mark teure

Rolex, schickte seinen Assistenten los, um den Wagen zu holen, und Pardell bemühte sich währenddessen, das Geschehen zu rekonstruieren. Er konnte mittlerweile passabel auf Italienisch radebrechen und ganz gut lesen – seine Kenntnisse reichten aber nicht aus, um einer synchronisierten Folge von *Derrick* lückenlos zu folgen. Zumal, wenn er immer wieder für eine oder eine halbe Minute vor Erschöpfung einschlief. Der Schmuggel, Oxana, der Rausch, dieses Erlebnis kristallener Klarheit – all das war zu viel. Er würde morgen Abend seine letzte Fahrt hinter sich bringen, wäre dann in München, und man würde sehen. Jetzt wollte er nichts anderes als die letzte *Derrick*-Folge sehen. Er war ja nie ein Fan von *Derrick* gewesen – aber die letzte Folge war doch irgendwie etwas Besonderes. Es war genau das Richtige jetzt, halb angezogen, rauchend und trinkend auf dem Bett zu liegen und die wohlklingende, tiefe Stimme des italienischen Synchronsprechers von Derrick zu hören, wie sie *«Harry, vai un po' a prendere la macchina!»* und wenig später *«Buon Giorno Signora Blucha!»* sagte.

Der kleine Fernseher, auf dem die italienische Folge von *Derrick* lief, stand im Hotel *Le Alpi* in Triest, zwei Querstraßen von *Trieste Centrale*. Pardell war vor einer knappen Stunde in der Stadt angekommen. Sein erstes Mal in Triest. Den Bahnhof fand er schon großartig, die Straßen, die er gesehen hatten, gefielen ihm. Aber er war einfach zu müde. Außerdem schwankte das Wetter zwischen Nieselregen und der Drohung von Nieselregen, und es war kühl bis kalt.

Soweit Pardell verstanden hatte, war ein ehrenwerter Bürger, Sebastian Blucher, ums Leben gekommen. Der ehrenwerte Bürger hatte in einer fabelhaften Villa in einem Münchener Villenviertel gelebt, zusammen mit seiner ehemals wohl sehr schönen Frau, die elegant in grünen Polstermöbeln saß, während sie sich bedächtig mit Derrick unterhielt. Derrick lächelte sie freundlich an und verzog keine Miene. Als der Tote gefunden wurde, lag er neben seinem dunkelroten Jaguar. Er war erschlagen worden, bevor er ihn hatte aufsperren können, den Schlüssel hatte er noch in der Hand. Nichts war gestohlen worden. Dennoch war seine Witwe überzeugt, dass er keine Feinde hatte.

Pardell sah schläfrig zu, wie Derrick lange Gespräche mit der Hausangestellten und dem schmächtigen Sekretär des Toten führte. Er konnte nicht allen Wendungen folgen, aber irgendwie schien der Tote ein Geheimnis gehabt zu haben. Jetzt kam das raus. Der Tote, ein erfolgreicher Geschäftsmann, hatte sich öfter Termine bei einer Domina geben lassen, um angekettet herumzusitzen und gepeitscht zu werden. Man kennt das ja, dachte Pardell. Richtig angenehm fand er das Thema nicht, aber, na gut, was soll's.

Er schlürfte etwas Bier und zündete sich eine neue Zigarette an. Irgendwas war mit dem Sekretär. Die Witwe sah irritiert aus. Es gab lange Gespräche, und Derrick lächelte, nickte und sprach unglaublich langsame, wohlklingende italienische Sätze. Irgendwie – das verstand Pardell nicht genau – kam heraus, dass der Sekretär eine Schwester hatte, Derrick suchte nach der Schwester, und Pardell musste gegen den Schlaf kämpfen.

Knappe fünfzehn Minuten vor Ende. Derrick holte den Sekretär mit seinem BMW ab. Er wolle ihm jemanden vorstellen. Während der Fahrt konfrontierte Derrick den Sekretär mit einer Rückblende. Klar, Derrick erklärte dem Sekretär, was an jenem Abend des Mordes geschehen sein könnte.

Man sah den Toten in seinem Jaguar, er fuhr durch München, Innenstadt. Er parkte, stieg aus. In seiner Hand hatte er eine schwarze Rose. Aha. Der Tote ging nach oben. Die Kamera folgte ihm die Treppen hinauf, und stets hörte man die sonore norditalienische Stimme des Inspettore. Der Tote klingelte, ihm wurde geöffnet, aber da die Kamera auf dem Treppenabsatz unten stehen geblieben war, verdeckte der Rücken des zukünftigen Toten, wer ihm die Tür aufgemacht hatte. Die Rückblende war zu Ende. Derrick und der verdächtige Sekretär betraten ein Haus, der Sekretär sah düster und recht eingefallen vor sich hin. Die beiden gingen die

Treppe hoch. Derrick redete mit hypnotischer Stimme auf den düsteren Sekretär und Pardell ein, dem, obwohl jetzt doch das spannende Finale war, die Augen zufallen wollten. Der Sekretär und Derrick standen vor einer Wohnungstür. Derrick klingelte. Schnitt, und die Kamera zeigte die Einstellung von oben.

Dann öffnete sich die Tür. Pardell sah eine schöne Frau mit streng nach hinten gebundenem, rötlichem Haar heraustreten und den Sekretär fixieren. Sie trug seidenrote Unterwäsche, die man durch das Negligé hindurchschimmern sehen konnte. Außerdem hatte sie rosafarben schimmernde halterlose Strümpfe an und rote High Heels. Sie war sorgfältig und dezent geschminkt, um den Hals trug sie ein dunkelrotes Samtband. In der rechten Hand hielt sie eine vielleicht siebzig Zentimeter lange Reitgerte. Sie sah aus wie eine Frau, die man im Universum von Oberinspektor Derrick eine *Domina* nennen würde.

Dösend nahm Pardell diese Szene kaum wahr. Die Frau war sehr schön, erinnerte Pardell an ... Das Ganze eigentlich, die ganze Angelegenheit, diese Szene, diese Frau, das alles ... das ...

Der Sekretär brach sofort zusammen, weil er nicht mit der Gegenüberstellung seiner als Domina arbeitenden geliebten Schwester gerechnet hatte, typischer Derrick-Trick. Der Sekretär gestand den Mord.

Pardell hingegen schüttete Bier aufs Laken und gab einen Schrei von sich, denn er hätte seinerseits alles erwartet, aber nicht, in der Schauspielerin der Domina niemand anders als Juliane Ahlenbrook zu erkennen.

Der Sekretär fing zu weinen an. Es war alles aufgeklärt, die Domina (Juliane) war zugleich die gesuchte Schwester (Patrizia). Der Sekretär gestand, seinem Chef am Abend der Tat gefolgt zu sein und beobachtet zu haben, wie der Tote seine Schwester besuchte. Dann habe er ihn zur Rede stellen wollen, sein Chef habe sich lustig gemacht. Da habe er ihn erschlagen.

Die letzten fünf Minuten gehörten Derrick und Juliane, alias Patrizia, der Domina. Sie besuchten das Grab des toten Herrn. Es war ein herrlicher Münchener Spätsommertag. Juliane trug ein elegantes, sehr teuer wirkendes flaschengrünes Kostüm. Ihre rotblonden Locken waren jetzt offen. Sie sprach mit Derrick über den Ermordeten, über seine Ängste, seine Nöte, aber auch über ihren armen, verwirrten Bruder, der jetzt im Gefängnis war. Es war ein großartiger Auftritt. Juliane war unglaublich gut.

Derrick hörte ihr zu, nickte immer wieder, sagte *«comprendo»*, sah sie durch die getönte Tropfenbrille an, lächelte. Dann sah er auf seine Rolex und sagte: *«É tempo di andare, Signorina Patrizia.»* Zeit zu gehen. Sie stiegen in Derricks BMW.

Triest – München, Telefonat 30.12.1999, 18:12

Pardell, zum letzten Mal *dienstlich* in der Uniform der *Compagnie*, hatte sein Gepäck aus dem Hotel *Le Alpi* ins Office des Waggons gebracht, der mit dem ganzen hauptsächlich französischen Zug schon auf dem Gleis stand. Die französischen Waggons waren mit Sicherheit eine Folge des Hurrikans, dachte Pardell. Ist hängen geblieben. Wollte nach Marseille, aber blieb in Triest. Irgendwie so. Kommt vor.

Pardell hatte vor acht Monaten einen nicht existierenden Flug nach Buenos Aires nehmen wollen und war genau deshalb dabei, auf dem Hauptbahnhof von Triest nach einer italienischen Telefonkarte zu suchen. Er war inzwischen reif für sein erstes Mobiltelefon ...

Trieste Centrale wäre unter all den zahlreichen Bahnhöfen eigentlich einer der am lobenswertesten gewesen. Ein herrlicher Bau! Prächtige Anlage. Auratische Atmosphäre. Lebendige europäische Geschichte. Jeder zweite Stein von irgendeinem Habsburger Kaiser persönlich verlegt. Leider betrat Pardell *Trieste Centrale* erst gegen Ende seiner Reise zum ersten Mal. Es ist wirklich ein *umwerfender* europäischer Bahnhof, und die nostalgische Eisenbahnreise nach Triest lohnt sich schon wegen des Ankommens an diesem unglaublichen neoklassizistischen Prachtbau. Aber das muss jetzt einfach reichen, denn: Pardell, der fast zwei Tage hindurch ausschließlich geschlafen hatte und immer noch todmüde war, hat die Telefonkarte längst bekommen, hat sie nervös in der Tasche seiner nachtblauen Uniformhose hin und her gedreht und absurd oft darüber nachgedacht, schon wieder einmal, *was* er sagen sollte.

Zum zweiten Mal innerhalb von zwei Tagen wusste er nur, was er *nicht* sagen würde, während er einem Telefonfreizeichen lauschte. Er rief Juliane Ahlenbrook, Schauspielerin, an. Auf keinen Fall würde er ihr sagen, dass er sie bespitzelt und anschließend für eine Nutte gehalten hatte. Alles, aber das nicht. Das Freizeichen blieb aus. Jemand nahm ab. Er sagte:

«... hallo!»

«Ach, Gott! Leo! Leonard Pardell, Seine Exzellenz, hat die Güte, mich anzurufen. Du Arsch hast mir grade noch gefehlt.»

«Juliane! Ich muss dir etwas Wichtiges ...»

«Erzählen? Nach vier Monaten ist dir eingefallen, dass du mir etwas Wichtiges erzählen musst? Was denn nur? Wie spät es in *Buenos Aires* ist?»

«Nein, ich, äh, ich hab, äh, vor, vor ein paar Tagen meine Uhr verloren ...»

«Verloren? Beim Tangotanzen?»

«Bist du betrunken?»

«Du rufst mich an, um mich das zu fragen? Hast du 'n Knall?»

«Nein, ich – Juliane, es tut mir so leid, dass ich mich nicht mehr ... und das wollte ich dir noch, bevor ...»

«Bevor das neue Jahrtausend anfängt? O Mann, Leo, du bist echt ... du bist. Ich weiß nicht, was du bist. Gutes neues Jahr, Leo. Tschüs.»

«Leg nicht auf. Leg nicht auf. Ich wollte sagen: *bevor* mein Zug geht!»

«Was willst du mir sagen, bevor dein blöder Zug geht?»

«Ich weiß gar nicht, wie ich dir das erklären soll ... Juliane, ich äh, ich bin gar nicht ... in ... gar nicht in ...», Pardell machte noch eine kleine Pause. Es war doch alles zu schrecklich. Dann setzte er schwer seufzend an, aber Juliane ließ ihn nicht zu Wort kommen. Ihre Stimme hatte den Sarkasmus verloren. Sie war jetzt sehr sachlich.

«Du bist nicht in Argentinien. Ich weiß», sagte sie.

«...»

«Hallo? Bist du tot umgefallen?»

«Du weißt ...?», krächzte Pardell.

«Ich hab dich gesehen, vor Monaten mal, zufällig. In der Nähe vom Hauptbahnhof. Ich hab dich gesehen, aber damals dachte ich natürlich noch, ich hätte mich getäuscht.»

«So lange hast du gewusst, dass ich gelogen habe?»

«Nein. Ich hab nur drüber nachgedacht. Ganz sicher wusste ich es erst später. *Nachdem* du Arsch einfach nicht mehr angerufen hast.»

«Wie denn?»

«Drauf gekommen bin ich durch Amleda.»

«Bradoglio? Kann nicht sein ... Amleda Bradoglio?»

«Ja. Ich habe oft an dich gedacht, und deine Geschichten waren immer so interessant. Also bin ich an einem Abend in eine Buchhandlung gefahren, die nach 20 Uhr noch offen hatte.»

«Aber doch nicht ...?»

«Doch. Am Bahnhof, Frau Willkens, klar. Ich habe mit *Die Verliese des Lao-Lin* angefangen, schon wegen des Stadtplans, dann wusste ich immer, wo du warst, und konnte nachgucken.»

«Und?»

«Nun, irgendwann ist mir aufgefallen, dass *deine* Geschichten aus Buenos Aires irgendwie, wie soll ich sagen – die Orte, die Straßen, die Namen und so gewisse Details, das war manchmal alles wie von Amleda. Und als ich mich dann einmal mit Frau Willkens drüber unterhalten habe, wusste ich Bescheid. Sie erwähnte einen ihrer Stammkunden, der bei der Eisenbahn arbeitet. Na ja. Außerdem – mein lieber scheißschlauer Leo: Es gibt im Buenos Aires der Gegenwart überhaupt keine Straßenbahnen.»

«Nein ...», Pardell kläglich.

«Doch. Du hast das Straßenbahnsystem so beschrieben, wie Amleda es beschrieben hat. Amleda hat es natürlich perfekt beschrieben, die Fahrtzeiten und all das – das stimmte alles genau. Vor einem halben Jahrhundert.» Juliane machte eine sachliche Pause, und dann stellte sie fest: «Es gibt auch ein paar Plätze und einige Straßen, die Amleda einfach *erfunden* hat, zwischendrin. Sie hat sich offenbar einen Spaß daraus gemacht, Wirkliches und Erfundenes zu mischen, was weiß ich. Du hast mir von Orten und Straßen erzählt, die es nur bei ihr gibt.»

«Also, ich ...»

«Außerdem, mein Lieber, außerdem ging deine Uhr die ganze Zeit falsch.»

«Was?»

«In Argentinien gibt es keine Sommerzeit. Im Sommer beträgt der Zeitunterschied fünf Stunden und nicht vier ...»

«Ach Gott, das wusste ich nicht. Ich ... Wenn ich das nur geahnt hätte, dass du auf die Idee ...»

«Du glaubst also immer noch, dass du der Einzige bist, der so was wie schlaue Ideen hat?», fragte sie sehr spöttisch.

«Nein. Vielleicht, nein, ich ... Wie hast du das nur alles rausbekommen? Mit der Sommerzeit und alles ...»

«Internet.»

«Juliane, ich weiß überhaupt nicht, was ich sagen soll ...»

«War ja noch nie deine Stärke. Du bist ein lausiger Betrüger – das hat mich ziemlich gekränkt. Übrigens kannst du dich bei Frau Willkens bedanken. Hätte ich nicht gewusst, dass du in Wahrheit gar nicht drüben bist, sondern hier, dann hätte ich es dir nie verziehen, dass du dich einfach nicht mehr gemeldet hast.»

«Wie meinst du das denn?»

«Ich hätte mir *wirklich* Sorgen um dich gemacht, und das hätte ich dir nie verziehen. Davon hab ich genug gehabt. Dass du gelogen hast, fand ich schon merkwürdig, aber ich dachte, du würdest irgendwann damit rausrücken, stattdessen hast du nicht mehr angerufen. Ich wusste wenigstens, dass du irgendwo in der Gegend bist. Und das kenne ich ja von dir. Plötzlich hört man nichts mehr von dir. Das war ich ja schon gewohnt. Zum Kotzen, aber normal.»

«Was soll das heißen? Man hört nichts mehr von mir?»

«So war das. Du warst immer so verschlossen und mit dir selbst beschäftigt. Kaum hatten wir mal so was wie Kontakt, warst du plötzlich weg. In Hannover warst du wochenlang nicht ansprechbar. Und später, na ja, klar. Hast du dann eben nicht mehr angerufen.»

«Aber das ist doch anders gewesen. Du, es war, ich wollte dir nicht auf die Nerven gehen und nicht immer ...»

«Was?»

«Ich wollte einfach nicht immer betteln, dass man sich sieht!»

«Aber du hast nicht bloß nicht gebettelt, du hast ja nicht mal gefragt. Du warst einfach schrecklich. Was hab ich dich früher manchmal gehasst ...»

«Das kann nicht sein. Ich war überzeugt, dass ich dir vollkommen gleichgültig war, und ich war so froh, dass wir uns endlich verstanden haben, deswegen ...»

«Wir haben uns so gut verstanden, weil du zum ersten Mal irgendwas von dem erzählt hast, was dich wirklich fasziniert. Du warst überhaupt noch nie so offen. Früher, in Hannover! Wir wollten was trinken gehen, aber stattdessen standen wir schweigend irgendwo rum, und ich wartete darauf, dass du *ein Mal* was sagst. Dann hast du mal was gesagt und ... und dann warst du weg! Genau wie jetzt wieder, du ...»

«Juliane, hör mal, ich ... das, das war. Also, mir kam das alles anders vor. Vielleicht, was weiß ich, vielleicht hast du recht. Wir besprechen das später. Ich muss los.»

«Wo fährst du blöder Idiot denn hin?», zorniges Schluchzen Julianes, in das sich die Spur ersten Lachens mischte. «Nach *Palermo*?»

«Nein», so Pardell, seinerseits schniefend und lachend, «nein. Nach Florenz. Meine letzte Tour. Übermorgen früh bin ich in München ...»

«Wann kommst du an?»

«Kann ich noch nicht sagen, zwischen 6 und 8 Uhr morgens. Wenn du willst, ich könnte ...»

«Ich bin zu Hause.»

«Hör mal, ich wollte nicht ...»

«Pass auf, Leo: Wenn du auf meine Bekanntschaft Wert legst, dann rate ich dir zu kommen. Ich werde mir den Wecker stellen und Frühstück machen und dann darauf warten, dass du kommst. Ich werde nicht ans Telefon gehen. Ich werde *warten*. Bis 12 Uhr. Das ist deine letzte Chance!» Jetzt lachte sie. Dann noch einmal ihre zärtlich drohende Stimme: «Deine allerletzte Chance. Klar?»

«In Ordnung», so Pardell, ergriffen und froh. Dann fügte er leicht debil hinzu: «Ich komme dann ...»

«Na also. Und Leo – damit du dann nicht wieder rumgreinst und dich rumdrückst und diesen Hundeblick aufsetzt und wir das wieder die ganze Nacht diskutieren ...»

«Was denn?»

«Du schläfst auf der Couch!»

Salzburg, Aufenthalt 30.12.1999, 18:36

«Schatz, ich bin gleich fertig! Also, das ist wirklich! Das ist wirklich – also Moni. Moni! Super! Jetzt hab ich's gleich. Also das ist ja überhaupt nicht möglich. Moni. Das ist ja wahnsinnig! Das ist ja unglaublich. Moni, Moni! Dass das so ausgeht, das hätte ich ja überhaupt niemals für möglich gehalten. Moni. Jetzt hab ich's. Ein Wahnsinn! ...»

Enrico Staubohm war zeitlebens das gewesen, was man einen langsamen, aber durchaus beharrlichen Leser nennen könnte. Er mochte Bücher. Noch mehr allerdings schätzte er Kriminaltheaterstücke. Der Nachteil an Büchern war, dass man die Figuren nicht sprechen hören, nicht agieren und sich nicht bewegen sehen konnte. Staubohm las, aber ihm wollte sich meistens die richtige Vorstellung von der Handlung, ihren Orten und den Figuren, die jene bevölkern, nicht einstellen. Das lag weniger an Staubohm als an den Büchern, die er las. Es waren nämlich keine guten. Es waren schlechte Bücher, die, so verschieden sie auch sein mochten, eines gemein hatten: Ihre Autoren hatten während des Schreibens nicht die geringste Idee gehabt, *wem* sie die Geschichte des Buches eigentlich erzählten.

In dieser Richtung zumindest, wenn auch in anderen, viel euphorischeren und bildlicheren Worten, äußerte sich Staubohm, nachdem er die Lektüre des ersten Romans seiner Frau abgeschlossen hatte. Er hatte gerade die letzte Seite gelesen. Das Ende war erstaunlich. Er hatte das Buch förmlich verschlungen, einen dicken Krimi mit unzähligen Figuren, der hauptsächlich im Münchener Stadtteil Giesing spielte. Nur einmal fuhr eine der Nebenfiguren zum Chinesischen Turm im Englischen Garten, um ein Bier dort zu trinken. Das war alles großartig gewesen, aber die Pointe – die letzte Seite praktisch, das war einfach unglaublich.

«Süße – das ist einfach unglaublich. Die Frau von dem Hausmeister? Aber die war doch mit dieser Luise in dem Fotogeschäft, während dem zweiten Überfall. Stimmt's?»

«Aber nein, das war ihre Zwillingsschwester.»

«Was, die Hausmeistersfrau war diese geheimnisvolle Zwillingsschwester? Ach so, jetzt, mein Gott, das ist ja erstaunlich, das ist ja erstaunlich, ach ... stimmt, so ist es viel logischer! Das ist ja noch unglaublicher als sowieso schon!»

«Diese eine Szene mit dem Spiegel in dem Schuhgeschäft, Enrico, weißt noch? Da hätte man es eigentlich schon wissen können.»

«Du bist toll! Du bist echt umwerfend», sagte Staubohm und entkorkte eine Flasche *Pommery*, die der Zimmerservice des *Ritz Carlton* ihnen eiskalt gebracht hatte.

Moni war sehr glücklich darüber, wie er die Nachricht aufnahm, dass sie vor einer Woche einen Vertrag über drei Romane unterschrieben hatte, mit einem Vorschuss, von dem sie beide gut und gern zwei Jahre würden zehren können.

Während des Auftrags war die normale Arbeit im Büro Staubohm zum Erliegen gekommen. Enrico selbst war oft unterwegs aus lauter Loyalität zu Mister X. Moni war zwar nach wie vor jeden Tag im Büro, wegen des Telefondienstes, der Erledigung der Post – aber ... es hatte wenig zu tun gegeben. Sie hatte die freie Zeit genutzt und angefangen, einen Roman zu schreiben. So einfach.

«Wie hast du das nur geschafft, du Unglaubliche?», hatte Staubohm sie gefragt, Enrico, der unter der Dusche gern Seefahrerlieder singende Detektiv.

«Ach», hatte sie geheimnisvoll geantwortet, «es ging ganz gut: Ich hab einfach irgendwo angefangen und mir vorgenommen, erst mal zu schreiben, ohne zwischendurch zu lesen, was ich bisher geschrieben hab. Das hat mir geholfen, mich zu konzentrieren, ich durfte ja nicht nachschauen. Wenn ich mich nicht erinnern konnte, dann hab ich einfach eine neue Figur erfunden oder irgendeine Nebengeschichte, bis es mir wieder eingefallen ist.»

Staubohm hatte sich tief beeindruckt gezeigt und ununterbrochen gelesen – mehr noch, manchmal, während er sich mit dem Manuskript auf dem Schoß im Sessel gelümmelt hatte und Seite für Seite mit der Schrift nach unten auf den Couchtisch stapelte, blickte er sie genauso ungläubig an wie zu der Zeit, als sie sich ineinander verliebt hatten. Er war Paketzusteller gewesen, und Moni hatte bei einem kleinen Ehehygieneversand gearbeitet. Enrico hatte unzählige Pakete mit Dildos und Peitschen und Gleitcremes, die Moni gepackt hatte, abgeholt. Trotz dieser eher unromantischen Grundsituation hatten sie sich verliebt, über einen Zeitraum von drei Monaten. Und jetzt hatte er wieder diesen Blick, als ob er sich noch einmal in sie verlieben würde – er war einfach zu süß.

Um das Buch zu schreiben, hatte sie sich vorgestellt, sie erzähle die ganze Geschichte mit all ihren Nebensträngen, Halbfiguren und kleineren dazwischengeschalteten Buchten, in die die Handlung einläuft, um frisches Wasser an Bord zu nehmen – als erzähle sie das einer alten Frau, die in Monis Kindheit einen kleinen Lebensmittelladen am Merowingerplatz besessen hatte. Wenn Moni den Laden betreten hatte, hatte die alte Frau Meischinger immer auf Münchnerisch gefragt: «Und, Mädchen, erzähl mal, was alles so passiert ist.» Und Moni hatte ihr erzählt – und mit bestem Gewissen gelogen, dass sich die Balken bogen. Frau Meischinger hatte sich immer so über diese haarsträubenden Vorkommnisse im Leben des siebenjährigen Mädchens gefreut, und Moni selbst hatte wegen des Lügens keinerlei schlechtes Gewissen gehabt, sondern war höchst stolz auf ihren Einfallsreichtum ... Aber Frau Meischinger würde Monis Geheimnis bleiben und das Geheimnis ihres Tons.

«Sag mal, Rico, wie sollen wir das Buch denn nennen?»

«Gute Frage, Moni. Lass mal Wasser in die Wanne. Wir nehmen ein Bad. Dann fällt uns bestimmt was ein, irgendwann.»

Nachdem Moni und ihr angetrauter Liebhaber diese Wohltat genossen hatten, legten sie sich in Bademänteln auf das Bett und beschlossen, auch diesen Abend auf dem Zimmer zu verbringen. Der Champagner floss in Strömen, und es gab nach Ansicht beider so viel zu feiern, dass sie voraussichtlich tagelang nicht mehr aus dem Zimmer und dem Bett und der Badewanne herauskommen würden. Millennium hin oder her.

«Aber, weißt du», sagte sie amüsiert, «merkwürdig war es trotzdem. Sind komische Leute, diese Literaturmenschen. Als wir uns getroffen haben, vor zwei Wochen, ich hab dir gesagt, dass ich zum Friseur gehe ... aber in Wahrheit hab ich mich mit dem Wallenburg getroffen ...»

«Mit wem?»

«Dem Agenten.»

«Ach der. Und was war dann?»

«Er war so komisch. Einerseits hat er die ganze Zeit gelacht und gemeint, was für hervorragende Aussichten wir hätten – ich glaube, er hat schamlos übertrieben. Na ja, egal. Jedenfalls hat er sich gefreut und gelacht – und andererseits ...»

«Was denn?»

«Andererseits hat er am Schluss wortwörtlich zu mir gesagt: ‹Frau Staubohm, Sie sind eine neue Bredouille!›»

«Vielleicht ist das so eine Redensart», schlug Staubohm vor.

«Vielleicht.»

«Weißt was, Moni?», sagte Staubohm plötzlich, die Gürtelenden ihres Bademantels in Händen.

«Was denn?»

«Für das Buch, ich hab es. Was hältst du denn von: *Die Bredouille der Schwestern von Giesing*?»

Doch ohne Monis Antwort abzuwarten, erinnerte sich Staubohm ihres Bademantelgürtels – und knüpfte ihn auf ...

München, Passage 30.12.1999, 21:24

Jemand hatte in den frühen Morgenstunden des 30. Dezember den Magaziner der *Wagons-Lits*-Sektion München, Karl Blandner, sehr übel zugerichtet. Blandner hatte vom Malteser Hilfsdienst ins Klinikum Nußbaumstraße eingeliefert werden müssen. Dort hatte man die schweren Verletzungen behandelt und den verwirrt faselnden Blandner, der einen schweren Schock erlitten hatte, in künstlichen Tiefschlaf versetzt, sodass Bowie ihn bedauerlicherweise nicht fragen konnte, *wer* ihn angegriffen hatte. Der Arzt erklärte Bowie, gewisse Wunden deuteten daraufhin, dass Blandner sich mit Händen und Füßen gegen eine sehr scharfe Klinge gewehrt habe. Es stünde schlecht, aber er würde wohl durchkommen.

Bowie war schockiert. Der Mann tat ihm sehr leid, und er fühlte sich auf schreckliche Weise verantwortlich. Bowie war sich ziemlich sicher, dass es mit der *Holzkiste* des HERRN zu tun hatte, mit den in *Wagons-Lits*-Zuckerbeutelchen abgefüllten Portionen *White Rabbit*.

Orkan Lothar hatte den Zugverkehr im Südwesten von Deutschland, der Schweiz und Frankreich lahmgelegt. Drei Nachtzüge waren entgleist, die Wagen waren evakuiert worden, und die *Compagnie* hatte – soweit möglich – alles bewegliche Gut aus den Wagen geräumt und nach München expediert. Das entscheidende Treffen hätte in Basel stattfinden sollen. Bowie hatte dort gewartet, aber der Nachtzug, den ihm Crutien genannt hatte, erreichte niemals den Bahnhof. Bowie stand verkleidet als *Mr. Subbulakshmi* herum, lächelte und wartete geduldig, bis der Morgen dämmerte. Das Geschäft kam nicht zustande.

Bowie folgte dem havarierten Gut nach München. In einem schmalen Lederkoffer hatte er das ganze Geld bei sich. In München herrschte heilloses Chaos.

Gustaf Eichhorn hatte die Fahrdienstleitung kommissarisch an seinen Stellvertreter abgegeben, sich beurlauben lassen und war am 28. Dezember spurlos verschwunden.

Jemand war in der Nacht zum 29. Dezember in das Magazin eingedrungen, hatte die Tür zum Magazin geknackt, mit einem Stemmeisen sämtliche herumstehenden *Holzkisten* aufgesprengt und war dann wohl von Blandner überrascht worden. Es war zum Kampf gekommen, Blandner war schwer verletzt worden. Niemand wusste, ob der Mann mit dem Messer fündig geworden war, ob er von Blandner erfahren hatte, in welcher Richtung die Holzkiste unterwegs war, oder genauso im Dunkeln tappte wie Bowie. *Wo* war der Stoff? Das war die entscheidende Frage.

Drogen haben *immer* einen Besitzer und einen Eigentümer. Im Falle, dass sie nicht ein und dieselbe Person sind, hat einer von beiden ein Problem, und zwar in Gestalt des anderen. Wer immer also, ob wissentlich oder nicht, der augenblickliche Besitzer der Holzkiste war, würde von ihrem Eigentümer gesucht werden. Bowie musste es um jeden Preis schaffen, den Besitzer *vor* dem Eigentümer zu finden. Denn der Eigentümer war der HERR oder ein sehr hoher Erzengel, der ihn zum HERRN führen würde. Und der Besitzer war vermutlich ein kleines Licht, dessen Leben auf dem Spiel stand und der vielleicht gar nicht ahnte, *was* er da in der Holzkiste mit sich herumfuhr. Bei dem Gedanken, was passieren würde, wenn irgendein Reisender einen Kaffee mit Zucker bestellen und eines der Päckchen mit dem Stoff erhalten, aufreißen und sorgfältig einrühren würde, wurde ihm ein wenig schwarz vor Augen. Bowies schlauer Plan stand kurz davor, nicht nur zu scheitern, sondern eine Reihe fataler Ereignisse auszulösen, die ihrem Urheber vielleicht bald den schwärzesten Moment eines von da an wahrscheinlich an schwarzen Momenten ziemlich reichen Lebens bescheren würde. Denn wenn öffentlich wurde, wer den Plan ausgeheckt hatte ...

Wenn er wenigstens seinen Informanten irgendwo hätte erreichen können, aber der hatte sich seit dem Hurrikan nicht mehr gemeldet, war möglicherweise selbst in Schwierigkeiten. Zu zweit wäre alles einfacher. Bowie war aber nicht zu zweit.

Seinen Mantelkragen hochgeschlagen und mit schockierender Sehnsucht nach einem Zug von irgendetwas, das Rauch absonderte, ging er vom Krankenhaus, in dem der alte Magaziner um sein Leben rang, zurück zum Hauptbahnhof.

Je näher er ihm kam, desto mehr spürte er die Angst. Er war allein. Wollte weg. Er würde das nicht durchstehen. Es war sowieso sinnlos. Ihn überkam die alte, perverse, widerstreitende Sehnsucht, der Trainer würde ihn in der entscheidenden Phase des Spiels auswechseln. Nimm mich raus, ich pack es nicht mehr. Ja, und es wäre so einfach ... Schließlich hatte er das Geld und würde es einfach zurückgeben. Außer seinem Informanten wusste niemand, dass er den Stoff entwendet hatte – und er hatte ihn, vorbildlicher Agent, der er war, für die *DoppelEA* im Labor analysieren lassen, mit dem Ergebnis, dass in dem Koffer sehr wenig STAFF in sehr viel Zucker getarnt war. Das Labor konnte ja nicht wissen, dass *er* den Stoff durch Zucker ersetzt hatte. Das wusste nur Crutien. Bowie würde spielend davonkommen. Wenn er sich hingegen einmischte und dennoch so etwas wie ein Mord oder ein Totschlag geschähe, Bowie wäre darin verwickelt, man würde vielleicht auch noch den Stoff finden ... Er hatte den Hauptbahnhof erreicht. In einer guten halben Stunde ging der Nachtzug nach Ostende, der Brüssel kurz vor 6 Uhr morgens erreichen würde.

Als er vor Erregung und ratloser Verzweiflung zitternd die Stufen zum Südflügel des Bahnhofs nach oben ging, war er kurz davor aufzugeben. Dann fiel ihm Sundström ein. Was hätte Sundström möglicherweise dazu gesagt? Bowie erinnerte sich an nichts, was zu seiner Lage gepasst hätte – Urkundenfälschung und Unterschlagung gehörten nicht zu Sundströms Methoden.

«Es gibt nur zwei Konstellationen, in denen zwei Detektive dauerhaft gut zusammenarbeiten können: Wenn einer von beiden der Chef

ist, der die Richtung vorgibt», hörte er plötzlich seinen Lehrer sagen. *«Vorausgesetzt, der andere akzeptiert das tatsächlich. Zweite Konstellation: Sie sind Partner. Aber merk dir: Das Wichtigste an einem Partner ist nicht, dass er das Gleiche will wie du, Reginald – sondern dass er das Gleiche auf eine andere Weise erreichen will. Dein Partner muss ein treuer Freund sein, mit dem du dich an sich gern unterhältst, aber dessen Interessen du überhaupt nicht teilst»*, sagte Sundström und blickte Bowie schlau aus dem links gelegenen schmalen Durchgang zur Bahnhofsmission an. Bevor er wieder verschwand, sagte er noch: *«Und, Regi, wenn du die Wahl unter mehreren Leuten haben solltest, dann frage nach den Hobbys. Wähle denjenigen, dessen Hobby dich kein bisschen interessiert. Aber unauffällig.»* Das war's. Das war der so dringend benötigte Rat Sundströms.

‹Na, fabelhaft›, dachte Bowie. ‹Großartig. Ganz ausgezeichnet. Das hilft mir echt weiter.›

***

Missmutig suchte er noch einmal die Sektion der *Wagons-Lits* auf, in der er sein schmales Gepäck gelassen hatte. Zu seiner Überraschung traf er auf den verschwundenen Sektionsleiter. Irgendjemand hatte Eichhorn von Blandners schrecklichem Erlebnis in Kenntnis gesetzt, und er war noch einmal zurückgekommen. Bowie erkannte in ihm den Mann, der ihm vor Monaten das Paket für Pardell anvertraut hatte.

«Gut, dass Sie noch da sind, Mr. Bowie», sagte Eichhorn. Er stand wie erstarrt neben dem Faxgerät und hob nur den Kopf, als Bowie durch die Tür zu seinem Büro trat.

«Sie kennen mich?»

«Wir hatten doch vor ein paar Monaten das Vergnügen. Sie erinnern sich nicht mehr an mich? Eichhorn mein Name.»

«Sie sind Eichhorn?»

«Na ja, ich bin eigentlich schon ... nun, wie sagt man, in Rente. Rentner Eichhorn. Können Sie mich auch nennen, wenn Sie wollen. Mr. Bowie – ich weiß, weshalb Sie in München sind.» Er holte ein Fax aus dem Sakko.

«Lesen Sie das!» Es war ein Fahndungsaufruf der Münchener Kriminalpolizei. Betreff: Pardell, Leonard. Drogenhandel. Bowie war verblüfft. Verunsichert. Sogar schockiert.

«Das ist verrückt, ich habe diesen Pardell sogar eine ganze Zeit beobachtet. Hat er was mit dem System des HERRN zu tun? Wissen Sie etwas, Mr. Eichhorn?»

«*System des HERRN?* Nie gehört. Interessanter Name. Aber für Pardell verbürge ich mich. Harmloser junger Mann, studiert Architektur. Sie müssen ihn finden, Mr. Bowie.»

«Sehen Sie, das würde ich ja gerne. Aber Ihrem Dienstplan war nicht zu entnehmen, wo er steckt.»

«Pläne können scheitern, wissen Sie ... Manchmal muss man deswegen radieren. Manchmal kommt man erst ein paar Stunden später dazu, weil es keine Zeit zu versäumen gibt, manchmal erst einen Tag später. Pardell steckt im Augenblick, warten Sie ... irgendwo zwischen Triest und Cervignano. Mr. Bowie. Waren Sie im Krankenhaus? Haben Sie gesehen, wie Blandner zugerichtet worden ist?»

«Der andere, der mit dem Messer, hat doch Stunden Vorsprung. Wie soll ich denn da ...»

«Tja, Mr. Bowie, ich wüsste was ...»

Ferrara – Bologna 31.12.1999, 2:17

Pardells letzter Dienst. Sein Zug hatte die schöne Stadt Triest verlassen, das nahe Monfalcone und Cervignano-Aquileia passiert, um sich über so wundervoll klingende Städtchen wie San Giorgio di Nogaro, Latisana und San Dona di Piave-Jesu der Stadt des heiligen

Markus zu nähern. Er hatte dabei die in den Julischen, Karnischen und Venezianer Alpen entspringenden gebirgsklaren Flüsse Isonzo, Tagliamento, Livenza und Piave überquert, das Friaul und das Venezianische Tiefland passiert, hatte dann müde und sehnsüchtig auf den Durchfahrtsbahnhof Venedigs weit draußen in Mestre geblickt, dessen funktioneller Beton, ein typischer Bau der Siebzigerjahre, faszinierend trostlos von grünlichem Neon erhellt wurde. Er war an dem kuriosen, 605 Meter hohen Berg Euganee südwestlich von Padua vorbeigekommen, der sich einen Bahnhof in Terme leistete und unwirklich in der fernen Winternacht stand.

Er hatte nichts zu tun, es gab nur ein Abteil von drei älteren Damen-Tourist, die nach Florenz fuhren, nichts bestellt hatten und, soweit er hatte hören können, tief schlafend und schnarchend in der *Wagons-Lits*-Bettwäsche ruhten. Er hatte abwesend und still dem Vorbeizug der Städtchen zugesehen und dem Fließen der Flüsse ins Meer und war den sich einander gemächlich überlassenden Landschaften als ferner Beobachter gefolgt.

Es war seine letzte Tour – doch sie glich seinen ersten. Der Fahrplan von *TransEuroNacht* zauberte ihm noch einmal ein neues Sternbild an den Nachthimmel seiner Imagination: eine neue Route, Triest–Florenz, die er sich später irgendwann einmal versuchen würde vorzustellen, so wie man Kassiopeia sucht, den Schützen oder die Große Schnecke. Ein neues Sternbild der Ahnungen, das allerdings tief am Himmel stand, die Welt der *Compagnie* verblasste schon und würde langsam von einem Morgen der Ungewissheit ... Irgendwas in der Art. Pardell musste lächeln, vielleicht sogar grinsen. Es gab Grenzen. Auch für Poesie.

***

Dieser Eichhorn war fabelhaft. Anstatt ihm einen hochkomplexen Zugverlauf zu entwerfen, bei dem er zunächst Richtung Norden hätte fahren, dann umsteigen müssen, warten, nach Osten, wieder umsteigen, ein wenig nach Westen, wieder umsteigen, innerhalb irgendeiner kleineren europäischen Großstadt zwischendurch flugs *(«Wie der Wind, hehe!»)* den Bahnhof wechseln, weiterfahren, nochmals umsteigen, um dann eventuell den Nachtzug von Triest nach Florenz noch irgendwo zu erwischen und die Konfrontation zwischen Leonard Pardell und dem HERRN zu verhindern – anstatt ihn mit der verblüffenden, altmeisterlichen Improvisation eines solchen Fahrplans aus der Münchener Sektion auf den Weg zu schicken, hatte Eichhorn kurz telefoniert, Bowie dann am Arm genommen und ihn zu den Taxis am Westeingang des Hauptbahnhofs geschickt.

«Um 23 Uhr 32 geht eine Maschine nach Bologna. Die kriegen Sie spielend. Alles Gute!», waren seine Worte gewesen. Was für eine hervorragende Idee!

Im Flugzeug saß Bowie zwischen einer Gruppe japanischer Touristinnen und einer jungen Familie mit faszinierend flugsicherem Kleinkind, das selbst bei einigen sehr unangenehmen Turbulenzen über dem Brenner ruhig und gut gelaunt brabbelte, während Bowie der kalte Schweiß ausbrach, weil er sicher war, dass sie alle sterben würden.

Außer der Kleidung von Mr. Subbulakshmi hatte er alles zur Gepäckaufbewahrung gebracht, bevor er das Taxi genommen hatte. Erstaunlichweise hatte man ihm am Flughafen in München seine Waffe nicht abgenommen. Umso besser.

Sonst hatte er nur noch den Silvesterbrief Madelines in der Sakkotasche und die blöde Anglerzeitschrift seines Vorgängers dabei. Seit er durch den rätselhaften griechischen Direktor erfahren hatte, dass Braunschwique genau den gleichen Plan gehabt hatte wie er selbst, hatte er immer wieder in der Septemberausgabe 1998 von *L'Ami du Pêcheur* gelesen. *L'Ami du Pêcheur* war ca. 300 Seiten stark, fast ein Buch im Großformat, mit Hochglanzfotos und sehr vielen Geschäftsanzeigen von Angelbedarfsfirmen jeder Art, Angelmode und Angelwerkzeug, Köder, Ruten in tausendfachen Variationen, bis hin zu Annoncen von Anglerhotels, Anglerresorts und Angelhütten-Vermietungen aus der ganzen Welt.

Es war sehr entspannend, etwas zu lesen, das einen nicht im Geringsten interessierte – denn eigentlich interessierte sich Bowie tatsächlich überhaupt nicht fürs Angeln, aber irgendwie ... Er las es dann doch gern. Studierte die Annoncen genau. Es war merkwürdig. Immer wieder ertappte er sich dabei, selbst schon auf der Toilette: *L'Ami du Pêcheur*.

Auf Seite 167, wo ein Kurzfotobericht von der damaligen Hecht-Angel-Europameisterschaft begann, fand er etwas Unscheinbares. Einen vergilbten Gepäckaufbewahrungsschein. Er sah ihn sich mäßig interessiert an. Hatte Braunschwique wohl vergessen, bevor er verschwunden war. Aus Antwerpen. Na ja.

Bowie besah sich eine fünfteilige Sekundenserie über die fabelhafte Technik des Zweitplatzierten, der einen aus spritzender Flut herausgerissenen riesigen Hecht auf perfekte Weise ... auf perfekte ... Moment. Moment mal, Regi.

Ein Gepäckschein aus Antwerpen. Vom 12. Oktober 1998. Nicht abgeholt. Braunschwique hatte in *seinem* Bericht und seinem Plan Mitte Oktober 1998 als den voraussichtlich idealen Zeitpunkt für die Durchführung der Aktion bezeichnet. Bowies Gehirn arbeitete.

In den letzten Tagen hatte er immer wieder versucht, der Fuge der Ereignisse zu folgen, dem Hurrikan, dem Verschieben der Holzkiste, dem Überfall auf Blandner und der drohenden Eskalation. Er hatte nur zugesehen. Plötzlich war alles anders.

Das STAFF, das Bowie aus der Asservatenkammer gestohlen hatte – es war Braunschwiques Stoff. Von dem STAFF war keine Rede in dem Plan seines Vorgängers gewesen. Das bedeutete, Moment, das bedeutete, dass Braunschwique ... Dass Braunschwique offensichtlich geplant hatte, sich selbst diesen Stoff zu verkaufen. Wenn dem so war, dann musste es da noch jemanden geben. Jemanden, der den Stoff besorgt hatte ...

Seine Erregung war so groß, dass er den problematischen Landeanflug auf Bologna fast verpasst hätte. Das Flugzeug schmiss sich hin und her. Das Kleinkind schrie vor Vergnügen, während seine beiden Eltern, wie alle anderen Fluggäste, weiß und angestrengt auf ihren Sitzen saßen und heimlich die Rechnung mit ihren Göttern machten.

Bowie war viel zu fasziniert von der komplett neuen Lage und von dem begeisterten Kleinkind, um sich von Neuem zu fürchten. Er blieb cool. Das lachende Kleinkind starrte ihm direkt ins Gesicht, weil seine zitternde Mutter es sich an die Brust drückte.

***

Pardells Zug fuhr in den Bahnhof von Bologna ein. Er würde sich jetzt noch einen Cognac aus der Holzkiste genehmigen und sich dann in Abteil 61 auf die Couch legen. Während er das kleine Fläschchen in das Weinglas leerte, wieder zuschraubte und korrekt in die Abrechnung eintrug, hörte er, wie die Schiebetür aufging und jemand auf der Officeseite seinen Wagen betrat.

«Hallo, Leo.» – Pardell drehte sich um.

«Ach Gott, das ist ja eine Überraschung.»

«Allerdings. Ich hätte nicht gedacht, dass du es bist. Ausgerechnet du.»

«Es ist auch wirklich ein Versehen, ein großes Versehen. Ich sollte überhaupt nicht hier sein. Mann. Was ich hinter mir habe, kann ich dir gar nicht erzählen ... Bin ziemlich fertig. Hast du dich verletzt? Dir den Kopf an einer Kante angeschlagen? Das sieht böse aus ...»

«Hm.»

«Was führt dich her, so kurz vor Silvester?»

«Ich denke, ich werde ab hier deinen Dienst übernehmen.»

«Ach, tatsächlich? Aber es sind doch bloß noch ein paar Stunden – meine letzten», sagte Pardell. Der lustige Tonfall, den er angeschlagen hatte, wollte ihm nicht recht gelingen. Er war ja eigentlich relativ guter Dinge gewesen, aber ausgerechnet dieser Besucher jetzt – das war eine zwiespältige Erfahrung. Pardell dachte seinen Scherz schon missverstanden, aber sein Überraschungsbesuch spielte mit.

«Deine letzten Stunden ... Ich glaube, da hast du recht, Leonard ...»

«Du meinst, ich werde sterben? Geht es um meinen Kopf?», hier grinste Pardell gequält und anspielungsreich. Das tat gut, ein wenig Sarkasmus, und er fügte noch hinzu: «Aber soweit ich weiß, ist die Partie *Highlander* schon vorbei?»

«Ich habe auch nicht vor, mit dir zu spielen. *Ich* spiele nie!»

«Was machst du mit dem Kopf? Soweit ich weiß, geht es doch darum, dass der abgeschlagene Kopf zerstört werden muss? Also, was ist deine Methode?»

«Säure? Oder zerhacken? Was bevorzugst du?»

«Ach, sag bloß. Wirst du mich fesseln und aufs Klo schleppen, die Toilette absperren und ein ‹Serve Servizio›-Schild dranmachen? Hast du deine Messer dabei, oder wirst du mich draußen von irgendwelchen zufällig vorbeikommenden Rangierloks zerpflücken lassen?»

Pardell lachte. Er hatte Galgenhumor entwickelt, das musste man sagen, Selbstironie. Wenn er sonst gar nichts gelernt hatte in seinen acht Monaten in der *Compagnie* – Selbstironie auf jeden Fall. Er lachte noch einmal für sich, griff sich das letzte Päckchen *Parisienne*, das er noch hatte, und bot es seinem Überraschungsbesuch an. Der stellte sich als witziger heraus, als Pardell gedacht hätte.

Crutien aber schüttelte lächelnd den Kopf, und er lächelte auch noch, als er etwas sagte, das nicht in das ironische Konzept Pardells passte.

«Ja, Leo. Irgendwas in der Art werde ich mit dir tun, denke ich.»

***

«Es war sehr leicht gewesen», sagte Bowie, bleich und mit zitternden Fingern eine Tasse Tee zum Mund führend, «am Flughafen ein Taxi zu bekommen. Fünfunddreißig Minuten nach der Landung war ich schon da. Ich hatte noch vom Flughafen aus die Bahnhofspolizei von *Bologna Centrale* angerufen, dann ins Taxi. Die Ankunft des Nachtzuges habe ich – mit Unterstützung im Rücken – direkt am Gleis abgewartet. Der war fast menschenleer und fuhr hell erleuchtet ein. Ich beschloss, am hinteren Ende des Schlafwagens einzusteigen. Wie ich den Gang entlangschreite, sehe ich, dass das Office hell erleuchtet und menschenleer ist ... Aus der Toilette höre ich allerdings ein schleifendes und knirschendes Geräusch.

Die Tür ist geschlossen, aber nicht verriegelt. Ich ziehe die Waffe, drinnen immer noch das ekelhafte schleifende, knirschende Geräusch, mit gezückter Waffe trete ich die Tür auf und knall sie jemandem gegen die Schulter. Und wem? Wem? Niemand anderem als dem Verräter Crutien, das ist doch das Wahnsinnige! *Mein Informant!* Der hat Braunschwique umgebracht, aber Braunschwique hatte das STAFF in Antwerpen deponiert und den Gepäckschein in der Anglerzeitschrift versteckt. Über mich wollte er wieder an das STAFF heran – und das Geld wollte er auch!

Ich habe ihm vertraut – und ich treffe ihn auf der Toilette eines Schlafwagens, wie ihm durch den Schlag mit der Tür aus Versehen gerade ein säuberlich abgeschnittener, total blutverschmierter Unterschenkel aus der Hand rutscht und ihm, noch viel zu groß, durch das Toilettenrohr auf die Gleise des Bahnhofs *Bologna Centrale* fällt. Dann sehe ich die Reste der Leiche, die mein Informant, *mein Informant*, geschlachtet hat. Und ich bin schuld! Es war meine blöde Idee mit dem Stoff! Ein junger Mann, der hier harmlos tätig war, unschuldig verstrickt und grausam abgeschlachtet, durch ein Monster, einen Wahnsinnigen, der das schreckliche Werkzeug dabeihatte, um einen Leichnam binnen einer Stunde einfach zu zersäg...»

«Nein!», schrie Pardell jetzt, «neinneinnein! Hören Sie endlich auf damit! Hören Sie auf! Mir steht es bis hier oben! Ich hab niemandem etwas getan, ich bin ein höflicher Mensch. Aber es gibt Grenzen!»

«Mein Gott, Sie sind ja völlig mit den Nerven am Ende. Ich habe doch nur angedeutet, *was* alles hätte geschehen können. Es ist doch alles gut gegangen.

Aber dieser Mann, Crutien, hat vor gut zwei Jahren einen Agenten der *DoppelEA* auf diese Weise entsorgt. Klein geschnitten. Ich muss sagen, ich bin wirklich fasziniert. Einer der geheimnisvollsten Fälle der jüngeren Eisenbahnkriminalgeschichte ist heute Morgen, so früh am Tag, noch dazu Silvester, also, wo war ich ... äh, sagen Sie mal, kann ich mir vielleicht eine von diesen ... oder warten Sie ... ich warte noch bis Silvester. Dann werde ich rauchen!»

«Es ist einfach unglaublich. Sie sitzen auf der Couch und sprechen über den Vorsatz, Silvester mit dem Rauchen anzufangen. Der Zug steht seit über vierzig Minuten auf dem Gleis, wir haben unglaubliche Verspätung. Sie trinken einen Tee, Mr. ...», kurzer, zorniger Blick auf die Visitenkarte, «Mr. Bowie. Mir ist es vollkommen egal, was mit diesem Crutien ist. Dieses Scheißarschloch!

Er hat mit Ihrem ehemaligen Agenten, Ihrem Vorgänger, gemeinsame Sache gemacht? Und er hat Ihnen irgendwelche Sachen erzählt, von einem System des HERRN und so weiter, und in Wahrheit war er selbst dieser HERR, dieser Großschmuggler, der die Logik der Sache ausnutzte und der Sie verführt hat, den Stoff aus der Asservatenkammer zu stehlen und an sich selbst zu verkaufen, um so nicht nur wieder an den Stoff, sondern auch noch an das Geld zu kommen? War das so? Toll! Gratuliere!

Hören Sie, ich habe von diesem ganzen Scheiß noch nie ein Wort gehört, ich kenne Sie nicht, ich kenne auch keinen HERRN und kein System, was soll das überhaupt für ein ...»

«Beruhigen Sie sich doch!», schrie Bowie beruhigend.

«Nein, das werde ich nicht tun. Wissen Sie, wie das ist, wenn Sie Ihre Jugendliebe im Fernsehen bei *Derrick* sehen, sich unglaublich darüber freuen, und im nächsten Augenblick treffen Sie einen Wahnsinnigen, der Sie zerstückeln will? Wissen Sie das? Nein. Das wissen Sie nicht. Ich habe ein Gespräch mit meiner Mutter geführt und …», Tränen des Zorns und der Erschöpfung, «und dabei wollte ich eigentlich nach Argentinien. Verdammter Scheißdreck!»

«Mein Gott, jetzt nehmen Sie doch bitte Platz. Wir müssen uns unterhalten. Ganz unverbindlich!»

«Nach Argentinien wollten Sie also?», fragte Bowie nach einer Weile, nachdem Pardell ihm auch das noch einmal erzählt hatte. «Sie wären, denke ich, nicht weit gekommen.»

«Wieso das denn, was ist …»

«Sie werden gesucht.» Er zeigte Pardell das Fax mit dem Fahndungsaufruf.

«Sie wären vom Flughafen direkt in die Haftzelle am Flughafen gekommen. Seien Sie froh, dass Sie sich stattdessen mit mir unterhalten können. By the way: Haben Sie denn etwas mit Drogen zu tun?»

«Nein. Nein … nicht … in diesem Sinn. Nein.» Pardell brach trotz der Kälte im Wagenflur der Schweiß aus – und er war froh, Bowie verschwiegen zu haben, dass er wusste, was in der Holzkiste gewesen war – und dass sich in seinem Urin, seinen Haaren, seinem Blut wahrscheinlich Spuren von dem unheimlichen Stoff würden entdecken lassen, sollte er untersucht werden, Spuren, auf denen ein ganzes Rollkommando hätte entlangpreschen können, so breit waren sie. Bowie lächelte.

«Nein? Nicht in diesem Sinn? Wunderbar, Mr. Pardell – das ist alles, was ich von Ihnen hören wollte.» Bowie zwinkerte ihm zu.

«Ich bin Ihnen wirklich verbunden», er zerriss das Fax in zwei Hälften und stopfte es elegant in einen der Aschenbecher in der Wandvertäfelung.

«Dann ist doch alles in Ordnung. Ich hatte es auch nicht gerade leicht, auch meine Nerven hatten zu leiden. Aber ich habe einen spektakulären Fall gelöst. Ohne Ihre Hilfe, Mr. Pardell, wäre das gar nicht möglich gewesen! Und ich habe den Stoff! Das ist doch alles wunderbar!»

Er zwinkerte noch einmal. Der Zug würde gleich abfahren, und Bowie gab Pardell lächelnd die Hand. Der war ziemlich am Ende.

«War mir ein Vergnügen, Ihre Bekanntschaft gemacht zu haben, Mr. Pardell. Ich kümmere mich auf der Stelle darum, dass Ihr Name von der Fahndungsliste gestrichen wird», sagte er. Und dann, schon im Gehen, blieb er stehen: «Happy New Year!»

«Ihnen auch ...», sagte Pardell und hob schlaff die Hand zum Abschied.

Während der letzten guten Stunde, die der Zug für die Überquerung des toskanischen Apennins zwischen Bologna und Florenz brauchte, den letzten sechzig Minuten im regulären Dienst von *Compagnie* und *TransEuroNacht*, stand Pardell im Office, lehnte sich an die Stahlkante der Spüle und konnte nur an eine unbegreifliche Tatsache denken – er hätte Oxana mitgerissen, wenn er sich zusammen mit ihr eingecheckt hätte. Es wäre alles umsonst gewesen. Es war wirklich unglaublich alles. Es war ein Hurrikan.

Das andere, an das er dachte, war, dass er es doch tatsächlich fertiggebracht hatte, inmitten dieses Hurrikans von Ereignissen dreißig der Zuckerbeutelchen mit diesem unglaublichen Stoff zu retten.

Rosenheim – Brenner 31. 12. 1999, 18:34

«Rosenheim.»

«Da waren wir eine Ewigkeit nicht mehr.»

«Damals, weißt das noch, Kurt, vor drei Jahren? Da waren wir oft in Rosenheim. Der Versicherungsbetrug. Die Geschichte mit dieser Wasserleiche im Klärwerk.»

«Freilich, Fritz. Weißt noch, die eine Wirtschaft da, wo sie diesen fabelhaften Kaiserschmarrn hatten?»

«Des Gulasch von denen war auch nicht schlecht. Mit Rahm, hervorragend!»

«Stimmt. Waren Sie auch schon mal in Rosenheim, Herr Bechthold?»

«Nein, ich hatte noch nicht die Gelegenheit. Hm ... also, ich ...»

«Bitte?»

«Ich würde Sie gerne noch um etwas bitten.»

«Was denn?»

«Lassen Sie mich heute Abend erst noch mit Herrn Dr. von Reichhausen alleine sprechen. Dann können Sie ihn ... von mir aus ... festnehmen.»

«Verstehe. Abschiedsgespräch.»

«Dass Sie ihm aber nichts andeuten!»

«Nein, keine Sorge. Ich möchte etwas Persönliches mit ihm besprechen.»

«Na dann. Sie sind ja sein Anwalt. Von mir aus. Sie kriegen fünfzehn Minuten.»

«Wir trinken solange einen schönen Cappuccino an der Theke. Oder, Kurt?»

«Genau. Zigarette, Herr Bechthold?»

«Ich rauche nicht.»

«Ich hab immer gesagt, ‹Glück brauchst im Leben und eine *Salem Nummer 6*›. Heut Nacht hör ich nämlich auf, müssen Sie wissen. Ja, aber jetzt nehm ich gern noch eine. Danke, Kurt.»

«Oh, das ist sicher eine gute Idee. Gratuliere Ihnen dazu.»

«Punkt Mitternacht rauch ich meine letzte Zigarette!»

«Das werden wir dann ja sehen, Fritz. Brauchst ein Feuer?»

Brenner, Passage 31.12.1999, 21:02

Amleda Bradoglio, Sekretärin im argentinischen Ministerium für Landwirtschaft, hatte zwischen 1937 *(Die Verliese des Lao-Lin)* und 1972 *(Schatten auf der Calle Inventario)* siebenundzwanzig Romane geschrieben. Im März 1973 war sie pensioniert worden. Sie starb 1986 im Alter von vierundsiebzig Jahren. Die weltweite Amleda-Begeisterung setzte in den frühen Neunzigerjahren des 20. Jahrhunderts ein. Nach ihrer Pensionierung war sie aufs Land gezogen, und *Land* wollte in Argentinien etwas heißen. Sie schrieb nicht mehr, nur noch gelegentlich den einen oder anderen Brief, meist Absagen an die Redaktionen gewisser Zeitschriften und später auch noch an ihren Verleger, der die Fortsetzungsromane erstmals als Bücher herausbrachte. Im letzten dieser Briefe antwortet sie auf die Frage, warum sie denn das Schreiben aufgegeben habe, nachdem sie über Jahrzehnte und scheinbar mühelos einen hoch spannenden, komplexen Roman nach dem anderen geschrieben hätte, mit einem rätselhaften Satz:

«Wissen Sie, ich wollte mir etwas dazuverdienen. Und das brauche ich jetzt ja nicht mehr. Auf dem Lande ist alles viel günstiger als in Buenos Aires, zum Beispiel brauche ich hier kein Jahresticket für die Metro. Ich komme gut zurecht. Außerdem, Jesus, ich habe ja nicht mal eine Schreibmaschine zu Hause.»

Das war der letzte überlieferte Satz Amledas, und Pardell las ihn, als sein Zug Verona passierte und auf Trento zuraste. Es war ein schöner, interessanter Satz, und Pardell, der sehr müde war, schloss glücklich die Augen und dachte über ihn nach.

Er hatte sich am Morgen in Florenz in das Hotel *Shelley* geschleppt, wo er so manchen Nachmittag verschlafen und einen einzigen mit einem süßen holländischen Mädchen verbracht hatte. Der Portier hatte ihn gefragt, wo er gewesen sei, er sähe recht mitgenommen aus. Pardell hatte in mit Italienisch gemischtem Spanisch geantwortet, das sei er. Ob er, der Portier, von dem Hurrikan gehört habe? Das hatte der allerdings.

«Tja», hatte Pardell gesagt und mit verwegener Erschöpfung gegrinst, «tja, ich bin mittenrein geraten. *En el sentro del tämpo forte.* War kein reines Vergnügen. Könnte ich bitte heute mal ausnahmsweise ein Zimmer mit *Badewanne* bekommen?»

Auf seinem Zimmer ließ er sofort Wasser ein und stellte MTV an, ein Programm, das es in den Hotels der letzten Monate selten gegeben hatte. Er zog sich aus, nahm seine Zigaretten und die drei Fläschchen Campari Soda aus der Minibar und legte sich dann in die Wanne.

Er dachte an den wunderbaren Augenblick im Mai, als er auf einen Schlag beschlossen hatte, die Zigarettenmarke zu wechseln, und seit dem er anstatt ekligen Filterzigaretten wie *Marlboros* oder *Camels* vorzügliche filterlose *Parisiennes* aus der Schweiz geraucht hatte. Das war zum Beispiel eine gute Entscheidung gewesen.

Er genoss sein Bad. Er fragte sich, was es zu bedeuten hatte, dass in romanischen Sprachen die Wörter für ‹Zeit›, ‹Wetter› und ‹Sturm› zusammenzuhängen schienen.

Er nahm von der strikt nach Pfirsich duftenden Badelotion des Hotels, ließ es schäumen, trank die Campariläschchen leer und versuchte gelegentlich zu rauchen, löschte die Kippen aber immer wieder versehentlich mit Spritzern des Badewassers. Als er aus der Wanne gestiegen war, fühlte er sich merkwürdig frisch – er hatte so lange nicht geschlafen, dass er von der Schlaflosigkeit selbst schon wieder berauscht und aufgeputscht war. So etwas kam nach einer *Grand Tour* durchaus vor, und in diesem Fall war es ungünstig, sich auf der Stelle schlafen zu legen, wenn man später noch etwas vorhatte – wenn man dreißig Stunden und mehr nicht geschlafen hat, darf man sich nicht für ein paar Stunden hinlegen. Man wird entweder völlig fertig sein. Oder nicht aufwachen.

Also hatte Pardell entschieden, sich wieder anzuziehen und in die Stadt zu gehen. Er wollte für Juliane ein kleines Geschenk besorgen und dann den erstbesten Zug nach München nehmen. Ein Vorhaben, das an einem frühen Freitagnachmittag in Florenz, dem Freitag, der zugleich der letzte Tag eines Jahrhunderts war, wohl irgendwie, ahnte Pardell, auf die typischen, überteuerten Andenken hinauslief, die zu kaufen er in all den Städten, in denen er gewesen war, stets vermieden hatte. Es war eine sonderbare Vorstellung, nach acht Monaten intensiver Reise durch die nächtliche Zwischenwelt der *Compagnie* und der Menschen und geheimen Räume der Bahnhöfe ausgerechnet eine billige Miniatur des *Perseus* von Benvenuto Cellini oder von Giovanni di Bolognas *Raub der Sabinerinnen* zu erwerben, wie jeder Tourist, der die Stunden seines Florentiner Aufenthalts zu einer hastigen Shoppingtour nutzt, um seinen Liebsten zu Hause einige Produkte der internationalen Andenkenindustrie mitzubringen. Zu seiner Überraschung fand er allerdings die meisten Läden offen, Touristen und Florentiner strömten durch die Arkaden in der Nähe des Doms, es roch nach heißen Maronen, und die hell erleuchteten kleinen Bars waren mit vergnügten Besuchern gefüllt, die Aperitifs und Espressos tranken, bevor sie in eines der Restaurants weiterzogen. Pardell kaufte in einem der schönen, gut sortierten Papierläden, die es in Florenz gibt, eine hölzerne, mit Marmorpapier überzogene Box mit gelblichem Briefpapier, das ihm ein schönes Blumenmuster zu haben schien.

Dann trank er einen Espresso und aß Brioches dazu, mit Puderzucker und Vanillecreme, und war während des Essens fasziniert, wie unglaublich hungrig er war, wie großartig die ihm schmeckten. Während er seinen Hunger stillte, begann ihn sein Kauf zu ärgern – so etwas schenkte man zwölfjährigen Mädchen, und auch nur, wenn sie noch Illusionen hatten. Also ließ er die Box in ihrer Papiertüte einfach unten am Tresen stehen.

Als er wieder unter den Galerien dahinlief, vorbei an immensen Zeitungsständen und lethargischen Immigranten aus Afrika, die

Schmuck und billige Uhren feilboten, dachte er daran, dass er, für seine Verhältnisse, reich war. In dem Schließfach in München lag die fantastische Summe von 10000 Mark, die Oxana für ihn deponiert hatte. Überdies war ihm von seinem Gehalt jeden Monat etwas übrig geblieben, weil er keine Zeit gehabt hatte, um einkaufen zu gehen, und keine Wohnung, wo er das Gekaufte hätte aufbewahren können. Er verfügte über knappe 15000 Mark. Genug für ein paar Monate sorglosen Lebens. Um nachzudenken. Genug, um sich richtig auszuschlafen. Juliane zum Essen einzuladen.

Dann stand er vor einer großen Buchhandlung. Er betrat sie. Auf einem separaten Tisch lagen Stapel eines schmalen Bildbandes, dessen Cover ihm bekannt vorkam. Es war eine Collage aus einer Fotografie des argentinischen Nationalmuseums und der alten Fotografie einer recht sympathisch wirkenden Frau um die fünfzig. Das Buch hieß *Viva Amleda! Le vite segrete de Amleda Bradoglio*, *Es lebe Amleda! Die geheimen Leben der Amleda Bradoglio*. Als er sah, dass es neben einigen, natürlich italienischen Texten über auch ausgesprochen viele Fotos *von* Amleda *(A. im Büro, hübsch zurechtgemacht, über ihre Remington gebeugt. A. als ältere Dame mit ihrer erschrocken dreinblickenden groß gewachsenen Perserkatze ‹Valentino› auf dem Arm. A. als Greisin im Korbstuhl, auf schattiger Veranda sitzend.)* und zahlreiche Fotos von Orten und Gebäuden, Geschäften, Parks und Denkmälern enthielt, die an irgendeiner Stelle in den Romanen auftauchen, kaufte er das Buch *viermal.* Eines würde Juliane bekommen, als späte ironische Entschuldigung für die transatlantische Illusion. Eines würde er Katharina Willkens schenken, seiner Bahnhofsbuchhändlerin, ohne die er die wunderbare Welt der Amleda niemals kennengelernt hätte. Eines für seine Mutter. Eines würde er selbst behalten.

Eine Stunde später, gegen 16 Uhr, saß Pardell mit seinem Gepäck im Eurocity 347, *Benvenuto Cellini*, von Florenz nach München, einem Zug, der keine Schlafwagen mitführte, und schlug *sein* Exemplar von *Viva Amleda!* auf.

***

Um 20 Uhr 48 erwachte er. Drei italienische Carabinieri gingen laut lachend durch den fast leeren Zug, und obgleich oberflächlich nichts an diesem Gelächter an Zöllner erinnerte, erwachte Pardell, noch bevor sie seinen Platz erreicht hatten. Denn mit einer gewissen Erfahrung erkennt man tatsächlich schon am Klang, ob es Zöllner sind, die einen Zug durchqueren, man hört es an ihrer schnellen Art zu gehen, an der Art ihrer Gespräche, an ihrer speziellen Lautstärke. Man erkennt Leute, die im Zug arbeiten, daran, dass sie sich auf vertrautem, heimatlichem Terrain bewegen, während sich die Reisenden meist verhalten, nervös und möglichst vorsichtig benehmen. Sie alle hatten ihre spezifische akustische Aura, und wenn man nachts auf seiner Pritsche lag, sah man zwar nicht, wer gerade den Schlafwagen am anderen Ende betreten hatte, aber man hörte es noch im Schlaf.

Die Zöllner passierten ihn, ohne innezuhalten, zumal er noch in nachtblauer Uniform war. Einer nickte ihm freundlich zu. Sein Körper hatte tief geschlafen, litt unter diesem Erwachen und versuchte, sich dagegen zu wehren, sein Geist hingegen erfasste *sofort*, dass er die Wunderdroge sicherheitshalber loswerden musste. Wahrscheinlich war es *doch* eine blöde Idee gewesen, die Zuckerbeutel mitzunehmen. Wer wusste schon, ob dieser Haftbefehl gegen ihn tatsächlich schon aufgehoben war. Vielleicht würde ihn in München doch noch jemand erwarten. Kein Risiko mehr. Toiletten!

Bedauerlicherweise begann der Zug gerade in diesem Augenblick abzubremsen. Pardell wusste, dass das der Brenner war. Dort würde der Zug viel zu lange stehen. Die Zugtoiletten konnte er jetzt nicht benutzen. Überhaupt *stand* der Zug, und er war fast der einzige Fahrgast. Wenn er irgendwo gesucht wurde, würde man ihn hier garantiert entdecken. Noch dazu in Uniform! Also würde er auf der Stelle aussteigen. Das Zeug irgendwo loswerden, wo ihn niemand beobachten konnte.

Nachdem er ausgestiegen war, bewegte sich Pardell aufmerksam und schnell durch den dichten Schneefall auf dem Pass. Es war ziemlich kalt, aber nicht so kalt, als dass er nicht zuerst nach der nächsten Verbindung Richtung München gesucht hätte. Die nächste war der *Schwaben-Po-Express* nach Stuttgart, gut zwanzig Minuten später. Das müsste ausreichen, um eine sinnvolle und vertretbare Entsorgungsmöglichkeit für den Stoff der Träume zu finden.

***

Er hatte das Bahnhofsrestaurant des Brenners aufgesucht. Ein absolut trostloser, riesiger Raum mit einer lang gestreckten Theke, zwei Dutzend flachen Tischen, die verloren herumstanden, verblasstem grünen Anstrich – und keinem Gast außer ihm.

Als er das Lokal verließ, hatte er kein Gramm des STAFFs mehr bei sich. Pardell war erleichtert, es auf diese Art losgeworden zu sein. Er bedauerte allerdings, das Büfett schon verlassen zu müssen. Der *Schwaben-Po-Express* war vor sechs Minuten eingefahren und hatte noch knappe zehn Minuten Aufenthalt. Er wollte sichergehen, morgen früh am Hauptbahnhof in München anzukommen, also machte er sich zügig auf den Weg.

Der Stoff war entsorgt. Er hatte jetzt alles richtig gemacht, eigentlich. Gut, Hurrikans konnte man nicht vorhersehen. Das Risiko eines Hurrikans gab es immer. Hurrikan Lothar, jetzt käme dann Hurrikan Manfred, dachte Pardell. Hurrikan. Hurrikan ... spann er weiter, Hurrikan. Plötzlich musste er stehen bleiben. Ein Zustand vollkommenster Verblüffung und Erregung überkam ihn, und sein Geist wurde so lebendig wie das wedelige Hinterteil eines reinrassigen Weimaraners auf vielversprechender Pirsch nach einem zerkauten Gummischwamm. Hurrikan!

«Scheiße – das hat Asger gemeint. Das hat er gemeint.» – Pardell war über diese plötzliche radikale Einsicht in ein absolut marginales

Problem, an das er, schon kurz nachdem es aufgetaucht war, praktisch nie mehr gedacht hatte, so überrascht, dass er nicht nur stehen bleiben, sondern dann auch noch laut losschreien musste.

Ein Narr auf dem tief verschneiten Brenner, der noch vier Minuten bis zur Abfahrt des *Schwaben-Po-Expresses* wartete. Ein Günstling verschiedener ambiguer Gestirne, unter anderem des Merkurs, der in den letzten Tagen wirklich, das musste man sagen, *einiges* mitgemacht hatte.

Pardell schrie: ein jubelnder Prophet des wirklichen *Details*, der gerade im detaillierten Schneefall eines herannahenden neuen *Jahrtausends* stand. Ein pardellisierter Norddeutscher, dem eine Russin und Franzosen, Bulgaren, Italiener, Briten, Schweizer und ein *Chinese* (Haha!) den wahrhaftigen Tango gelehrt hatten, einen argentinischen Tanzstil, bei dem es um Geschmeidigkeit und Geschmackssinn geht. Dieser Pardell, knapp dem Tod, dem Wahnsinn, der Einehe und vielen anderen faszinierenden Illusionen entronnen, stand auf einem wichtigen italienisch-österreichischen Grenzübergang und schrie:

«Scheiße, das ist doch keine *Hurrikan* hier! Denkst du, du bist bei Hurrikan?» Dann lachte er schallend, ging weiter über den Schnee, noch drei Minuten bis zur Abfahrt des *Schwaben-Po-Expresses*, und sagte noch einmal, laut und deutlich:

«Sag du zu mir, ist wie Hurrikan hier!»

Als er am Zug entlanglief, um noch vor Abfahrt bis zum Schlafwagen zu gelangen, kamen ihm drei österreichische Zöllner entgegen. Sie hatten einen afrikanischen Immigranten in ihrer Mitte, der zerknirscht nach unten blickte, auf den zermatschten Schnee auf dem Bahnsteig. Vermutlich ein Illegaler, der ohne Ausweis mit dem *Schwaben-Po-Express* nach Österreich hatte einreisen wollen. Sie achteten nicht auf Pardell, sondern unterhielten sich, ihr Atem stob neblig vor ihnen her.

«Jetzt hamma unsern Millenniums-Näga!»

«Nach Weihnachten wurlts bloß no so von dene Hund.»

«Ich waaß a net, wos as raustreibt, aus welche Lecha, des Gschwerl, das ausgschamte.»

«Verstehst du ka Deitsch? Jetzt geh weiter Bimbo. Richtung Süden!»

Pardell, der gleichfalls, wie der Schwarze, zu Boden zu blicken versuchte, hörte das Gelächter der Zöllner noch, als er einstieg. Seine Stimmung hatte einen gruseligen Dämpfer erlitten. Er wollte jetzt hier weg. Jetzt war es genug.

Die Zöllner hingegen, die den Abend auch lieber mit ihren wundervollen Familien verbracht hätten, waren gerade guter Laune. Das war sehr komisch. Richtung Süden. Sowohl Blikuhutil wie auch Maratschek fanden das einen Hauptspaß, den Zollinspektor Halodny da gerade gemacht hatte, knappe drei Stunden vor Beginn des 21. Jahrhunderts in der Mitteleuropäischen Zeitzone.

Brenner (Endstation) 31. 12. 1999, 21:15

Der Würger hatte um 20 Uhr die Pension verlassen, in der er auf die Ankunft des Assistenten gewartet hatte. Die Pension war schlicht gewesen, aber luxuriös im Vergleich zu dem Hotel in Messina. Pulito hatte sich unglaublich über die Schneeflocken gefreut und versucht, so viele wie möglich in der Luft zu erwischen. So hatten sie knappe zwanzig Minuten gebraucht, bis sie den Bahnhof erreicht hatten. Der Würger – Mütze, Vollbart, zerrissener Trenchcoat und der absurde leere Uhrenkoffer, der arg gelitten hatte – und Pulito, der Eurasierwelpe, betraten ihn vorsichtig. Pulito, der genauso niedlich wie klug war, hatte nämlich inzwischen *Anschleichen* gelernt, es war ein schönes Spiel, und er liebte es, sich zusammen mit seinem besten Freund, dem Würger, *anzuschleichen*. Oder, noch so ein Spiel: *Lauern*.

Pulito hatte zusammen mit dem Würger eine Weile gelauert,

dann waren sie gegen 21 Uhr in den Bahnhof hinein und nach oben in Richtung des Restaurants gegangen.

Der Würger hatte aus einer Entfernung von etwa sechzig Metern den laut «Sag du zu mir, ist wie Hurrikan hier!» schreienden Pardell gesehen. Ein *Wagons-Lits*-Schaffner mehr. Ob der auch Amerikaner war? Vielleicht war er auch einfach nur bekloppt. Jedenfalls sprach er das Wort ‹Heurigen› genau so aus wie der amerikanische Wirt des *Café Anzenburger*. Darüber rätselte der Würger, als er sich in dem menschenleeren Lokal einen Tisch suchte. Er setzte sich und nahm Pulito auf den Schoß. Dann war es 21 Uhr 15. Der Zug aus München. Bechthold. Die Rettung.

***

Zuerst kamen zwei gut gelaunte Männer, die an die Theke gingen, zwei Cappuccinos bestellten und Zigaretten rauchten. Dann kam Bechthold herein. Er kam direkt auf den Würger zu.

«Hallo, Herr Baron. Was für eine Freude, Sie an Ort und Stelle zu sehen. Oh, und wen haben wir denn da? Haben Sie einen kleinen Freund gefunden? Der ist aber niedlich. Wie heißt er denn? Darf ich ein Foto von Ihnen beiden machen? Zum Andenken?»

«Bechthold, was reden Sie? Was machen Sie da?»

Der Assistent hatte eine Polaroidkamera herausgeholt, sie vors Gesicht gehalten und den Würger und Pulito fotografiert. Dann stand er, mit dem Bild wedelnd, da und grinste. Langsam sah man, was drauf war. Ein bärtiger, ziemlich heruntergekommener Penner, der fassungslos dreinblickte, während er einen kleinen Hund mit Teddybärgesicht in den Armen hielt.

«Was machen Sie denn, was ist das für eine Kamera?»

«Ach, die Kamera? Macht gute, sehr scharfe Bilder, allerdings ist es besser, wenn das, was man fotografieren will, sich nicht bewegt. Ihr Foto ist leider ein wenig verwackelt. Schade, das letzte Bild von Ihnen und so verwackelt. Aber der Hund ist süß.»

«Das letzte Bild?»

«Ja, tut mir leid, der Film ist zu Ende. Und mit der Kamera, fürchte ich, ist's auch vorbei.»

Bechthold ging einen Schritt und warf die Kamera in einen der großen Plastikmülleimer. Dann verschwand das Grinsen aus seinem Gesicht. Er fixierte den Würger, eiskalt.

«Was reden Sie denn nur? Bechthold!»

«Sehen Sie die beiden Herren da drüben? Ja, diese zwei gut gelaunten da. Ein Zeichen von mir, und die beiden kommen rüber, um Sie festzunehmen.»

«Bechthold, mein Gott. Ich hab die Uhr nicht. Ich hab sie nie gehabt. Ich habe nur so getan. Das alles ist ein Missverständnis. Ich verstehe es selbst nicht.» Er setzte Pulito auf den Boden und stand auf.

«Ein Missverständnis. Scheinbar. Setzen Sie sich wieder. Ich werde es Ihnen erklären. Es wird keine Viertelstunde dauern, und Sie legen doch so viel Wert auf Pünktlichkeit, nicht wahr?»

«Was ist nur los mit Ihnen, Bechthold?»

«Wollen Sie mir nicht sagen, dass ich ein Arschloch bin?»

«Nein, ich ...»

«Halten Sie den Mund. Die Uhr läuft, das habe ich Ihnen doch gerade erklärt, oder? Wissen Sie, ich bin ziemlich enttäuscht von Ihnen, nein, nicht, weil Sie völlig heruntergekommen sind und weil die Polizei hinter Ihnen her ist. Nein. Ich habe Sie einfach für etwas klüger gehalten. Als Sie untergetaucht waren ...»

«Ich bin nicht untergetaucht. Das war anders. Ich habe die Uhr ...»

«... *als* Sie untergetaucht waren, dachte ich eigentlich, Sie wären mir draufgekommen. Da blieb mir keine Wahl. Ich musste mich einfach absichern. Dieser blöde Journalist war ideal.»

«*Sie* haben die *Abendzeitung* informiert?»

«Wer sonst? Übrigens hat mich dieser Journalist darauf aufmerksam gemacht, dass ich verfolgt werde. Ich nehme an, das war Ihr Mann?»

«Mein Mann ... Ja. Aber, der war doch nur ein ...»

«Mir blieb keine Wahl. Als ich wusste, dass Sie mich überwachen ließen, musste ich auch noch, anonym, die Polizei informieren.»

«Ich verstehe kein Wort.»

«Sehen Sie, das meinte ich. Das alles ist ziemlich enttäuschend für mich.»

«Bechthold, sagen Sie mir ...»

«Also. Jetzt bleiben uns noch zwölf Minuten. Geben Sie sich Mühe. Können Sie sich erinnern, wie Sie damals die ersten Fotografien bekommen haben?»

Der Würger spürte eine Bewegung im Inneren seines Rückgrats. Es war, als würde sich gerade eine aus dem Feuer genommene Kartoffel seine Nervenstränge hinaufzwängen. Mit der Erinnerung an die ersten Fotografien der *Ziffer* sah er plötzlich und gegen seinen Willen, was tatsächlich vorgefallen war. Der Assistent wusste Bescheid, aber komplett. Wieso nur? Wie war das möglich?

«Wissen Sie, Reichhausen, es gab einen Punkt, da habe ich beschlossen, dass Sie es bereuen würden. Dass Sie bereuen würden, so zu sein, wie Sie sind. Erst wollte ich Sie nur ausnehmen und ein bisschen zappeln lassen, aber irgendwann wusste ich einfach, dass Sie sich selbst fertigmachen würden. Ich wusste es. Auf diesen Augenblick habe ich gewartet, seit Sie mich das erste Mal ein Arschloch genannt haben. Sehen Sie, das ist komisch: Ich glaube, ich bin der Einzige, der Sie immer ernst genommen hat.

Nachdem Sie die Fotos geschluckt hatten, war es ein reines Vergnügen, wie Sie meinem Onkel durch halb Europa hinterhergehechelt sind.» Bechthold lächelte den Würger an. Es war ein entspanntes, aber kein nachsichtiges Lächeln. Es war wissend und siegesgewiss.

«In Baden-Baden bin ich Ihnen gefolgt. Mein Onkel war auch in der Stadt. Eigentlich wollten wir Ihnen im Zug das Geld gegen die Uhr abnehmen und Sie dann in Paris verhaften lassen. Aber leider hat das nicht geklappt. Ich wollte meinen Onkel nicht gefährden.»

«Wer ist dieser Onkel? Ist es dieser verdammte Pardell?»

«Pardell? Nein, Hoppmann heißt der. Er hatte schon immer ein Faible für seinen Neffen. Aber das geht Sie nichts an.

Wo war ich stehen geblieben? Ach ja: die Auktion. Es hat nicht funktioniert, also habe ich die Uhr sicher untergebracht und abgewartet, was Sie tun würden. Ich fand es wunderschön, Sie so wütend erleben zu dürfen. Das muss ich sagen. Und dass Sie sich selbst so sehr belasten würden, war natürlich gar nicht abzusehen. Das war sehr amüsant.»

«Sie haben die Uhr, Bechthold? Wo?»

«Wo?»

«Ja, Scheiße. *Wo?*»

Anstatt zu antworten, stand Bechthold lächelnd auf und näherte seine linke Hand dem Uhrenkoffer. Normalerweise hätte der Würger Bechthold angefahren. Aber nichts davon. Der Würger sah zu, wie Bechthold brüsk den Koffer nahm und ihn aufklappte, als ob er ihn schon unzählige Male aufgeklappt hätte.

«Ach, wo sind die ganzen Uhren hin? Haben Sie die verloren, Baron? Na, egal, *die* waren ja Ihr Eigentum. Sehen Sie, Reichhausen, nach der Pleite in Baden-Baden war mir das Geld egal, ich wollte kein Risiko eingehen. Außerdem musste die *Ziffer* an einen Ort, wo sie niemand finden würde, weil niemand dort nach ihr suchen würde. Einen beweglichen Ort, von dem ich immer wüsste, wo sie ist und wo sie vor allem sicher wäre. Sicher vor – Ihren Begehrlichkeiten, vor allem.»

Bechthold klappte den Koffer auf. Der Würger traute seinen Augen nicht, als er sah, wie der Assistent den Cappuccinolöffel nahm, mit seinem Stiel zwischen das rote Futter und den hölzernen oberen Einsatz fuhr, wie der Einsatz kippte, ein Zwischenboden zum Vorschein kam, eine Art flaches Kästchen, gerade groß genug, eine Armbanduhr aufzunehmen. Bechthold legte das Kästchen auf den Tisch und setzte sich dem Würger wieder gegenüber.

«Das ist nicht wahr ...»

«Reichhausen – erinnern Sie sich an den Nachmittag im August, nach Baden-Baden, als Sie für ein paar Stunden in der Kanzlei waren? Ihr Uhrenkoffer war angeblich verschwunden. Sie waren abgelenkt gewesen und haben es erst nicht bemerkt.»

«Ja, dieser beschissene Clown.»

«Richtig. Den Clown habe ich bestellt. Ich brauchte ein wenig Zeit.»

«Welcher Uhrmacher hat die Uhr wiederhergestellt? Ich habe überall nachgefragt!»

«Kein Uhrmacher, ein Mechaniker in München, den mein Onkel beruflich kennt.»

«Woher wussten Sie das alles? Woher wussten Sie das mit der *Ziffer*?»

«Was meinen Sie, was Sie mir im Suff nicht alles erzählt haben. Sie dachten ja immer, *ich* wäre betrunken. Das war ich kein einziges Mal. Ich kann trinken. *Sie* waren besoffen. Und Sie haben mir jedes widerliche Detail ihres ach so wichtigen und tragischen Lebens erzählt.»

«Ich kann das nicht glauben. Sagen Sie mir, dass das nicht wahr ist!»

«Es stimmt ganz und gar. Ich habe Sie nicht nur monatelang durch Europa gehetzt, mit völlig lächerlichen Nachrichten und ausgelegten Spuren und Hinweisen, was schon mal ein Vergnügen an sich war. Nein, der Spaß bestand ja vor allem darin zu wissen, dass Sie das, was Sie suchten, die ganze Zeit *bei sich hatten*.»

«Wie haben Sie das fertiggebracht?»

Dr. Joachim Bechthold achtete nicht auf die Zwischenfrage des Würgers, dessen Stimme leise und bodenlos vernichtet klang.

«Sie waren da an sich schon auf der richtigen Spur. Als Sie verschwunden waren, mein Onkel fand durch einen Zufall heraus, dass Sie Kontrolleur geworden waren, was für eine Idee!, musste ich das Spiel verschärfen. Ich musste leider erklären, dass Sie aus einem treuhänderisch verwalteten Besitz vermutlich etwas sehr Wertvolles unterschlagen hatten. Ich konnte das ja alles belegen. Zudem waren Sie untergetaucht und offensichtlich auf der Flucht: Und Sie hatten die Uhr bei sich – jeder Polizist hätte sie in fünf Minuten in Ihrem Koffer gefunden.»

Bechthold stand schwungvoll auf.

«Tja, das war's. Würde ich sagen. Wir haben noch drei Minuten. Ich weiß nicht, möchten Sie in der Zeit noch einmal einen Blick auf die Uhr werfen? Mitternacht werden Sie sich ja leider mit anderen, weniger erfreulichen Dingen beschäftigen müssen.»

«Warum haben Sie das getan? Bechthold – warum?»

«Warum?», der Assistent blickte in seine Kaffeetasse, sehr ernst, dann sah er dem Penner, zu dem sein Chef geworden war, ins Gesicht.

«Ich habe es getan – *nur wegen dieses Augenblicks*. Ich wollte Ihnen einmal etwas erzählen, das sie nicht vergessen werden.» Der Assistent lächelte.

«Wissen Sie – diese Geschichte zu erzählen war wirklich großartig. Jetzt kommt noch der Schluss – der böse Baron wird kurz vor Mitternacht verhaftet, der heldenhafte Assistent ruft seine ihn liebende Frau an, bevor er die ersten Interviews gibt ... Irgendwas in der Art, denke ich ...»

Unter dem stumpfsinnig gleißenden Licht der Leuchtstoffröhren an der Decke saß der Würger seinem Assistenten gegenüber. Vor ihm auf dem Tisch lag die Uhr. Die *Ziffer*. Er hatte sie die ganze Zeit blind bei sich getragen. Mit einer einzigen Bewegung seines Arms hätte er sie jetzt erreichen können. Es war 21 Uhr 49. Gute zwei Stunden und zehn Minuten bis Mitternacht. Gute zwei Stunden und zehn Minuten bis zum Augenblick der *Großen Complication*.

Er konnte sich nicht bewegen, und er konnte auch nicht den Blick vom Gesicht des Assistenten nehmen. Es war faszinierend. Er sah ihn, so kam es ihm vor, zum ersten Mal. Der Assistent schien das zu genießen. Und mit der Vehemenz und schrecklichen Klarheit, mit der der Würger die weitgestreckten Zusammenhänge zu begreifen begann, zwischen denen er sich bewegt hatte, je deutlicher ihm die Verschwörung des Assistenten wurde, desto mehr erreichte sein Bewusstsein eine Grenze, an der es sich einige Zeit herumgetrieben hatte, ohne sie zu überschreiten: Nüchternheit.

Der Augenblick der Nüchternheit war so überwältigend, dass er glaubte, auf seinem Stuhl langsam nach hinten zu kippen. Sein Hinterkopf fühlte sich an, als läge er auf einem Wasserbett, so deutlich *spürte* er die Luft, die seinen Körper umgab. Er war nüchtern, zum ersten Mal seit über siebzehn Jahren war er nüchtern.

Eine Erfahrung, mit der er nicht gerechnet hätte. Er hatte manchmal, in Augenblicken schwerer Trunkenheit, versucht, sich zu erinnern, wie es sich angefühlt hatte, früher, nüchtern gewesen zu sein. Er hatte sich dann an viele Dinge erinnert, an Situationen, Menschen, an seine eigenen Empfindungen. Aber alles trug eine Maske, und sosehr er sich auch bemüht hatte, nichts und niemand hatte sie abgenommen. Seine Erinnerungen waren komplett, aber er hatte nicht mehr genau erkennen können, was es eigentlich, wer es, wie es eigentlich gewesen war. Jetzt konnte er es plötzlich wieder. Wohin er auch blickte – in das Gesicht seines Assistenten oder die Gesichter seiner Erinnerungen –, überall lösten sich die Masken. Er fühlte sich, wie sich der Betrogene am Ende einer großen Farce eben fühlt. Er fühlte sich glasklar und ernüchtert. So war das also gewesen. Nüchternheit. Absolut nüchtern sein.

Aber es passieren ja die merkwürdigsten Zufälle und Komplikationen. Denn kaum hatte der Würger festgestellt, wie es sich anfühlte, nüchtern zu sein, konnte er die nächste, erstaunliche, ihm ebenfalls jahrzehntelang verborgen gebliebene Erfahrung machen: nüchtern zu sein und sich *gleichzeitig* von absolut Berauschten umgeben zu sehen.

Bechthold, der ihn noch eine Weile angelächelt hatte, war aufgestanden, hatte sein ernstes Gesicht aufgesetzt und hatte Kurt und Fritz, den beiden Fahndern, zugewunken. Der Würger hatte sich umgedreht, um seiner Verhaftung ins Auge zu sehen. Was er allerdings stattdessen sah, waren zwei fröhliche Männer, die in Unterhemden dasaßen, zurückwinkten und sich kein bisschen rührten. Aber sie lachten. Zunächst kichernd, dann prustend, dann bogen sich beide vor Lachen, besonders Fritz lief rot an dabei, weil er vor lauter Glucksen keine Luft mehr bekam. Sie schlugen sich auf die Schenkel, Kurt zog sich dann auch noch das Unterhemd aus, worüber Fritz in unbändige Begeisterung geriet. Dann zeigten sie wieder auf den Assistenten, und ihr brüllendes Gelächter erfüllte den Raum.

Neben den beiden offenkundig wahnsinnig gewordenen Fahndern standen vier italienische Schaffner am Tresen, zwei Frauen und zwei Männer, die ihre Pause hatten und Cappuccino tranken. Sie starrten die beiden fassungslos an, kippten ihre Tassen, setzten sie ab. Kaum hatten sie das getan, fing die eine von den beiden Schaffnerinnen an, gleichfalls zu lachen. Ihre Kollegin schloss sich ihr an. Die beiden anderen Schaffner jubilierten, und einer von beiden schloss seine Augen, streckte die Hände aus wie ein Seiltänzer und begann, auf einer breiten Fliesenfuge, die sich durch den ganzen Raum zog, entlangzugehen. Dazu summte er das Lied *Azzuro* von Paolo Conte.

Es war so verblüffend, dass sich der Würger und Bechthold ratlos anblickten. Es musste ein Virus sein, das aus einem Hollywoodfilm ausgebrochen war. Die Gruppe der Infizierten hatte sich vermischt. Fünf Zöllner kamen auf einen schnellen Kaffee herein – sie starrten die anderen verunsichert an. Als sie ihren Kaffee getrunken hatten, veränderte sich schlagartig auch ihr Verhalten. Sie bestellten sofort weitere Kaffee, einer wollte eine Flasche *Vecchia Romagna* dazu haben. Der Assistent wurde käseweiß, nahm sich zusammen, ging zu einem der beiden Ermittler (der andere hatte angefangen, leidenschaftliche Küsse mit einer der beiden Schaffnerinnen zu tauschen und ihr langsam die Uniform auszuziehen). Mittlerweile herrschte schon großer Lärm, denn der Wirt, der einen Finger in eine halb volle Tasse gesteckt und abgelutscht hatte, hatte danach plötzlich Musik aufgedreht. Der Würger verstand nicht, was der Assistent dem einen der beiden Ermittler zu sagen versuchte, er wies immer nur mit dem Finger auf ihn. Der Fahnder rührte sich nicht vom Fleck, sondern lachte nur schallend. Dann ließ er Bechthold stehen, zwängte sich durch die Gruppe wahnsinnig Gewordener, kam auf den Würger zu, gab ihm fröhlich die Hand und sagte:

«Ah, der Herr Baron. Sie sehn gar nicht so beißwütig aus, wie man sagt. Bin froh, dass wir uns mal kennenlernen, ich hab schon so viel von Ihnen gehört. Schöne Mütze. Meine Mutter hat mir einmal so eine ähnliche Mütze gestrickt, das ist aber schon lang her. Ihre Mütze ist blau, aber meine Mütze war grün. Wie Ihre. Das ist toll – meine Mutter –, ich sag Ihnen, Herr Baron, der ihr Tafelspitz war unglaublich! Schön mit Apfelkren, selber gemacht. Ich heiß übrigens auch Fritz! Also, dann, ich muss jetzt losfliegen!»

Er schloss seine Augen und spreizte die Arme. Natürlich hob er nicht tatsächlich ab, aber sein Gesichtsausdruck und seine Mimik wirkten auf irgendeine merkwürdige Weise genau so, als ob er schwebte. Der Würger sah diesem stillstehenden Schweben fassungslos zu – es war ein hervorragendes Kunststück rein imaginärer Zauberei. Der Würger *sah* Fritz schweben, obwohl er vor ihm *stand* und nur konzentriert die Arme von sich fort hielt. Dann löschte irgendjemand das Licht. Ein anderer legte eine 1998 erschienene CD von *Fat Boy Slim* auf, die zu dieser Zeit weltweit immer noch sehr populär war. Licht fiel nur noch aus der Küche, aus den Fenstern drang das Neonlicht des Bahnhofs, *Fat Boy Slim* gaben Gas *(You've come a long way, Baby)* – neben dem *Schwebenden Fritz* bot der Zirkus, in den sich das Bahnhofsbüfett des Brenners verwandelt hatte, noch einige andere absolute Nummern: Einer der Zöllner lag mit dem Rücken auf dem Boden und raste auf einem *Bob* durch einen olympischen Eiskanal. Kurt und die Schaffnerin sahen einander nur in die Augen, aber wie sie das taten, war eine erotische Sensation. Der Wirt machte im Kopf und mit geschlossenen Augen die *Gesamtabrechnung*, weil er sich plötzlich an jedes einzelne Getränk erinnerte, das er je verkauft hatte. Andere schrien vor Angst oder vor Begeisterung. Einer schrie auf Italienisch: «Mein Gott, Luigi – dass ich das noch erleben darf. Wo hast du sie aufgetrieben?», sagte aber nicht, *was* Luigi aufgetrieben hatte. Der Lärm, das Lachen, die Musik dieses fantastischen Zirkus lockte überdies immer mehr Menschen von draußen an. Der Wirt hatte die Theke freigegeben und noch Weinflaschen aus der Küche geholt. Einer der Zöllner war von einem heiligen Geist ergriffen worden und sprach in allen Sprachen zu den Neuankömmlingen, sie sollten ihren ersten Schluck, ihr erstes Getränk mit einem Löffelchen des heiligen Wunderzuckers süßen – und alle taten, wie er ihnen geheißen, und der Geist des weißen Kaninchens kam über sie. Es war unglaublich – vollkommene Fremde auf Durchreise, die sich nie zuvor gesehen hatten, ja, die nicht einmal dieselbe Sprache sprachen, erkannten sich gegenseitig als alte Freunde und gestanden (und vergaben) sich unzählige Dinge, wegen derer sie schon seit Jahrzehnten schlimme Schuldgefühle gehabt hatten. Fritz schwebte durch den ganzen Raum (obwohl er nach wie vor stand und die Augen geschlossen hielt) und beschrieb detailgenau, wie alles von oben aussah.

Die einzigen beiden, die nichts von Pardells STAFF zu sich genommen hatten, waren Dr. Bechthold und der Würger. Der Würger hatte sehr schnell begriffen, dass er zumindest in den nächsten beiden Stunden nicht verhaftet werden würde, denn der ganze Brenner war beseligt und berauscht. Er griff sich die *Ziffer* mit Fingern, die nicht zitterten, und das, obwohl er nüchtern war. Unglaubliches Gefühl.

Dann nahm er die mythische Uhr, Pulito auf den Arm, und bevor er in der Toilette verschwand, suchte er den Blick Bechtholds, der auf einem Stuhl in der Ecke saß und ihn immer noch hasserfüllt anstarrte. In der Dunkelheit verglich der Würger Bechthold noch einmal mit seinem Großvater – aber da war nichts, da war keine Ähnlichkeit, keine Spur mehr. In diesem Augenblick entschied der Würger, sich nicht an Bechthold zu rächen. Dann machte er sich auf in die Brennertoilette.

Er wollte – das war der Grund –, er wollte mit diesem Arschloch einfach nichts mehr zu tun haben. Und wenn man sich rächen wollte, dann hatte man miteinander zu tun. *Wenn* es ein Maß auf Erden dafür gab, wie viel man mit einem Menschen zu tun haben sollte, dann hatte er es in Bezug auf *Bechthold* wahrscheinlich deutlich überschritten. Er ging den kahlen, lang gestreckten Flur entlang, an dessen Wänden jemand Kalenderbilder von der Adria in Wechselrahmen aufgehängt hatte. Der Würger dachte weiter. Er würde ihn großzügig abfinden. Auszahlen. Bechthold – das wollte er doch. Geld. Oder noch besser: Übergib ihm einfach die Scheißkanzlei. Genau. Kann er haben. Dieser Scheißkerl. Dann soll er sehen, wie er klarkommt. Ich hab keine Lust mehr. Weg mit dem Dreck! Pulito!

***

Es wurde Mitternacht in Mitteleuropa. Die wahre Null rückte näher. Der unmögliche Augenblick ... 57, 58, 59 ... 0

Nichts geschah. Das Licht flackerte keine Sekunde. Kein Flugzeug fiel vom Himmel. Kein Kraftwerk explodierte. Es geschah nichts. Die Rechner kollabierten nicht. Sie arbeiteten einfach nur weiter.

Das mechanische Zeitalter war zu Ende gegangen und hatte dazu ein letztes, vor sechsundsiebzig Jahren vorbereitetes Wunder aufgeboten. Es ereignete sich auf der Toilette des Grenzbahnhofs Brennero/Brenner und dauerte kaum zwei Sekunden.

Keiner der Zeiger hatte in seinem Lauf innegehalten. Die *Einfache Complication* der Datumsanzeige setzte im gleichen Augenblick ein wie die *Große*: Es setzte sich die vierte Stelle des Jahrtausends in Bewegung, die Jahresstelle, dann die Jahrzehnte, die Jahrhunderte – schließlich, samtig und gleichmäßig, die Datumsstelle der Jahrtausende – die Ziffer Eins verschwand und machte der Ziffer Zwei Platz. Das war alles.

Er hatte sie gesehen. Die wundervollste Mechanik, die es gab. Sie bedeutete nichts mehr. Er hatte sie sehen müssen, um zu begreifen, dass das ihre Schönheit war. Es hatte sich gelohnt, von ihr zu träumen. Mit ihrem Besitz endete der Traum, und das war gut so.

Draußen tobte unentwegt der Lärm, das Gejohle, die grenzenlose Euphorie der Berauschten. Der Würger legte sein Ohr an das Gehäuse, um zu hören, was in seinem Inneren erklang. Er stand mühsam auf, hielt sich dazu an der erfreulich sauberen Kloschüssel fest. Er hatte keine Kraft mehr.

Dann machte er den Reißverschluss seines Blazers auf, um nach Pulito zu sehen. Der war schläfrig, kuschelte sich in die Beuge seiner Arme, schlief ein und bemerkte die Tränen nicht, die auf das grauschwarze Fell seiner samtigen Vorderbeine fielen, und wenn er sie bemerkt hätte, hätte er sie einfach aufgeleckt, weil sie so angenehm salzig waren.

***

287,3 Kilometer weiter südlich, in Bologna, faltete *Mr. Subbulakshmi*, nachdem er wie erstarrt dagesessen hatte, den Abschiedsbrief zusammen, den Madeline Trethandik (geschiedene Spike) an Reginald Bowie geschickt hatte. Sie wünschte ihm darin ein *‹gutes neues Jahrtausend›* und erwähnte, dass sie sich vor einem halben Jahr habe scheiden lassen und nach England zurückzugehen beabsichtige, nach Manchester. Besser, man würde sich nicht mehr sehen. Sie habe ihm das Weihnachtsfest nicht verderben wollen, wolle aber zum neuen Jahr reinen Tisch mit ihm machen. Ich werde dich nie vergessen. Adieu, Madeline.

Reginald Bowie war vernichtet. Seine Traurigkeit war eine weite, verödete Landschaft, und seit er den kurzen Brief gelesen hatte (er hatte es nicht mehr ausgehalten und ihn schon eine Stunde vor Mitternacht geöffnet!), irrte er wie ein Geist zwischen verdorrten tropischen Sträuchern, niedergerissenen Tempeln freundlicher Gottheiten und verlassenen Hotels umher. Die Kaninchen waren fort. Kein Leben rührte sich.

Doch plötzlich, plötzlich entdeckte er einen kleinen farbenfrohen Punkt am Horizont. Er ging auf ihn zu, und nach einer Weile betrat er eine sattgrüne, laubwaldreiche, spätsommerliche Landschaft, einen mittelgroßen See, wunderschön hingebettet. Schweiz. Die Sonne ging gerade auf, und in ihrem Licht sah Bowie einen zufrieden wirkenden Mann, der eine Pfeife mit Bowies Lieblingstabak rauchte – und angelte. Der Angler nickte ihm freundlich zu. Was für ein sympathischer Gentleman, dachte Bowie, trat näher ans Ufer, und – jetzt sah er es genau: Er war es selbst. Deswegen schmeckte dem Angler sein Tabak auch so vorzüglich.

In Bologna – wie in jeder größeren Stadt auf der Welt, die der Schlagschatten des Jahrtausendwechsels erreichte – begann ein unwahrscheinliches Freudenfeuerwerk. Die Menschen umarmten sich und wünschten sich herzlichst ein gutes neues Jahr. Wie froh alle waren, dass nichts, aber auch nicht das Geringste passiert war! Hurra!

Das alles holte *Mr. Subbulakshmi* aus seiner Erstarrung. Er faltete den Brief zusammen. Mr. Bowie würde Voyatzis das Geld zurückbringen, aber auch nicht mehr. Dann würde er bei der *DoppelEA* kündigen und angeln lernen und vielleicht etwas für *FRICS* schreiben. *Mr. Subbulakshmi* rückte sich Sonnenbrille und Turban zurecht und lächelte. Er begrüßte die Entscheidung seines Partners – denn wenn er ehrlich war, hatte es gerade angefangen, ihm ein bisschen in Europa zu gefallen.

EPILOG

Schatten einer Zärtlichkeit

Das Erste, was *Jacqueline Ledame*, geboren am 12. August 1965 in Genf, entdeckte, als sie ihr in La Recoleta gelegenes Hotel zum ersten Mal verließ, war ein Baum, der einen ganzen weitläufigen Platz dominierte. Um seinen Stamm zu umfassen, hätte sich wahrscheinlich ein halbes Dutzend Menschen die Hände reichen müssen. Es war ein Baum wie ein Haus.

Obwohl ihr elend war und sie so schnell wie möglich wieder nach Hause wollte, musste sie einfach stehen bleiben. Ein paar Meter weiter sah sie einen dünnen Riss im Asphalt. Daneben einen breiten Riss und weiter vorne am Baumstamm einen gewaltig aufklaffenden Spalt. Der ganze Platz war durchfurcht von Rissen und Spalten – das mussten die Wurzeln des Baumes sein.

Von der nahen Apotheke zurück im Hotel, hatte sie den Portier auf Französisch nach dem Baum gefragt. Es sei ein *Gomero*, sagte der Portier. Davon gäbe es sogar sehr viele in Buenos Aires, sie seien schön, aber auch eine Plage, weil sie weder vor Abwasserkanälen noch Gasleitungen haltmachten und mit ihren Wurzeln alles im Umkreis von hundert Metern sprengten und aufbrächen.

Auf ihrem Zimmer hatte sie kurz nachgeschlagen. Ein *Gomero* war ein *Gummibaum*. Das war unglaublich. Verkrüppelte, hässliche Gummibäume kannte sie als Pflanzen in Vorzimmern, und ein Gummibaum hatte auch in Saschas lächerlichem Büro in Berlin gestanden, aber in diesem Klima entfalteten sie solche Kraft und Schönheit und Größe, dass man erschrak. Jacqueline öffnete die Packung und begann, den spanischen Beipackzettel zu entziffern.

Seit sie hier war, hatte sie weniger mit der Zeitverschiebung zu kämpfen als mit der dampfenden, schwülen Hitze, die Buenos Aires zum Jahrtausendwechsel fest in ihrer Hand hielt. Als sie am frühen Morgen des 28. Dezember aus der klimatisierten Maschine getreten und die paar Meter zum Shuttlebus gegangen war, hatte sie die Schwüle des argentinischen Hochsommers fast erdrückt, sie konnte kaum atmen, so heiß und feucht war die Luft, und das, obwohl es erst 6 Uhr morgens gewesen war.

Es ging ihr nicht gut. Seit ihrer Ankunft war sie auf ihrem Zimmer geblieben, hatte kaum etwas bei sich behalten und sich nur Brühe und frischen Orangensaft bringen lassen. Sie war kraftlos auf dem Bett gelegen, hatte die Vorhänge vorgezogen und gewartet, bis es ihr möglich sein würde aufzustehen. Nächte und Tage waren ihr verschwommen, sie dachte an den Flug und an das, was hinter ihr lag, an die Anstrengungen und den Abschied ...

Fünfzehn Stunden hatte der Flug gedauert. Der Platz neben ihr war frei geblieben. Auf ihm lagen eine spanische Anfängergrammatik, eine Münchener Tageszeitung vom 28. Dezember, die sie sich im Flugzeug von München nach Madrid mitgenommen hatte, und ein ziemlich mitgenommener Klemmbinder aus roter Pappe. Sie hatte die Zeitung durchgesehen. Das Einzige, was sie gelesen hatte, war ein Artikel, der sich mit den Gerüchten um eine vornehme Münchener Versicherung beschäftigte. Ein Vorstandsmitglied habe eigenmächtig einen NS-Beutekunstskandal publik gemacht, in den die Versicherung und eine große Münchener Familie verstrickt seien, im neuen Jahr sei eine Pressekonferenz dazu geplant, mehr stand nicht drin – und dieser Artikel war ihr auch nur deswegen aufgefallen, weil in der Unterzeile von Argentinien die Rede gewesen war.

Dann war sie irgendwo über dem Atlantik eingeschlafen. Als sie wieder erwachte, ohne zu wissen, wie spät es war und wo sich die Maschine befand, da hatte sie sofort gespürt, dass nicht nur Paris,

Zürich, München und all die anderen Städte hinter ihr lagen. Alle die Orte, an denen sie gelebt hatte, die Zimmer, die Straßen und die Züge, die Bahnhöfe und die Brücken verwuchsen ineinander und wurden zu einem einzigen Ort, zu dem Ort, an dem sie gelebt hatte. Der Abschied von ihm fiel ihr leicht, auch wenn es jemanden gab, auf den sie bis zur letzten Sekunde gewartet hatte und der nicht gekommen war.

Eine Weile hatte sie in die Schwärze hinter den Scheiben geblickt, und vielleicht hatte sie auch eine Träne vergossen. Dann hatte sie den roten Klemmbinder durchgeblättert, von der ersten bis zur letzten Seite, hatte Skizzen von Bahnhöfen, Zeichnungen und Fotografien von Menschen gesehen, die sie nicht kannte, die sie niemals kennenlernen würde, und sie dachte dabei an den, den sie gekannt hatte und von dem es kein Foto gab. Er war zwischen diesen Blättern und in ihrer Erinnerung und nirgendwo sonst. Sie war traurig, weil er nicht mit ihr gekommen war, aber nicht verzweifelt. Vielleicht hatte er ihr seine Sachen gegeben, weil er wusste, dass er ihr sonst nicht würde folgen können, hatte sie ihr gegeben, um sich selbst zu überreden, und hatte sich einfach nicht überzeugen können. Sie wollte es ihm sagen, bevor der Flug ging, aber es war nicht dazu gekommen, und sie hatte sich Sorgen gemacht deswegen. Jetzt war sie erleichtert, dass sie ihm nur eine Andeutung gemacht hatte – er wusste nichts, was ihn quälen würde. Heute war der zehnte Tag, gelegentlich verschob es sich, und deshalb war sie sich in Europa noch nicht ganz sicher gewesen.

Jetzt war sie sicher. Sie saß wieder auf dem Bett ihres Hotelzimmers und blickte auf den länglichen Karton. Sie fühlte sich hundeelend, und der kurze Spaziergang durch die schwüle Hitze hatte sie sehr angestrengt.

Aber was sie jetzt unzweifelhaft sah, ließ unter der Erschöpfung und ihrem Unwohlsein unglaubliche, ihr bis dahin unbekannte Freude in ihr wachsen. Sie fühlte, wie die Freude wuchs und wuchs und sich ausbreiten und weiter wachsen würde, bis sie groß genug sein würde, um in ihr zu wohnen, während sie auf den schmalen, zart hellblauen Streifen auf dem Karton blickte – den gerade sichtbar gewordenen Schatten einer Zärtlichkeit, die alles verändert hatte.

Als sie aufstand, schwindelte ihr leicht. Sie sah auf seine Uhr, die sie nach ihrer Ankunft im Hotel vier Stunden vorgestellt und neben die goldene Raubkatze und den Klemmbinder auf den Schreibtisch gelegt hatte.

Sie hatte sich eigentlich vorgenommen, darauf zu achten, aber die Uhr zeigte ihr, dass das neue Jahrtausend in Europa schon vor zwanzig Minuten begonnen hatte. Hier waren es noch drei und eine halbe Stunde, fraglich, ob sie das erleben würde, denn sie musste sich wieder hinlegen.

Sie hielt die *Authentic Panther* noch einen kurzen Moment in der Hand, dann nahm sie den großen, wattierten Umschlag, den ihr der Portier gegeben hatte, gab die Zeitung und den Klemmbinder, die Uhr und den Leoparden hinein, verschloss den Umschlag sorgfältig und verstaute ihn in der Dokumentenfalte ihres Koffers. Vielleicht würde einmal jemand danach fragen. Ganz sicher sogar.

Fahrplan

DRITTER TEIL

PRÄZISE FINSTERNIS

VIERTER TEIL